W. Sandritter · Histopathologie 6. Aufl.

coed - 6 Sprachen

Histopathologie

Lehrbuch und Atlas für Studierende und Ärzte

Von

Prof. Dr. W. SANDRITTER

Direktor des Pathologischen Instituts
der Universität Freiburg i. Br.

Unter Mitwirkung von

G. BENEKE †, W. KNOTH, H. LÖFFLER,
K. SALFELDER und J. SCHORN †

Sechste, verbesserte Auflage

Mit 497 Abbildungen, davon 313 mehrfarbig,
und 11 Tabellen

1975
F. K. SCHATTAUER VERLAG
STUTTGART – NEW YORK

cocd – Auflagenfolge:

1. deutsche Auflage	1965
1. spanische Ausgabe (nach der 1. deutschen Auflage)	1967
2. deutsche Auflage	1967
1. englische Ausgabe (nach der 2. deutschen Auflage)	1967
1. japanische Ausgabe (nach der 2. deutschen Auflage)	1967
1. italienische Ausgabe (nach der 2. deutschen Auflage)	1968
3. deutsche Auflage	1968
2. englische Ausgabe (nach der 3. deutschen Auflage)	1970
2. japanische Ausgabe (nach der 3. deutschen Auflage)	1970
4. deutsche Auflage	1971
2. spanische Ausgabe	1972
3. englische Ausgabe	1972
1. französische Ausgabe (nach der 4. deutschen Auflage)	1974
3. japanische Ausgabe (nach der 4. deutschen Auflage)	1974
4. englische Ausgabe (nach der 5. deutschen Auflage)	1973
5. deutsche Auflage	1973
6. deutsche Auflage	1975
5. englische Auflage im Druck	1975
4. japanische Auflage im Druck	1975

Satz, Druck und Einband: W. F. Mayr, Miesbach, Obb.

ISBN 3 7945 0454 2

Was ist das Schwerste von allem?
Was dir das Leichteste dünket:
Mit den Augen zu sehen,
Was vor den Augen dir liegt.

GOETHE

Zum Gedächtnis an

LUDWIG ASCHOFF

10. 1. 1866 – 24. 6. 1942

Direktor des Pathologischen Institutes der Universität Freiburg i. Br.

1906 – 1936

ARNOLD LAUCHE

14. 9. 1890 – 29. 9. 1959

Direktor des Pathologischen Institutes der Universität Frankfurt a. M.

1943 – 1959

GEORG HERZOG

4. 11. 1884 – 2. 4. 1962

Direktor des Pathologischen Institutes der Universität Gießen

1926 – 1954

Vorwort zur sechsten Auflage

Die 6. Auflage mußte schon zwei Jahre nach dem Erscheinen der 5. Auflage erscheinen. Die neue Approbationsordnung hat die »Landschaft« der Lehre in der Pathologie nur scheinbar verändert. Der pathologisch-histologische Kurs ist wie immer integraler Bestandteil des 1. klinischen Studienabschnittes, wenn er auch vielleicht unter anderem Namen geführt wird. Die Kenntnisse der feingeweblichen Veränderungen sind die Grundlage der Krankheitslehre und gelten für alle Studienabschnitte. Das Sehen lernen ist eine der wichtigsten Fähigkeiten, die der Arzt erwerben muß.

Die 6. Auflage wurde gründlich durchgesehen und der Text auf den neuesten Stand der Kenntnisse gebracht. In einer Zeit, in der fast alle Körperorgane von der Punktionsnadel des Arztes erreicht werden, hat sich manches Krankheitskonzept gewandelt. Besonders in der Nierenpathologie haben sich neue Auffassungen aufgrund der Nierenpunktion durchgesetzt (Glomerulonephritis).

Der Medizinstudent und junge Arzt sollte sich immer vor Augen halten, daß trotz aller Fortschritte der Laboratoriumsdiagnostik die pathologisch-histologische Untersuchung eine Treffsicherheit von über 90% hat und viele Erkrankungen nur durch die Probeexzision aufgeklärt werden können. Es gibt z. B. keine klinisch chemische Methode für die Diagnose eines Tumors. Deshalb ist es wichtig, die pathologisch-histologischen Gewebsveränderungen zu kennen, um auch die »Sprache« des Pathologen zu verstehen. Der beste Befund des Pathologen nützt nichts, wenn der behandelnde Arzt ihn nicht richtig versteht.

Freiburg, Frühjahr 1975 — W. Sandritter

Inhaltsverzeichnis

Verzeichnis der elektronenmikroskopischen Bilder

Für die freundliche Überlassung von elektronenmikroskopischen Aufnahmen möchte ich den nachfolgend aufgeführten Kollegen meinen herzlichsten Dank aussprechen. In gleicher Weise ist den Verlagen zu danken, die die Erlaubnis gaben, die Bilder zu reproduzieren. Leider war es aus Platzgründen nicht möglich, das Literaturzitat und den Verlag in die Bildunterschriften jeweils mit aufzunehmen.

Prof. Dr. W. Bernhard, Institut de Recherches Scientifiques sur le Cancer, Villejuif, Seine
Abb. S. 234, 235

Prof. Dr. P. Bannasch, Pathologisches Institut der Universität Würzburg
Abb. S. 138, 139

Dr. C. Biava, Loyola University, School of Medicine, Department of Pathology, Chicago, Illinois
Abb. S. 138, 139 aus: Labor. Invest. *13:* 1099 (1964), The Williams and Wilkins Company, Baltimore, Maryland; Abb. S. 140: Amer. J. Path. *46:* 775 (1965), Harper & Row Publishers; Abb. S. 141: Labor. Invest. *13:* 301 (1964), The Williams and Wilkins Company, Baltimore; Abb. S. 141: Labor. Invest. *13:* 301 (1964)

Prof. Dr. R. Caesar und Dr. Schirasawa, Pathologisches Institut Braunschweig
Abb. S. 23

Prof. Dr. R. Caesar, Pathologisches Institut Braunschweig
Abb. S. 164, 172, 173

Prof. Dr. W. Gusek, Pathologisches Institut Karlsruhe
Abb. S. 26, 27, 28

Prof. Dr. R. Gieseking, Pathologisches Institut der Universität Münster
Abb. S. 16, 23, 24, 25, 78, 79
Aus der Monographie: Mesenchymale Gewebe und ihre Reaktionsformen im elektronenmikroskopischen Bild. G. Fischer, Stuttgart 1966

Prof. Dr. H. Hager, Neuropathologisches Institut der Universität Gießen
Abb. S. 17, 224, 225

Prof. Dr. G. Hübner, Pathologisches Institut der Universität München
Abb. S. 135

Prof. Dr. A. K. Kleinschmidt, Hygiene-Institut der Universität Frankfurt
Abb. S. 73

Dr. G. Köppel, Elektronenmikroskopische Abteilung des Pathologischen Instituts in Gießen
Abb. S. 73

Prof. Dr. G. Korb, Pathologisches Institut der Universität Marburg
Abb. S. 42, 43

Prof. Dr. H. Lapp und Dr. Nikulin, Pathologisches Institut der Universität Frankfurt
Abb. S. 72
aus: Frankfurt. Z. Path. *74:* 381 (1965)

Dr. G. Majno und Dr. G. E. Palade, Department of Pathology, Harvard Medical School, Boston, Mass.
Abb. S. 22 aus: J. Biophys. Biochem. Cytol. *11:* 571 (1961)

Prof. Dr. F. Miller, Elektronenmikroskopische Abteilung des Pathologischen Institutes der Universität München
Abb. S. 25, 134, 135, 148

Dr. Movat und Dr. N. V. P. Fernando, Universität von Toronto, Department of Pathology, Canada
Abb. S. 22 aus: Labor. Invest. *12:* 895 (1963)

Prof. Dr. H. Popper und Prof. F. Schaffner, Mount Sinai Hospital, New York
Abb. S. 138

Dr. H. Prose, Dr. L. Lee und Dr. S. Balg, New York University, School of Medicine, Department of Pathology
Abb. S. 16 aus: Amer. J. Path. *47:* 493 (1965)

Dr. N. F. Rodman, Dr. R. G. Mason und Dr. K. E. Brinkhous
Abb. S. 72 aus: Federation Proceedings *22:* 1356 (1963)

Dr. Schäfer, Medizinische Universitätsklinik Würzburg
Abb. S. 165

Dr. H. E. Schroeder, Zahnärztliches Institut der Universität Zürich, Schweiz
Bilder hergestellt in: Dental Institute, University of Aarhus, Abt. f. Elektronenmikroskopie, Dänemark
Abb. S. 12 und Abb. S. 14, 15

Prof. Dr. W. Thoenes, Pathologisches Institut der Universität Mainz
Abb. S. 149, 164, 165. Publiziert in Verh. Dtsch. Ges. Path. (1965), S. 14. G. Fischer, Stuttgart

Prof. Dr. V. Totović, Pathologisches Institut der Universität Bonn, Laboratorium für Elektronenmikroskopie
Abb. S. 16, 18, 19, 24, 146, 147, 149
Abb. S. 16 und Abb. S. 18 erschienen in Virch. Arch. *340:* 251 (1966). Springer, Berlin

Prof. Dr. W. Wessel, Pathologisches Institut der Universität Bonn
Abb. S. 16

Dr. J. Wiener, Dr. D. Spiro und Dr. R. G. Lattes, Columbia University, New York, Department of Pathology
Abb. S. 25 aus: Amer. J. Path. *47:* 457 (1965).

A. - Einführung - Allgemeines

Die fruchtbare Lektüre eines Lehrbuches für Histopathologie setzt gewisse praktische Kenntnisse und Fähigkeiten voraus. Zur sinnvollen Benutzung des Mikroskopes muß man einige Grundkenntnisse über den Aufbau und das Zusammenspiel der Einzelteile besitzen. Weiterhin ist die Beurteilung eines histologischen Präparates nur möglich, wenn man über die Herstellung der histologischen Schnitte und die Färbungen informiert ist. Darüber hinaus sind solide Grundlagen in der normalen Histologie und allgemeinen Pathologie vonnöten. Die Prinzipien der allgemeinen Pathologie lassen sich auf jeden Einzelfall in der speziellen Pathologie immer wieder anwenden.

Technische Vorbemerkungen

Das Mikroskop und seine Anwendung

Lichtquelle, Linsensysteme mit Blenden und das Auge müssen sinnvoll aufeinander abgestimmt sein, um eine optimale Beurteilung des histologischen Schnittes zu ermöglichen. Die künstliche Lichtquelle mit vorherrschend gelblich-rötlichem Licht wird zur Angleichung an Tageslicht gewöhnlich durch Blaufilter verbessert. Als Beleuchtungsanordnung verwendet man allgemein das Prinzip von Köhler: Die *Leuchtfeldblende* wird durch den Kondensor in die Präparatebene abgebildet und wirkt als Begrenzung des Gesichtsfeldes (Leuchtfeld), wobei das ausgeleuchtete Feld mit zunehmender Verkleinerung der Irisblende lediglich kleiner wird, die Helligkeit aber gleichbleibt. Die *Kondensorblende* wirkt dagegen als Aperturblende und verkleinert bei Zuziehen die numerische Apertur des Kondensors ($NA = n \times \sin \alpha$, n = Brechungsindex des Mediums vor dem Objektiv – gewöhnlich Luft –, $\sin \alpha$ = Sinus des halben Öffnungswinkels des Objektivs). Das mikroskopische Bild wird dabei dunkler, der Kontrast erhöht sich. Demnach sollte man ungefärbte Objekte am besten bei maximal geschlossener Kondensorblende ansehen, wenn man kein Phasenkontrastmikroskop zur Verfügung hat. Bei »unscharfen« Bildern erhöht eine Verkleinerung der Kondensorblende den Kontrast.

Das mikroskopische Bild kommt durch Beugung des Lichtes an den Strukturen des histologischen Präparates in der hinteren Brennebene des Objektives zustande (primäres Bild). Das sekundäre Bild, welches wir mit dem Okular betrachten, entsteht aus der Interferenz des Lichtes im primären Bild (*Abbésche Bildentstehungstheorie*, vgl. Ehringhaus-Trapp, 1958).

Objektiv und Okular müssen sinnvoll aufeinander abgestimmt sein. Im histologischen Kursus wird gewöhnlich ein Okular mit 6facher Vergrößerung in Kombination mit folgenden Objektiven verwendet:

1. *Schwache Vergrößerung* (Übersicht, Lupenvergrößerung) Objektiv 3,3/0,1[1]) – Vergrößerung 20× oder
   Objektiv 2,5/0,08 – Vergrößerung 15×.
2. *Mittlere Vergrößerung:* Objektiv 10/0,25 – Vergrößerung 60×.
3. *Starke Vergrößerung:* Objektiv 63/0,85 – Vergrößerung 400×.
   (Vgl. Deutsche Normen: DIN 58886, 1960.)

Für stärkste Vergrößerungen, insbesondere für die Beurteilung von Zellausstrichen (Lymphknoten, Blut), stehen manchmal Ölimmersionsobjektive (100/1,25) mit 600facher (Okular 6×) oder 1000facher (Okular 10×) Vergrößerung zur Verfügung.

---

[1]) Die erste Zahl hinter dem Wort Objektiv gibt die Vergrößerung an, die zweite Zahl die numerische Apertur des Objektivs.

Beim Mikroskopieren sollte beachtet werden: Mit monokularem Tubus sind immer beide Augen zu öffnen; die dadurch erreichte Ferneinstellung verhindert eine rasche Ermüdung der Augen durch ständige Akkommodation.

Die schwache Vergrößerung hat wegen der größeren Orientierungsmöglichkeit den Vorrang vor allen anderen Objektiven.

Erscheint das Bild unklar, so ist daran zu denken, daß der Objektträger mit dem Deckglas nach unten dem Objekttisch aufliegt.

Der histologische Schnitt und die Färbungen

Die *Herstellung der Schnitte* erfolgt von Gewebsblöcken von etwa 1×1 cm Größe. Das entnommene Gewebe wird gewöhnlich in Formol (handelsübliches Formalin, 40%, Verdünnung mit Wasser 1:9, so daß eine etwa 4%ige Lösung entsteht) *gehärtet* (Denaturierung und Vernetzung der Eiweißkörper) und *fixiert* (Hemmung der Autolyse, Heterolyse und bakteriellen Zersetzung). Für die Herstellung von 5–10μ dicken Schnitten muß das Gewebe eine schneidbare Konsistenz haben. Dazu friert man das Gewebe entweder mit Kohlensäureschnee auf dem Gefriermikrotom (−20° C) ein (sog. Gefrierschnitte für Fettfärbung oder »Schnellschnitte« während der Operation!) oder bringt es nach Entwässerung durch eine Alkoholreihe über Methylbenzoat und Benzol in Paraffin mit einem Schmelzpunkt von 56° C. Das flüssige Paraffin dringt bei 60° C in die feinsten Gewebslücken ein und verleiht damit dem Gewebe eine schneidbare Konsistenz. Nach dem Schneiden auf dem Mikrotom wird der Schnitt auf einen Objektträger aufgezogen und gefärbt. Vor dem Färben wird mit Xylol entparaffiniert.

Merke: Gefrierschnitte erlauben eine Darstellung der Neutralfette – in Paraffinschnitten sind die Fette durch Alkohol entfernt, so daß Fetttröpfchen im Gewebe als optisch leere Hohlräume erscheinen.

Die *Färbung der histologischen Schnitte* erfolgt nach empirisch entwickelten Methoden, deren physiko-chemischer Mechanismus nur in den wenigsten Fällen genau bekannt ist. Neben anderen Faktoren spielen hauptsächlich elektrostatische Bindungen eine Rolle. Negativ geladene Gruppen, z.B. der Nukleinsäuren (Phosphatgruppen) oder Eiweißkörper (COOH-Gruppen) bzw. der Mukopolysaccharide (COOH, SO_4), verbinden sich mit basischen Farbstoffgruppen, die als Kationen auftreten. Saure Farbstoffe (z.B. Eosin) mit elektronegativen Ladungen werden vorwiegend an positive Ladungsgruppen (NH_2-Gruppen) der Eiweißkörper gebunden. Nach der Färbung wird der überschüssige und leicht lösliche Farbstoff durch Differenzierung in Wasser, Alkohol oder schwachen Säuren ausgezogen, anschließend das Wasser durch 70- und 96%igen Alkohol entfernt, der Schnitt in ein Aufhellungsmittel (Xylol) gebracht, in Kanadabalsam eingeschlossen und mit einem Deckglas bedeckt.

Für nähere Angaben über die histologische Technik s. Romeis, 1948, Burck 1966.

Die *Histochemie* hat sich bemüht, chemisch definierte Substanzen im Gewebe, wie Nukleinsäuren, bestimmte Eiweißkörper, Kohlehydrate, Fermente usw., spezifisch und eventuell auch quantitativ nachzuweisen [vgl. Pearse (1960); Handbuch der Histochemie. Fischer, Stuttgart].

Artefakte im histologischen Schnitt treten meist durch unsachgemäße Fixierung, Einbettung (Risse) oder Färbung (hellere Flecken usw.) auf.

Tab. 1 gibt eine Übersicht der gebräuchlichsten Färbungen.

Mit dem *Fluoreszenzmikroskop* ist nach Färbung mit fluoreszierenden Farbstoffen der Nachweis auch von geringen Farbstoffkonzentrationen möglich, da das einstrahlende ultraviolette Licht (z. B. 350 mμ) eine Sekundärstrahlung im sichtbaren Bereich auslöst (vgl. S. 220). Eine Eigenfluoreszenz zeigen z. B. Lipide, Porphyrine und elastische Fasern.

A. – Tab. 1. **Färbungen**

Methode	Ergebnis		Bemerkungen
Hämatoxylin-Eosin (HE)	**Blau** *Hämatoxylin* basophiles Zytoplasma, Bakterien, Zellkerne, Kalk	**Rot** *Eosin* Zytoplasma, Bindegewebsfasern und alles andere	z. B. S. 38
van Gieson v. G.	**Gelb** *Pikrinsäure* Zytoplasma, Muskulatur, Amyloid, Fibrin, Fibrinoid	**Rot** *Fuchsin* Bindegewebe Hyalin	**Schwarz** *Eisenhämatoxylin* Zellkerne z. B. S. 40
Elasticafärbung	**Schwarz** *Resorzin-Fuchsin* Elastische Fasern	**Rot** *Kernechtrot* Zellkerne	z. B. S. 66
Elastica-van Gieson (E. v. G.)	In Kombination angewandt, wie oben		z. B. S. 70
Azan	**Rot** *Azokarmin* Zellkerne, Erythrozyten, Fibrin, Fibrinoid, azidophiles Zytoplasma, epitheliales Hyalin	**Blau** *Anilinblau, Orange G* Kollagene Fasern bindegewebiges Hyalin Basophiles Zytoplasma Schleim	z. B. S. 140, 199
Versilberung	**Schwarz** *Ammoniakalische $AgNO_3$-Lösung* Retikuläre Fasern Nervenfasern		Kollagene Fasern braun z. B. S. 176
Fettfärbung	**Rot** *Sudan III, Scharlachrot* Neutralfette	**Blau** *Hämatoxylin* Zellkerne, Zytoplasma	z. B. S. 36
Kongorot	**Rot** *Kongorot* Amyloid	**Blau** *Hämatoxylin* Zellkerne	z. B. S. 172
Fibrinfärbung nach WEIGERT	**Blau** *Lugol, Kristallviolett* Fibrin, Bakterien	**Rot** *Kernechtrot* Zellkerne	Keine spezifische Fibrinfärbung z. B. S. 92
Berliner-Blau-Reaktion	**Blau** *Ferrozyankalium* Hämosiderin, FE III	**Rot** *Kernechtrot* Zellkerne	z. B. S. 76
Giemsafärbung (May-Grünwald-Giemsa)	**Blau** *Methylviolett* Zellkerne, Bakterien, alle basophilen Substanzen	**Rot** *Azur-Eosin* Eosinophiles Zytoplasma und Granula, kollagene Fasern	Metachromasie: Mastzellen violett Melanin grün z. B. S. 178

A. – Tab. 1. **Färbungen** (Fortsetzung[1])

Methode	Ergebnis		Bemerkungen
Markscheidenfärbung nach SPIELMEYER	**Blau-schwarz** *Eisenalaun-Hämatoxylin* Markscheiden Erythrozyten		z. B. S. 230
Ziehl-Neelsen	**Rot** *Karbolfuchsin* Säurefeste Stäbchen Tb-Bakterien Leprabakterien	**Blau** *Hämalaun* Zellkerne	z. B. S. 97
Perjodsäure-Schiff-Reaktion (PAS) kombiniert mit Hämatoxylin	**Rot** *Schiffsches Reagens* Benachbarte Hydroxylgruppen und Aminoalkohole	**Blau** *Hämatoxylin* Zellkerne	Neutrale und saure Polysaccharide z. B. S. 274 Bewährt für Nachweis Pilze, Parasiten
Levaditi	**Schwarz** *$AgNO_3$-Reduktion* *Pyrogallussäure* Spirochaeta pallida, Listeria monocytogenes		z. B. S. 122
Thionin, Toluidinblau	**Blau** Basophiles Zytoplasma	**Blau** Zellkerne	Metachromasie mit Schleimsubstanzen und Lipiden S. 220

[1]) Für weitere Spezialfärbungen vgl. S. 10 u. 272.

Befund und Diagnose

Ein bedeutender Arzt (Franz Volhard) hat einmal gesagt: »*Vor die Therapie haben die Götter die Diagnose gesetzt*« – *vor der Diagnose, so muß man ergänzen, steht die sorgfältige Beobachtung mit der Befunderhebung.* Wie in jeder Wissenschaft steht *vor der Synthese die Analyse.* Mit der Analyse beginnt die Auseinandersetzung des Subjektes mit dem Objekt. Die *sorgfältige Beobachtung* mit dem Vergleichen und Unterscheiden, die Trennung des Typischen vom Atypischen, des Allgemeinen vom Besonderen ist hier das Mittel zur Erkenntnis. Anordnung und Farbe, Größe und Form der Gewebselemente und deren Lagebeziehungen zueinander stellen die wesentlichen Merkmale der auftretenden Strukturen dar. Diese Beobachtung kann nicht vollständig voraussetzungslos sein. Grundkenntnisse theoretischer Art und eine gewisse Erfahrung sind notwendig.

Hilfsmittel für das Erlernen einer exakten histologischen Befunderhebung sind das Zeichnen oder die schriftliche Niederlegung des Befundes in knappen Stichworten. Der Betrachter sieht sich dadurch gezwungen, die wesentlichen Formelemente hervorzuheben und die unwesentlichen zu vernachlässigen. Die Skizze ist deshalb in vielen histologischen Kursen obligatorisch.

Erst in einem zweiten Schritt nach der Beobachtung kann man unter Einführung von Begriffen zur Synthese, d.h. zur Diagnose, gelangen. Die flüchtige, unsorgfältige Untersuchung wird sehr leicht ein falsches Urteil zur Folge haben. Die *Diagnose* bedeutet die Einordnung des Befundes in ein durch Übereinkunft und Erfahrung entstandenes zweckdienliches Begriffssystem, in das auch die Hypothese eingehen kann. Sie ist ihrem Wesen nach final und kann sich mit dem Fortschritt der wissenschaftlichen Erkenntnis ändern. So ist verständlich, daß eine exakte Beschreibung auch nach langer Zeit noch Gültigkeit behält, selbst wenn sich Interpretation und Diagnose schon lange geändert haben sollten.

Praktisch geht man bei der Befunderhebung eines histologischen Präparates so vor, daß der Schnitt zuerst mit dem *»unbewaffneten« Auge* betrachtet wird. Die Form und Verteilung der Gewebsstrukturen – kenntlich an verschiedener Färbung – gibt schon wesentliche Aufschlüsse über die Topographie und beeinflußt die nachfolgenden Schritte der Analyse ganz wesentlich. Man kann dazu auch das herausgenommene, umgekehrte Okular als Lupe benutzen und so schon eine grobe Übersicht gewinnen. Dann wird man die *schwache Vergrößerung* anwenden, um die schon gesehenen Strukturen wieder aufzufinden. Von dieser Situation fertigt man eine Lageskizze der wesentlichen Strukturelemente an. Bei *mittlerer Vergrößerung* werden diese Bezirke wieder aufgesucht, und man erkennt jetzt Details, wie Größe und Lage der Zellkerne und des Gewebsverbandes. Bei dieser Vergrößerung verweilt man am längsten, denn bei etwa 60facher Vergrößerung sind alle wesentlichen Strukturen gut zu erkennen, ohne daß der Zusammenhang mit der Gesamtstruktur verlorengeht. Eine Zeichnung sollte hier das Typische festhalten. Praktisch alle histologischen Präparate können mit der mittleren Vergrößerung erkannt werden. Die *starke Vergrößerung* dient dann nur noch dazu, einzelne Details, wie z.B. Form und Verteilung des Kernchromatins, Mitosen usw., besser erkennen zu können.

Dieses methodische Vorgehen ist eine unerläßliche Voraussetzung für eine sorgfältige Befunderhebung und richtige Diagnose.

Nach der neuen Approbationsordnung in der BRD werden die Examina nur noch schriftlich vorgenommen. Im Kursus Allgemeine und Spezielle Pathologie werden aber eingehende Kenntnisse der pathologischen Histologie gefordert. Der didaktische Wert der Histologie liegt m. E. in der Erziehung zur Befunderhebung an einem Objekt, das sich nicht verändert. Am histologischen Präparat kann man lernen, aus der Fülle der Erscheinungen das Wesentliche vom Unwesentlichen zu trennen – eine Übung, die der Arzt am kranken Patienten unbedingt beherrschen muß.

Bemerkungen zur allgemeinen Pathologie[1])

Diese einführenden stichwortartigen Bemerkungen zur allgemeinen Pathologie sollen lediglich dazu dienen, den nach Gesichtspunkten der speziellen Pathologie geordneten Bildteil besser verständlich zu machen. Hinweise auf die entsprechenden Abbildungen sollen eine Benutzung des Buches nach den Prinzipien der allgemeinen Pathologie erlauben.

Die allgemeine Pathologie stellt die Grundlage der Krankheitslehre dar. Die damit erworbenen Kenntnisse und Regeln können auf jedes spezielle Problem angewendet werden, *da dem Organismus zur Beantwortung ganz verschiedener pathologischer Reize nur eine begrenzte Anzahl von Reaktionsmöglichkeiten zur Verfügung* steht. Diese gehen mit einer vorübergehenden bzw. dauernden Steigerung *(Anabiose)* oder Verminderung des Stoffwechsels *(Katabiose)* bzw. *Fehlleistungen* einher. Als komplexe Gewebsantworten treten die *Kreislaufstörungen*, verschiedene Formen der *Entzündung* und *Tumoren* auf.

---

[1]) Für ein näheres Studium sei auf die Lehrbücher von ANDERSON, BOYD, BÜCHNER, HAMPERL, HOLLE, LETTERER, PEREZ-TAMAYO, ROBBINS, WALTER u. ISRAEL, SANDRITTER u. BENEKE sowie das *Handbuch der allgemeinen Pathologie* (Springer-Verlag) verwiesen.

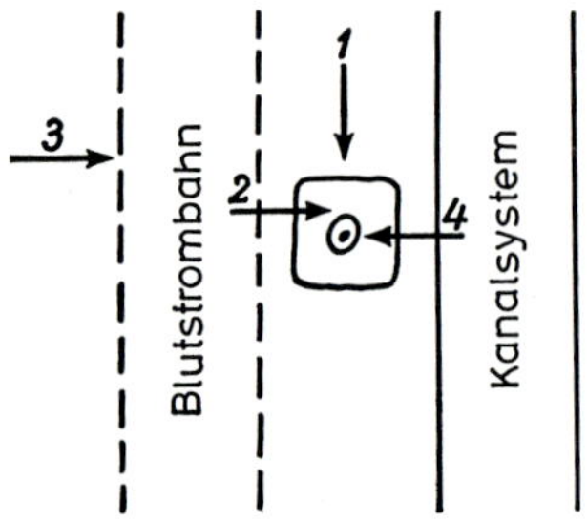

A. – Abb. 1. Siehe Text

Prinzipiell können die pathologischen Reize auf verschiedenen Wegen die Zellen und Gewebe erreichen (Abb. 1): 1. *direkt* (z. B. Traumen, Strahlen), 2. über die *Blutstrombahn* oder auf dem *Lymphweg* mit direkter Zellschädigung (z. B. Toxine, Störungen des Gefäßinhaltes, wie z. B. Thrombose), 3. *indirekt*, indem der Reiz an der *Gefäßwand* angreift; eine *sekundäre Kreislaufstörung* löst die Zellschädigung aus (z. B. nerval, Permeabilitätsstörung). 4. Die Reizeinwirkung kann vom *Lumen der Kanalsysteme* aus erfolgen. Schließlich ist auch daran zu denken, daß *primäre* (z. B. angeborene) *Stoffwechselstörungen in der Zelle sekundär* eine Reaktion auslösen.

Im folgenden Schema wurde versucht, die Reaktionsmöglichkeiten des Organismus auf pathologische Reize übersichtlich geordnet darzustellen (Abb. 2).

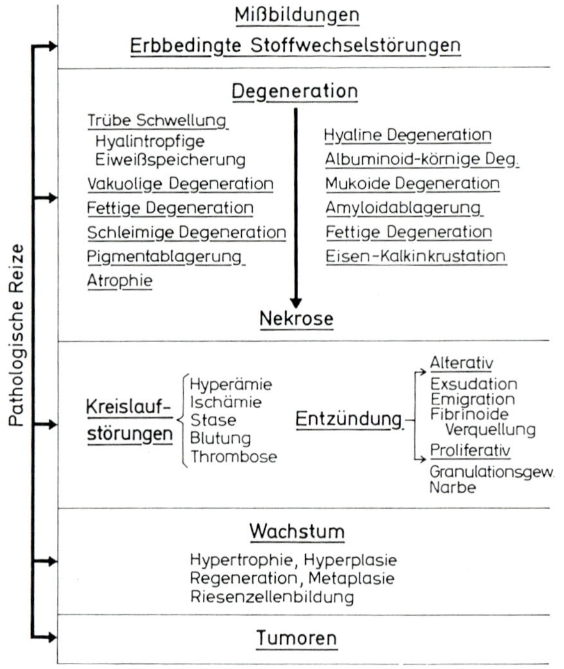

A. – Abb. 2. Schematische Übersicht der Reaktionsmöglichkeiten des Organismus auf pathologische Reize

Mißbildungen; erbbedingte Stoffwechselstörungen

In der Embryonal- (bis zum 3. Schwangerschaftsmonat) oder Fetalperiode (nach dem 3. Monat) können durch erbliche Störungen im genetischen Material oder pathologische Reize (z. B. Embryopathien) *Mißbildungen* bzw. *Stoffwechselstörungen* auftreten. Diese machen sich z. B. in einer *Agenesie* (Fehlen eines Fermentes, z. B. Galaktosämie; Fehlen der Anlage eines Organs), *Aplasie* oder *Hypoplasie* (zu geringe Entwicklung bei vorhandener Anlage) bemerkbar. Es gibt hier eine große Anzahl verschiedener Erscheinungsformen.

Degeneration

Die verschiedenen Formen der *Degeneration* sind Ausdruck einer *Störung des Stoffwechsels*, die morphologisch in den Zellen (linke Spalte in Abb. 2) oder der Interzellularsubstanz (Binde- und Stützgewebe; rechte Spalte in Abb. 2) sichtbar wird.

Trübe Schwellung und vakuolige Degeneration (Abb. 3) sind Folgen einer Störung der Energiesysteme, die das Ionenmilieu der Zelle aufrechterhalten (sog. »Ionenpumpe«). Versagen diese Regulationen, so kommt es zu Natrium- und Wassereinstrom in die Zelle mit Kaliumverlust. Dabei schwellen die Mitochondrien an, und das Zytoplasma erscheint von feinen »Eiweißkörnchen« angefüllt *(trübe Schwellung)*. Diese Trübung ist Folge einer stärkeren Lichtstreuung *(Tyndalleffekt)*. Die Mitochondrien können sich auch in wassergefüllte Bläschen umwandeln *(vakuolige Transformation* der Mitochondrien). Die Ansammlung von Wasser kann auch in erweiterten Zisternen des endoplasmatischen Retikulums oder im Grundplasma erfolgen *(vakuolige Degeneration)*.

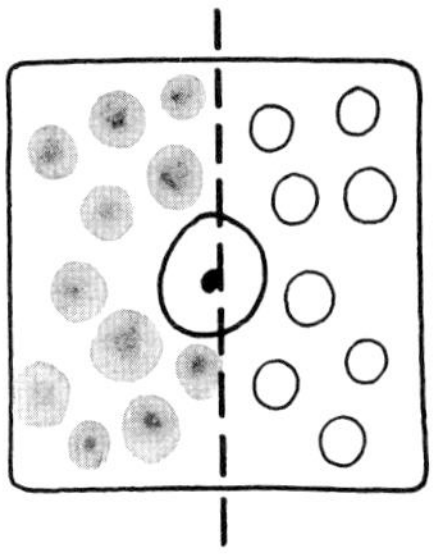

A. – Abb. 3. Trübe Schwellung (links), vakuolige Degeneration (rechts)

Vgl. mikroskopisch: S. 140; elektronenmikroskopisch: S. 14, 42, 43, 137, 146.

Auch der Zellkern kann auf diese Weise anschwellen *(degenerative Kernschwellung)*. Dieser Vorgang ist von der *funktionellen Kernschwellung*, die oft mit einer Vergrößerung des Nukleolus einhergeht, als Ausdruck erhöhter Stoffwechselleistung zu trennen.

Von der trüben Schwellung ist die hyalintropfige Eiweißspeicherung (Abb. 4) zu unterscheiden. Mikroskopisch kann das Bild sehr ähnlich aussehen – bei hyalintropfigen Eiweißspeicherungen handelt es sich aber um eine aktive Arbeitsleistung der Zelle (Anabiose) mit Speicherung von Eiweißkörpern (Koazervatbildung im Zytoplasma), z. B. bei Rückresorption im tubulären System der Niere. Diese Stoffaufnahme erfolgt durch Pinozytose mit Abschnürung kleiner Bläschen von der Zellmembran (vgl. S. 14, 26). Unter Phagozytose versteht man die Aufnahme größerer geformter Bestandteile, z. B. Bakterien, in den Zelleib (vgl. S. 14, 17, 27).

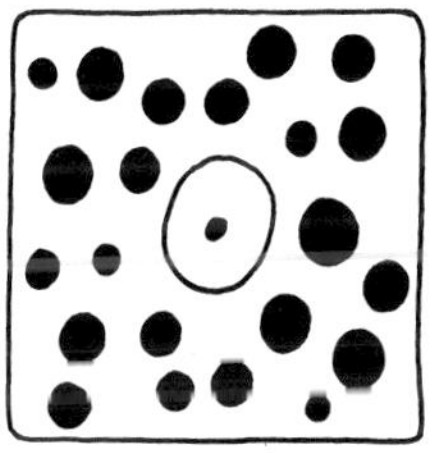

A. – Abb. 4. Hyalintropfige Eiweißspeicherung

Vgl. mikroskopisch: S. 140; elektronenmikroskopisch: S. 148, 149.

Die fettige Degeneration (besser Umwandlung oder Metamorphose), d. h. das Auftreten mikroskopisch sichtbarer Fetttropfen, kann in Form feiner (Abb. 5, rechts) oder großer Tropfen (Abb. 5, links) erfolgen. Die Tropfengröße hängt vom Verhältnis Neutralfett zu Phospholipid ab (große Tropfen, wenig Phospholipid). Die Aufnahme von Fett erfolgt durch Pinozytose in Form von Fettsäuren. Diese werden zu Triglyzeriden synthetisiert, an Phospholipide und Proteine gekoppelt und als Lipoprotein an das Blut abgegeben. Jedes Mißverhältnis zwischen der Menge an Triglyzeriden (z. B. vermehrtes alimentäres Angebot) und Protein (z. B. Hunger) bzw. Phospholipiden (z. B. Cholinmangel) oder fehlende Kopplungsenergie (Sauerstoffmangel, Fermente) führt zur Verfettung.

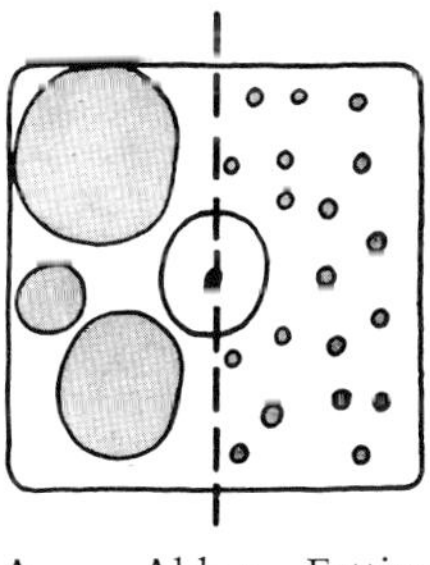

A. – Abb. 5. Fettige Degeneration. Großtropfig (links), feintropfig (rechts)

Vgl. mikroskopisch: S. 36, 118; elektronenmikroskopisch: S. 42, 135, 147.

Fettphanerose tritt bei *Nekrobiose* (morphologisch sichtbares Absterben der Zelle) auf, wobei die strukturgebundenen Fette zu mikroskopisch sichtbaren Tröpfchen zusammenfließen.

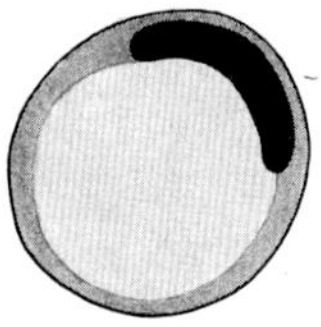

A. – Abb. 6. Siegelringzelle

Als Kohlehydratstoffwechselstörungen treten Glykogenspeicherung (z. B. bei Diabetes in der Niere) und schleimige Entartung (Mukopolysaccharidproduktion ohne Sekretion), z. B. in Schleimkrebsen, auf (Siegelringzellen, Abb. 6).

Vgl. S. 251.

Dyskrinie von Schleim hat eine Verstopfung von Ausführungsgängen zur Folge (z. B. zystische Pankreasfibrose).

Vgl. S. 114.

Eine angeborene Stoffwechselstörung des Kohlehydratstoffwechsels stellt die *Glykogenspeicherkrankheit* dar.

Pigmente sind Stoffe mit Eigenfarbe, die in diffuser oder granulärer Form in Zellen abgelagert werden. Als Hauptkomponente enthalten sie entweder Bausteine von *Eiweißkörpern* (z. B. Melanin), *Lipoide* (Lipopigmente, z. B. Lipofuszin), oder sie sind Abkömmlinge des *Hämoglobins* (Hämosiderin bzw. Siderin, Hämatoidin, Gallenfarbstoffe). Außerdem gibt es eine große Zahl *exogener Pigmente.*

Vergleiche folgende Abbildungen:

Lipofuszin, S. 16, 35, 116
Melanin, S. 268
Hämosiderin bzw. Siderin, S. 16, 76
Hämatoidin, S. 16, 170
Gallenfarbstoffe, S. 116, 136
Malariamelanin, S. 116
Exogene Pigmente, S. 94, 170

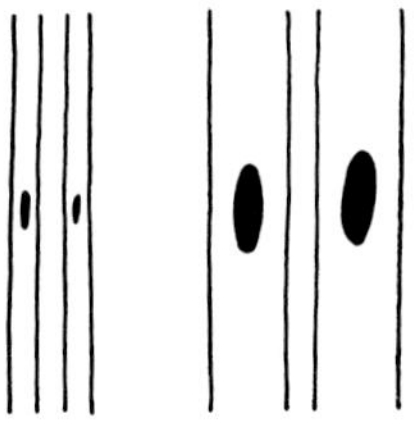

A. – Abb. 7. Atrophie, Hypertrophie

Tab. 2 unterrichtet über die wichtigsten Unterscheidungsmerkmale der verschiedenen Pigmente.

Die Atrophie von Zellen (Abb. 7) wird durch Inaktivität oder chronische Mangelernährung hervorgerufen und geht mit Verkleinerung der Zellen *(einfache Atrophie)*, eventuell mit Verminderung der Zellzahl *(numerische Atrophie)* einher.

Vgl. S. 34, 116, 188, 202.

Die degenerativen Veränderungen der Binde- und Stützgewebe betreffen vorwiegend die *Grundsubstanz* mit Demaskierung der Fasern, Auftreten von Fett und Schleim sowie Ablagerung fremder Substanzen.

Als »**Hyalin**« werden Gewebsstrukturen bezeichnet, die sich makroskopisch und mikroskopisch durch folgende Eigenschaften auszeichnen: *homogen, glasig-durchscheinend* und mit *Eosin sich rot färbend* (vgl. Tab. 3 u. S. 140, 152, 256). **Epitheliales Hyalin,** wie z. B. Schilddrüsenkolloid, ist von **bindegewebigem Hyalin** zu trennen. Nach neueren elektronenmikroskopischen Untersuchungen (Gieseking, 1966) kann ein *Quellungshyalin* (Aufsplitterung der kollagenen Fibrillen, Verlust der Querstreifung, Umwandlung in Protofibrillen, Abb. 25a, vgl. auch S. 47) von einem *Rekonstitutionshyalin* unterschieden werden. Statt parallel gerichteter Kollagenfaserbündel sieht man in diesem Falle ein untergeordnetes Netzwerk von Elementarfibrillen, die sich nach Lösung des Kollagens (Fibrolyse) bei akuter Entzündung wieder rekonstruiert haben (Abb. 31). Zum *Präzipitationshyalin* gehören die fibrinoide Verquellung bzw. Nekrose (Abb. 24 u. S. 154) und das Amyloid. Bei der Hyalinose der Arteriolen *(Gefäßhyalin)* wird neben Bluteiweißkörpern und Lipiden elektronenmikroskopisch (Abb. 32) ein unstrukturiertes, feinkörniges Material zwischen dem Endothel und den Muskelfasern der Media gefunden, das den Charakter von Basalmembraneiweißkörpern hat. Auch das Hyalin in Glomerula hat elektronenmikroskopisch den

A. – Tab. 2. **Pigmente**

Art	Bausteine	Lokalisation	Eisen-reak-tion	Fett-fär-bungen	H_2O_2	Säuren	Laugen	PAS[1]	$AgNO_3$[2]	Fluores-zenz[3]	Gme-linsche Probe
Lipofuszin S. 16, 35	Ungesättigte oxydierte Fettsäuren	in Parenchymzellen	–	(+)	(+)	–	–	+	+[4]	+	–
Ceroid	ungesättigte oxydierte Fettsäuren	intrazellulär (mesenchymal)	–	+	–	–	–	+	±	+	–
Melanin S. 268	Tyrosinabkömmling	intrazellulär	–	–	+	–	(+)	–	+[5]	–	–
Siderin Hämosiderin S. 16, 76	Eisen Glykoproteid	intrazellulär	+	–	–	+	–	+	+	–	–
Hämatoidin S. 16, 170	Bilirubin	extrazellulär	–	–	–	+	+	–	–		+
Gallenfarbstoffe S. 116	Bilirubin Biliverdin	intra- und extrazellulär	–	–	–	+	+	–			+
Malariamelanin S. 116	Hämoglobinabkömmling	intrazellulär	(+)	–	+	+	+		–		
Formalinpigment S. 170	Protoporphyrin	extrazellulär	–	–	–		+	–		–	
Exogene Pigmente S. 170	z. B. Kohle, Silber u. a.	intra- und extrazellulär	–	–	–			–			–

[1]) Perjodsäure-Schiff-Reaktion für den Nachweis von Polysacchariden (α-Glykole).
[2]) Reduktion von Silber.
[3]) Primärfluoreszenz, ohne Färbung.
[4]) braun.
[5]) schwarz.

Charakter von Basalmembraneiweißkörpern. Diese Ausführungen zeigen, daß mit Hyalin Gewebsveränderungen von *unterschiedlicher Struktur, Herkunft und chemischem Aufbau* bezeichnet werden. Hyalin stellt also einen Arbeitsbegriff dar, der auf der Ebene der Lichtmikroskopie Verwendung finden kann und in jedem angewandten Falle näher analysiert werden muß.

Amyloid, eine »hyaline« Substanz, die sich mit Kongorot spezifisch anfärbt, liegt elektronenmikroskopisch in Faserform ohne Periodik vor (Abb. S. 165 u. 172). Es wird nach neueren Untersuchungen vorwiegend von Zellen des RES gebildet und extrazellulär abgelagert. Bevorzugte Ablagerungsorte sind Milz, Leber, Niere, Nebenniere und Darm. Näheres s. S. 172.

Vgl. Abbildungen auf S. 118, 145, 164, 172, 186.

A. – Tab. 3. **Unterscheidungsmerkmale von Hyalin, Amyloid, Fibrinoid und Fibrin**

Färbung	Hyalin	Amyloid	Fibrinoid	Fibrin	Bemerkungen
Hämatoxylin-Eosin	**Rot** homogen	**Rot** homogen	**Rot** homogen	**Rot** feinfaserig oder homogen	
van Gieson	**Rot**[1])	**Gelb**	**Gelb**	**Gelb**	
Kongorot	—	**Rot**	—	—	
Methylviolett	—	**Rot**	—	—	Metachromatisch rot
Azan	**Blau**[2])	**Rot**	**Rot**	**Rot**	
Fibrinfärbung (nach WEIGERT)	—	—	±	±	Abhängig von der Art der Fixierung und dem Alter des Fibrins
Trypsin	—	—	+	+	
Pepsin	—	—	—	—	
Gewebsreaktion	—	selten Riesenzellen	geringe akute Entzündung, Granulationsgewebe, Histiozyten	Granulationsgewebe	

Merke: *Hyalin* – keine Gewebsreaktion. *Fibrinoid* – fast immer Gewebsreaktion [Granulom, z. B. Aschoffsches Knötchen (S. 46) oder Granulationsgewebe (Panarteriitis, S. 64)].

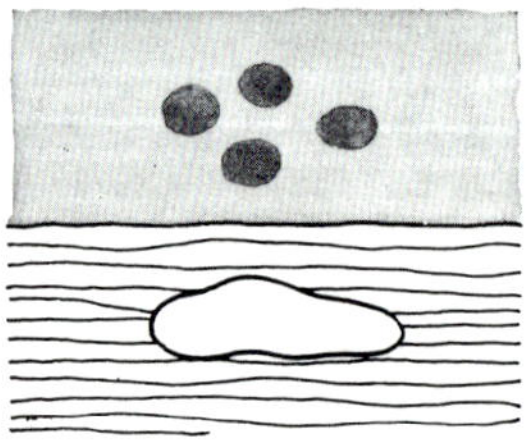

A. – Abb. 8. Albuminoidkörnige Degeneration (oben), mukoidzystische mit asbestartiger Degeneration (unten)

Albuminoidkörnige und mukoide Degeneration (Abb. 8) des Bindegewebes sind Folgen einer »Entmischung« der Grundsubstanz mit Ausfällung von Proteinen im Knorpel oder in anderen bradytrophen Geweben. Dabei erscheinen Eiweißkomplexe in der Grundsubstanz, oder Mukopolysaccharide lassen sich vermehrt nachweisen. Die kollagenen Fasern können dabei demaskiert werden (*asbestartige Degeneration* des Knorpels) und schließlich zugrunde gehen, so daß Zysten entstehen (*mukoidzystische Degeneration*, z. B. der Bandscheiben oder Menisci). *Vgl. S. 220.*

[1]) Epitheliales Hyalin: gelb.
[2]) Epitheliales Hyalin: rot.

Nekrose

Die *Nekrose* (örtlicher Gewebstod) wird morphologisch durch einen Untergang der Zellkerne (Pyknose = Schrumpfung, Karyolysis = Auflösung, Karyorrhexis = Zerbrechen in gröbere Chromatinschollen, Abb. 9 u. S. 18), Homogenisierung des Zytoplasmas und verstärkte Eosinophilie sichtbar (vgl. auch S. 38, 43, 144, 224).

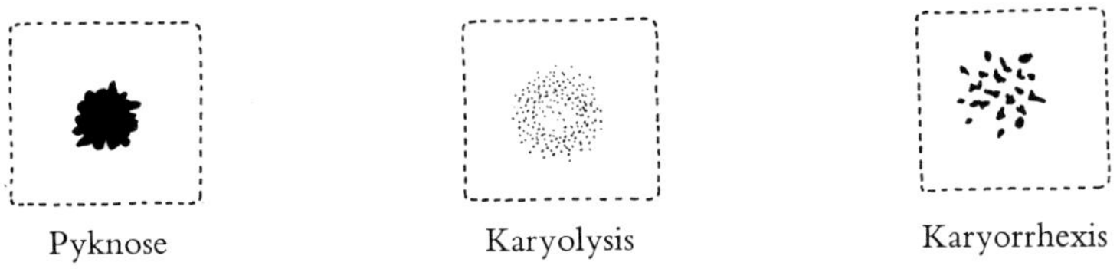

A. – Abb. 9. Schema der verschiedenen Formen des Zellkernunterganges

Die denaturierten Eiweißkörper des nekrotischen Gewebes rufen in der akuten Phase eine leukozytäre Reaktion (Demarkation durch Granulozyten) hervor. Sekundär kommt es zur Resorption durch Granulationsgewebe und schließlich zur Narbenbildung (Defektheilung). Von diesem regulären Weg gibt es mannigfache Abweichungen, die in Abb. 10 zusammengestellt sind. In seltenen Fällen ist auch eine Regeneration mit Restitutio ad integrum möglich (z. B. Leber, insbesondere bei Jugendlichen)

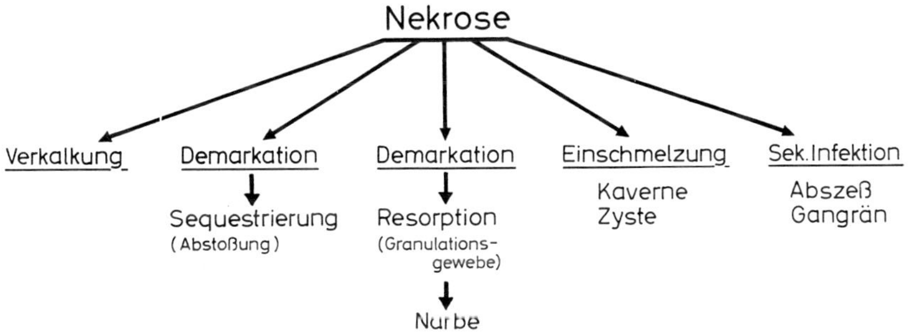

A. – Abb. 10. Schicksal der Nekrose. *(Vgl. S. 38, 40, 100, 120, 128)*

Elektronenmikroskopie

Die Fortschritte auf dem Gebiete der Elektronenmikroskopie machen es notwendig, auch die Dimension der Ultrastruktur hier vom allgemein-pathologischen Gesichtspunkt abzuhandeln. Der Vorstoß in diese neue Dimension schließt eine empfindliche Lücke zwischen der Lichtmikroskopie und Biochemie. Mit der Elektronenmikroskopie und insbesondere der elektronenmikroskopischen Histochemie sind die Strukturen der Zelle, die als Träger des Stoffwechsels auftreten, erstmals sichtbar gemacht und so auch unserem Verständnis nähergebracht worden. Struktur und Funktion sind damit nicht mehr als Gegensätze, sondern als Einheit zu begreifen. (Übersicht vgl. David, 1967.)

Die Einschaltung der elektronenmikroskopischen Bilder erfolgt nach kurzer Einführung auf den folgenden Seiten jeweils zu Problemen der allgemeinen Pathologie und im speziellen Teil bei den entsprechenden Organen. Die Auswahl der Abbildungen war auch hier wieder der schwierigste Teil des Unternehmens[1]).

Bei dem Versuch, eine Allgemeine Pathologie auf elektronenmikroskopischer Grundlage in Form einer Tabelle (S. 14 u. 15) zu geben, ist zu bedenken, daß die tabellarische Kürze zu äußerster Beschränkung zwang. Es konnten nur einige Grundzüge der Veränderungen von Zellorganellen dargestellt werden. Die Zusammenstellung läßt aber deutlich werden, daß es auch in der Dimension der Ultrastruktur keine spezifischen Zellveränderungen gibt, d. h. die verschiedensten Schädigungen eine recht uniforme Antwort hervorrufen. Mit den eingefügten Bemerkungen zur Biochemie und Lichtmikroskopie wurde der Brückenschlag nach beiden Seiten hin versucht.

---

[1]) Die in die Bilder eingezeichneten Striche geben als Maßstab 1 μ an, wenn nicht anders vermerkt.

Normale Leberzelle

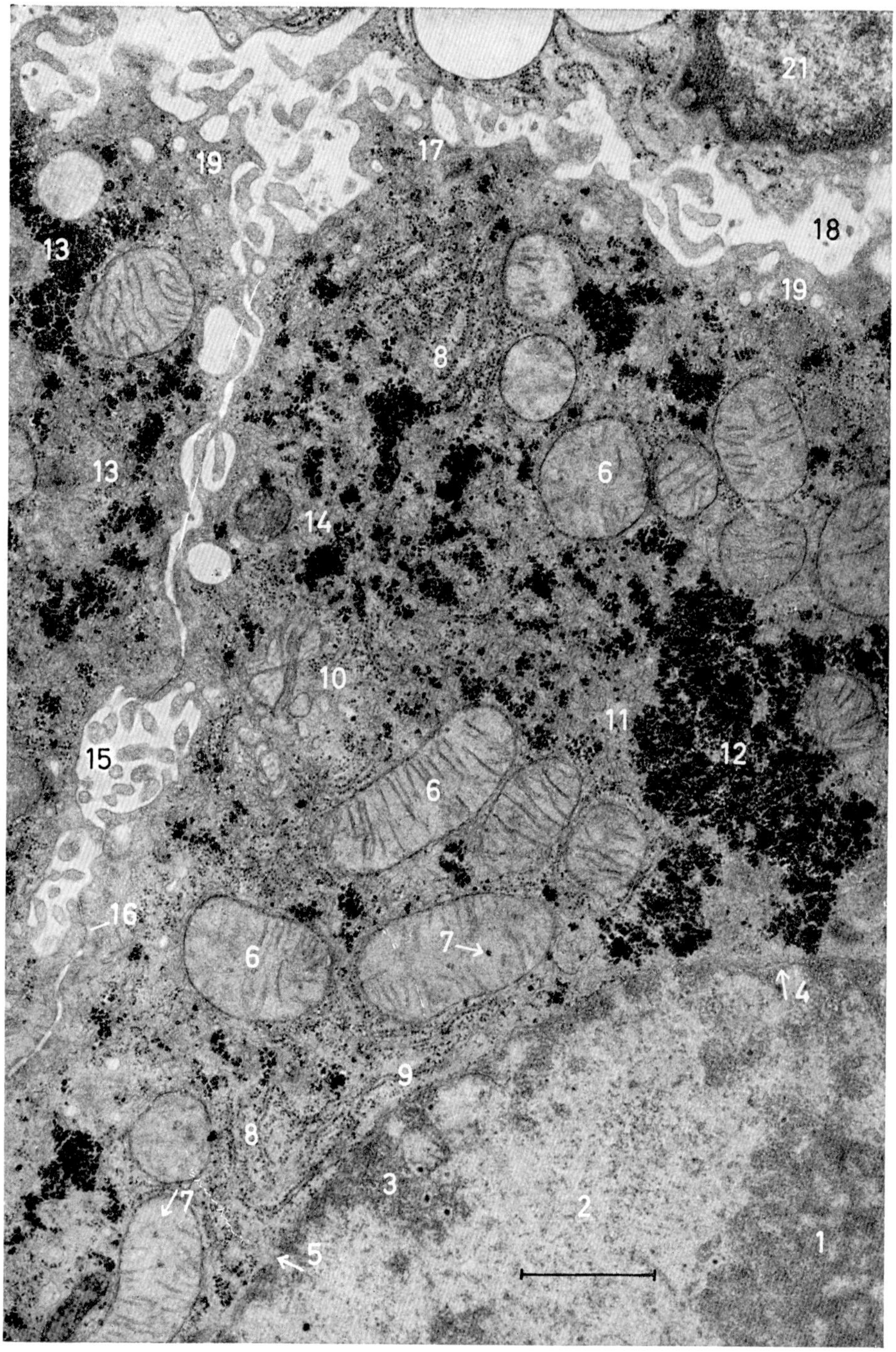

A. – Abb. 11. Normale Leberzelle der Maus. Elektronenmikroskopische Aufnahme. Vergr.: 20600 ×. (Dr. Schroeder)

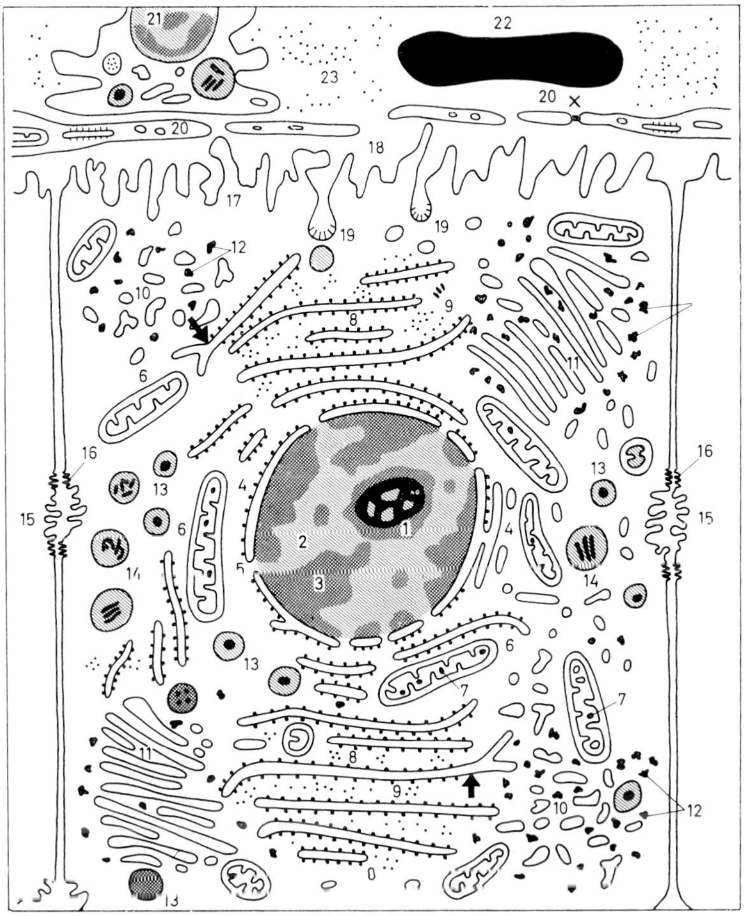

A. – Abb. 12. Schema des elektronenmikroskopischen Aufbaus einer normalen Leberzelle (vgl. die eingezeichneten Nummern auch in Abb. 11). 1 *Nukleolus* (Bildung von Ribosomen und Transfer-RNS). 2 *Lockeres Chromatin* (Euchromatin: Synthese von Messenger-RNA). 3 *Dichtes Chromatin* (Heterochromatin. Genetisch blockiert). 4 *Doppelmembran des Zellkerns*, teilweise außen mit Ribosomen besetzt. 5 *Poren in Kernmembran*. 6 *Mitochondrien* mit Cristae (Zitronensäurezyklus, Atmungsfermente, Teil der Fettsäuresynthese). 7 *Matrixgranula* der Mitochondrien (Lipoprotein mit Kationen. Ionentransportfunktion?). 8 *Rauhes endoplasmatisches Retikulum* (RER), außen mit *Ribosomen* besetzt. → in Abb. 12 Übergang von RER in GER. An den Ribosomen und *Polysomen* (Aggregate von Ribosomen 9; vgl. S. 25) wird mit Hilfe der Messenger-RNA Protein synthetisiert. In den Zisternen des RER Proteintransport. *Golgifeld* (10) dient als Kondensations- und Packungsstation. 11 *Glattes endoplasmatisches Retikulum* (GER). Zisternen ohne Ribosomen. RER und GER stellen Membransysteme dar [Oberbegriff — *endoplasmatisches Retikulum* (ER) = Mikrosomenfraktion der Biochemiker] mit organspezifischen Enzymen (STAUDINGER, 1962): Hydrolasen (vorw. Entgiftungsfunktionen), Glukose-6-Phosphatase (Glykogenstoffwechsel). Steroidsynthese u. a. 12 *Glykogen* (rosettenartig gelagerte Partikel aus Untereinheiten von 150–400 Å Durchmesser). 13 *Microbodies (Peroxysomen)*: Katalase. Schutz gegen Fettsäureperoxydation. 14 *Lysosomen* mit gespeicherten Membranteilen (vgl. Tab. 4). Leitenzym: saure Phosphatase; β-Glukuronidase, Kathepsin, Kollagenase u. a. 15 *Galleröhrchen* mit Mikrovilli. 16 *Desmosomen* (Abdichtung des Galleröhrchens). 17 *Mikrovilli* an der Zelloberfläche in den *Disseschen Raum* (18) hineinreichend (Basalmembran fehlt an Sinusoiden der Leber). 19 *Mikropinozytosegrübchen* und *-vesikel* (Aufnahme von kolloidalen Partikeln, Fett u. a.). 20 Ausläufer einer *Endothelzelle* mit weiten Poren; × Endothelfenster mit Diaphragma. 21 *Kupffersche Sternzelle*. 22 *Erythrozyt*. 23 Denaturiertes *Blutplasma*. (Gezeichnet in Anlehnung an JEZEQUEL, 1962; PORTER u. BONNEVILLE, 1965)

A. – Tab. 4. **Pathologische Strukturänderungen der Zellorganellen**[1])

Normal	Pathologisch	Bemerkungen
	Mitochondrien a) Schwellung  Matrixtyp Cristatyp Mischtyp THOENES, 1964	*Mikroskopisch:* Bei Matrixtyp entsteht das Bild der trüben Schwellung. Cristatyp mikroskopisch unauffällig. *Ursache:* O_2-Mangel, Toxine, Substratmangel. *Stoffwechsel:* Verminderung von ATP, DPN, oxydativer Phosphorylierung; auch Übergang in Vakuolen (sog. vakuolige Transformation). Vgl. S. 43, 135, 146, 147
	Verschwinden der Matrixgranula	Bei O_2-Mangel, Nekrose. Vgl. S. 43
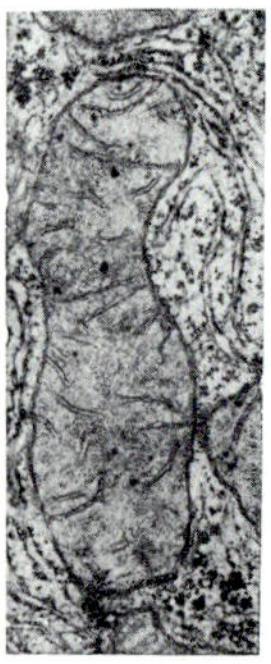	b) Struktur- und Formänderungen 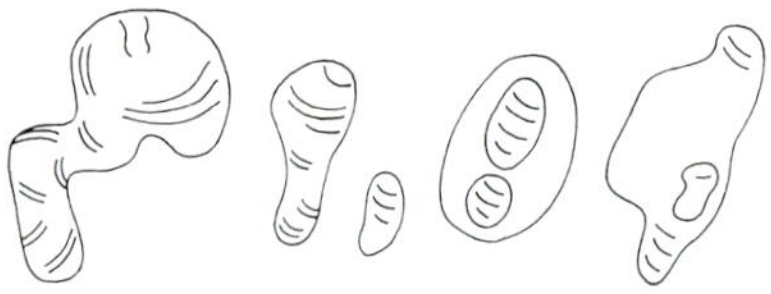	*Mikroskopisch:* Kein Äquivalent. *Ursache/Vorkommen:* Vitamin-E-Mangel, Leberzirrhose, Tumoren, chronischer Alkoholismus. *Stoffwechsel:* Fermente des Zitronensäurezyklus manchmal vermehrt, ATP vermehrt. Vgl. S. 235
Vergr. 15000 ×	c) Membranänderungen 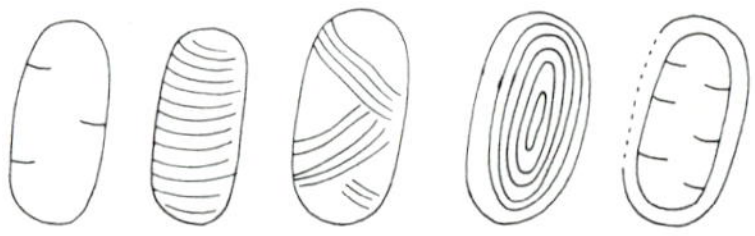	Zu- oder Abnahme der Mitochondrienmembranen Verlängerung – Verkürzung der Cristae, Lückenbildung in Lamellen, myelinartige Degeneration, Membranauflösung. *Ursache:* z. B. hohe CO_2-Spannung (Lunge), Toxine, Tumoren, Ikterus u. a. Vgl. S. 137, 235
	d) Matrixveränderungen Matrixverdichtung Matrixaufhellung Matrixaggregate → 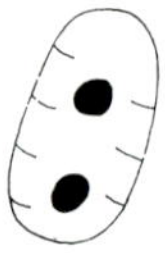	Aufhellung und Verdichtung bei den verschiedensten Arten der Schädigung. Matrixaggregate (Mitochondrienkörper) bei Methylcholanthren, Alkoholismus, Nekrose. Enthalten oft Kalzium (z. B. bei Nephrokalzinose). Vgl. S. 43, 136, 146, 147
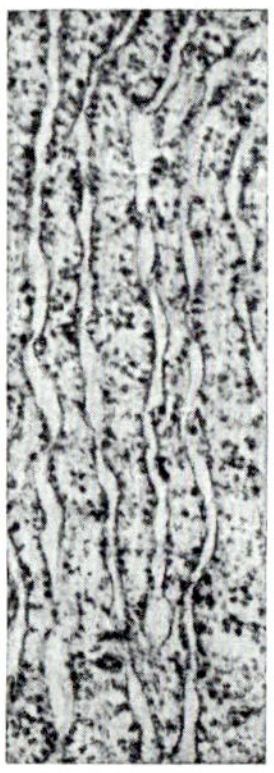	**Rauhes endoplasmatisches Retikulum** a) Form- und Größenänderung 	*Mikroskopisch:* Vakuolige Degeneration. *Ursache:* O_2-Mangel, Toxine. *Stoffwechsel:* Verminderung der Eiweißsynthese. Die Zisternen bilden sich im RER und GER, meist mit Verlust der membrangebundenen Ribosomen. Vgl. S. 42, 136, 137, 146
	b) Fragmentation, Vesikulierung 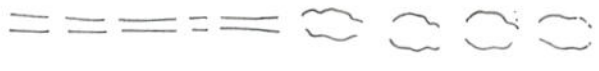	Auftreten im Beginn der Nekrose. Verlust der Ribosomen. Vgl. S. 43, 134, 146
	c) »Fingerprint«-Degeneration Konzentrische Schichtung der Membranen (sog. Myelinfiguren) 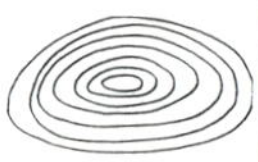	Bei chronischen toxischen Einwirkungen, Regeneration, Steigerung der Zellaktivität. Vgl. S. 137
Vergr. 29000 ×	d) Änderung der Verteilung der Ribosomen, Verlust der Ribosomen 	Toxine, Karzinogenese, Vitamin-C-Mangel, Nekrose. Vgl. S. 136, 137

[1]) Entworfen nach den Übersichtsartikeln von MILLER (1958) und TRUMP u. Mitarb. (1965).

A. – Tab. 4 (Fortsetzung)

Normal	Pathologisch	Bemerkungen
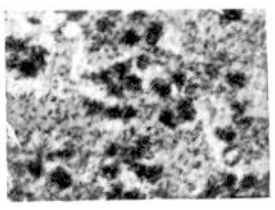 Vergr. 50000 ×	e) Ribosomen- und Polysomenänderungen: Aggregate von 80 S Ribosomen (= Polysomen) verschwinden, 50 S und 30 S Ribosomen erscheinen (biochemisch). Vgl. auch S. 134, 142	*Mikroskopisch:* Schollige Zytoplasmabasophilie (RNS) verschwindet, diffuse Basophilie tritt auf. Abnahme Eiweißkörpersynthese z. B. bei Tetrachlorkohlenstoff, Thioazetamid.
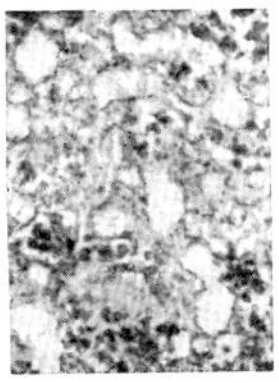 Vergr. 29000 ×	**Glattes endoplasmatisches Retikulum** a) Herdförmige oder diffuse Vermehrung 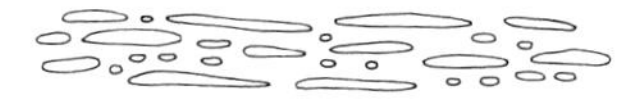 b) Vermehrung mit Speicherung (z. B. Morbus Gaucher) 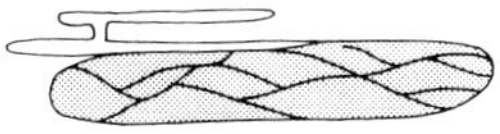	Zu a: *Mikroskopisch:* Hyalines Zytoplasma. *Ursache:* Hunger, Alkohol, Toxine, Karzinogenese. *Funktion:* Entgiftung, Steroidsynthese, Vermehrung bei fettiger Degeneration. Zu b: Speicherung von Kerasin. *Mikroskopisch:* PAS-positives Material (SCHÄFER u. Mitarb., 1966). Vgl. S. 137, 139
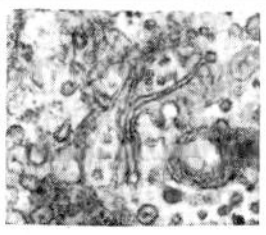 Vergr. 15000 ×	**Golgiapparat**  Anschwellung der Zisternen, Hypertrophie	Bei Sauerstoffmangel, Sekretion, Winterschlaf.
Peroxysom 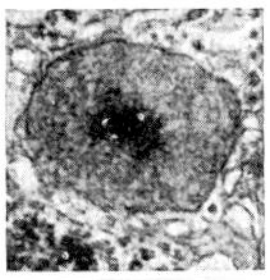 Vergr. 29000 × **Lysosom** 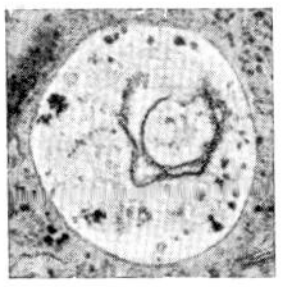 Vergr. 20000 × **Saure Phosphatase** 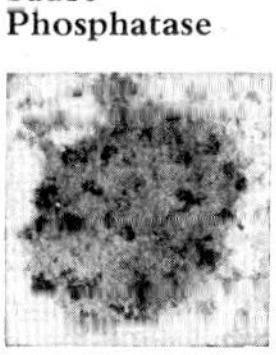 Vergr. 20000 ×	**Lysosomen** Verschwinden bei beginnender Nekrose, gleichzeitig Aktivitätssteigerung der sauren Phosphatase (elektronenmikroskopischer Nachweis s. nebenst. Abb.) und Abnahme der Succinodehydrogenase **Autolysosomen:** Aufnahme und Verdauung zelleigener Substanzen (vgl. nebenst. Abb. Mitte). Reste des Abbauschuttes = Lipofuszingranula **Phagolysosomen:** Aufnahme und Verdauung von Fremdstoffen durch Pinozytose oder Phagozytose 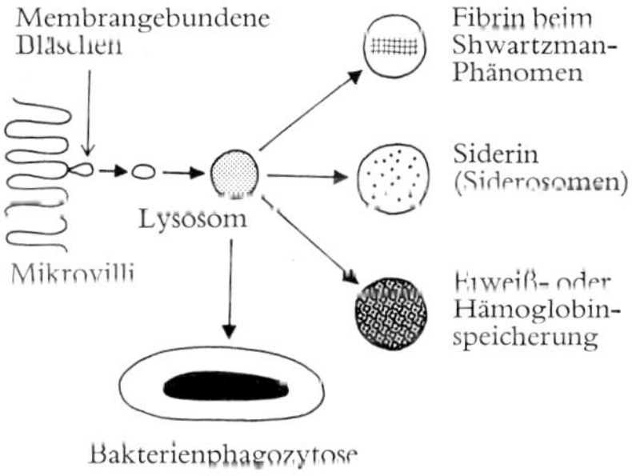	*Peroxysomen:* Abbau der Peroxyde (Katalase), der Urate (Urikase), Vermehrung durch Antihyperlipidämika, Verschwinden bei Nekrose. *Autolysosomen:* Als Inhalt findet man Teile der Membranen (RER, GER, Mitochondrien Glykogen usw.). Auftreten in allen Zellen mit hoher Stoffwechselaktivität und bei geringer Zellschädigung (z. B. Hunger, Hepatitis, Vitamin-E-Mangel). Bei Verkalkung sog. Schaumannkörper in Riesenzellen z. B. bei Morbus Boeck) *Phagolysosomen:* Fremdstoff- oder Fremdkörperaufnahme erfolgt immer membrangebunden, d. h. durch Umschließung der Zellmembran. Mikroskopisch ist z. B. Eisen mit Berliner-Blau-Reaktion nachweisbar. Eiweißspeicherung läßt sich als hyalintropfige Einschlüsse nachweisen (S. 140). Bakterien lassen sich mit Spezialfärbungen darstellen (S. 97). Häufig auch Speicherung von Kerntrümmern (S. 110. Typhuszellen). *Literatur:* DE DUVE, WEISSMANN
Fettige Degeneration	 Gleichzeitig Vermehrung des GER	*Mikroskopisch:* Fetttröpfchen im Zytoplasma.
Grundplasma: strukturlos	*Verdichtung:* Toxine, O_2-Mangel. *Aufhellung:* (Hydratation): bei verschiedenen Schädigungen (diffus, vakuolig), (z. B. S. 18, 146)	

Elektronenmikroskopische Aufnahmen: Dr. SCHROEDER, Zürich. Bild Saure Phosphatase: Dr. HAGER, Gießen.

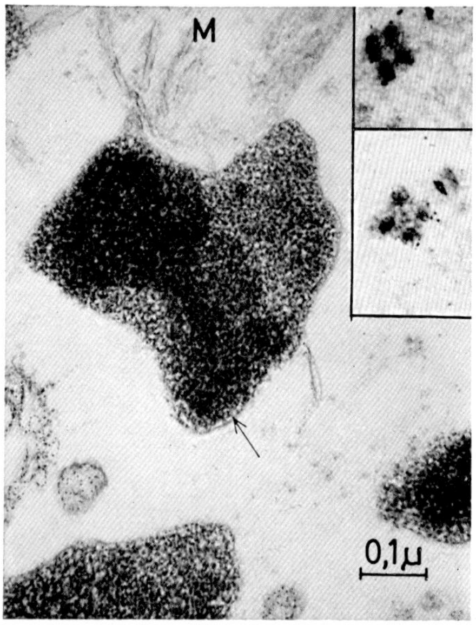

A. – Abb. 13. Makrophage nach Eiseninjektion mit Siderosomen (Membran, →) mit Eisenpartikeln in grob- (Siderin) und feinscholliger Form. (Ferritinpartikel von 55 Å Durchmesser, s. eingeschnittenes Bild). M = Mitochondrium. Vergr. 75000 ×, Einschnitt 450000 ×. (Dr. WESSEL[1])

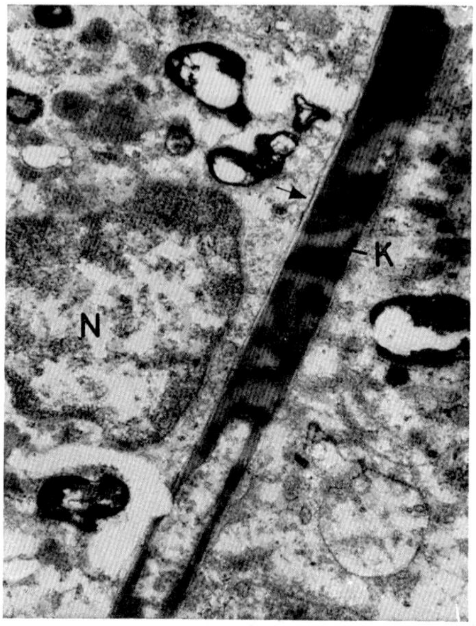

A. – Abb. 14. Hämatoidenkristall (K) in einem Makrophagen, umgeben von eingestülpter Zellmembran (→). N = Zellkern. Vergr. 25000 ×. (Dr. GIESEKING)

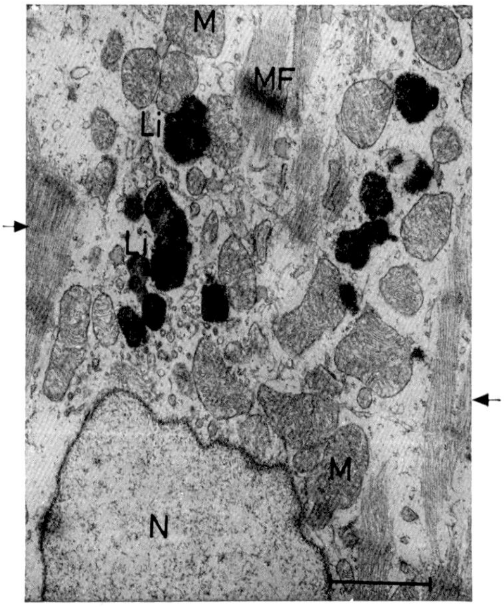

A. – Abb. 15. Lipofuszin (Li) im Herzmuskel (Katze) perinukleär (N = Zellkern). MF und Pfeile = Myofilamente mit Z-Streifen. M = Mitochondrien. Vergr. 12000 × (Dr. TOTOVIC[2])

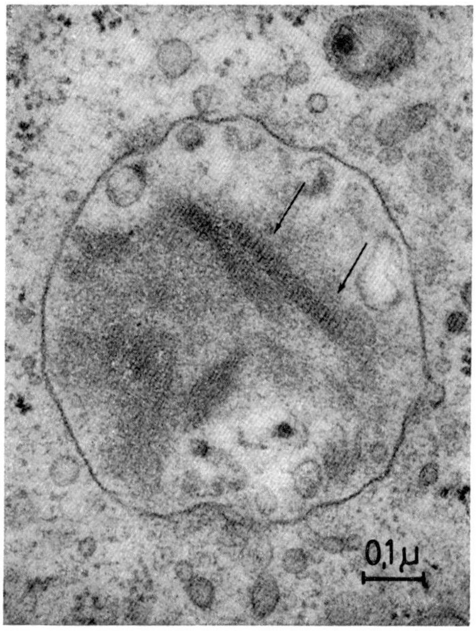

A. – Abb. 16. Fibrin mit Querstreifung (typische Periodik →) in einer Zytoplasmavakuole von Kupfferscher Sternzelle nach Gabe von Endotoxin (»Fibrinclearing«-Mechanismus bei Shwartzman-Phänomen). Vergr. 71000 ×. (Dr. PROSE[3]), vgl. S. 107

[1]) Vgl. WESSEL u. GEDIGK, 1959.
[2]) Vgl. SOMORAJSKI u. Mitarb., 1965.
[3]) Vgl. PROSE u. Mitarb., 1965.

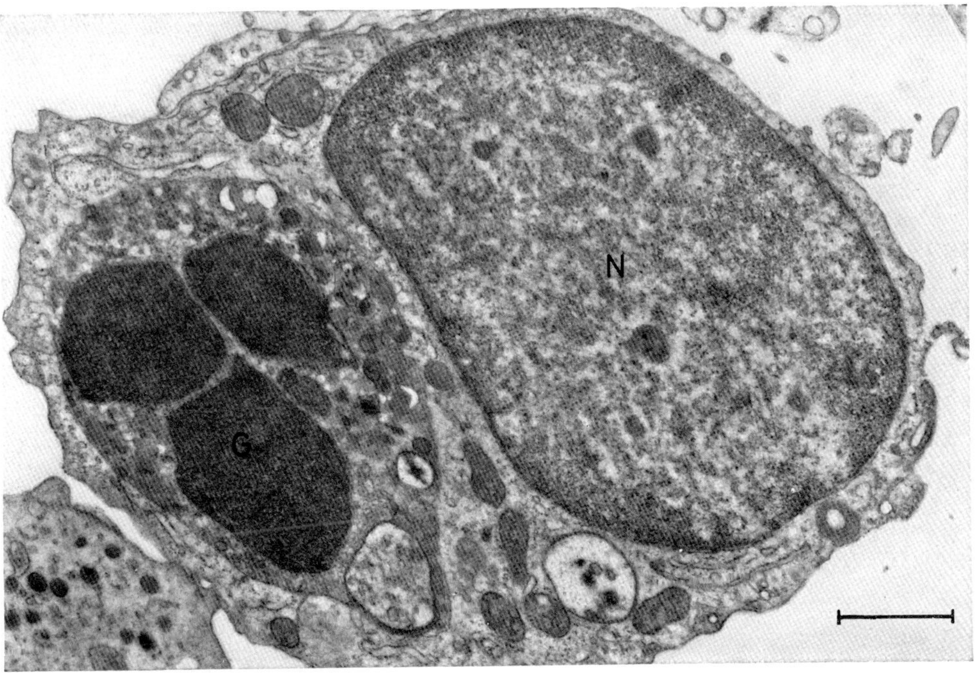

A. – Abb. 17. Phagozytose eines nekrotischen Leukozyten (G = Granulozyt) durch einen Makrophagen. N = Zellkern des Makrophagen. Vergr. 16000×. (Dr. HAGER), vgl. NELSON u. Mitarb., 1962

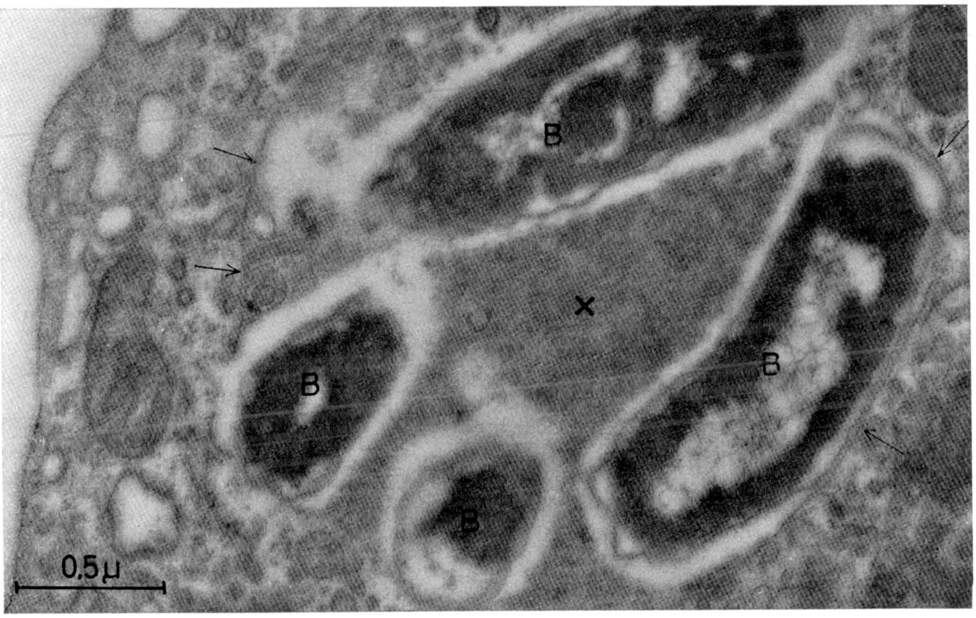

A. – Abb. 18. Phagozytose von Kolibakterien durch Makrophagen. Das große Phagosom enthält eine gleichmäßig dichte Füllsubstanz (X) und vier weitgehend intakte Bakterien (B). Die Phagosomenmembran (→) ist zu erkennen. Vergr. 40000×. (Dr. HAGER)

a
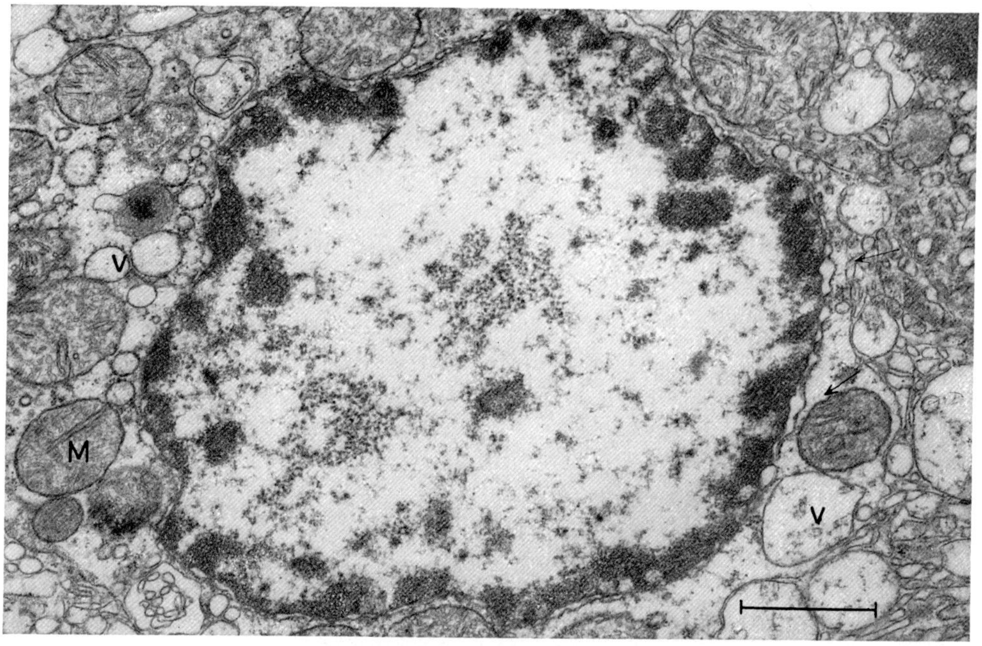

b
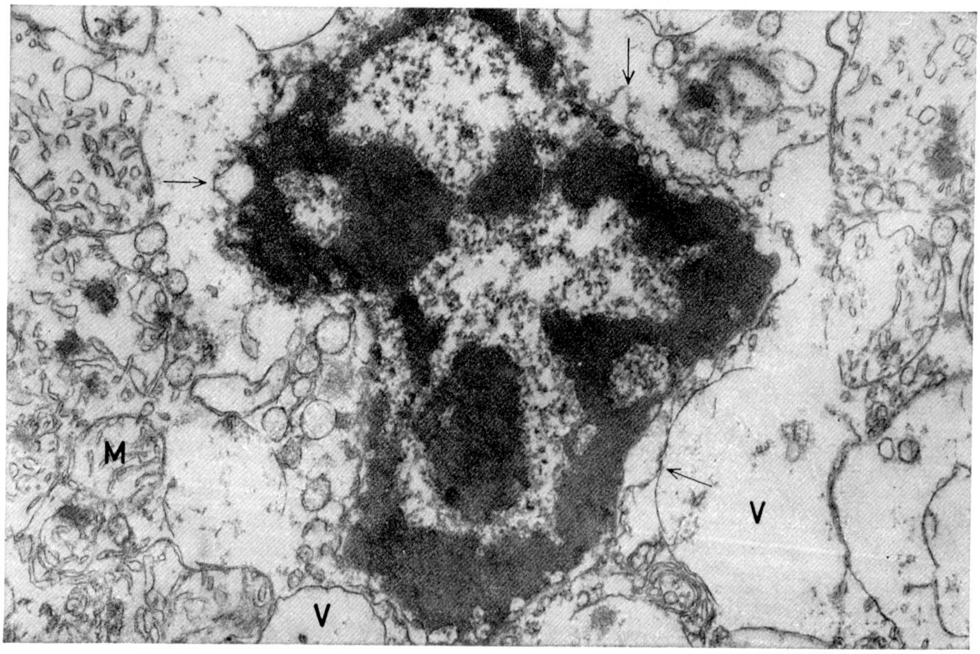

A. – Abb. 19a, b, c, d: Verschiedene Stadien des Zellkernunterganges unter dem Bild der Pyknose in den Hauptstückepithelien der Rattenniere beim experimentellen Niereninfarkt.

a) Kernwandhyperchromatose, d. h. Verlagerung des Chromatins an die Kernmembran mit Aufhellung im Innern. → = Abhebung der äußeren Lamelle der Kernmembran. M = Mitochondrien, V = Vakuolen im ER (vakuolige Degeneration).

Zellkernpyknose

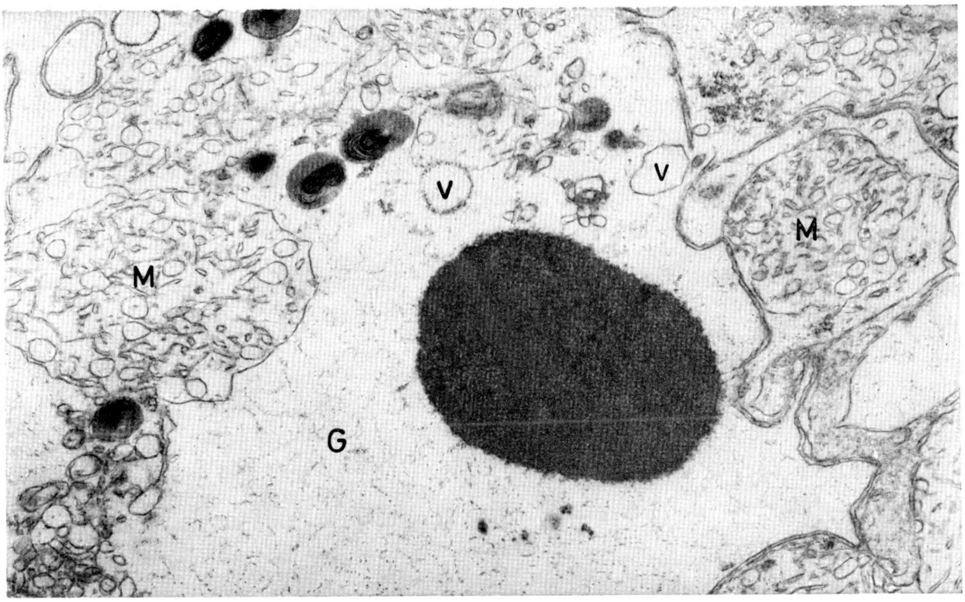

c

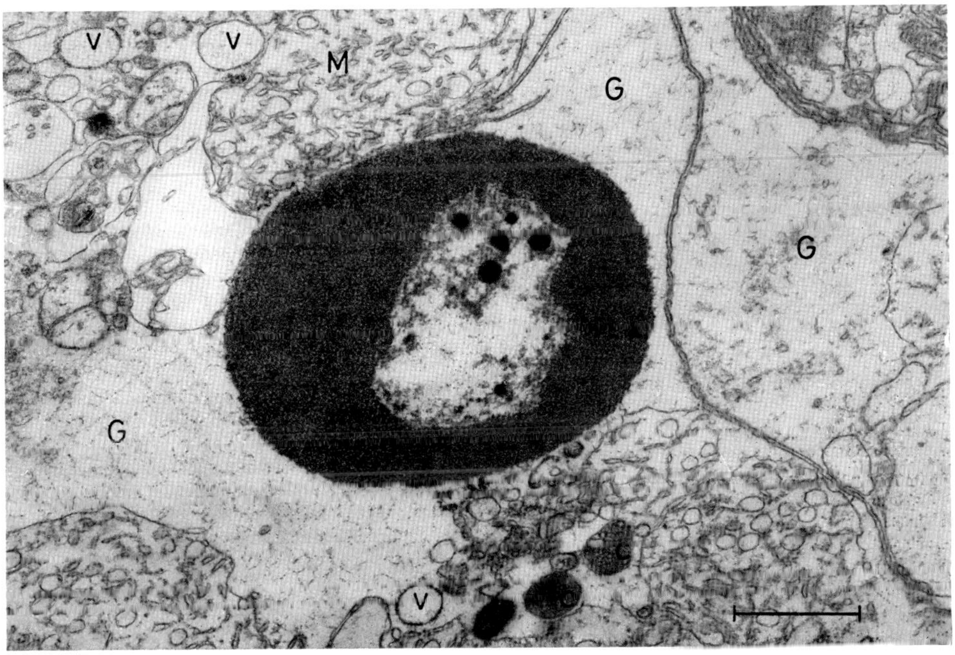

d

b) Schrumpfung des Kerns mit beginnender Verdichtung und Verklumpung des Chromatins. → = Abhebung der äußeren Lamelle der Kernmembran. V = Große Vakuolen im Zytoplasma.

c) und d) Stark fortgeschrittene Pyknose mit hochgradiger Verdichtung des Kernchromatins. Die Kernmembran ist nicht mehr darstellbar. Mitochondrien (M) stark geschwollen, Einwässerung und Aufhellung des Grundplasmas (G), Vakuolen (V) im ER. Zytosomen (C) teilweise noch erhalten. Vergr. 17000×. (Dr. TOTOVIC), vgl. V. TOTOVIC, 1966; ALTMANN u. Mitarb., 1966

Kreislaufstörungen

Die *Kreislaufstörungen* sind ebenso wie die Entzündung komplexe Vorgänge, die an Gewebssystemen (Einheit des Gewebes = *Histion*, Letterer) ablaufen. Die terminale Strombahn mit Arteriole, Metarteriole, Kapillare und Venole ist der Ort, an dem sich diese Vorgänge abspielen. Schon normalerweise findet man hier ein Wechselspiel von Hyperämie (Arbeit) und Anämie (Ruhe), das ins Pathologische zu passiver (Blutstauung) oder aktiver Hyperämie bzw. Ischämie (Minderdurchblutung) gesteigert werden kann. Stase bedeutet Stillstand der Blutsäule mit Hämokonzentration (Bluteindickung). Dauert sie länger an, so kommt es zur Nekrose. Je nach Örtlichkeit entwickelt sich ein anämischer Infarkt (Koagulationsnekrose; in Organen mit Endarterien, z. B. Herz, Niere, Milz u. a.) oder hämorrhagischer Infarkt (Nekrose und Blutung; z. B. in Lunge, Darm).

Aus verschiedenen Ursachen kann es zur Blutung (z. B. Kapillarwandschädigung, Blutplättchenmangel, Fibrinogenmangel) kommen. Störungen der Gerinnung zusammen mit Blutstromverlangsamung und Endothelschädigung können eine Thrombose zur Folge haben (»Koagulationsnekrose« des Blutes), die entweder verschleppt *(Embolie)* oder bindegewebig organisiert wird, verkalkt oder von innen her erweicht *(puriforme Erweichung)* bzw. aufgelöst wird *(Fibrinolyse)*.

Vergleiche folgende Abbildungen: Blutstauung, S. 76, 120; Stase, S. 50, 120; Anämischer Infarkt, S. 38, 150, 154; Hämorrhagischer Infarkt, S. 80, 104; Blutungen, S. 226; Thrombose, S. 68.

Entzündung

Die *Entzündung* besteht in einer komplexen Reaktion des Gefäßbindegewebsapparates auf eine Gewebsschädigung. In der akuten Phase kommt es zur *Hyperämie*, *Exsudation* [vorwiegend Blutserum = *seröse Entzündung;* vorwiegend Fibrinogen (vorw. Blutplasma) = *fibrinöse Entzündung;* Erythrozytenaustritt = *hämorrhagische Entzündung*] und *Emigration* von Leukozyten *(eitrige Entzündung)*.

Abb. 20 zeigt schematisch den Stärkegrad der verschiedenen bei der Entzündung beteiligten Elemente im akuten und chronischen Stadium.

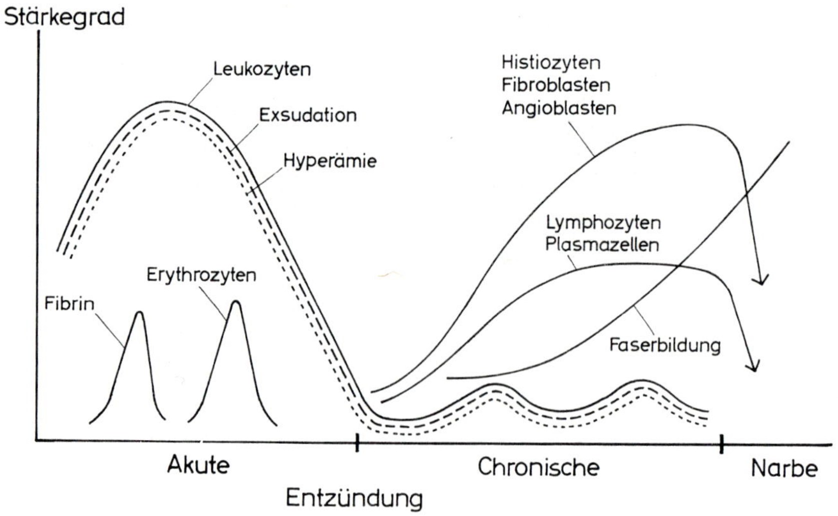

A. – Abb. 20. Schematische Darstellung der Reaktion des Gewebes auf entzündliche Reize

Vergleiche folgende Abbildungen: Seröse Entzündung, S. 22, 48, 90, 106; Fibrinöse Entzündung, S. 50, 83, 107; Hämorrhagische Entzündung, S. 88; Eitrige Entzündung, S. 44, 54, 92, 112, 122, 166, 227.

Im chronischen Stadium der Entzündung steht die Proliferation von Bindegewebszellen, Histiozyten und Wucherung von Kapillaren im Vordergrund *(Granulationsgewebe)*. Es tritt in verschiedenen Erscheinungs- und Funktionsformen überall dort auf, wo lange andauernd pathologische Reize einwirken oder denaturierte Eiweißkörper (Nekrose, Fibrin) bzw. Fremdkörper im Gewebe zu beseitigen sind. Es handelt sich um ein jugendliches Bindegewebe mit Wucherung von *Fibroblasten* (Faserbildung → Narbe), *Histiozyten* (Verdauungsfunktion) [Abstammung neuerdings von Blutmonozyten! (LEDER, 1967)] und *Kapillarsprossen* (Ernährungsfunktion). Diesem Grundgewebe können Lymphozyten und Plasmazellen sowie Mastzellen oder auch polymorphkernige Leukozyten in wechselnder Zahl beigemischt sein. Je nach der vorherrschenden Zellart unterscheidet LETTERER ein *zellig proliferierendes Granulationsgewebe* mit reichlich Lympho- und Histiozyten, ein *Granulationsgewebe im engeren Sinne* (nur Kapillarsprossen und Fibroblasten) sowie ein *infiltrierendes Granulationsgewebe*, das zwischen den örtlichen Gewebselementen und auch anstelle derselben auftritt.

Nach den vorherrschenden Funktionen des Granulationsgewebes sind zu unterscheiden:

1. *Resorptionsgewebe*, z. B. bei der Resorption von Nekrosen, Thromben oder Fibrin (S. 40);
2. *Ersatzgewebe*, z. B. bei Haut- oder Schleimhautdefekten (S. 200);
3. *Demarkationsgewebe*, z. B. bei der Abgrenzung eines Abszesses (S. 276).

Als Folge tritt immer eine *Narbe* (Defektheilung) auf, in der spezifische ortsständige Gewebselemente fehlen.

Vgl. z. B. S. 40, 44, 46, 52, 64, 92, 102, 105, 108, 126, 186, 200, 202, 204.

Makroskopisch: Jugendliches Granulationsgewebe: rot. Narbengewebe: weiß, sehnig glänzend und derb.

Die fibrinoide Verquellung bzw. Nekrose (Abb. 21) tritt bei einer akuten, schweren Störung der Permeabilität der Blut-Gewebs-Schranke mit plötzlichem Einstrom von Blutplasma in die Gefäßwand und das Bindegewebe auf, wobei die Gewebsstrukturen maskiert oder zerstört werden (vgl. Tab. 3 und S. 23). Die Proteine des Blutplasmas und die kollagenen Fasern bzw. die Mukopolysaccharide können dabei chemische Bindungen eingehen (BENEKE, 1963). Fibrin ist oft, auch elektronenmikroskopisch, nachweisbar (Abb. 24). Eine flüchtige, leichte leukozytäre Reaktion bzw. sekundäre Wucherung von Histiozyten (z. B. Aschoffsches Knötchen bei Rheumatismus) oder von Granulationsgewebe (z. B. Periarteriitis nodosa) mit Resorption des Fibrinoids tritt als Folge auf (vgl. S. 23, 46, 64, 154).

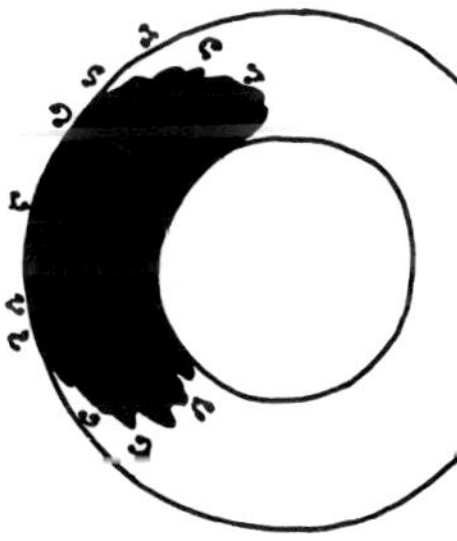

A. – Abb. 21. Fibrinoide Nekrose einer Arterie

Als Granulome werden umschriebene Herde von Granulationsgewebe bezeichnet (histiozytäres Granulom, z. B. Aschoffsches Knötchen; Fremdkörpergranulom; epitheloidzelliges Granulom bei Tuberkulose u. a.).

Vgl. S. 46, 98, 200.

Unter spezifischen Entzündungen versteht man Gewebsreaktionen, die sich durch charakteristische (»spezifische«) morphologische Erscheinungsbilder auszeichnen, so daß man auf besondere Erreger schließen kann (z. B. Tuberkulose). Es entwickelt sich ein typisches »Arrangement« von Zellen und Gewebsstrukturen (oft mit Nekrose). Die Gewebsspezifität gilt allerdings nur in beschränktem Maße, da z. B. epitheloidzellige Granulome bei ätiologisch ganz verschiedenen Krankheiten auftreten können (Tuberkulose, Lues, Brucellose, Histoplasmose u. a.).

Vergleiche die Abbildungen: Tuberkulose, S. 54, 98, 100; Lues, S. 122.

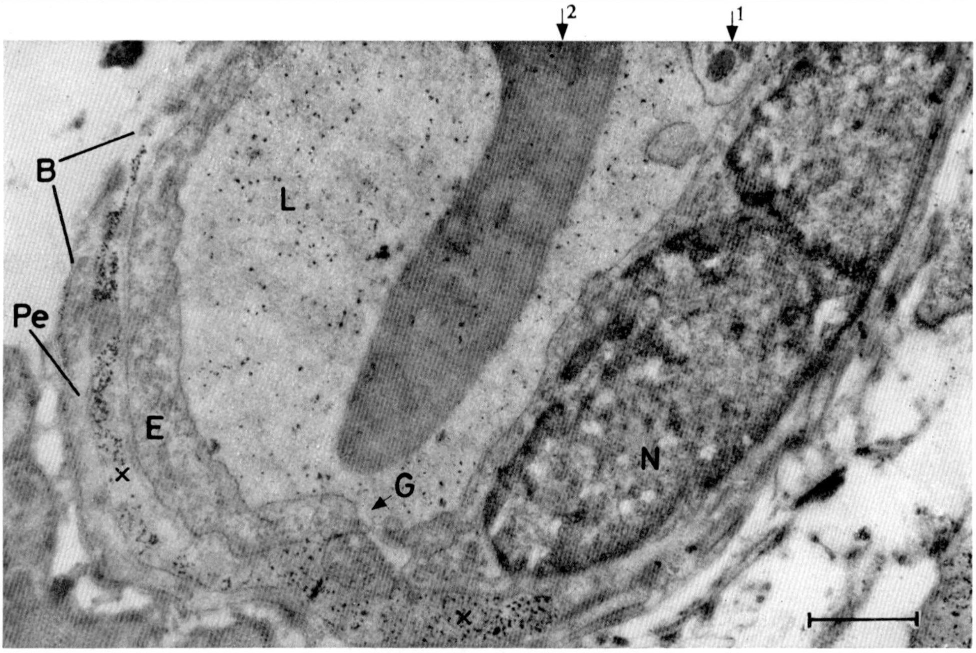

A. – Abb. 22. Seröse Entzündung: Akute seröse Exsudation von Blutplasma aus einer Venole 3 min nach Gabe von Serotonin und i.v. Injektion von HgS (schwarze Partikel), M. cremaster, Ratte. L = Lumen, G = Öffnung zwischen zwei Endothelzellen, × × = Plasma mit HgS im Spaltraum zwischen Endothelzellen (E) und Perizyten (Pe) bzw. Basalmembran (B). N = Kern einer Endothelzelle, → 1 = Thrombozyt, → 2 = Erythrozyt. Vergr. 14000 ×. (Dr. MAJNO. u. Mitarb., 1961)

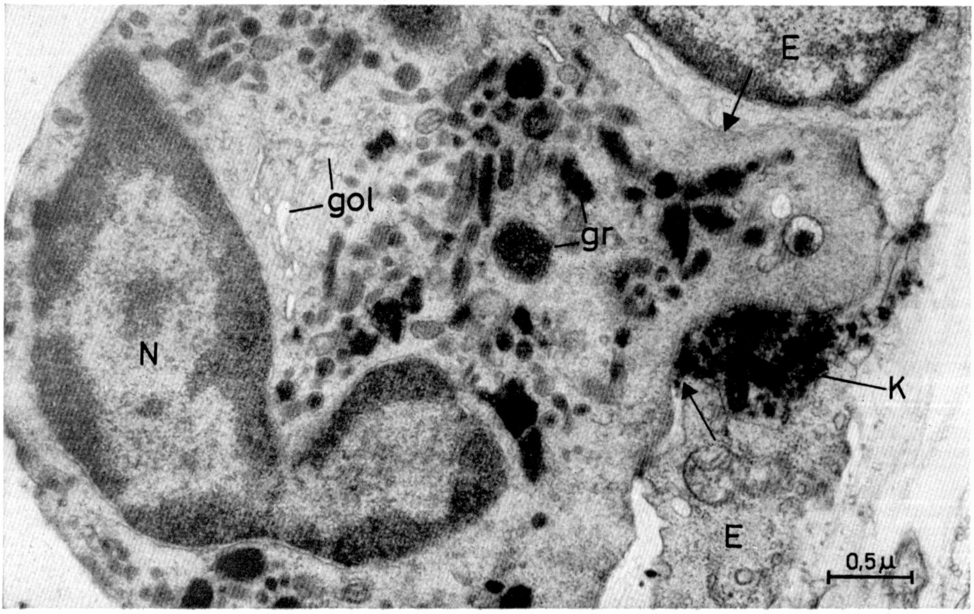

A. – Abb. 23. Frühe Phase der Leukozytenemigration, 5 min nach Hitzeeinwirkung (54–56° C, Ratte, 10–15 sec, Omentum). Ein polymorphkerniger Leukozyt (N = Zellkern, gr = Granula, gol = Golgizone) hat sich mit einem Zytoplasmaausläufer zwischen zwei Endothelzellen (E) geschoben. (→ im Bild = Endothelzellgrenzen). Gleichzeitig tritt Kohle (K, vorher i. v. gegeben) mit aus. Vergr. 23500 ×. (Dr. MOVAT u. Mitarb., 1963)

Akute Entzündung

Bei der *serösen Entzündung* tritt Blutflüssigkeit aus dem Gefäß aus. Abb. 22 u. 23 geben eine Vorstellung von dem lichtmikroskopisch nur schwer faßbaren Zustand. Die Verbindung zwischen den Endothelzellen (normalerweise Desmosomen; S. 13) löst sich. Durch diese Poren (0,1 bis 0,8 μ) tritt Blutserum aus und sammelt sich unter der Basalmembran oder den Perizyten an (Abb. 22 u. 23). Auch *Granulozyten, Lymphozyten, Monozyten* und *Erythrozyten* treten durch diese Poren aus (Abb. 23). In gleicher Weise hat man sich die Exsudation von *Fibrinogen* vorzustellen, wobei es außerhalb der Gefäße zu Polymerisation von Fibrin kommt. Die dichte Lagerung des Fibrins und der enge Kontakt mit kollagenen Fasern lassen diese *fibrinoide Verquellung* mikroskopisch homogen und eosinrot erscheinen. Lysosomale Enzyme und das saure pH im Entzündungsfeld bewirken zudem eine Auflösung der kollagenen Fasern (büschelartige Aufsplitterung, Abb. 25 a). Auch hierbei kann sich Fibrin zwischen die Protofibrillen lagern *(fibrinoide Nekrose)*. Die proteolytischen Leukozytenfermente bewirken oft eine Gewebseinschmelzung (Abszeß), wobei kollagene Fasern zu monomerem Tropokollagen abgebaut werden (Abb. 25 b). Aus diesem abgebauten Kollagen kann wahrscheinlich Hyalin mit ungeordneten Kollagenfibrillen werden (*Rekonstitutionshyalin*, vgl. Abb. 31) (GIESEKING, 1966).

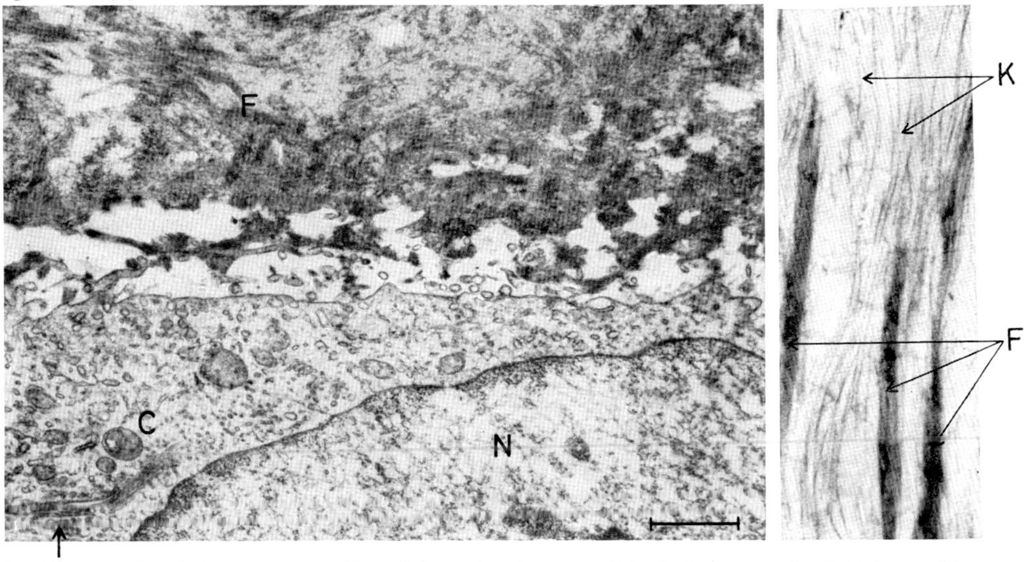

A. – Abb. 24 a u. b. Fibrinoide Verquellung beim Arthusphänomen. a) An der Darmserosa (i. v. Injektion von Humanalbumin; nach 12 Tagen Auftropfen von Humanalbumin). Mesothelzelle (N = Zellkern, → = GER, C = Zytosomen). Aufgelagert Fibrinoid (F), wobei die Periodik des Fibrins nicht sichtbar wird. Vergr. 12000 ×.
b) An der Kornea (gleiche Versuchsanordnung). K = kollagene Fasern mit deutlicher Periodik, F = Maskierung des Kollagens durch dazwischengelagertes Fibrin ohne Querstreifung. Vergr. 16250 ×. (Dr. CAESAR, Dr. SCHIRASAWA)

A. – Abb. 25 a u. b. Fibrolyse: a) Aufsplitterung der kollagenen Fasern (K mit deutlicher Periodik) in Protofibrillen (→) ohne Querstreifung (Quellungshyalin) durch Gewebsazidose bei Entzündung. Vergr. 30000 ×

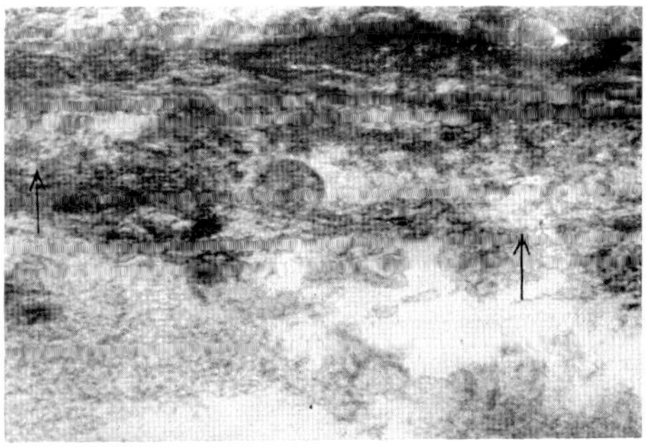

b) Abbau kollagener Fasern (→) durch proteolytische Leukozytenfermente in feinmizellare Partikel. Gewebseinschmelzung. Vergr. 50000 ×. (Dr. GIESEKING)

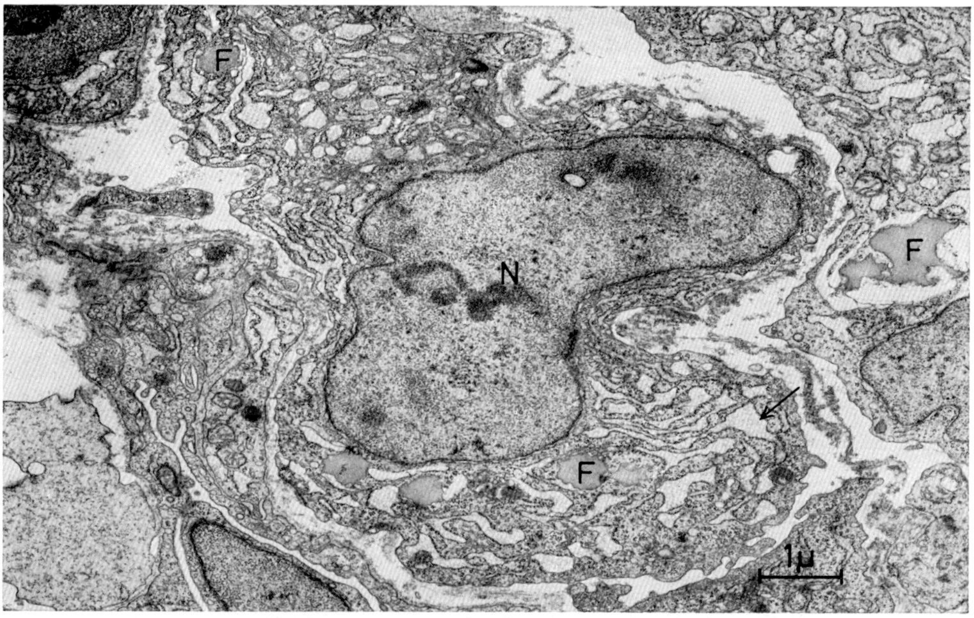

A. – Abb. 26. Fibroblast aus dem Herzmuskel bei älterem Herzinfarkt (5 Tage). N = Zellkern. Im Zytoplasma reichlich rauhes endoplasmatisches Retikulum, das teilweise erweiterte Zisternen aufweist (z. B. →). F = Fetttropfen im Zytoplasma. Vergr. 10000 ×. (Dr. KORB). – Die Kollagenfasersynthese erfolgt mit Bildung von Tropokollagen und Zusammenlagerung zu Protofibrillen intrazellulär im Bereich des RER (vgl. Abb. 27). Die Protofibrillen aggregieren extrazellulär zu kollagenen Elementarfibrillen. (GIESEKING, 1966)

1→
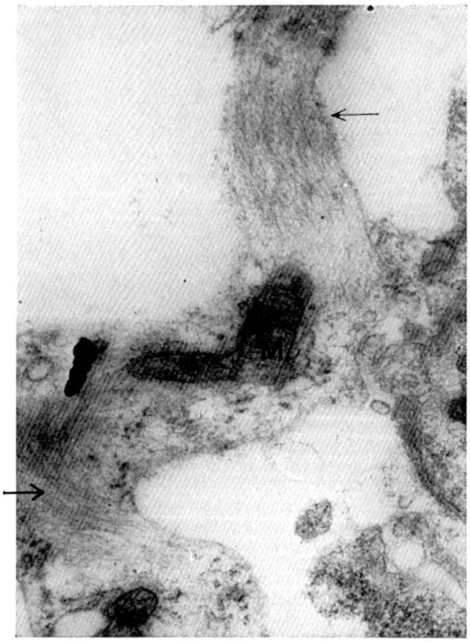

A. – Abb. 27. Teil eines aktiven Fibroblasten mit intrazellulären (→ 1 links unten) und extrazellulären (→ rechts oben) Protofibrillen. M = Mitochondrium. Vergr. 22000 ×. (Dr. GIESEKING)

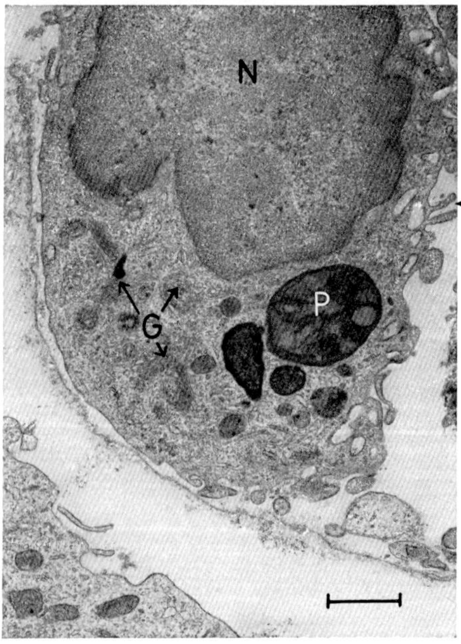

A. – Abb. 28. Histiozyt mit Phagolysosomen (P) und ausgeprägten Zytoplasmaausläufern (→) (Resorption!). G = Golgiapparat. N Zellkern. Vergr. 9000 ×. (Dr. TOTOVIC)

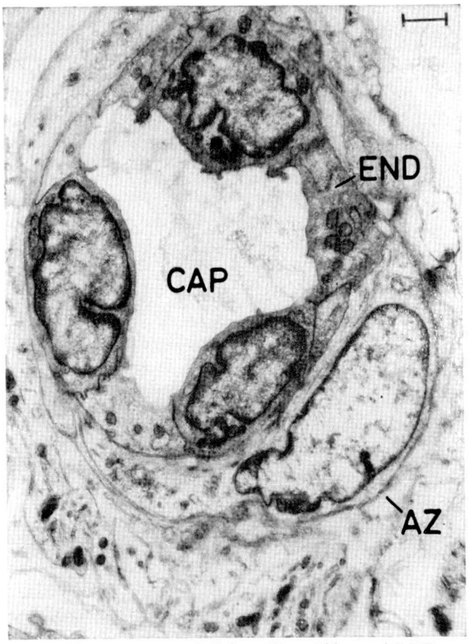

A. – Abb. 29. Neugebildete Kapillare (CAP = Kapillarlumen) im Granulationsgewebe mit Endothelzellen (END) und Adventitiazellen (AZ). Vergr. 6500 ×. (Dr. GIESEKING)

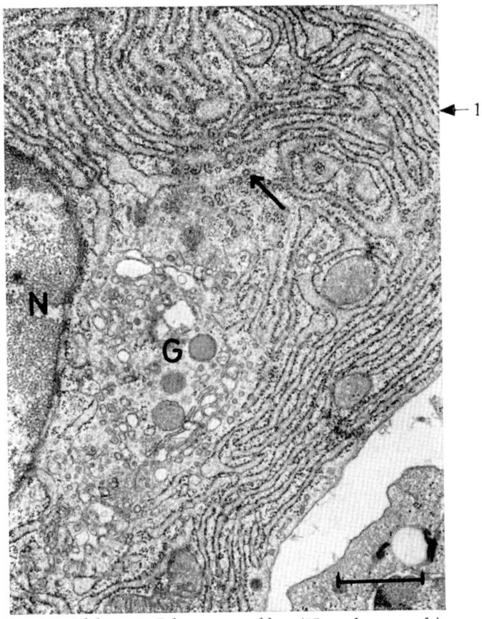

A. – Abb. 30. Plasmazelle (Knochenmark) mit dichtgelagertem RER (→ 1), rosettenartiger Anordnung der Ribosomen (Polysomen, → im Bild), G = Golgizone. Vergr. 12000 ×. (Dr. MILLER)

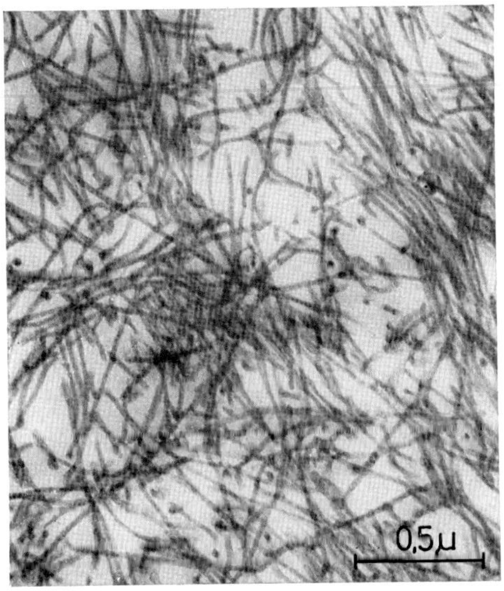

A. – Abb. 31. Hyalin umgewandeltes kollagenes Fasergewebe (Pleuraschwarte) mit Querstreifung (Rekonstitutionshyalin). Vergr. 30000 ×. (Dr. GIESEKING)

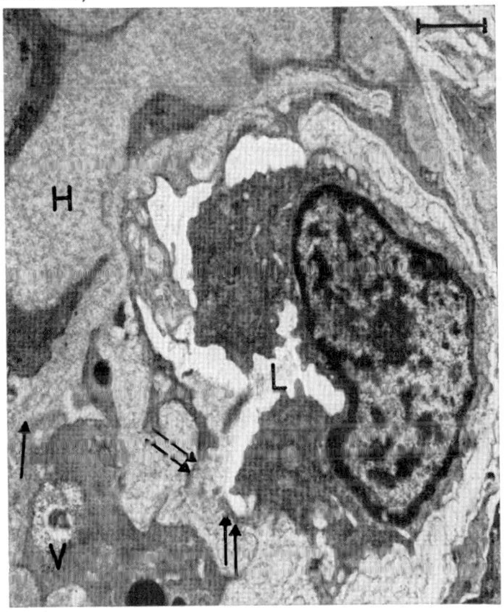

A. – Abb. 32. Hyalin (H) in der Wand einer Arteriole (experimenteller Hochdruck, Ratte) in Form feingranulären Materials. L = eingeengtes Lumen, → = Übergang der verdickten Basalmembran in Hyalin, ⇉ = Lücke im Endothel, V = Vakuole. Vergr. 8000 ×. (Dr. WIENER u. Mitarb., 1965)

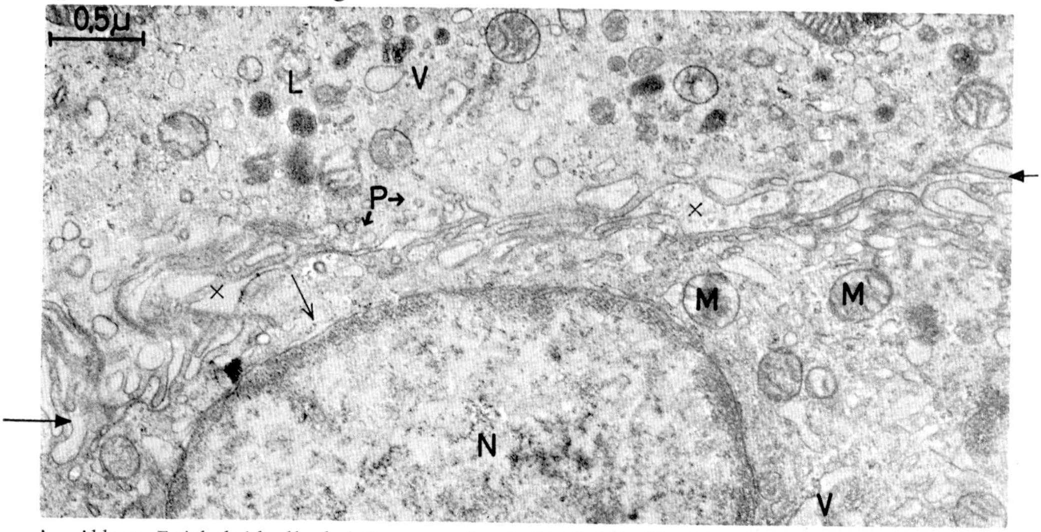

A. – Abb. 33. Epitheloidzelle bei Lupus vulgaris (Epitheloidzellige Hauttuberkulose, vgl. S. 198). N = ovaler Zellkern mit retikulärem Karyoplasma (saftige Epitheloidzelle), → = Erweiterung des perinukleären Raumes (Spalt in Kerndoppelmembran), M = Mitochondrien, V = Vakuolen im ER, × = Mikrovilli an der Zelloberfläche, die mit Nachbarzelle (oben) eng verzahnt sind (→ außen: Grenze der beiden Zellen), P = Mikropinozytosebläschen (Stoffaufnahme), L = Lysosomen. Vergr. 24000 ×. [Dr. Gusek[1])]

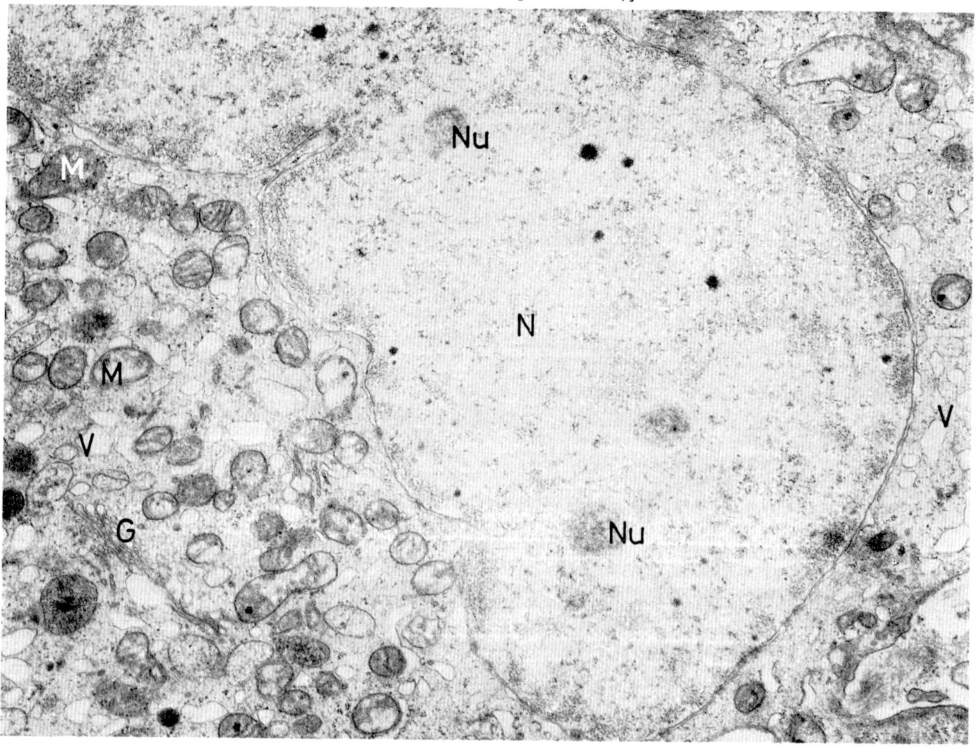

A. – Abb. 34. Epitheloidzelle bei Morbus Boeck (vgl. S. 176). Eingekerbter Zellkern (N) mit lockerem Chromatin und mehreren Nukleolen (Nu), zahlreiche Mitochondrien (M) im Zytoplasma und Vakuolen (V) im ER, G = Golgiapparat. Vergr. 18000 ×. (Dr. Gusek)

[1]) Vgl. Gusek, 1962, Dumont, 1965.

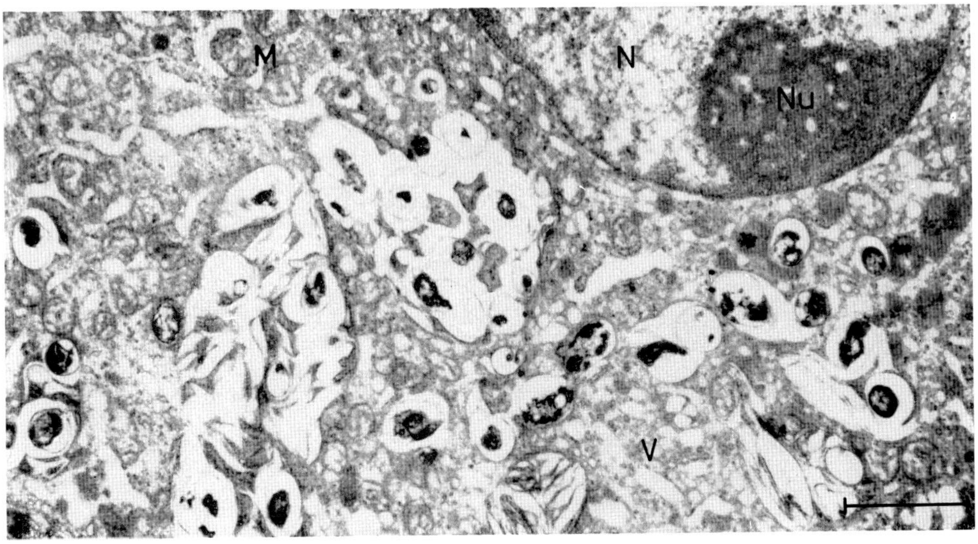

A. – Abb. 35. Epitheloidzelle aus BCG-Granulom (Injektion von in Aktivität abgeschwachten Tuberkelbazillen, 14 Tage nach Impfung). N = Zellkern mit randständigem Nukleolus (Nu). Im Zytoplasma massenhaft Reste von Bakterien in verschiedenen Stadien des Abbaus eingeschlossen in Phagozytosevakuolen. V = Vakuolen im ER, M = Mitochondrien. Alle Membranen (Mitochondrien, ER) sind unscharf, als Ausdruck der Schädigung. Vergr. 17000 ×. (Dr. Gusek)

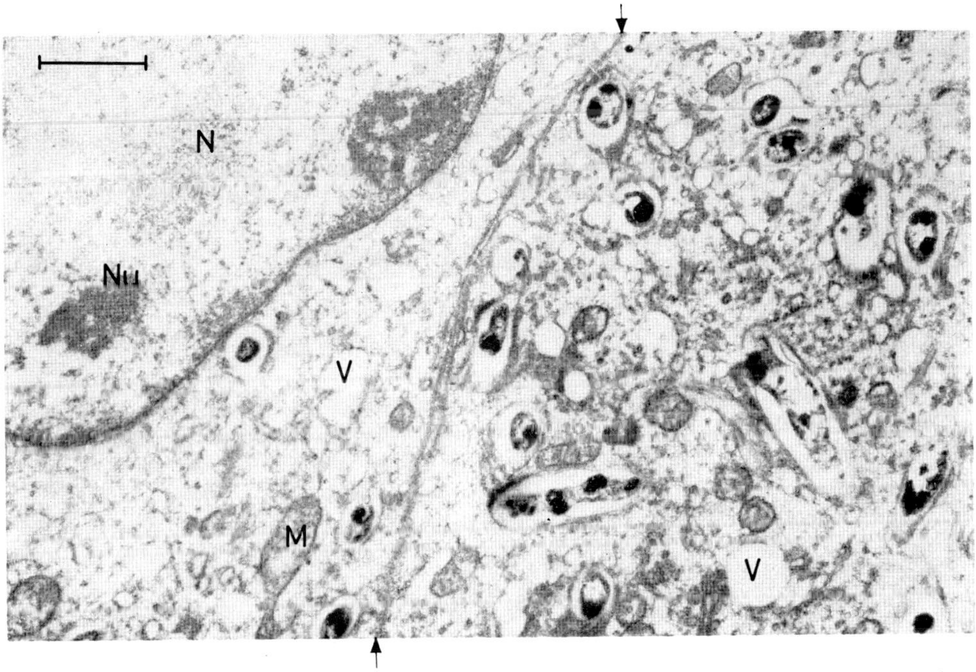

A. – Abb. 36. Epitheloidzelle bei Lepra. Die linke Zelle zeigt einen Zellkern (N) mit lockerem Chromatin und Nukleolen (Nu). Rechte Zelle (→: Zellgrenze). Zahlreiche Leprabakterien (längs und quer getroffen) im Zytoplasma in verschiedenen Abbaustadien. M = Mitochondrien, V = Vakuolen im ER. Mitochondrien und Membranen besser erhalten als in Abb. 35. Vergr. 15000 ×. (Dr. Gusek)

Wachstum

Eine erhöhte Stoffwechselleistung findet morphologisch ihren Ausdruck in einer Vergrößerung der Zellen und Zellkerne (Hypertrophie, vgl. Abb. 7) eventuell mit Zellvermehrung *(numerische Hypertrophie* bzw. *Hyperplasie)*. Vgl. S. 34. Die Bildung von organspezifischem Ersatzgewebe bezeichnet man als Regeneration. Dabei kann es zur Metaplasie, z. B. Umwandlung von Flimmerepithel in Plattenepithel, kommen. In diesem Falle differenzieren sich die Basalzellen des Gewebes zu ortsfremdem Epithel aus (vgl. S. 44, 82, 202).

Riesenzellen treten unter den verschiedensten Bedingungen und in unterschiedlichen Erscheinungsformen auf (Abb. 38). Oft sind sie Ausdruck einer erhöhten Resorptionsleistung (z. B. Langhanssche Riesenzellen, Fremdkörperriesenzellen, Osteoklasten). Sie entstehen entweder durch Zellverschmelzung oder Kernteilung ohne Plasmateilung. In manchen Fällen können sich Riesenzellen aus Kapillarsprossen entwickeln (z. B. Riesenzelle bei Epulis). Toutonsche Riesenzellen findet man bei chronischen resorptiven Entzündungen im Fettgewebe.

Vergleiche die Abbildungen: Fremdkörperriesenzelle, S. 200; Langhanssche Riesenzelle, S. 98; Riesenzellen bei Epulis bzw. braunem Tumor, S. 216; Riesenzelle im Aschoffschen Knötchen, S. 46; Toutonsche Riesenzelle, S. 199; Hodgkinzelle und Sternbergsche Riesenzelle, S. 178; Osteoklasten, S. 206; Plazentarriesenzelle, S. 190; Tumorriesenzelle, S. 264.

Tumoren

Die gutartigen und die bösartigen *Tumoren* sind durch ein *autonomes*, d. h. von der Regulation des Gesamtorganismus unabhängiges Wachstum gekennzeichnet, so daß es zur Verdrängung *(gutartige Tumoren)* oder *Zerstörung* der Gewebe kommt. Das *infiltrierende Wachstum* und die Absiedlung von Zellkomplexen an entfernte Körperorte *(Metastasen)* sind das Kennzeichen *maligner Tumoren* (vgl. S. 232 u. f.).

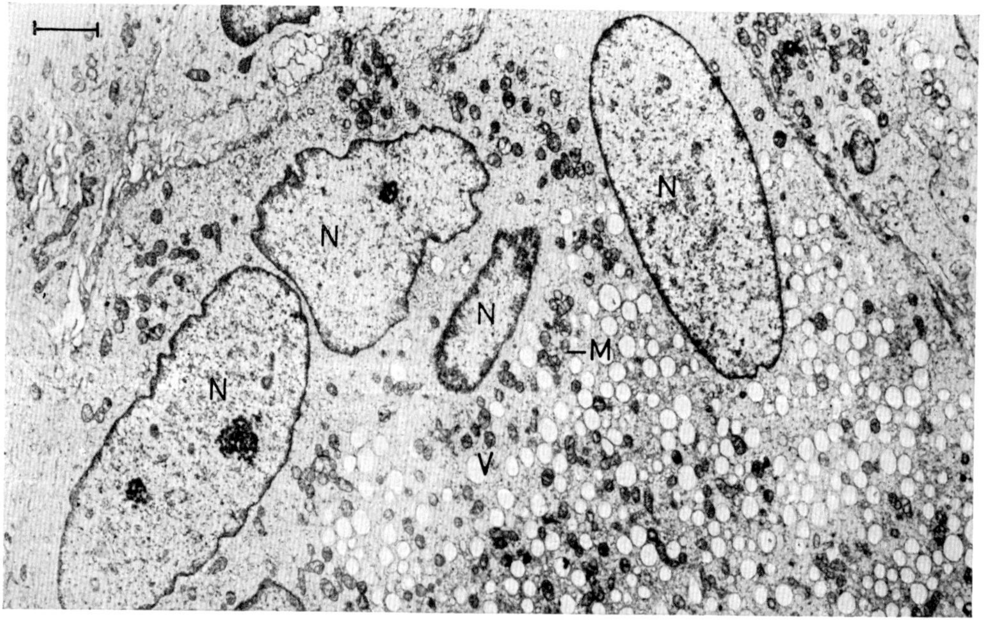

A. – Abb. 37. Langhanssche Riesenzelle bei Hauttuberkulose. Mehrere Zellkerne (N) mit lockerem Chromatin und Nukleolen. Reichlich Mitochondrien (M) und Vakuolen (V) im ER. Vergr. 8000×. (Dr. Gusek)

Riesenzellen

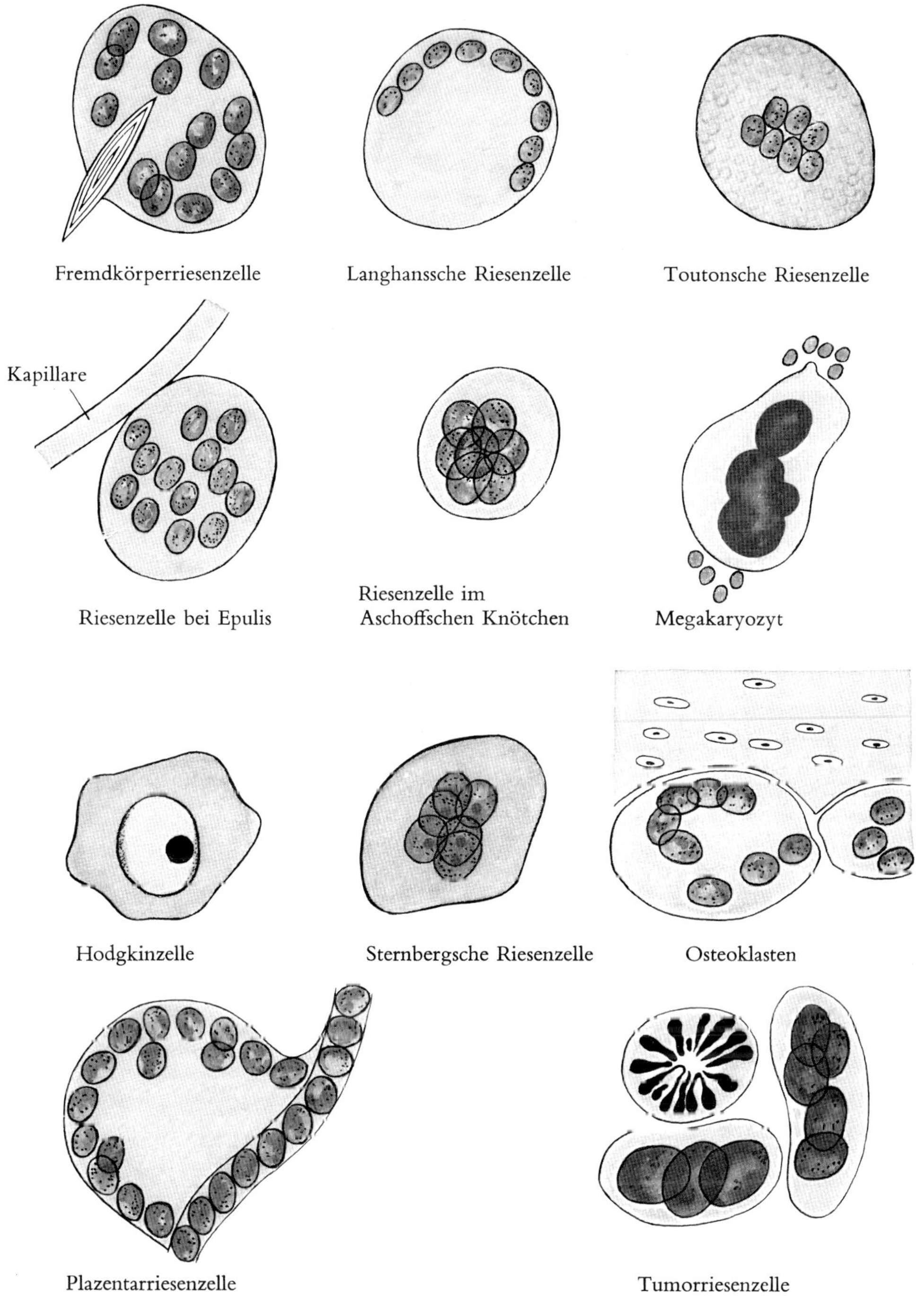

A. – Abb. 38. Übersicht verschiedener unter normalen und pathologischen Bedingungen vorkommender Riesenzellen

Anhang

Der Student und der junge Arzt vergessen leicht, daß der Pathologe eine wichtige Aufgabe in der Gesundheitsvorsorge und -fürsorge wahrnimmt. In der Praxis wird diese Funktion bei Untersuchungen an *Probeexzisionsmaterial* jedoch sehr bald offenbar, da häufig die Entscheidung über Leben oder Tod des Patienten von der Diagnose des Pathologen abhängt. Zu einer *einwandfreien histologischen Diagnose* kann der klinische Untersucher durch *Beachtung* einiger *einfacher*, aber wesentlicher *technischer Gesichtspunkte* beitragen. Die Deutung der morphologischen Erscheinungsbilder ist in vielen Fällen ganz wesentlich vom klinischen Befund, dem Ort der Entnahme der Probeexzision, dem Alter und Geschlecht des Patienten abhängig. Für die pathologisch-anatomische Diagnose sind diese Gesichtspunkte häufig entscheidend. Aus diesem Grunde ist die vollständige Ausfüllung des Begleitscheines bei der Einsendung einer Probeexzision von größter Bedeutung, ebenso eine sachgerechte Fixierung (wäßriges Formalin 40%, Verdünnung 1:9, Verhältnis des Volumens des Gewebsstückes zum Volumen der Flüssigkeit mindestens $^1/_{20}$, Dicke des Gewebsstückes nicht mehr als 1 cm). Für die *Exzision* selbst sollte grundsätzlich gelten, daß *normales und erkranktes Gewebe zusammen entfernt werden*, um das Verhältnis der beiden zueinander im histologischen Präparat beurteilen zu können. Insbesondere bei Polypen und Papillomen sollte die Basis der Gewebswucherungen möglichst tief von der Exzision miterfaßt werden, um ein infiltrierendes Wachstum histologisch erfassen zu können.

Eine *Schnelldiagnose* kann intra operationem durch einen Pathologen gestellt werden. Man fertigt Gefrierschnitte (Kryostat) an, die innerhalb weniger Minuten hergestellt und gefärbt werden können. Auf diese Weise kann der Chirurg sofort handeln, z. B. beim Mammakarzinom die Lymphknoten der Achselhöhle ausräumen. Die Treffsicherheit der Diagnose am Schnellschnitt ist fast ebenso groß wie beim Paraffinschnitt. Man sollte die Schnellschnittdiagnose aber nicht überfordern und sie auf bestimmte Fragestellungen beschränken. Erkrankungen der Lymphknoten sind z. B. mit dieser Methode nur schwer richtig zu erkennen.

Jede Gewebsprobe muß histologisch untersucht werden – eine Forderung, die der Arzt im Interesse eigener Sicherheit niemals vernachlässigen sollte, auch wenn der makroskopische Befund noch so eindeutig erscheint.

Beherzigt der Arzt diese einfachen Regeln, so hilft er seinem Patienten.

B. Spezieller Teil

1. Herz

Für die jedem Organ vorangestellten Bemerkungen zur mikroskopischen Anatomie sei auf die Lehrbücher, z. B. von WATZKA, BARGMANN oder BUCHER, hingewiesen.
Die *quergestreifte Muskulatur* des Herzens, deren ovale Zellkerne *in der Mitte* der Fasern liegen, bildet einen netzartigen Verband mit schmalen Anastomosen. Bei der *Skelettmuskulatur* fehlen die Verbindungen zwischen den Muskelfasern und die Kerne liegen am Rande, während die *glatte Muskulatur* mit zentral liegenden Kernen keine Querstreifung aufweist. Die Querstreifung der Herzmuskulatur ist durch Myofilamante mit iso- und anisotropen Segmenten bedingt. Die heller erscheinenden schmalen Glanzstreifen stellen die Grenzen der Herzmuskelzellen dar (vgl. S. 35). Fragmentation der Fasern ist ein häufig postmortal auftretender Befund. Dabei treten unregelmäßige, häufig treppenförmig angeordnete Brüche in den Fasern auf. Zwischen den Muskelfasern findet sich ein lockeres Bindegewebe mit Kapillaren oder größeren Gefäßen. Das *Endokard* besteht aus einer einschichtigen Endothelzellschicht. Darunter liegt eine lockere Lage von elastischen und kollagenen Fasern.
Die *gefäßlosen Herzklappen* sind ebenfalls von Endothel überzogen und enthalten kollagene und elastische Fasern.
Epi- und Perikard sind von Deckzellen überzogen. Im Epikard findet man immer wechselnd reichlich Fettgewebe.
Bei der Beurteilung *pathologischer Veränderungen* der Herzmuskulatur ist auf die Faserbreite, fremde Einlagerungen in das Sarkoplasma, die Zellkerne und den Zellgehalt im Interstitium zu achten. An den Klappen muß man besonders das Auftreten von Gefäßen berücksichtigen, selbstverständlich auch Ein- und Auflagerungen. Epi- und Perikard sind unter pathologischen Bedingungen häufig von Fibrin bedeckt.

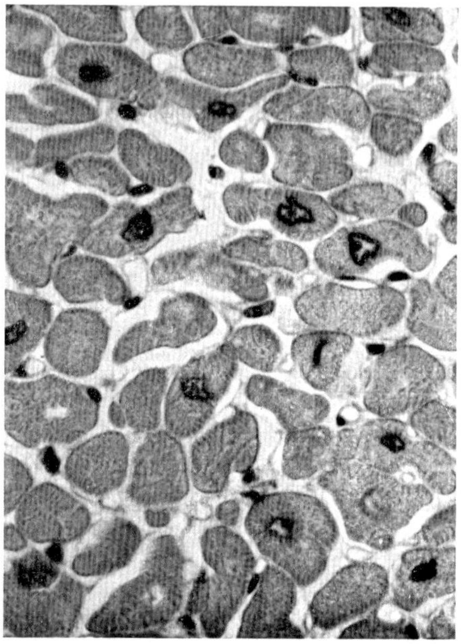

B. – Abb. 1.1. Normaler Herzmuskel;
Fbg. HE, Vergr. 600×

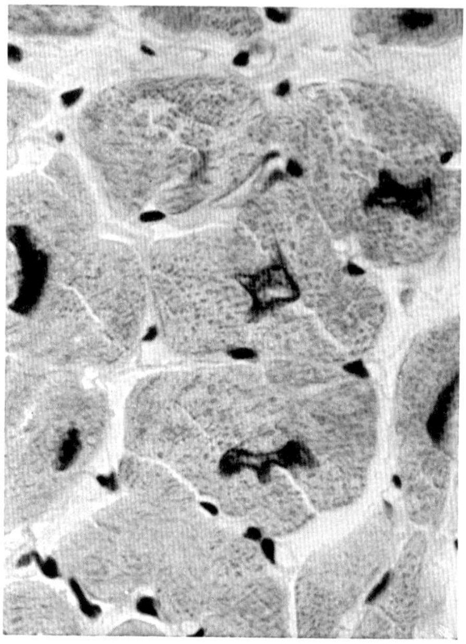

B. – Abb. 1.2. Herzhypertrophie;
Fbg. HE, Vergr. 600×

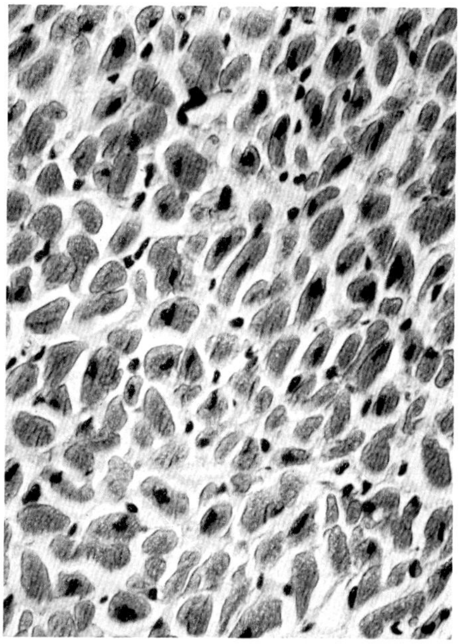

B. – Abb. 1.3. Atrophierter Herzmuskel;
Fbg. HE, Vergr. 600×

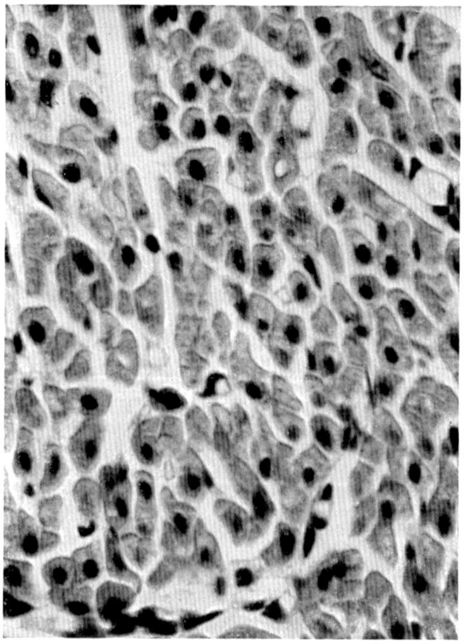

B. – Abb. 1.4. Wachsender Herzmuskel;
Fbg. HE, Vergr. 600×

Herzhypertrophie – Herzatrophie

Bei den vier nebenstehenden Abbildungen wurde die gleiche Vergrößerung gewählt, um die hervorstechenden Merkmale des pathologisch veränderten Herzmuskels im Vergleich zum normalen voll zur Geltung zu bringen: *Faserbreite*, *Kerngröße* und *-form* sowie *Zahl der Zellkerne* pro Flächeneinheit. Im Vergleich zur **normalen Herzmuskulatur** (Abb. 1.1) sind die Fasern bei **Herzhypertrophie** (Abb. 1.2, Herzgewicht 650 g) etwa 3 mal dicker (normal im Bild bei dieser Vergrößerung 0,8 cm, Hypertrophie 2–3 cm). Dadurch erscheint die Zahl der Zellkerne pro Flächeneinheit vermindert. Die Zellkerne sind ebenfalls fast doppelt so groß; ihr DNS-Gehalt entspricht oktoploiden Werten (normal tetraploid). Die Kerne weisen außerdem bizarre Formveränderungen auf. Bei jeder Herzhypertrophie kommt es zur Vermehrung der Zahl der Herzmuskelzellen (normal 2 Milliarden, 800 g Herz 4 Milliarden. Sandritter u. Adler, 1971). Im Sarkoplasma sieht man die quergetroffenen, deutlich verdickten Myofilamente, die in Zahl und Durchmesser im Vergleich zu normalen Herzen vermehrt sind. Beachte, daß neben hypertrophierten Fasern auch normale oder oft sogar atrophierte Fasern auftreten.

Beim **atrophierten Herzmuskel** (Abb. 1.3, Herzgewicht 200 g) fällt die relative Kernvermehrung auf, d. h. pro Flächeneinheit ist eine größere Zahl von Zellkernen zu sehen. Die Fasern sind deutlich schmäler (0,3–0,5 cm) als im normalen oder hypertrophierten Herzen, oft auch in der Zahl vermindert *(numerische Atrophie)*. Im **wachsenden Herzmuskel** (Abb. 1.4, 6 jähriges Kind) finden wir ebenfalls eine scheinbare Kernvermehrung. Die Fasern sind etwa so groß wie bei der Atrophie (0,4 cm), die Kerne dagegen rund und saftreich.

Die Atrophie des Herzmuskels geht häufig mit einer Lipofuszinvermehrung einher *(braune Atrophie)*. Die braune Eigenfarbe des **Lipofuszinpigments** (Abb. 1.5, vgl. S. 16) tritt am besten hervor, wenn man nur die Zellkerne mit Hämatoxylin anfärbt. Das braune Pigment liegt in verschieden großen Körnchen den Kernpolen auf. Diese Zone ist frei von Myofilamenten. Das Pigment besteht vorwiegend aus ungesättigten Fettsäuren (braune Farbe des ranzigen Fettes!) und kommt normalerweise schon im Herzmuskel vor (»Müllhalde« der Zelle → Lysosomen). Für die Differentialdiagnose zu anderen Pigmenten vergleiche S. 9.

Makroskopisch sind die Organe bei brauner Atrophie verkleinert und von brauner Farbe.

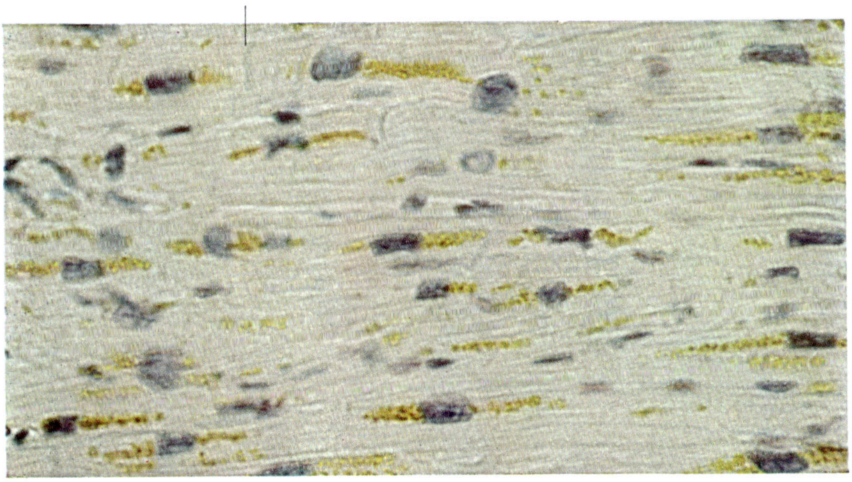

B. – Abb. 1.5. Lipofuszin im Herzmuskel bei brauner Atrophie; Fbg. Hämatoxylin, Vergr. 660 ×. (→) Hier ist ein Glanzstreifen zu sehen

Degenerative Verfettung – Fettherz

Tigerung des Herzmuskels

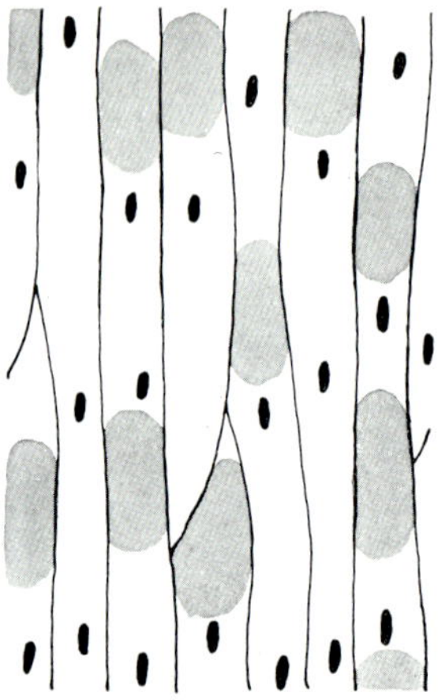

Toxische Verfettung

B. – Abb. 1.6. Fettige Degeneration – Fettherz

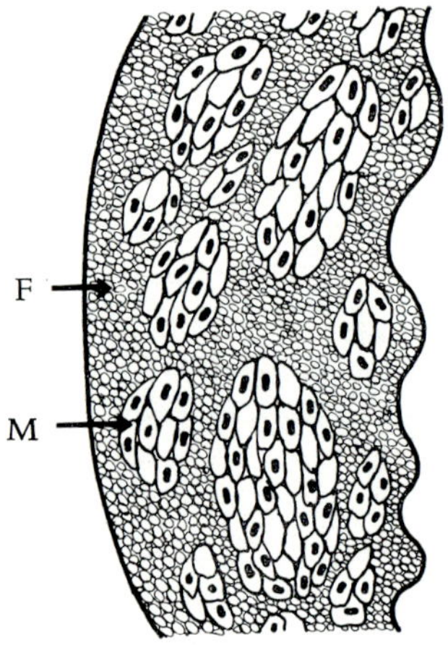

Fettherz
Lipomatosis cordis
→ F = Fettgewebe
→ M = Muskulatur

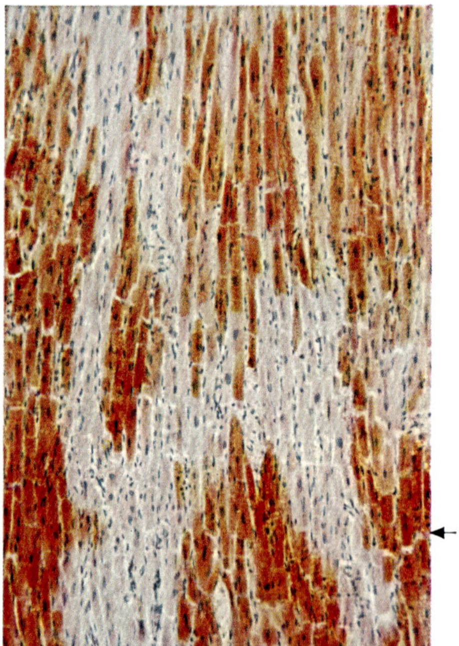

B. – Abb. 1.7. Fettige Herzmuskeldegeneration (Tigerung);
Fbg. Sudan-Hämatoxylin, Vergr. 82×

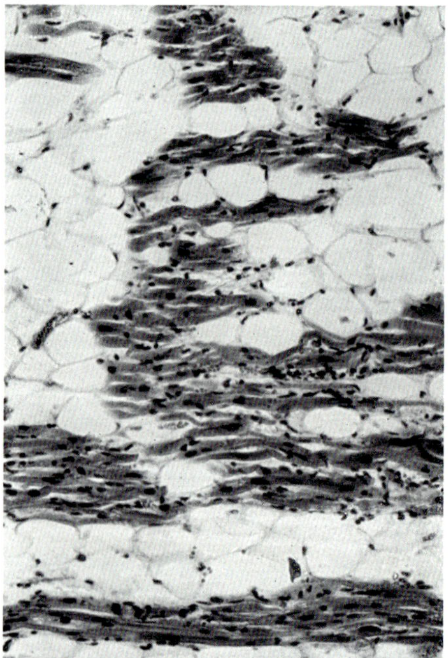

B. – Abb. 1.8. Lipomatosis cordis (Fettherz);
Fbg. HE, Vergr. 148×

Degenerative Verfettung – Fettherz

Die *fettige Degeneration* des Herzmuskels ist scharf von der *Lipomatosis cordis (Fettherz, Durchwachsung mit Fettgewebe)* zu trennen (Abb. 1.6). Die *degenerative Verfettung* tritt in zwei Formen auf: 1. *Streifenförmig*, wobei verfettete Herzmuskelfaserabschnitte rhythmisch mit unveränderten abwechseln, so daß eine *tigerfellartige Zeichnung* entsteht. Die verfetteten Abschnitte liegen im Bereich der venösen Kapillarschenkel. Ursache dieser Art von Verfettung ist ein allgemeiner Sauerstoffmangel des Herzmuskels.

Häufig bei aplastischer oder perniziöser Anämie, seltener bei Leukämien, auch bei starkem Blutverlust, sog. *hypoxämische Hypoxydose*. Auch allgemeiner Sauerstoffmangel anderer Ursache *(hypoxische Hypoxydose)* oder Ventilationsstörungen *(asphyktische Hypoxydose)* können diese Veränderungen hervorrufen.

2. *Herdförmig disseminiert*, unregelmäßig, mit fettiger Degeneration einzelner Fasern oder Faserabschnitte, meistens vergesellschaftet mit anderen degenerativen Veränderungen, wie z. B. Sarkoplasmaverklumpungen (vgl. S. 44). Diese Veränderungen treten bei toxischer Schädigung des Herzmuskels auf, z. B. bei Diphtherie zusammen mit interstitieller Myokarditis bzw. nach Vergiftungen, z. B. mit Phosphor, Arsenik, Chloroform, Äther, Pilzen oder am Rande von Herzinfarkten (vgl. auch die elektronenmikroskopischen Abb. S. 42 u. 43).

Makroskopisch ist das Herz dilatiert und zeigt kleinfleckige graugelbe Herde.

Bei der **fettigen Herzmuskeldegeneration (Tigerung)** (Abb. 1.7) erkennt man schon in der Übersicht den wesentlichen Befund. Die streifige Zeichnung der mit Sudan oder Scharlachrot dargestellten verfetteten Herzmuskelfaserabschnitte hebt sich deutlich von den schwach blau mit Hämatoxylin (Gegenfärbung!) gefärbten unveränderten Herzmuskelfasern ab. Der Vergleich mit dem Tigerfell ist sehr treffend, da die Streifen oft nicht durch das ganze Präparat exakt parallel laufen, sondern sich vielfach verzweigen und in ihrer Breite variieren. Die mittlere und die starke Vergrößerung zeigen, daß es sich um feinste Fetttröpfchen handelt, die zwischen den mikroskopisch gerade eben erkennbaren Myofilamenten eingelagert sind (vgl. auch S. 42). Beachte die Fragmentation der Herzmuskelfasern im rechten (→) und linken Bildteil.

Makroskopisch bietet sich am Herzmuskel ebenfalls das Bild der tigerfellartigen Zeichnung auf graurotem Grund, häufig besonders gut an den Papillarmuskeln des linken Herzventrikels zu erkennen.

Beim **Fettherz (Lipomatosis cordis)** (Abb. 1.6 u. 1.8) *handelt es sich um eine Durchsetzung des Herzmuskels mit Fettgewebe bei Fettsucht mit Umwandlung von Bindegewebszellen in Fettzellen.* Schon mit dem unbewaffneten Auge sieht man, daß die Muskelbündel durch das feinwabig erscheinende Fettgewebe auseinandergedrängt werden, das zungenförmig in die Muskulatur hineinreicht. Das subepikardiale Fettgewebe ist gleichzeitig stark vermehrt. Bei mikroskopischer Untersuchung (mittlere Vergrößerung, s. Abb. 1.8) zeigt sich im Interstitium Fettgewebe. Die Zellkerne sind durch die Fettvakuole an den Rand gedrängt. Das Zytoplasma stellt sich nur als eine schmale Membran dar. Der Inhalt der Fettzelle ist durch die Vorbehandlung bei der Paraffineinbettung (Alkohol, Xylol) herausgelöst worden, so daß jetzt optisch leere Hohlräume entstanden sind. Die verdrängten Herzmuskelfasern sind oft atrophisch.

Makroskopisch tritt die Lipomatosis cordis am ausgeprägtesten am rechten Herzventrikel auf. Die Schnittfläche läßt die streifige gelbe Infiltration der Muskulatur erkennen. Häufig sieht man auch Fettgewebsinseln unter dem Endokard. Bei der Beurteilung des Herzgewichtes (Herzhypertrophie) ist das Fettgewebe in Rechnung zu setzen. *Klinisch* kann sich bei starker Fettsucht ein sog. *Pickwickian-Syndrom* (vgl. Ch. Dickens: Pickwickier; »fatty Joe«) mit Zwerchfellhochstand, Hypoventilation, Zyanose, Polyglobulie und Cor pulmonale entwickeln.

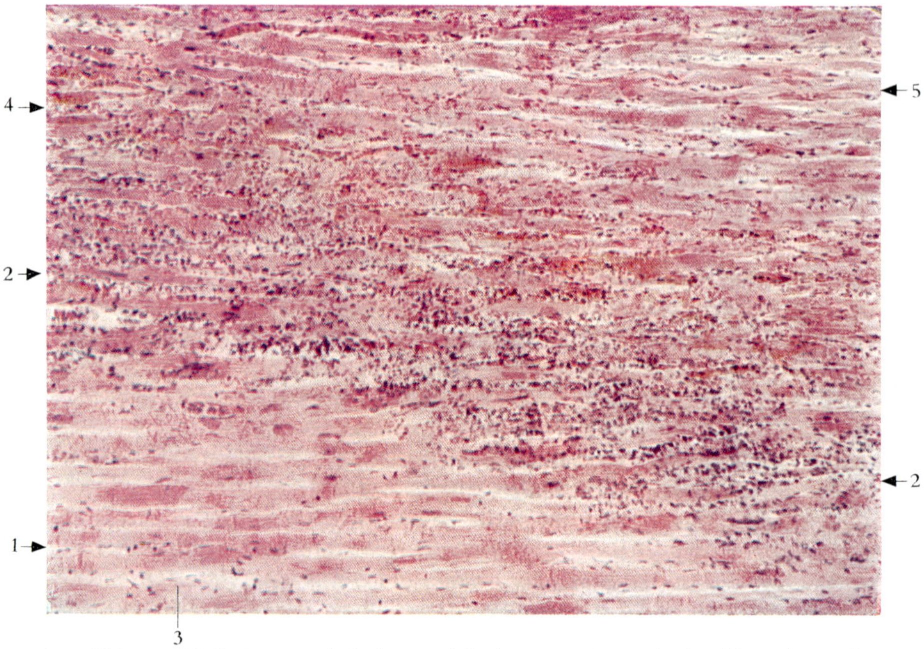

B. – Abb. 1.9. Frische Herzmuskelnekrose mit leukozytärer Demarkation (Granulozyten); Fbg. HE, Vergr. 70 ×

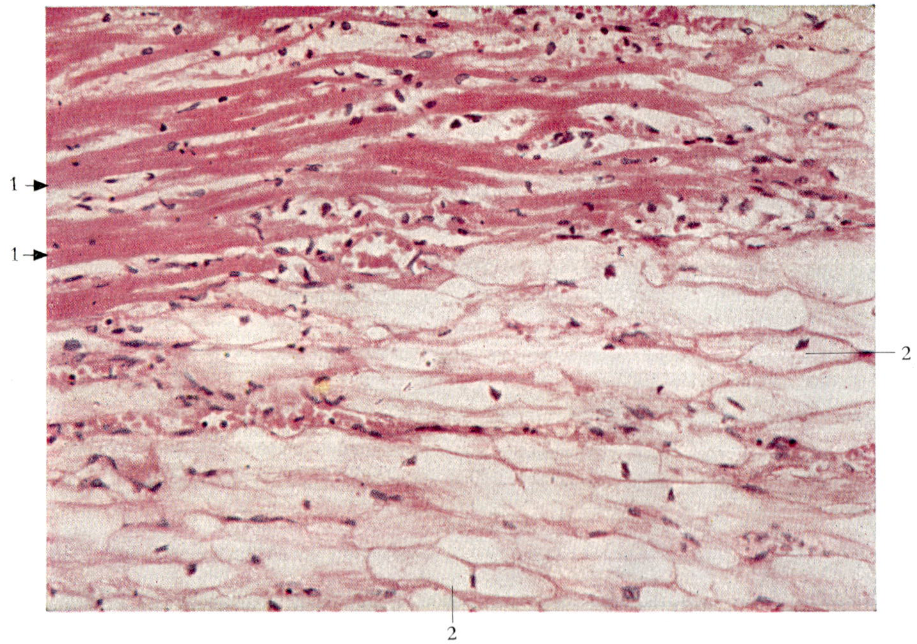

B. – Abb. 1.10. Frische Herzmuskelnekrose mit Sarkolysis; Fbg. HE, Vergr. 225 ×

Herzinfarkt

Der Herzinfarkt stellt eine ischämische Koagulationsnekrose dar, die durch Sauerstoffmangel bei Verstopfung der Kranzarterien (Koronarsklerose, Thrombose, Einengung der Abgänge der Kranzarterien bei Lues oder ganz selten durch Embolie) hervorgerufen wird.

Tab. 1.1 zeigt den *zeitlichen Ablauf* der makroskopischen und mikroskopischen Veränderungen.

B. – Tab. 1.1. **Herzinfarkt im zeitlichen Ablauf**

Zeit	Makroskopisch	Mikroskopisch	Andere Veränderungen
15 Sek.	–	–	EKG-Veränderungen (exp.)
30–60 Min.	–	Faserödem	Elektronenmikroskopische Veränderungen (S. 42, 43) H_2O-Zunahme
2 Std.	–	Hyalinisierung der Fasern (homogen, eosinrot)	Kaliumverlust bis zu 24 Stunden
3 Std.	–	Sarkoplasmaverklumpungen fettige Degeneration	Anstieg des Natriumgehaltes. Verminderung von Fermenten des Zitronensäurezyklus im Infarktbereich
4 Std.	TTC-Reaktion negativ	Nekrose	
6 Std.	Geringe Aufhellung	leukozytäre Reaktion	
9 Std.	Gelb, trocken, fest	vollausgeprägte Nekrose	
18–24 Std.	Gelb, trocken, fest	vollausgeprägte Nekrose	Fermentanstieg im Serum
2.–3. Woche	Rotes Granulationsgewebe	Granulationsgewebe	
5. Woche – 2 Monate	Narbe weiß, derb, sehnig	Narbengewebe	

Erklärung: TTC-Reaktion = Triphenyltetrazoliumchloridreaktion (Nachweis für Succinodehydrogenase nach Zusatz von Bernsteinsäure)

Beim **frischen Herzinfarkt** (Abb. 1.9) wird die hier etwa 8 Stunden alte Herzmuskelnekrose (→ 1) von einem breiten Wall von Granulozyten (→ 2) abgegrenzt. Zur erhaltenen Muskulatur hin schließt sich ein hämorrhagischer Randsaum (→ 4) an (→ 5 = normale Muskulatur). Die Muskelfasern im Bereiche der Nekrose sind homogen, und die Zellkerne fehlen. Beachte die erhaltenen Zellkerne des interstitiellen Bindegewebes (→ 3).

Frische Herzmuskelnekrose mit Sarkolysis. Betrachtet man die Herzmuskelnekrose bei stärkerer Vergrößerung (Abb. 1.10, vgl. auch S. 43), so kommt die Homogenisierung des Sarkoplasmas (fehlende Querstreifung) deutlich zum Vorschein (→ 1). Bemerkenswert ist die verstärkte Anfärbung mit Eosin. Die Herzmuskelzellkerne fehlen. Die interstitiellen Bindegewebszellkerne sind noch erhalten. Außerdem sieht man in diesem Bild eine weit fortgeschrittene Sarkolysis, d. h. eine Auflösung des nekrotischen Sarkoplasmas, so daß jetzt nur noch die leeren Sarkolemmschläuche vorliegen (→ 2). Vorstadien des gleichen Prozesses mit Sarkoplasmaverklumpungen sieht man auf S. 44. In den Interstitien sind teilweise kollabierte, teilweise erweiterte Kapillaren zu erkennen. Beim narbigen Ersatz bleiben die Sarkolemmschläuche oft lange erhalten.

Makroskopisch: Lehmgelber, trockener, fester Bezirk.

Komplikationen des Herzinfarktes: Herzwandruptur mit Herzbeuteltamponade, Papillarmuskelabriß (Mitralinsuffizienz), parietale Thromben mit arteriellen Embolien, fibrinöse Perikarditis, akutes bzw. chronisches Herzwandaneurysma, kardiogener Schock.

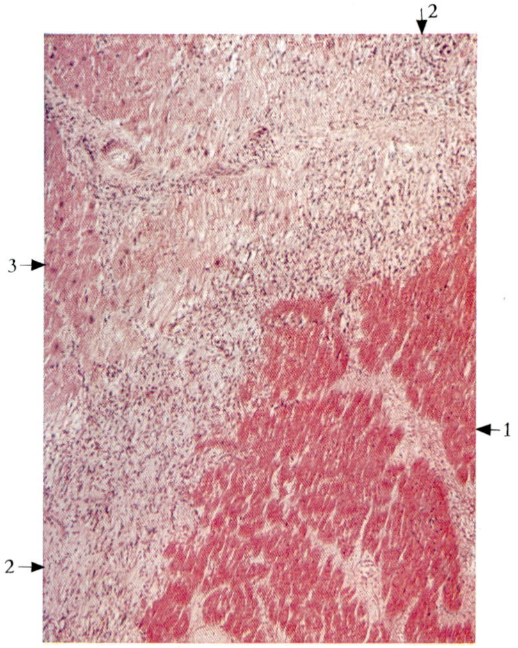

B. – Abb. 1.11. Älterer Herzinfarkt in Organisation;
Fbg. HE, Vergr. 41 ×

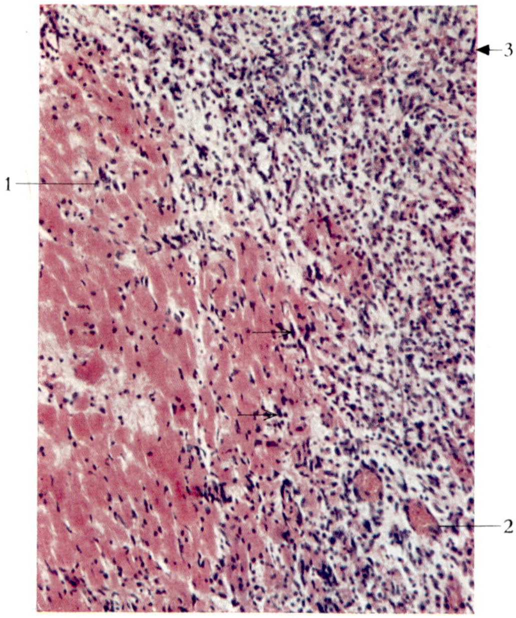

B. – Abb. 1.12. Älterer Herzinfarkt in Organisation (Detail);
Fbg. HE, Vergr. 120 ×

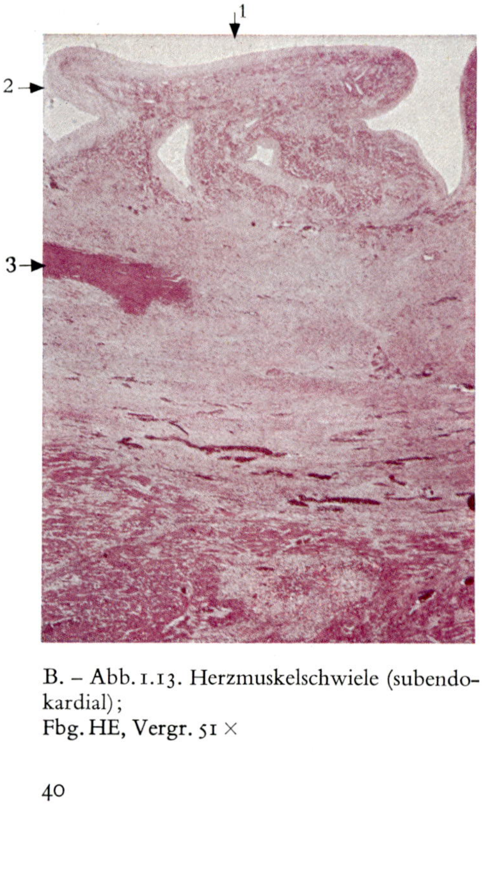

B. – Abb. 1.13. Herzmuskelschwiele (subendokardial);
Fbg. HE, Vergr. 51 ×

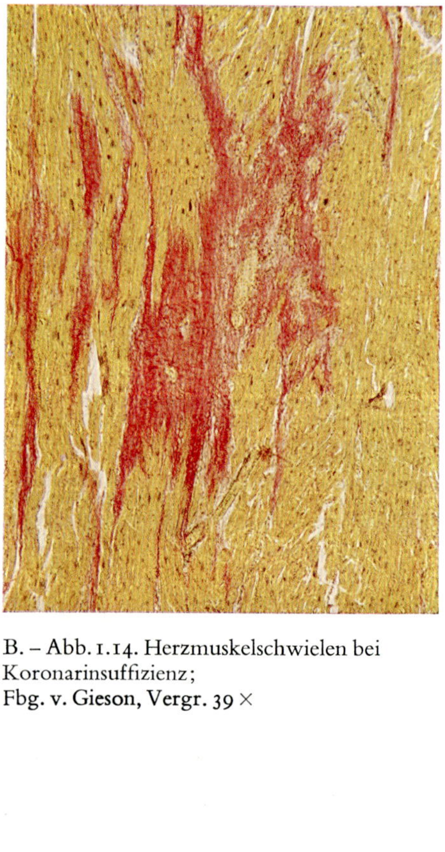

B. – Abb. 1.14. Herzmuskelschwielen bei Koronarinsuffizienz;
Fbg. v. Gieson, Vergr. 39 ×

Die **Herzmuskelnekrose** wird je nach Größe im Verlaufe von 2–3 Wochen von Granulationsgewebe resorbiert. Bei einem solchen **älteren Herzinfarkt in Organisation** (Abb. 1.11) sieht man mit freiem Auge und bei schwacher Vergrößerung einen unregelmäßig begrenzten, intensiv rot gefärbten Herd, die *Nekrosezone* (→ 1), einen aufgelockerten zellreichen Streifen (blau erscheinend), der die Nekrose umgibt (*Granulationsgewebe*, → 2), sowie die weniger stark eosinrot gefärbte *normale Herzmuskulatur* (→ 3). Die mittlere Vergrößerung zeigt uns die wesentlichen Merkmale: Die Nekrose läßt die kernlosen Herzmuskelfasern erkennen, deren Querstreifung (stärkste Vergrößerung) verlorengegangen ist. Das Zytoplasma der Fasern ist homogen und eosinrot. Auch die interstitiellen Bindegewebskerne sind fast vollständig verschwunden. Vom angrenzenden Granulationsgewebe kann man bei mittlerer Vergrößerung die Kapillaren als kleine runde oder längliche Hohlräume sehen. Dazwischen liegen Fibroblasten und Bindegewebsfasern, deren Textur gerade eben sichtbar wird, sowie Rundzellen (Lymphozyten, Histiozyten, vgl. S. 24). Die Zellinfiltration des Granulationsgewebes greift in geringem Grad auch auf die unveränderte Herzmuskulatur über. Hier kommen die Zellkerne der Muskelfasern gut zur Darstellung.

Makroskopisch: Rotes Granulationsgewebe mit Resten gelben nekrotischen Gewebes.

Die Abb. 1.12, **älterer Herzinfarkt in Organisation** (Detail), zeigt die Grenze von der Nekrose zum Granulationsgewebe bei stärkerer Vergrößerung. In der Nekrose (links im Bild) erkennt man wiederum die kernlosen Muskelfasern mit homogenem, stark eosinrotem Sarkoplasma. Die Zellkerne des interstitiellen Bindegewebes sind teilweise erhalten, z. T. dürfte es sich schon um eingewanderte Histiozyten handeln (→ 1). Das Granulationsgewebe ist zellreich mit erweiterten Kapillaren (→ 2). Die in die Nekrose eindringenden »Pioniere« des Granulationsgewebes (→ im Bild) sind Histiozyten (vgl. S. 24) mit großen runden bis ovalen Zellkernen und basophilem Zytoplasma. Im oberen rechten Bildabschnitt (→ 3) ist das Granulationsgewebe weniger zellreich. Zwischen den stäbchenförmigen Zellkernen der Fibroblasten (vgl. auch S. 24) hat sich ein feiner Filz von kollagenen Fasern entwickelt.

Vergleiche dieses Bild mit dem Granulationsgewebe auf S. 52. Achte auf den gleichen Aufbau: Histiozyten als *Pioniere* – zellreiche *mittlere Zone* mit Kapillaren, Angioblasten, Histiozyten, Lymphozyten und Fibroblasten – *Außenzone* mit der Faserbildung.

Als Endzustand finden wir die **Herzmuskelschwiele** (Abb. 1.13). Hier ist ein Schnitt senkrecht zum Endokard ausgewählt, so daß das Trabekelsystem (→ 1) an der Herzinnenfläche zu erkennen ist. Das Endokard ist bindegewebig verdickt (→ 2). Die darunterliegenden Muskelfasern sind größtenteils erhalten (Ernährung vom Herzinnern her). Dann folgt eine breite Schicht zellarmen kollagenen Fasergewebes: die Narbe. Am unteren Bildrand ist die normale Muskulatur mit kleinen Schwielenherdchen zu sehen. Innerhalb des großen Schwielenbezirkes stellt sich ein roter Herd dar (→ 3): frische Nekrose eines ursprünglich noch erhaltenen Muskelfaserbezirkes (rezidivierter Infarkt).

Makroskopisch: Weißes Schwielengewebe, eventuell mit gelben Nekrosen.

Herzmuskelschwielen bei Koronarinsuffizienz (Abb. 1.14). *Die Koronarinsuffizienz* (BÜCHNER) *besteht in einem Mißverhältnis zwischen Sauerstoffbedarf und -zufuhr* (z. B. bei Herzhypertrophie und geringer Koronarsklerose oder Verminderung der Sauerstoffspannung bei fehlender Koronarsklerose). Der wesentliche Unterschied zum Herzinfarkt kommt schon in der Betrachtung mit dem freien Auge zum Vorschein. Statt einer großen Nekrose bzw. Schwiele sieht man eine kleinfleckige, disseminierte Verschwielung des Herzmuskels. Bei der v. Gieson-Färbung kommen die rotgefärbten Schwielen deutlich zum Vorschein. Die Herzmuskulatur ist gelb gefärbt.

Makroskopisch: Schwielengewebe weiß, sehnig glänzend und derb.

Feinstruktur des Herzmuskels bei O_2-Mangel

Man findet bei *O_2-Mangel* zuerst einen *Verlust an Glykogen*, später ein *Ödem des Grundplasmas* und eine *Vakuolisierung* des ER (vakuolige Degeneration) (Abb 1.15). Die *Mitochondrien schwellen* an (Abb. 1.18), werden fleckig aufgehellt, die Matrix wird hell (Ödem), bis sich schließlich die Membranen auflösen. Zuletzt werden die *Myofilamente* aus der Verankerung der Z- und Glanzstreifen gelöst und völlig aufgelöst (Abb.1.19).

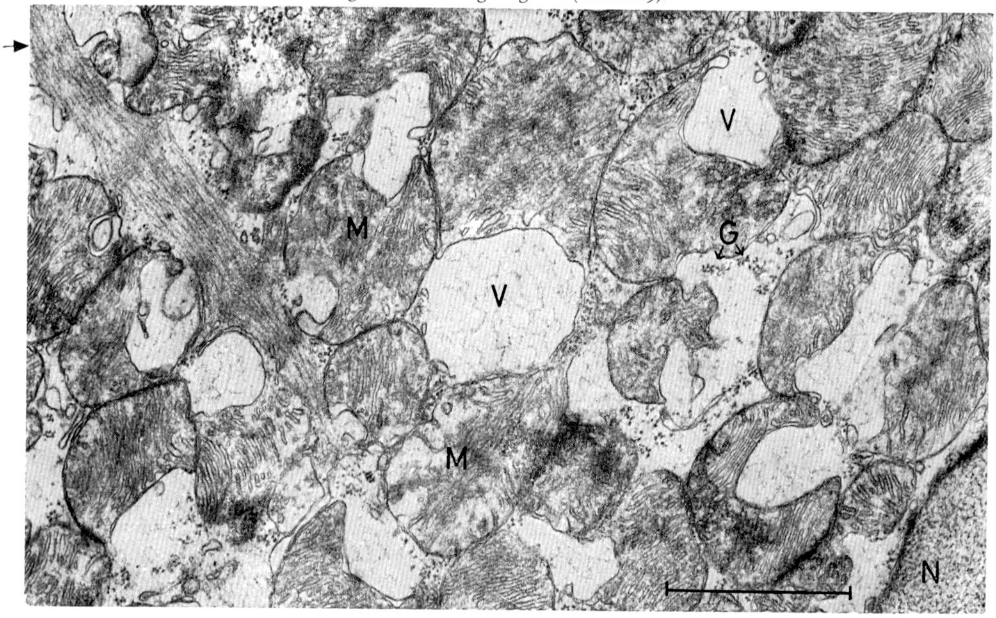

B. – Abb. 1.15. *Vakuolige Degeneration* des Herzmuskels (Ratte; experimentelle Koronarinsuffizienz; Injektion von Isoproterenolsulfat, 75 mg/kg, s.c., 15 Stunden). Man sieht zahlreiche Vakuolen (V) im Grundplasma bzw. ER, die mit feinkörnigem und feinfädigem Material gefüllt sind (Flüssigkeit mit denaturiertem Protein). N = Zellkern, M = Mitochondrien (gering geschwollen), G = Glykogen, → Myofibrillen. Vergr. 24500 ×. (Dr. Korb, vgl. Korb, 1965)

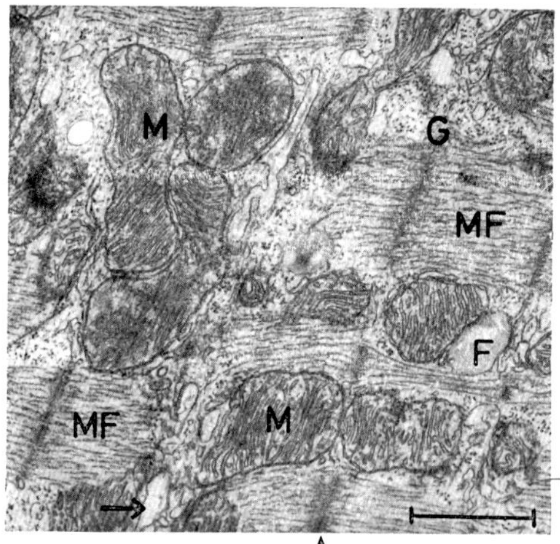

B. – Abb. 1.16. *Normaler Herzmuskel der Ratte.* Man sieht Anteile von Myofilamenten (MF) und deutliche Z-Streifen (→). Dazwischen liegen Mitochondrien (M) mit dichtgepackten Cristae. In deren Umgebung vereinzelt Fetttropfen (F) sowie Glykogengranula (G) und Anteile des ER (→ im Bild). Vergr. 14000 ×. (Dr. Korb)

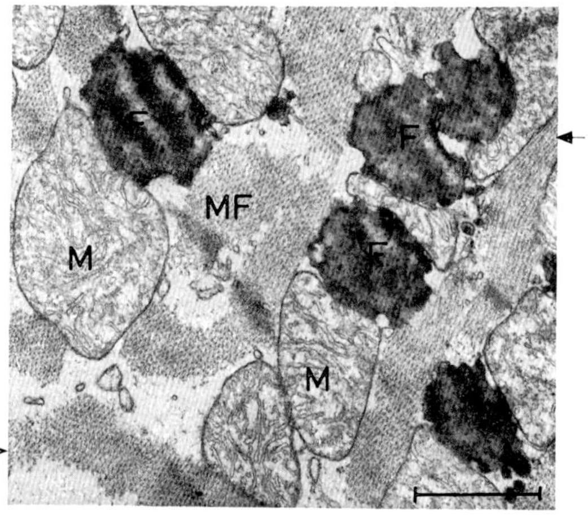

B. – Abb. 1.17. *Fettige Degeneration* (Herzmuskel Ratte, Peripherie eines Infarktes nach einer Stunde). Fetttropfen (F) liegen zwischen Myofibrillenbündeln (MF und →) und in engem Kontakt zu den geschwollenen Mitochondrien (M). Vergr. 15500 ×. (Dr. Korb)

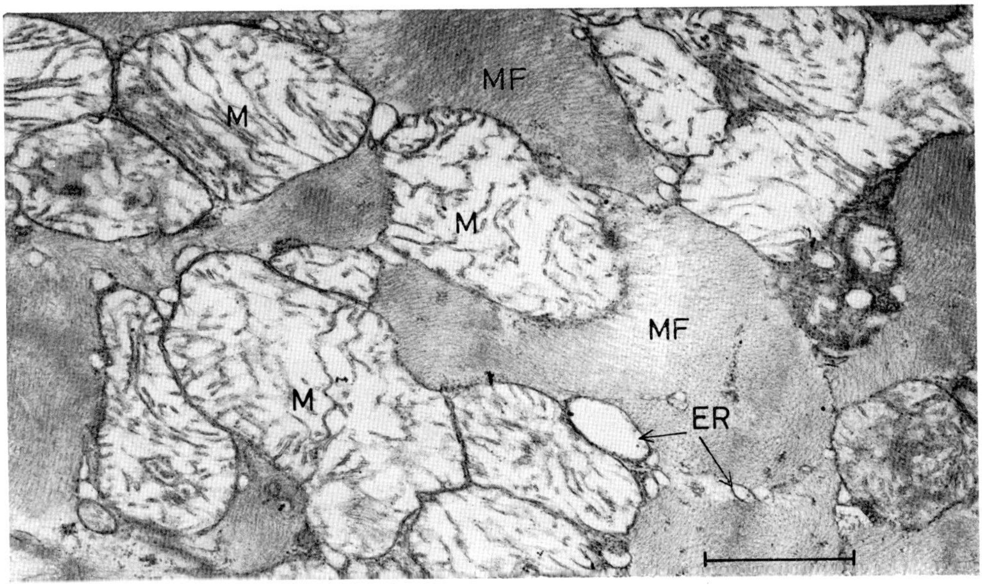

B. – Abb. 1.18. *Trübe Schwellung des Herzmuskels* (Ratte; Behandlung wie in Abb. 1.15, nach 3 Stunden). Hochgradige Schwellung der Mitochondrien (M) mit Aufhellung der Matrix und Reduktion der Cristae. MF = Myofibrillen; das ER zeigt stellenweise Vakuolen. Vergr. 19 500 ×. (Dr. KORB)

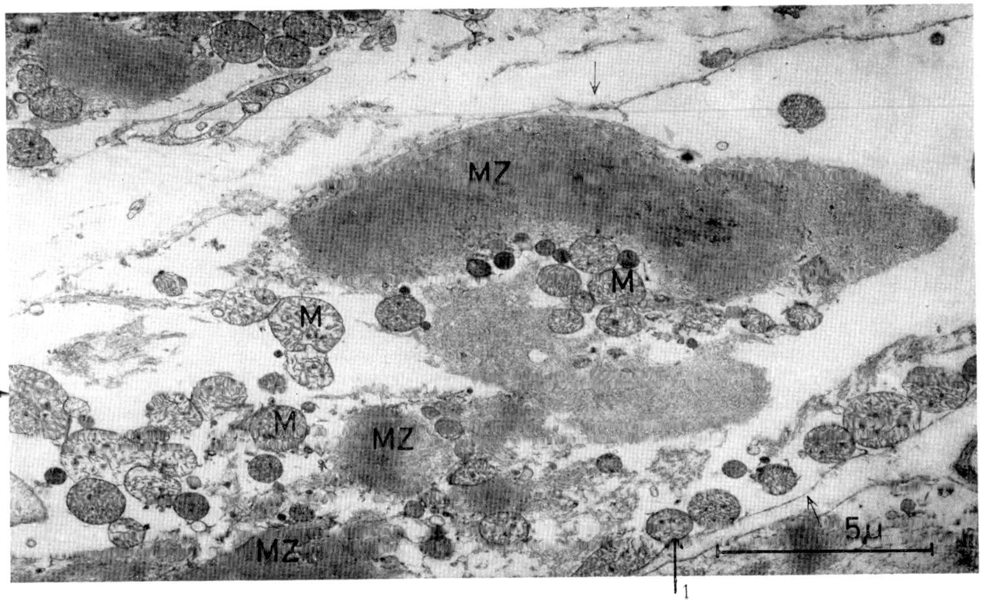

B. – Abb. 1.19. *Scholliger Zerfall* und *Sarkolysis* (Herzmuskel, Katze, 3 Stunden alter experimenteller Herzinfarkt durch Unterbindung einer Koronararterie). Man sieht Bruchstücke von Muskelzellen (MZ) mit verklumpten und verdichteten Myofilamenten mit aufgehobener Feinstruktur. In der Umgebung teilweise erhaltene, teilweise verdichtete Mitochondrien (M). → im Bild Reste des Sarkolemms. In einigen Mitochondrien (→ 1, → 2) sog. Matrixaggregate (Mitochondrienkörper), die wahrscheinlich Kalzium enthalten (vgl. Tab. 4, S. 14 f.). Vergr. 6000 ×. (Dr. KORB)

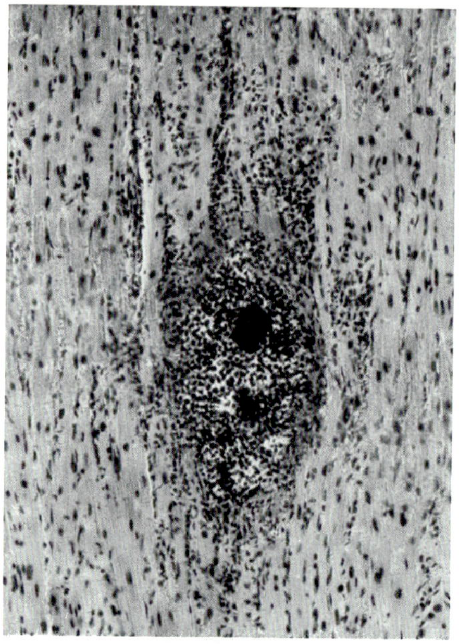

B. – Abb. 1.20. Metastatischer Herzmuskelabszeß;
Fbg. HE, Vergr. 141 ×

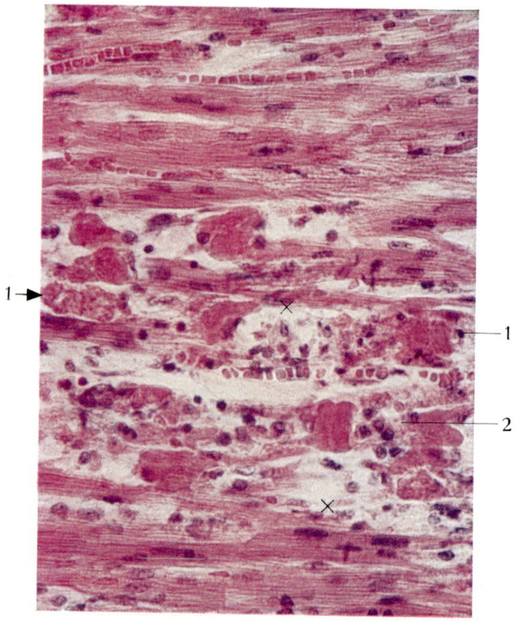

B. – Abb. 1.21. Myokarditis bei Diphtherie;
Fbg. HE, Vergr. 315×

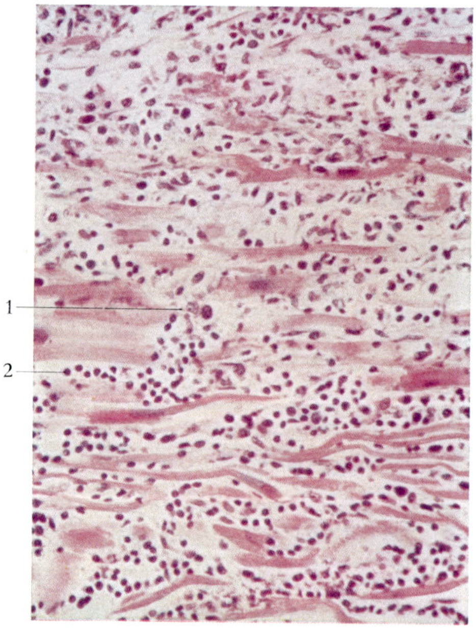

B. – Abb. 1.22. Interstitielle Scharlachmyokarditis;
Fbg. HE, Vergr. 255×

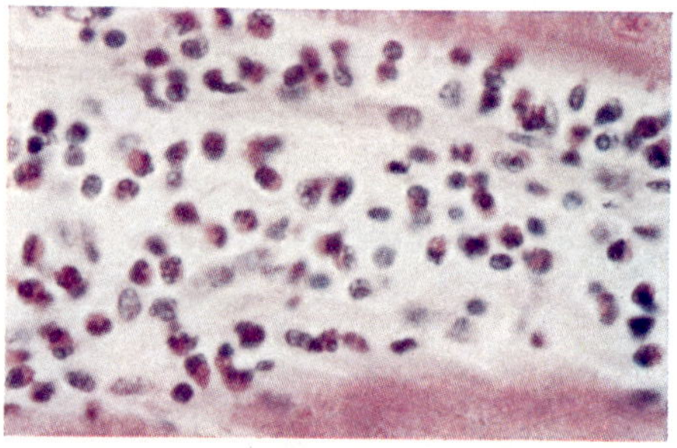

B. – Abb. 1.23. Idiopathische Myokarditis mit eosinophilen Leukozyten;
Fbg. HE, Vergr. 592×

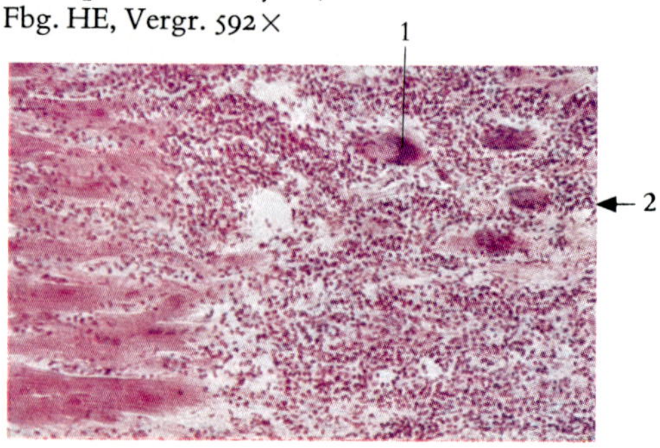

B. – Abb. 1.24. Idiopathische Riesenzellenmyokarditis;
Fbg. HE, Vergr. 110 ×

Myokarditis

Die **Entzündungen des Herzmuskels** treten in folgenden Formen auf:

1. *Seröse Myokarditis,*
2. *eitrige Myokarditis,*
3. *nichteitrige interstitielle Myokarditis:*
   a) mit degenerativem Einschlag (Typ: *Diphtherie*);
   b) lympho-histiozytäre Form (Typ: *Scharlach*) (infektallergische Myokarditis);
   c) granulomatöse Myokarditis (Typ: *idiopathische Myokarditis*, sog. Fiedlersche Myokarditis; fieberhafter *Rheumatismus* mit Aschoffschen Knötchen);
4. *nekrotisierende Myokarditis* (meist Virusmyokarditis. Coxsackievirus).

Die *seröse Myokarditis* ist durch ein entzündliches interstitielles Ödem gekennzeichnet (z.B. bei Thyreotoxikose, Schock, Verbrennungen u. a., vgl. Elektronenmikroskopie der serösen Entzündung, S. 22). Die *eitrige Myokarditis* entsteht meist metastatisch durch Ansiedlung von Bakterien oder bakterienhaltigen Emboli in den Gefäßen (pyämischer Abszeß, z. B. bei Endocarditis thromboulcerosa, vgl. auch Niere, S. 162). Abb. 1.20 zeigt einen **metastatischen Herzmuskelabszeß** mit zentralen Bakterienkolonien (blauschwarze, runde Herde) und dichter Infiltration von polymorphkernigen Leukozyten mit Einschmelzung des Gewebes in diesem Bereich *(Abszeß)*. In der Umgebung sieht man eine lockere Infiltration mit polymorphkernigen Leukozyten.
Die **nichteitrige Myokarditis bei Diphtherie** (Abb. 1.21) zeichnet sich durch *vorherrschende degenerative Veränderungen* aus, während die entzündlichen Erscheinungen nicht so stark ausgeprägt sind (alterative Entzündung). In Abb. 1.21 erkennt man verschiedene Stadien des Unterganges von Herzmuskelfasern: Homogenisierung des Sarkoplasmas, Sarkoplasmaverklumpungen (→ 1) bis zur Sarkolysis (×) (sog. toxische Myolyse, vgl. auch S. 43). Bei schwacher Vergrößerung erscheinen diese Herde stärker eosinrot gefärbt und unregelmäßig gestaltet. Ferner findet man eine herdförmige Verfettung einzelner Faserabschnitte (vgl. S. 36). In der Umgebung der degenerativ veränderten Fasern sieht man mobilisierte Histiozyten (→ 2), die das zugrundegehende Material resorbieren, und einzelne polymorphkernige Leukozyten. Bei der Ausheilung entwickeln sich multiple kleine Narbenherde.

Makroskopisch: Dilatiertes Herz mit kleinen, unscharf begrenzten, graugelben Herdchen oder kleinen, disseminierten Schwielen.

Bei der **interstitiellen Scharlachmyokarditis** (Abb. 1.22) steht die *lympho-histiozytäre Zellinfiltration* im Vordergrund. Die degenerative Komponente tritt dagegen zurück. Zwischen den weit auseinandergedrängten Muskelfasern liegen lockere Infiltrate von Histiozyten (→ 1), Lymphozyten (→ 2), Fibroblasten und einzelne Plasmazellen. Ferner besteht ein interstitielles Ödem. Die Muskelfasern sind teilweise intakt, teilweise degenerativ verändert und zugrunde gegangen. In der 3. Krankheitswoche nach fieberhaften Infekten auftretend.
Bei Myokarditiden unbekannter Ätiologie **(idiopathische Myokarditis mit eosinophilen Leukozyten)** (Abb. 1.23) ist der Herzmuskel diffus oder herdförmig von eosinophilen Leukozyten durchsetzt (allergisch bedingt?). Gleichzeitig kann eine granulomatöse Entzündung bestehen **(idiopathische Riesenzellenmyokarditis)** (Abb. 1.24) mit dichten Zellinfiltraten aus Lymphozyten, Histiozyten, Fibrozyten und Plasmazellen, wobei die Muskelfasern herdförmig völlig zugrunde gehen. Im vorliegenden Bild erkennt man inmitten der entzündlichen Infiltrate Riesenzellen mit verklumpten Zellkernen, die Muskelriesenzellen (→ 1 u. 2) darstellen (verpuffte Regenerate).

Makroskopisch: Dilatiertes Herz. Auf der Schnittfläche sind häufig kleinfleckige, unscharf begrenzte, graurote oder graugelbe Herdchen zu sehen.

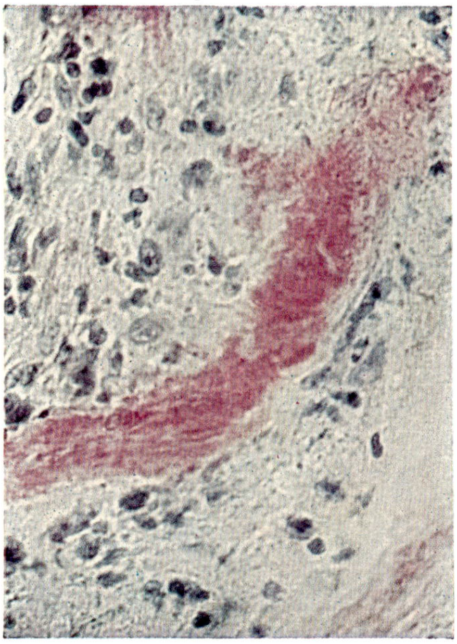

B. – Abb. 1.25. Frische fibrinoide Verquellung; Fbg. HE, Vergr. 480×

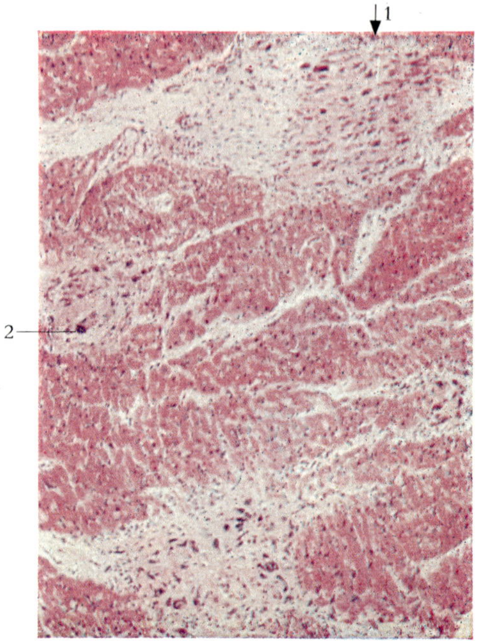

B. – Abb. 1.26. »Blühende« Aschoffsche Knötchen; Fbg. HE, Vergr. 120×

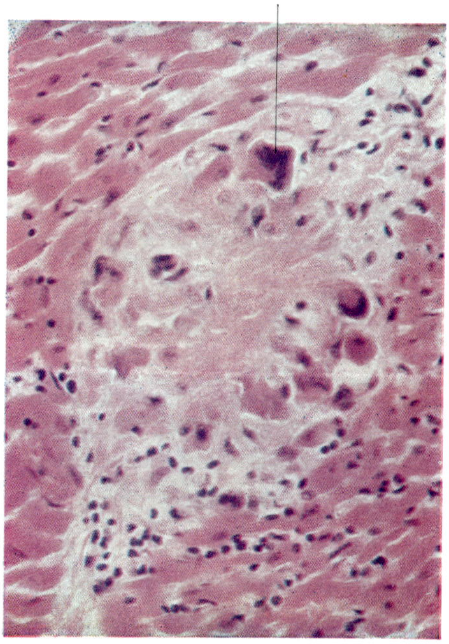

B. – Abb. 1.27. Aschoffsches Knötchen; Fbg. HE, Vergr. 330×

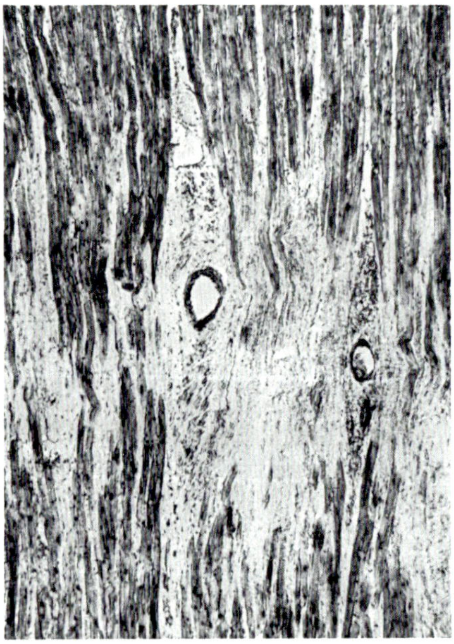

B. – Abb. 1.28. Rheumatische Narben; Fbg. HE, Vergr. 56×

Myocarditis rheumatica

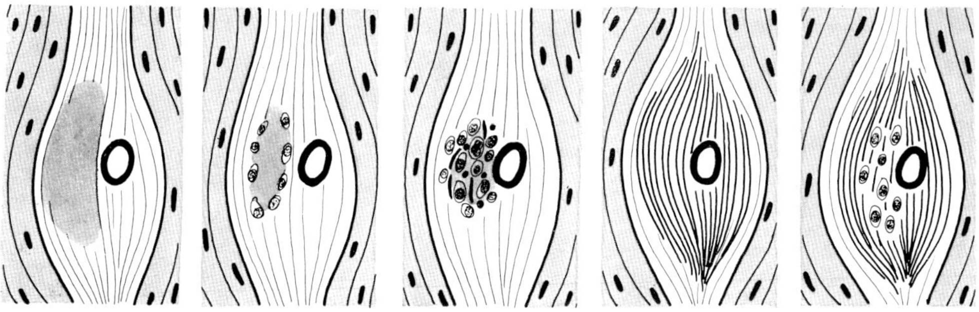

Fibrinoide Verquellung — Beginn der Resorption — »Blühendes« Aschoffsches Knötchen — Spindelige Narbe — Rezidiv

Abb. 1.29. Schema des zeitlichen Ablaufs der rheumatischen Entzündung

Abb. 1.29 zeigt schematisch den **Ablauf der rheumatischen Entzündung** am Herzmuskel beim fieberhaften Rheumatismus. Im Prinzip ähnliche Veränderungen treten an der Aorta, dem peritonsillären Gewebe, den Herzklappen und den Gelenken auf. *Die Erkrankung beginnt mit der fibrinoiden Verquellung (Nekrose) des perivaskulären Bindegewebes* (Quellungshyalin, vgl. S. 8 unten u. S. 23). *Als Reaktion des Organismus tritt ein histiozytäres Granulom mit einzelnen Riesenzellen auf (Aschoffsches Knötchen)* (Aschoff, 1904; Geipel, 1906). Die Histiozyten räumen das fibrinoide Material ab (Verdauungsfunktion der Histiozyten). *Im Endstadium entsteht eine bindegewebige perivaskuläre Narbe*, wobei die Histiozyten sich in Fibroblasten umwandeln und kollagene Fasern bilden (vgl. S. 24). *Rezidive* lokalisieren sich bevorzugt in den alten Narben.

Bei der mikroskopischen Untersuchung muß man sein Augenmerk auf die größeren interstitiellen Räume richten. Abb. 1.26 zeigt bei mittlerer Vergrößerung mehrere **»blühende« Aschoffsche Knötchen** (→ 1) mit dicht gelagerten Histiozyten und Riesenzellen (→ 2). Bei stärkerer Vergrößerung sieht man die Frühveränderungen in Form von **frischen fibrinoiden Verquellungen** (Abb. 1.25). Man erkennt homogenes leuchtendrot gefärbtes Material, das die Bindegewebsfasern völlig maskiert. Die Reaktion des Organismus setzt sofort mit Mobilisation von Histiozyten ein, die an den großen saftigen Kernen und vergrößerten Nukleolen mit unscharf begrenztem, schwach basophilem Zytoplasma kenntlich sind. Einzelne Lymphozyten sind vorhanden. Ein **Aschoffsches Knötchen** in weiter fortgeschrittenem Stadium zeigt Abb. 1.27. Im Zentrum ist noch fibrinoides Material zu erkennen. Am Rande treten Histiozyten auf sowie Riesenzellen, die z. T. Muskelriesenzellen darstellen (→), da in diesem Falle die Entzündung auf die Muskulatur übergegriffen hat.

Beim Abklingen der akuten Entzündung werden die Histiozyten länglich und bilden kollagene Fasern. Auf diese Weise entsteht die spindelige perivaskuläre **rheumatische Narbe** (Abb. 1.28). Diese Narben sind schon bei schwacher Vergrößerung als längliche, spitz zulaufende, heller rote Bezirke zu sehen. In unserem Bild sind noch einige Histiozyten in das Narbengewebe eingelagert.

Makroskopisch: Dilatierter Herzmuskel; kleinste weiße Schwielen im Narbenstadium. Fast immer mit frischer oder abgelaufener Endocarditis rheumatica vergesellschaftet.

Endokarditis

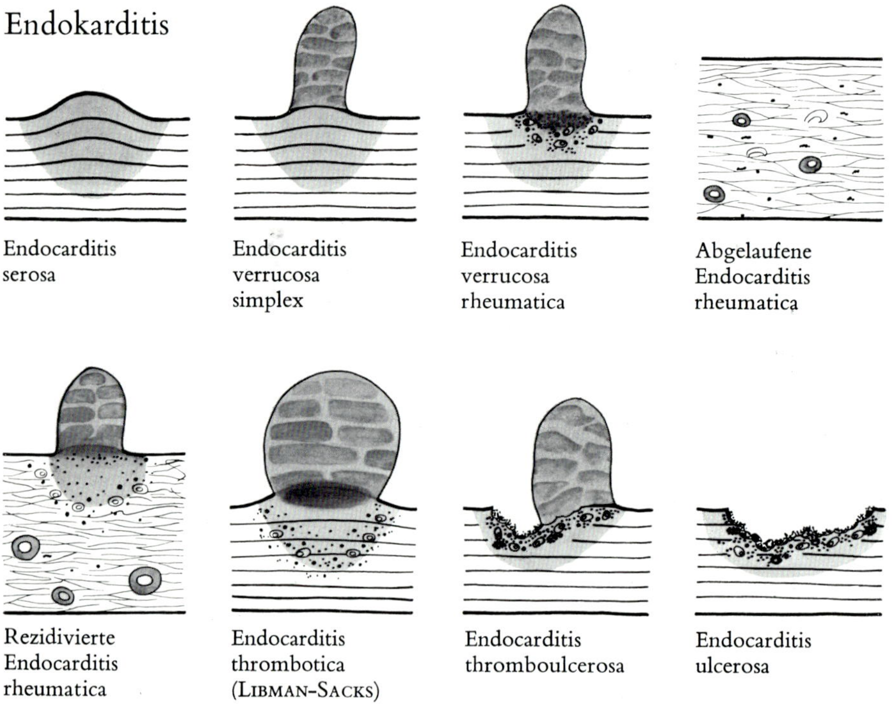

B. – Abb. 1.30. Schematische Darstellung der verschiedenen Formen von Endokarditis

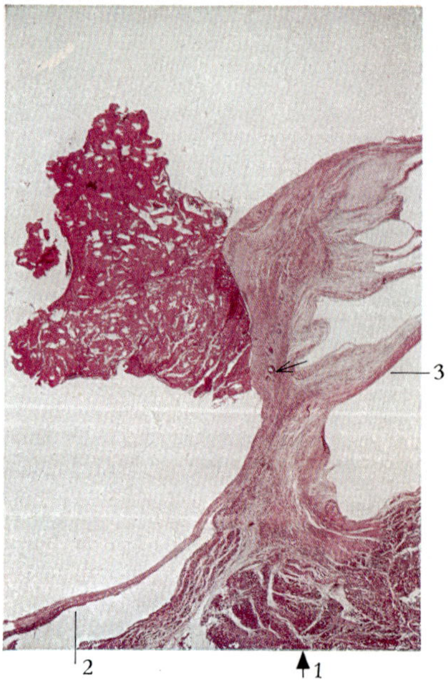

B. – Abb. 1.31. Rezidivierte Endocarditis verrucosa rheumatica; Fbg. HE, Vergr. 10×

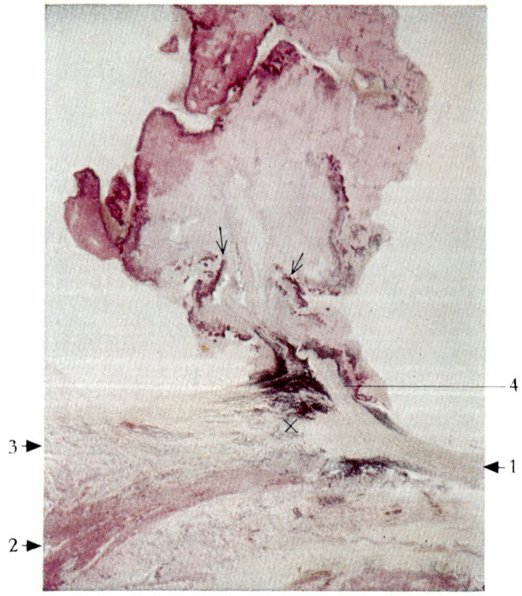

B. – Abb. 1.32. Endocarditis thromboulcerosa; Fbg. HE, Vergr. 11×

Endokarditis

Die Endokarditis stellt eine Entzündung der Herzklappen dar, die mit einer Insudation in das Klappengrundgewebe, entzündlicher Infiltration und thrombotischer Auflagerung einhergeht. Die Veränderungen spielen sich vorwiegend am Schließungsrand der Klappen ab. Die Segelklappen der Mitralis und die Taschenklappen der Aorta sind bevorzugt befallen.

Die leichteste und flüchtigste Form, vielleicht auch der Wegbereiter aller anderen Endokarditiden, ist 1. **die seröse Endokarditis** (Abb. 1.30), bei der Bluteiweißkörper in das Klappengrundgewebe eindringen und zu einer Aufquellung der Fasern mit interstitiellem Ödem führen (makroskopisch: geringe glasige Aufquellung). Die 2. Form, **die Endocarditis verrucosa simplex** (Abb. 1.30), unterscheidet sich nur im Stärkegrad der Insudation und zelligen Reaktion von der Endocarditis rheumatica. Man findet einen Endotheldefekt mit einem aufgelagerten Thrombus, der fast ausschließlich aus Blutplättchen und nur wenig Fibrin besteht. Wird oft bei Schock beobachtet (Abklatschen von zirkulierenden Thrombozytenaggregaten am Schließungsrand, Mittermayer u. Mitarb., 1971). 3. Die **Endocarditis rheumatica** (Abb. 1.30) bietet mikroskopisch fast das gleiche Erscheinungsbild. Es findet sich aber eine stark ausgeprägte fibrinoide Verquellung im Klappengrundgewebe und dementsprechend auch eine starke entzündliche Reaktion mit Histiozyten und polymorphkernigen Leukozyten. Die Ausheilung (**abgelaufene Endocarditis rheumatica**, Abb. 1.30) erfolgt über eine Gefäßeinsprossung mit sekundärer Narbenbildung *(Herzklappenfehler)*. Rezidive treten häufig auf (**rezidivierte Endocarditis rheumatica**, Abb. 1.31).

Makroskopisch handelt es sich um grauweiße, glasige Wärzchen, die leicht abwischbar sind.

4. Die **Endocarditis thrombotica** (Libman-Sacks) ist eine abakterielle Endokarditis mit großen, weichen Fibrin- und Plättchenthromben, starker fibrinoider Verquellung im Klappengewebe und ausgeprägter entzündlicher Reaktion (Abb. 1.30). Häufig besteht gleichzeitig ein *Lupus erythematodes disseminatus acutus* mit Nierenveränderungen (Drahtschlingenglomerula).

5. Die **Endocarditis thromboulcerosa und ulcerosa** (klinisch auch Endocarditis lenta genannt, wenn Str. viridans nachgewiesen. Heute auch häufig Staphylokokken, Abb. 1.32) sind im Gegensatz zur Endocarditis verrucosa bakterielle Klappeninfektionen. Sie gehen mit Zerstörung des Klappengewebes und starker leukozytärer Infiltration einher.

Makroskopisch findet man Klappendefekte und polypöse Thromben. *Komplikationen der Endokarditis:* 1. abakterielle Endokarditiden: arterielle Embolien, Herzklappenfehler; 2. bakterielle Endokarditiden: Herzklappenfehler, pyämische Abszesse, Löhleinsche Herdnephritis.

Bei der **rezidivierten Endocarditis rheumatica** (Abb. 1.31) erkennt man mit schwacher Vergrößerung eine verdickte Mitralklappe mit einer breiten eosinroten Auflagerung. Am Rande ist Herzmuskelgewebe (→ 1) zu sehen, bei → 2 das Endokard des linken Vorhofes. Die mittlere Vergrößerung zeigt das bindegewebig verbreiterte Klappengewebe mit zahlreichen Gefäßen (→). Auch die Sehnenfäden sind bindegewebig verdickt (→ 3). Der Thrombus besteht aus eosinrotem Material (vorwiegend Blutplättchen). Aus der Tatsache, daß Gefäße im Klappengrundgewebe vorhanden sind, kann geschlossen werden, daß hier früher schon eine Endokarditis abgelaufen ist. Die **Endocarditis thromboulcerosa** (Abb. 1.32) *stellt eine bakterielle Endokarditis mit Klappenzerstörung und thrombotischen Auflagerungen mit Bakterienrasen dar.* Bei schwacher und mittlerer Vergrößerung erkennt man die Media der Aorta (→1) und die Muskulatur des linken Ventrikels (→ 2) mit bindegewebig verdicktem Endokard (→ 3). Reste des Klappengewebes sind gerade noch zu erkennen (→ 4). Dem Klappengewebe sitzt ein großer, aus Fibrin und Plättchen bestehender Thrombus auf, der massenhaft blaue Bakterienrasen enthält (→). An der Basis der Klappe ist die Verkalkung von Bindegewebsfasern (×) ein Zeichen dafür, daß hier früher schon entzündliche Prozesse mit Vernarbungen stattgefunden haben.

Perikarditis

Frische
fibrinöse Perikarditis
1.–5. Tag

Nicht ganz frische
fibrinöse Perikarditis
5.–8. Tag

Ältere
fibrinöse Perikarditis
8.–20. Tag

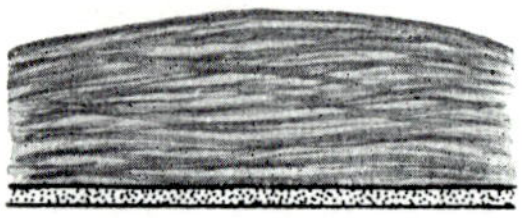

Epikardschwiele

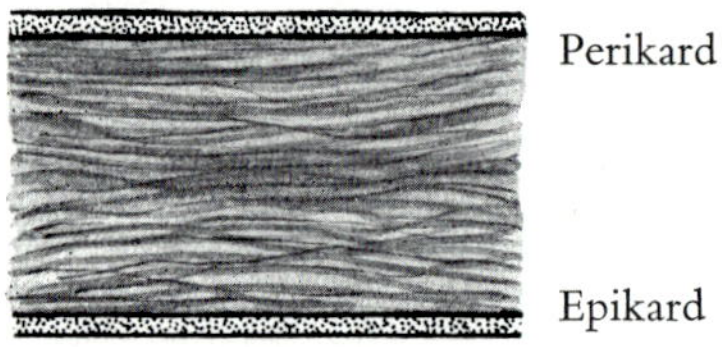

Concretio pericardii
(Synechie)

B. – Abb. 1.33. Schematische Darstellung der wesentlichen Merkmale und des zeitlichen Ablaufes der Perikarditis

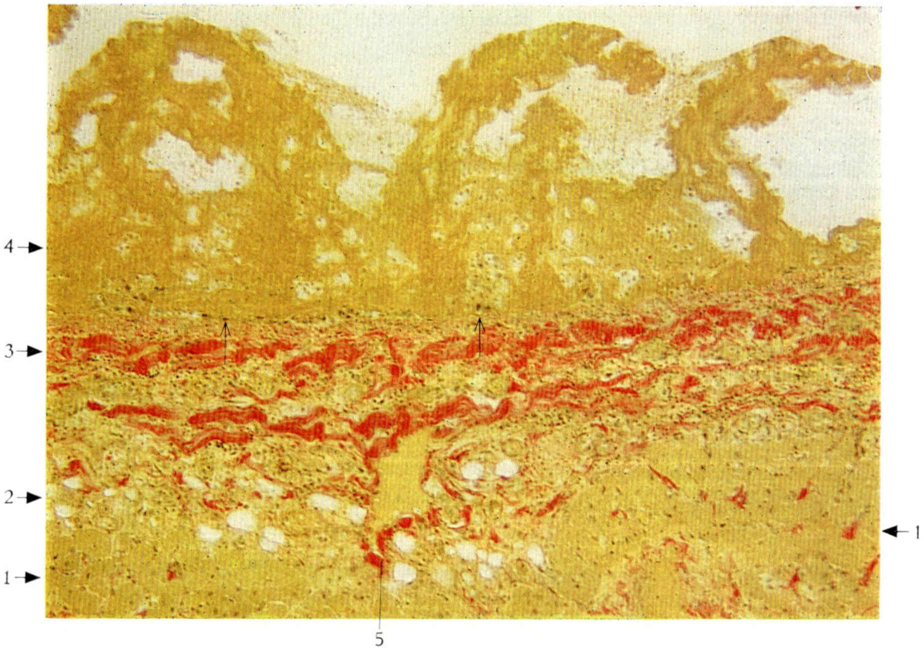

B. – Abb. 1.34. Frische fibrinöse Perikarditis; Fbg. v. Gieson, Vergr. 62 ×

Perikarditis

Eine Entzündung der Herzbeutelblätter (auch des Epikards) wird als Perikarditis bezeichnet. Jede Form der Entzündung (seröse, fibrinöse, eitrige, hämorrhagische, chronische, spezifische) ist möglich. *Sie kann entstehen: metastatisch* (z. B. bei Sepsis, Infektionskrankheiten), *per continuitatem* (z. B. Übergreifen von der Lunge, der Pleura und vom Ösophagus her), *reaktiv* (z. B. bei Herzinfarkten) und *toxisch* (z. B. Urämie).

An allen serösen Häuten (Pleura, Peritoneum) findet man das gleiche histologische Erscheinungsbild und den gleichen Ablauf der Entzündung.

Die Abb. 1.33 zeigt **die wesentlichen Merkmale und den zeitlichen Ablauf der fibrinösen Perikarditis.** Fibrinbalken sind schwarz dargestellt.

Frische fibrinöse Perikarditis (1.–5. Tag): Fibrinogen ist zusammen mit Serumeiweißkörpern aus den Kapillaren des Perikards ausgetreten und zum Faserstoff Fibrin polymerisiert. Wir sehen unregelmäßig gestaltete Fibrinzotten auf der Oberfläche des Perikards (vgl. Abb. 1.34). Die Deckzellen des Perikards sind teilweise erhalten oder abgelöst und durch den entzündlichen Reiz vergrößert.

Nicht ganz frische fibrinöse Perikarditis (5.–8. Tag): Jetzt beginnt Granulationsgewebe (Kapillaren, Histiozyten, Fibroblasten) vom Epi- und Perikard her einzusprossen (s. Abb. 1.35 u. 1.36), wobei das Fibrin resorbiert wird (Abbau der Fibrinfasern durch proteolytische Fermente der Histiozyten).

Ältere fibrinöse Perikarditis (8.–20. Tag): Die Granulationsgewebswucherung schreitet weiter fort, wobei in den perikardnahen Anteilen des Granulationsgewebes zunehmend mehr kollagene Fasern von Fibroblasten gebildet werden (s. Abb. 1.35).

Als Endzustand sehen wir eine **Perikardschwiele** aus kollagenem Fasergewebe (evtl. in Form von zuckergußähnlichen Auflagerungen). Hat sich der Prozeß an beiden Herzbeutelblättern abgespielt, so kann es zu Verwachsungen kommen (*Concretio cordis cum pericardio*, *Synechie*, vgl. S. 50 u. 53).

Unter besonderen Umständen (Aktivierung des fibrinolytischen Potentials; Plasmin?) kann das Fibrin auch humoral gelöst werden, so daß eine Restitutio ad integrum eintritt. Treten gleichzeitig mit dem Fibrinogen große Mengen von Serumeiweißkörpern aus, so entsteht eine *serofibrinöse Perikarditis.* Verwachsungen der beiden Herzbeutelblätter können dann ausbleiben.

Frische fibrinöse Perikarditis (Abb. 1.34). Mit der Lupenvergrößerung oder dem unbewaffneten Auge sehen wir eine dreifache Schichtung des Präparates: eine breite, dichte Zone (v. Gieson gelb) = *Herzmuskulatur* (→ 1), eine aufgelockerte Schicht = *subepikardiales Fettgewebe* (→ 2) und eine schmale, unregelmäßig zottige Schicht = *Fibrinauflagerungen* (→ 4). Bei mittlerer Vergrößerung sind folgende Einzelheiten zu erkennen: die Muskelfaserschicht, die Fettgewebsschicht mit runden, optisch leeren Hohlräumen und das aufgelockerte Bindegewebe des Perikards (v. Gieson rot, → 3), das von einzelnen Granulozyten und Lymphozyten durchsetzt ist. Die aufgelagerten Fibrinzotten erscheinen bei v. Gieson-Färbung als gelbe, breite Balken, dazwischen spannen sich, besonders an der Oberfläche, feine Fibrinnetze aus. Im Maschenwerk des Fibrins finden sich einzelne Granulozyten, Erythrozyten sowie schwach gelb gefärbte homogene Eiweißmassen. Beachte das Deckepithel (Mesothel), das nur noch durch einige vergrößerte Zellen dargestellt wird (→). Im Fettgewebe sieht man eine kleine Vene mit Plasmastase (v. Gieson gelb, homogen, → 5).

Makroskopisch: Oberfläche nicht spiegelnd, sondern stumpf mit zottigen Auflagerungen, die sich in Leisten quer zur Längsachse des Herzens anordnen (Cor villosum).

Merke: Fibrinöse Entzündung führt zu *Verklebungen.* Nach bindegewebiger Organisation spricht man von *Verwachsungen. Für den Chirurgen ein wichtiger Unterschied:* Bei fibrinösen Entzündungen muß er nach der Quelle der Entzündung suchen. Verwachsung bedeutet einen abgeschlossenen Prozeß.

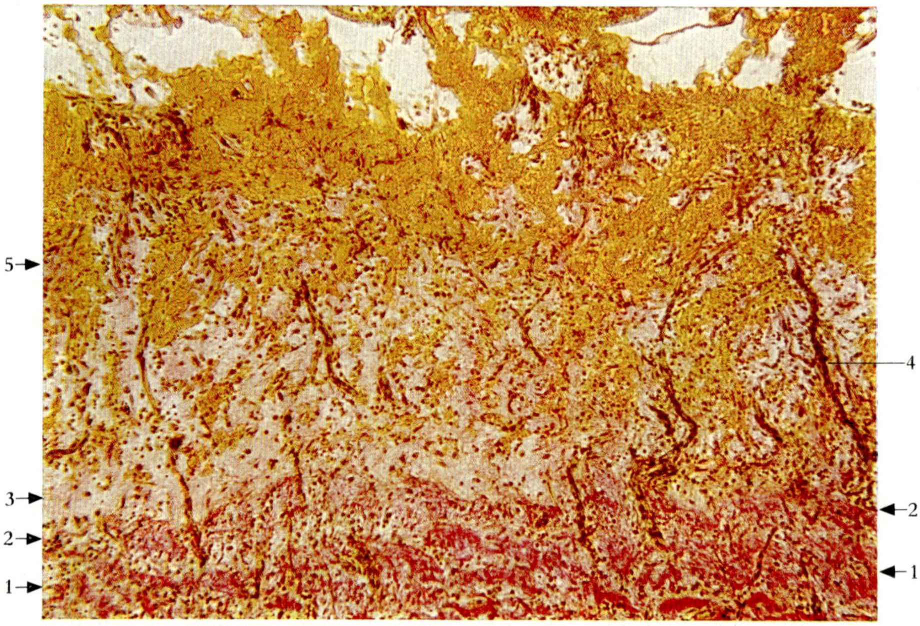

B. – Abb. 1.35. Fibrinöse Perikarditis in Organisation; Fbg. v. Gieson, Vergr. 99 ×

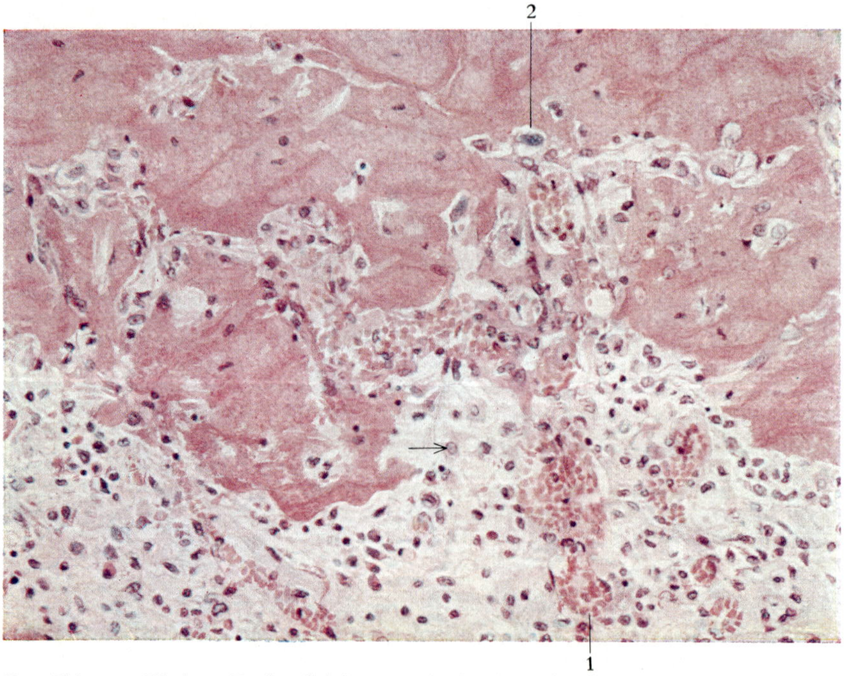

B. – Abb. 1.36. Fibrinöse Perikarditis in Organisation (Detail); Fbg. HE, Vergr. 248 ×

Fibrinöse Perikarditis in Organisation (Abb. 1.35). Etwa am 5. Tag beginnt Granulationsgewebe in das Fibrin einzusprossen. Bei Lupenvergrößerung sehen wir in dem Präparat zwar die Dreischichtung (Muskulatur, Fettgewebe, Fibrinauflagerung) noch erhalten. Die Zone des subepikardialen Fettgewebes ist aber dichter zellig infiltriert, von kollagenem Fasergewebe durchsetzt und nicht deutlich abzugrenzen. Die mittlere Vergrößerung (Abb. 1.35) zeigt bei v. Gieson-Färbung die aufgelockerten roten Fasern des Epikards (→ 1) mit schütterer Infiltration von Histiozyten, Fibroblasten und Lymphozyten (→ 2: ursprüngliche Grenze des Epikards). Darauf folgt das Granulationsgewebe mit den schwach rot gefärbten neugebildeten Bindegewebsfasern (→ 3). Es ist deutlich zu sehen, daß die Gefäßstämme (→ 4) des Granulationsgewebes ihren Ursprung im Perikard haben und von hier aus senkrecht zur Oberfläche verlaufen. Im Granulationsgewebe sind Kerne von Fibroblasten (länglich) und einzelne Lymphozyten zu sehen. In der oberen Schicht kommen noch die erhaltenen Fibrinbalken (→ 5) zum Vorschein, die zungenförmig in das Granulationsgewebe hereinreichen. Mit vielgestaltigen Ausläufern schiebt sich das Granulationsgewebe in das Fibrin hinein, wobei Resorptionslakunen mit Histiozyten auftreten.

Makroskopisch: Grauweiße zottige, nicht abwischbare Auflagerungen.

In Abb. 1.36 **(fibrinöse Perikarditis in Organisation)** sieht man die Grenze des Granulationsgewebes zum Fibrin bei stärkerer Vergrößerung. Das locker strukturierte Fibrin ist in den unteren Partien des Bildes vollständig vom Granulationsgewebe resorbiert. Man erkennt hier Histiozyten (→) (vgl. auch S. 24), Lymphozyten und einige Fibroblasten sowie erweiterte Kapillaren mit Erythrozyten als Inhalt (→ 1.) Im straßenförmig vordringenden Granulationsgewebe sind als »Pioniere« Histiozyten zu sehen, die in einem fibrinfreien Hof liegen (Resorptionslakunen, →2).

Die **Perikardverwachsung** (Abb. 1.37) stellt den Endzustand dar. In unserem Bild ist unten die Herzmuskulatur (→ 1) zu sehen, darüber eine schmale Schicht des subepikardialen Fettgewebes. Darauf folgt nach oben das locker strukturierte neugebildete Bindegewebe zwischen den beiden Herzbeutelblättern mit reichlich erweiterten Gefäßen. Das dichte Bindegewebe des Perikards (→ 2) und das mediastinale Fettgewebe (→ 3) nehmen die obere Bildhälfte ein. Mesothelzellen können die Spalten zwischen den Bindegewebssträngen auskleiden, so daß adenomatöse Strukturen entstehen (Cave: Nicht zu verwechseln mit Metastasen eines Adenokarzinoms).

Die *Verwachsungen* haben immer eine *Verklebung* (fibrinöse Perikarditis) der beiden Herzbeutelblätter zur Voraussetzung. Bei geringfügigen fibrinösen Perikarditiden bilden sich nur lockere bindegewebige Adhäsionen aus, die sich leicht lösen lassen.

Bei *rezidivierender Perikarditis* bildet sich immer wieder neues Granulationsgewebe, welches vernarbt, so daß ein dickes, derbes Schwielengewebe entsteht (Panzerherz, evtl. mit Kalkeinlagerungen). Ähnliche Restzustände findet man auch bei der Pleuritis (verkalkte Pleuraschwarten, Empyemresthöhlen) oder Peritonitis (ausgedehnte Verwachsungen des Peritoneums).

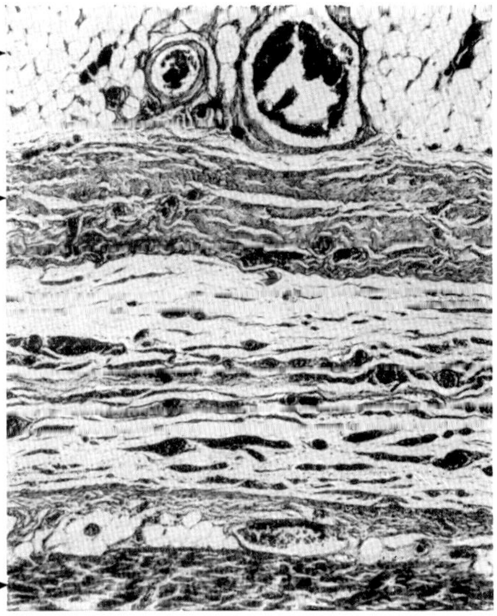

B. – Abb. 1.37. Perikardverwachsung; Fbg. HE, Vergr. 30×

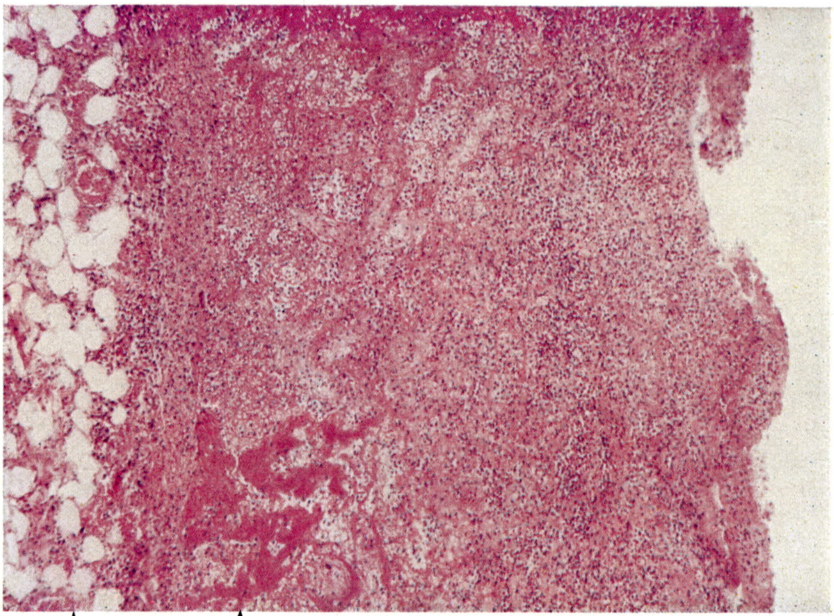

B. – Abb. 1.38. Fibrinös-eitrige Perikarditis; Fbg. HE, Vergr. 90 ×

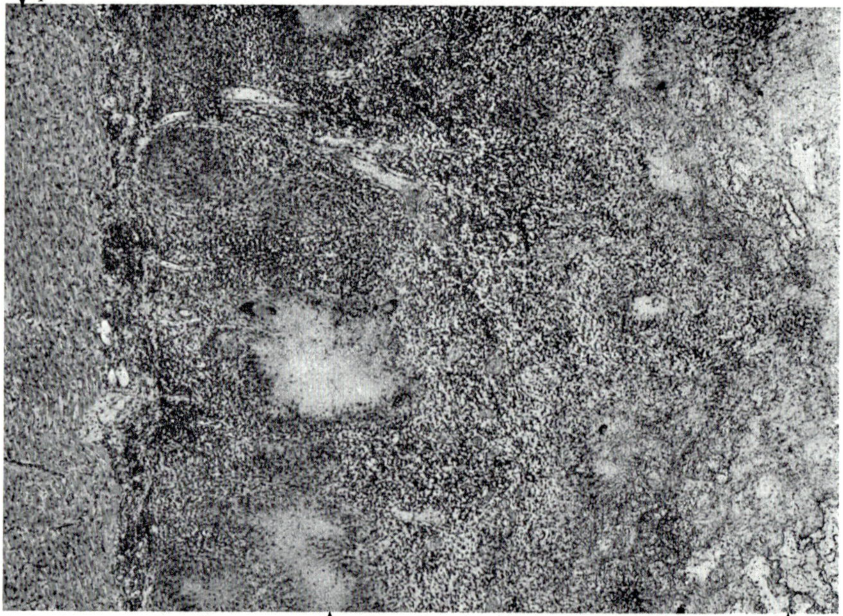

B. – Abb. 1.39. Tuberkulöse Perikarditis; Fbg. v. Gieson, Vergr. 42 ×

Fibrinös-eitrige Perikarditis (Abb. 1.38). Auch hier bietet das Präparat in der Übersicht wieder die typische Dreischichtung von Herzmuskulatur, subepikardialem Fettgewebe und Fibrinbelag. In der vorliegenden Abbildung ist nur das subepikardiale Fettgewebe zu sehen (→ 1). Die Herzmuskulatur fehlt. Im Vergleich zur fibrinösen Perikarditis fällt schon bei Lupenvergrößerung eine stärkere Blaufärbung in der Fibrinzone auf, deren zottiger Charakter an der Oberfläche verwischt ist. Die mittlere Vergrößerung zeigt die Ursache der starken Blaufärbung. Das Fibrin ist dicht mit Zellen durchsetzt, die sich bei stärkerer Vergrößerung als polymorphkernige Leukozyten mit den typischen gelappten Kernen darstellen. Das Zytoplasma ist vom umgebenden Exsudat meist nicht abgrenzbar. Typische Fibrinbalken, die stark eosinrot gefärbt sind, liegen in unserem Präparat nur in geringer Menge direkt dem Epikard auf (→ 2). Die darüberliegenden roten, mehr homogenen Massen mit den eingelagerten Leukozyten bestehen aus geronnenem Blutplasma, Fibrin und Erythrozyten. Die aufgelockerte Bindegewebsschicht des Epikards sowie das Fettgewebe sind ebenfalls von Granulozyten durchsetzt.

Makroskopisch sieht man wie bei fibrinöser Perikarditis zottige Auflagerungen, die aber nicht grauweiß, sondern graugelb erscheinen. Der begleitende Erguß ist zudem rahmig, gelblich trüb oder flockig (spezifisches Gewicht über 1018).

Tuberkulöse Perikarditis (Abb. 1.39). Auch bei der spezifischen Entzündung des Perikards fällt im Vergleich zur fibrinösen Perikarditis der stärkere Zellgehalt auf (→ 1: Herzmuskulatur). Außerdem sind runde oder unregelmäßig begrenzte Herde mit homogenem, kernlosem Zentrum (→ 2) von eosinroter Farbe (v. Gieson gelb) zu sehen, die von einem zellulären Wall abgegrenzt werden. Die mittlere Vergrößerung zeigt den typischen Aufbau der Tuberkel (vgl. a. S. 97 u. f.):

1. Zentrale kernlose *Nekrose (Verkäsung)* von homogener oder leicht feinkörniger Beschaffenheit.
2. Demarkation der Verkäsung durch *Epitheloidzellen* in radiärer Anordnung. Wie Epithelzellen nebeneinanderstehend, daher Epitheloid!
3. *Langhanssche Riesenzellen* mit halbmondförmig angeordneten Zellkernen, wobei die Öffnung des Halbmondes meist der Nekrose zugewandt ist.
4. *Granulationsgewebswall* mit Lymphozyten, der im vorliegenden Fall nur gering ausgebildet ist.

Zwischen den Tuberkeln findet sich ein Exsudat (schwach grau erscheinend) aus Fibrin und Serumeiweißkörpern, durchmischt mit polymorphkernigen Leukozyten und Lymphozyten. Im rechten Bildabschnitt ist Fibrin (→ 3) erkennbar. An der Grenze zur Herzmuskulatur (→ 1), vorwiegend im subepikardialen Fettgewebe, kann man dichte lymphozytäre Infiltrate erkennen sowie einsprossendes Granulationsgewebe, dessen Gefäßstämme als doppelkonturierte hellere Kanäle sichtbar werden.
Die Pericarditis tuberculosa entsteht sekundär, meistens lymphogen oder hämatogen, nur selten direkt fortgeleitet von der Nachbarschaft. Häufig ist als Ausgangspunkt nur eine geringfügige Tuberkulose der bronchopulmonalen Lymphknoten nachweisbar.

Makroskopisch bietet sich das Bild einer fibrinösen Perikarditis mit meist gelblichgrauen Auflagerungen. Die Beläge sind nicht abwischbar. Beim Einschneiden sieht man die gelblichen Käseherdchen. Eventuell Ausgang in schwielige Perikarditis mit Verkalkungen (Panzerherz).

Arteriosklerose

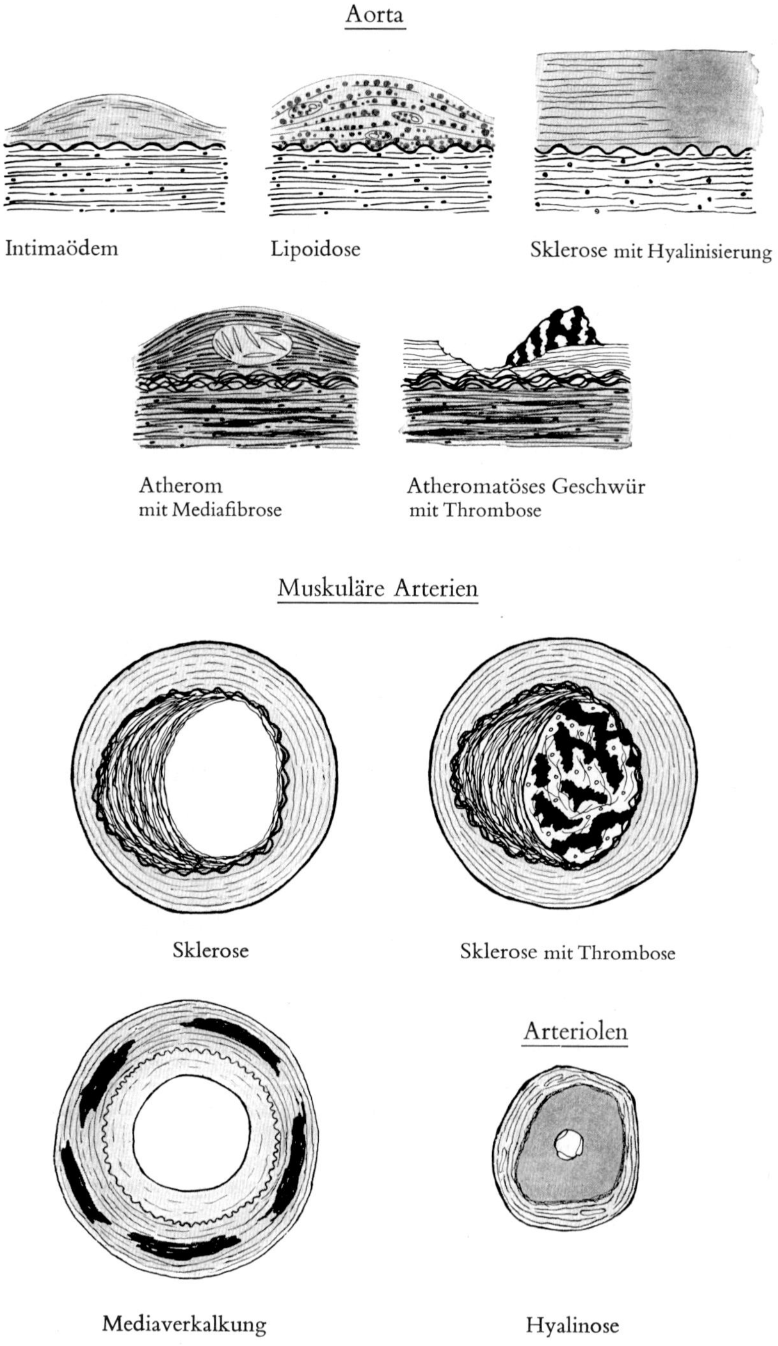

B. – Abb. 2.1. Übersicht der verschiedenen Formen der Arteriosklerose

2. Gefäße

Für die Beurteilung der pathologischen Veränderungen an Gefäßen muß man sich zunächst darüber klar werden, ob es sich um eine Arterie, Vene oder Kapillare handelt. Bei den Arterien, die uns hier hauptsächlich zu interessieren haben, ist vor allem der mit dem Kaliber wechselnde Wandaufbau zu berücksichtigen: **Arterien vom elastischen Typ** (z.B. Aorta, A. subclavia, A. iliaca) mit elastischen Membranen und glatten Muskelzellen in der Media neigen bei Arteriosklerose vorwiegend zu Sklerose und Atheromatose der Intima (evtl. Medionekrosis, Entzündungen der Media bei Lues). Die *großen Arterien vom* **muskulären Typ** (z.B. A. femoralis, A. poplitea, A. brachialis) mit deutlicher Elastica interna und externa zeigen bei Arteriosklerose neben einer Sklerose der Intima vorwiegend eine Mediaverkalkung und können in Form der Endangiitis obliterans betroffen werden (Beinarterien). Bei den *kleineren Arterien vom muskulären Typ,* wie Herzkranzarterien, Hirnbasisarterien, Arterien im Nierenmark, entwickelt sich bei Arteriosklerose vorwiegend eine halbmondförmige Elastose und Sklerose. Diese Arterien und die Arteriolen erkranken z.B. auch bei Periarteriitis nodosa. An den **Arteriolen** manifestiert sich die Arteriosklerose in Form der Hyalinose (Arteriolosklerose). Auch die maligne Nephrosklerose und Periarteriitis nodosa haben hier ihren Schauplatz. Bei der histologischen Untersuchung hat man auf die Dicke der Intima, Veränderungen der Media (Einlagerungen, entzündliche Infiltrate, Wandumbau) und zellige Infiltrate in der Adventitia zu achten.

Übersicht der verschiedenen Formen der Arteriosklerose (Abb. 2.1).

Die Arteriosklerose stellt eine chronisch fortschreitende Erkrankung der Arterien mit Ablagerung pathologischer Stoffwechselprodukte dar, die mit Gewebswucherung und Wandumbau einhergeht. Die Arteriosklerose beginnt nach neueren Anschauungen mit einem **Intimaödem.** Dabei ist die Intima aufgequollen (makroskopisch glasig) mit homogenen, schwach färbbaren Eiweißmassen und Fibrin zwischen den Bindegewebsfasern. Dieser Zustand ist flüchtig und kann sich zurückbilden.

Morphologisch besser faßbar ist die **Lipoidose** (Abb. 2.2), d. h. feintropfige Einlagerungen von Fetten (Lipoproteiden) zwischen den Bindegewebsfasern der Intima mit sekundärer Phagozytose der Fetttropfen durch Speicherzellen (makroskopisch gelbe flache Herde). Auch diese Form ist reversibel, kann aber das nächste Stadium – **die Sklerose** – einleiten (Abb. 2.3 u. 2.6). Jetzt findet man eine starke Vermehrung der Bindegewebsfasern der Intima (oft mit hyaliner Umwandlung, bei gleichzeitiger Aufsplitterung der elastischen Lamellen der Elastica interna. Die Lipoide fließen dann zu größeren Herden zusammen, wobei gleichzeitig eine *Nekrose* (sog. *Quellungsnekrose*) auftritt (Abb. 2.3). Daraus resultieren homogene, kernlose Bezirke mit typischen, spießförmigen Aussparungen, entsprechend den Cholesterinkristallen (**Atherom** mit makroskopisch gelbweißen Massen und glitzernden Cholesterinkristallen, Abb. 2.3 u. 2.4). Einzelne Speicherzellen mit vakuoligem Zytoplasma (Schaumzellen; Langhans-Zellen) sind am Rande des Atheroms als Reaktion auf die Fettablagerung zu sehen. Das Atherom kann ulzerieren, wobei sich sekundär parietale Thromben ablagern **(atheromatöses Geschwür mit Thrombose).** Gleichzeitig mit Entwicklung der Sklerose und Atheromatose der Intima treten in der *Media* Bindegewebsfasern (Mediafibrose) und/oder vermehrt Mukopolysaccharide auf (Vermehrung der mukoiden Grundsubstanz?, Demaskierung reaktiver Gruppen der sauren Mukopolysaccharide?), und Kalk wird feinstaubig abgelagert.

Komplikationen: Bei Ulzeration des atheromatösen Beetes mit parietalen Thromben arterielle Embolien, eventuell Cholesterin-Kristallembolien, Ektasie, Aneurysmen.

Mediaverkalkungen der Extremitätenarterien geben den Arterien ein »gänsegurgelartiges« Aussehen (Tastbefund!). Die **Sklerose der mittleren und kleineren Arterien** (vom Typ der Koronararterien) führt zu einer meist halbmondförmigen Einengung des Arterienlumens, wobei die Media atrophisch wird. Blutungen ins Atherom und sekundäre Thromben können hinzutreten (s. Abb. 2.6, 2.7 u. 2.8). Die **Hyalinose der Arteriolen** (Arteriolosklerose) stellt sich mikroskopisch als eine Homogenisierung der Gefäßwand dar, wobei die Media atrophisch wird (S. 25, 59, 152). Das hyaline Material liegt zwischen Intima und Media.

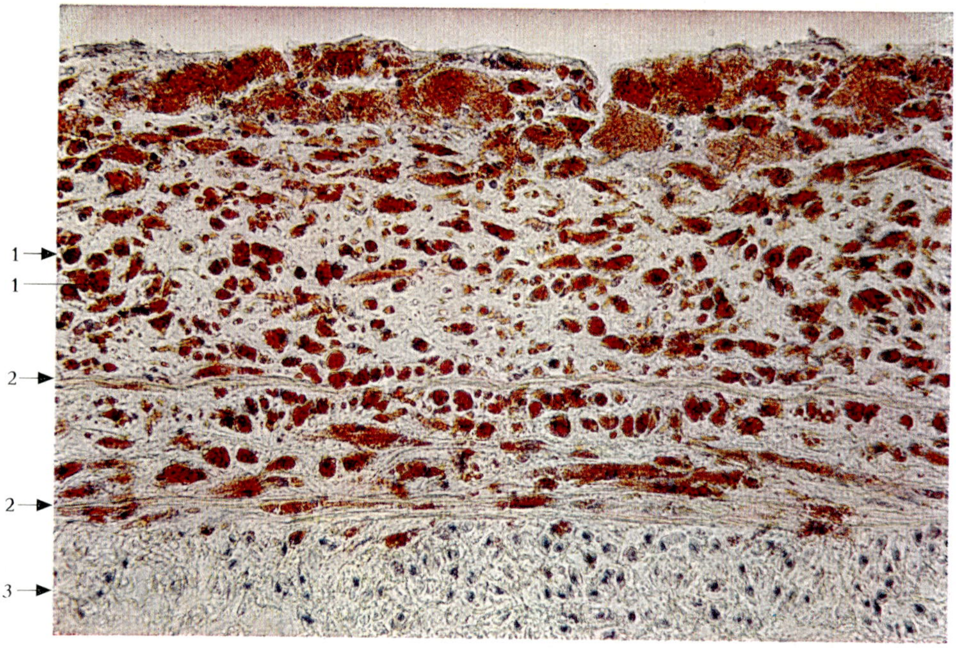

B. – Abb. 2.2. Lipoidose der Aorta; Fbg. Sudan-Hämatoxylin, Vergr. 252 ×

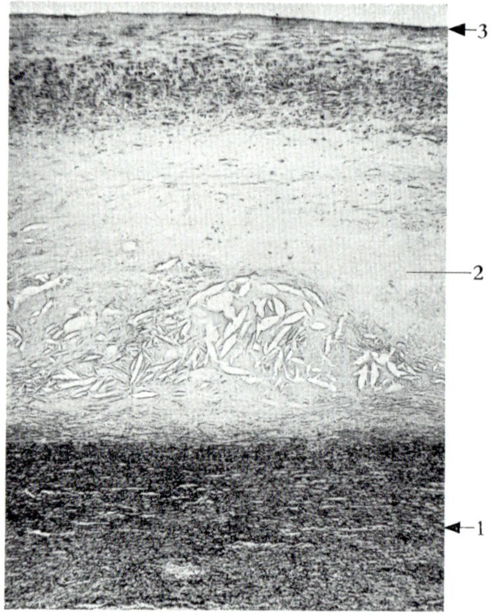

B. – Abb. 2.3. Atheromatöses Beet der Aorta mit Quellungsnekrose; Fbg. HE, Vergr. 40 ×

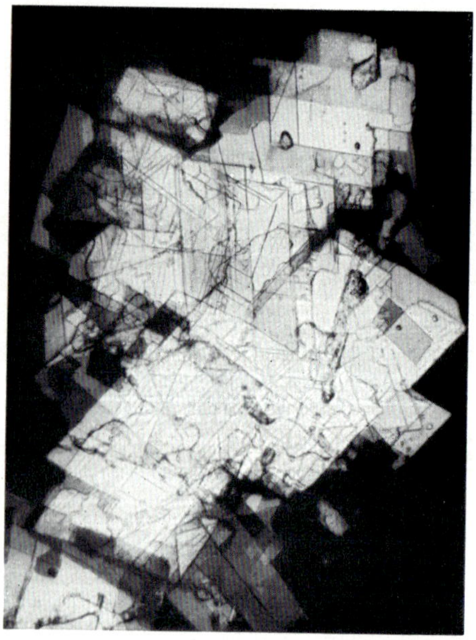

B. – Abb. 2.4. Cholesterinkristalle aus einem Atherom im Polarisationsmikroskop; ungefärbt, Vergr. 100 ×

Arteriosklerose der Aorta

Lipoidose der Aorta (Abb. 2.2). Die *Einlagerung von Lipoiden (und Eiweißkörpern) aus dem Blutstrom in die Intima* der Aorta stellt die sinnfälligste erste Veränderung der Arteriosklerose dar. Diese Lipoide bleiben aber häufig nicht liegen. Sie können wieder abgebaut oder mit dem Saftstrom abtransportiert werden (z.B. bei Kindern, sog. Milchflecke der Aorta). Somit ist die Lipoidose an sich noch keine Arteriosklerose. Erst mit der Reaktion des mesenchymalen Gewebes der Intima wird der Krankheitsprozeß eingeleitet und schreitet dann fort. Die Lipoide sind zudem nur der »Indikator« einer pathologischen Wanddurchlässigkeit. Die weniger gut sichtbaren Eiweißkörper entfalten wahrscheinlich ihre Reizwirkung auf das Mesenchym.

Bei einer Fettfärbung kann man in der Übersicht die drei Schichten der Aorta gut erkennen: die lockere Adventitia mit Gefäßen, die als blaues, homogenes Band erscheinende Media und die schmale, herdförmig rot gefärbte, gering polsterförmig verdickte Intima. Richten wir unser Augenmerk jetzt bei mittlerer Vergrößerung (Abb. 2.2) auf die Intima, so sieht man außerhalb der roten, verfetteten Partien in der schwach blau gefärbten Intima lockere kollagene Fasern und einzelne längliche Zellkerne von Fibrozyten. Im Bereiche der mit Sudanrot gefärbten Bezirke ist die Intima verdickt. Die Lipoide liegen in der obersten Schicht in größeren Komplexen vor, in der übrigen Intima deutlich als feintropfiges Material im Plasmaleib runder oder ovaler Zellen, deren Zellkerne an den Rand gedrängt sind (Histiozyten bzw. Phagozyten, → 1). Diese Zellen wurden 1852 erstmals von ROKITANSKY gesehen und später genauer von LANGHANS (1866)[1] beschrieben (*Langhans-Zellen*, nicht zu verwechseln mit den Langhansschen Riesenzellen bei Tuberkulose). Nach neuer Anschauung handelt es sich um glatte Muskelzellen der Intima, die sich in Phagozyten umwandeln können (s. Allgemeine Pathologie). Die elastischen Membranen der Media sind in unserem Bild schon gering aufgesplittert (→2). Hier sind Fettsubstanzen feinstaubig eingelagert. →3: Muskelzellen der Media. Im polarisierten Licht kann man doppelbrechende Substanzen (Cholesterin) nachweisen (Abb. 2.4).

Makroskopisch: Gelbe, flache Herde.

Atheromatöses Beet der Aorta mit Quellungsnekrose (Abb. 2.3). Die Lipoid- und Proteinablagerungen in der Intima rufen eine Wucherung von Fibroblasten hervor, die kollagene Fasern bilden. Dadurch entsteht eine bindegewebige Verdickung der Intima (→ 1: Media der Aorta; → 3: Endothel). Schon bei schwacher Vergrößerung fällt auf, daß die Intima herdförmig dicker ist als die Media. Bei mittlerer Vergrößerung sieht man dichtgepackte, eosinrot gefärbte kollagene Fasern und spärlich Fibrozyten. Herdförmig fehlt die Kernfärbung. Die Fasern erscheinen homogen, helleosinrot, sind nicht mehr als Einzelelemente voneinander zu trennen, und häufig gehen Fasern auch schollig zugrunde (Quellungsnekrose, →2). In diesen Herden fallen Cholesterinkristalle aus, die sich im Paraffinschnitt als spießförmige Lücken darstellen (Abb. 2.3), während sie im Ausstrich (Abb. 2.4, **Cholesterinkristalle aus einem Atherom**), insbesondere im Polarisationsmikroskop, als doppelbrechende rhombische Tafeln in Erscheinung treten. In der Media findet man häufig vermehrt Mukopolysaccharide (blaugefärbte chromotrope Grundsubstanz), oft auch feinstaubig Kalk.

Makroskopisch: Erhabene Herde, die beim Einschneiden die glitzernden Cholesterinkristalle erkennen lassen (Atherom).

Auch bei der **Hyalinose der Arteriolen** (Abb. 2.5) werden Bluteiweißkörper und Lipoide zwischen Intima und Media abgelagert. Die Media ist stark atrophisch und wird nur durch einzelne Zellkerne repräsentiert.

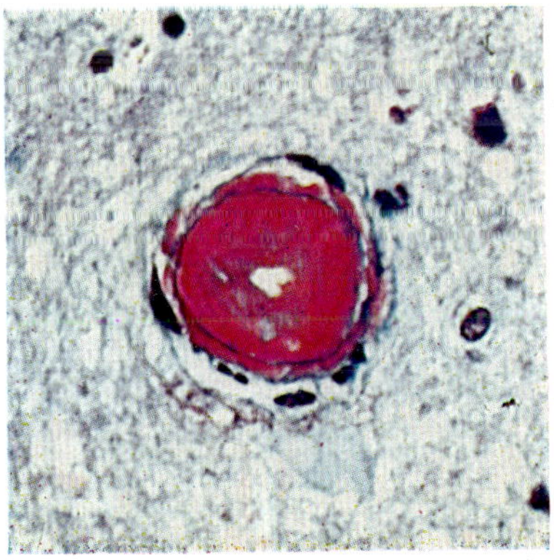

B. – Abb. 2.5. Hyalinose einer Hirnarterie; Fbg. Azan, Vergr. 200 ×

---

[1]) 1872 Ordinarius für Pathologie in Gießen, später in Bern.

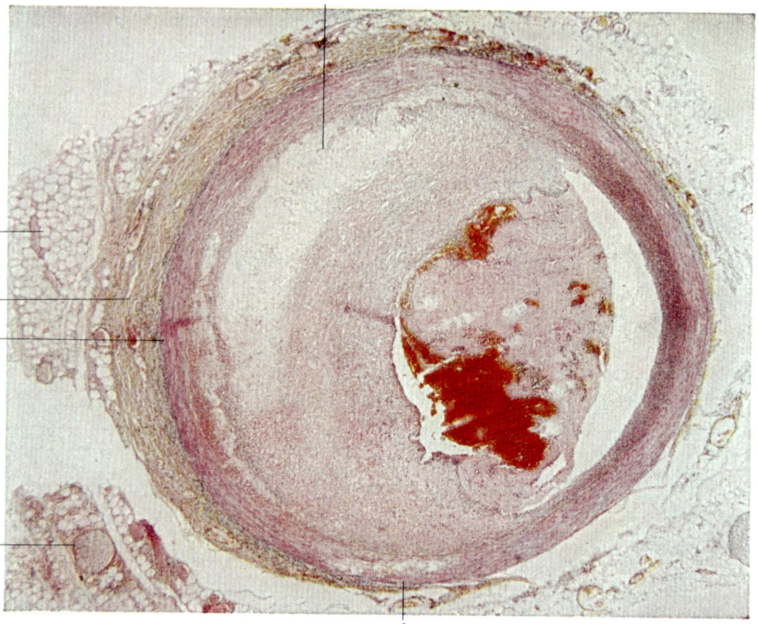

B. – Abb. 2.6. Hochgradige Koronarsklerose mit frischer Thrombose; Fbg. HE, Vergr. 26 ×

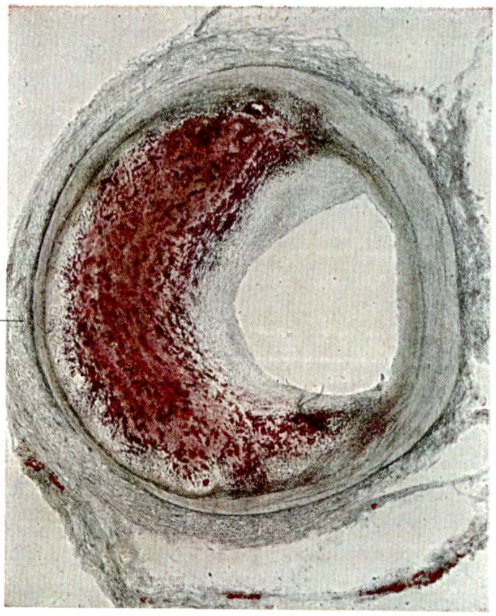

B. – Abb. 2.7. Koronarsklerose mit Atherom; Fbg. Sudan-Hämatoxylin, Vergr. 14×

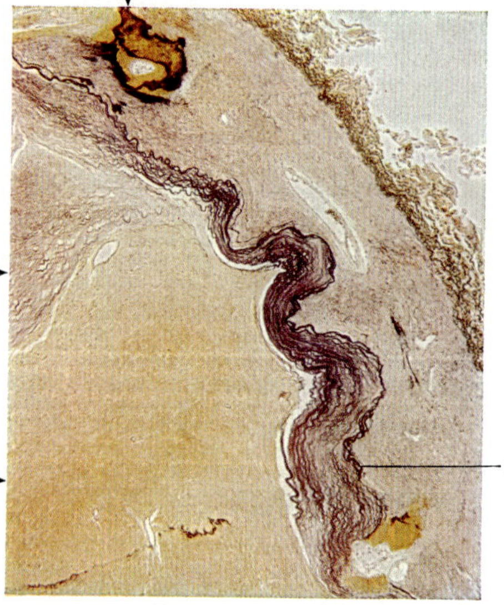

B. – Abb. 2.8. Elastose einer Kranzarterie mit alter Thrombose; Fbg. Elastica-v. Gieson, Vergr. 40×

Koronarsklerose

Unter den heute so häufigen Erkrankungen des Gefäßsystems nimmt die Koronararteriensklerose mit ihren Folgeerscheinungen (Herzinfarkt) eine bevorzugte Stellung ein. Sie geht wie die übrigen Formen der Arteriosklerose aus einer Lipoidose mit nachfolgender Sklerose hervor. Manchmal tritt ein ausgeprägtes Intimaödem mit plötzlichem Gefäßverschluß auf (Todesfälle bei Jugendlichen). Als häufige Komplikationen sind sekundäre Thrombosen, auch Blutungen in die sklerotischen Beete oder Quellungsnekrosen zu nennen, die zur plötzlichen Einengung der Gefäßlichtung führen. Hyalinosen kleiner intramuraler Äste werden ebenfalls häufig beobachtet. Die meisten Beobachter sind heute der Ansicht, daß die Koronarthrombose der primäre Vorgang sei. Für die Pathogenese des Herzinfarktes muß man neben den Koronararterien aber auch den »Zustand« der Herzmuskulatur berücksichtigen. Hyperfunktion und Hypertrophie erfordern mehr Sauerstoff. Wird zudem der Herzmuskelstoffwechsel durch Adrenalin »angeheizt«, so kann es auch bei leichter Koronarsklerose zu Herzmuskelnekrosen kommen.

Hochgradige Koronarsklerose mit frischer Thrombose (Abb. 2.6). Auf Querschnitten der Kranzarterien sind schon in der Übersicht die Gefäßveränderungen gut zu erkennen. Die Kranzarterie liegt in subepikardiales Fettgewebe eingebettet (→ 1). Die lockere Adventitia (→ 2) bildet einen äußeren Mantel. Die Media stellt sich als ein roter Ring dar (→ 3). Die Intima ist halbmondförmig fibrös verdickt und weist ein heller erscheinendes atheromatöses Beet mit Quellungsnekrose auf (→ 4). Das Restlumen ist von einem geschichteten Thrombus ausgefüllt, der vorwiegend aus Blutplättchen, Fibrin und Erythrozyten besteht (Abscheidungsthrombus, vgl. S. 70). Bei → 5 sieht man einen kleinen Nerven im Fettgewebe. Die Ernährungsstörung der Media wird an zystischen Auflockerungsherden (Medionekrosis) sichtbar (→ 6). Beachtenswert erscheint, daß die Adventitia im Bereiche der halbmondförmigen Intimasklerose ebenfalls vermehrt kollagenes Fasergewebe aufweist. Sekundär kann Kalk in die Intima und Media eingelagert werden.

Koronarsklerose mit Atherom (Abb. 2.7). Bei der Fettfärbung wird die starke Lipoideinlagerung in die halbmondförmig verdickte Intima deutlich sichtbar. Die Fettsubstanzen sind teilweise in Histiozyten gespeichert; teilweise liegen sie frei im Gewebe und sind zusammengeflossen (beginnende Atherombildung). Die innersten Schichten der sklerotischen Beete sind frei von Lipoid. Beachtenswert ist die hochgradige Atrophie der Media im Bereich des sklerotischen Beetes (→), ein Befund, der fast immer zu erheben ist (Ernährungsstörung der Media durch das sklerotische Beet).

Elastose einer Kranzarterie mit alter Thrombose (Abb. 2.8). Die Sklerose ist immer von einer mehr oder weniger starken Elastose, d. h. Aufsplitterung und Neubildung elastischer Fasern, begleitet. In unserem Bild (Abb. 2.8) zeigt sich eine solche Aufsplitterung und Vermehrung elastischer Fasern (→ 1) mit einer alten Thrombose. Das Lumen der Arterie ist teilweise von kollagenem Fasergewebe ausgefüllt, das einige Gefäße enthält (vernarbtes Granulationsgewebe, → 2). Die gelben, homogenen Massen (→ 3) stellen älteres thrombotisches Material dar. In der Muskulatur der Media sind ebenfalls einige Gefäße des Granulationsgewebes zu sehen (→ 4), welches von der Adventitia her in den Thrombus eingesproßt ist.

Makroskopisch: Lipoidose: Gelbe, flache Beete. *Sklerose und Atherom:* Lumen durch graugelbe oder gelbe Herde, oft nur herdförmig, eingeengt. *Frische Thrombose:* Auflagerung bzw. Verschluß mit roten bis grauroten Massen. *Alte Thrombose:* Graubraune bis grauweiße Wandauflagerungen, oft in Form von Strickleitersystemen. *Bevorzugte Lokalisation der Koronarsklerose:* Meist 1 cm unterhalb des Abganges des Ramus descendens der linken Kranzarterie. Siehe Makropathologie.

Entzündungen der Gefäße

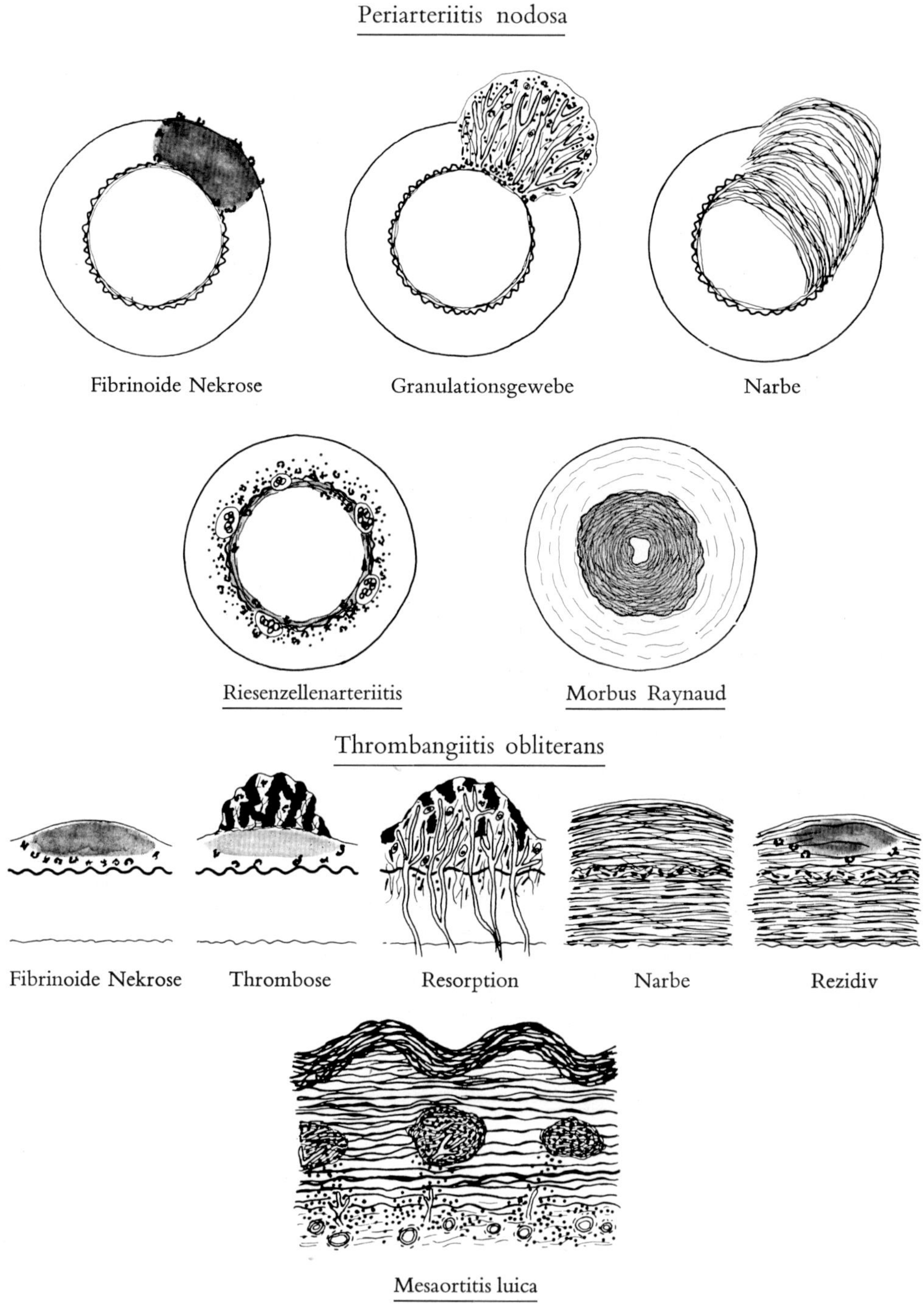

B. – Abb. 2.9. Übersicht der verschiedenen Formen der Gefäßentzündungen

Entzündungen der Gefäße

Die nebenstehende Abb. 2.9 zeigt die wichtigsten Formen der eigenständigen Gefäßentzündungen. Für die formale Pathogenese können die Veränderungen bei der **Periarteriitis nodosa** (Kussmaul u. Maier, 1866)[1] als repräsentativ gelten. In der *Intima* und *Media* der *Arteriolen* findet man *im ersten Stadium eine sektorförmige fibrinoide Nekrose mit leukozytärer Infiltration* (vgl. Abb. 2.10). Dieses fibrinoide Material wird *im zweiten Stadium* durch *Granulationsgewebe* resorbiert (vgl. Abb. 2.11), das in der Adventitia knötchenförmig besonders deutlich in Erscheinung tritt (Periarteriitis nodosa; in Wirklichkeit *Panarteriitis*). Das *Granulationsgewebe vernarbt (drittes Stadium)*, wobei das Lumen oft stark eingeengt wird (vgl. Abb. 2.12). Als Folge der Entzündung und Vernarbung treten Kreislaufstörungen mit Infarkten auf (z. B. fleckförmige anämische Infarkte in der Niere, anämische Milzinfarkte).

Die **Riesenzellenarteriitis** (Mesarteriitis granulomatosa gigantocellularis) zeichnet sich durch eine *fibrinoide Verquellung an der Intima-Media-Grenze* aus mit granulomatöser Reaktion in diesem Bereich (vgl. Abb. 2.13). Die Elastica interna wird durch den entzündlichen Prozeß zerstört. Die Bruchstücke der elastischen Fasern rufen eine Fremdkörperreaktion (Fremdkörperriesenzellen) hervor. Diese Art der Arteriitis beschränkt sich meist auf die A. temporalis.

Merke: Fibrinoide Verquellung zieht immer Resorptionsgewebe (Granulationsgewebe) *und Narbengewebe nach sich* (Beispiel: Endocarditis verrucosa, Rheumatismus, Periarteriitis nodosa, Thrombangiitis obliterans, Riesenzellenarteriitis usw.).

Bei der **Thrombangiitis obliterans,** auch **Endangiitis obliterans** genannt *(Winiwarter-Buergersche Erkrankung)*, findet man den gleichen stadienhaften Ablauf der Entzündung wie bei der Periarteriitis nodosa. Die fibrinoide Nekrose leitet mit dem Eindringen von Blutplasma in die Intima den Krankheitsprozeß ein. Die Resorption erfolgt durch mobilisierte Histiozyten und Granulationsgewebe. Die Erkrankung spielt sich meistens an den Arterien der unteren Extremitäten ab *(juvenile Extremitätengangrän)*. Seltener sind die Nieren-, Gehirn-, Mesenterial- oder Koronararterien betroffen. *Selten heißt nicht, daß man nicht immer daran denken müßte.* Die Herausforderung des Arztes besteht darin, daß er verstehen muß, »mit der Unsicherheit seiner Diagnose zu leben« (Th. v. Uexküll).

Im *Beginn* der Erkrankung findet man eine *fibrinoide Verquellung (Nekrose) der Intima* mit geringer leukozytärer Reaktion, die bis zur Elastica interna reicht. Fakultativ können sich der geschädigten Intima *Thromben* auflagern. Jetzt erfolgt entweder die Einsprossung von Granulationsgewebe von der Adventitia her *(Resorption)*, oder es werden die ortsständigen Bindegewebszellen mobilisiert (Fibrozyten, Histiozyten), die das fibrinoide und thrombotische Material resorbieren. Als *Endzustand* bleibt eine *Intimanarbe* (oder Media-Intima-Narbe) zurück (vgl. S. 66). Sekundär kann sich eine Arteriosklerose aufpfropfen. Die Rezidive spielen sich wiederum im Narbengewebe ab.

Die **Mesaortitis luica** beginnt mit einer perivaskulären *Entzündung der Vasa vasorum der Adventitia* und *greift sekundär auf die Media über*, wobei die entzündlichen Infiltrate *die elastischen Membranen der Media zerstören.* Die narbige Schrumpfung führt zur Einziehung der Intima über diesen Herden (vgl. S. 66).

Die Gefäßveränderungen bei **Raynaudscher Gangrän (Morbus Raynaud)** gehören im eigentlichen Sinne nicht zur Gruppe der entzündlichen Gefäßerkrankungen. Diese vorwiegend bei Frauen anfallsweise auftretende, chronisch verlaufende, benigne Erkrankung der Arteriolen der Finger, Knie und Ohrläppchen geht mit einer Hypertrophie der Mediamuskulatur (in der Zeichnung durch ringförmige Striche angedeutet) und Sklerose der Intima einher. Die Erkrankung wird als »Angioneuropathie« aufgefaßt.

[1]) Kussmaul war Internist zu Freiburg, Maier der erste Pathologe in Freiburg i. Br.

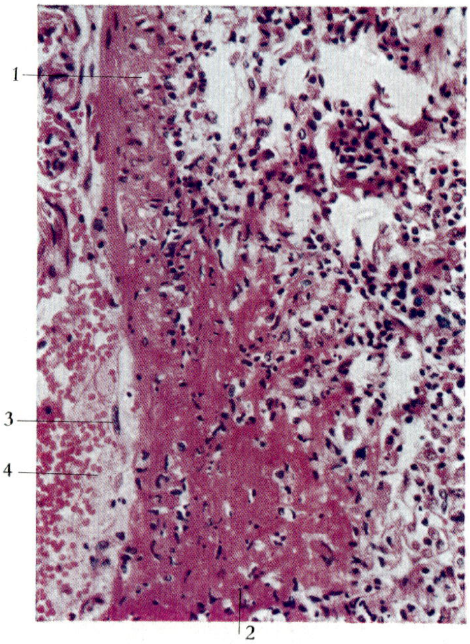

B. – Abb. 2.10. Frische fibrinoide Nekrose bei Periarteriitis nodosa; Fbg. HE, Vergr. 220×

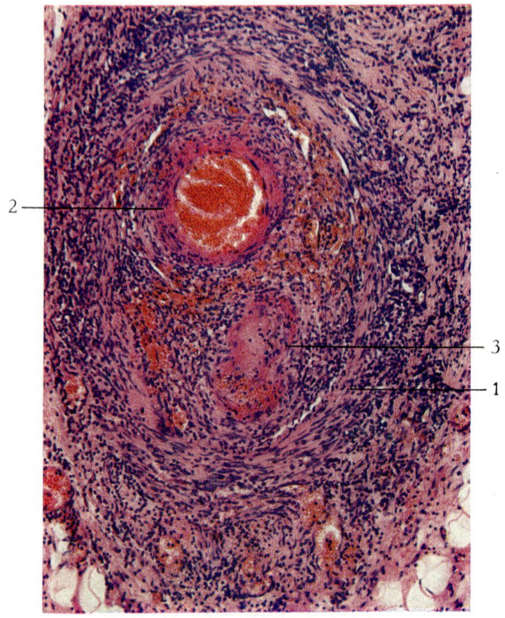

B. – Abb. 2.11. Rezidivierte Periarteriitis nodosa; Fbg. HE, Vergr. 95×

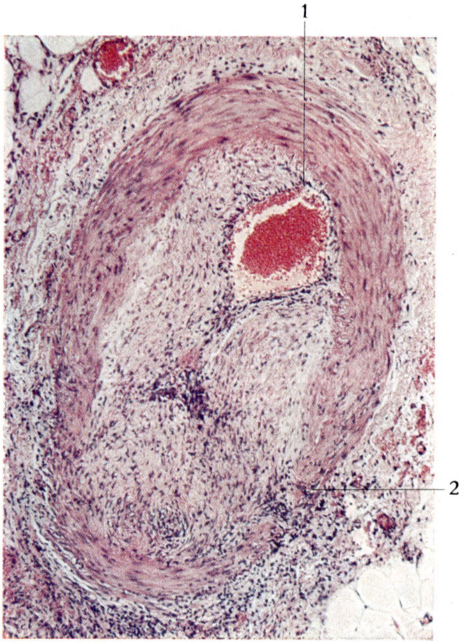

B. – Abb. 2.12. Periarteriitis nodosa (Narbenstadium); Fbg. HE, Vergr. 74×

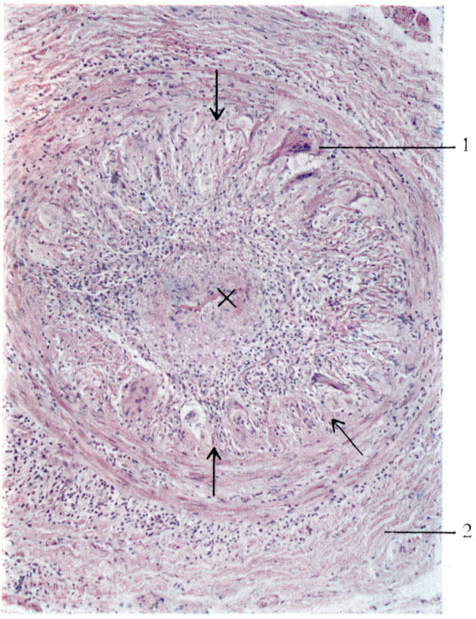

B. – Abb. 2.13. Riesenzellenarteriitis; Fbg. HE, Vergr. 100×

Periarteriitis nodosa (Panarteriitis)

Das *früheste Stadium* sieht man in Abb. 2.10 **(frische fibrinoide Nekrose bei Periarteriitis nodosa).** Intima und Media sind sektorförmig von einer *frischen fibrinoiden Nekrose* (homogen, leuchtend eosinrot) befallen. In der Umgebung kommt es zu einer leukozytären und beginnenden granulomatösen Reaktion. Bei → 1 sieht man die noch unveränderte Media der Gefäßwand, die nur gering ödematös aufgelockert ist. Im Bereich der fibrinoiden Nekrose (→ 2) ist die Intima abgehoben (→ 3: Endothelzelle), und dem Endothel liegen lockere Fibrinnetze mit Erythrozyten auf (→ 4).

In der Übersicht fallen die Gefäßwandveränderungen schon durch herdförmige, rote bis blaurote, knötchenförmige Infiltrate in der Arterienwand auf. Das *vollentwickelte Zustandsbild* mit einem *nicht ganz frischen Rezidiv* sehen wir in Abb. 2.11 **(rezidivierte Periarteriitis nodosa).** Das Gefäßlumen ist bis auf einen geringen Rest vollständig durch Granulationsgewebe verschlossen, das sich in der Adventitia, einem Teil der Media und im Lumen der Arterie ausgebreitet hat. Es besteht aus gewucherten Kapillaren, Fibroblasten, Histiozyten und Lymphozyten (seltener Plasmazellen und eosinophile Leukozyten). Die Media ist größtenteils erhalten (→ 1). In dem Granulationsgewebe des Gefäßlumens hat sich eine neue Gefäßstrecke mit muskulärer Wand ausgebildet mit Erythrozyten in der Lichtung (→ 2). Eine frische fibrinoide Verquellung (Rezidiv?) sieht man bei → 3. Das homogene, eosinrote Material wird von Histiozyten durchsetzt.

Das **Narbenstadium** (Abb. 2.12) bietet sich in ähnlicher Weise wie in Abb. 2.11 dar, lediglich die entzündlichen Veränderungen sind zurückgegangen. Das Gefäßlumen ist bis auf einen geringen Rest (→ 1) durch Fibroblasten und faserreiches junges Narbengewebe verschlossen. Deutlich ist die Einbruchspforte des Granulationsgewebes von der Adventitia her zu sehen (→ 2); dort findet sich ebenfalls vermehrt kollagenes Narbengewebe mit einzelnen Lymphozyten.

Makroskopisch: Perlschnurartige Knötchen von 1–2 mm Durchmesser, besonders deutlich am Herzen (subepikardial) oder am Mesenterialansatz des Darmes zu sehen.

Merke: Die Panarteriitis wird klinisch fast nie diagnostiziert (Vielfalt der Symptome!).

Folgen der Gefäßverschlüsse sind multiple Niereninfarkte, Milzinfarkte (Fleckmilz), Nekrosen im Magendarmkanal mit Geschwüren und rote Infarkte der Leber.

Praktisch alle Organe können betroffen sein. Neuromyalgische Symptome sind Folgen einer Arteriitis peripherer Nerven und der Muskulatur. Eine Probeexzision aus der Haut oder Muskulatur (evtl. Leberpunktion) kann zur Sicherung der klinischen Diagnose beitragen. Die Erkrankung tritt bevorzugt bei 20–40jährigen Männern auf. Der Verlauf ist meist subakut (1 Jahr). Tod durch Urämie, Herzmuskelnekrosen, Darminfarkte, Gefäßrupturen.

Riesenzellenarteriitis (Abb. 2.13). Diese relativ gutartige Spielform der Periarteriitis nodosa befällt bevorzugt die A. temporalis bei älteren Frauen. Nach neueren Statistiken sollen Männer und Frauen gleich häufig betroffen sein. Neben der Temporalarterie sind häufig auch die A. ophthalmica (Erblindung) sowie andere Gefäßprovinzen befallen (Gehirn, Herz, Leber, Milz usw.). Die fibrinoide Nekrose lokalisiert sich im Bereich der Intima mit Zerstörung der Elastica interna. Wie Abb. 2.13 zeigt, sind vorwiegend die Intima und Media betroffen. In unserem Präparat sieht man ein Granulationsgewebe und entzündliche Infiltrate in der Intima mit einem kleinen Restlumen (→ ×). Die Intima-Media-Grenze ist durch Pfeile markiert. Bei Elastica-van-Gieson-Färbung kann man erkennen, daß die Elastica interna in Bruchstücke zerfallen ist, an die sich Riesenzellen angelagert haben (→ 1). Die Media ist ebenfalls lympho-histiozytär infiltriert. Die Infiltrate reichen bis zur bindegewebig verdickten Adventitia (→ 2: Adventitia).

Makroskopisch und klinisch verdickte Temporalarterien (pulslos) mit Rötung der Haut; migräneartige Kopfschmerzen (VALLINA, 1966).

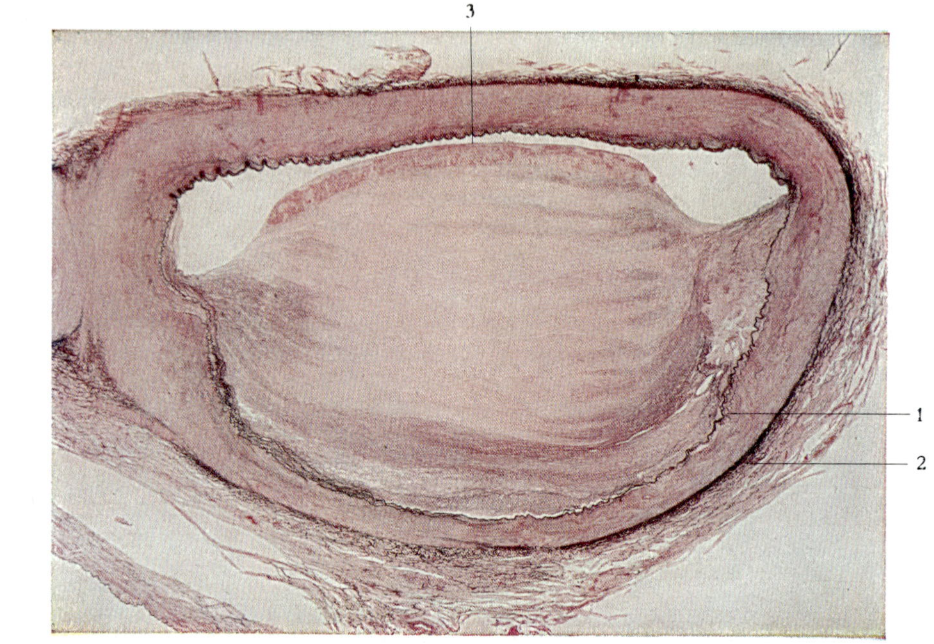

B. – Abb. 2.14. Thrombangiitis obliterans einer Unterschenkelarterie; Fbg. Elastica-Kernechtrot, Vergr. 19 ×

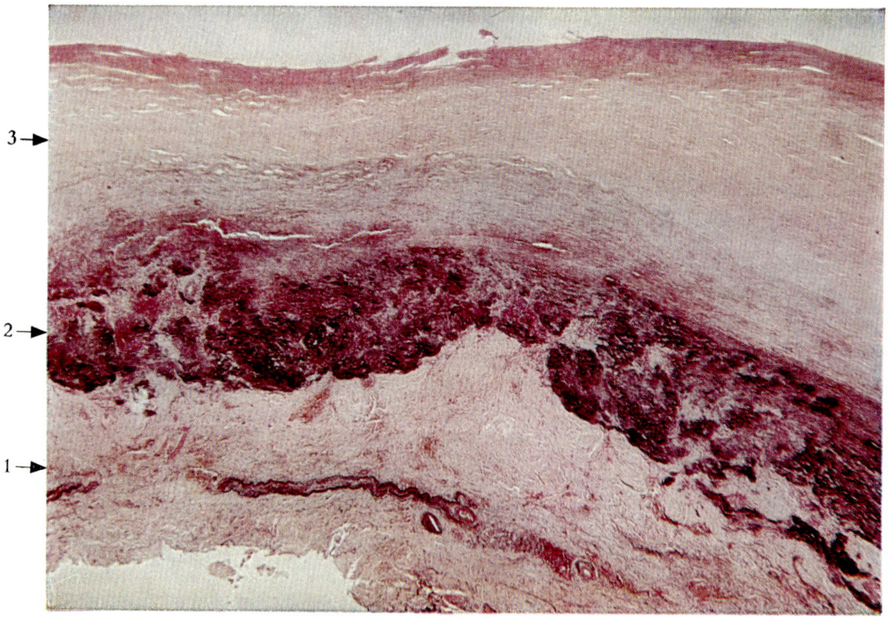

B. – Abb. 2.15. Mesaortitis luica; Fbg. Elastica-Kernechtrot, Vergr. 32 ×

Thrombangiitis obliterans (Abb. 2.14). Die schwache Vergrößerung zeigt den Querschnitt einer Unterschenkelarterie bei Elasticafärbung. Das Lumen ist fast vollständig von einem zellarmen Fasergewebe ausgefüllt. Die Elastica interna (→ 1) und auch die Elastica externa (→ 2) stellen sich als schwarze Bänder dar. Die Media erscheint als rote, homogene Schicht. Die Elastica interna ist an einzelnen Stellen gering aufgesplittert. Das gewucherte intimale Bindegewebe füllt das Arterienlumen fast vollständig aus. In den obersten Schichten sieht man eine frische fibrinoide Verquellung in Form eines roten, bandförmigen Streifens (Rezidiv, → 3).
Die morphologischen Erscheinungsbilder bei der Thrombangiitis obliterans können vielfältig sein. Das *erste*, oft sehr flüchtige, *Stadium, die fibrinoide Verquellung*, sieht man nur selten. Häufiger trifft man die *rezidivierenden Thrombosen* mit Organisationserscheinungen und *sklerotischen Beeten*. Im *Endstadium* ist oft eine Abgrenzung zur Arteriosklerose kaum zu treffen, insbesondere wenn sich den sklerotischen Beeten sekundär eine Thrombose aufgepfropft hat (vgl. S. 62).
Der Krankheitsprozeß befällt die Beinarterien im Gegensatz zur Arteriosklerose ausgesprochen herdförmig mit polsterförmigen Intimaverdickungen bzw. frischen Thrombosen und entsprechender Einengung des Gefäßlumens. In den distal vom Verschluß gelegenen Arterien kommt es zur Intimawucherung, die als »Füllgewebe« aufgefaßt wird (Vakatwucherung). Die Erkrankung verläuft rezidivierend und betrifft meist einseitig die unteren Extremitäten, vorwiegend bei jungen Männern (juvenile Extremitätengangrän).
Die Endangiitis der kleineren Arterien bietet histologisch das gleiche Gewebsbild, wobei bevorzugt die Hirnarterien (granuläre Atrophie), Nierenarterien, Mesenterialarterien oder Herzkranzarterien (Herzinfarkt!) befallen sein können.

Mesaortitis luica (Abb. 2.15). *Es handelt sich um eine Entzündung der Adventitia und Media der Aorta bei tertiärer Lues.* Abb. 2.15 zeigt bei schwacher Vergrößerung die typische »mottenfraßähnliche« Zerstörung der elastischen Membranen der Aortenmedia. In der Adventitia (→ 1) sieht man eine Vermehrung kollagenen Fasergewebes (Narbenbildung). Der größte Teil der Media (→ 2) ist durch ein zellarmes Narbengewebe herdförmig ersetzt, das sich unregelmäßig in der Media ausbreitet. Die Intima (→ 3) ist durch eine sekundäre Sklerose hochgradig verdickt. Im rechten Teil der Abbildung sieht man eine hyaline Umwandlung des Fasergewebes der Intima (Hyalinose der Intima).
Der Krankheitsprozeß beginnt mit einer perivaskulären lympho-histiozytären und plasmazellulären Entzündung der Vasa vasorum in der Adventitia und kriecht dann den Gefäßen entlang in die Media. Die kleineren Arterien der Media weisen zudem eine Endarteriitis auf, so daß es durch Ernährungsstörungen der Media (Nekrosen) und Entwicklung von Granulationsgewebe zum Verlust der elastischen Membranen und narbigem Ersatz kommt. Das Narbengewebe schrumpft, so daß die Intima über den Narben eingezogen wird.
Daraus resultiert die *makroskopisch* charakteristische Riffelung bzw. chagrinlederartige Beschaffenheit der Intima vorwiegend im Brustteil der Aorta. Außerdem ist die Aortenwand dünn und die Aorta erweitert (Ektasie). Die Entzündung greift häufig auch auf die Aortenklappen über, wobei die Ansatzstellen auseinanderrücken und Furchen zwischen den Klappen entstehen *(Doehlesche Furchen)*. Weiterhin schrumpfen die Klappen, so daß sich eine Aorteninsuffizienz entwickelt Auch die Abgänge der Kranzarterien können, vorwiegend durch eine Intimawucherung, eingeengt werden, so daß der Tod nicht selten durch einen Herzinfarkt erfolgt.
Mittlere und kleinere Arterien können bei tertiärer Lues ebenfalls erkranken, am häufigsten in Form einer Endarteriitis mit Intimawucherung, insbesondere der Hirnbasisarterien *(Heubnersche Endarteriitis)*.

Thrombose - Thrombophlebitis - Organisation

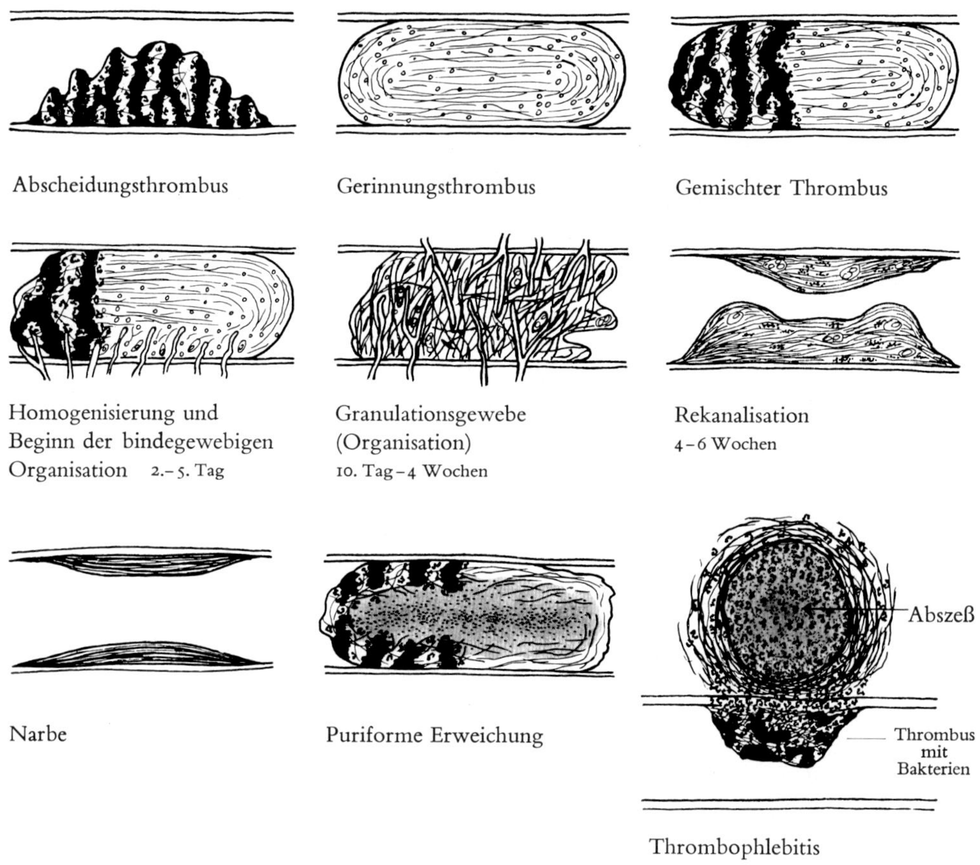

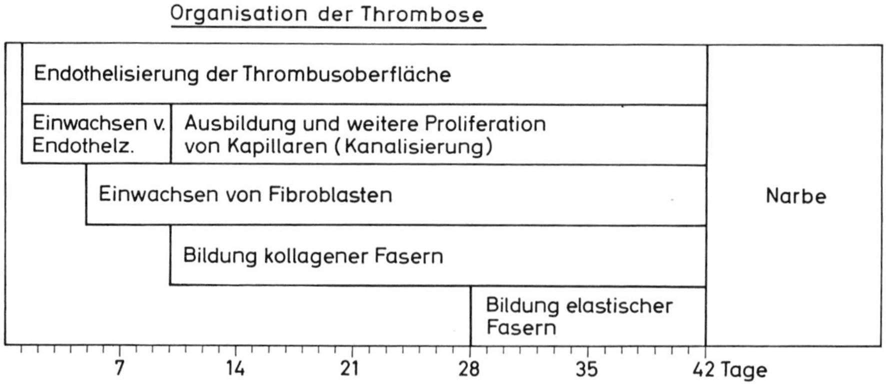

B. – Abb. 2.16. Übersicht des histologischen Aufbaues verschiedener Formen von Thrombosen, des Ablaufs sekundärer Veränderungen im Thrombus und der Thrombusorganisation. Thrombophlebitis

Thrombose - Thrombophlebitis

Die Thrombose ist eine intra vitam auftretende intravaskuläre Gerinnung des Blutes. Abb. 2.16 gibt einen Überblick des histologischen Aufbaues der verschiedenen Formen der Thrombose, ihrer sekundären Veränderungen und des zeitlichen Ablaufes der Organisationsvorgänge.

1. Der **Abscheidungsthrombus,** als parietaler Thrombus der Wand anhaftend, hat eine typische Gestalt: Konglomerate von Blutplättchen bilden ein korallenstockähnliches, lamelläres Gerüst. Die Thrombozytenbalken sind von Fibrin umgeben, das sich auch zwischen diesen in Form einer »Verspannungsarchitektur« nachweisen läßt. Dem Fibrin sind Leukozyten beigemischt, die sich mantelförmig um die Blutplättchenbalken anlagern. Dazwischen finden sich massenhaft Erythrozyten (vgl. S. 70).

Makroskopisch: Die Thrombozytenbalken ragen über die Thrombusoberfläche hervor, so daß eine Riffelung quer zur Richtung des Blutstromes entsteht (Sandbankrelief). Farbe: graurot, Beschaffenheit: brüchig.

2. Der **Gerinnungsthrombus** füllt das Gefäßlumen vollständig aus und besteht histologisch aus Fibrinlamellen, die sich parallel zur Gefäßwand anordnen. Dazwischen ist ein feineres, regellos gestaltetes Fibringerüst ausgespannt, in dessen Maschenwerk Erythrozyten eingeschlossen sind. Blutplättchen sind mit dem Lichtmikroskop nicht zu sehen. Granulozyten sind locker eingestreut.

Makroskopisch: Rot ohne Strukturierung = intravital geronnene Blutsäule.

3. Der **gemischte Thrombus** besteht aus einem Kopfteil als *Abscheidungsthrombus* und einem Schwanzteil als *Gerinnungsthrombus.* In der V. femoralis sind häufig auch abwechselnd Abscheidungs- und Gerinnungsteile nacheinandergeschaltet.

Makroskopisch: Abwechselnd graurote und rote Partien. **Leichengerinnsel** haben im Unterschied zu Thromben eine elastische Konsistenz (Speckhautgerinnsel grau; Kruorgerinnsel rot) und weisen keine Strukturierung im Sinne einer Schichtung auf.

4. Bei der **eitrigen Thrombophlebitis**[1]) handelt es sich um eine **bakteriell** bedingte eitrige Entzündung der Gefäßwand, wobei ein perivaskulärer Entzündungsprozeß auf die Gefäßwand übergreift. An dieser Stelle bildet sich ein bakterienhaltiger Thrombus, der histologisch Blutplättchenkonglomerate und Fibrin in unregelmäßiger Formation sowie Bakterienrasen enthält. Wird das thrombotische Material verschleppt, so kommt es zu pyämischen Abszessen in der Lunge (vgl. S. 80).

Makroskopisch: Graue bis graurote schmierige Beläge auf der Venenwand.

5. **Hyaline Thromben,** d. h. bei HE-Färbung rote homogene Thromben, die vorwiegend aus Blutplättchen und Fibrin bestehen, werden in Kapillaren und Venolen häufig beim Schock gefunden (vgl. S. 106, 120).

Schicksal der Thrombose *1. Embolie:* Der Thrombus kann mit dem Blutstrom verschleppt werden. Die Gefahr der Embolie ist beseitigt, wenn Fibroblasten in die Thrombusbasis eingewachsen sind und kollagene Fasern gebildet haben (10. Tag). *2. Veränderungen der Thrombusstruktur (Homogenisierung):* Durch den Zerfall der im Thrombus enthaltenen Erythrozyten, Granulozyten und Thrombozyten sintern das Fibrin und die Zelltrümmer zu einer homogenen Masse zusammen (Homogenisierung). Die Homogenisierung beginnt schon am 2. Tage im Zentrum des Thrombus und schreitet kontinuierlich fort. Das Fibrin dieser hyalinisierten Thromben ist auch nach langer Zeit (Jahre!) noch auflösbar, wie die Erfolge der Streptokinasetherapie nach chronischem Verschluß der Beinarterien zeigen. *3. Auflösung des Thrombus:* a) *Durch Granulozyten* (puriforme Erweichung). Wenn proteolytische Fermente der Granulozyten frei werden, können sie (meist im Inneren des Thrombus) Fibrin, Erythrozyten und Blutplättchenbalken auflösen. Es entsteht eine eiterähnliche Flüssigkeit, die von dem einbrechenden Blutstrom weggespült wird. b) *Durch das fibrinolytische System* (Thrombolyse). Durch Umwandlung von Plasminogen in Plasmin kann proteolytisch Fibrin in Thromben aufgelöst werden (Plasmin hat eine hohe Spezifität für Fibrin, löst aber nicht Plättchenbalken auf). Plasminogen ist im strömenden Blut vorhanden und an den Fibrinfasern im Thrombus adsorbiert. Das fibrinolytische System kann durch Substanzen aus Bakterien (Streptokinase) therapeutisch aktiviert werden. c) *Durch Granulationsgewebe* (Organisation). Bereits 1 Tag nach Thrombusentstehung wird der Thrombus endothelisiert (angrenzende Gefäßendothelien wachsen auf die Thrombusoberfläche). Von der Gefäßwand sprossen Endothelzellen in die Basis des Thrombus ein (Gefäßwandendothelien haben fibrinolytische Aktivität). Aus diesen Endothelzellsprossen bilden sich Kapillaren (etwa 10. Tag), die in den Thrombus hineinwachsen. Vom 5. Tag an wachsen Fibroblasten in die Thrombusbasis ein. Sie bilden etwa vom 10. Tag an kollagene Fasern, später auch in geringer Menge elastische Fasern. Die zelluläre Reaktion der Gefäßwand besteht also in der Bildung von Granulationsgewebe. Das

[1]) **Merke:** Die »Thrombophlebitis« der Kliniker entspricht einer »blanden«, d. h. nicht infektiösen Thrombose der Venen, die mit äußerlichen Entzündungszeichen (Rubor, Tumor, Dolor, Calor) einhergeht.

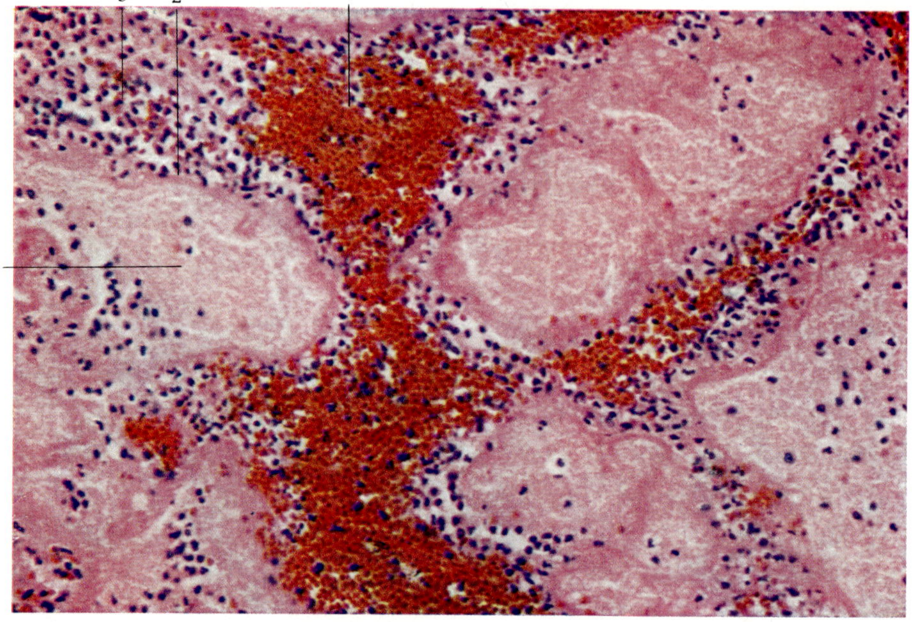

B. – Abb. 2.17. Abscheidungsthrombus; Fbg. HE, Vergr. 246 ×

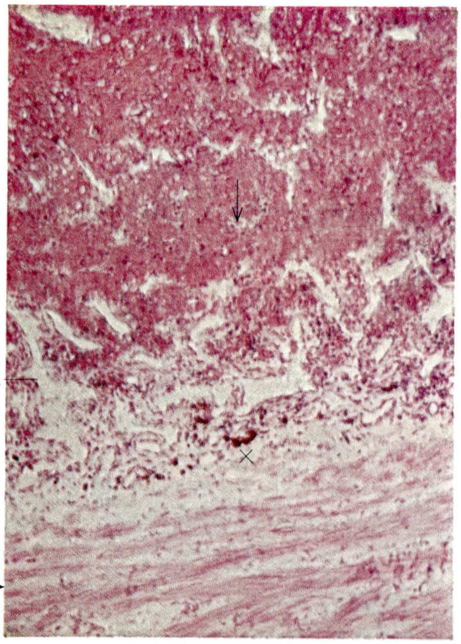

B. – Abb. 2.18. Thrombus in Organisation; Fbg. HE, Vergr. 101 ×

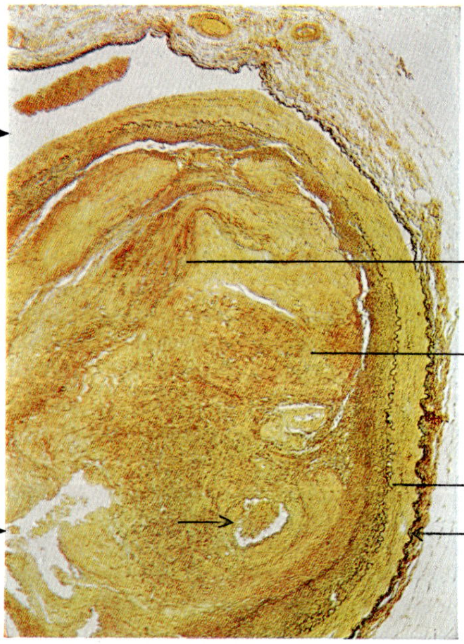

B. – Abb. 2.19. Rekanalisierte Arterienthrombose; Fbg. Elastica-van Gieson, Vergr. 40 ×

Granulationsgewebe kann durch proteolytische Fermente die Thrombusstrukturen (auch homogenisierte) auflösen und durch Bindegewebe ersetzen. Es entsteht somit nach 4–6 Wochen eine Narbe. Durch die Kapillarsprossen wird das ehemals thrombosierte Blutgefäß wieder rekanalisiert.
Besonderheiten der Organisation: In den sich bildenden Bindegeweben können Verkalkungen und Knochenbildungen entstehen (Phlebolithen). Die Kanalisierung des Thrombus kann besonders stark sein (sog. Kavernenbildung). Die Einbeziehung der Venenklappen in den Organisationsprozeß hat bei Thrombosen der Schenkelvenen eine große Bedeutung für die Ursache des postthrombotischen Symptomenkomplexes (z. B. Varizen, Ulcera cruris). *4. »Wachstum« des Thrombus:* Neben den Auflösungsvorgängen am Thrombus kann es zur Anlagerung frischen thrombotischen Materials kommen (»Wachstum«). Diese fortschreitende Thrombose erfolgt häufig in den Venen der unteren Extremität (Wadenvenen – V. femoralis – V. iliaca). Sie stellt immer eine erhöhte Emboliegefahr dar.

Abscheidungsthrombus. In der Übersicht sieht man die Gefäßwand mit dem aufgelagerten Thrombus, dessen höckrige, wellenförmige Oberfläche deutlich sichtbar ist. Hier ragen die Blutplättchenbalken über die dazwischenliegenden von Erythrozyten ausgefüllten Räume hervor. Bei mittlerer Vergrößerung (Abb. 2.17) erkennt man die korallenstockähnlichen Plättchenbalken (→ 1) (man muß hier eine räumliche Rekonstruktion vollziehen!). Die Blutplättchen stellen sich auch bei stärkster Vergrößerung nur als feinkörniges Material dar. Die Fibrinbalken erscheinen als homogene Bänder (→ 2), die die Plättchenbalken einrahmen. Darauf folgt die Zone der Leukozyten (→ 3). In den Zwischenräumen liegen dicht gelagert Erythrozyten (→ 4) und ein lockeres Fibrinnetz. In älteren Thromben kann die Unterscheidung von Plättchen und Fibrin schwierig sein. Die Azanfärbung kann dann gute Dienste leisten, da sich die Plättchen blau und das Fibrin rot anfärben.

Thrombus in Organisation (Abb. 2.18). 2–4 Tage nach der Entstehung des Thrombus beginnen schon die Resorptionsvorgänge von der Gefäßwand aus. In der Übersicht sieht man das Gefäßlumen vollständig durch rotes Material ausgefüllt. Die Venenwand (→ 1) erscheint als hellrotes Band. An einer Stelle erkennt man im Thrombus nahe der Gefäßwand schon bei schwacher Vergrößerung eine heller rote, etwas zellreichere Zone. Die mittlere Vergrößerung (Abb. 2.18) zeigt daß hier von der Gefäßwand aus Granulationsgewebe eingesproßt ist, dessen stark erweiterte Kapillaren (→ 2) mit Erythrozyten deutlich sichtbar sind. Dazwischen liegen Fibroblasten und Histiozyten, auch eine Faserneubildung hat schon eingesetzt. Nach dem Inneren des Thrombus zu werden die Gefäße spärlicher. Ganz vereinzelt sieht man hier die »Pioniere« des Granulationsgewebes (Histiozyten), die teilweise in hellen Höfen liegen (→) (vgl. z. B. Granulationsgewebe bei Herzinfarkt und Perikarditis, S. 40 u. 52). Die schwarzbraunen Körnchen (x) im Granulationsgewebe sind intrazellulär gelegene Produkte des Hämoglobins = Hämosiderin.
Makroskopisch: Graurote bis braune, fest anhaftende Auflagerungen. Frische Gerinnungsthromben liegen der Gefäßwand nur ganz locker auf.

Rekanalisierte Arterienthrombose (Abb. 2.19). Das mikroskopische Bild wird bestimmt vom Stadium (Alter) und dem Ausmaß der Thrombose und Rekanalisation. In unserem Bild erkennt man die Elastica interna (→ 1) und externa (→ 2). Die Elastica interna ist teilweise aufgesplittert und unterbrochen. Bei → 3 ist eine Abhebung der Elastica externa von der Media entstanden. In diesem Spalt findet sich Blut (Operationspräparat). Das ehemalige Lumen des Blutgefäßes ist durch Bindegewebe verschiedenen Alters verschlossen (zellreiches, junges Granulationsgewebe → 4; älteres, faserreiches Bindegewebe → 5). Innerhalb des Bindegewebes finden sich Hohlräume, die von Endothel ausgekleidet sind und Erythrozyten im Lumen enthalten (→ 6 und Pfeil im Bild). Diese erweiterten Blutgefäße durchziehen den organisierten Thrombus und haben Anschluß an das Gefäßlumen vor und hinter dem Thrombus gefunden.
Makroskopisch: Je nach Ausmaß von Organisation und Rekanalisation können entstehen: wandständige Narbe, strickleiterartige Systeme (bevorzugt Schenkelvenenthrombosen) und sinuöse Umgestaltung des Blutgefäßes (z. B. nach Pfortaderthrombose). Häufig findet sich eine bräunliche Verfärbung des Narbengewebes (Hämosiderin). Seltenere Folgen der Thrombusorganisation sind Phlebolithen (Beckenvenen) und sog. *Myxombildungen* (organisierte Herzthromben). Von vielen Autoren als primäre Tumoren angesehen.

B. – Abb. 2.20. Schemat. Darstellung früher Stadien der Thrombusentstehung (nach RODMAN u. Mitarb., 1963)

Die **Bildung eines Thrombus** beginnt mit einer Agglutination der Thrombozyten, die mit Verlust der Plättchengranula einhergeht (sog. *visköse Metamorphose*). Später lagert sich Fibrin an. Diese visköse Metamorphose läuft elektronenmikroskopisch sichtbar in 4 Phasen ab (Abb 2.20). Die normalen Thrombozyten (Abb. 2.20 a) enthalten ein *Hyalomer* (Grundplasma) und ein *Granulomer* (Gesamtheit der Zellorganellen). In der *ersten Phase* der Agglutination *(Präagglutination) schwellen* die Thrombozyten an (Membranstörung?), bilden *Pseudopodien* aus und lagern sich aneinander (Abb 2.20 b). Es beginnt der Abbau des reichlich in den Thrombozyten vorhandenen ATPs. Die äußeren Thrombozytenmembranen werden durch Vermittlung von ADP und Kalzium miteinander verbunden. In der *zweiten Phase* der Agglutination ist die äußere Membran der einzelnen Thrombozyten noch weitgehend intakt (Abb. 2.20 b, 2.21). Das Granulomer verlagert sich in das Zentrum der Blutplättchen (Abb. 2.21). Während der *dritten Phase (Thrombozytorrhexis)* lösen sich die äußeren Membranen der Thrombozyten auf (Abb. 2.21 c, d). Im Zentrum zerfallen die verschiedenen Anteile des Granulomers. Am äußeren Rand bilden sich Protrusionen. Am Rande des Agglomerats wird jetzt erstmals Fibrin sichtbar (Abb 2.20 d). In der letzten Phase, der *Thrombozytolyse* (Abb. 2.20 e), zerfallen die Thrombozyten vollständig zu granulärem Material. Dieser »Trümmerhaufen« wird von reichlich Fibrin durchsetzt. Während der viskösen Metamorphose geben die Thrombozyten folgende Substanzen ab: 1. mit Wirkung auf die plasmatische Gerinnung: Faktor 3 = Thrombokinaselipid + Faktor 4 = Antiheparin; 2. mit Wirkung auf die Fibrinolyse: Plättchenproaktivator, Antiplasmin; 3. mit Wirkung auf die Blutgefäßwand: Adrenalin, Noradrenalin, Serotonin.

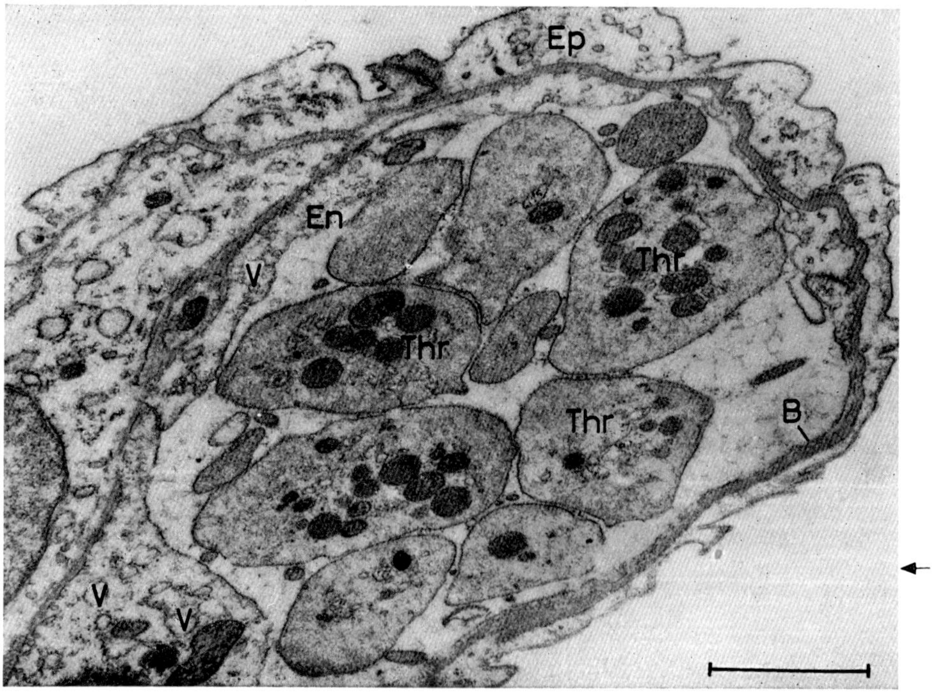

B. – Abb. 2.21. Lungenkapillare mit Thrombozytenagglutination (Thr) im Lumen (Histaminschock, Kaninchen). Die Plättchen liegen dicht beieinander, das Granulomer konzentriert sich im Zentrum. Das Endothel (En) zeigt zahlreiche Vesikel (V), ebenso das Alveolarepithel (Ep) (Flüssigkeitsdurchtritt in Vakuolen). B = Basalmembran, → Alveolarlichtung. Vergr. 20000 ×. (NIKULIN u. Mitarb., 1965)

Elektronenmikroskopie der Thrombose

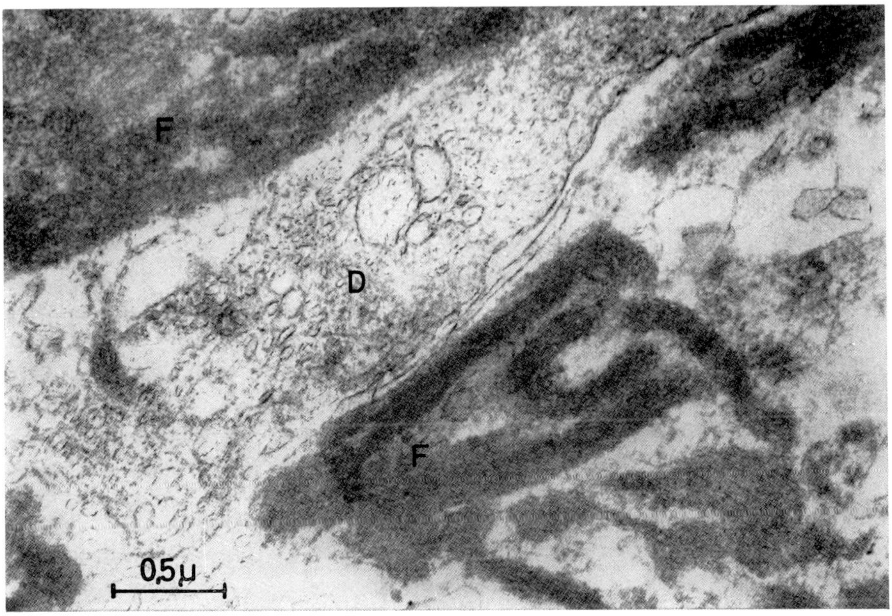

B. – Abb. 2.22. Experimenteller Gerinnungsthrombus (Kaninchen) mit Fibrinfaserbündeln (F) (Querstreifung nicht zu erkennen) und Detritus von Blutplättchen (D). Vergr. 30000 ×. (Dr. KLEINSCHMIDT)

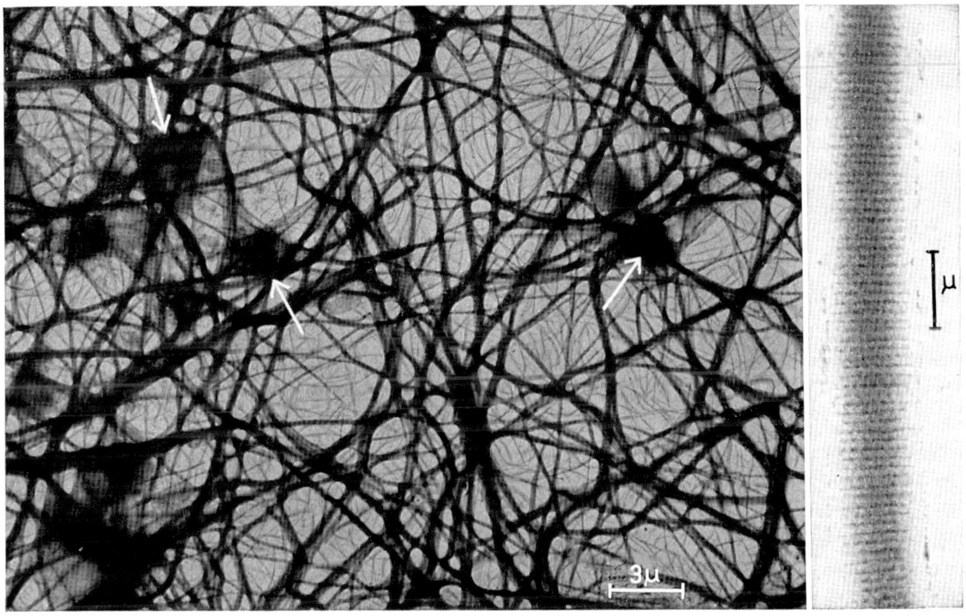

B. – Abb. 2.23. a) Fibrinfasergerüst mit Thrombozyten (→) aus spontan gewonnenem Nativblut (metallschrägbedampft). Fibrin hat sich zu dicken Faserbündeln zusammengelagert, außerdem sieht man ein feineres Netzwerk. b) zeigt eine einzelne Fibrinfaser mit deutlicher Querstreifung (Periode 230 A). Vergr. a: 3000 ×, b: 100000 ×. (Dr. KÖPPEL, vgl. KÖPPEL, 1962)

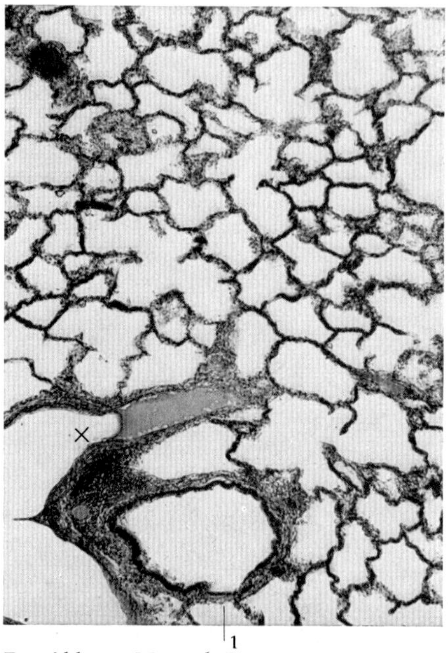

B. – Abb. 3.1. Normale Lunge;
Fbg. HE, Vergr. 53×

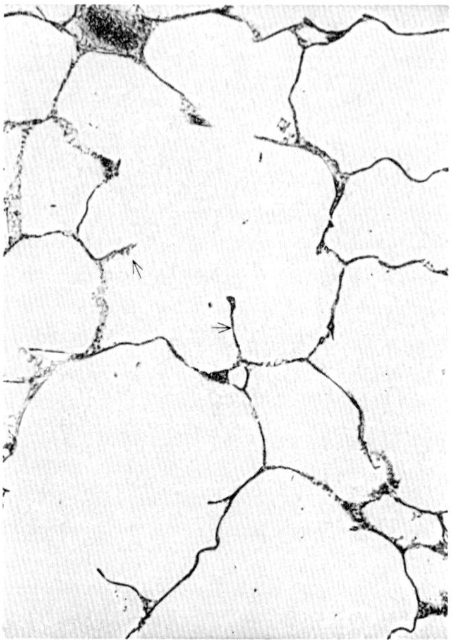

B. – Abb. 3.2. Lungenemphysem;
Fbg. HE, Vergr. 53×

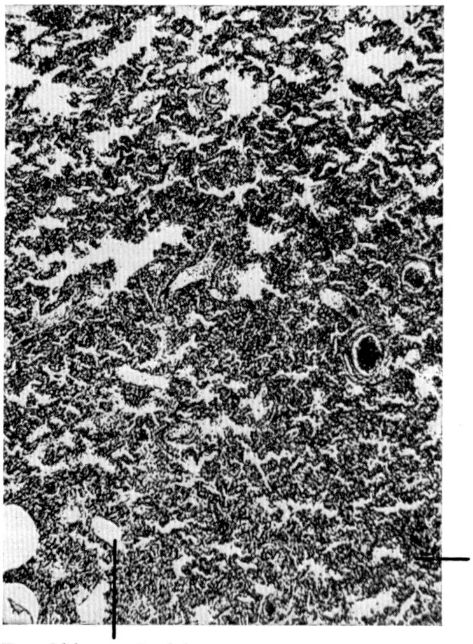

B. – Abb. 3.3. Atelektase;
Fbg. HE, Vergr. 53×

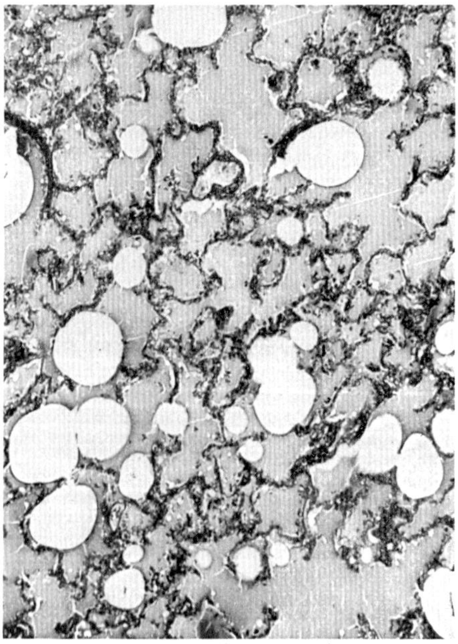

B. – Abb. 3.4. Lungenödem;
Fbg. HE, Vergr. 53×

3. Lunge

Die histologische Beurteilung von Lungenpräparaten bereitet dem Anfänger häufig Schwierigkeiten, insbesondere wenn die regelrechte Architektur des Lungengewebes durch krankhafte Prozesse verwischt ist. Die Alveolen sind häufig bei entzündlichen Prozessen nicht als optisch leere Räume sichtbar. Zur Organdiagnose muß man daher Bronchien (→ 1 in Abb. 3.1, *normale Lunge*) mit dem typischen hochzylindrischen Epithel, der ringförmigen Wandmuskulatur und den Bronchialknorpel aufsuchen sowie die nur in der Nachbarschaft von Bronchien gelegenen Lungenarterienäste (× in Abb. 3.1: Arterie mit Blutplasma als Inhalt). *Cave:* In der Lunge von Neugeborenen sind die Bronchien nicht völlig ausdifferenziert. Häufig Fehldiagnosen!!

Als *Leitlinien* zur Diagnose pathologischer Veränderungen sollten dienen: Ist das Lungengewebe herdförmig oder diffus befallen? Betrifft die pathologische Veränderung den Inhalt der Alveolen bzw. der Bronchien oder deren Wand? Sind die Innenräume (Alveolen, Bronchien) erweitert oder nicht? Ist das Lungengewebe erhalten oder zugrunde gegangen? Legt man sich über diese Fragen Rechenschaft ab, so wird man zu einer richtigen Beurteilung kommen. Siehe auch Makropathologie.

Substantielles Lungenemphysem (Abb. 3.2). *Mit Atrophie und Schwund der Alveolarsepten einhergehende Vergrößerung der Lungenalveolen.* Im Vergleich zum normalen Lungengewebe (vgl. Abb. 3.1) sieht man große, optisch leere Hohlräume, die von dünn ausgezogenen Alveolarsepten begrenzt werden. Auffällig sind die stummelförmig (→) in die Hohlräume hineinreichenden Reste von Alveolarsepten. Im Gegensatz zur akuten Lungenblähung (Volumen pulmonum acutum, akutes Lungenemphysem) ist es also hier zum Verlust von Alveolarsepten gekommen. Bei Elasticafärbung sieht man mit stärkerer Vergrößerung Degenerationserscheinungen an den elastischen Fasern in Form von Verschmälerungen, Aufhellungen, Verwaschenheit u. ä. Für Details siehe Makropathologie

Makroskopisch: Kleine, mittelgroße oder grobe Blasen. Das bullöse Emphysem ist besonders subpleural gut zu erkennen. *Ursache:* Meist obstruktives Emphysem (chronische Bronchitis). Selten auch genetisch bedingt (α_1-Antitrypsindefekt; LAURELL u. ERIKSSON). Proteasen werden nicht gehemmt → Abbau von Lungengewebe. *Komplikationen:* Hypertrophie des rechten Herzventrikels, bei Einriß Spontanpneumothorax.

Atelektase der Lunge (Abb. 3.3). *Verminderter Luftgehalt der Lungen mit Kollaps der Alveolen, oft im Ausbreitungsgebiet eines Bronchus (z.B. Resorptionsatelektase).* Mikroskopisch sieht man Alveolen, deren Wände fast aneinanderliegen, so daß der Zellgehalt des Lungengewebes scheinbar vermehrt ist. Die Pfeile weisen auf spaltförmige Hohlräume von Alveolen hin. Die Kapillaren sind meistens erweitert.

Die verschiedenen **Formen** der Atelektase [Entspannungsatelektase (Pneumothorax), Kompressionsatelektase (z.B. Pleuraerguß), Obstruktions- oder Resorptionsatelektase (z.B. Tumoren)] weisen alle histologisch das gleiche Erscheinungsbild auf. Von der fetalen Atelektase ist die mangelhafte Ausreifung und Differenzierung der Lunge abzugrenzen.

Makroskopisch: Dunkelblaurote Lunge bzw. scharf begrenzter eingesunkener Bezirk von derb-elastischer Konsistenz und blauroter Farbe. Schwimmprobe negativ.

Lungenödem (Abb. 3.4). *Es handelt sich um eine Exsudation von Blutserum in die Alveolen* = intraalveoläres Ödem[1]) (vgl. S. 79). Die Übersicht zeigt, daß die Alveolen mit einer homogenen, eosinroten, bei starker Vergrößerung zellfreien Flüssigkeit ausgefüllt sind. Nur ganz vereinzelt sind abgeschilferte Alveolarepithelien zu erkennen. Die Kapillaren sind hyperämisch. An einzelnen Stellen ist die Flüssigkeit durch die Präparation aus den Alveolen entfernt, so daß optisch leere Hohlräume entstanden sind (Artefakte).

Makroskopisch: Schwere Lungen, von deren Schnittfläche schaumige Flüssigkeit abfließt.
Pathogenetisch handelt es sich um eine Drucksteigerung im pulmonalen Kreislauf mit Permeabilitätsänderung (toxisch, Sauerstoffmangel) in der terminalen Strombahn.

[1]) Unterscheide: *Intraalveoläres Ödem* = schaumige Flüssigkeit. Läßt sich abpressen. *Interstitielles Lungenödem:* Düsterrote, schwere Lunge. Ohne schaumige Flüssigkeit. Häufig bei Schock. Siehe Makropathologie.

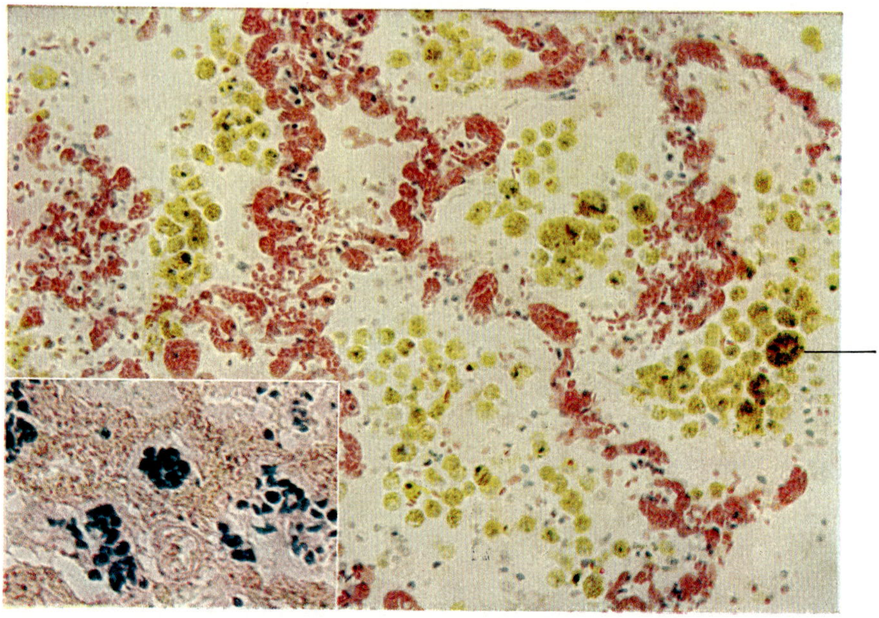

B. – Abb. 3.5. Stauungslunge; Fbg. HE, Vergr. 240 × – Ausschnitt unten links: Berliner-Blau-Reaktion, Vergr. 132 ×

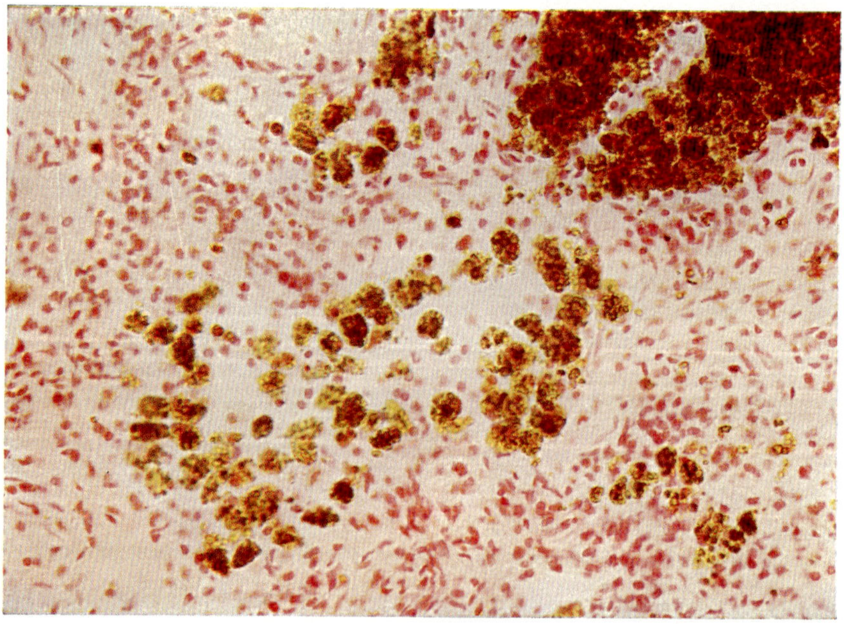

B. – Abb. 3.6. Chronische Stauungslunge; Fbg. Kernechtrot, Vergr. 330 ×

Stauungslunge

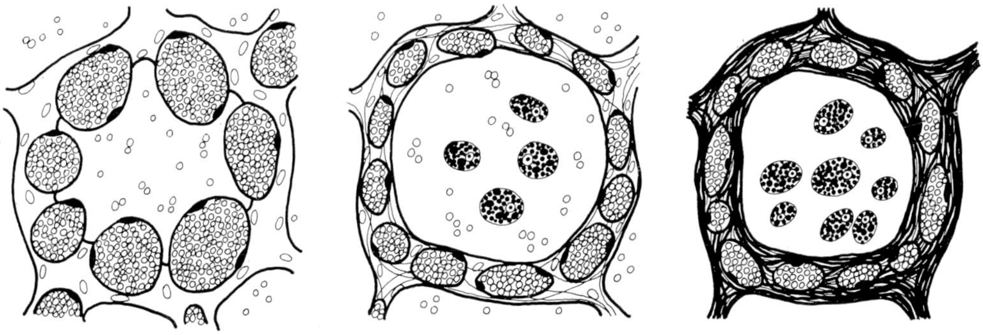

Hyperämie akut | Beginnende Induration subakut | Chronische Stauungslunge

B. - Abb. 3.7. Verschiedene Stadien der Stauungslunge

Die **Stauungslunge** *entwickelt sich bei Rückstauung des Blutes aus dem linken Herzventrikel (z.B. Mitralstenose). Demnach handelt es sich um eine passive Hyperämie mit – dem Schweregrad der Stauung entsprechenden morphologischen Veränderungen.* Im **akuten Stadium** (Abb. 3.7) sieht man lediglich eine Hyperämie mit weiten, knopfförmig in die Alveolarlichtung vorspringenden Kapillaren. Im Lumen finden sich dicht gelagerte Erythrozyten.

Makroskopisch: Große, schwere, oft hellrote Lungen. Rote »Induration«. Lungenödem.

Länger dauernde Stauung (subakut bis subchronisch) (Abb. 3.5 u. 3.7) führt zu einem stärkeren Erythrozytenaustritt in die Alveolen mit Phagozytose durch Alveolarepithelien[1]) und Umwandlung des Hämoglobins in *Hämosiderin* (braunes, intrazytoplasmatisches Pigment = Herzfehlerzellen, vgl. S. 78). Die Alveolarwände werden durch eine Vermehrung von Bindegewebsfasern und der Basalmembran zunehmend dicker.

Die chronische Blutstauung (braune Induration) (Abb. 3.6 u. 3.7) zeichnet sich durch stark verdickte Alveolarsepten aus (Sklerose durch kollagene Fasern, Verdickung der Basalmembran, vgl. S. 78) mit reichlich hämosiderinbeladenen Alveolarepithelien (Herzfehlerzellen im Sputum). Eisen kann frei werden und im Bindegewebe sowie den elastischen Fasern gleichzeitig mit Kalk abgelagert werden (Eisen-Kalk-Inkrustation).

Makroskopisch: Derbe, zimtbraune Lungen.

Stauungslunge (Abb. 3.5). Die Abb. 3.5 zeigt ein subakutes Stadium mit starker Hyperämie der Kapillaren, die in die Lichtung der Alveolen vorspringen. Die Alveolarsepten sind nicht bindegewebig verdickt. Im Lumen der Alveolen finden sich abgeschilferte Alveolarepithelien (→), deren Zytoplasma das feinkörnige braune, stark lichtbrechende Hämosiderinpigment enthält. Die Berliner-Blau-Reaktion zeigt (Ausschnitt unten links), daß es sich um ein eisenhaltiges Abbauprodukt des Hämoglobins handelt.

Chronische Stauungslunge (Abb. 3.6). Die Übersicht zeigt ein dichteres Lungengerüst als normal. Die Alveolarräume erscheinen durch die interstitielle Bindegewebsvermehrung eingeengt. Bei v. Gieson-Färbung sieht man eine verstärkte rote netzartige Zeichnung. Die mittlere und die starke Vergrößerung lassen erkennen, daß die Alveolarwande durch kollagenes Fasergewebe hochgradig verdickt sind. Der Zellgehalt ist nicht wesentlich vermehrt (vgl. interstitielle Pneumonie, S. 272). In den Alveolarlumina sind massenhaft Herzfehlerzellen zu finden, deren braunes Pigment deutlich zum Vorschein kommt. In manchen Fällen tritt auch eine Vermehrung der glatten Muskulatur auf (vgl. auch S. 78).

[1]) Bei den *Alveolarepithelien* unterscheidet man heute verschiedene Typen (Bowden, 1971): Pneumozyten I = *Alveolarmakrophagen* (von Monozyten abstammend). Pneumozyten II = Produzenten des »surfactant«-Faktors. Antiatelektasefaktor. Setzt Oberflächenspannung herab.

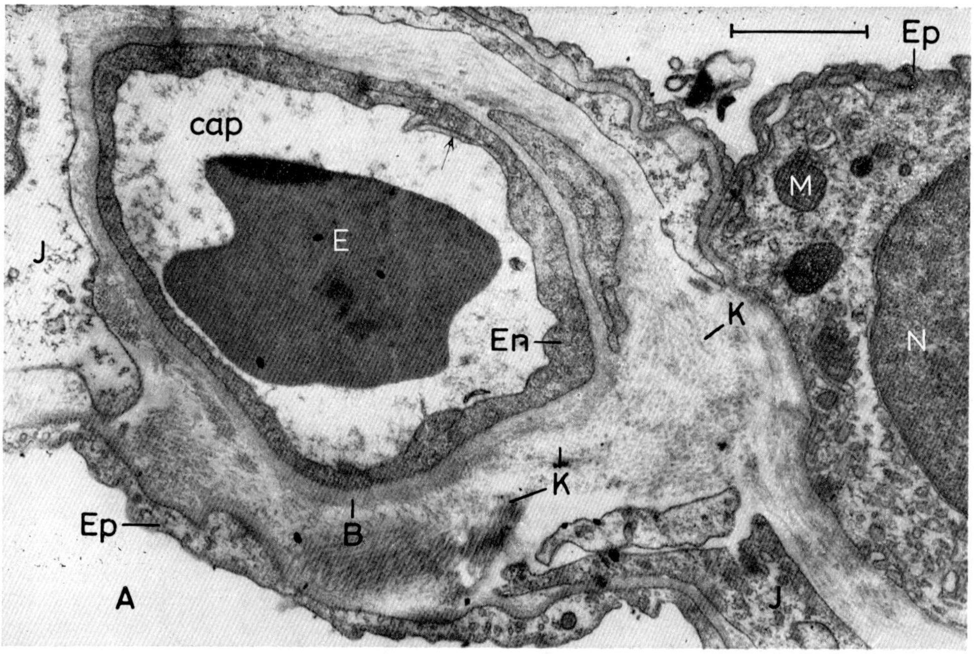

B. – Abb. 3.8. Chronische Stauungslunge, Mensch. Die Lungenkapillare (cap) ist durch Zwischenlagerung von kollagenen Fasern (K) und von Zytoplasmafortsätzen interstitieller Zellen (J) weit von der Alveolenfläche abgedrängt (Länge des Blut-Luft-Weges normal: 0,3–0,5 μ, hier 1,5 μ). Die Basalmembran (B) ist stark verdickt (normal 0,01–0,1 μ, hier 0,2 μ). Zytoplasma der Endothelzellen (En) ebenfalls verdickt. Endothelzellen schieben sich teilweise dachziegelartig übereinander (→). Im Lumen der Kapillare ein Erythrozyt (E). Rechts im Bild eine Alveolardeckzelle (Ep) mit Zellkern (N) und Mitochondrien (M). Die flach ausgebreiteten Zytoplasmafortsätze der Deckzellen (Ep) enthalten kleine Vesikel. A = Alveolarlumen. Vergr. 18000 ×. (Dr. Gieseking[1])

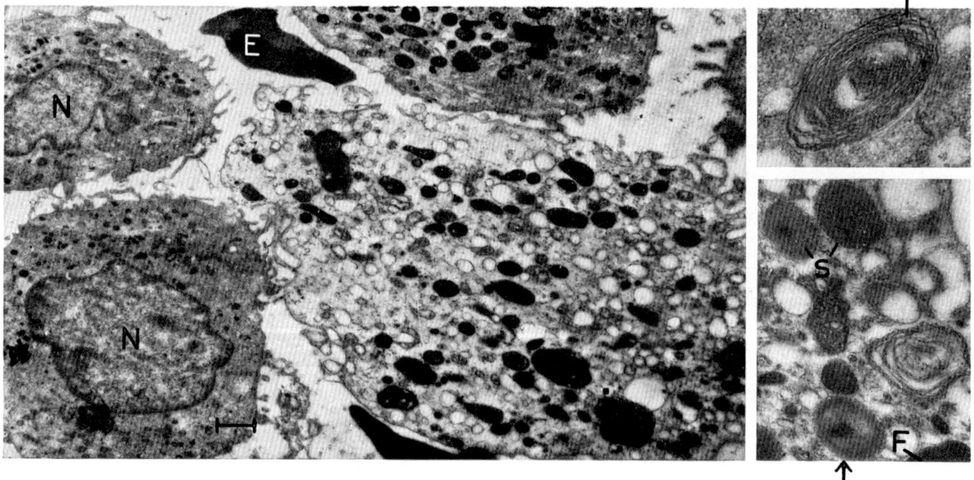

a b c

B. – Abb. 3.9. a) Abgelöste Alveolarepithelien aus einer chronischen Stauungslunge mit zahlreichen Zytoplasmaeinschlüssen, die größtenteils aus Siderosomen bestehen (vgl. Abb. 13). b) und c) Stärkere Vergrößerung von Zytoplasmaeinschlüssen aus dem Alveolarepithel von chronischen Stauungslungen: Myelinfigur (→ osmiophiles Lamellenkörperchen, Fingerprint, Abbaureste von Erythrozyten?), → Lysosom, Siderosom (S), Fetttropfen (F). Vergr.: a) 5000 ×, b) und c) 25000 ×. (Dr. Gieseking)

[1]) Literatur: Schulz, 1959; Meessen, 1960; Gieseking, 1958, 1959, 1960.

Elektronenmikroskopie zur Lungenpathologie

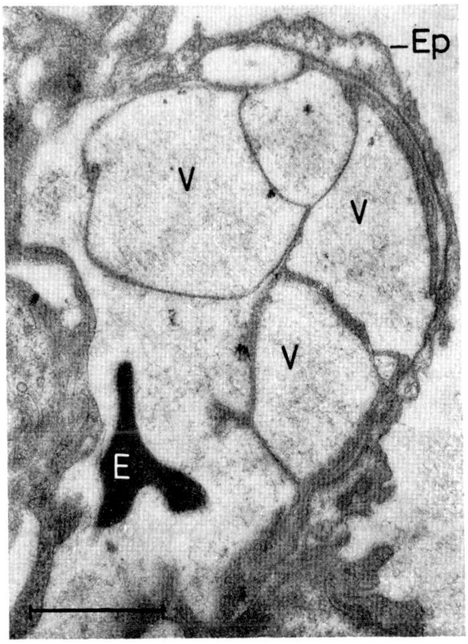

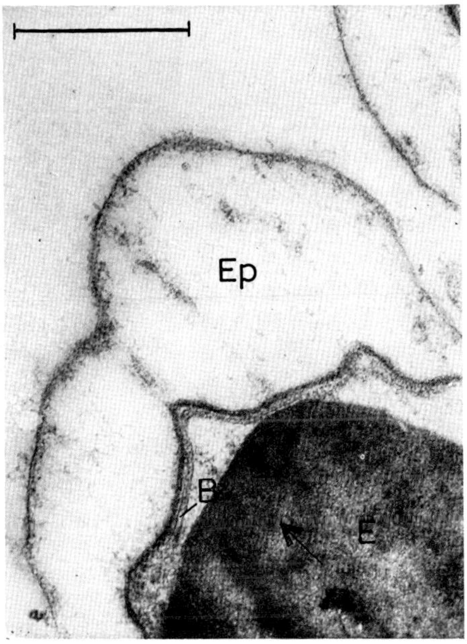

B. – Abb. 3.10 (links) u. 3.11 (rechts). *Akutes Lungenödem* (Rattenlunge nach intratrachealer Gabe von Adrenalin). In Abb. 3.10 hochgradige Schwellung des Endothels mit Bildung großer Zytoplasmavakuolen, die Blutflüssigkeit enthalten (V = Vakuolen im Endothel). Bei starker Schwellung zerplatzt die basale zytoplasmatische Begrenzung dieser Endothelvakuolen, so daß die Ödemflüssigkeit in das Interstitium des Alveolarseptums abströmt und von hier aus in das Zytoplasma der darüberliegenden Deckzellfortsätze gelangt (Ep). In Abb. 3.10 ist der Deckzellfortsatz durch ein starkes intrazelluläres Ödem bereits beträchtlich aufgetrieben (Ep). B = Basalmembran. E = Erythrozyt, Vergr.: Abb. 3.10 18000 ×, Abb. 3.11 22000 ×. (Dr. Gieseking)

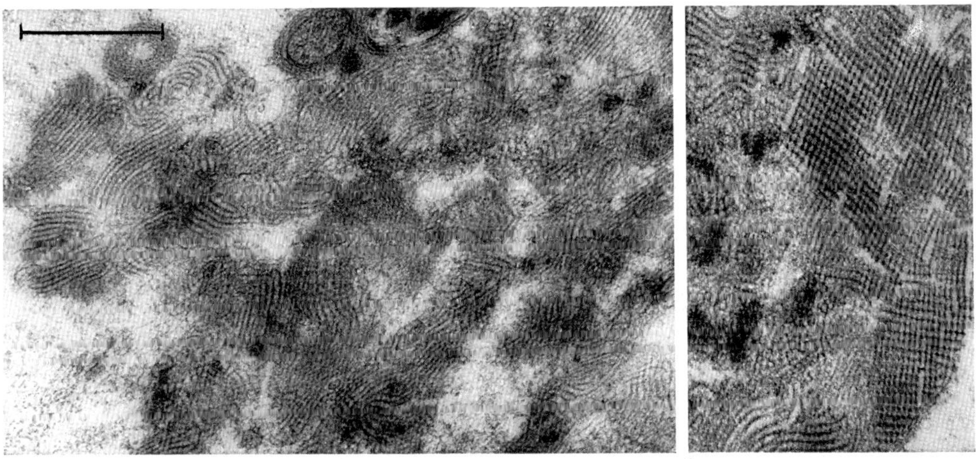

a b

B. – Abb. 3.12. a) Besondere Reaktionsform der Alveolarepithelien nach Applikation von Quarzstaub (Rattenlunge, 3 Monate nach intratrachealer Gabe von Quarzstaub). Man sieht kristallartige Lamellensysteme im Zytoplasma der Alveolarepithelien. b) Ausschnitt bei stärkerer Vergrößerung.
Vergr.: a) 18000 ×, b) 35000 ×. (Dr. Gieseking)

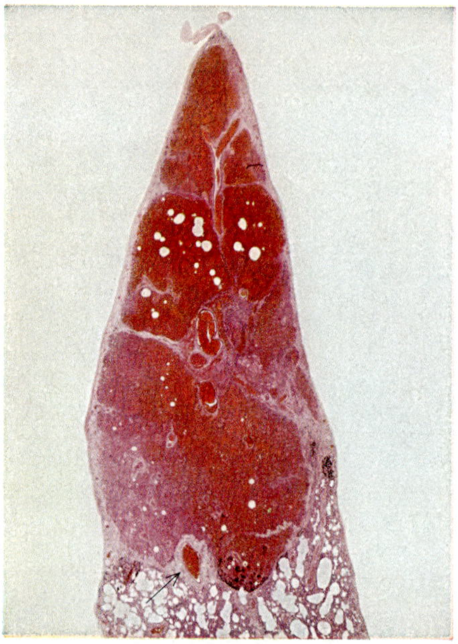

B. – Abb. 3.13. Hämorrhagischer Lungeninfarkt; Fbg. HE, Vergr. 5 ×

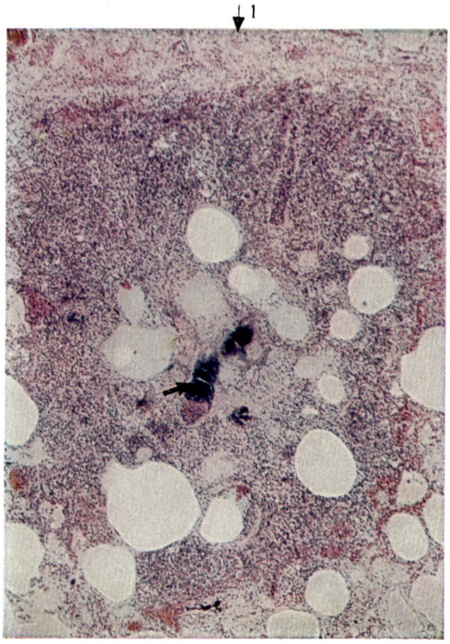

B. – Abb. 3.14. Pyämischer Lungenabszeß; Fbg. HE, Vergr. 42 ×

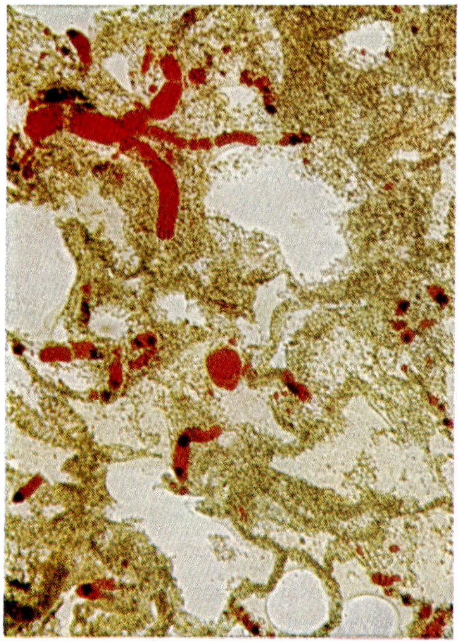

B. – Abb. 3.15. Fettembolie der Lunge; Fbg. Sudan, Vergr. 58 ×

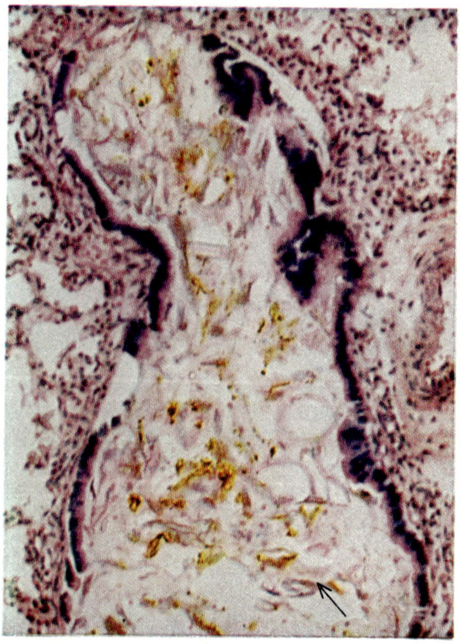

B. – Abb. 3.16. Fruchtwasseraspiration; Fbg. HE, Vergr. 162 ×

Hämorrhagischer Lungeninfarkt (Abb. 3.13). *Es handelt sich um eine herdförmige Nekrose mit Blutung im Lungengewebe nach embolischem Verschluß des zugehörigen Lungenarterienastes und Blutstauung im kleinen Kreislauf.* Das mikroskopische Bild zeigt in der Übersicht einen meist keilförmigen, roten, homogenen Bezirk. Unser Präparat stammt aus der Lingula; daher ist der Infarkt nicht keilförmig. Der embolische Verschluß (→) des versorgenden Lungenarterienastes ist deutlich zu sehen. Bei mittlerer und starker Vergrößerung bietet sich ein monotones Bild: Im Lumen der Alveolen liegen dicht gepackte Erythrozyten, die in älteren Infarkten nur noch schattenhaft zu erkennen sind oder zu krümeligen, eosinroten, homogenen bis schmutzig rotbraunen Massen zerfallen sind. Die Alveolarsepten sind vom Inhalt der Alveolen kaum mehr abzugrenzen. Die Zellkerne der Septen fehlen *(Nekrose)*.

Differentialdiagnostisch ist eine Blutaspiration abzugrenzen, bei der die Nekrose fehlt (ebenso der Embolus).
Makroskopisch: Keilförmiger, subpleural gelegener, dunkelroter fester Herd, der über die Lungenoberfläche vorspringt, mit fibrinöser Pleuritis.
Schicksal: Demarkation durch Granulozyten, Organisation durch Granulationsgewebe, Narbe, evtl. Sequestration, Abszeß, Gangrän.

Pyämischer Lungenabszeß (Abb. 3.14). *Im Gegensatz zur »blanden« Embolie wird ein Lungenarterienast von einem bakterienhaltigen Embolus verstopft, der von einer eitrigen Thrombophlebitis stammt (Pyämie). Im Versorgungsgebiet der Arterie entwickelt sich dann ein subpleural gelegener Abszeß.* In der Übersicht sieht man wiederum einen keilförmigen, dichteren, subpleuralen Herd (→ 1: Pleura), der durch den hohen Zellgehalt blau gefärbt erscheint. Die mittlere Vergrößerung zeigt, daß die Alveolen mit Granulozyten vollgestopft sind. Der zugehörige Pulmonalarterienast ist mit einem Embolus ausgefüllt, der massenhaft blauschwarz gefärbte Bakterienkolonien (→) und reichlich Leukozyten enthält. Die Alveolarsepten sind im Zentrum des Herdes nekrotisch: hier beginnt die Einschmelzung des Lungengewebes *(Abszeß)* (vgl. eitrige Thrombophlebitis, S. 68 u. 87).

Makroskopisch: Vorstadium ohne Einschmelzung: graugelber subpleuraler Herd, erhaben, fest, mit fibrinöser Pleuritis und Pleuranekrose (Pleura weiß). Nach *Einschmelzung:* Höhle, aus der sich graugelbes Material entleert. Sekundär Pleuraempyem.

Fettembolie (Abb. 3.15). *Verschleppung von Fett aus dem Knochenmark (auch subkutanem Fettgewebe, Fettleber) nach Traumen (z. B. auch Verbrennungen) mit Verstopfung der Lungenkapillaren, evtl. auch Übertritt in das arterielle System.* Das Fett stammt z. T. auch aus dem nicht traumatisierten Fettgewebe (Lipolyse durch Adrenalin. Sog. Fettmobilisationssyndrom). In der Übersicht finden wir kleine rote »Fleckchen« im Gerüst der Alveolen liegen. Die mittlere Vergrößerung zeigt das sudanpositive Material häufig »hirschgeweihartig« oder als runde Scheibchen (Querschnitte) in den Kapillaren. Ferner bestehen eine Hyperämie und Lungenödem. Beachte: Die Fettembolie stellt eine Form des Schocks dar. Hyaline Thromben sind immer nachweisbar.

Differentialdiagnostisch ist die Fettembolie von einer Hyperlipämie (Diabetes, fettreiche Mahlzeit) abzugrenzen (Menge!).

Fruchtwasseraspiration (Abb. 3.16). *Aspiration von Fruchtwasser tritt bei vorzeitiger Atmung in den Geburtswegen auf.* Mikroskopisch findet man in den kleinen Bronchien und einzelnen Alveolen als Anzeichen einer Fruchtwasseraspiration Mekonium, das sich schon bei schwacher Vergrößerung goldbraun oder grünlich darstellt. Unser Bild zeigt einen kleinen Bronchus, dessen Lumen reichlich schuppenförmige Lamellen (→) enthält. Es handelt sich um abgeschilferte, quergetroffene Plattenepithelien der Vernix caseosa. Die goldbraungefärbten Massen (Bilirubin) stellen Mekonium dar. Runde Körperchen werden als Mekoniumkörperchen bezeichnet (wahrscheinlich von Darmzellen des Fetus resorbiertes Mekonium). Sekundär kann sich eine Aspirationspneumonie entwickeln (Infektion des Fruchtwassers), bei der auch mütterliche Granulozyten beteiligt sein können. Fruchtwasseraspiration findet man vorwiegend bei unreifen Frühgeburten.

Bronchitis

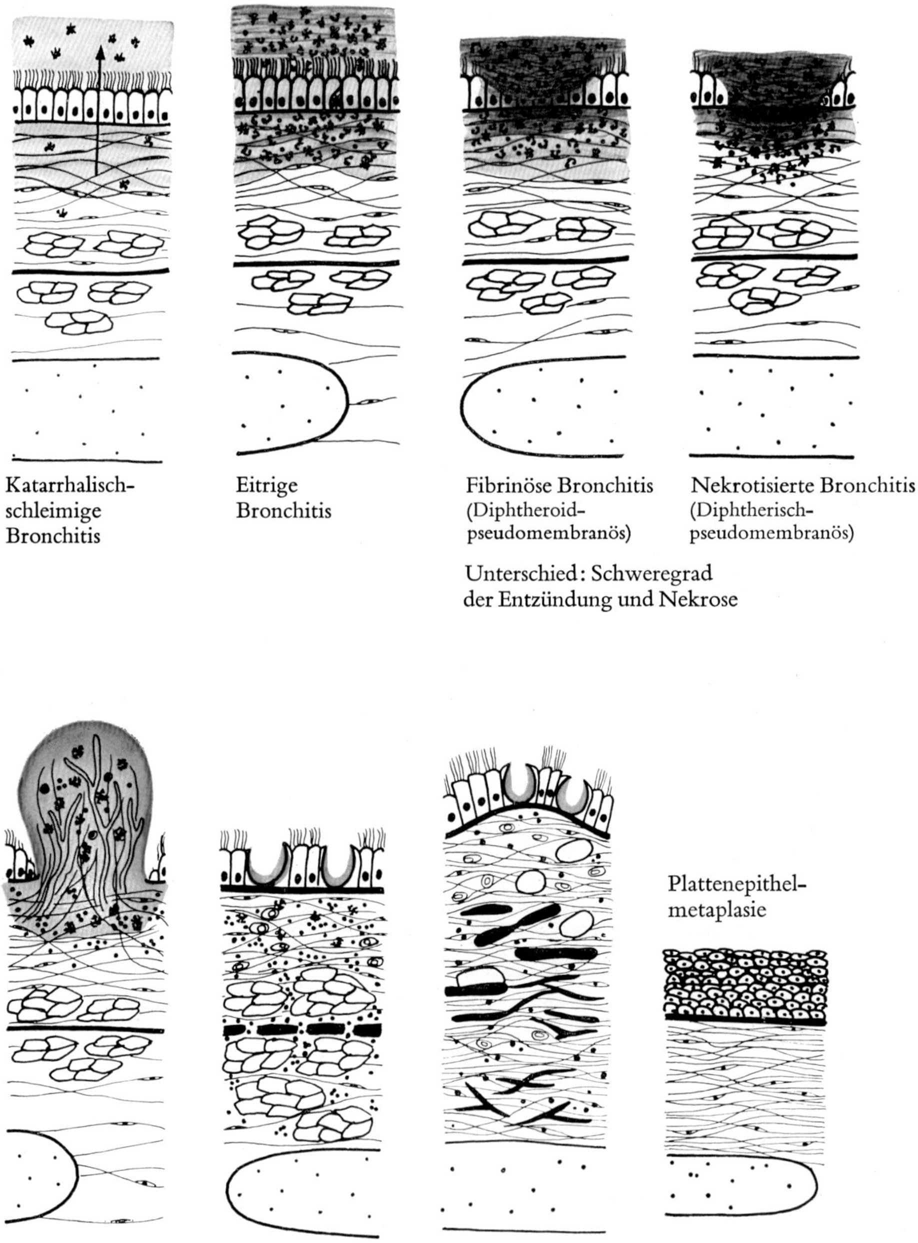

B. – Abb. 3.17. Übersicht der verschiedenen Formen von Bronchitis

Tracheitis - Bronchitis

In Abb. 3.17 sind die verschiedenen Formen der Bronchitis schematisch dargestellt. Beim akuten **serös-schleimigen Katarrh** findet man ein Ödem und Hyperämie in der Tunica propria sowie vermehrt Schleimauflagerungen mit einzelnen Granulozyten. Das Exsudat enthält Schleim, untermischt mit Eiweißmassen und einzelnen Granulozyten, sowie abgestoßene Epithelien. Der **eitrige Katarrh** ist durch ein an polymorphkernigen Leukozyten reiches Exsudat gekennzeichnet. Bei der **hämorrhagischen Entzündung** herrschen Erythrozyten vor. Bei der **fibrinösen Entzündung** bilden sich grauweiße zusammenhängende Membranen [abstreifbare *Pseudomembranen, kruppöse Entzündung*[1]) *diphtheroide Entzündung*] von oft großer Ausdehnung (Bronchialausgüsse, z. B. bei *Diphtherie*), während die **pseudomembranös-nekrotisierte Entzündung** (auch diphtherische Entzündung genannt) durch fleckförmige, festhaftende, kleieartige Beläge davon zu unterscheiden ist. Im ersten Fall liegt Fibrin anstelle des Epithels (leichte Form), das Bindegewebe ist unverändert. Im zweiten Fall sind Epithel und nekrotisches Bindegewebe von Fibrin durchsetzt (tiefreichende Nekrose mit Fibrin). Nekrotisierende fibrinöse Entzündungen haben immer eine Granulationsgewebswucherung zur Folge – sind Bronchiolen davon betroffen, so kommt es zur **Bronchiolitis obliterans.** Bei **chronischer Bronchitis** findet man eine Zellinfiltration in allen Wandschichten mit Vermehrung der Becherzellen. Epithelmetaplasien kommen vor (vgl. auch S. 85).

Fibrinöse Tracheitis bei Diphtherie (Diphtherische Tracheitis) (Abb. 3.18). Die schwache Vergrößerung zeigt eine quergeschnittene Trachea mit den blaugefärbten Knorpelspangen. Bei mittlerer Vergrößerung (Abb. 3.18) sieht man die Tunica propria (→ 1) mit Hyperämie und Ödem. Das Flimmerepithel fehlt. Der Basalmembran (→ 2) liegen dichtgepackte Fibrinfaserbündel auf (→ 3) (vgl. auch S. 88).

Nekrotisierte Tracheitis bei Grippe (Abb. 3.19). Im Vergleich zur vorigen Abbildung sind die Fibrinablagerungen kleiner und schuppenförmig. Die Basalmembran ist nicht mehr zu erkennen (→ 1). Das homogene Material (Fibrin und nekrotisches Gewebe) reicht bis in die oberen Schichten der Tunica propria (× im Bild) (= tiefreichende diphtherische Pseudomembran). In der Nekrose findet man Bakterienrasen (→2). Die zellige Reaktion (Granulozyten, Lymphozyten) ist stärker als im vorigen Präparat. Bei → 3 besteht eine Sekretstauung in dem Ausführungsgang einer Schleimdrüse (→ 4: Knorpel). *Merke: Diphtheroide Pseudomembranen:* Oberflächliche fibrinöse Entzündungen. Nur Oberflächenepithel betroffen. *Diphtherische Pseudomembran:* Fibrin und Nekrosen des Bindegewebes (Diphtherie, Ruhr, Scharlach, Colitis ulcerosa).

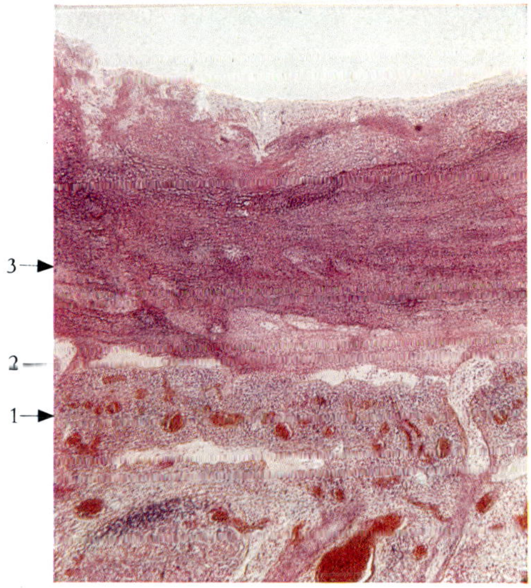

B. – Abb. 3.18. Fibrinöse Tracheitis bei Diphtherie; Fbg. HE, Vergr. 41 ×

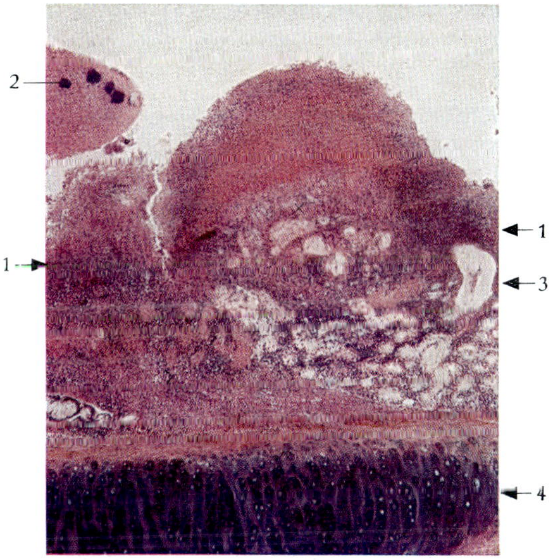

B. – Abb. 3.19. Nekrotisierte Tracheitis bei Grippe; Fbg. HE, Vergr. 42 ×

[1]) Krupp = hergeleitet als Lautmalerei von dem heiseren, bellenden Husten durch Schwellung der Schleimhäute bei Diphtherie, Masern, Grippe u. a.

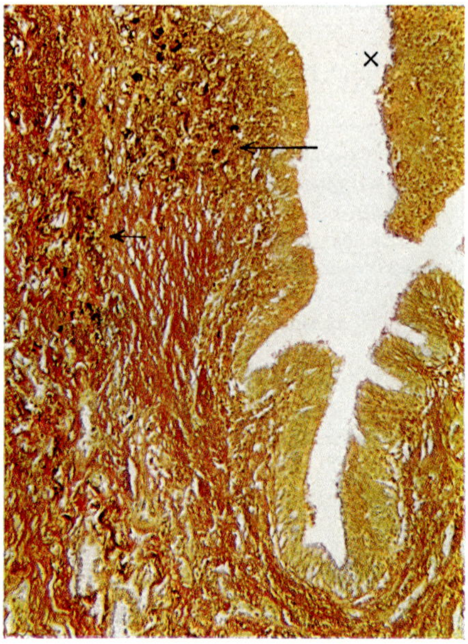

B. – Abb. 3.20. Chronische Bronchitis;
Fbg. Elastica-v. Gieson, Vergr. 100×

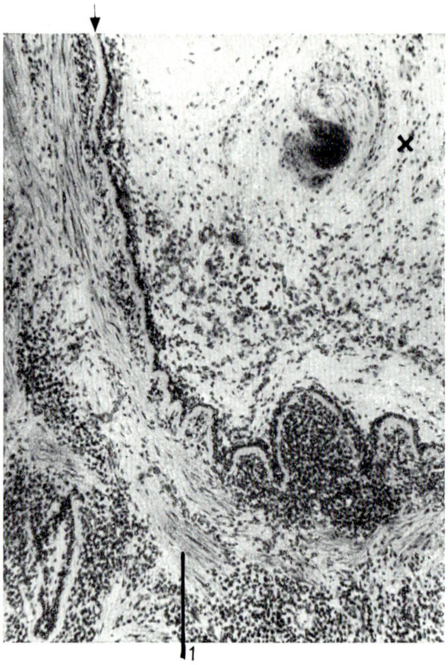

B. – Abb. 3.21. Chronische schleimige Bronchitis bei Asthma;
Fbg. HE, Vergr. 120×

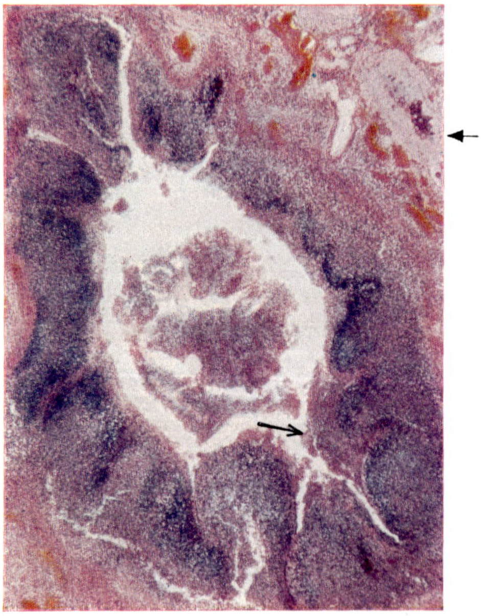

B. – Abb. 3.22. Schwere chronische proliferative Bronchitis;
Fbg. HE, Vergr. 32×

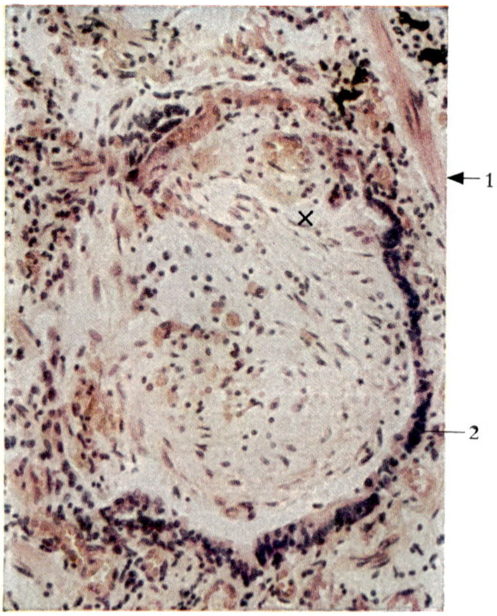

B. – Abb. 3.23. Bronchiolitis obliterans;
Fbg. HE, Vergr. 195×

Chronische Bronchitis (Abb. 3.20). Histologisch findet man eine lockere Infiltration der Bronchialwand mit Lymphozyten, Plasmazellen und polymorphkernigen Leukozyten. In unserem Bild ist das Flimmerepithel gut erhalten, gering hyperplastisch. Im Lumen des Bronchus findet man reichlich polymorphkernige Leukozyten und Schleim (×). Die vermehrte Schleimproduktion geht auf eine Vermehrung von Becherzellen in der Schleimhaut und erhöhte Produktion der seromukösen Drüsen der Bronchialwand zurück. Bei Darstellung der elastischen Fasern (schwarz in unserem Bild) sieht man eine Vermehrung derselben. Außerdem sind sie aufgesplittert (→) und zeigen Degenerationserscheinungen in Form von körnigem Zerfall. Auch die kollagenen Fasern sind vermehrt. Die Muskulatur kann hypertrophiert sein (vgl. Abb. 3.17 u. 3.21). Gehen die elastischen Membranen und die Muskulatur zugrunde, so kommt es zur Erweiterung der Bronchiallichtung (Bronchiektasen).

Makroskopisch: Schleimhaut samtartig, rot und verdickt mit Längs- und Querriffelung, insbesondere bei *hypertrophischer Bronchitis* (Vermehrung von Bindegewebe, elastischen Faserzügen und Muskulatur, vgl. S. 82). Bei *atrophischer Bronchitis*, wahrscheinlich dem Endstadium einer chronischen hypertrophischen Bronchitis, findet man eine glatte, grauweiße Schleimhaut (Schwund der Stützelemente der Bronchialwand, vgl. S. 82). *Komplikationen:* Cor pulmonale, Lungenemphysem, Bronchiektasen mit Hirnabszeß, Amyloidose, rezidivierende Pneumonien.

Chronische schleimige Bronchitis bei Asthma (Abb. 3.21). *Es handelt sich um eine allergische Bronchitis, die besonders im Anfall mit vermehrter Sekretion eines zähen, hochviskösen Schleimes einhergeht.* Unser Bild zeigt die Bronchiallichtung mit Schleim angefüllt, der sich spiralig wirbelförmig zusammengeballt hat, mit einem stärker blau tingierten Zentrum *[Curschmannsche Spiralen (×)]*. Der Schleim ist ebenso wie die Bronchialwand von eosinophilen Granulozyten durchsetzt. Außerdem finden sich in der Wand lymphozytäre Infiltrate. Die Basalmembran (→) ist verdickt, die Wandmuskulatur hypertrophiert (→ 1). Im Schleim sind häufig spießförmige, eosinrot gefärbte Kristalle zu finden, die aus zerfallenden Leukozyten entstehen *(Charcot-Leydensche Kristalle)*.

Makroskopisch: Zäher, glasiger Schleim, den man aus den angeschnittenen Bronchien herausziehen kann.

Schwere chronische proliferative Bronchitis (Abb. 3.22). In der Übersicht sieht man die verdickte, blau erscheinende Wand (vermehrter Zellgehalt!) der Bronchien, wobei auch das Peribronchium bindegewebig verbreitert ist. Bei dem → erkennt man in unserem Bild einen Bronchialknorpel. Die Tunica propria des Bronchus ist stark verbreitert und springt z. T. leistenartig in das Bronchiallumen vor. Die Wandverdickung kommt durch Granulationsgewebe zustande, wobei Schleimdrüsen und Muskulatur vollständig verschwunden sind. Das Granulationsgewebe hat sich besonders in den innersten Schichten der Wand entwickelt und ist dicht mit Granulozyten, Lymphozyten und Plasmazellen infiltriert. Das Bronchialepithel fehlt größtenteils, hier haben sich flache Ulzerationen mit Fibrinauflagerungen gebildet (→ im Bild). Das Lumen ist mit Schleim und leukozytenreichem Exsudat angefüllt.

Makroskopisch: Wandverdickung, Einengung der Bronchuslichtung; sekundär Bronchusstenosen.

Bronchiolitis obliterans (Abb. 3.23). *Bei pseudomembranöser nekrotisierter Bronchiolitis wird das nekrotische Gewebe und Fibrin sekundär von Granulationsgewebe resorbiert. Dadurch bildet sich ein Granulationsgewebspilz, der das Lumen der Bronchien und Bronchiolen vollständig ausfüllen kann. Auch bei einer proliferativen Bronchiolitis können sich solche Granulationsgewebspfropfen entwickeln.* Bei schwacher Vergrößerung sieht man einzelne Bronchiolen von einem zellreichen Granulationsgewebe ausgefüllt. Die mittlere Vergrößerung zeigt, daß das Flimmerepithel (×) teilweise fehlt. Das Lumen ist mit einem Granulationsgewebspfropf ausgefüllt (Fibroblasten mit Bindegewebsfasern, Kapillaren, Lymphozyten). In der Wand des Bronchiolus findet man chronisch-entzündliche Infiltrate. Bei → 1 sieht man glatte Muskulatur der Bronchialwand (→ 2: Flimmerepithel).

Makroskopisch: Kleinste, weiße Stippchen auf der Schnittfläche der Lunge.

Lungenentzündung

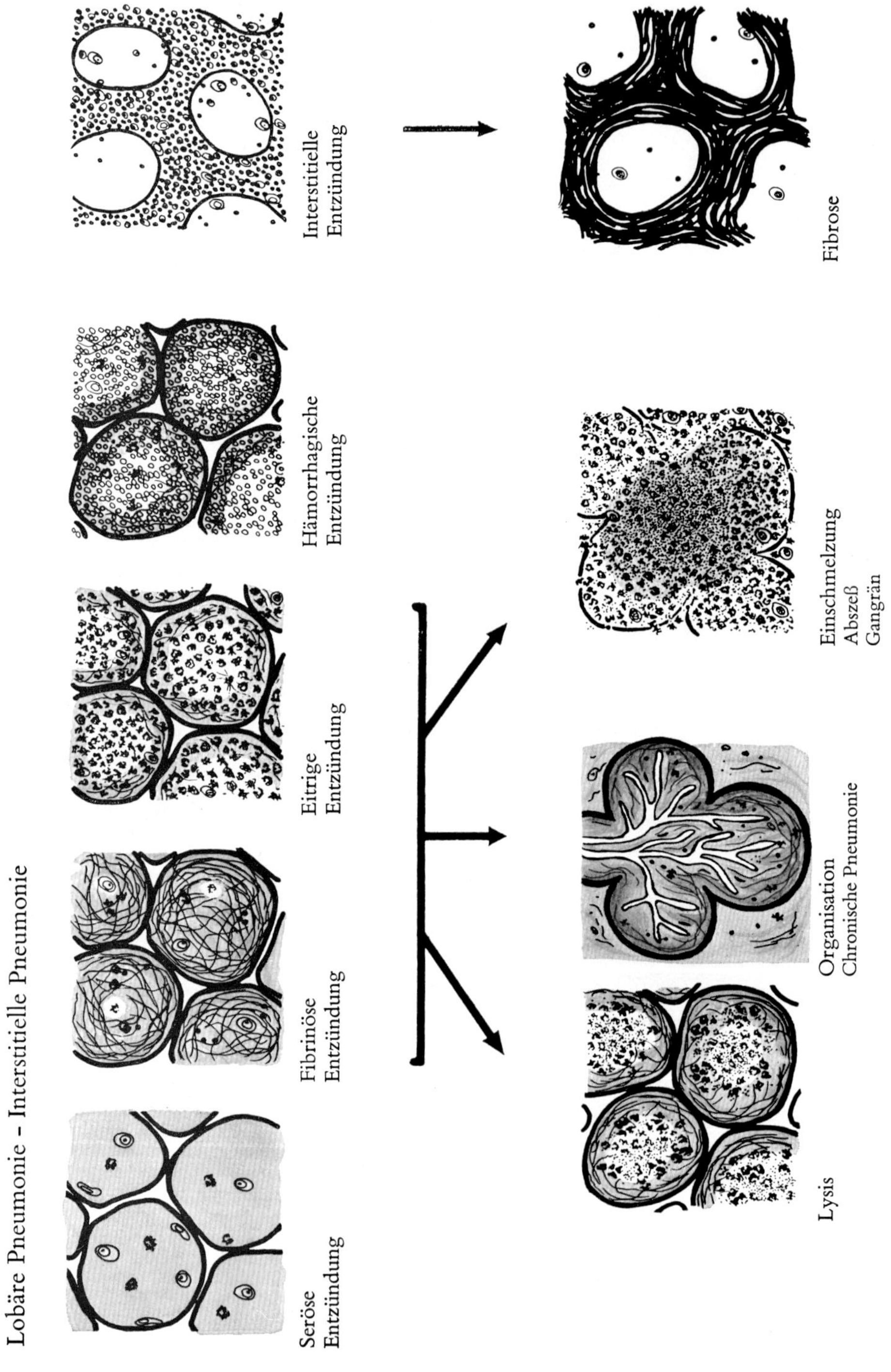

B. – Abb. 3.24. Übersicht der verschiedenen Arten von Entzündungen der Lunge und deren Ausheilung bzw. Komplikationen

Lungenentzündung

Zwei große Gruppen von Lungenentzündungen sind zu unterscheiden (Abb. 3.24.):
1. Pneumonien mit intraalveolärem Exsudat,
2. Pneumonien mit interstitieller Entzündung (Infiltration der Alveolar- und/oder Bindegewebssepten).
ad 1. Die **Pneumonien mit intraalveolärem Exsudat** können *herdförmig* auftreten: *Bronchopneumonie* oder *lobuläre* Pneumonie genannt, wobei die Entzündung endobronchial absteigt vgl. Abb. 3.25 u. 3.26). Die *peribronchiale Herdpneumonie* ist durch ein mantelförmiges peribronchiales Exsudat gekennzeichnet (vgl. Abb. 3.25 u. 3.27).
Wird ein *ganzer Lungenlappen befallen*, so spricht man von *lobärer (kruppöser) Pneumonie.* Die *lobäre Pneumonie* (S. 90) zeichnet sich dadurch aus, daß alle Alveolen eines Lungenlappens von einem Exsudat gleichen Charakters betroffen sind, wobei nacheinander ein seröses, fibrinöses und eitriges Exsudat auftritt. Bei der *Bronchopneumonie* können die Herde dagegen in verschiedenen Entwicklungsstadien der Entzündung stehen (serös, eitrig oder fibrinös-eitrig). Zudem finden wir oft im Zentrum ein eitriges Exsudat oder eine fibrinöse Entzündung, in der Peripherie ein seröses Exsudat (perifokales Ödem).
Die Art des Exsudates (Abb. 3.24) in den Alveolen wechselt. Man kennt eine **seröse Exsudation** (entzündliches Ödem = Blutserum und wenig Fibrin mit einzelnen Granulozyten, z. B. Stadium der Anschoppung bei lobärer Pneumonie, scharf vom Lungenödem zu trennen). Weiterhin können **fibrinöse Exsudate** mit massenhaft Fibrin in den Alveolen auftreten, evtl. untermischt mit einigen Granulozyten und Alveolarepithelien (z. B. urämische Pneumonie), **eitrige Exsudate** (mit wenig Fibrin) sowie **hämorrhagische Exsudate** (z. B. bei Grippe).

ad 2. Die **interstitielle Pneumonie** (Abb. 3.25 u. S. 94, S. 274) ist durch lymphozytäre, plasmazelluläre oder lympho-histiozytäre Infiltrate in den Alveolarwänden ausgezeichnet.

Schicksal der Entzündungen. a) **Regelrechter Ablauf:** Lösung des Exsudates durch proteolytische Leukozytenfermente. Restitutio ad integrum. b) **Resorption durch Granulationsgewebe** (chronische Pneumonie, Karnifikation). c) **Einschmelzung** (Abszeß oder Gangrän, evtl. Sequestrierung). d) **Interstitielle Fibrose** bei nicht ausheilender interstitieller Pneumonie (S. 94).

Verschiedene Formen der Herdpneumonie

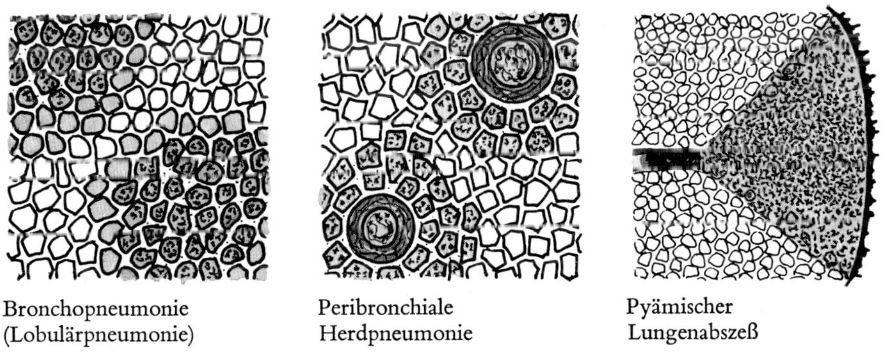

Bronchopneumonie (Lobulärpneumonie) — Peribronchiale Herdpneumonie — Pyämischer Lungenabszeß

B. – Abb. 3.25. Herdpneumonien

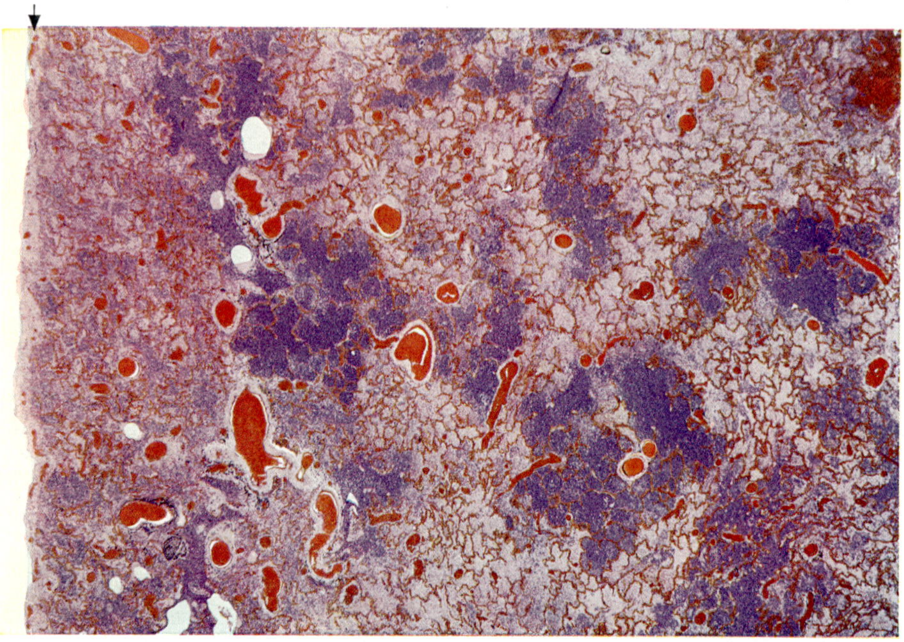

B. – Abb. 3.26. Bronchopneumonie; Fbg. HE, Vergr. 12,5 ×

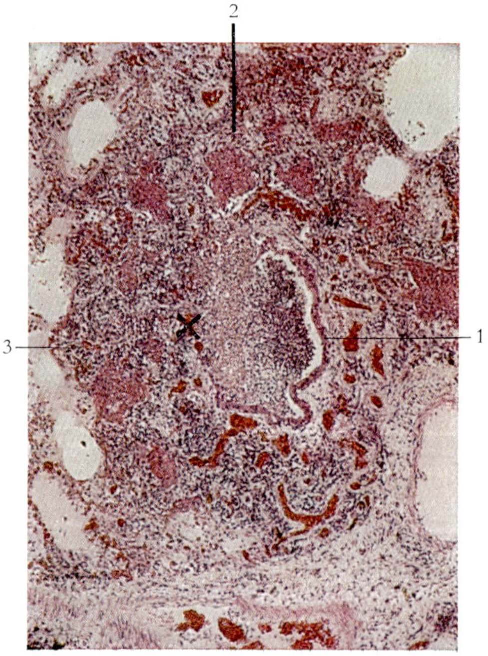

B. – Abb. 3.27. Peribronchiale Herdpneumonie; Fbg. HE, Vergr. 64×

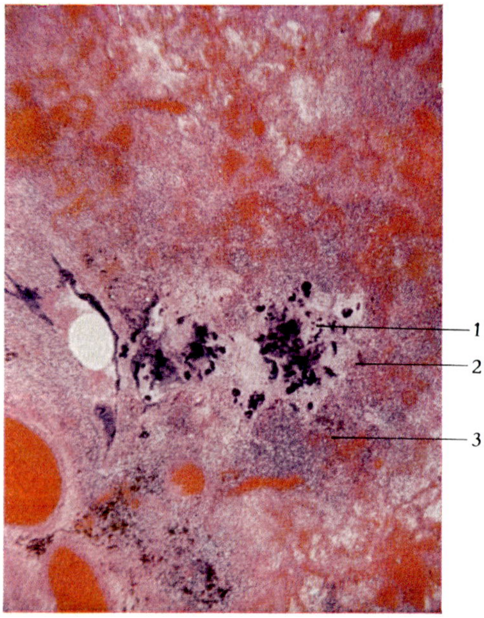

B. – Abb. 3.28. Hämorrhagisch nekrotisierte Bronchopneumonie; Fbg. HE, Vergr. 36×

Herdpneumonie

Die Herdpneumonien werden durch verschiedene Erreger verursacht und lassen sich auch kausalpathogenetisch voneinander unterscheiden (endobronchial, peribronchial, hämatogen). Gemeinsam ist allen Formen die multifokale, kleinherdige Ausbreitung im Lungengewebe (GIESE).

Bronchopneumonie (Abb. 3.26, vgl. auch Abb. 3.25). *Herdförmig im Lungengewebe auftretende Entzündung mit Exsudation in einzelne Alveolengruppen, die sich nicht scharf an die anatomischen Grenzen (Lobuli) hält.* Bei schwacher Vergrößerung sieht man unscharf begrenzte, unregelmäßige blaue Herde im Lungengewebe (→: Pleura). Die dazwischenliegenden Alveolen enthalten ein schwach rot gefärbtes Exsudat. Betrachtet man das Zentrum der Herde bei mittlerer und stärkerer Vergrößerung, so ist zu erkennen, daß die Alveolen dicht mit polymorphkernigen Leukozyten ausgefüllt sind. Die Alveolarwände sind erhalten und die Kapillaren hyperämisch. Je weiter man in die Peripherie der Herde kommt, desto geringer wird der Gehalt an Granulozyten; jetzt sind vorwiegend Fibrinfasern zu sehen. In der Umgebung sind die Alveolen von einem entzündlichen Ödem mit abgeschilferten Alveolarepithelien sowie einzelnen polymorphkernigen Leukozyten ausgefüllt *(perifokales entzündliches Ödem)*. Die Bronchien enthalten ein eitriges Exsudat mit abgeschilferten Flimmerepithelien.

Makroskopisch: Graurote bis graue über die Schnittfläche leicht erhabene Herde von festerer Konsistenz, die oft besser zu tasten als zu sehen sind. Das Lungengewebe ist leicht zerreißlich. Die Herde können ineinanderfließen, so daß eine konfluierte Bronchopneumonie entsteht. *Erreger* meist Pneumokokken.

Peribronchiale Herdpneumonie (Abb. 3.27, vgl. auch Abb. 3.25). *Die Entzündung greift in diesem Falle von der Bronchialwand auf das benachbarte Lungengewebe über, so daß mantelförmige peribronchiale Herde entstehen.* Mikroskopisch findet man bei schwacher Vergrößerung kleine blaugefärbte Herde, in deren Zentrum ein kleiner Bronchus liegt. Bei mittlerer Vergrößerung sieht man den Bronchus, kenntlich am Flimmerepithel (→ 1), das in unserem Falle an einer Stelle fehlt (×). Hier sind rötlich gefärbte Fibrinmembranen zu sehen (diphtherische Pseudomembran). Bei Ausheilung kann es hier zu Bronchitis obliterans kommen (vgl. S. 84). Das Lumen des Bronchus ist von Granulozyten ausgefüllt, die Wand dicht von polymorphkernigen Leukozyten infiltriert. Die Gefäße sind hyperämisch. Die umgebenden Alveolen enthalten Fibrin (→ 2) und Granulozyten (→ 3). Die angrenzenden Alveolen enthalten ein entzündliches Ödem.

Makroskopisch: Kleine, graue Herde mit einem kleinen Bronchus[1]) im Zentrum. Vorkommend z. B. bei Masern, Scharlach, Diphtherie und Grippe, meist durch Superinfektion mit Streptokokken oder Staphylokokken bedingt.

Hämorrhagisch nekrotisierte Bronchopneumonie (Abb. 3.28). *Vorwiegend bei Infektionskrankheiten durch Mischinfektion (Virus und Influenzabazillen oder Kokken) vorkommende lobuläre oder peribronchiale Herdpneumonie mit hämorrhagischem Exsudat (z.B. Grippe).* Das mikroskopische Bild ist wechselnd und zeigt uns in der Übersicht unregelmäßig große rote und blaurote Herde. Im Zentrum der Herde sieht man massenhaft Bakterienrasen (→ 1). In der Umgebung ist das Lungengewebe nekrotisch (→ 2). Darauf folgt ein Mantel von Granulozyten (→ 3), wobei dem Exsudat Erythrozyten beigemischt sind. Weiter in der Peripherie tritt ein rein hämorrhagisches Exsudat auf.

Bei ganz akuten und toxischen Fällen von Grippe findet sich nur ein hämorrhagisches Lungenödem mit infarktartigen Blutungen und hyalinen Gefäßthromben (Schock!).

Makroskopisch: Sog. bunte Bronchopneumonie mit roten, grauen und graugelben Herden. Besonders bei Streptokokkenmischinfektionen treten Nekrosen auf.

[1]) Diese Bronchiolen haben keinen Knorpelring!

Lobäre Pneumonie

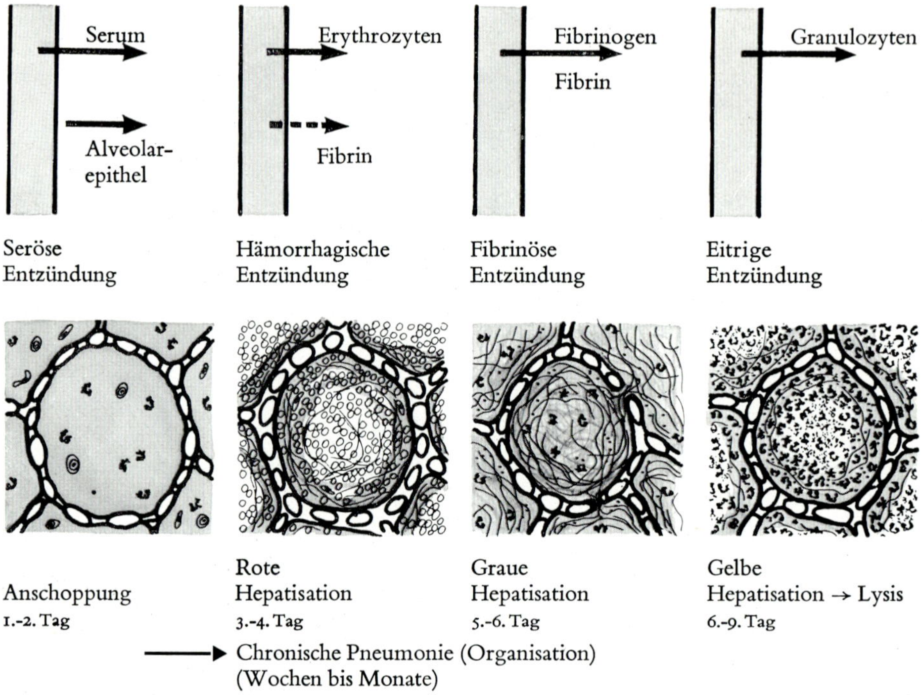

B. – Abb. 3.29. Schematische Übersicht des Ablaufs und Exsudatcharakters der lobären Pneumonie

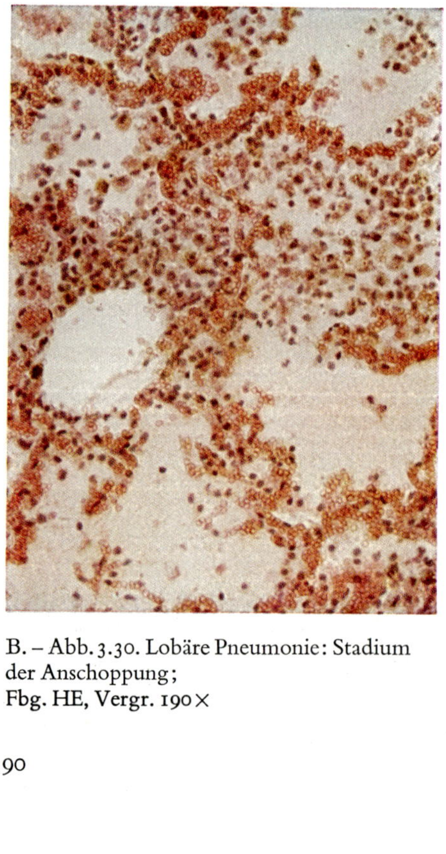

B. – Abb. 3.30. Lobäre Pneumonie: Stadium der Anschoppung; Fbg. HE, Vergr. 190×

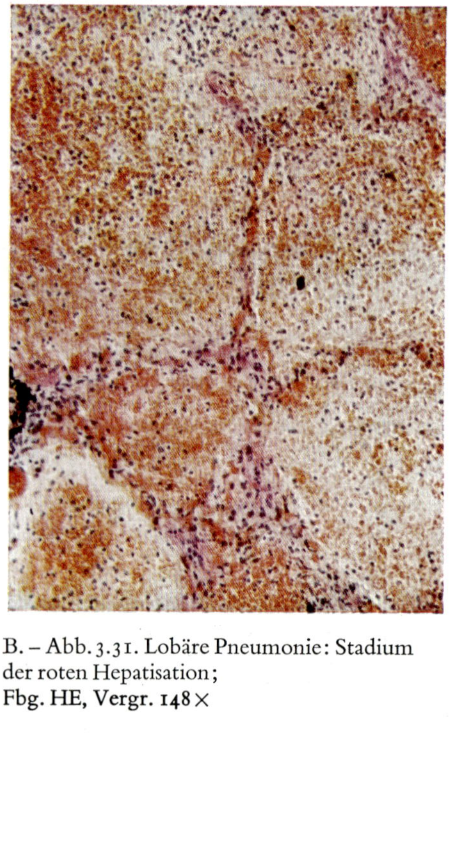

B. – Abb. 3.31. Lobäre Pneumonie: Stadium der roten Hepatisation; Fbg. HE, Vergr. 148×

Lobäre Pneumonie

Es handelt sich um eine durch Pneumokokken ausgelöste akute Entzündung eines ganzen Lungenlappens, die klinisch und pathologisch-anatomisch einem stadienhaften Ablauf folgt.

Im Unterschied zur Herdpneumonie wird ein Lungenlappen (seltener Teile davon, dann »Hepatisation« genannt – wegen der »leberähnlichen« Schnittfläche) ganz plötzlich von der Entzündung befallen, wobei die verschiedenen Stadien der Entzündung nicht nebeneinander bestehen, sondern zeitlich aufeinander folgen. Man kann annehmen, daß bei der Entstehung der lobären Pneumonie eine Umstimmung des Organismus im Sinne einer Allergie eine Rolle spielt, wobei vorangehende banale Pneumokokkeninfekte die Rolle der Sensibilisierung übernehmen (LAUCHE).

Abb. 3.29 gibt eine schematische Übersicht der einzelnen Stadien: Bei der **Anschoppung** (Abb. 3.30) sind die Alveolen von einem *serösen Exsudat* angefüllt. Die Kapillaren sind hyperämisch. Im Exsudat finden sich abgeschilferte Alveolarepithelien und vereinzelt Granulozyten. Auf dieses Stadium folgt die **rote Hepatisation** (Abb. 3.31), bei der die Hyperämie weiterhin zunimmt und jetzt Erythrozyten und Fibrinogen in die Alveolen austreten. Die **graue Hepatisation** (S. 92) ist durch das fibrinöse Exsudat gekennzeichnet. Granulozyten sind außerdem vorhanden, deren Zahl dann weiter zunimmt, so daß sie jetzt das Bild beherrschen. Sie gehen über eine fettige Degeneration zugrunde **(gelbe Hepatisation)** und zerfallen (S. 92); gleichzeitig werden proteolytische Fermente frei, die das Fibrin auflösen **(Lysis)** (9.–28. Tag). Wird das Fibrin nicht verdaut, so erfolgt die Resorption durch ein Granulationsgewebe **(chronische Pneumonie)** (S. 92). Alle Formen der Lungenentzündung gehen mit einer Begleitpleuritis einher.

Diese strenge Einteilung kann natürlich nicht für jeden Einzelfall gelten, zumal die Abschätzungen der Zeitdauer verschiedener Stadien ungenau sind und die Ansichten der Autoren über den Ablauf auseinandergehen. Anschoppung und rote Hepatisation werden oft zu einem Stadium zusammengefaßt; über die Reihenfolge der roten, grauen und gelben Hepatisation bestehen auch verschiedene Meinungen. Selbstverständlich gibt es auch Übergangsformen, wie graurote Hepatisation und graugelb Hepatisation.

Lobäre Pneumonie: Stadium der Anschoppung (Abb. 3.30). Dieses früheste Stadium bekommt man selten zu Gesicht, da der Tod erst während der roten oder grauen Hepatisation eintritt. Die mikroskopische Untersuchung zeigt, daß die Alveolen von einem entzündlichen Exsudat ausgefüllt sind, wie wir es schon beim perifokalen Ödem der Bronchopneumonie gesehen haben (S. 88). Es handelt sich um feinkörnige oder homogene Eiweißmassen in den Alveolen sowie reichlich abgeschilferte Alveolarepithelien, ganz spärlich Granulozyten und Erythrozyten. Auffällig ist die starke Hyperämie der Kapillaren, die teilweise knopfförmig in das Alveolarlumen vorspringen.

Makroskopisch: Rote, blutreiche, feuchte Schnittfläche mit schaumiger, rötlicher, abstreifbarer Flüssigkeit (pflaumenbrühartiges Sputum, Sputum rufum).

Lobäre Pneumonie: Stadium der roten Hepasation (Abb. 3.31). In diesem Stadium herrscht in der Übersicht die rote Farbe der ausgetretenen Erythrozyten vor. Die feste Konsistenz (leberähnlich = Hepatisation) ist durch Fibrin bedingt. Erst bei mittlerer und starker Vergrößerung kann man die dichtgelagerten Erythrozyten sehen. Dazwischen liegen mäßig viele Granulozyten und Alveolarepithelien. Das Fibrin ist bei HE-Färbung nur durch stärkste Abblendung des Kondensors als dichtes Netzwerk feinster Fäden sichtbar zu machen. Die Hyperämie der Alveolarsepten ist in unserem Präparat schon zurückgegangen (Druck durch das intraalveoläre Fibrin). In den Kapillaren können Fibrinthromben auftreten (Schock!).

Makroskopisch: Rote, feste, brüchige Schnittfläche. Mit zunehmender Fibrinexsudation verliert die Lunge ihre rote Farbe und wird grau.

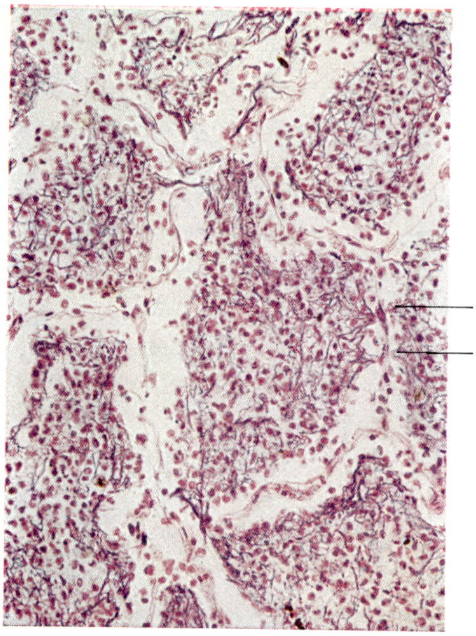

B. – Abb. 3.32. Lobäre Pneumonie: Stadium der grauen Hepatisation; Fibrinfärbung nach WEIGERT, Vergr. 263 ×

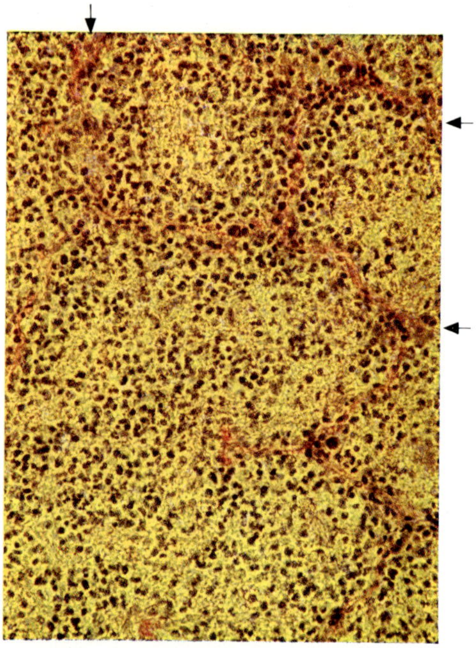

B. – Abb. 3.33. Lobäre Pneumonie: Stadium der gelben Hepatisation; Fbg. v. Gieson, Vergr. 255 ×

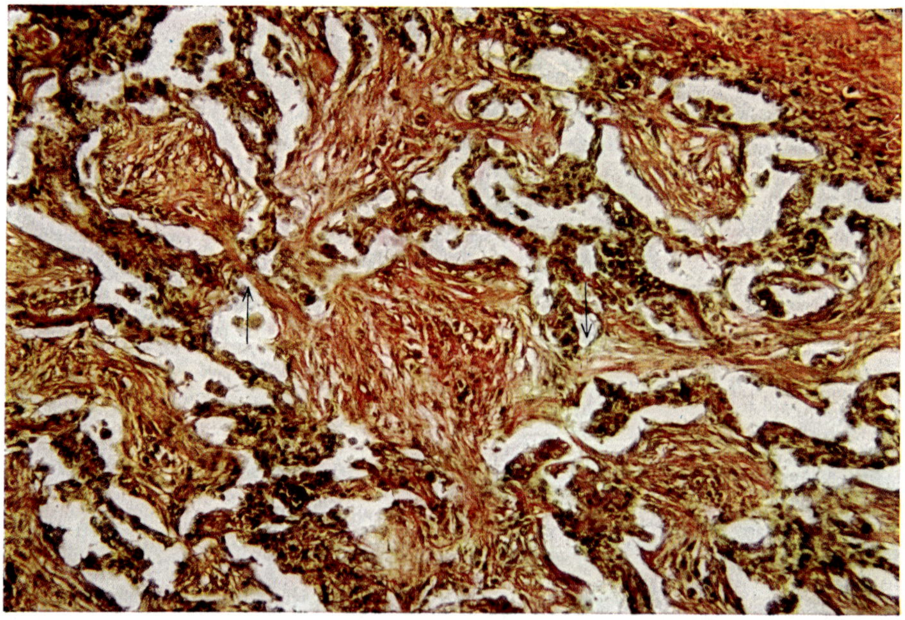

B. – Abb. 3.34. Chronische Pneumonie; Fbg. Elastica-v. Gieson, Vergr. 152 ×

Lobäre Pneumonie : Stadium der grauen Hepatisation (Abb. 3.32). Dieses etwa am 5.–6. Tag auftretende Stadium ist durch die Exsudation von Fibrinogen gekennzeichnet, das in der Alveole zu Fibrin polymerisiert. Mikroskopisch sieht man in der Übersicht bei HE-Färbung die Alveolen von einem roten Faserfilz ausgefüllt, der sich bei der Fibrinfärbung nach Weigert blau färbt. Die mittlere und die starke Vergrößerung zeigen die zarten miteinander verflochtenen Fasern und Faserbündel, die die Alveolen fast ganz ausfüllen. An einigen Stellen ist durch die Fixierung der Faserpfropf von der Alveolarwand abgelöst. Bemerkenswert ist, daß die Fibrinfasern durch die Kohnschen Poren (Kohn, 1893) der Alveolarwand hindurch mit den benachbarten Alveolen in Verbindung stehen. (Die beiden Pfeile im Bild zeigen *neben* die Fibrinbrücken, um diese nicht zu verdecken.) Die Gegenfärbung mit Kernechtrot läßt die zahlreichen Granulozyten erkennen. Die Kapillaren sind anämisch, die Erythrozyten der roten Hepatisation sind aufgelöst.

Makroskopisch: Die Konsistenz des Lungengewebes ist erhöht. Die Schnittfläche ist brüchig, trocken und fein gekörnt (Fibrinpfropfen ragen aus den Alveolen vor). Die graue Farbe rührt von der Lichtstreuung am Fibrin her (Tyndall-Phänomen).

Lobäre Pneumonie : Stadium der gelben Hepatisation (Abb. 3.33). In der Übersicht findet man ein homogenes Bild. Sämtliche Alveolen sind bei HE-Färbung von blaugefärbten Massen ausgefüllt. Die mittlere und die starke Vergrößerung zeigen, daß es sich um polymorphkernige Leukozyten handelt, die dicht gelagert die Alveolen ausfüllen. Unser Bild zeigt eine v. Gieson-Färbung. Die Alveolarsepten sind hier deutlich zu erkennen (→). Damit kann gezeigt werden, daß es nicht zu einer Einschmelzung des Lungengewebes (Abszeß) gekommen ist. Auch bei HE-Färbung können die Septen in der dichten zelligen Infiltration zur Darstellung kommen. Unsere Abbildung zeigt weiterhin die zahlreichen Granulozyten und gelbgefärbten Fibrinfasern.

Makroskopisch: Gelbe, weiche Schnittfläche. Je weiter die Lysis, d.h. Auflösung des fibrinösen Exsudates durch proteolytische Leukozytenfermente, fortschreitet, um so stärker wird das Lungengewebe gelb, und eine rahmige gelbrote Flüssigkeit läßt sich von der Schnittfläche abstreifen (trüber Auswurf, Sputum coctum). Das Gewebe ist sehr leicht zerreißlich.

In allen Stadien der lobären Pneumonie findet sich eine *fibrinöse Pleuritis*, die regionären Lymphknoten sind geschwollen *(unspezifische Lymphadenitis)*. Gleichzeitig besteht eine *infektiöse Milzschwellung* und häufig eine toxisch bedingte *trübe Schwellung* von Niere und Leber (evtl. hepatozellulärer Ikterus). *Perikarditis, Enteritis* und *Pneumokokkenmeningitis* sind seltene Komplikationen. Weiterhin konnen *aputride anämische Nekrosen* durch thrombotischen Gefäßverschluß mit *Sequestration* eines Lungenbezirkes, *Lungenabszesse* (Sekundärinfektion mit Streptokokken oder Staphylokokken) oder eine *Gangrän* als Komplikationen hinzutreten.

Klinisch beginnt die lobäre Pneumonie akut mit Schüttelfrost, bei der Lysis (Erweichung des Exsudates) kommt es zum Abfall des Fiebers mit Schweißausbruch (Krisis). Gleichzeitig wird vermehrt Harnsäure ausgeschieden (zerfallene Granulozyten).

Chronische Pneumonie (Abb. 3.34). Wenn die Lysis ausbleibt, wird das fibrinöse Exsudat durch Granulationsgewebe resorbiert, das von den Bronchioli respiratorii aus in die Alveolen einwächst. Histologisch sieht man, am deutlichsten bei der v. Gieson-Färbung, die Alveolen von rötlichen bis gelbroten Pfropfen ausgefüllt. Bei starker Vergrößerung findet man junge (gelbgefärbte) und ältere (rotgefärbte) kollagene Fasern, mit dazwischenliegenden Angioblasten, neugebildeten Kapillaren, Fibroblasten und Histiozyten. Das Granulationsgewebe folgt dem Fibrin, wie es sich an den Brücken zwischen den Granulationsgewebspfropfen benachbarter Alveolen (→) demonstrieren läßt *(Kohnsche Poren)*. Die Alveolarsepten sind lympho-histiozytär infiltriert. Die narbige Retraktion der Granulationsgewebspfropfen ist an den Lucken zur Alveolenwand zu erkennen. Diese auftretenden Spalten können sekundär von Alveolarepithelien ausgekleidet werden, wobei die kubischen Epithelien drüsenähnliche Hohlräume bilden. Auch eine Vermehrung glatter Muskulatur wird beobachtet *(muskuläre Zirrhose)*.

Makroskopisch: Fleischähnliche Konsistenz (Karnifikation), zunächst rot, später grauweiß mit Lungenschrumpfung.

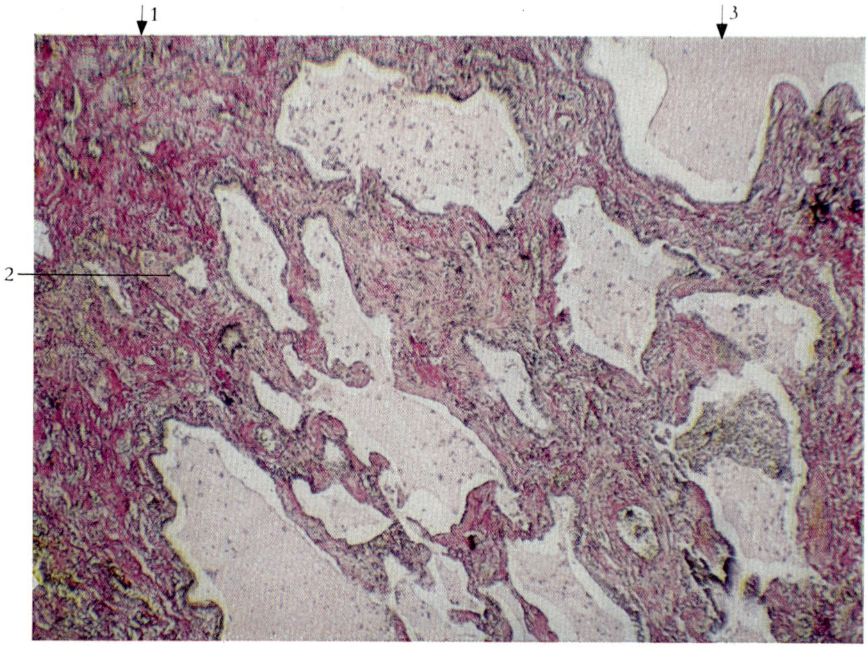

B. – Abb. 3.35. Interstitielle Lungenfibrose; Fbg. v. Gieson, Vergr. 100 ×

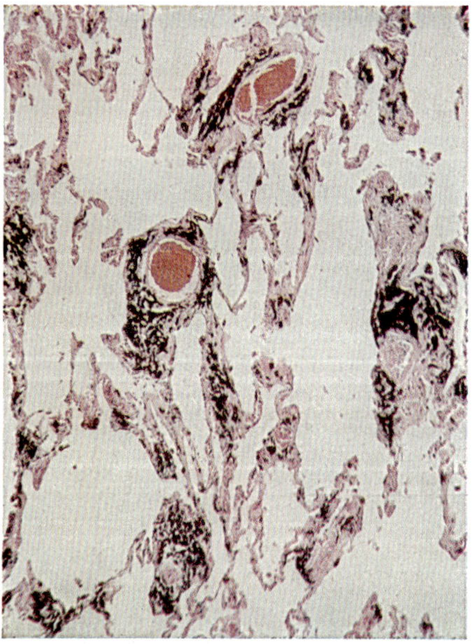

B. – Abb. 3.36. Anthrakose der Lunge;
Fbg. HE, Vergr. 48 ×

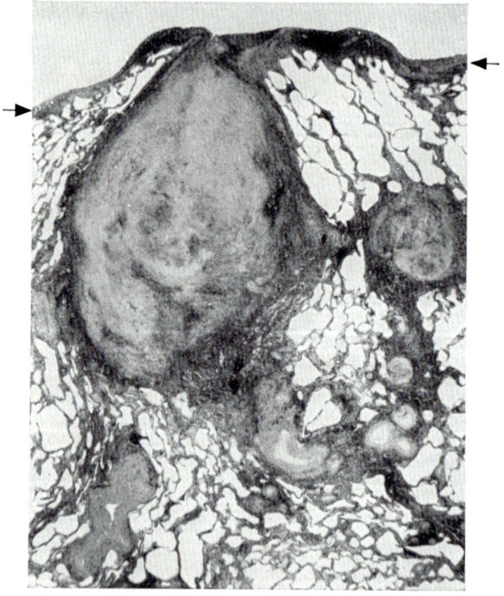

B. – Abb. 3.37. Silikose der Lunge;
Fbg. HE, Vergr. 15 ×

Interstitielle Lungenfibrose (Abb. 3.35). *Die interstitielle Lungenfibrose* (HAMMAN-RICH) *ist eine unspezifische Entzündung unbekannter Ätiologie, die in den interalveolären Septen abläuft und zu einer diffusen Lungenfibrose führt. Die Krankheit beginnt mit einer serösen Entzündung der Alveolarsepten.* Später findet man ein zellreiches proliferierendes Granulationsgewebe (→ 1 in Abb. 335). das von den Alveolarsepten ausgegangen ist. Die Alveolen werden dadurch erheblich eingeengt. Es bleiben nur noch Restalveolarräume erhalten, die von einem kubischen Epithel ausgekleidet werden (→ 2). Das Granulationsgewebe zerstört die normalen Strukturen des Lungengewebes, so daß schließlich nur noch ein kollagenes Narbengewebe nachweisbar ist. An einzelnen Stellen entsteht eine kompensatorische Überblähung (→ 3) wenig veränderter Lungenabschnitte (Emphysem). Diese erweiterten Alveolen sind mit einer eiweißhaltigen Masse ausgefüllt (Ödem).

Makroskopisch: Grau-weiße Farbe. Derb-elastische Konsistenz. Leberzirrhose ähnliche Oberfläche.

Anthrakose der Lunge (Abb. 3.36). *Ablagerung von Kohlepigment in den Interstitien. Kohlenstaub,* der in die Alveolen gelangt, wird von Alveolarepithelien phagozytiert. Eine Verdauung des Materials ist nicht möglich, so daß das Kohlepigment in die Lymphbahnen gelangt und sich dort ansammelt. Die Reaktion besteht in einer geringen Fibrosierung des um die Lymphbahnen gelegenen Bindegewebes. Unser Bild zeigt das schwarze Pigment (Differentialdiagnose der Pigmente s. S. 9) und die geringe Bindegewebsvermehrung perivaskulär ohne zellige Infiltration. Selten kommen knotige Formen mit Einschmelzung vor *(Phthisis atra)*.

Makroskopisch: Feinste schwarze Stränge, insbesondere subpleural gut zu sehen.

Silikose der Lunge (Abb. 3.37). Gelangt Quarzstaub in die Lunge, so werden die Quarzteilchen (1–5 μ Größe) ebenfalls phagozytiert und gelangen in die Lymphbahnen. Die elektronenmikroskopische Abb. 3.12 zeigt eine frühe Reaktion von Alveolarepithelien auf Quarzstaub. Die im Interstitium frei werdende Kieselsäure ruft eine Proliferation von Histiozyten und Fibroblasten hervor mit Bildung retikulärer Fasern, die später hyalinisieren, so daß zellarme bindegewebige Knoten entstehen. In unserem Bild sieht man verschieden große Bindegewebsknoten mit konzentrischer Schichtung der Fasern und völliger Aufhebung der Lungenstruktur (→: Pleura). In den Randpartien der Silikoseknoten kann man noch Histiozyten, die Kohlepigment gespeichert haben, erkennen. Die Quarzteilchen können polarisationsmikroskopisch nachgewiesen werden. In der Umgebung der Silikoseknoten tritt ein Emphysem auf. In den Hiluslymphknoten der Lunge werden die gleichen Veränderungen beobachtet.

Makroskopisch: Graue, derbe, trockene, runde Herde. Lungenemphysem, chronische Bronchitis und Cor pulmonale sind häufige *Komplikationen*. Am häufigsten tritt eine *Tuberkulose* als Begleiterkrankung hinzu (30–60% der Fälle). Silikose und Silikotuberkulose werden als entschädigungspflichtige Berufskrankheiten anerkannt. Ein Zusammenhang mit Bronchialkrebs wird von den meisten Untersuchern abgelehnt.

Asbestose der Lunge (Abb. 3.38). Asbest ist ein Sammelbegriff für Fasersilikate aus Si, Fe und Mg. Der Asbeststaub ruft eine diffuse Lungenfibrose hervor, wobei die Asbestnadeln durch Auflagerung von Eiweiß und Eisen (bräunliche Farbe) in hantel- oder keulenförmige Asbestosekörperchen umgewandelt werden. In unserem Bild sieht man die typischen Körperchen in einem zellarmen Schwielengewebe.

Makroskopisch besteht eine diffuse Lungenfibrose. Relativ häufig tritt sekundär ein Bronchialkarzinom auf. Auch Pleuramesotheliome (s. Makropath.) werden durch Asbest verursacht. Asbest kommt im Straßenstaub vor (Autoreifen, Bremsbeläge). Im Tierexperiment sind auch Glasfasern karzinogen.

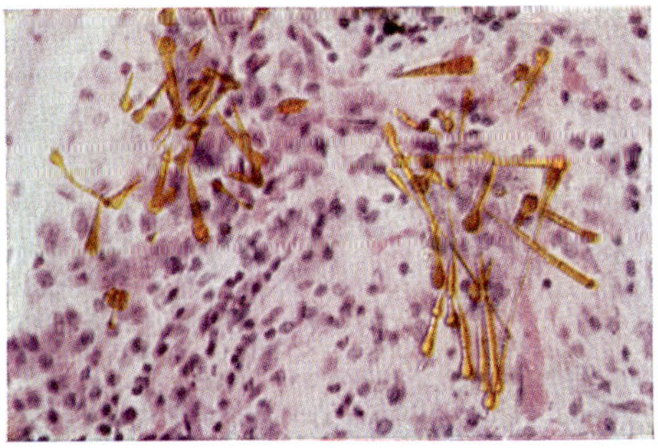

Abb. 3.38. Asbestose; Fbg. HE, Vergr. 255×

Tuberkulose

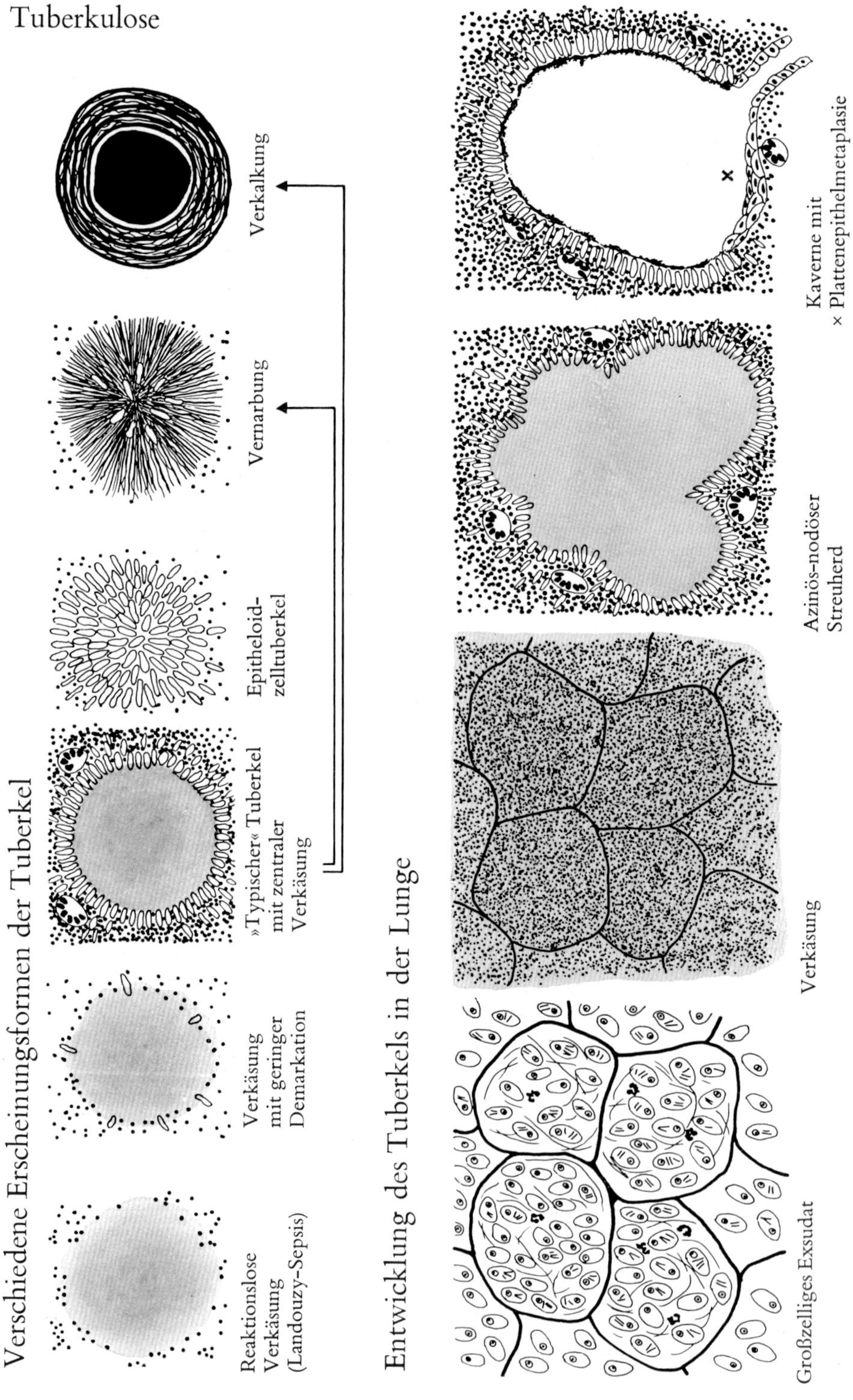

B. – Abb. 3.39. Verschiedene histologische Erscheinungsformen der Tuberkel. Entwicklung des Tuberkels in der Lunge

Tuberkulose

Abb. 3.39 zeigt die **verschiedenen histologischen Erscheinungsformen eines Tuberkels.** Der »*typische*« *Tuberkel* besteht aus einer *zentralen Nekrose (Verkäsung)*, einem Wall von *Epitheloidzellen* (spezielle Erscheinungsform der Histiozyten als »Pioniere« des Granulationsgewebes) und *Langhansschen Riesenzellen* sowie einem mehr oder weniger stark ausgeprägten Wall von *Lymphozyten* als äußere Begrenzung. In den Lymphknoten und bei bestimmten Erkrankungen *(Morbus Boeck)*[1]) tritt eine andere produktive Erscheinungsform des Tuberkels auf, der *Epitheloidzelltuberkel*, bei dem die Verkäsung fehlt. Es handelt sich um eine knötchenförmige Ansammlung von Epitheloidzellen (vereinzelt Langhanssche Riesenzellen). Der Epitheloidzelltuberkel kann sekundär verkäsen (vgl. S. 26, 27, 54, 176).

Alle Erscheinungsformen des Tuberkels *rechts* von der Mitte des Schemas können als Reaktion des Organismus bei *guter Abwehrlage* bezeichnet werden *(produktive Tuberkulose)*. Sowohl der Epitheloidzelltuberkel wie der verkäste Tuberkel können durch zunehmende Produktion kollagener Fasern und Resorption des nekrotischen Materials *vernarben* (z.B. hyaline Narben in Lymphknoten, schiefrige Indurationsherde in der Lunge). Die Verkäsung kann sekundär *verkalken* (Kalkherde).

Alle Formen *links* von der Mitte treten bei *herabgesetzter Resistenz* des Organismus auf *(exsudative Tuberkulose)*. Die Verkäsung schreitet in diesen Fällen weiter fort. Die epitheloidzellige Demarkation wird immer spärlicher, bis schließlich bei der akuten Tuberkelbakteriensepsis (Sepsis tuberculosa gravissima) nur noch reaktionslose Nekrosen auftreten.

Die **Entwicklung des Tuberkels in der Lunge** (Abb. 3.39) erfolgt über ein exsudatives Vorstadium, d.h. eine akute seröse Entzündung, die sich in der Lunge als *großzelliges Exsudat* darbietet (Abb. 3.40). Alveolarepithelien, die Tuberkelbakterien gespeichert haben, füllen die Alveolen aus. Dann folgt sehr rasch die Nekrose *(Verkäsung)*. Bei Einschmelzung (d.h. Erweichung der Verkäsung) entwickelt sich eine *Kaverne*. Als Folge treten bronchogene Streuherde in Form der *azinös-nodösen Tuberkulose* mit kokardenförmigen Nekrosen und typischem tuberkulösem Granulationsgewebe auf.

[1]) Beachte: Epitheloidzelltuberkel stellen eine besondere Reaktionsform des Gewebes dar und kommen nicht nur bei Tuberkulose vor (Morbus Boeck, Enteritis regionalis u. a.).

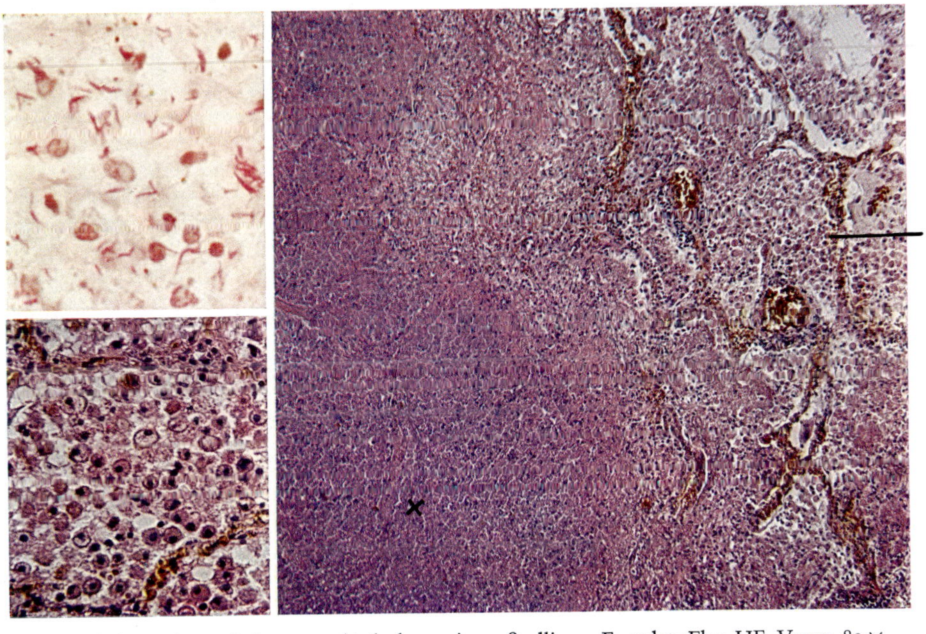

B. – Abb. 3.40. Frische verkäsende Lungentuberkulose mit großzelligem Exsudat; Fbg. HE, Vergr. 82×. – Links oben: Tuberkelbakterien in Alveolarepithelien, Ziehl-Neelsen-Fbg., Vergr. 1000×. – Links unten: Großzelliges Exsudat; Fbg. HE, Vergr. 195×. (Beschreibung s. S. 99)

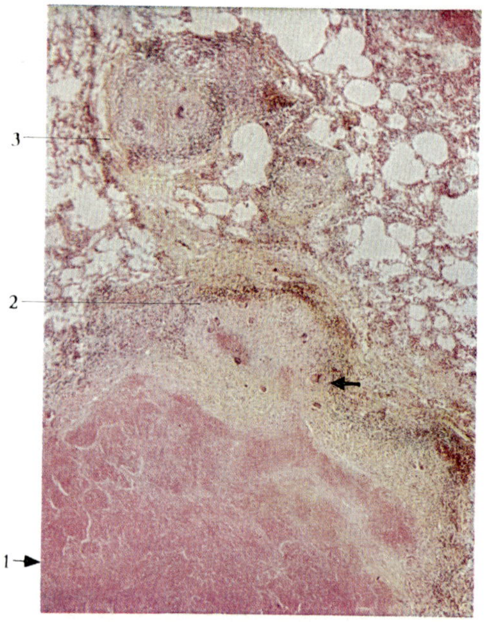

B. – Abb. 3.41. Tuberkulöser Primärherd mit lymphogener Streuung;
Fbg. HE, Vergr. 32×

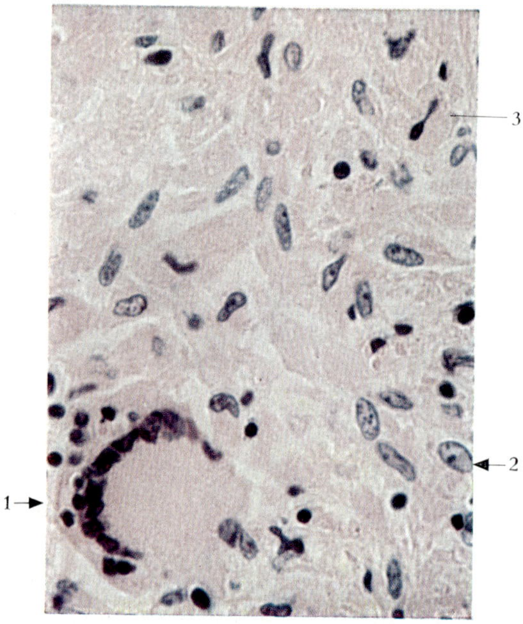

B. – Abb. 3.42. Langhanssche Riesenzelle und Epitheloidzellen;
Fbg. HE, Vergr. 576×

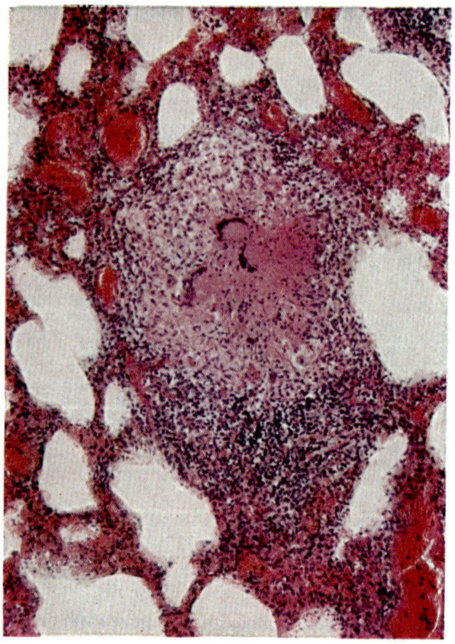

B. – Abb. 3.43. Miliarer Tuberkel;
Fbg. HE, Vergr. 99×

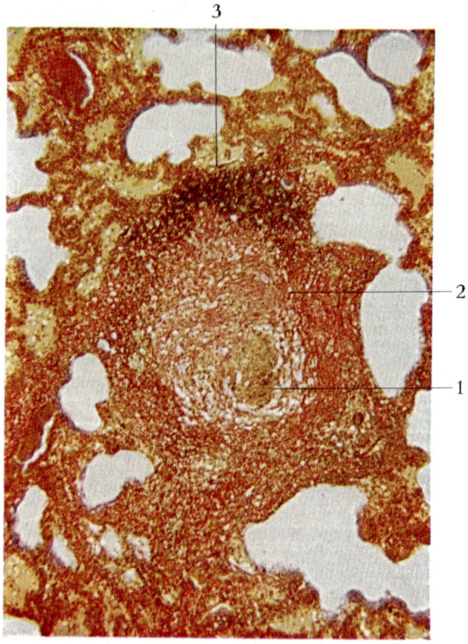

B. – Abb. 3.44. Miliarer Tuberkel in Abheilung;
Fbg. Elastica-v. Gieson, Vergr. 56×.
(Beschreibung s. S. 101)

Frische verkäsende Lungentuberkulose mit großzelligem Exsudat (vgl. S. 97). In der Übersicht findet man große, unregelmäßig begrenzte, blaue bis blaurote Herde mit einer umgebenden roten Zone. Die mittlere und die stärkere Vergrößerung zeigen, daß die blauen Bezirke aus feinkörnigen, krümeligen, blauroten Massen bestehen (× : Nekrose mit Kerntrümmern). Die Alveolarwände sind nicht zu sehen. Bei Elasticafärbung stellen sich noch elastische Fasern dar. Diese Nekrosezone geht ohne zellige Demarkation in das großzellige Exsudat über. Hier sind die Alveolen mit Alveolarepithelien dicht ausgefüllt (→). Daneben sieht man körniges, eiweißreiches Exsudat mit Granulozyten und Fibrin. Die Ausschnitte in Abb. 3.40 zeigen links oben **Tuberkelbakterien** (rote Stäbchen), die von Alveolarepithelien phagozytiert wurden, und links unten eine stärkere Vergrößerung des **großzelligen Exsudates.** Die Alveolarepithelien haben einen großen, runden Plasmaleib mit häufig exzentrisch gelegenen, runden Kernen. Bei manchen ist das Zytoplasma feinkörnig und aufgelockert.

Makroskopisch: Gelatinöse Herde von gallertiger Beschaffenheit und graugelber Farbe.

Tuberkulöser Primärherd mit lymphogener Streuung (Abb. 3.41). *Bei jeder Erstinfektion mit Tuberkelbakterien entwickelt sich an der Eintrittspforte ein Primärherd. In der Lunge entsteht der Primärherd subpleural. Bei extrapulmonalen Tuberkulosen, z.B. im Darm, liegt der Primärherd in der Schleimhaut* (vgl. S. 110). *Vom Primärherd aus schreitet die Entzündung als Lymphangiitis tuberculosa zur nächstgelegenen Lymphknotenstation fort (Lungenhilus, mesenteriale Lymphknoten) und bildet zusammen mit der Lymphknotentuberkulose den tuberkulösen Primärkomplex.*
Die mit dem Luftstrom in die Lunge gelangten Tuberkelbakterien werden zunächst von Alveolarepithelien aufgenommen (vgl. S. 97). Die freiwerdenden Toxine rufen eine seröse Entzündung hervor *(großzelliges Exsudat, großzellige Desquamativpneumonie).* Die daraufhin entstehende käsige Nekrose wird von spezifischem Granulationsgewebe demarkiert. Histologisch sieht man jetzt in der Lunge bei Übersichtsvergrößerung einen roten, runden, kernlosen Herd (blau, wenn verkalkt) mit kleinen Satelliten in der Umgebung. Die mittlere Vergrößerung (Abb. 3.41) zeigt die tuberkulöse Nekrose (→ 1), die von einem teilweise vernarbten Granulationsgewebe (→ 2) abgegrenzt wird, das reichlich Langhanssche Riesenzellen enthält (→). In der Umgebung erkennt man lufthaltige Alveolen und einen kleineren Satellitentuberkel (→ 3: lymphogener Streuherd mit kleiner zentraler Nekrose und breitem Granulationsgewebs- und Lymphozytenwall). Durchmustert man den Rand der Nekrose mit starker Vergrößerung, so findet man hier die typischen **Langhansschen Riesenzellen** (→ 1 in Abb. 3.42) und **Epitheloidzellen** (Abb. 3.42, vgl. a. S. 26, 27, 28). Die Kerne der Riesenzellen sind halbkreisförmig angeordnet. Das Zytoplasma ist fein granuliert. Die Öffnung des »Halbmondes« ist meist der Nekrose zugekehrt. Die Riesenzellen entstehen wahrscheinlich durch Zusammenlagerung von Epitheloidzellen. Die *Epitheloidzellen begegnen uns in zwei Erscheinungsformen:* saftige Epitheloidzellen (→ 2) mit ovalen Kernen und kleinen Nukleolen. Das Zytoplasma ist nur schwer abzugrenzen. Außerdem treten dürre Formen mit katzenzungenähnlichen Kernen (Pantoffelform, → 3) auf.

Makroskopisch: Gelblicher, landkartenartiger, subpleuraler Herd von etwa 1 cm Durchmesser mit miliaren Tuberkeln in der Umgebung.

Miliarer Tuberkel (Abb. 3.43). *Hirsekorn-(Milium-) große lymphogen oder hämatogen (Miliartuberkulose) entstehende Tuberkel.* Die schwache Vergrößerung zeigt bei Miliartuberkulose das Lungengewebe von zahlreichen kleinen Knötchen übersät. Bei stärkerer Vergrößerung sieht man eine kleine zentrale Nekrose, die von einem Wall von Epitheloidzellen und Lymphozyten umgeben ist. Am Rande der Nekrose sind in unserem Bild mehrere Langhanssche Riesenzellen zu sehen.

Makroskopisch: Dichtstehende, stecknadelkopfgroße, graue, glasige Herdchen in beiden Lungen.

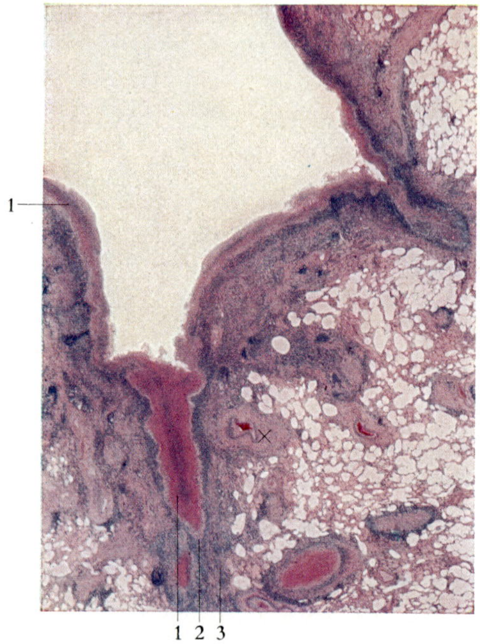

B. – Abb. 3.45. Tuberkulöse Kaverne;
Fbg. HE, Vergr. 8×

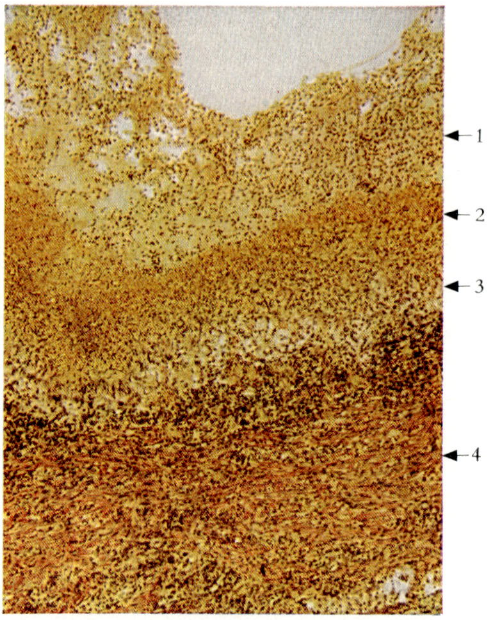

B. – Abb. 3.46. Tuberkulöse Kaverne (Detail);
Fbg. v. Gieson, Vergr. 82×

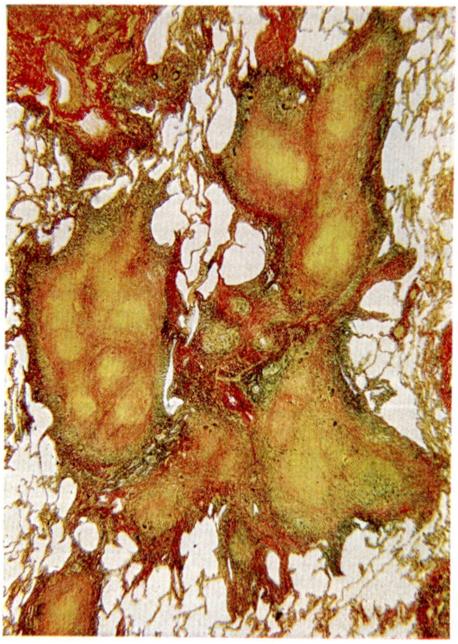

B. – Abb. 3.47. Azinös-nodöse Lungentuberkulose;
Fbg. v. Gieson, Vergr. 21×

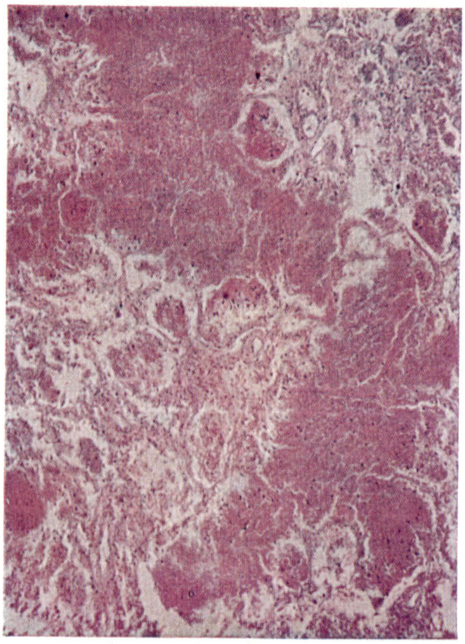

B.– Abb. 3.48. Tuberkulöse Nekrosen bei Sepsis tuberculosa gravissima;
Fbg. HE, Vergr. 66×

Miliarer Tuberkel in Abheilung (S. 98, Abb. 3.44). Unter der Wirkung von Tuberkulostatika (z. B. Streptomycin) kann die Miliartuberkulose ziemlich rasch abheilen. Man findet dann kleine Knötchen von Epitheloidzellen, in deren Zentren noch Reste der Verkäsung (v. Gieson gelb) zu erkennen sind (→ 1), umgeben von einem breiten v. Gieson-roten Wall von Fasergewebe (→ 2). Die Epitheloidzellen wandeln sich dabei in Fibroblasten um und bilden retikuläre und kollagene Fasern. In unserem Bild sind am Rande vermehrt elastische Fasern zu sehen (→ 3). In der Umgebung zeigt sich ein geringes Emphysem.

Makroskopisch: Bei vollständiger Ausheilung kleinste, sternförmige, weiße Narben.

Tuberkulöse Kaverne (Abb. 3.45 u. 3.46). *Nach fermentativer Einschmelzung der Verkäsung (Granulozytenfermente!) und Abtransport des verflüssigten Materials durch einen Drainagebronchus entsteht ein Hohlraum, dessen Wand histologisch drei Schichten erkennen läßt* (Abb. 3.45): Innen eine schmale, homogene, eosinrote, bei v. Gieson gelbe Lage von *nekrotischem Gewebe* (→ 1), dann folgen bei schwacher Vergrößerung eine dunkelblaue *zellreichere Granulationsgewebszone* mit Epitheloidzellen (→ 2) und nach außen *vernarbtes Granulationsgewebe* (→ 3) mit herdförmig eingestreuten lymphozytären Infiltraten. Beachte die Gefäße in der Umgebung der Kaverne (×), die durch eine Wucherung der Intima fast völlig verschlossen sind. In der weiteren Umgebung kleinere und größere tuberkulöse Käseherde.

Eine **stärkere Vergrößerung** (Abb. 3.46) zeigt uns **Details von der Kavernenwand.** Als innerste Zone findet man Fibrin (→ 1). Dann folgt die Nekrose (→ 2), die von Epitheloidzellen abgegrenzt und durchwandert wird (→ 3). Die Granulationsgewebszone weist reichlich Gefäße und Lymphozyten auf. In den äußeren Partien sieht man vernarbtes Granulationsgewebe mit v. Gieson-roten Bindegewebsfasern (→ 4).

Makroskopisch: 1. Frische Kaverne: unregelmäßige fetzige Wand von grauweißer Farbe. *2. Chronische Kaverne:* glatte graugelbe bis grauweiße Wand, evtl. mit Plattenepithelmetaplasie. In Strängen vernarbte Gefäße und Bronchien können die Höhle durchziehen.

Azinös-nodöse Lungentuberkulose (Abb. 3.47). *Die azinös-nodösen tuberkulösen Herde stellen ein typisches Erscheinungsbild der auf bronchogenem Wege sich ausbreitenden Tuberkulose dar.* Die Tuberkelbakterien siedeln sich entweder im Ausbreitungsgebiet eines Bronchiolus terminalis (Azinus) an, oder es kommt zu einer peribronchialen Entzündung ähnlich wie bei peribronchialer Herdpneumonie. Man findet mehrere gruppiert zusammenstehende tuberkulöse Käseherde, die teils konfluiert sind oder teilweise noch ganz von ihrem Granulationsgewebe abgegrenzt werden. Bei stärkerer Vergrößerung sind alle typischen Formationen des Tuberkels zu sehen (Nekrosen, Epitheloidzellwall, Langhanssche Riesenzellen, Granulationsgewebe). In unserer Abbildung sieht man bei v. Gieson-Färbung die gelben, zentralen Nekrosen, umgeben von kollagenem Bindegewebe (v. Gieson rot) sowie einem Lymphozytenwall. Riesenzellen sind reichlich zu sehen. Beachte das Emphysem in der Umgebung der Herde.

Makroskopisch: Kokarden- bzw. kleeblattförmige, oft auch v- oder y-förmige, gelbe Herde, in Größe und Häufigkeit von apikal nach kaudal hin abnehmend.

Tuberkulöse Käseherde bei Sepsis tuberculosa gravissima (Abb. 3.48). *Die tuberkulöse Sepsis tritt bei hochgradig herabgesetzter Abwehr des Organismus (und stark erhöhter Virulenz der Erreger?) auf, oft bei zytostatischer Behandlung von Tumoren im Endstadium der Erkrankung oder bei Kachexie.* Histologisch findet man landkartenartige, eosinrotgefärbte Nekrosen ohne jegliche zellige Demarkation. Unser Bild zeigt nekrotische Lungenherde mit serofibrinösem Exsudat und spärlichen Lymphozyten sowie Granulozyten. Die Alveolarsepten sind noch angedeutet zu erkennen.

Makroskopisch: Miliare und übermiliare landkartenartige, graue, unscharf begrenzte Herde. Die Bezeichnung »Landouzysche Tuberkulose« ist nicht ganz korrekt, da die von Landouzy beschriebenen Fälle von »Typhobazillose« heute der Miliartuberkulose zugerechnet werden (Giese, 1960).

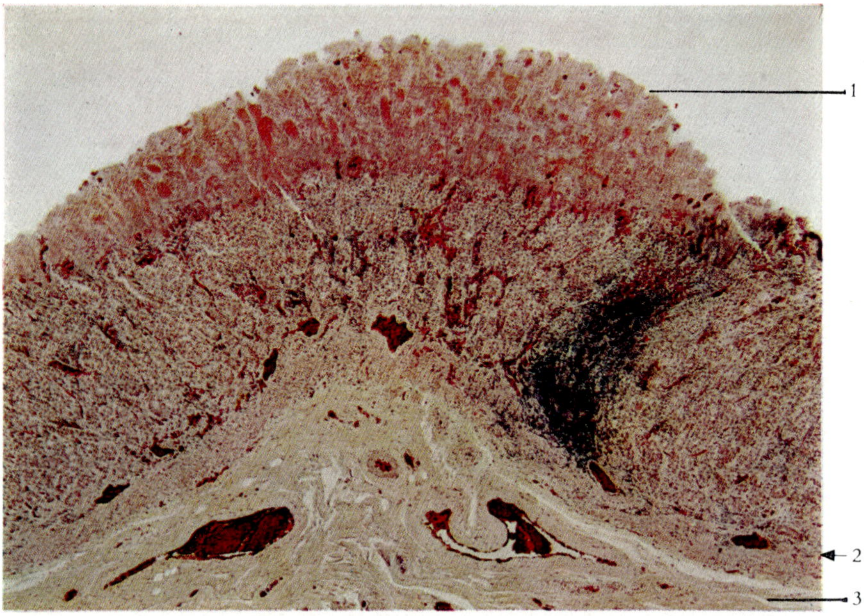

B. – Abb. 4.1. Verätzung der Magenschleimhaut; Fbg. HE, Vergr. 50×

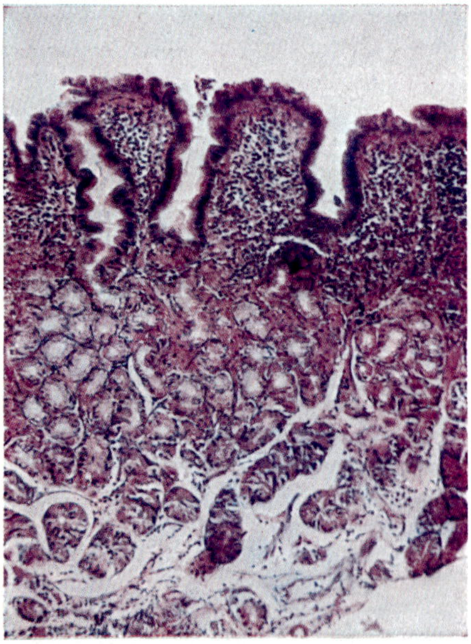

B. – Abb. 4.2. Chronische Oberflächengastritis; Fbg. HE, Vergr. 90×

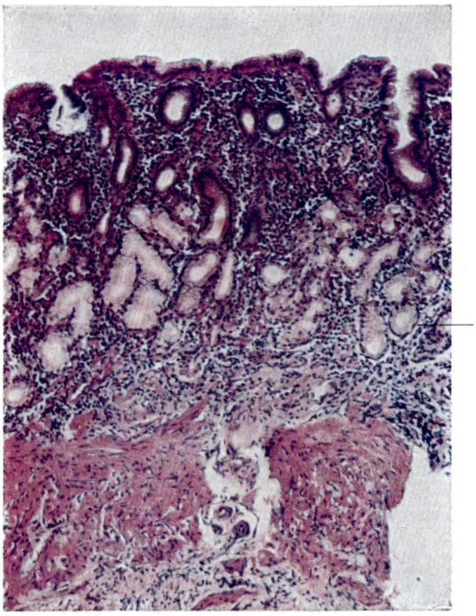

B. – Abb. 4.3. Chronische Gastritis. Fbg. HE, Vergr. 90×

4. Magendarmkanal

Für die Beurteilung von Präparaten aus dem Magendarmkanal muß man sich den normalen Wandaufbau ins Gedächtnis zurückrufen (Schleimhaut: Plattenepithel – Zylinderepithel – Drüsen; Art der Zotten; Tunica propria, Muscularis mucosae, Submucosa, Muscularis propria und Subserosa). In den einzelnen Schichten ist auf den Zellgehalt zu achten. Ferner sind Schleimhautdefekte und atypische Drüsenwucherungen zu berücksichtigen. Für Makroskopie siehe Makropathologie.

Verätzung der Magenschleimhaut (Abb. 4.1). Bei Verätzung von Schleimhäuten mit Säuren entsteht eine Koagulationsnekrose, mit Laugen eine Kolliquationsnekrose. Abb. 4.1 zeigt eine frische Magenschleimhautverätzung mit HCl. Oberflächlich sieht man die Nekrose (Koagulationsnekrose, → 1). Das Zytoplasma der nekrotischen Drüsenzellen ist stärker mit Eosin angefärbt als das der darunterliegenden erhaltenen Drüsenzellen. Den Zellen in diesem Bereich fehlen die Zellkerne. Die Nekrose wird von einem schmalen Saum Granulozyten demarkiert. Auch das Stroma der darunterliegenden Schleimhaut ist gering mit Granulozyten durchsetzt. Im weiteren Verlauf würde die nekrotische Schleimhaut abgestoßen werden. Dadurch entsteht ein Ulkus. → 2: Muscularis mucosae, → 3: Submukosa.

Makroskopisch: In dem dargestellten Stadium Schorfbildungen, die je nach Säureart verschiedene Farbe haben; Sublimat – grauweiß, HNO_3 – gelblich, H_2SO_4 und HCl – dunkelbraun. Als *Folgen* können auftreten: Perforationen, narbige Strikturen (z. B. Ösophagus).

Gastritis

Formen der Gastritis (vgl. Beck u. Mitarb., 1973)

1. *Akute Gastritis.* Schleimhautkatarrh mit Rötung (Alkohol!).

2. *Chronische Oberflächengastritis* (Abb. 4.2.): Vorwiegend Antrumbereich. Die Leistenspitzen sind durch entzündliche Infiltrate (Lymphozyten, Plasmazellen, Granulozyten) verbreitert und erscheinen plump. Defekte des Oberflächenepithels lassen sich nachweisen.

3. *Chronische Gastritis* (Abb. 4.3.) mit beginnender Schleimhautatrophie. Entzündliche Infiltrate (Granulozyten, Lymphozyten, Plasmazellen) in der gesamten Schleimhaut mit beginnendem Schwund der Haupt- (Pepsinogen) und Belegzellen (HCl-Produktion vermindert). Die Schleimhaut ist deutlich atrophisch (vgl. linkes Bild). Die Fundusdrüsenzellen sind durch mukoide Zellen ersetzt (→).

4. *Chronische atrophische Gastritis.* Atrophie der Schleimhaut. Schwund aller spezifischen Zellelemente. Entzündliche Infiltrate wie bei 3. Hyperplasie des lymphatischen Gewebes. Anazidität, Achylie.

5. *Umbaugastritis* = intestinale Metaplasie, d. h. Ersatz des normalen Oberflächenepithels des Magens durch Dünndarmepithel mit Becherzellen, insbesondere bei chronischer Gastritis. Präkanzerose!

6. *Atrophie bei Perniziosa.* »Extrinsic factor« (Vitamin B_{12}) wird normalerweise an »intrinsic factor« der Belegzellen gebunden und damit vor Abbau geschützt. Fehlen der Belegzellen (Gastrektomie, chronische Gastritis) führt zu B_{12}-Mangel. Auch als genetischer Defekt bekannt.

Ursachen der Gastritis. Alkohol, Autoaggression, Alter (80% der über 50jährigen, »physiologische Gastritis«).

Hyperplasien der Magenschleimhaut. Beim Zollinger-Ellison-Syndrom findet man eine Hyperplasie der Magenschleimhaut (früher als hypertrophische Gastritis bezeichnet) mit verstärktem Schleimhautrelief. Schleimhautverbreiterung durch Vermehrung von Haupt- und Belegzellen und Hauptdrüsen. Andere Hyperplasien: 1. Gastropathia hypertrophica gigantea (Morbus Ménétrier). Riesenfalten mit Vermehrung des Oberflächenepithels. Erhöhte Schleimproduktion → Eiweißverlust → Hypoproteinämie. 2. Foveoläre Hyperplasie bei chronischer Gastritis. Verbreiterung des Oberflächenepithels.

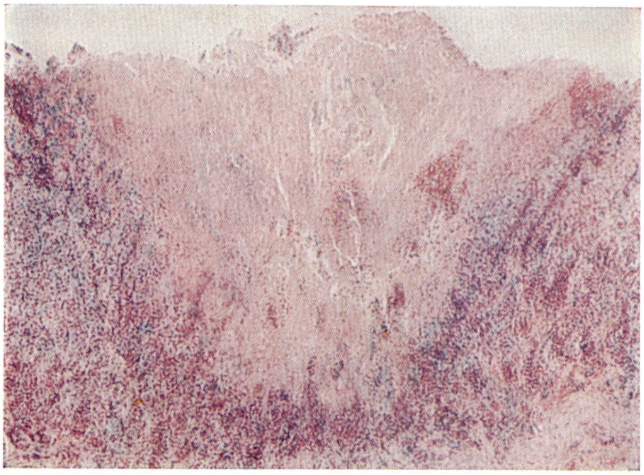

B. – Abb. 4.4. Hämorrhagischer Infarkt der Magenschleimhaut; Fbg. HE, Vergr. 72×

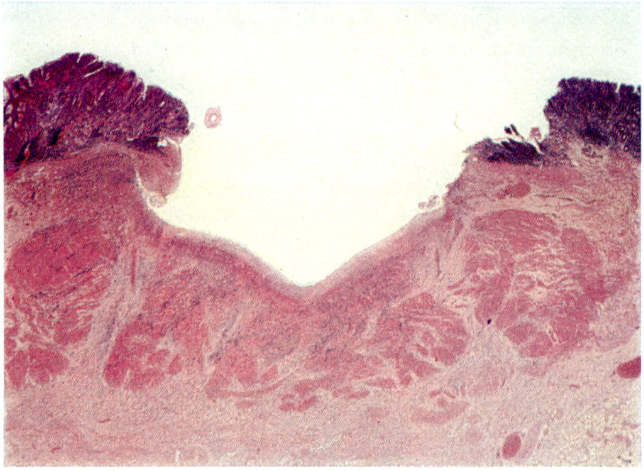

B. – Abb. 4.5. Frisches Ulcus ventriculi; Fbg. HE, Vergr. 14×

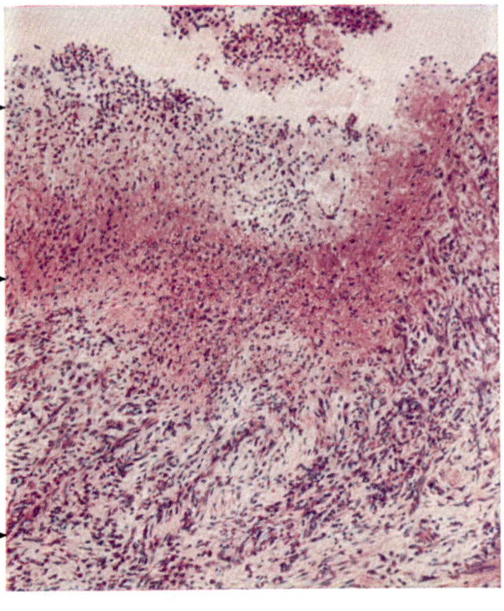

B. – Abb. 4.6. Magenulkus: Geschwürsgrund; Fbg. HE, Vergr. 102×

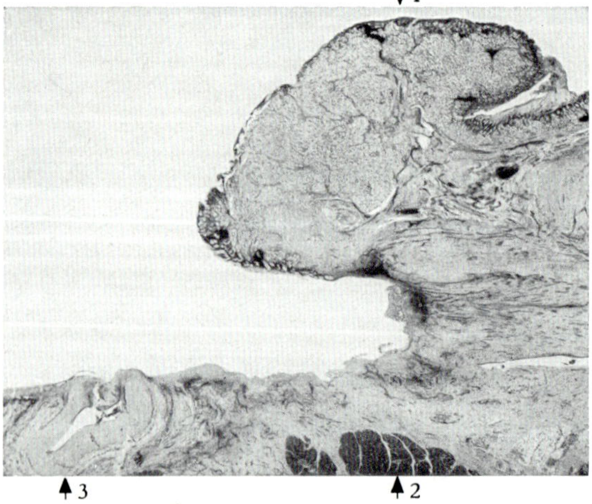

B. – Abb. 4.7. Chronisches penetriertes Ulcus ventriculi; Fbg. HE, Vergr. 6×

Magenulkus

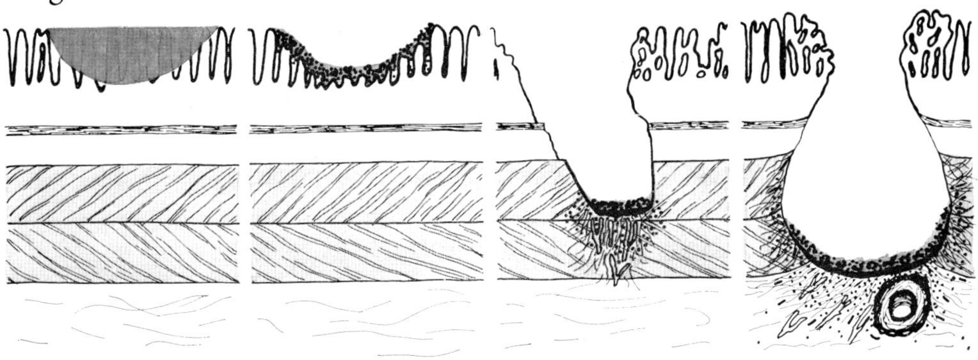

Hämorrhagischer Infarkt | Hämorrhagische Erosion | Frisches Ulkus | Chronisches Ulkus

B. – Abb. 4.8. Formale Pathogenese des Magenulkus

Abb. 4.8 zeigt die **Histogenese des Magenulkus.**

Erstes Stadium: *Hämorrhagischer Schleimhautinfarkt* (vgl. Abb. 4.4). Das nekrotische Material wird von der Lichtung her abgedaut *(hämorrhagische Erosion)*. Die Erosion kann abheilen oder die Ulzeration weiter fortschreiten. Das *frische Ulkus* (Abb. 4.5) hat häufig eine treppenförmige Struktur an der oralen Seite, während der aborale Rand steil ansteigt. Das *chronische Ulkus* (Abb. 4.7) ist dagegen meist flaschenförmig gestaltet mit dichter Umscheidung von Narbengewebe.

Hämorrhagischer Infarkt (Abb. 4.4). In der Schleimhaut stellt sich ein keilförmiger Bezirk dar, in dem die Kernfärbung fehlt. Die mittlere Vergrößerung zeigt die kernlose Nekrose untermischt von Erythrozyten, die größtenteils ausgelaugt sind. Die obersten Schleimhautspitzen fehlen (geringe Erosion).

Makroskopisch: Schwarzer, unregelmäßiger Herd mit flachem Schleimhautdefekt.

Frisches Ulcus ventriculi (Abb. 4.5). Die Übersicht zeigt den bis zur Muskularis reichenden Wanddefekt mit überhängender Schleimhaut und Submukosa (am aboralen Rand, im Bild links). Man erkennt im Ulkusgrund eine hellgraurote Zone (Fibrin) und eine dunklere Zone (Nekrose und Granulationsgewebe). Diese Schichten sind bei stärkerer Vergrößerung deutlicher zu analysieren. **Magenulkus: Geschwürsgrund** (Abb. 4.6). Auf die oberste, lockere, aus Fibrin und polymorphkernigen Leukozyten bestehende Schicht (→ 1) folgt die intensiv rot gefarbte, bandförmige fibrinoide Nekrose (→ 2) (Nekrose mit Fibrin und Kerntrümmern). Das Granulationsgewebe (→ 3) grenzt die Nekrose ab, wird aber beim Fortschreiten in diese einbezogen. Im Granulationsgewebe sieht man Kapillaren senkrecht zur Oberfläche aufsteigen, Fibroblasten, Lymphozyten und Histiozyten sowie Faserbildung im unteren Drittel.

Makroskopisch: Treppenförmiger oder glatter, runder bzw. ovaler Wanddefekt mit grauem Grund.

Chronisches penetriertes Ulkus (Abb. 4.7). Unser Bild zeigt den aufgeworfenen Schleimhautrand (→ 1) mit gewucherten Pylorusdrüsen und die Bindegewebsvermehrung in der Nachbarschaft des Ulkus. Der Defekt reicht bis an das Pankreas heran (→ 2). Eine größere Arterie wird in die Nekrosen mit einbezogen und eröffnet (→ 3) (klinisch: tödliche Blutung).

Makroskopisch: Runder Wanddefekt mit derber Umgebung und glattem Grund. Die Drüsenläppchen des Pankreas können im Ulkusgrund zu sehen sein.

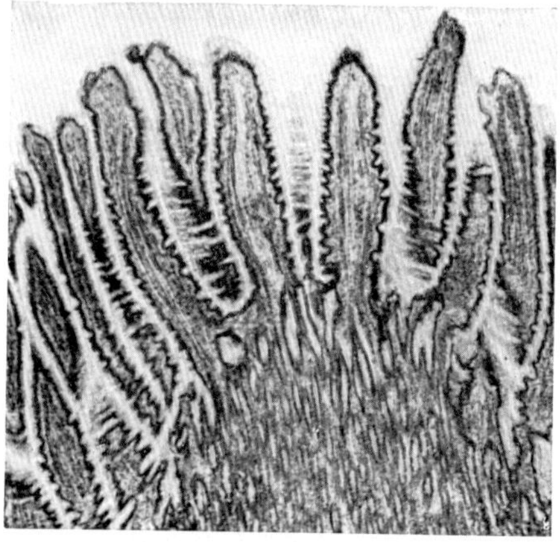

B. – Abb. 4.9. Jejunum (Hund) normal;
Fbg. HE, Vergr. 40×

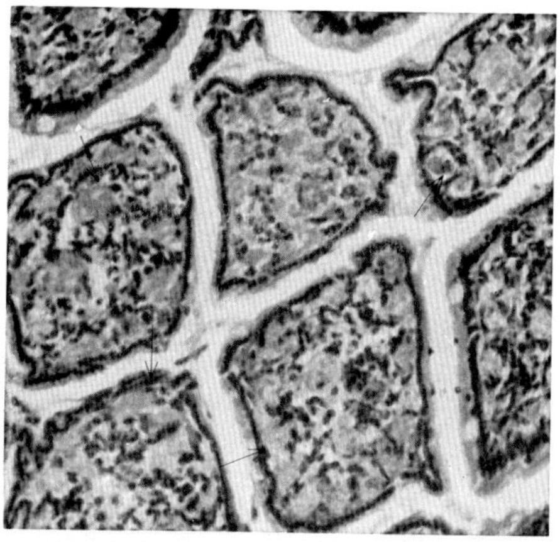

B. – Abb. 4.10. Zottenhyperämie (Querschnitt);
Fbg. HE, Vergr. 170×

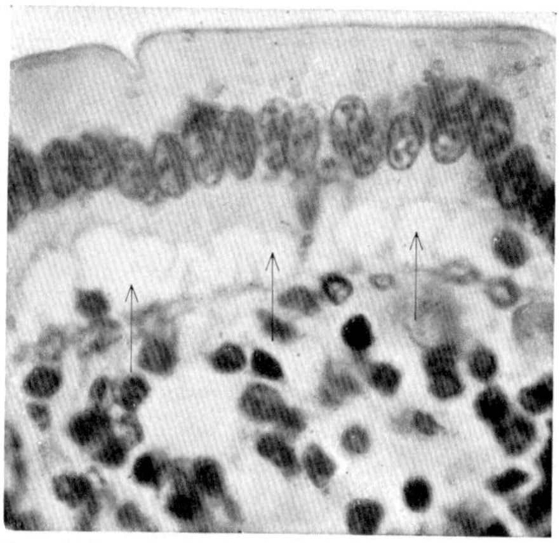

B. – Abb. 4.11. Seröse Exsudation mit Abhebung der Saumzellen;
Fbg. HE, Vergr. 700×

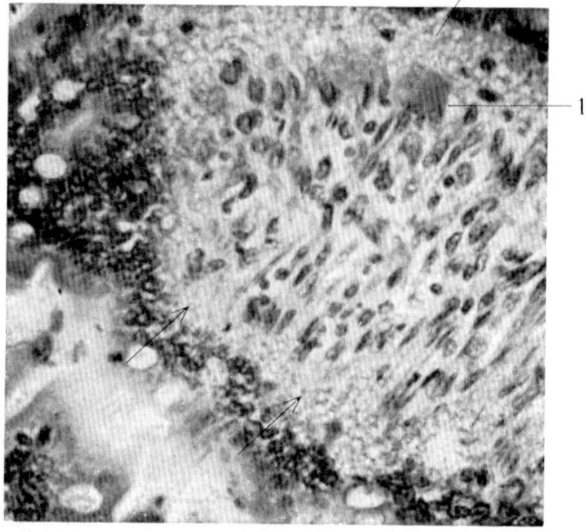

B. – Abb. 4.12. Starke Eiweißexsudation in einen subepithelialen Raum;
Fbg. HE, Vergr. 400×

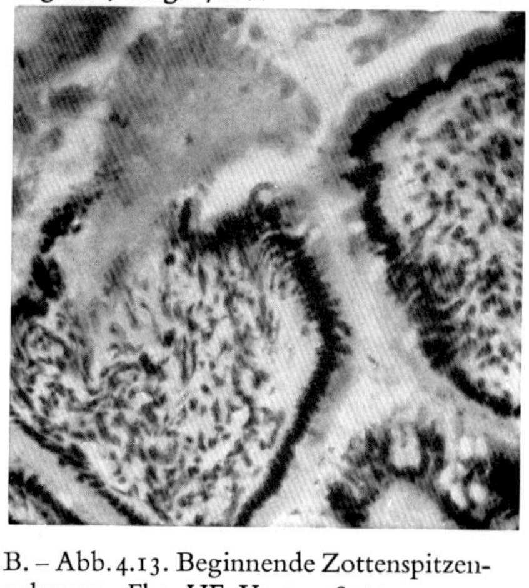

B. – Abb. 4.13. Beginnende Zottenspitzennekrose; Fbg. HE, Vergr. 180×

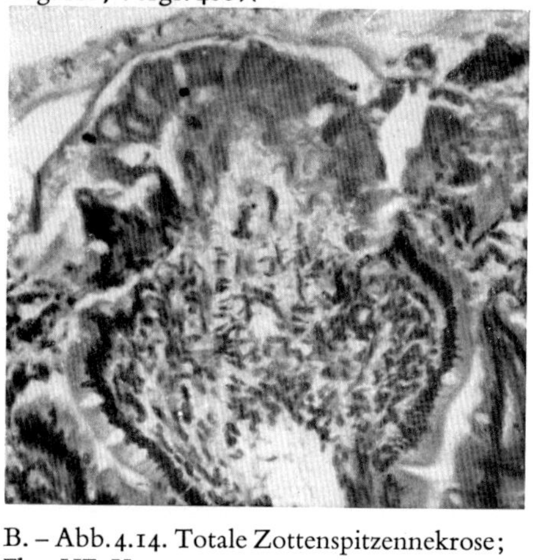

B. – Abb. 4.14. Totale Zottenspitzennekrose;
Fbg. HE, Vergr. 190×

Enterokolitis

Die verschiedenartigsten Erreger bzw. deren Toxine und andere toxische Agenzien (z. B. Allergie, Urämie) bewirken an der Darmschleimhaut uniforme Gewebsreaktionen, die wie in einem Film nacheinander ablaufen und in deren Zentrum die Veränderungen der terminalen Strombahn stehen. Im menschlichen Material sind die frühen Stadien nicht so gut zu erfassen (rasch einsetzende Fäulnis) wie in Tierversuchen. Die nebenstehenden Abbildungen geben eine solche Versuchsreihe beim Hund nach Gabe von Ruhrendotoxin intravenös wieder (Croneberg u. Sandritter, 1952).

Das Ruhrendotoxin führt zu einem **Schock** (s. Allgemeine Pathologie) mit Blutdruckabfall. Dann kommt es zu einer Erhöhung des peripheren Widerstandes mit Kontraktion der Arteriolen. Nachfolgend entwickeln sich Mikrozirkulationsstörungen mit Erythrozytenaggregationen (Sludge-Phänomen) und Blutplättchenaggregaten (vgl. S. 72) mit vermindertem venösem Rückstrom zum Herzen. In der Endphase bilden sich hyaline Thromben in den Kapillaren und in Venolen, die als Ursache der Nekrosen und Blutungen anzusehen sind. Im Zentrum des Schocks stehen demnach die Veränderungen der Blutgerinnung, wobei der Verbrauch von Gerinnungsfaktoren und die Blockade des RES (vgl. S. 16) eine wesentliche Rolle spielen (*Verbrauchskoagulopathie*, Lasch, 1963, 1964; zur Morphologie vgl. Sandritter u. Lasch, 1966). Beim Hund ist der Darm als Schockorgan anzusehen. Die Mikrozirkulationsstörungen werden durch **Hyperämie** (Abb. 4.10 → hyperämische Kapillaren) der Dünndarmzotten zuerst sichtbar (vgl. die schlanken Zotten des **normalen Jejunums** in Abb. 4.9). Mit der Hyperämie kommt es gleichzeitig zur Exsudation in das Zottenstroma. Das Exsudat hebt die Epithelien (Saumzellen) ab. Es eröffnet sich hier ein *subepithelialer* Raum (→ in Abb. 4.11). Mit zunehmend stärkerer Kreislaufstörung (hyaline Thromben in den Kapillaren, → 1 in Abb. 4.12) tritt mehr Flüssigkeit aus, so daß das gesamte Epithel abgehoben wird. Unser Bild (Abb. 4.12) zeigt die **körnigen Eiweißmassen** unter dem Epithel (→). Die Stase führt zu einer umschriebenen *Nekrose der Zottenspitzen* (Abb. 4.13), wobei das Zottenstroma, die Epithelien und das ausgetretene Fibrin eine homogene Masse bilden. Schließlich wird das obere Drittel der Zotten in die Nekrose einbezogen (**totale Zottenspitzennekrose,** Abb. 4.14). Im Endstadium sieht man schließlich eine breite Zone nekrotischer Zellen mit Kerntrümmern, Exsudat und Granulozyten.

Diese hier im Experiment beschriebenen Veränderungen können als paradigmatisch für die Entwicklung (formale Pathogenese) von morphologisch faßbaren Folgen des Schocks [z. B. Nierenrindennekrosen, hämorrhagische Nekrosen der Nebennieren (Waterhouse-Friderichsen-Syndrom) usw.] und von Darmschleimhautentzündungen beim Menschen angesehen werden. Das nekrotische Material wird bei subakuten bis subchronischen Darmerkrankungen sekundär abgeräumt (mechanisch, leukozytäre Demarkation). Es entstehen Ulzera, die weter in die Tiefe fortschreiten können und die Muskularis freilegen (*ulzeröse Kolitis*, S. 109). In chronischen Fällen kann es dann sekundär zur Schleimhautwucherung am Rande der Ulzera (sog. *Pseudopolyposis*, S. 109) kommen.

In manchen Fällen kann auch die fibrinöse Exsudation im Vordergrund stehen mit mehr oder weniger stark ausgeprägten Nekrosen der Zottenspitzen (pseudomembranöse Kolitis, z. B. bei Urämie.[1])

Abb. 4.15 **(fibrinöse und oberflächlich nekrotisierte Kolitis)** zeigt eine solche Entzündung mit breiter Auflagerung von Fibrin und Granulozyten (→1) und beginnenden Zottenspitzennekrosen. Die Schleimhaut ist stark hyperämisch und die Submukosa ödematös verdickt (→ 2: Muscularis mucosae).

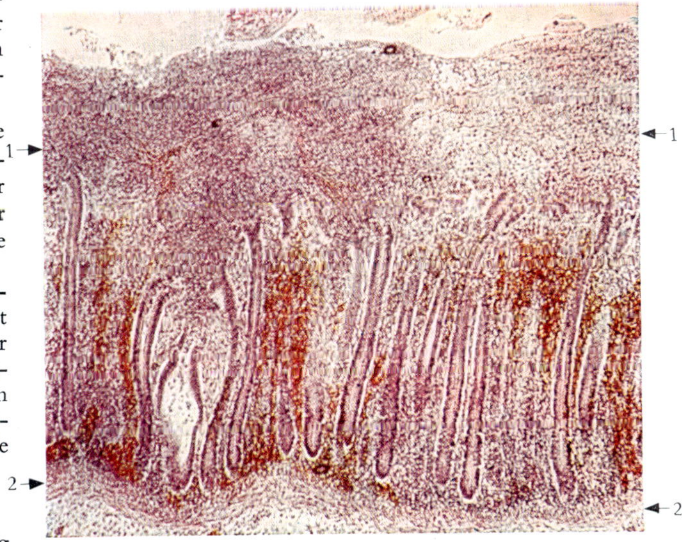

B. – Abb. 4.15. Fibrinöse und oberflächlich nekrotisierte Kolitis; Fbg. HE, Vergr. 46×

[1]) Pseudomembranöse Kolitis häufig auch nach Antibiotikatherapie durch Überwuchern von Staphylokokken.

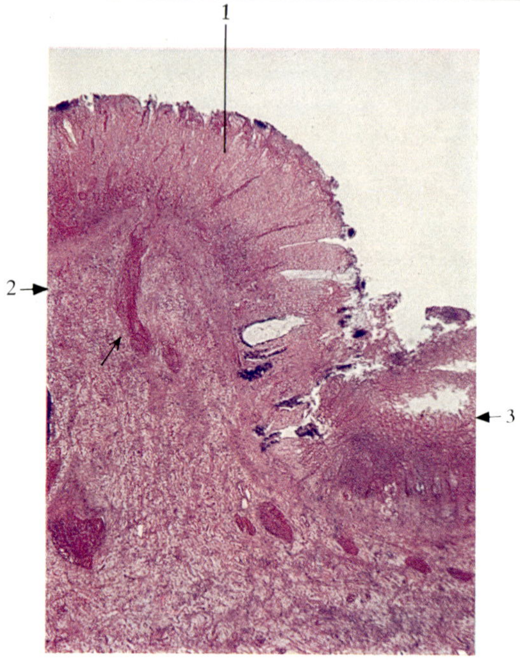

B. – Abb. 4.16. Ruhr;
Fbg. HE, Vergr. 28 ×

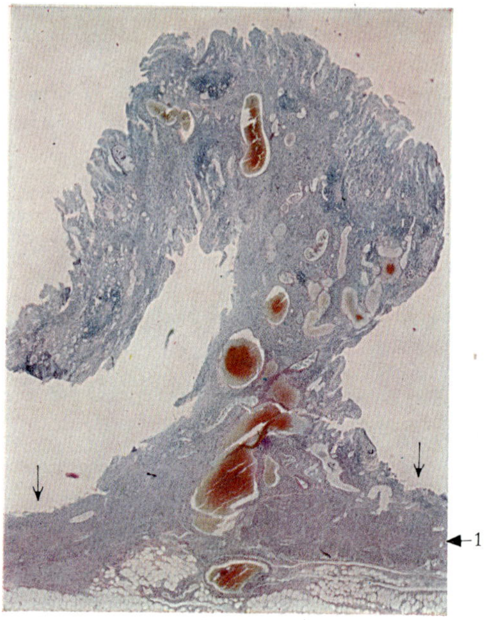

B. – Abb. 4.17. Chronische ulzeröse Kolitis;
Fbg. HE, Vergr. 11 ×

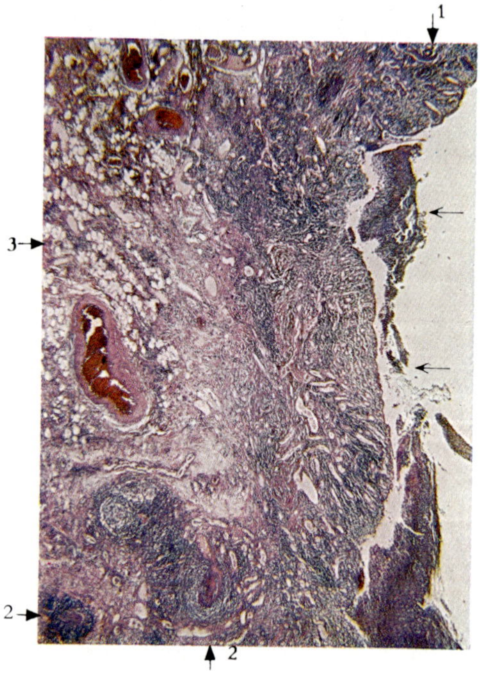

B. – Abb. 4.18. Ileitis terminalis;
Fbg. HE, Vergr. 20 ×

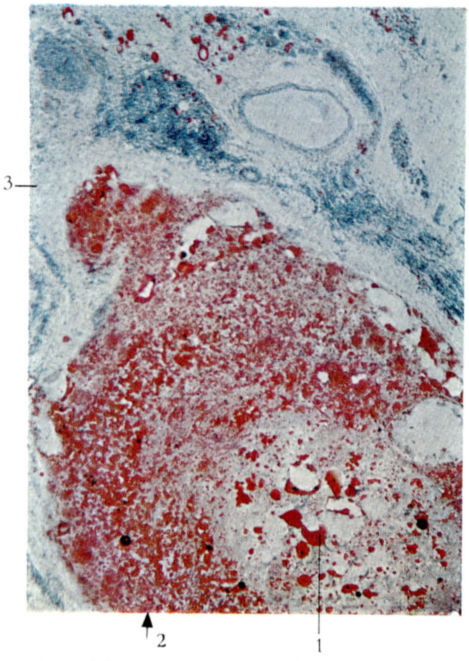

B. – Abb. 4.19. Morbus Whipple;
Fbg. Sudan-Hämatoxylin, Vergr. 64 ×

Ruhr (Abb. 4.16). *Bakterielle Darminfektion mit Shigellen oder Amöben. Befallen wird der Dickdarm, weniger das untere Ileum. Im Anfangsstadium Ödem und Hyperämie der Schleimhaut mit nachfolgender hämorrhagischer Entzündung und Nekrose sowie Fibrinauflagerungen (pseudomembranös-nekrotisierte Entzündung). Im Endstadium Ulzera.*

Abb. 4.16 zeigt eine ausgedehnte Schleimhautnekrose des Dickdarms (→ 1) und eine erhebliche ödematöse Auflockerung der Submukosa (→ 2). Die Blutgefäße sind stark erweitert, mit Erythrozyten und teilweise Fibrinthromben angefüllt (→). Streckenweise sind pseudomembranöse Fibrinbeläge zu erkennen (→ 3). Für Elektronenmikroskopie vgl. TAKEUCHI u. Mitarb., 1965.

Makroskopisch: Rötung und Ödem der Darmwand. Schleimhautnekrosen mit schmutzig-gelbbraunen kleieartigen Belägen. Scharfrandige Ulzera mit unterminierten Rändern. Blutiger Schleim als Darminhalt.

Chronische ulzeröse Kolitis (Abb. 4.17). Chronisch-rezidivierende, nichtinfektiöse Entzündung der Dickdarmschleimhaut (Antoaggressionskrankheit mit Schleimhautulzera, Granulationsgewebe → klinisch Blutungen, Vernarbung, polypöse Regenerate und maligne Entartung in etwa 7% der Fälle. Normal 0,3%). Vorwiegend jüngere labile Menschen, aber auch alle Altersklassen! Im vollausgebildeten Stadium findet man histologisch ausgedehnte Geschwüre (→), die bis zur Muscularis propria (→ 1) reichen, sowie inselförmig erhaltene Schleimhautreste. Die Schleimhautinseln sind polypös gewuchert mit bindegewebigem Stiel (Schleimhaut links im Bild artifiziell abgehoben).

Makroskopisch: Ausgedehnte, unregelmäßige, in Längsrichtung angeordnete Schleimhautdefekte mit polypenartig gewucherten Schleimhautinseln. Wandstarre und Lichtungseinengung. Muscularis propria mit Querriffelung zu sehen.

Ileitis terminalis (Enteritis regionalis, Crohnsche Krankheit, Abb. 4.18). Chronisch-rezidivierende, segmentale, ulzerierende und stenosierende Entzündung des unteren Dünndarms und/oder des Dickdarms mit Befall aller Wandschichten des Darmes. Ätiologie unbekannt. Alter: 15–35 J. Familiäre Häufung. Nach Ödem, Hyperämie und Blutungen im akuten Stadium findet man im chronischen Stadium ausgedehnte Geschwüre (→ im Bild. → 1 erhaltene Schleimhaut) mit chronisch entzündlichen Infiltraten und epitheloidzelligen Granulomen (→ 2) mit Riesenzellen vom Typ der Langhansschen Riesenzellen (keine Tuberkulose! Resorptionsgranulome!). In unserer Abbildung reichen die Geschwüre bis zur Subserosa (→ 3). Daneben kommt es zur Vermehrung kollagenen Bindegewebes (Vernarbung) und Hypertrophie der Muskularis.

Makroskopisch: Im chronischen Stadium Versteifung und Verdickung der Darmwand, Verwachsungen mit der Umgebung, unregelmäßige Schleimhautdefekte. *Komplikationen:* Perforation, Fistel, Blutung, Stenosen.

Merke: Häufig mehrere Segmente befallen. Oft Rezidive.

Morbus Whipple (Lipodystrophia intestinalis, Abb. 4.19). *Mit Chylusstauung, Fettablagerung und granulomatöser Entzündung einhergehende Erkrankung des Dünndarms und der mesenterialen Lymphknoten, die wahrscheinlich eine bakterielle Infektion darstellt* (*Corynebakterien? Hämophilus?* CHEARS u. ASHWORTH, 1961; KJAERHEIM u. Mitarb., 1966). Histologisch sind die Lymphbahnen des Dünndarms erweitert und mit Fett gefüllt. In den vergrößerten mesenterialen Lymphknoten sind die Sinus erweitert, zystisch umgewandelt und mit aufgestautem Fett angefüllt (teilweise herausgelöst, → 1). In der Umgebung sieht man ein histiozytäres Granulationsgewebe (→ 2) mit massenhaft Schaumzellen, die Lipoidtropfen (und Glykoproteide) enthalten. In diesen Zellen lassen sich auch die erwähnten Bakterien nachweisen. Weiterhin ist als Folge des chronisch entzündlichen Prozesses eine Vernarbung nachweisbar (→3).

Makroskopisch: Chylöser Aszites, erweiterte gelbe Chylusgefäße der Darmserosa, vergrößerte Lymphknoten mit Zysten mit gelbem Inhalt. *Pathogenese:* Bakterielle Infektion. *Klinisch:* Häufig rheumatische Beschwerden, Endokarditis, Steatorrhoe, Anämie, Kachexie. Ductus-thoracicus-Verschluß (Stauung?).

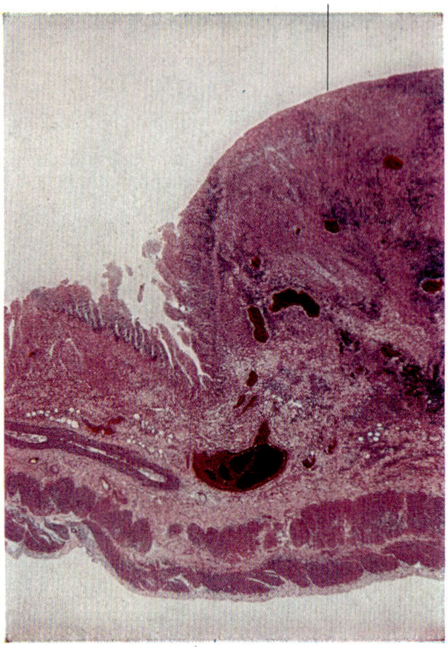

B. – Abb. 4.20. Typhus: markige Schwellung;
Fbg. HE, Vergr. 26×

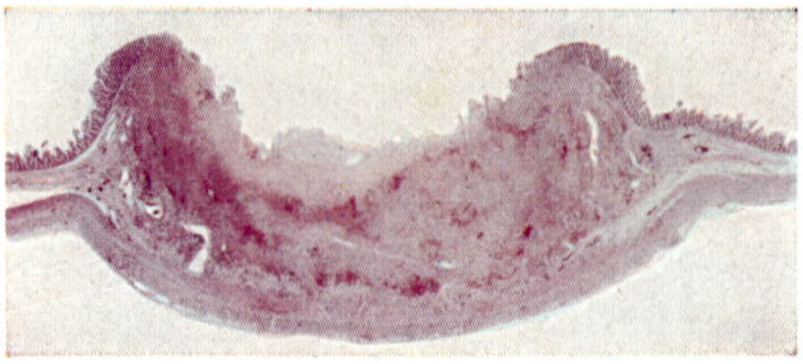

B. – Abb. 4.21. Typhus: Verschorfung mit Ulzeration;
Fbg. HE, Vergr. 6×

B. – Abb. 4.22. Typhus: Geschwür;
Fbg. HE, Vergr. 8×

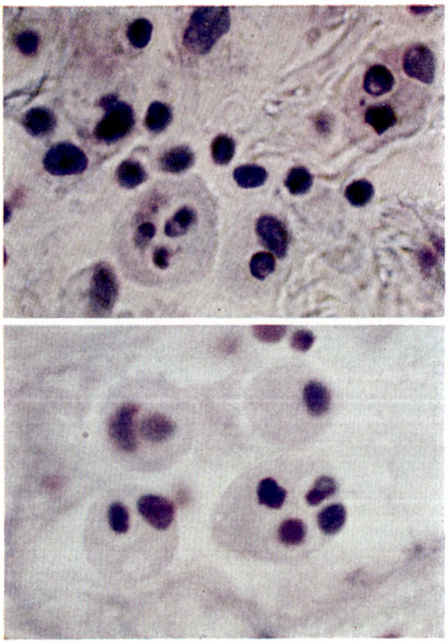

B. – Abb. 4.23. Typhuszellen, sog. »Rindfleischzellen«;
Fbg. HE, Vergr. 640×

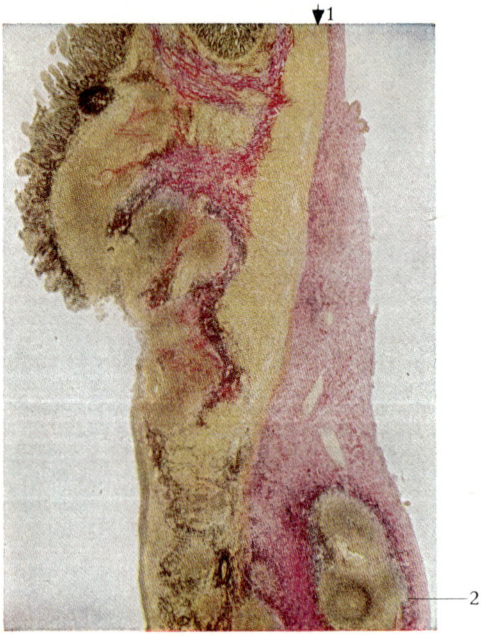

B. – Abb. 4.24. Ulzerierte Darmtuberkulose;
Fbg. v. Gieson, Vergr. 12×

Typhus

Das Typhusbakterium (Salmonella typhosa) bewirkt eine charakteristisch ablaufende Erkrankung des unteren Ileums, seltener im Kolon. Im Bereiche der Peyerschen Plaques kommt es zu einer Entzündung mit nachfolgender Nekrose und Ulzeration. Man unterscheidet 4 Stadien; jedes dauert ungefähr 1 Woche. Stärke der Entzündung und zeitlicher Verlauf können stark variieren.

1. *Stadium* (1. Woche): **Markige Schwellung** (Abb. 4.20), d. h. Vergrößerung der Lymphfollikel, die diffus oder herdförmig (Typhusknötchen, vgl. a. S. 122) von geschwollenen Makrophagen und Lymphozyten durchsetzt sind (Struktur verwischt). In unserem Bild erkennt man eine starke zellige Infiltration (blaurot) der geschwollenen Follikel mit oberflächlichem Schleimhautdefekt und beginnender Nekrose (→). Bei **stärkerer Vergrößerung** (Abb. 4.23) sieht man die vergrößerten abgerundeten Makrophagen mit breitem Plasmaleib, der pyknotische Zellkerne, Kerntrümmer, Erythrozyten und Bakterien in den Phagolysosomen enthält (vgl. S. 17 u. 27). (Typhuszellen, sog. »Rindfleischzellen«.)

Makroskopisch: Erbsgroße, graurote Knoten oder graue Plaques.

2. *Stadium* (2. Woche). Die **Verschorfung** (Abb. 4.21) ist durch die Nekrose (kernlos) des markig geschwollenen Gewebes gekennzeichnet, in unserem Bild mit oberflächlicher Ulzeration. Die Nekrose wird von Granulozyten demarkiert.

Makroskopisch: Gelbgrüne Nekrosen.

In der 3. Woche wird die Nekrose abgestoßen, und es resultiert das

3. *Stadium*, die **Ulzeration** (Abb. 4.22). Man sieht ein bis zur Muskularis (→) reichendes Geschwür. An den beiden Rändern sind noch schmale Streifen des nekrotischen Gewebes zu erkennen.

Im 4. *Stadium* (4. Woche) erfolgt schließlich durch Granulationsgewebe eine *Reinigung der Geschwüre.* Das reinigende Granulationsgewebe wird in *Narbengewebe* umgewandelt und von der Nachbarschaft her epithelisiert. Die Narben sind zart und glatt, da die Follikel fehlen. Nach etwa 4 Monaten erkennt man die zuvor erkrankten Bezirke nur noch an einer Verdünnung der Darmwand. Typhusnarben verursachen niemals Stenosen.

Komplikationen: Perforation im Stadium der Geschwüre mit Peritonitis (3.–4. Woche), tödliche Darmblutung, Pneumonia typhosa, wachsartige Degeneration der Bauchwandmuskulatur (vgl. S. 205).

Darmtuberkulose (Abb. 4.24). *Tuberkelbakterien können sich in den Follikeln der Peyerschen Plaques ansiedeln und eine verkäsende Tuberkulose hervorrufen.* In der Übersicht sieht man histologisch einen bis zur Muskularis (→ 1) reichenden Wanddefekt, dessen Grund von einer schmalen Nekrosezone (Verkäsung) mit reichlich polymorphkernigen Leukozyten bedeckt wird (Sekundärinfektion!). Am Rande des Geschwüres sieht man runde Herde, die sich bei mittlerer und starker Vergrößerung als typische Tuberkel erweisen. Im Geschwürsgrund durchsetzen die Tuberkel die ganze Wand und haben sich auch an der Serosa angesiedelt (→ 2), die bindegewebig verdickt ist.

Makroskopisch: Flache Geschwüre mit fetzigen Rändern, oft ringförmig mit kleineren weißlichen Knötchen auf der Serosa. Es entwickelt sich eine Lymphangiitis tuberculosa. Die nächstgelegene Lymphknotenstation ist immer mitbefallen. Die Darmtuberkulose tritt entweder als Fütterungstuberkulose (primäre Darmtuberkulose, enteraler Primärkomplex) oder als sekundäre Darmtuberkulose bei offener Lungentuberkulose auf.
Komplikationen: Vernarbung der Geschwüre mit nachfolgender Stenose des Darmes, seltener Perforation in die freie Bauchhöhle oder in benachbarte Hohlorgane. Blutung aus einem tuberkulösen Geschwür. Allgemeine Peritonealtuberkulose.

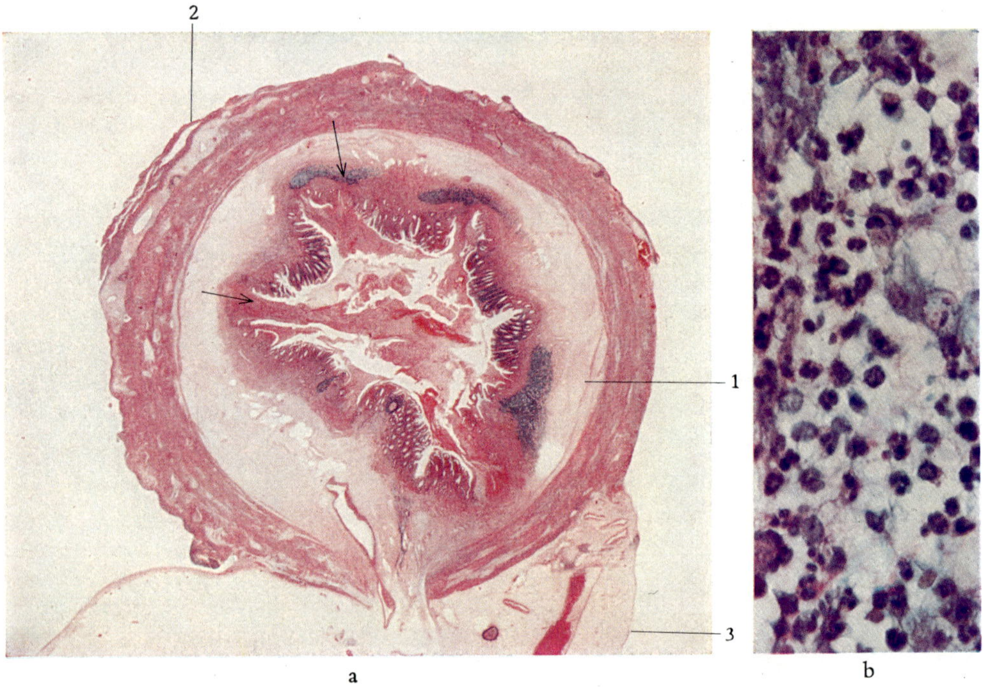

B. – Abb. 4.25. a) Phlegmonöse Appendizitis; Fbg. HE, Vergr. 10 ×. Abb. 4.25. b) Stärkere Vergrößerung aus der Submukosa; Vergr. 600 ×

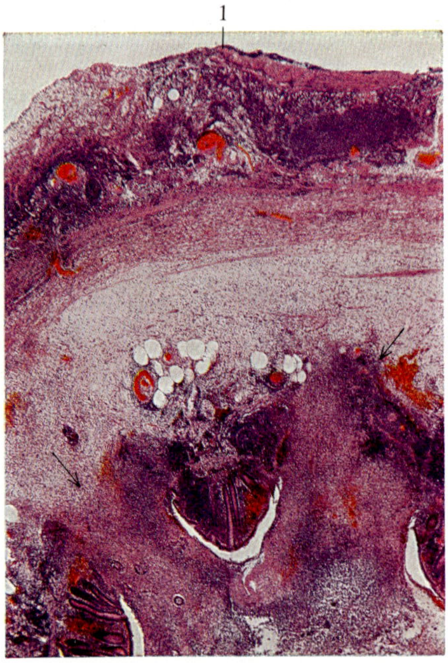

B. – Abb. 4.26. Akute Appendizitis mit sog. Primärinfekten;
Fbg. HE, Vergr. 23 ×

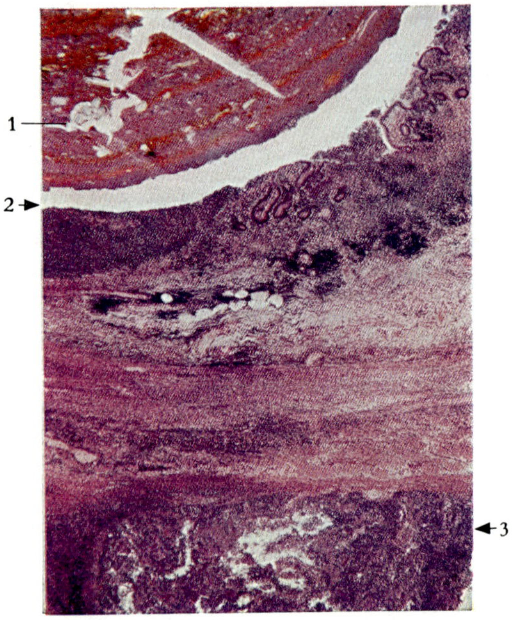

B. – Abb. 4.27. Appendizitis bei Kotstein;
Fbg. HE, Vergr. 41 ×

Appendizitis

Die Entzündungen des Wurmfortsatzes sind meist enterogen bedingt (Ansiedlung von Darmbakterien oder Streptokokken bei Sekret- oder Kotstauungen), seltener hämatogen. Auch bei Infektionskrankheiten, wie Grippe, Varizellen oder Masern, kann eine Appendizitis auftreten.

Die akute *Entzündung* beginnt an einer Stelle der Schleimhaut (*Primärinfekt;* ASCHOFF, 1908) und breitet sich dann meist in Form einer *Phlegmone* auf alle Wandschichten aus. Intramurale Abszesse, sekundäre Ulzerationen, Empyembildung, Gangrän, Wandnekrosen durch Arteriitis und hämorrhagische Infarzierung kommen häufig vor.

Abb. 4.25 a zeigt in der Übersicht eine **akute phlegmonöse Appendizitis.** Das Lumen ist mit Fibrin und Granulozyten ausgefüllt. Mehrere Primärinfekte (→) mit Schleimhautnekrosen und Auflagerung von Fibrin und Granulozyten sind zu sehen. Auffällig ist die starke Verbreiterung der Submukosa (Ödem) (→ 1) und lockere Granulozyteninfiltration (stärkere Vergrößerung Abb. 4.25 b). Das Peritoneum ist mit Fibrin bedeckt (→ 2). Die Entzündung greift auch häufig auf das Mesenteriolum über (→ 3). In Abb. 4.26 sieht man zwei **Primärinfekte** bei stärkerer Vergrößerung (2 Pfeile im Bild). Die Entzündung beginnt in einer Krypte mit einem granulozytären Infiltrat in der Tunica propria. Dann entwickelt sich eine Epithelnekrose und es kommt zu einer herdförmigen fibrinösen Entzündung mit granulozytärer Reaktion. Später werden die Nekrosen abgeräumt und es entstehen Ulzera *(akute ulzerophlegmonöse Appendizitis).* Die gesamte Wand ist in unserem Bild locker von polymorphkernigen Leukozyten infiltriert (→ 1: Peritoneum mit Fibrin und Granulozytenauflagerungen).

Eine **Kotstauung** (Abb. 4.27) in der Appendix (ungenügende Peristaltik?) kann zur Entwicklung von Kotsteinen (mit Kalzium- und Magnesiumablagerung) führen. In den Kotsteinen sind häufig noch unverdaute Speisereste nachzuweisen (→ 1: Reste von Pflanzenzellen). Durch Druck entstehen *Schleimhautulzera* (→ 2) mit nachfolgender *phlegmonöser Entzündung* in allen Wandschichten. Unser Bild zeigt außerdem *einen intramuralen Abszeß* (→ 3) im Bereich der Muskulatur.

Die *akute phlegmonöse Appendizitis* ist eine häufig auftretende Erkrankung, die eine sofortige chirurgische Intervention erfordert. Die Dringlichkeit des Eingreifens wird deutlich, wenn man die Anzahl schwerer Komplikationen bei Appendizitis mit der raschen Heilung nach operativer Entfernung des Wurmfortsatzes vergleicht. Bei **chronischer Appendizitis** (Abb. 4.28) findet sich eine Infiltration des Wurmfortsatzes mit Lymphozyten, Plasmazellen, manchmal erkennt man noch Lymphfollikel (→). Das Lumen kann durch Narbengewebe verschlossen sein (Abb. 4.28), wenn im akuten Stadium die Schleimhaut durch Nekrose zerstört wurde. Die Submukosa ist stark bindegewebig verdickt. Herdförmig hat sich hier Fettgewebe entwickelt (→ 1). Die chronische Appendizitis ist selten! (2–6% der untersuchten Appendices.)

Komplikationen bei Appendizitis: Perforation, Peritonitis, Perityphlitis mit Abszeß, retroperitoneale Phlegmone, subphrenisches Empyem, pylephlebitische Leberabszesse (vorwiegend im linken Leberlappen), Hydrops, Mukozele.

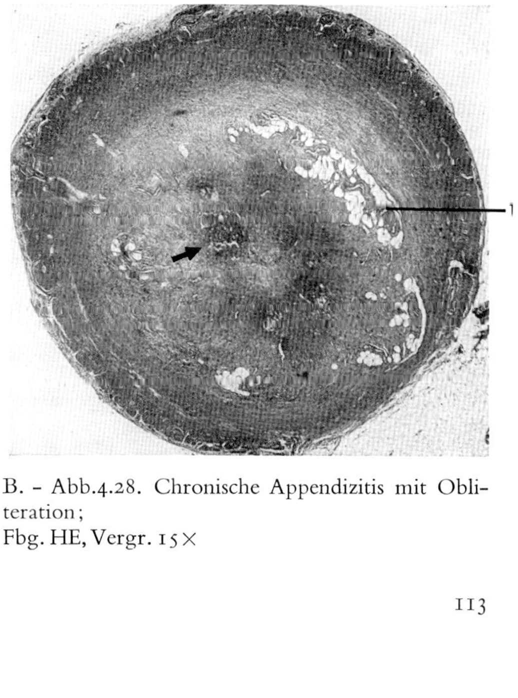

B. – Abb. 4.28. Chronische Appendizitis mit Obliteration;
Fbg. HE, Vergr. 15×

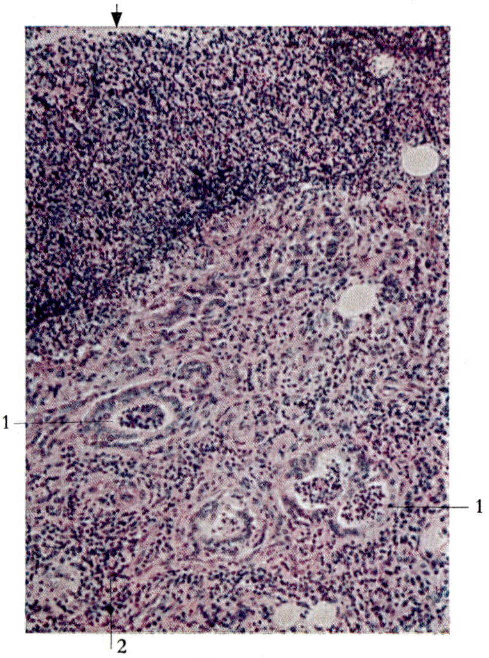

B. – Abb. 4.29. Eitrige abszedierte Sialadenitis; Fbg. HE, Vergr. 120 ×

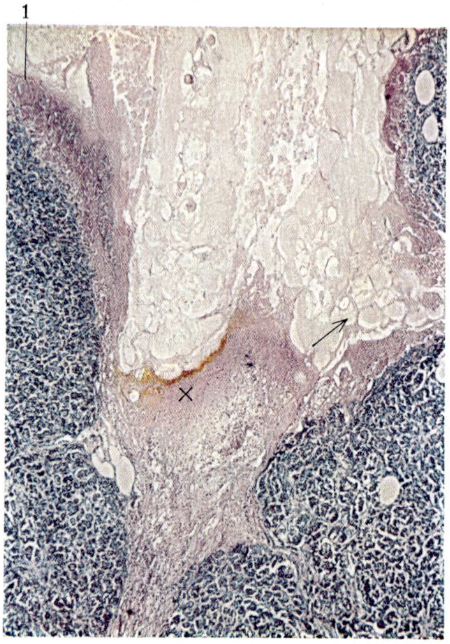

B. – Abb. 4.30. Fettgewebs- und Parenchymnekrose des Pankreas; Fbg. HE, Vergr. 43 ×

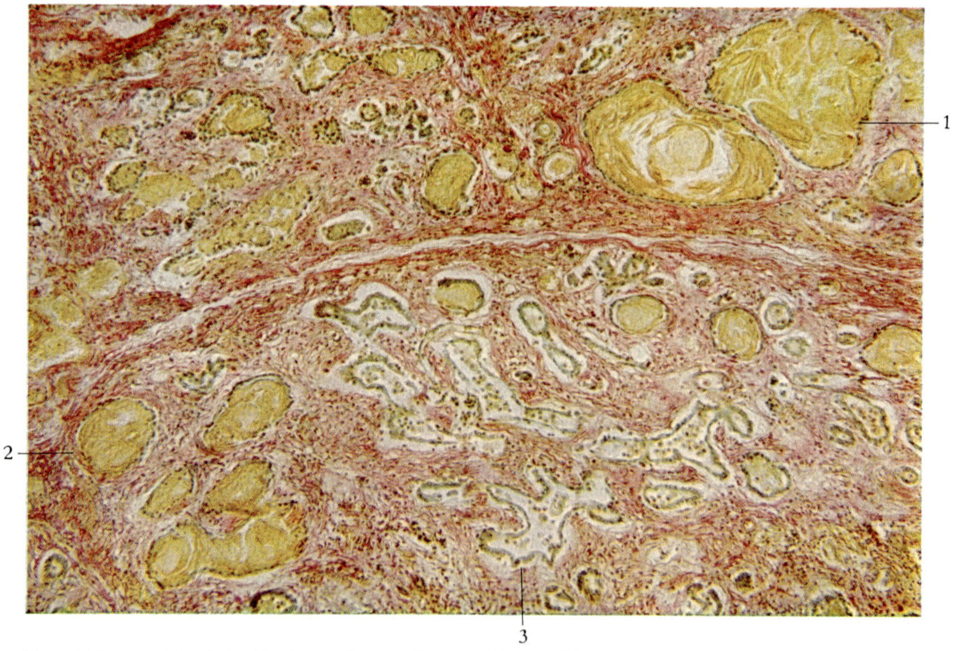

B. – Abb. 4.31. Zystische Pankreasfibrose; Fbg. v. Gieson, Vergr. 78 ×

Eitrige abszedierte Sialadenitis (Abb. 4.29). *Entzündungen der Speicheldrüsen können*, wie z. B. *die primäre Parotitis (Mumps), durch Viren bedingt sein (lymphozytäre Entzündung) oder sekundäre Entzündungen darstellen, die durch Staphylokokken bei allgemein herabgesetzter Resistenz (Kachexie) ausgelöst werden. Die Infektion breitet sich meist aszendierend aus (z. B. Speichelsteine), seltener ist sie hämatogen bewirkt. Chronisch-rezidivierende Entzündungen mit Plasmazellen und ausgeprägter bindegewebiger Induration entwickeln sich bei Sekretabflußbehinderungen der Speichelgänge (sog. Küttnertumoren bei 30–40jährigen Männern. In 50% der Fälle Speichelsteine). Beim Sjögrensyndrom (vorwiegend Frauen im Klimakterium. Rheumatisch?) handelt es sich ebenfalls um eine chronisch-rezidivierende Entzündung, die schließlich zur Atrophie der Parotis und der übrigen Speichel- und Tränendrüsen führt.* Histologisch findet man bei der eitrigen Entzündung Granulozyten in den erweiterten Ausführungsgängen (→ 1) und in den Schaltstücken. Die Drüsenendstücke sind durch entzündliches Ödem und Infiltrate von polymorphkernigen Leukozyten und Lymphozyten auseinandergedrängt (→ 2). Häufig treten auch Abszesse mit Gewebseinschmelzung auf (→).

Fettgewebs- und Parenchymnekrose des Pankreas (Abb. 4.30). *Die Parenchym- und Fettgewebsnekrosen des Pankreas werden als eine Autodigestion (Trypsin, Lipase) bei vorangegangener lokaler Kreislaufstörung aufgefaßt. Der Entstehungsmechanismus dieses sehr komplexen Vorganges ist noch umstritten.* Mikroskopisch sieht man Nekrosen des Parenchyms und der Fettgewebsinseln im Pankreas, häufig begleitet von Blutungen *(hämorrhagische Pankreasnekrose)*. Bei mittlerer Vergrößerung kann man in diesen Nekrosen die Grenzen der Fettzellen an manchen Stellen gerade noch schattenhaft erkennen (→). Im übrigen sieht man anstelle von Fettgewebe nur homogene, schwach eosinrote oder bläuliche Massen. Manchmal treten Fettsäurekristalle auf. In unserem Bild erkennt man am Rande der Fettgewebsnekrose eine diffuse Ablagerung von Hämatoidin (×). Die Nekrose greift bei → 1 auch auf das Parenchym über, das eosinrot und kernlos erscheint. Die Nekrosen werden im akuten Stadium von Granulozyten demarkiert, später von einem Mantel von Granulationsgewebe bzw. Bindegewebe umgeben, der häufig Schaumzellen enthält. Postmortal auftretende Fettgewebsnekrosen zeigen keine vitale Reaktion in Form einer leukozytären Demarkation.

Makroskopisch: Im Initialstadium Ödem und herdförmige Parenchymnekrosen (großes, schmutziggraues Pankreas), bei hämorrhagischer Nekrose blutig dunkelrotes Pankreas, evtl. sekundäre Einschmelzung mit Höhlenbildung. Fettgewebsnekrosen erscheinen als weiße, kalkspritzerartige Herde.

Zystische Pankreasfibrose (Abb. 4.31). *Bei diesem rezessiven Erbleiden sind nicht nur das Pankreas, sondern auch die mukösen und serösen Drüsen (Darm, Gallenwege, Lunge, Speicheldrüsen, Schweiß- und Tränendrüsen) betroffen (Mukoviszidose:* ANDERSON, 1962). *Es erkranken vorwiegend Säuglinge, die einen Mekoniumileus aufweisen. Bei Kindern kommt es zu schweren entzündlichen Lungenveränderungen (Bronchiektasen) und schließlich zum chronischen Pankreasfermentschaden, der sich in einer Zöliakie äußert. Die grundlegende krankhafte Störung wird in einer »Dyschylie«, d. h. der Sekretion eines hochviskösen Sekretes mit Stauungserscheinungen, gesehen.* Mikroskopisch sieht man im Pankreas schon in der Übersicht einen Umbau der normalen Läppchenstruktur, der durch Bindegewebsstraßen gekennzeichnet ist. Die Ausführungsgänge (→ 1) sind stark erweitert und zystisch umgewandelt, ebenso die Azini und die Schaltstücke (→ 2 u. 3). Als Inhalt der Zysten findet man homogenes oder geschichtetes Sekret. Das Zwischengewebe ist stark vermehrt und durchzieht die Läppchen ganz unregelmäßig (v.Gieson-rotes Bindegewebe). Ferner finden sich hier lockere Infiltrate von Lymphozyten und Plasmazellen. Im Prinzip handelt es sich um einen Organumbau wie bei einer Leberzirrhose.

Makroskopisch: Derbes grauweißes, evtl. kleinzystisches Pankreas mit granulierter Oberfläche.

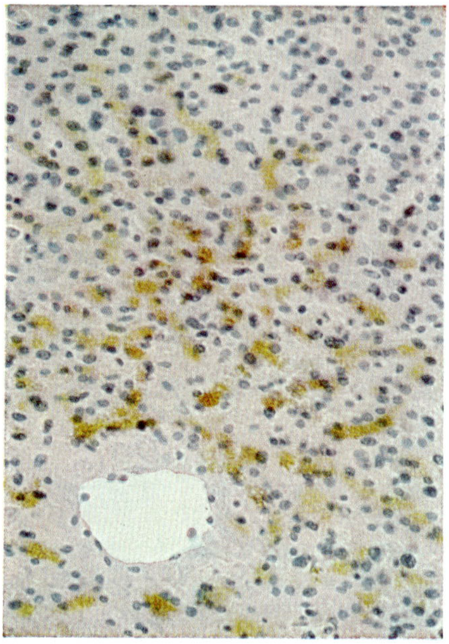

B. – Abb. 5.1. Braune Atrophie der Leber;
Fbg. Hämatoxylin, Vergr. 111 ×

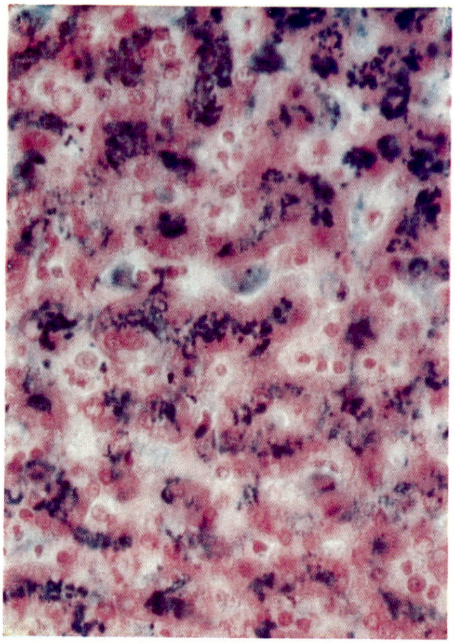

B. – Abb. 5.2. Siderose der Leber;
Fbg. Berliner-Blau-Reaktion, Vergr. 456 ×

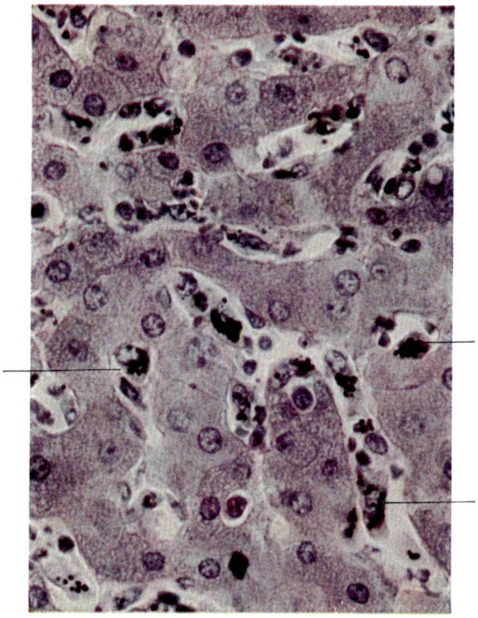

B. – Abb. 5.3. Malariamelanin;
Fbg. HE, Vergr. 480 ×

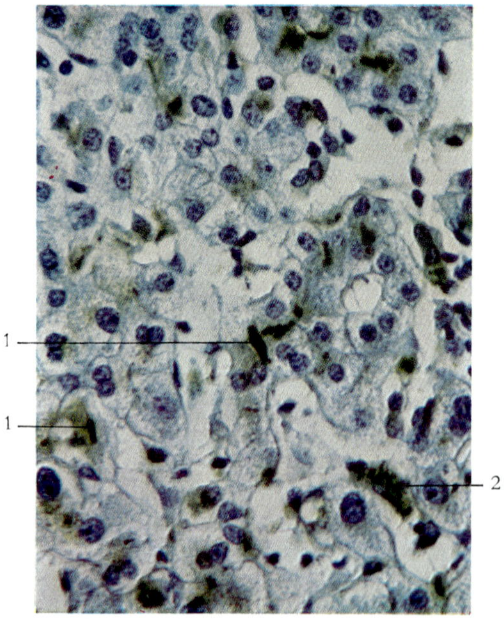

B. – Abb. 5.4. Ikterus der Leber;
Fbg. Hämatoxylin, Vergr. 310 ×

5. Leber

Für die histologische Beurteilung von Leberschnitten muß man sich einige Grundtatsachen der Anatomie ins Gedächtnis rufen. Die Grundeinheit ist das *Leberläppchen*. Die Orientierung erfolgt am *Periportalfeld* [Glissonsches Dreieck mit Gallengang (Zylinderepithel), der Arterie (starke, muskuläre Wand) und den Venenästen der Pfortader]. Das periportale Feld ist von einer Lamelle von Leberzellen, der *Grenzplatte*, umgeben. Die Leberzellbalken ziehen begleitet von den Sinusoiden zur Zentralvene. Für das Verständnis pathologischer Veränderungen am Leberläppchen ist zu berücksichtigen, daß verschiedene Anteile des Leberläppchens einzeln erkranken können (z.B. Zentrum oder Peripherie). Dies beruht auf Besonderheiten der Blutströmung und der Enzymausstattung. Die Auffassungen über die funktionelle Grundeinheit der Leber sind unterschiedlich. Dem »klassischen« Leberläppchen mit der Zentralvene im Zentrum *(Zentralveneneinheit)* wird eine sog. *Pfortadereinheit* gegenübergestellt (vgl. Rappaport, 1954). Hier liegt das periportale Feld im Zentrum und die Zentralvenen begrenzen die Peripherie des Leberläppchens. Manche pathologische Veränderungen lassen sich mit dieser Funktionseinheit besser erklären (z.B. Stauungsstraßen). *Bei pathologischen Veränderungen ist zu achten:* auf den Zellgehalt der Periportalfelder, auf die Integrität der Leberzellen und Zellbalken, insbesondere der Grenzlamelle, den Zellgehalt im Parenchym (Sternzellen) und Ablagerung von Pigmenten und anderen Substanzen (z.B. Fett, Amyloid).
Für Makroskopie siehe Makropathologie.

Braune Atrophie der Leber (Abb 5.1). *Bei Atrophie von inneren Organen, insbesondere von Herz und Leber, kann Lipofuszin vermehrt auftreten.* Im histologischen Schnitt wird das Pigment bei der Hämatoxylinfärbung ohne Gegenfärbung mit Eosin gut sichtbar. In der Übersichtsvergrößerung erkennt man im Bereiche der Läppchenzentren einen vorherrschend bräunlichen Farbton. Mit starker Vergrößerung sieht man im Zytoplasma die braunen Körnchen. Unser Bild zeigt die Zentralvene mit den Leberzellbalken, die mit zunehmendem Abstand vom Läppchenzentrum weniger Pigment aufweisen. Auffällig ist weiterhin die Atrophie der Leberzellen mit Verkleinerung der Zellen und dichtliegenden Zellkernen.
Makroskopisch: Verkleinertes, braunes Organ mit runzeliger Kapsel. Siehe Allgemeine Pathologie.

Siderose der Leber (Abb. 5.2). *Ablagerung eines eisenhaltigen Pigmentes, oft Hämoglobineisen, im Zytoplasma der Leberzellen und in den Kupfferschen Sternzellen.* Im Gegensatz zum Lipofuszin findet man das Siderin (vgl. S. 16) vorwiegend in der Läppchenperipherie, bevorzugt in der Zytoplasmaregion, die dem Gallepol der Zelle am nächsten liegt. Dadurch wird die Mittellinie zwischen zwei Leberzellreihen markiert. Das Pigment stellt sich bei Hämatoxylinfarbung gelbbraun dar. Die Berliner-Blau-Reaktion bringt es in einem satten Blauton zum Vorschein. Auch die Kupfferschen Sternzellen zeigen eine Ablagerung von Eisenpigment.
Makroskopisch: Braune, nicht verkleinerte Leber, oft vergesellschaftet mit Siderose anderer Organe (Pankreas, Milz, Speicheldrüsen u. a.), insbesondere beim Krankheitsbild der Hämochromatose (vgl. S. 130).

Malariamelanin (Abb. 5.3). *Schwarzbraunes Pigment, das durch Blutzerfall bei Malaria entsteht und im RES gespeichert wird.* Man findet es dementsprechend in der Leber in den Kupfferschen Sternzellen. Unser Bild zeigt die schwarzen Schollen in den vergrößerten Sternzellen (→). Damit wird die Phagozytosekapazität der Uferzellen der Sinusoide deutlich demonstriert (vgl. S. 16).
Makroskopisch: Rauchgraue Verfärbung von Leber und Milz.

Ikterus der Leber (Abb. 5.4). *Die Gallenfarbstoffe treten beim Ikterus in körniger Form im Zytoplasma der Leberzellen und als Gallezylinder in den Galleröhrchen oder größeren Gallengängen auf.* Bei mittlerer Vergrößerung sieht man in den Galleröhrchen wurstförmige grünliche Ausgüsse (Gallezylinder, fälschlich auch Gallethromben genannt, → 1, vgl. S. 136). Vereinzelt erkennt man auch kleine Tröpfchen im Zytoplasma. Beim Stauungsikterus und antehepatischen Ikterus ist insbesondere das Läppchenzentrum befallen, während beim hepatozellulären Ikterus alle Läppchenanteile betroffen sind. Die Kupfferschen Sternzellen können ebenfalls Gallepigment enthalten (→ 2) oder zugrunde gehende Leberzellen phagozytieren.

Makroskopisch: Grüne Farbe der Leber (Biliverdinikterus), goldbraune Farbe (Bilirubinikterus).

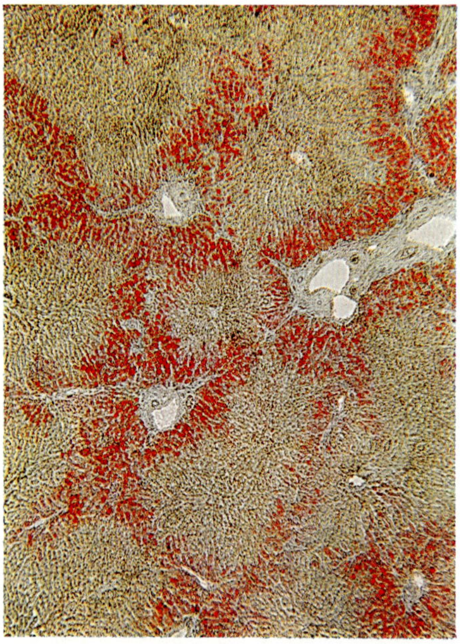

B. – Abb. 5.5. Periphere Leberverfettung; Fbg. Sudan-Hämatoxylin, Vergr. 22 ×

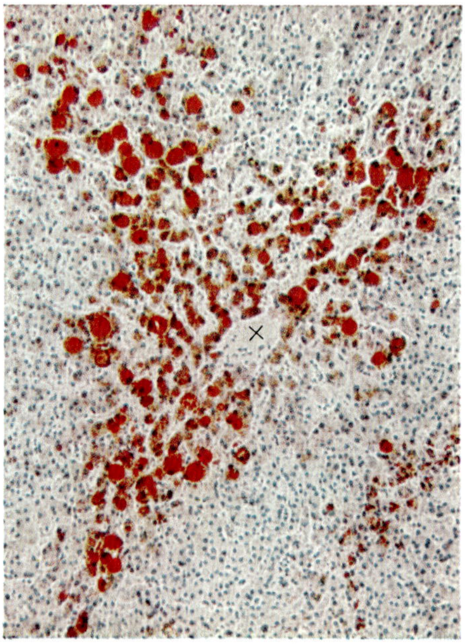

B. – Abb. 5.6. Zentrale Leberverfettung; Fbg. Sudan-Hämatoxylin, Vergr. 84 ×

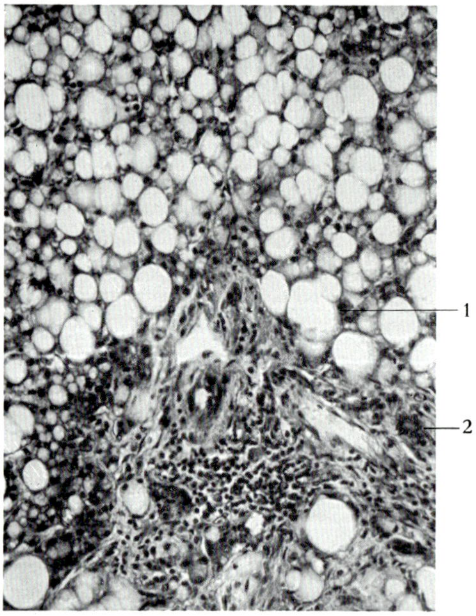

B. – Abb. 5.7. Fettleber; Fbg. HE, Vergr. 170 ×

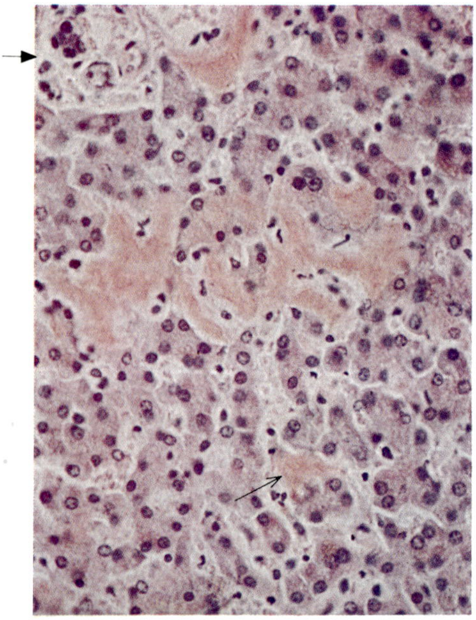

B. – Abb. 5.8. Amyloidose der Leber; Fbg. Kongorot, Vergr. 280 ×

Leberverfettung

Die Lipoide der Zellen sind strukturgebunden und normalerweise nicht darstellbar. Treten Fette in Form von Tropfen im Zytoplasma der Zelle auf, so wird dieser Zustand als fettige *Metamorphose* (fettige Degeneration) bezeichnet. In der Leber gibt es drei Formen der Verfettung: *periphere Leberverfettung (Typ: alimentäre Verfettung), zentrale Verfettung (Typ: Sauerstoffmangel oder toxisch)* und die *diffuse Verfettung* (vgl. S. 7).

Die **periphere Leberverfettung** (Abb. 5.5) ist durch eine großtropfige Verfettung des Zytoplasmas der Leberzellen in der Läppchenperipherie ausgezeichnet. Die Sudanfärbung zeigt bei schwacher Vergrößerung rote Ringe mit einem hellblauen Zentrum. Die mittlere und die starke Vergrößerung lassen erkennen, daß die Leberzellen von großen Fetttropfen ausgefüllt sind; oft handelt es sich um einen großen, runden, kugeligen Tropfen. Der Zellkern ist an den Rand gedrängt.

Makroskopisch: Ringartiges, gelbes Netzwerk mit braunrotem Zentrum.

Bei der **zentralen Leberverfettung** (Abb. 5.6) sieht man ein umgekehrtes Bild. Die Läppchenzentren erscheinen in der Übersicht als rote Herdchen, die von einem blauen Hof umgeben sind. Die mittlere Vergrößerung zeigt die Lage des verfetteten Lebergebietes: inmitten der fettig degenerierten Zellbalken liegt die Zentralvene (×). Ein weiterer Unterschied zur peripheren Verfettung besteht darin, daß die Fetttropfen häufig kleiner sind und als feinste Körnchen dicht gelagert im Zytoplasma auftreten.

Makroskopisch: Kleine, gelbe Pünktchen auf braunem Untergrund.

Fettleber (Abb. 5.7). Hier handelt es sich um eine großtropfige Verfettung fast sämtlicher Leberzellen, die mit Fetttropfen angefüllt sind, ohne eine bevorzugte Lokalisation. Durch Zusammenfließen mehrerer Zellen können sog. Fettzysten entstehen (→ 1). Das periportale Gewebe reagiert in Form von Gallengangswucherungen (→ 2), entzündlichen Infiltraten und geringer Wucherung von Granulationsgewebe. Meistens ist die Fettleber durch chronischen Alkoholabusus bedingt. Hierbei finden sich auch Nekrosen von Leberzellen mit entzündlichen Infiltraten (Granulozyten, Histiozyten, Lymphozyten → Fettleberhepatitis). Mallory bodies (S. 139) sind häufig nachzuweisen. Daraus kann sich eine portale Zirrhose (*Fettzirrhose*, s. S. 130) entwickeln. In unserem Präparat (einem Paraffinschnitt) sieht man die optisch leeren Räume, Räume, die den herausgelösten Fetttropfen entsprechen.

Makroskopisch: Vergrößertes, weiches Organ von teigiger Konsistenz mit gelber Schnittfläche. Das Messer beschlägt sich mit Fetttropfen und die Messerfläche erscheint dadurch stumpf – nicht glänzend wie normal.

Amyloidose der Leber (Abb. 5.8). Dieser pathologische Eiweißkörper lagert sich perivaskulär im Raum zwischen der Wand der Sinusoide und den Leberzellen ab (Dissécher Raum), (periportales Feld →). Im Beginn sieht man nur perikapillär einen schmalen Streifen des homogenen, roten (kongorotpositiven) Materials (→ im Bild). Werden die Ablagerungen zunehmend stärker, so kommt es zur Druckatrophie der Leberzellbalken, die völlig verschwinden können. Auch die Lumina der Sinusoide sind dann hochgradig eingeengt. Das Amyloid läßt sich mit Kongorot oder Methylviolett (rote Metachromasie) darstellen (vgl. S. 10 u. 173). Nach Kongorotfärbung zeigt Amyloid eine Doppelbrechung mit anomaler Polarisationsfarbe (grün).

Makroskopisch: Vergrößertes, hartes Organ von holzartiger Konsistenz und glasiger Schnittfläche. Bei Verdacht auf Amyloidose kann eine Leberpunktion oder Probeexzision aus dem Rektum (höhere Treffsicherheit) vorgenommen werden (MISSMAHL).

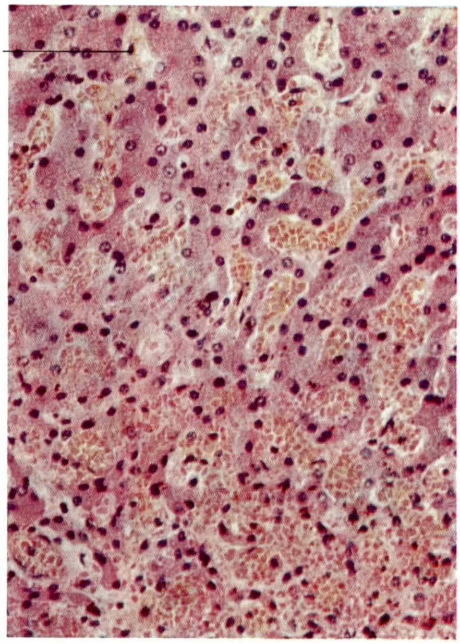

B. – Abb. 5.9. Stauungsleber;
Fbg. HE, Vergr. 250×

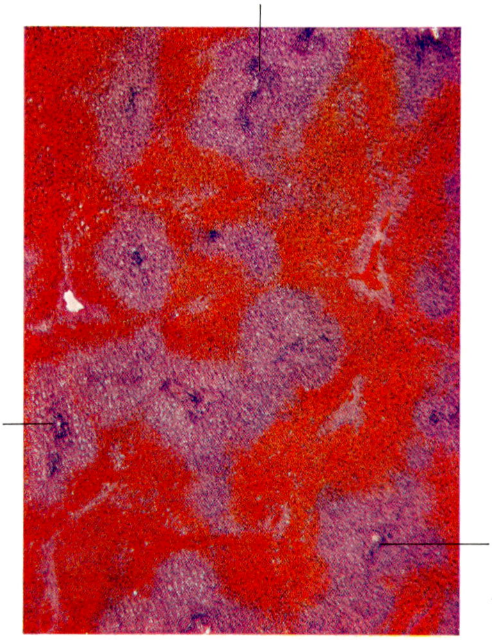

B. – Abb. 5.10. Stauungsstraßen der Leber;
Fbg. HE, Vergr. 29×

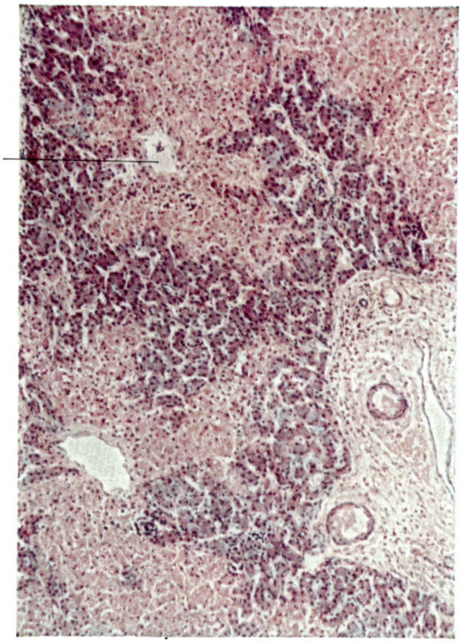

B. – Abb. 5.11. Hypoxämische Lebernekrosen;
Fbg. HE, Vergr. 60×

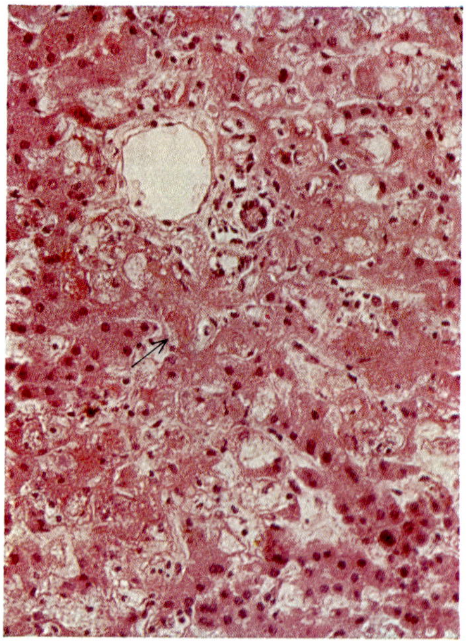

B. – Abb. 5.12. Lebernekrosen bei Eklampsie;
Fbg. HE, Vergr. 200×

Stauungsleber (Abb. 5.9). Die Aufstauung von Blut in der Leber bei Behinderung des venösen Rückstromes zum rechten Herzen betrifft zunächst das *Läppchenzentrum*. Später bilden sich *Stauungsstraßen* durch Vereinigung der seenartigen Stauungsgebiete eines Läppchenzentrums zu anderen, benachbarten Läppchen aus. Im Beginn der Stauung findet man in der Übersicht rote Läppchenzentren; bei mittlerer und stärkerer Vergrößerung erweiterte Sinusoide. Abb. 5.9 zeigt einen zentralen Läppchenabschnitt (unterhalb des Bildes ist die Zentralvene zu denken) mit den stark erweiterten und mit reichlich Erythrozyten ausgefüllten Sinusoiden. Vergleicht man die Leberzellbalken im oberen Bildabschnitt ohne Stauung mit denen im gestauten Gebiet, so wird deutlich, daß die Leberzellbalken durch die erweiterten Sinusoide komprimiert und druckatrophisch werden. Häufig kommt ein Sauerstoffmangel hinzu, so daß die Zellen auch eine fettige Degeneration aufweisen (→: Kupffersche Sternzelle).

Makroskopisch: Vergrößerte, feste Leber. Auf der Schnittfläche dunkelrote Läppchenzentren, die Peripherie heller braun, oft mit Verfettung, so daß eine gelbe Zeichnung hinzutritt.

Stauungsstraßen der Leber (Abb. 5.10). Dauert die Blutstauung längere Zeit an, so weitet sich die Stauung bis zur Intermediärzone des Läppchens hin aus, schreitet dann aber nicht allseitig zur Peripherie hin fort, sondern nur dort, wo die Leberläppchen aneinanderstoßen. Dadurch entsteht das Bild von *Stauungsstraßen*, die von einem Leberläppchen zum anderen ziehen und so eine *Umkehr der Leberstruktur* hervorrufen: das periportale Feld (→) steht im Mittelpunkt eines roten Stauungsringes (vgl. S. 117, Bemerkungen zur Anatomie). Schon in der Übersicht erkennt man im Präparat die roten Ringe und Straßen, in deren Zentren bei mittlerer Vergrößerung das periportale Feld zu sehen ist. In dem gestauten Gebiet sieht man bei starker Vergrößerung die Sinusoide hochgradig erweitert. Die Leberzellen sind hier zugrunde gegangen. Häufig ist die Wand der Sinusoide überhaupt nicht mehr zu erkennen. Es haben sich große Blutseen gebildet. Das erhaltene Parenchym ist meist verfettet.

Makroskopisch: Dunkelrotes, vergrößertes Organ, auf der Schnittfläche dunkelrotes Netzwerk mit gelbem Grund (Verfettung). Sog. Muskatnußleber.

Hypoxämische Lebernekrosen (Abb. 5.11). *Nekrosen von Leberzellen können als Einzelzellnekrosen (s. Hepatitis, S. 126) oder Gruppennekrosen entweder in der Intermediärzone des Läppchens oder unregelmäßig verteilt auftreten.* Die herdförmigen Nekrosen können *toxisch* bedingt sein (z. B. Diphtherie) oder ihre Ursache in einem *akuten Sauerstoffmangel* haben. Unsere Abbildung zeigt landkartenartige Nekrosen im Läppchenzentrum (→: Zentralvene). Die nekrotischen Leberzellbezirke fallen durch ihre heller eosinrote Farbe auf. Die Kernfärbbarkeit fehlt. Die Kupfferschen Sternzellen sind größtenteils erhalten.

Lebernekrosen bei Eklampsie (Abb. 5.12). *Die Eklampsie tritt gewöhnlich gegen Ende der Gravidität, vor allem während der Geburt auf. Zur Pathogenese nimmt man heute an, daß in der Plazenta gebildete Toxine direkt auf die Parenchymzellen bzw. über den Umweg von Kreislaufstörungen (Schock?) wirken. Bevorzugt erkranken Leber, Niere und Gehirn.* Im Gegensatz zu den hypoxämischen Lebernekrosen, die im Gebiet des größten Sauerstoffmangels auftreten, sind die Nekrosen bei Eklampsie wahllos über das Leberläppchen verteilt. Bei schwacher Vergrößerung sieht man unregelmäßig gestaltete, landkartenartige, helleosinrote Herde. Die mittlere Vergrößerung zeigt den homogenen roten Bezirk: Leberzellen und Sinusoide sind nicht mehr voneinander zu unterscheiden. Die Zellkerne fehlen. Das Zytoplasma der Leberzellen ist homogen und ohne Strukturierung. Das Blut in den Sinusoiden ist zu einer homogenen Säule (→) geronnen (Stase bzw. Thromben aus Fibrin und Blutplättchen = hyaline Thromben → Hinweis auf Schock als Ursache).

Makroskopisch: Graue bis graugelbe landkartenartige Herde.

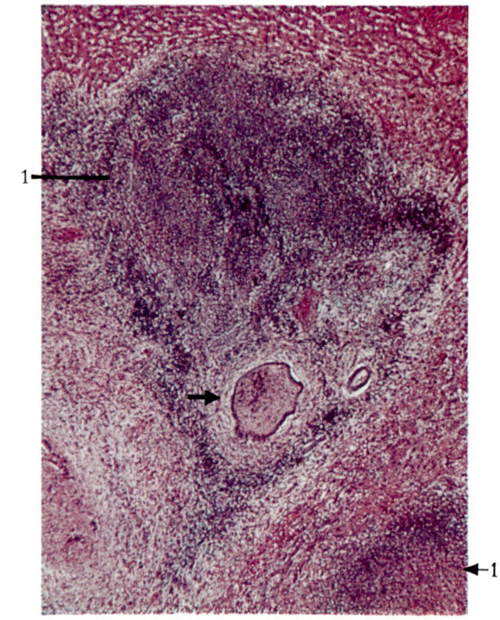

B. – Abb. 5.13. Aszendierte, abszedierte Cholangiitis;
Fbg. HE, Vergr. 50×

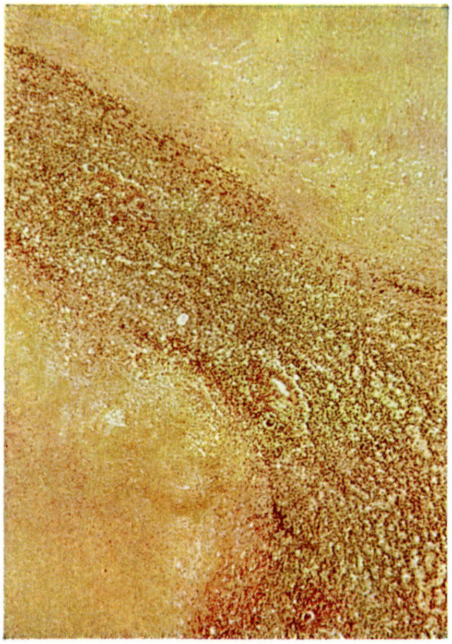

B. – Abb. 5.14. Gumma der Leber;
Fbg. v. Gieson, Vergr. 56×

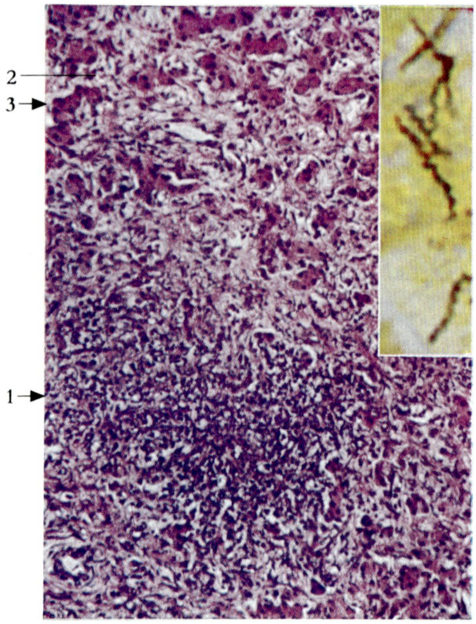

B. – Abb. 5.15. Lues connata der Leber;
Fbg. HE, Vergr. 120×
Ausschnitt: Spirochäten;
Fbg. Levaditi, Vergr. 2350×

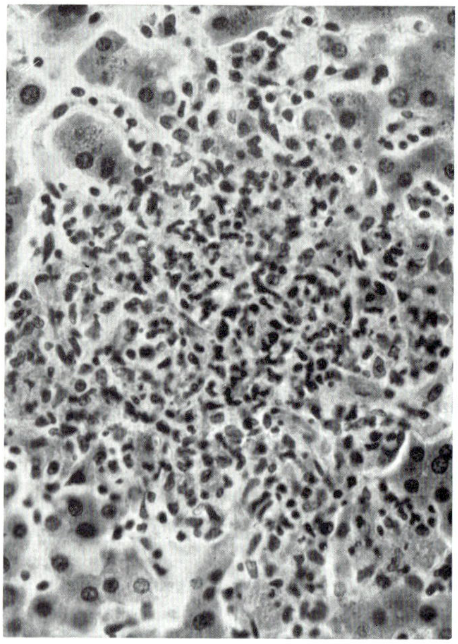

B. – Abb. 5.16. Typhusknötchen der Leber;
Fbg. HE, Vergr. 330×

Aszendierte, abszedierte Cholangiitis (Abb. 5.13). *Aufsteigende bakterielle Infektion (meist Escherichia coli) der Gallenwege, oft zusammen mit einer Gallestauung (Steine, Tumoren).* Die Gallengänge der Periportalfelder sind erweitert. Die Lichtung enthält ein an polymorphkernigen Leukozyten reiches Exsudat (→ im Bild). Das gesamte Periportalfeld ist von polymorphkernigen Leukozyten infiltriert, die auch auf das benachbarte Parenchym übergreifen und hier zu einer Gewebseinschmelzung führen können (*cholangiitische Abszesse*, → 1). In unserem Präparat besteht außerdem eine Vermehrung des periportalen Bindegewebes mit konzentrischen Bindegewebsmänteln (→ im Bild) um die Gallengänge herum. Dies ist oft ein Zeichen dafür, daß schon mehrere cholangiitische Prozesse abgelaufen sind.

Makroskopisch: Ikterus der Leber mit verbreiterten und verwaschenen Periportalfeldern und grünlich verfärbten Einschmelzungsherden (Abszesse).

Gumma der Leber (Abb. 5.14). *Im dritten Stadium der Lues können in den Organen »Gummiknoten« von elastischer Konsistenz auftreten.* Es handelt sich um scharfbegrenzte, runde oder landkartenähnliche Nekrosen, in denen bei Elastica-v. Gieson-Färbung noch Reste von Bindegewebsfasern oder elastischen Fasern, die von der Umgebung her in die Nekrose einstrahlen, nachweisbar sind. In unserem Bild sieht man Nekrosen (v. Gieson gelb, fehlende Kernfärbung), die von einem schmalen Wall von Granulationsgewebe abgegrenzt werden. Das Granulationsgewebe zeigt als »Pioniere« Epitheloidzellen, wie sie auch bei der Tuberkulose (S. 98) beobachtet werden. Sie treten aber in geringerer Zahl auf als bei der Tuberkulose. Dann folgt nach außen ein Granulationsgewebe mit Kapillaren, Fibroblasten und Lymphozyten. In der äußeren Zone tritt Vernarbung auf (v. Gieson rot). Wie bei der Tuberkulose können auch Riesenzellen vom Typ der Langhansschen Riesenzellen vorkommen. Im Unterschied zur Tuberkulose findet man aber im Granulationsgewebe des Gummas häufig Plasmazellen und in der Umgebung endangiitische Prozesse.

Makroskopisch: Gelbe, landkartenartige Nekrosen von gummiartiger Konsistenz.

Lues connata der Leber (Abb. 5.15). In der Übersicht kann man die Struktur des Lebergewebes kaum erkennen. Man sieht zahlreiche kleine, blaue Herdchen *(Syphilome)*. Die Leberzellbalken erscheinen durch interstitielle Zellinfiltrate auseinandergedrängt und in einzelne Gruppen von Leberzellen aufgespalten. Die mittlere Vergrößerung zeigt die miliaren Syphilome (→ 1), d.h. frische Nekrosen mit Kerntrümmern, polymorphkernigen Leukozyten und Lymphozyten. Die Leberzellen sind hier vollständig verschwunden. In der Umgebung hat sich eine chronische interstitielle Hepatitis entwickelt, wobei die Interstitien durch Histiozyten, Fibroblasten, Lymphozyten und Bindegewebsfasern (→ 2) stark verbreitet sind. Dazwischen liegen Reste von Leberzellbalken (→ 3). Bei Spezialfärbung (Versilberung nach Levaditi) lassen sich massenhaft *Spirochäten* darstellen (Ausschnitt in Abb. 5.15).

Makroskopisch: Derbe Konsistenz der Leber, auf der Schnittfläche graubraun gefleckt *(Feuersteinleber)*.

Veränderungen der konnatalen Lues lokalisieren sich weiterhin im Skelettsystem *[Osteochondritis syphilitica* (vgl. S. 211), *luetische Sattelnase, Periostitis syphilitica]*, an der Haut *(Pemphigus lueticus)* sowie auch in Lunge *(Pneumonia alba)* und im Gehirn. Ferner kann eine sog. *Hutchinsonsche Trias* bestehen (Keratitis profunda, Innenohrschwerhörigkeit und »Tonnenzähne«). Sog. Fetopathie.

Typhusknötchen der Leber (Abb. 5.16). Als Beispiel einer herdförmigen granulomatösen Hepatitis ist hier ein Granulom bei Typhus gewählt. Es handelt sich um eine herdförmige Proliferation ortsständiger Zellen des RES (d.h. der Kupfferschen Sternzellen), die sich in Form von epitheloiden Zellen darbieten. Daneben sieht man einige Lymphozyten und ganz vereinzelt polymorphkernige Leukozyten. Die Leberzellen sind an dieser Stelle zugrunde gegangen (vgl. Typhus, S. 110).

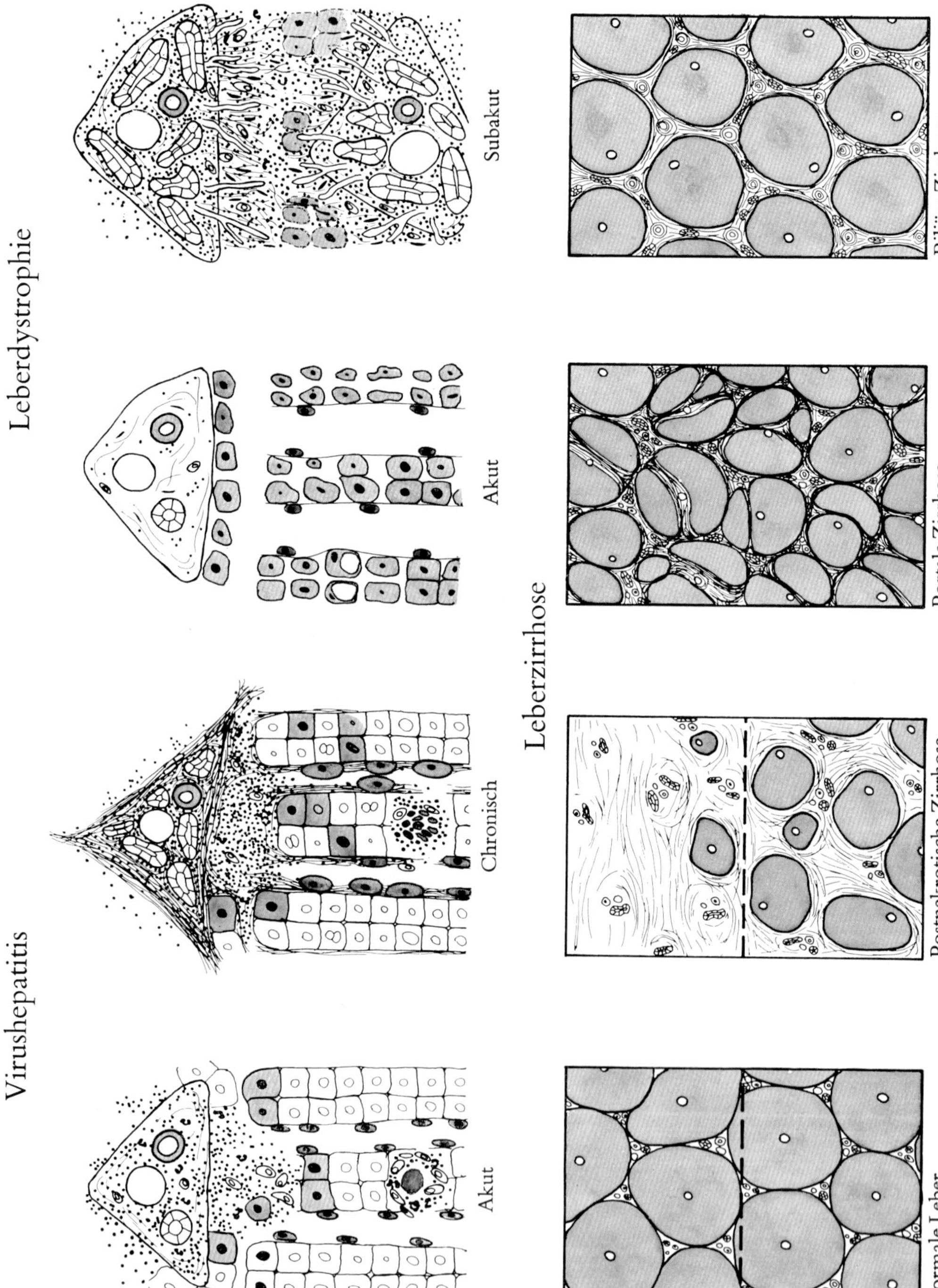

B. – Abb. 5.17. Schematische Übersicht der histologischen Veränderungen bei Virushepatitis, Leberdystrophie und Leberzirrhose

Virushepatitis – Leberdystrophie – Leberzirrhose

Abb. 5.17 zeigt schematisch das histologische Bild dieser drei Krankheiten, die wegen ihrer gemeinsamen formalen und z. T. auch kausalen Pathogenese zusammen betrachtet werden können. *Formalgenetisch handelt es sich um einen Untergang von Leberzellen (Nekrose) mit sekundärer Reaktion des Mesenchyms in Form von Granulationsgewebe mit Resorption und Umbau des Lebergewebes sowie Regeneration des Parenchyms.* In manchen Fällen von Leberzirrhose steht allerdings auch eine *primäre Granulationsgewebswucherung (Entzündung) mit nachfolgendem oder gleichzeitigem Untergang des Parenchyms* im Vordergrund.

Bei der **Virushepatitis** (vgl. a. S. 126 u. 127) wird der Prozeß durch *Einzelzellnekrosen* (azidophile Einzelzellnekrosen) eingeleitet. Diese werden von Histiozyten resorbiert. Die Periportalfelder zeigen lympho-histiozytäre Infiltrate, die die Grenzlamelle durchbrechen und auf das Parenchym übergreifen. Im *subchronischen bis chronischen Stadium* bleiben die Resorptionsgranulome noch lange Zeit als sog. *Restknötchen bestehen.* Die Kupfferschen Sternzellen sind vergrößert und vermehrt. Die Wand der Sinusoide ist kollagenisiert und die Periportalfelder sind stark entzündlich infiltriert sowie bindegewebig verbreitert.

Die **Leberdystrophie** (vgl. a. S. 128 u. 129) stellt eine Nekrose der gesamten oder eines Teiles der Leber dar. Man ist heute der Ansicht, daß es sich in der Mehrzahl der Fälle um eine *maligne Verlaufsform der Virushepatitis* handelt. Das akute Stadium *(akute gelbe Leberatrophie,* besser *Dystrophie)* zeichnet sich durch eine Dissoziation der Leberzellbalken aus mit Nekrobiose der Zellen und Pyknose der Zellkerne. Im *subakuten Stadium* ist ein großer Teil des Parenchyms schon abgebaut, die Periportalfelder sind zusammengerückt und chronisch-entzündlich infiltriert.

Bei der **Leberzirrhose** (vgl. a. S. 130 u. 131) besteht das Wesen der Erkrankung in einem *fortschreitenden Umbau* der gesamten Leber mit *Untergang* des Parenchyms und Ausbildung von *Pseudolobuli.*

Man unterscheidet im wesentlichen drei Typen der Zirrhose: *1. postnekrotische Zirrhose, 2. portale Zirrhose, 3. biliäre Zirrhose.*

Die formale Entstehung der **postnekrotischen Zirrhose** wird an den beiden ersten schematischen Darstellungen der unteren Reihe in Abb. 5.17 deutlich: Geht ein Teil des Leberparenchyms zugrunde (in unserem Bild oberhalb der gestrichelten Linie), so resultiert daraus eine große Narbe, in der die Periportalfelder nahe aneinandergerückt und nur noch einzelne Parenchymzellkomplexe stehengeblieben sind. Im unteren Bildteil sieht man eine geringere Ausbildung des gleichen Prozesses mit verschieden großen Pseudolobuli. Oft sind von den Nekrosen ein ganzer Leberlappen oder große Teile davon betroffen (*Narbenleber*, vgl. a. S. 130).

Bei der **portalen Zirrhose** (vgl. a. S. 130) findet man einen Umbau der Leberläppchen durch Granulationsgewebe und Bindegewebszüge, die vom Periportalfeld aus die Läppchen in unregelmäßiger Weise durchsetzen, so daß Pseudolobuli entstehen. In diesen verschieden großen Parenchymbezirken liegen die Zentralvenen nicht im Zentrum. *Ätiologisch* kann es sich um eine Virusinfektion (Hepatitis) oder toxische Schädigung der Leber handeln (z. B. Alkohol, Mangelernährung u. a.).

Die **biliäre Zirrhose** wird durch Gallestauung (Cholostase) und aufsteigende Entzündung (cholangiitische Zirrhose) ausgelöst. Die Entzündung und der Umbau des Parenchyms nehmen vom periportalen Feld ihren Ausgang, greifen auf das Parenchym über und grenzen das Leberläppchen durch zusammenfließende Infiltrate in der Peripherie ab. Es handelt sich demnach auch um eine portale Zirrhose, nur mit dem Unterschied, daß der ganze Prozeß regelmäßiger ist. Ein formal gleiches Bild bieten die *Fettzirrhose* und die *Pigmentzirrhose* (vgl. S. 130).

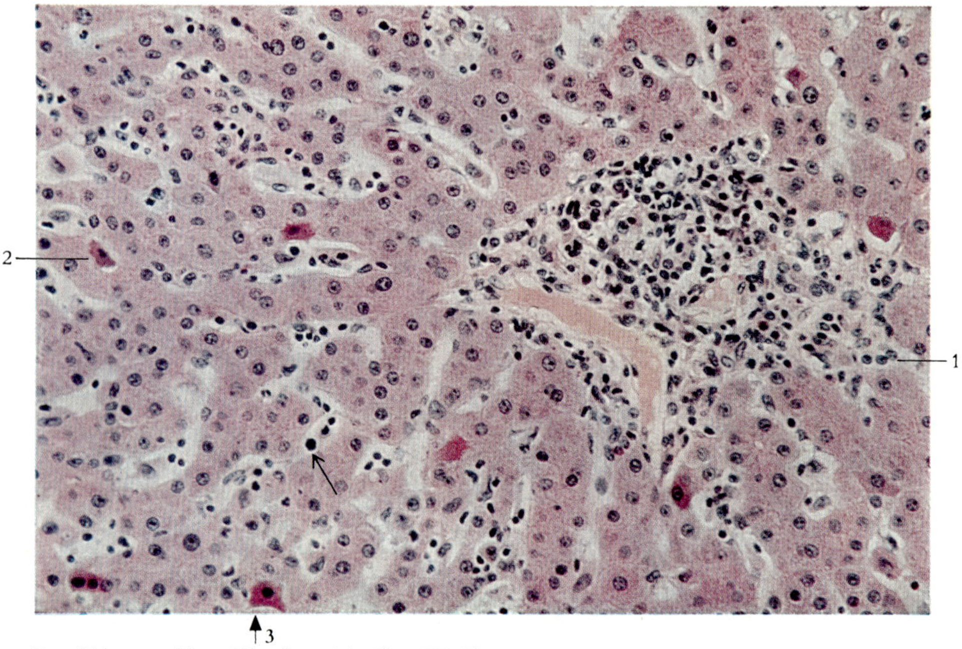

B. – Abb. 5.18. Akute Virushepatitis; Fbg. HE, Vergr. 257×

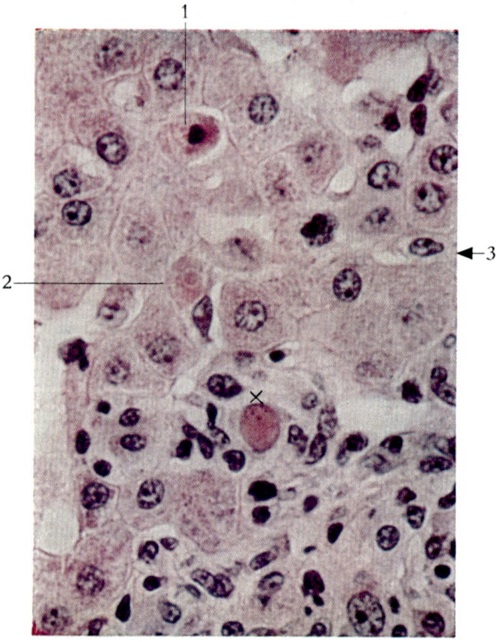

B. – Abb. 5.19. Akute Virushepatitis, Detail; Fbg. HE, Vergr. 512×

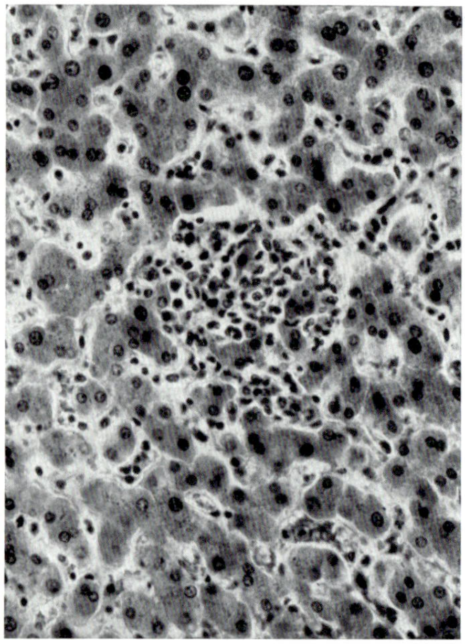

B. – Abb. 5.20. Chronische Hepatitis; Fbg. HE, Vergr. 225×

Die Virushepatitis bietet ein *charakteristisches histologisches Bild*, so daß in den meisten Fällen *aufgrund der mikroskopischen Untersuchung auf die Ätiologie geschlossen werden kann.* Durch die Leberpunktionsdiagnostik sind wir über den Ablauf der Erkrankung gut unterrichtet.

Akute Virushepatitis (Abb. 5.18 u. 5.19). In der Übersicht fallen die verbreiterten und zellig infiltrierten Periportalfelder auf sowie kleinste Zellinfiltrate im Parenchym bei erhaltener Leberstruktur. Die mittlere Vergrößerung (Abb. 5.18) zeigt die lymphozytären *Infiltrate in den Periportalfeldern*, untermischt mit einzelnen polymorphkernigen Leukozyten. Diese Infiltrate durchbrechen die Grenzlamellen der Leberläppchen und greifen auf das Parenchym über (→ 1). Zwischen den Leberzellbalken liegen *vergrößerte Kupffersche Sternzellen* und abgerundete, mobilisierte Zellen des RES (Histiozyten, → im Bild). Auffällig sind weiterhin kleine, geschrumpfte Leberzellen (→ 2, → 3) mit zipfelig ausgezogenem Zytoplasma und pyknotischen Zellkernen *(azidophile Einzelzellnekrosen)*.
Die starke Vergrößerung [Abb. 5.19, **akute Virushepatitis (Detail)**, vgl. S. 138] zeigt die Einzelzellnekrosen und die Reaktion des Lebergewebes. Bei → 1 sieht man eine nekrotische Zelle mit Kernpyknose, bei → 2 (s. a. ×) einen kernlosen Zellschatten, d. h. ein typisches eosinophiles Körperchen als Rest einer nekrotischen und abgerundeten Leberzelle ohne Zellkern (sog. »hyalin body«, auch »Councilman body« genannt, vgl. S. 138). Diese »hyalin bodies« sind für die Hepatitis nicht spezifisch, sondern kommen auch bei anderen Erkrankungen vor. Umgeben wird die Einzelzellnekrose von Histiozyten mit ovalen, saftigen oder leicht eingekerbten Kernen (vgl. S. 138). Außerdem sieht man Lymphozyten. Bei → 3 stellt sich eine vergrößerte Kupffersche Sternzelle dar. Im akuten Stadium werden darüber hinaus noch ein Ikterus der Leberzellen und Gallezylinder in den Läppchenzentren beobachtet (vgl. S. 136). Mitosen und Amitosen mit mehrkernigen Riesenzellen treten zudem als Ausdruck einer Regeneration von Leberzellen auf.

Makroskopisch: Vergrößerte Leber mit stumpfem Rand, gelb und rotbraun gefleckter Oberfläche und Schnittfläche. 80% der akuten Hepatitiden heilen in 2–6 Monaten aus. Der Rest geht in eine chronische Hepatitis über.
Häufigkeit der akuten Hepatitis: BRD 30000 Fälle pro Jahr.

Chronische Hepatitis (Abb. 5.20). Das Gewebsbild wird auch jetzt noch von der Zellinfiltration in den Periportalfeldern beherrscht, die auch noch lange Zeit nach Abklingen der klinischen Symptome bestehenbleibt. Im Parenchym findet man allgemein eine Vermehrung und Schwellung der Kupfferschen Sternzellen, außerdem herdförmige Zellinfiltrate (Granulome aus gewucherten Retikulumzellen) und Lymphozyten (sog. *Restknötchen*). Der Abbau der nekrotischen Einzelzellen ist also abgeschlossen. Die Leberzellen sind von unterschiedlicher Größe. Auch die Kerngröße wechselt. Bei der v. Gieson-Färbung findet man eine Kollagenisierung der Wand der Sinusoide, öfters auch kleine zellarme Narbenbezirke.

Morphologisch und klinisch werden *zwei Verlaufsformen* unterschieden:
1. *Chronische aggressive Hepatitis mit Übergang in Zirrhose*, wobei die chronisch-entzündlichen Infiltrate der Periportalfelder auf das Parenchym übergreifen (sog. Mottenfraßnekrosen).
2. *Persistierende Hepatitis* mit jahrelangem anikterischem Verlauf ohne Fortschreiten der periportalen Entzündung. Kein Übergang in Zirrhose.
Für die Riesenzellenhepatitis (diaplazentare Infektion) vgl. S. 132.

Makroskopisch: Gering vergrößerte, feste, braune Leber, evtl. mit geringer Höckerung.

Klinisch besteht meist ein länger anhaltender Ikterus, es werden aber auch anikterische Formen beobachtet. Die Erkrankung kann epidemisch auftreten, besonders häufig war sie während der Kriegs- und Nachkriegsjahre. Die Übertragung erfolgt entweder peroral (Virus A, Hepatitis epidemica im eigentlichen Sinne, Inkubationszeit 2–4 Wochen) oder parenteral. Hierbei wird der Erreger (Virus B) durch Bluttransfusionen oder bei Injektionen (Drogenabusus) übertragen. Die Inkubationszeit schwankt zwischen 45 und 160 Tagen. Die Hepatitis B ist Australia-Antigen-positiv.

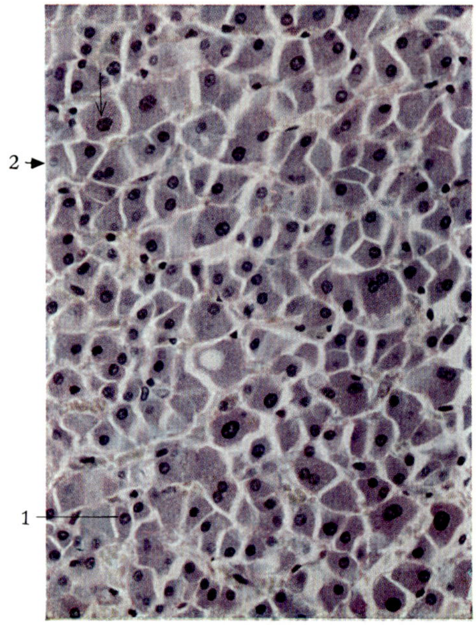

B. – Abb. 5.21. Akute Leberdystrophie mit Dissoziation der Leberzellbalken; Fbg. HE, Vergr. 270×

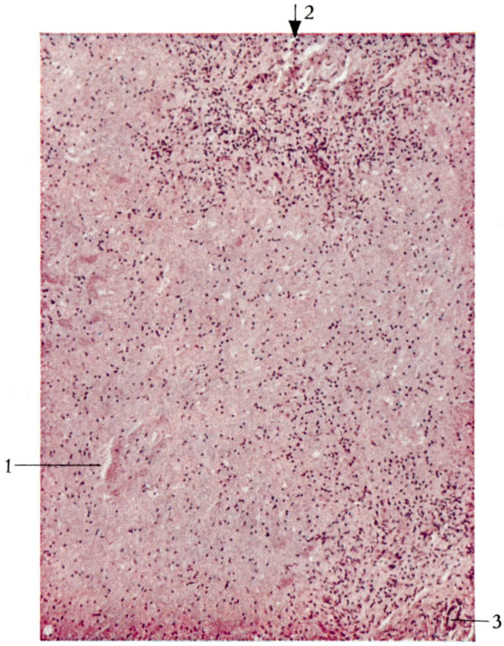

B. – Abb. 5.22. Akute Leberdystrophie (4–6 Tage alt); Fbg.HE, Vergr. 110×

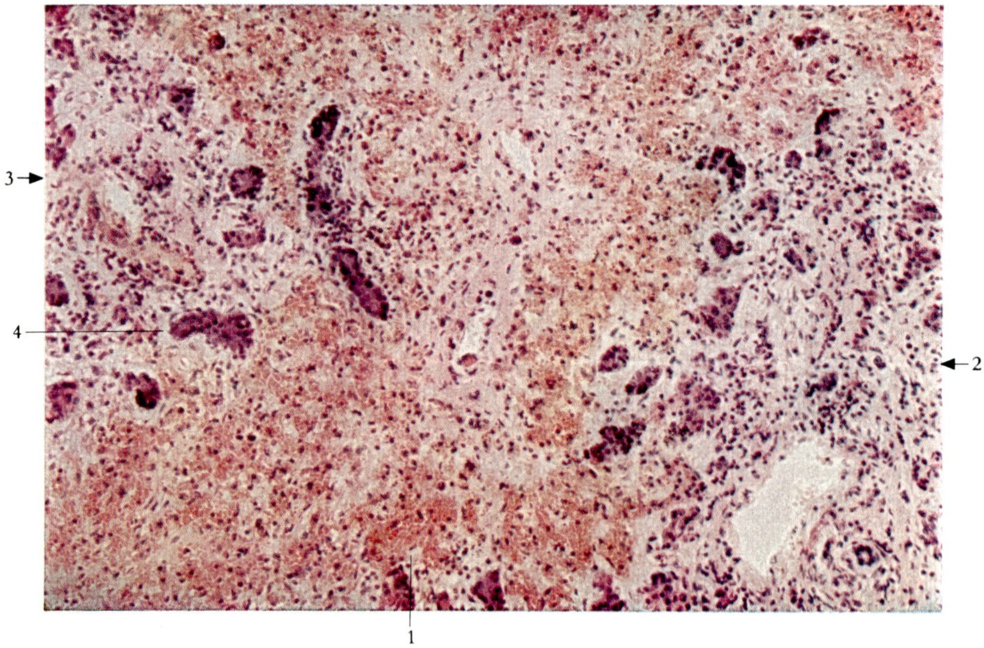

B. – Abb. 5.23. Subakute Leberdystrophie; Fbg. HE, Vergr. 165×

Leberdystrophie

Akute Leberdystrophie (Abb. 5.21 u. 5.22). Die akute Leberdystrophie stellt morphologisch eine Nekrose des gesamten Organs dar. Es handelt sich um eine ätiologisch nicht einheitliche, in wenigen Tagen zum Tode führende Erkrankung. Als auslösende Noxen kommen in Frage: *1. schwere Vergiftungen* (z.B. mit Phosphor, Pilzgiften, Arsen u.a., sog. toxische Form). Bei dieser toxischen Form besteht im Beginn der Erkrankung eine hochgradige diffuse Verfettung der Leber, die Nekrose tritt erst sekundär bevorzugt in der Läppchenperipherie auf. *2. Ernährungsstörungen* (Eiweißmangel). *3. Virusinfektion.* Diese *fulminante* oder *maligne Form der Virushepatitis* hat in den letzten 20 Jahren besonders stark zugenommen (0,5–5% der akuten Virushepatitisfälle). Das mikroskopische Bild der akuten Dystrophie wechselt mit dem Alter der Erkrankung und der postmortal bis zur Untersuchung vergangenen Zeit. In ganz frischen Fällen (6–8 Stunden nach dem Tode) findet man eine Dissoziation der Leberzellbalken, d.h. die einzelnen Leberzellen sind aus dem Verband herausgelöst und liegen als Einzelelemente mit scharfen Zellgrenzen vor. Die Zellen sind verschieden groß; einzelne sind schon geschrumpft (→ 1 in Abb. 5.21). Das Zytoplasma ist homogen und stärker blau gefärbt als normal (Glykogenschwund). Die Zellkerne sind verkleinert, häufig pyknotisch (→ im Bild) oder aufgehellt und schwächer gefärbt (Karyolysis, → 2).
Das vorliegende Präparat stammt von einem Patienten, der akut mit einem klinisch unklaren »Oberbauchsyndrom« erkrankte. Bei der Laparotomie wurde eine gering verkleinerte, gelbliche Leber gefunden und eine Probeexzision entnommen (vgl. Abb. 5.21). 19 Stunden später kam der Patient ad exitum und bot jetzt das »typische« Bild der Dystrophie. Histologisch waren die Leberzellen jetzt völlig kernlos, das Zytoplasma feingranulär und verwaschen. Entzündliche Infiltrate fehlten.

Akute Leberdystrophie, 4-6 Tage alt (Abb. 5.22). Wird die akute Dystrophie um einige Tage überlebt (bis zu 10 Tagen), so findet man eine völlige Auflösung der Leberzellen, so daß jetzt nur noch ein homogenes, eosinrotes Material vorliegt, in dem einzelne Sternzellen erhalten sind. Die bandförmigen, schwach eosinroten Strukturen (→ 1) stellen noch kernlose Reste von Leberzellbalken dar. Die Periportalfelder (→ 2) sind entzündlich infiltriert (Lymphozyten), und einzelne Gallengangswucherungen (→ 3) haben sich entwickelt.

Makroskopisch: Kleine, schlaffe, weiche Leber mit runzeliger Kapsel. Schnittfläche gelb, gelbgrün oder ockergelb. Gewichtsabnahme der Leber bis auf 500 g (Normalgewicht 1500 g). Häufig sind Leuzin- und Tyrosinkristalle auf der Schnittfläche bzw. Oberfläche zu sehen (*mikroskopisch:* runde Drusen bzw. Kristallbüschel).

Subakute Leberdystrophie (Abb. 5.23). Wird nur ein Teil der Leber von der Nekrose betroffen, z. B. ein Lappen oder ein Teil eines Leberlappens, oder verläuft die Erkrankung langsamer, so entwickelt sich die subakute rote Dystrophie, bei der histologisch zwischen den weiten Sinusoiden (→ 1: sog. Entlastungshyperämie) Zelldetritus aus Resten von Leberzellen nachweisbar ist. Die Resorption des nekrotischen Materials ist also schon weit fortgeschritten. Die Periportalfelder sind dementsprechend nahe aneinandergerückt (→ 2 u. → 3 weisen jeweils auf ein Periportalfeld hin) und zeigen neben lymphozytären Infiltraten zahlreiche gewucherte Gallengänge (→ 4). Zwischen den Periportalfeldern sieht man in der Mitte des Bildes zwei Zentralvenen. In der Übersicht fallen diese verbreiterten Periportalfelder mit den gewucherten Gallengängen deutlich ins Auge.

Makroskopisch: Verkleinerte, zähelastische Leber mit rot und gelb marmorierter Schnittfläche. Die rote Farbe entspricht den hyperämischen Partien (Entlastungshyperämie). Verfettete Parenchyminseln erscheinen gelb. *Verlauf:* 3–8 Wochen, *Mortalität:* 40% der Fälle.

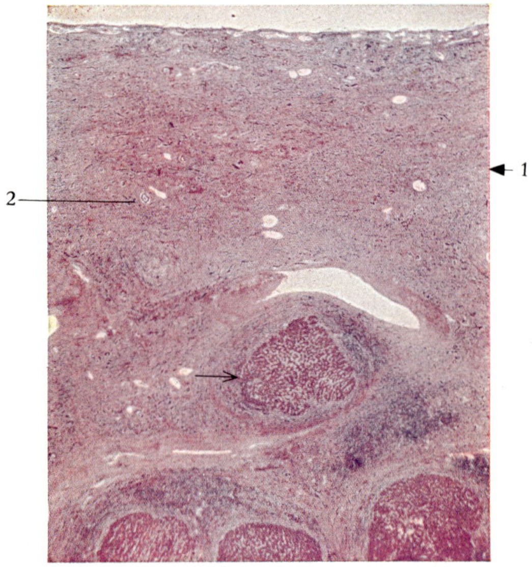

B. – Abb. 5.24. Postnekrotische Leberzirrhose; Fbg. HE, Vergr. 14 ×

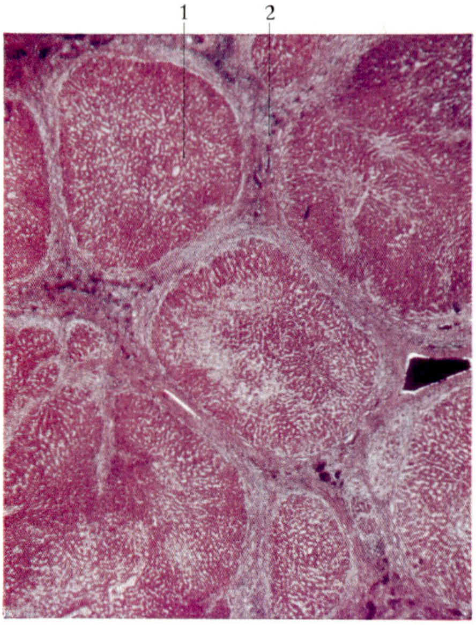

B. – Abb. 5.25. Portale Leberzirrhose; Fbg. HE, Vergr. 30 ×

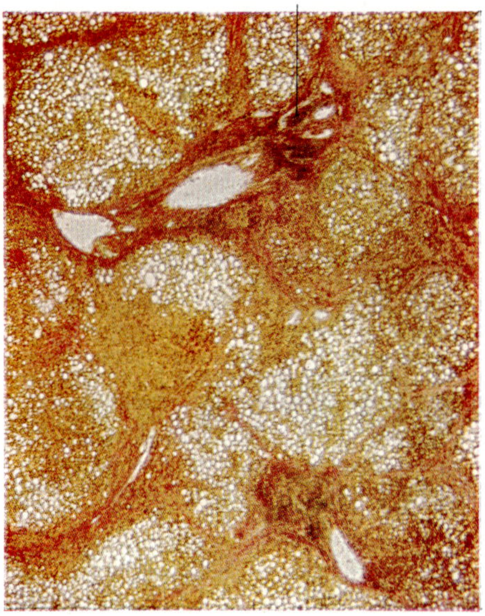

B. – Abb. 5.26. Leberzirrhose mit hochgradiger Verfettung; Fbg. v. Gieson, Vergr. 40 ×

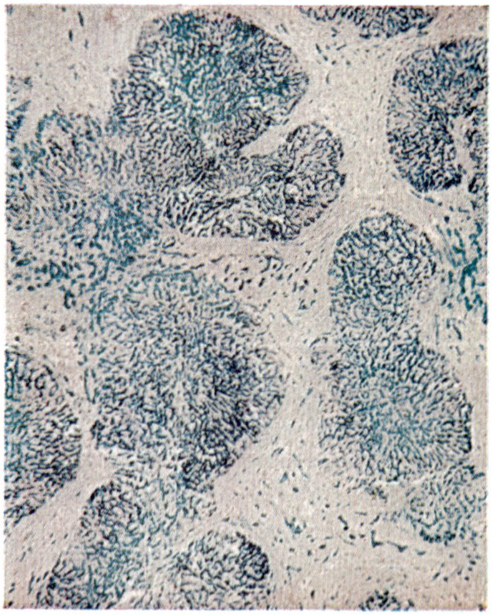

B. – Abb. 5.27. Pigmentzirrhose; Fbg. Berliner-Blau-Reaktion, Vergr. 30 ×

Leberzirrhose

Postnekrotische Leberzirrhose (Abb. 5.24). Die Folgen einer partiellen Nekrose des Parenchyms stehen hier im Vordergrund. In unserem Bild ist ein großer subkapsulärer Bezirk (→ 1) zugrunde gegangen. Die Läppchen sind verschwunden, die Periportalfelder aneinandergerückt. Auf diese Weise sind *Narbenfelder* mit einem kollabierten bindegewebigen Gerüst und chronisch-entzündlichen Infiltraten entstanden. Die Periportalfelder sind lymphozytär infiltriert und zeigen Gallengangswucherungen (→ 2). Im Narbengewebe sieht man Inseln von Restparenchym (→), das teilweise noch Zentralvenen oder Periportalfelder aufweist, aber keine regelrechten Azinuseinheiten mehr bildet, da die Nekrosen die Läppchen unregelmäßig durchzogen haben. Auf diese Weise liegen z. B. die Zentralvenen am Rande eines Parenchymbezirkes oder das Periportalfeld in der Mitte *(Pseudolobuli)*. Andere regeneratorisch gewucherte Parenchymeinheiten bilden sich zu Knoten mit architektonisch neu gegliederten Leberzellbalken um *(Regenerationsadenome)*. Man bezeichnet diesen Zirrhosetyp auch als *ungeordnete Leberzirrhose*.

Makroskopisch: Grobhöckerige Leber mit eingesunkenen, größeren und kleineren Narbenfeldern mit grauem, derbem Grund und groben Knoten (regeneriertes Restparenchym). Narbenleber, treffender Kartoffelleber.

Portale Leberzirrhose (Abb. 5.25). In der Übersicht findet man verschieden große rote Parenchymbezirke, die von blauroten Straßen abgegrenzt werden. Bei mittlerer Vergrößerung erkennt man Pseudolobuli mit Bindegewebsstraßen, die mit den Periportalfeldern in Verbindung stehen. Auf diese Weise entstehen verschieden große Parenchyminseln, in denen die Zentralvenen (→ 1) an jeder beliebigen Stelle liegen können. Das Bindegewebe (→ 2) ist zellig infiltriert (Lymphozyten, Histiozyten, einzelne polymorphkernige Leukozyten) und weist Gallengangswucherungen auf. Das Fortschreiten der Zirrhose ist am Übergreifen der Zellinfiltrate auf das Parenchym zu erkennen.

Makroskopisch: Kleinknotige, ziemlich regelmäßige Höckerung der Leber (sog. Schuhzweckenleber).

Bei der portalen Zirrhose handelt es sich um eine »geordnete Leberzirrhose«, die man auch als Laennecsche Leberzirrhose bezeichnen kann.

Leberzirrhose mit hochgradiger Verfettung (Abb. 5.26). Der Umbau erfolgt hier wie bei der biliären Zirrhose in regelmäßiger Form von den Periportalfeldern aus (geordnete Leberzirrhose). Auf der Übersicht ist kaum zu erkennen, daß es sich um Lebergewebe handelt. Man sieht v. Gieson-rote Bindegewebsstraßen, dazwischen aufgelockerte Gewebsstrukturen. Erst die mittlere Vergrößerung zeigt, daß es sich um Periportalfelder (→) mit lymphozytären Infiltraten und Gallengangswucherungen handelt. Die Leberzellen enthalten optisch leere, runde Tropfen (herausgelöstes Fett). Größere Räume stellen Fettzysten dar (zusammengeflossene, verfettete Zellen) (vgl. a. S. 118). Die Fettzirrhose entsteht immer aus einer Fettleberhepatitis (meist durch Alkoholabusus bedingt).

Makroskopisch: Vergrößerte, gelbe, feinhöckerige, derbe Leber.

Pigmentzirrhose (Abb. 5.27). *Sie tritt meist im Rahmen der als Hämochromatose (Bronzediabetes) bezeichneten Erkrankung auf, wobei Pankreas, Milz, Lymphknoten, Speicheldrüsen und viele andere Organe Siderinablagerungen aufweisen.* In der Übersicht findet man bei der Berliner Blau Reaktion blaugefärbte, unregelmäßig große Parenchymbezirke, die von verschieden breiten, rotgefärbten Bindegewebsstraßen durchzogen werden. Bei stärkerer Vergrößerung sieht man die blaugefärbten Pigmentkörnchen am Gallepol der Leberzellen, in den Kupfferschen Sternzellen und den gewucherten Gallengängen.

Makroskopisch: Verkleinerte, fein- bis grobhöckerige, derbe, braune Leber.

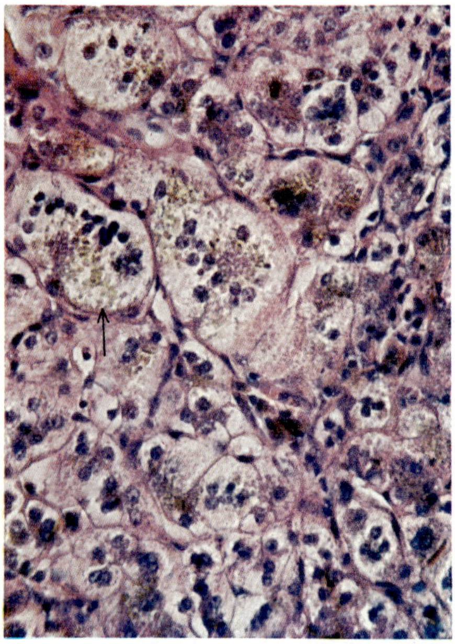

B. – Abb. 5.28. Riesenzellenhepatitis; Fbg. HE, Vergr. 300 ×

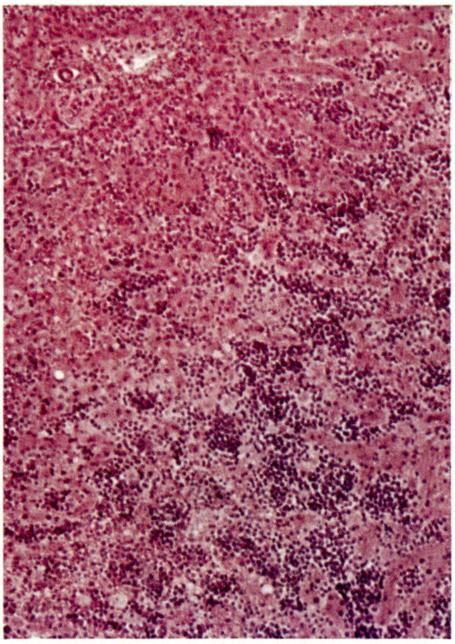

B. – Abb. 5.29. Leber bei chronischer myeloischer Leukämie; Fbg. HE, Vergr. 108 ×

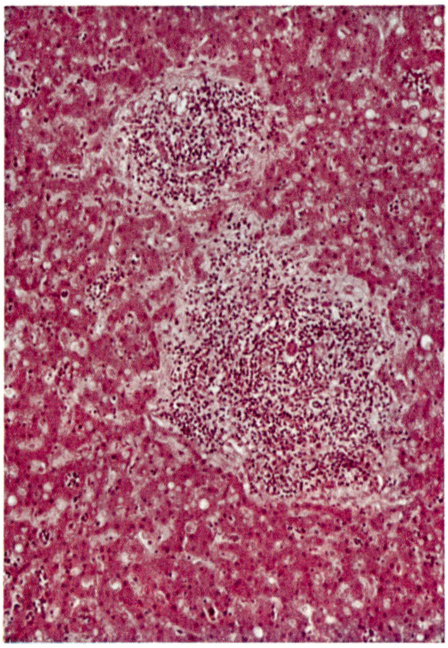

B. – Abb. 5.30. Leber bei lymphatischer Leukämie;
Fbg. HE, Vergr. 108 ×

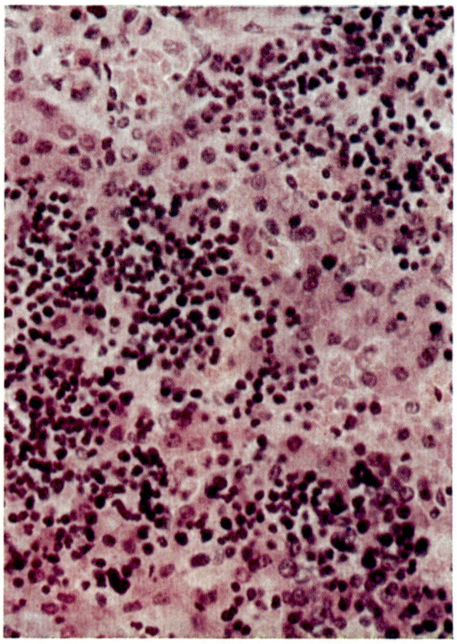

B. – Abb. 5.31. Leber bei Erythroblastose; Fbg. HE, Vergr. 388 ×

Riesenzellenhepatitis (Abb. 5.28). *Die Riesenzellenhepatitis des Neugeborenen oder kleinen Kindes ist Ausdruck einer besonderen Reaktionsform der kindlichen Leber auf verschiedene Noxen (meist Virushepatitis, aber auch andere Ursachen möglich). Klinisch stehen fast immer Symptome eines Verschlußikterus im Vordergrund.* Mikroskopisch findet man (Abb. 5.28) statt normaler Leberzellbalken zahlreiche bizarr gestaltete mehrkernige Riesenzellen (→ im Bild). Sie nehmen oftmals die Breite von zwei oder mehreren Leberzellbalken ein. Das Zytoplasma der Riesenzellen ist vakuolisiert und oft stark mit Gallepigment angefüllt (→ im Bild). Die Riesenzellen sind Ausdruck einer Fehlregeneration der Leberzellen. Eine Proliferation von Bindegewebszellen (Sternzellen, Zellen in Periportalfeldern) ist in dieser Phase der Erkrankung sehr gering, später kann sich eine Zirrhose entwickeln.

Makroskopisch: Vergrößerte Leber, intensiv grün verfärbt.

Leber bei chronischer myeloischer Leukämie (Abb. 5.29). *Die schrankenlose Vermehrung von unreifen Frühformen der Granulozyten im Knochenmark mit Ausschwemmung in das Blut führt neben der Infiltration der Milz auch zu einer Ansammlung und Vermehrung von Myeloblasten, Promyelozyten und Myelozyten in den Sinusoiden der Leber* (vgl. auch S. 182). Bei schwacher Vergrößerung ist die Organstruktur erhalten. Die mittlere Vergrößerung zeigt den stark vermehrten Zellgehalt der Sinusoide, die meist erweitert und prall mit großen, kernhaltigen Blutzellen vollgestopft sind (Myelozyten mit runden, lockeren Kernen, evtl. Granulierung des Zytoplasmas; Myeloblasten mit ovalen oder bohnenförmigen Kernen; vgl. S. 182). Die Periportalfelder sind meist nicht oder nur gering infiltriert. Die Leberzellen können druckatrophisch werden und degenerative Veränderungen aufweisen.

Makroskopisch: Vergrößertes, graurotes Organ ohne Läppchenzeichnung. Bei akuten Leukämien, z. B. der Paramyeloblastenleukämie, sind vorwiegend die Periportalfelder betroffen.

Leber bei lymphatischer Leukämie (Abb. 5.30, vgl. auch S. 182). Im Gegensatz zur chronischen myeloischen Leukämie sind bei der chronischen lymphatischen Leukose die *Periportalfelder* von den unreifen Zellen (Lymphoblasten, Lymphozyten) durchsetzt, während die Sinusoide nur geringe Mengen kernhaltiger Zellen aufweisen. Bei schwacher Vergrößerung fallen schon die stark erweiterten, blau erscheinenden Periportalfelder ins Auge, die meist abgerundet sind. Die mittlere und die starke Vergrößerung zeigen die Infiltration des periportalen Bindegewebes mit Zellen der lymphatischen Reihe mit dichten oder lockeren Zellkernen und schmalem Zytoplasma.

Makroskopisch: Vergrößerung des Organs. Auf der Schnittfläche sind die Periportalfelder oft als kleine weiße Herdchen zu erkennen.

Leber bei Erythroblastose (Abb. 5.31). *Bei der fetalen Erythroblastose handelt es sich um eine hämolytische Anämie des Fetus oder Neugeborenen als Folge einer Immunisierung der Mutter durch fetale, vom Vater ererbte Blutfaktoren. (In der Mehrzahl Rh-Inkompatibilität, seltener AB0-Unverträglichkeit und andere Faktoren.) Reaktiv ist die Blutbildung im Knochenmark und anderen Bildungsstätten, so auch in der Leber (physiologisch bei Neugeborenen!), stark angeregt.* Man sieht daher histologisch zahlreiche herdförmige Infiltrate, die sich bei mittlerer und starker Vergrößerung als intrasinusoidale Blutbildungsherde darstellen. Man findet hier vorwiegend Zellen der erythropoetischen (besonders Erythroblasten, Normoblasten) und der weißen Reihe, weiterhin auch Megakaryozyten. Ferner besteht ein Ikterus der Leberzellen, da die Leber die großen Mengen anfallenden indirekten Bilirubins nicht mehr verarbeiten kann. Außerdem werden Gallezylinder und eine Siderose beobachtet.

Makroskopisch: Große, rote Leber. Ferner bestehen ein *Hydrops congenitus* (allgemeine Ödeme), eine *Anämie* und ein *schwerer Ikterus* (Icterus gravis, oft verbunden mit einem Kernikterus).

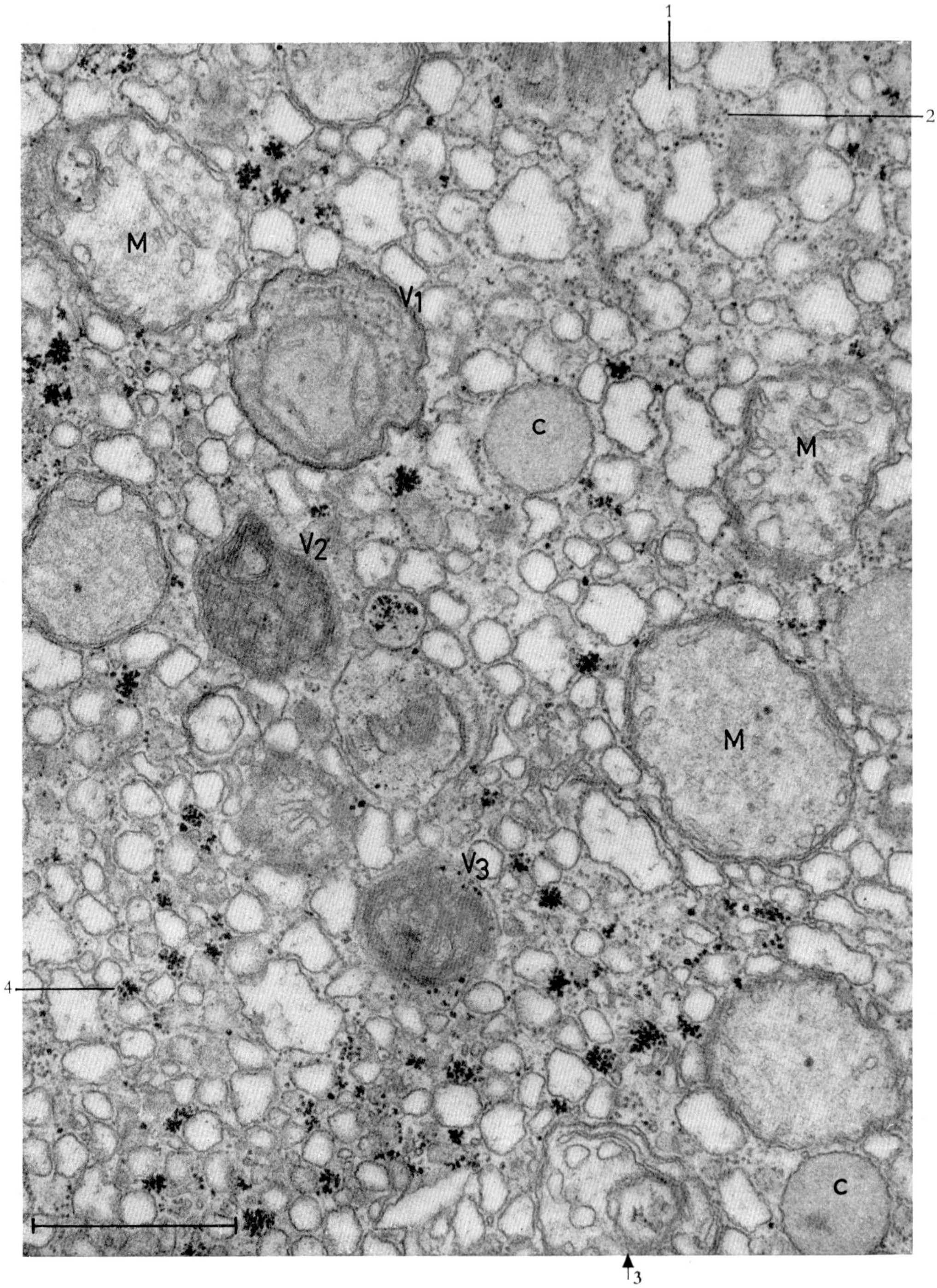

B. – Abb. 5.32. Geringer Grad einer Leberschädigung (isolierte Rattenleber, mit Blut durchströmt mit Zusatz von 10 µg Phalloidin[1])/g Körpergewicht, 30 min). Man sieht eine vakuolige Erweiterung des glatten und rauhen ER (→ 1) und nicht membrangebundene Ribosomen (→ 2). Ferner reichlich Autolysosomen (Autophagozytosevakuolen) mit gespeicherten Mitochondrien (V_1, vgl. S. 135) und myelinartigem Inhalt (V_2 und V_3) vermutlich als Ausdruck der Verdauung von Membranen in diesen Lysosomen. → 3 = Golgiapparat, M = Mitochondrien, C = Peroxysom, → 4 = Glykogen. Vergr. 32000 ×. (Dr. Miller)

[1]) Amanita phalloides = Knollenblätterpilz.

Elektronenmikroskopie bei Leberschädigung

Die elektronenmikroskopischen Veränderungen an den Organellen der Leberzellen sind recht einförmig und meist nicht spezifisch für bestimmte Krankheiten. Prinzipiell können alle auf S. 14 beschriebenen Veränderungen vorkommen. Bei akuter toxischer Einwirkung [Alkohol, Tetrachlorkohlenstoff, partielle Hepatektomie (vgl. Abb. 5.34) oder Sauerstoffmangel] kommt es zu einer Mitochondrienschwellung (trübe Schwellung) und Vakuolenbildung im ER bzw. dem Grundplasma [vakuolige Degeneration (S. 137)]. Das Glykogen verschwindet, das RER wird desorganisiert und verliert häufig die Ribosomen (Verminderung der Eiweißsynthese), und die Membranen werden schließlich fragmentiert, vakuolisiert und zerstört (S. 136, 137). Die Lysosomen enthalten Teile von Zellorganellen (Abb. 5.33). Ähnliche Bilder sieht man bei akuter Virushepatitis, wobei »hyalin bodies«, auch »Councilman bodies« genannt (S. 138), d. h. nekrotische abgerundete Leberzellen, auftreten. Der Nachweis von Viruspartikeln konnte beim Menschen nicht mit Sicherheit geführt werden. Eine chronische Schädigung geht vor allem mit einer herdförmigen oder diffusen Vermehrung des glatten endoplasmatischen Retikulums einher (S. 137, Steigerung der Entgiftungsfunktion. Jones u. Mitarb., 1966), wobei Glykogen verschwindet. Bei chronischer *Alkoholintoxikation* treten herdförmig fädige, als alteriertes Ergastoplasma aufgefaßte Massen auf (*Mallorykörperchen*, alkoholisches Hyalin, S. 139). Im Endzustand kann das ER völlig desorganisiert sein. Das glatte endoplasmatische Retikulum kann auch myelinartige (wirbelartige) Figuren ausbilden (Fingerprints, S. 137) Fetttropfen können sowohl bei akuter wie chronischer Schädigung auftreten. Bei chronischer Hepatitis findet sich zudem eine Vermehrung kollagener Fasern im Disseschen Raum, und eine Basalmembran kann sich ausbilden. Bei intra- (Hepatitis, toxisch) oder extrahepatischer Cholostase sind die Galleröhrchen erweitert, die Mikrovilli schwellen zuerst an und verschwinden dann (S. 136), das perikanalikuläre Zytoplasma ist verdichtet. Lysosomen und Zytosomen (»dense bodies«) nehmen an Zahl zu und sind überall im Zytoplasma verteilt (Aktivierung der sauren Phosphatase). Außerdem sind im Zytoplasma Galletropfen nachweisbar (S. 136). Eine Entscheidung, auf welche Weise Galle ins Blut gelangt (zwischen den Leberzellen, durch die Leberzellen), konnte auch elektronenmikroskopisch nicht getroffen werden. Bei Leberzirrhose werden keine charakteristischen Veränderungen gesehen (Vergrößerung der Mitochondrien, Mitochondrienverklumpung, myelinartige Degeneration, Vakuolen im ER, Kollagenfaservermehrung um die Leberzellen, Autophagolysosomen, herdförmiger Zelluntergang, Fettablagerung, herdförmige Glykogenvermehrung, Pigmentablagerung, Gallengangswucherung, evtl. Hämosiderin). S. a. Allgemeine Pathologie.

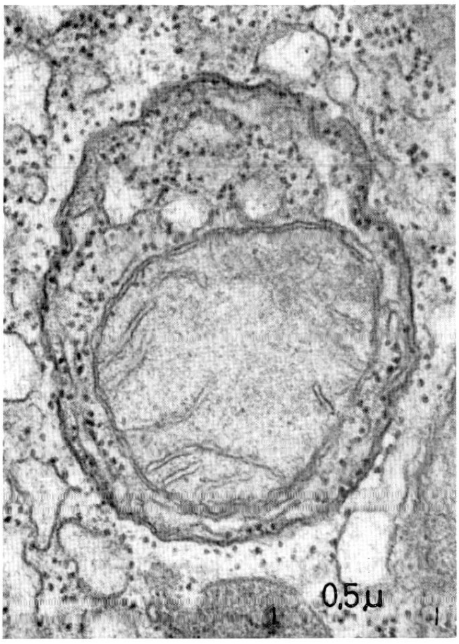

B. – Abb. 5.33 *Autophagolysosom* (»Focus of local degradation«), Leberzelle, Ratte. Behandlung wie in Abb. 5.32. Innerhalb der abgrenzenden Membran ein gut erhaltenes Mitochondrium und Teile des rauhen endoplasmatischen Retikulums (Ribosomen, Membranen). Vergr. 45000×. (Dr. Miller)

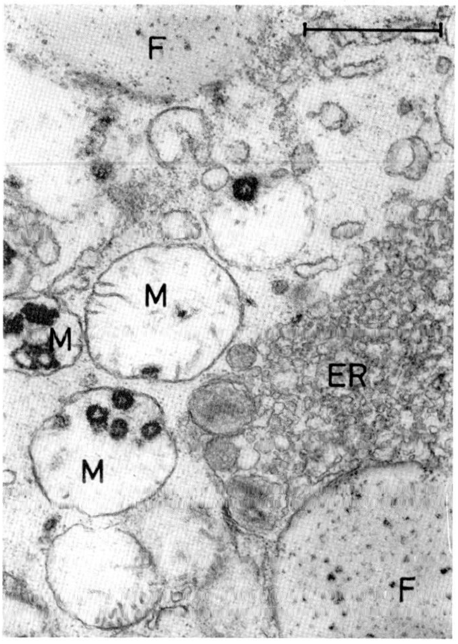

B. Abb. 5.34. *Akute Tetrachlorkohlenstoffvergiftung* (nach 24 Stunden, Leber, Maus). Herdförmige Vermehrung des glatten ER (ER), Fetttropfen (F) sowie geschwollene Mitochondrien (Matrixtyp) mit runden, schwarz erscheinenden Matrixaggregaten (Kalziumablagerung Reynaulds, 1963). Vergr. 35000×. (Dr. Hübner)

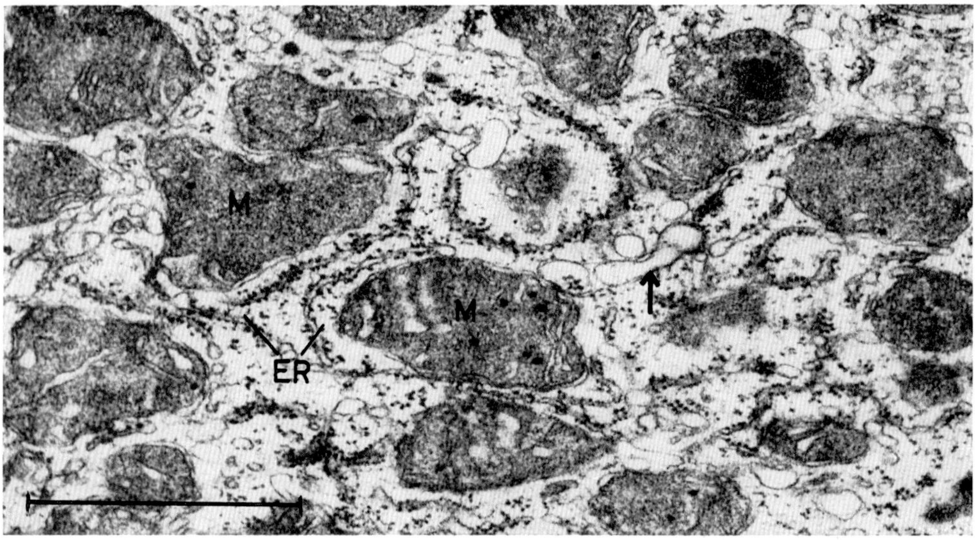

B. – Abb. 5.35. *Chronische toxische Schädigung einer Leberzelle* (Ratte, 8 Wochen, N–Nitrosomorphilin = Leberkarzinogen). Desorganisation des rauhen endoplasmatischen Retikulums (ER), welches nicht mehr wie normal in parallel gelagerten Membranensystemen vorliegt, sondern einzeln zwischen die Mitochondrien gelagert ist. Ribosomenbesatz teilweise vermindert oder unregelmäßig. M = Mitochondrien mit dichter Matrix und Matrixaggregaten. Einzelne Zisternen des glatten ER erweitert (→). Vergr. 37000×. (Dr. BANNASCH)

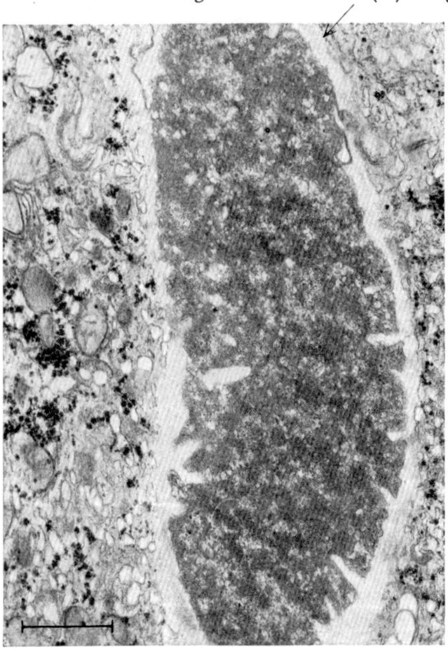

B. – Abb. 5.36. *Gallezylinder* in einem Galleröhrchen (Mensch, Virushepatitis). Mikrovilli fehlen, das Lumen ist mit Gallepigment ausgefüllt mit reichlich fragmentierten glatten Membranen (feinfibrilläres Material). Beachte die Umgrenzung des Galleröhrchens mit Grundplasma (→).
Vergr. 12000×. (Dr. BIAVA, 1964, S. 1099)

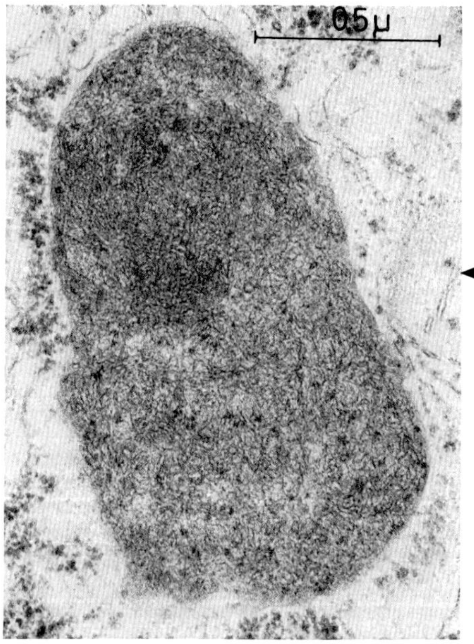

B. – Abb. 5.37. *Galletropfen im Zytoplasma* (Virushepatitis) begrenzt von einer Membran. Im Innern reichlich dichtgelagerte glatte Membranen (als herdförmige Zytoplasmanekrose gedeutet). In der Umgebung Glykogen. → = Teil eines Mitochondriums.
Vergr. 50000×. (Dr. BIAVA, 1964, S. 1099)

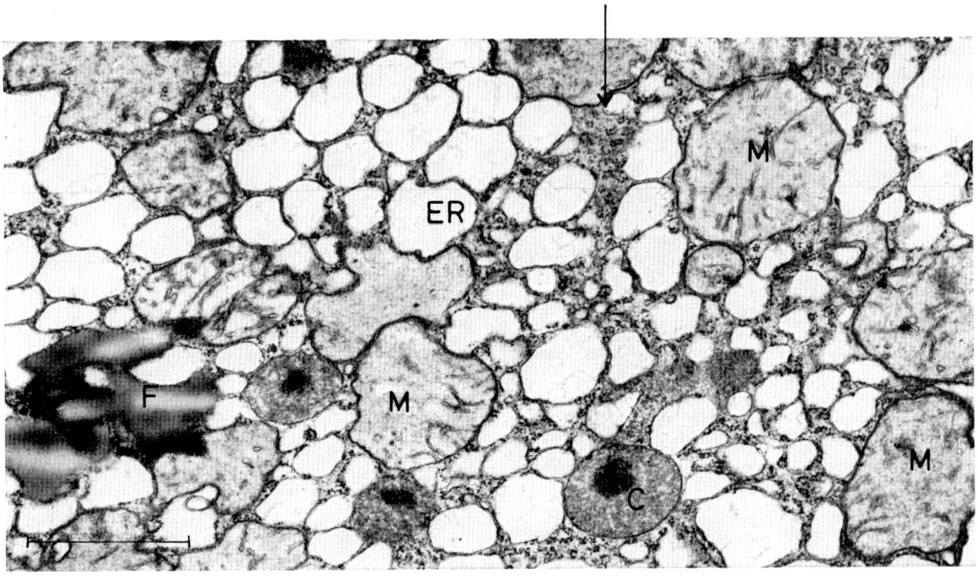

B. – Abb. 5.38. *Vakuolige Degeneration* einer Leberzelle nach partieller Hepatektomie (Ratte, nach 24 Stunden). Das rauhe endoplasmatische Retikulum ist stark erweitert (ER) mit reichlich freien Ribosomen (→). Die Mitochondrien (M) sind geschwollen (Matrixtyp). Außerdem sieht man Peroxysomen (C) und Fetttropfen (F). Vergr. 22000×. (Dr. BANNASCH)

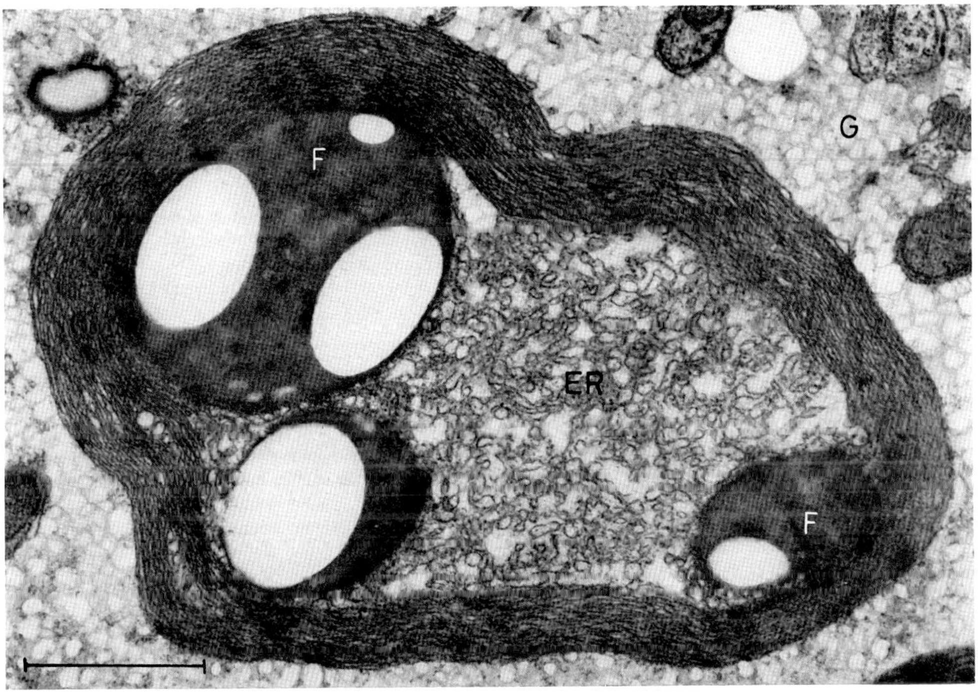

B. – Abb. 5.39. *Konzentrisch geschichtete Membrankomplexe* des glatten endoplasmatischen Retikulums (Fingerprintdegeneration) mit eingeschlossenen Fetttropfen (F) und netzartig angeordnetem glatten endoplasmatischen Retikulum (ER). In der Umgebung reichlich Glykogen (G), (hier hell erscheinend, da nicht mit Blei kontrastiert). Versuchsanordnung wie Abb. 5.35. Vergr. 24000×. (Dr. BANNASCH)

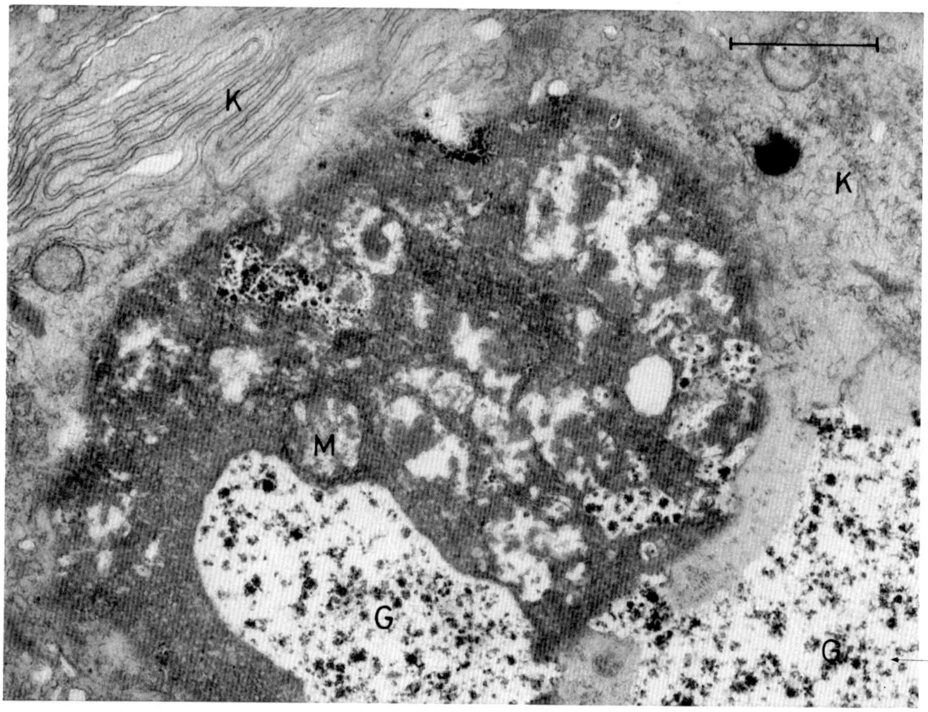

B. – Abb. 5.40. *Hyaliner (azidophiler) Körper (»hyalin body«*, auch *»Councilman body«* genannt) bei Virushepatitis (vgl. S. 126). Die nekrotische abgerundete und geschrumpfte Leberzelle mit verdichtetem Grundplasma (M = Reste von Mitochondrien, G = Glykogen, teilweise in der Zelle, teilweise im Sinus →) ist von einer Kupfferschen Sternzelle (K) weitgehend umschlossen (oben glattes endoplasmatisches Retikulum der Kupfferschen Sternzelle). Vergr. 20000 ×. (Dr. BIAVA u. Mitarb., 1965)

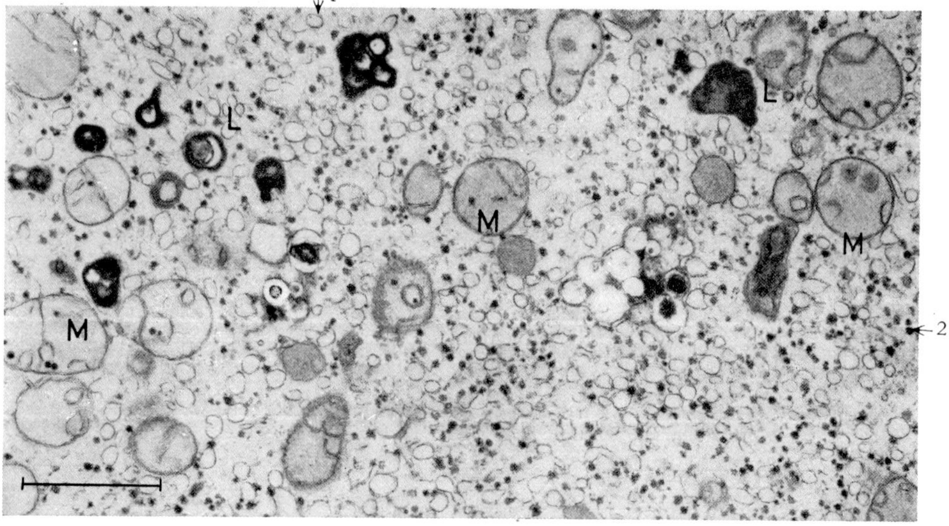

B. – Abb. 5.41. *Leberzelle bei Virushepatitis.* Das endoplasmatische Retikulum ist vesikulär umgestaltet und frei von Ribosomen (→ 1). L = Lysosomen, die Membranteile enthalten, vielleicht auch Gallepigment. Außerdem Mitochondrien (M) mit geschlängelten Cristae (öfters bei Cholostase gefunden). → 2 = Glykogen, liegt diffus verteilt. Vergr. 12000 ×. (Dr. SCHAFFER, Dr. POPPER, 1966)

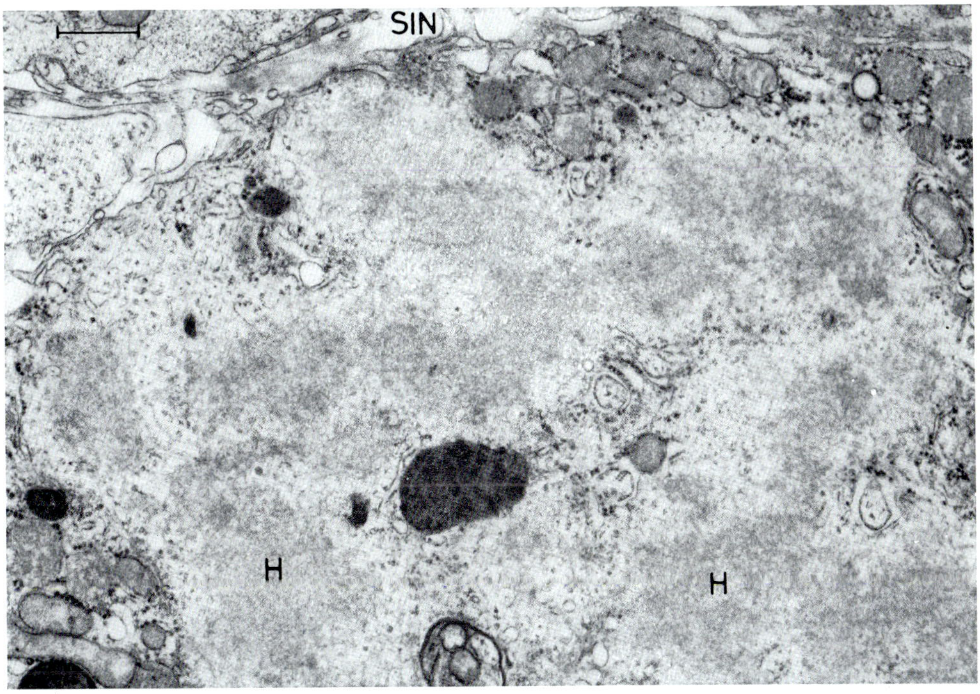

B. – Abb. 5.42. *Alkoholisches Hyalin* (Mensch) im Zytoplasma einer Leberzelle *(Mallorykörperchen)* (vgl. Abb. 5.44). Man sieht konfluierte feinfibrilläre und feinkörnige Massen (H = Hyalin, vgl. Abb. 5.43), die nicht von einer Membran abgegrenzt werden. Nach Biava handelt es sich um fragmentierte Teile des rauhen endoplasmatischen Retikulums und Ribosomen. In der Umgebung des Hyalins aufgehellte Zytoplasmapartien (lichtmikroskopisch leer erscheinend, vgl. Abb. 5.44), am Rande reichlich freie Ribosomen. SIN = Sinus. Vergr. 10000 ×. (Dr. Biava, 1964, S. 301)

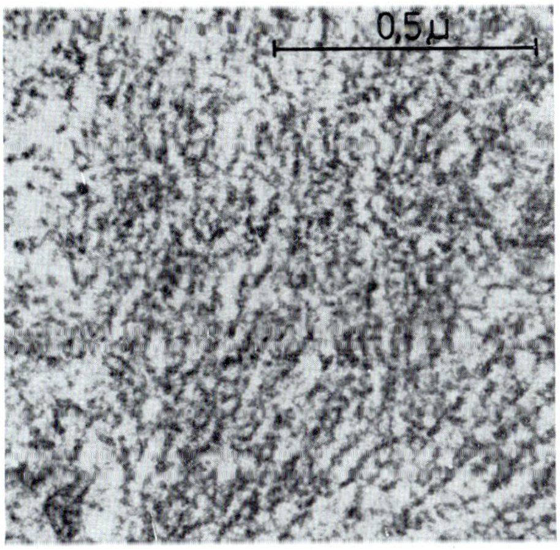

B. – Abb. 5.43. Stärkere Vergrößerung des Hyalins *(alkoholisches Hyalin, Mallorykörperchen)*. Man sieht parallel gelagerte fragmentierte Profile des endoplasmatischen Retikulums und granuläres Material. Auch ribosomenähnliche Körperchen sind zu sehen. Vergr. 60000 ×. (Dr. Biava, 1964, S. 301)

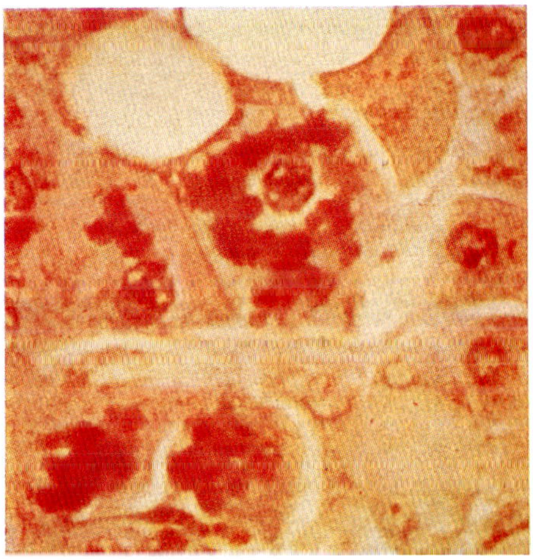

B. – Abb. 5.44. *Mallorykörperchen* im Zytoplasma von Leberzellen. Man sieht dunkelrote, unregelmäßig gestaltete Kondensationen im Zytoplasma, die sich teils hirschgeweihähnlich, teils auch tropfenförmig darstellen. Fbg. modifizierte Azanfärbung, Vergr. 700 ×

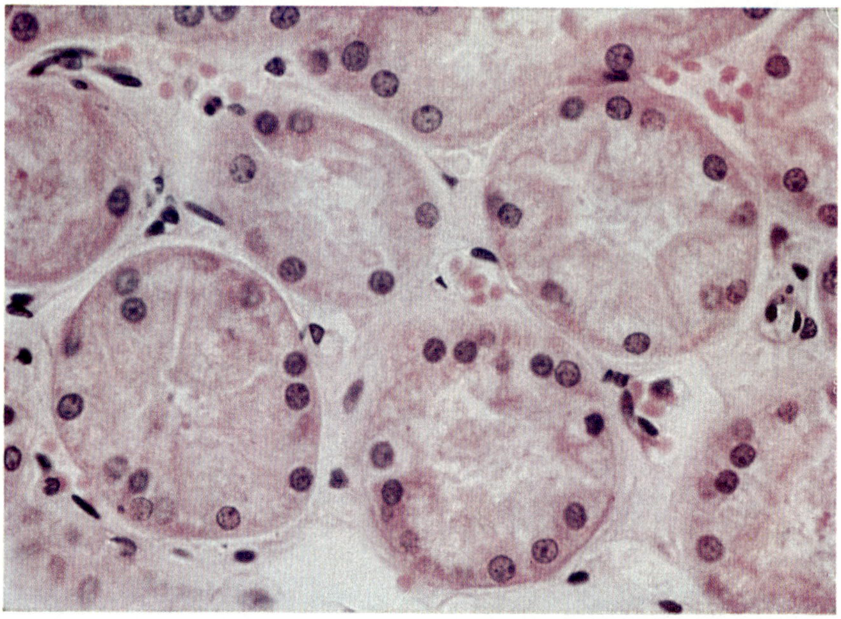

B. – Abb. 6.1. Trübe Schwellung von Hauptstücken der Niere; Fbg. HE, Vergr. 600 ×

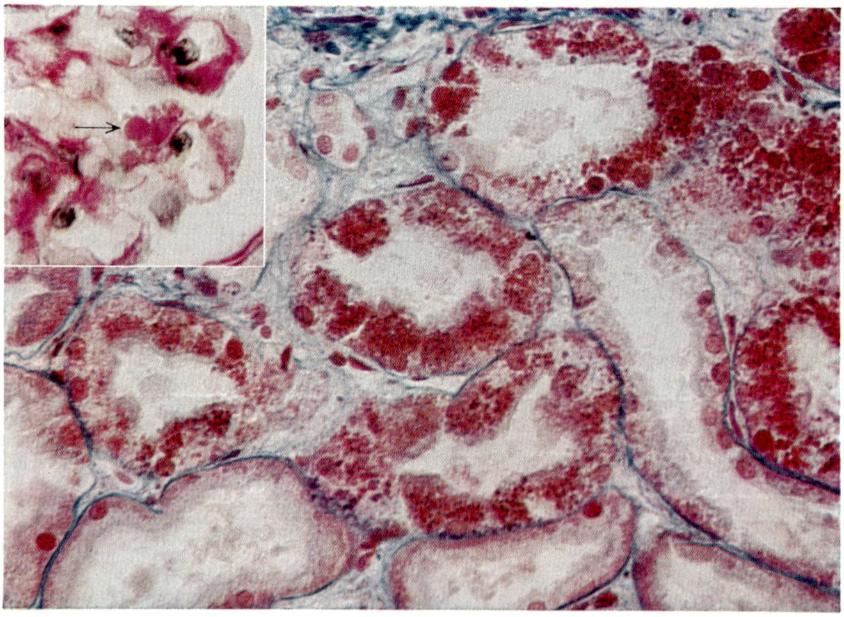

B. – Abb. 6.2. Hyalintropfige Eiweißspeicherung; Fbg. Azan, Vergr. 456 ×. Ausschnitt: Hyalintropfige Eiweißspeicherung in Deckepithelien eines Glomerulums (Ratte); experimentelle Glomerulonephritis; Fbg. PAS, Vergr. etwa 500 ×

6. Niere

Bei der histologischen Untersuchung von Nierenschnitten sollte man nach folgenden Richtlinien verfahren: Beurteilung der *Breite* von Mark und Rinde in der Übersicht. *Gefäßveränderungen:* insbesondere an der Mark-Rinden-Grenze und an den Vasa afferentia. *Glomerula:* Zellgehalt, Zustand der Basalmembran, parietales Kapselblatt, herdförmiger oder diffuser Befall des Glomerulums. *Tubuli:* Weite, Zellgröße, zytoplasmatische Einlagerungen. Welche Abschnitte sind betroffen? *Interstitien:* Breite, Faser- und Zellgehalt.

Für *Makroskopie* siehe Makropathologie.

Trübe Schwellung (Abb. 6.1). *Es handelt sich um eine Störung im Ionenmilieu der Zelle mit Wasser- und Natriumaufnahme bei gleichzeitigem Kaliumverlust, die mit Schwellung einhergeht.* Insbesondere die Mitochondrien quellen auf (vgl. S. 146 u. f.). Diese Zunahme der Partikelgröße führt zu einer Vergrößerung der Lichtstreuung und dadurch zu einem »Tyndalleffekt«, d. h. zu einer Trübung. Unsere Abbildung zeigt vergrößerte Hauptstückepithelien, deren Zytoplasma von feinen, hellen Körnchen (geschwollene Mitochondrien) durchsetzt ist, so daß ein feinwabiger Eindruck entsteht. Im stark eingeengten Lumen der Hauptstücke sieht man feinkörnige Eiweißmassen. Die gleichen Veränderungen treten auch postmortal auf und sind nur schwer von intravitaler trüber Schwellung abzugrenzen. Behandelt man die Gewebsschnitte mit verdünnter Essigsäure, so schlägt sich der Inhalt der Mitochondrien an der Mitochondrienmembran nieder und das Zytoplasma wird wieder klar.

Makroskopisch: Vergrößertes, weiches Organ mit trüber Schnittfläche. Das Parenchym quillt über die Schnittfläche vor. Vorkommend z. B. bei toxischer Schädigung (Diphtherie).

Bei der *vakuoligen Degeneration* (vgl. S. 146) handelt es sich um den gleichen Vorgang, wobei sich jetzt freies Zellwasser in optisch leeren Vakuolen ansammelt (endoplasmatisches Retikulum und Grundplasma). Mikroskopisch ist das Zytoplasma der Zellen von größeren und kleineren optisch leeren Vakuolen durchsetzt. In manchen Fällen treten auch perinukleäre Höfe auf (s. S. 142). Die vakuolige Degeneration wird insbesondere bei akutem Sauerstoffmangel beobachtet. Auch eine toxische Fermenthemmung (z. B. Blausäure) oder Substratmangel sowie eine Hemmung der oxydativen Phosphorylierung (z. B. Barbiturate) führen zu dem gleichen Effekt (s. S. 146).

Hyalintropfige Eiweißspeicherung (Abb. 6.2, vgl. S. 148). *Durch Rückresorption aus dem Tubuluslumen auftretende Eiweißtröpfchen im Zytoplasma der Hauptstückepithelien bei Proteinurie (z. B. Glomerulonephrose).* Histologisch erkennt man bei mittlerer Vergrößerung eine Anschwellung der Hauptstückepithelien, die durch eine Einlagerung stärker rot gefärbter und etwas stärker lichtbrechender Eiweißtropfen bedingt ist (starke Vergrößerung). Im Lumen sieht man Eiweißzylinder oder körnig ausgefällte Eiweißmassen. Einzelne Epithelzellen, die mit Eiweißtropfen vollgestopft sind, können auch schon abgelöst im Lumen liegen.

Die hyalintropfige Eiweißspeicherung kann in seltenen Fällen auch in den *Deckepithelien der Glomerulumschlingen* vorkommen, die entwicklungsgeschichtlich mit dem Tubulusepithel verwandt sind. In unserem Falle (Ausschnitt in Abb. 6.2) handelt es sich um eine experimentelle Glomerulonephritis der Ratte mit starker Verdickung der Basalmembran sowie Vermehrung der Deck- und Endothelzellen. Der Pfeil zeigt auf eine Deckzelle, in deren Zytoplasma runde, hyaline Tropfen aufgetreten sind (vgl. S. 164).

Makroskopisch: Vergrößerte grauweiße Nieren, z. B. bei Amyloidose oder beim Plasmozytom (Plasmozytomnephrose).

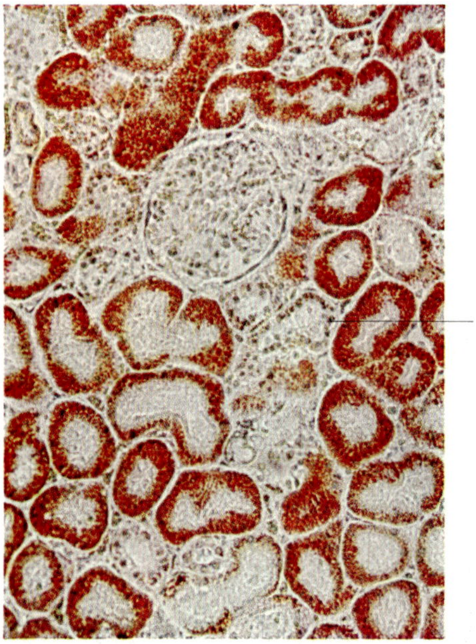

B. – Abb. 6.3. Nierenrindenverfettung; Fbg. Sudan-Hämatoxylin, Vergr. 160 ×

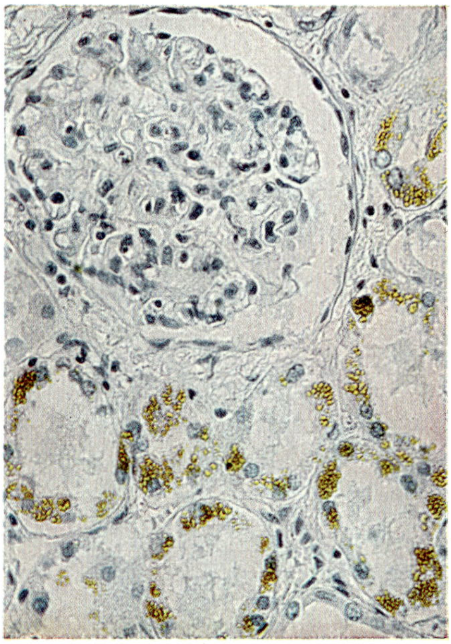

B. – Abb. 6.4. Cholämische Nephrose; Fbg. Hämatoxylin, Vergr. 459 ×

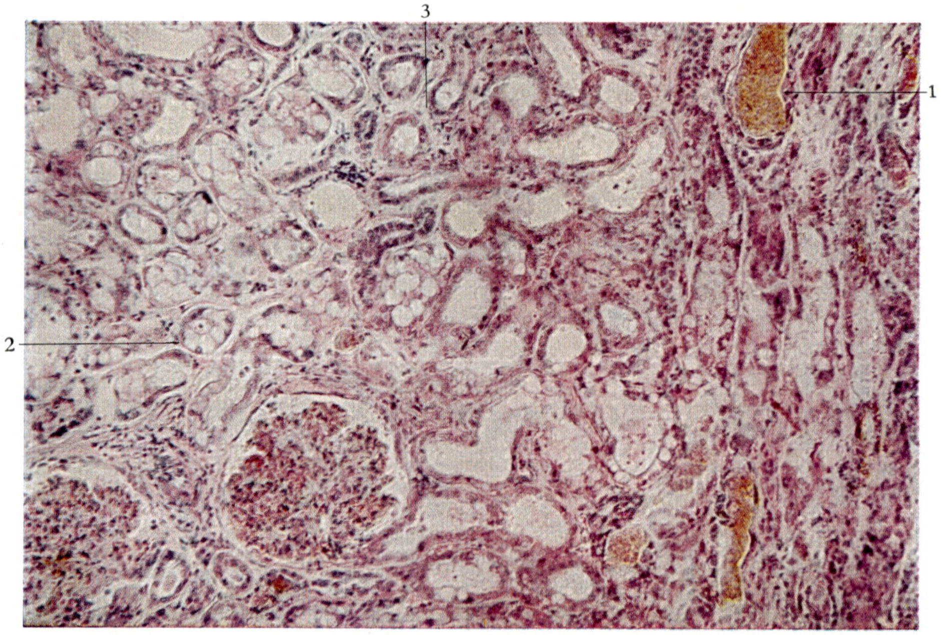

B. – Abb. 6.5. Chromoproteinurische Nephrose mit Hypokaliämie; Fbg. HE, Vergr. 111 ×

Nichtentzündliche Nierenerkrankungen (sog. Nephrosen)

Als Nephrosen hat man bisher »degenerative« Veränderungen am tubulären System von entzündlichen Nierenerkrankungen abgegrenzt. Dieser pauschale Standpunkt ist heute nicht mehr haltbar. Man muß unterscheiden: a) *Klinisch: Nephrotisches Syndrom:* Nierenerkrankungen mit Proteinurie, Hypalbuminämie, Hyperlipämie und generalisiertes Ödem. Ursachen: Meist Glomerulonephritis, Amyloidose, diabetische Glomerulosklerose, Quecksilber- und andere Vergiftungen (z. B. Sublimatnephrose). b) *Pathologisch-anatomisch:* Nichtentzündliche Nierenerkrankungen, *die mit oder ohne nephrotisches Syndrom einhergehen können,* und bei denen sich die krankhaften Veränderungen am *Glomerulum* (Glomerulonephrosen – besser Glomerulopathien) oder am *tubulären System* manifestieren (Tubulonephrosen – besser Tubulopathien, z. B. cholämische Nephrose).

Nierenrindenverfettung (Abb. 6.3). *Die Einlagerung von Neutralfetten und Lipoiden in die Tubulusepithelien kann durch Rückresorption (z.B. lipämische Nephrose bei Diabetes), durch Sauerstoffmangel und toxisch zustande kommen.* Unsere Abbildung zeigt eine Nierenrindenverfettung bei hypoxämischer Hypoxydose (Anämie). In der Übersicht sieht man die mit Sudan angefärbte Rinde. Die Grenze zum Mark ist scharf, d. h. die Henleschen Schleifen sind meist nicht betroffen. Bei mittlerer Vergrößerung (Abb. 6.3) erkennt man in der Rinde die Einlagerungen von feinen Fetttröpfchen in die Epithelien der Hauptstücke (Tubuli contorti 1. Ordnung). Die Fetttropfen liegen oft basal oder füllen den ganzen Plasmaleib aus. Die den Glomerula benachbart liegenden Schaltstücke (→) sind nicht betroffen.

Bei der *Lipoidnephrose* (s. S. 161) als eigenständigem Krankheitsbild wird ebenfalls eine hochgradige Verfettung des tubulären Systems beobachtet mit Ablagerung von Neutralfetten und Lipoiden (Doppelbrechung). Außerdem zeigen die Interstitien Fettablagerungen.

Makroskopisch: Geringe Vergrößerung des Organs, gelbe Rinde.

Cholämische Nephrose (Abb. 6.4). *Ablagerung von Gallepigment bei Ikterus in den Hauptstückepithelien (Rückresorption, vgl. S. 148) mit degenerativen Tubulusveränderungen.* Die Färbung mit Hämatoxylin läßt den Gallenfarbstoff mit seiner goldgelben bis grünen Farbe am besten hervortreten. Die mittlere Vergrößerung zeigt eine körnige Ablagerung von Gallepigment im Zytoplasma der Hauptstückepithelien. Außerdem sieht man degenerative Veränderungen in Form von trüber Schwellung oder geringer Verfettung. Einzelne abgelöste Zellen können auch im Lumen der Kanälchen liegen. In den Sammelröhren sieht man außerdem vom Gallenfarbstoff imprägnierte Eiweißzylinder. Die Glomerula sind unverändert.

Makroskopisch: Gering vergrößerte Niere, grüne oder mehr gelbbraune Färbung von Rinde und Mark.

Chromoproteinurische Nephrose mit Hypokaliämie (Abb. 6.5). *(Synonyma: hämoglobinurische Nephrose, myoglobinurische Nephrose, Crush-Niere, Schockniere, »lower nephron-nephrosis«.) Es handelt sich um ein akutes, durch verschiedene Noxen (Traumen, Gifte) ausgelöstes Krankheitsbild mit schwerem Schock, Hämolyse oder Myolyse und Degeneration des tubulären Systems bis zur Nekrose. Die Bezeichnung tubulovaskuläres Syndrom weist auf die beiden Komponenten hin, die zur Schädigung führen: toxische Tubulusdegeneration und Durchblutungsstörungen.* Mikroskopisch findet man besonders in den Schaltstücken, Henleschen Schleifen und Sammelröhren Eiweißzylinder, die mit Hämoglobin oder Myoglobin imbibiert sind (braune Zylinder in den Sammelröhren, → 1). Auch die Hauptstücke können betroffen sein. Außerdem werden degenerative Veränderungen an den Tubulusepithelien beobachtet (fettige Degeneration, trübe Schwellung), vereinzelt auch Nekrosen. Besteht gleichzeitig eine Hypokaliämie (polyurische Phase der Schockniere), so kommt es zur zystischen Erweiterung des basalen Labyrinthes der Tubulusepithelien (Hauptstücke), so daß mikroskopisch der Eindruck einer vakuoligen Degeneration entsteht (→ 2). Außerdem kann es zu Tubulorrhexis (Einriß der Harnkanälchen) kommen. Die Epithelien der Hauptstücke sind in

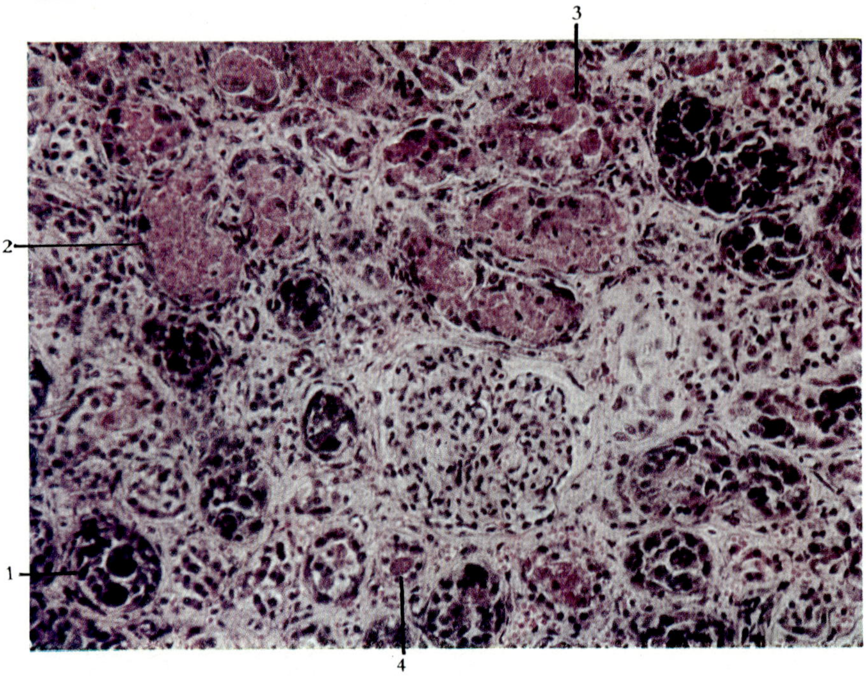

B. – Abb. 6.6. Sublimatnephrose; Fbg. HE, Vergr. 200 ×

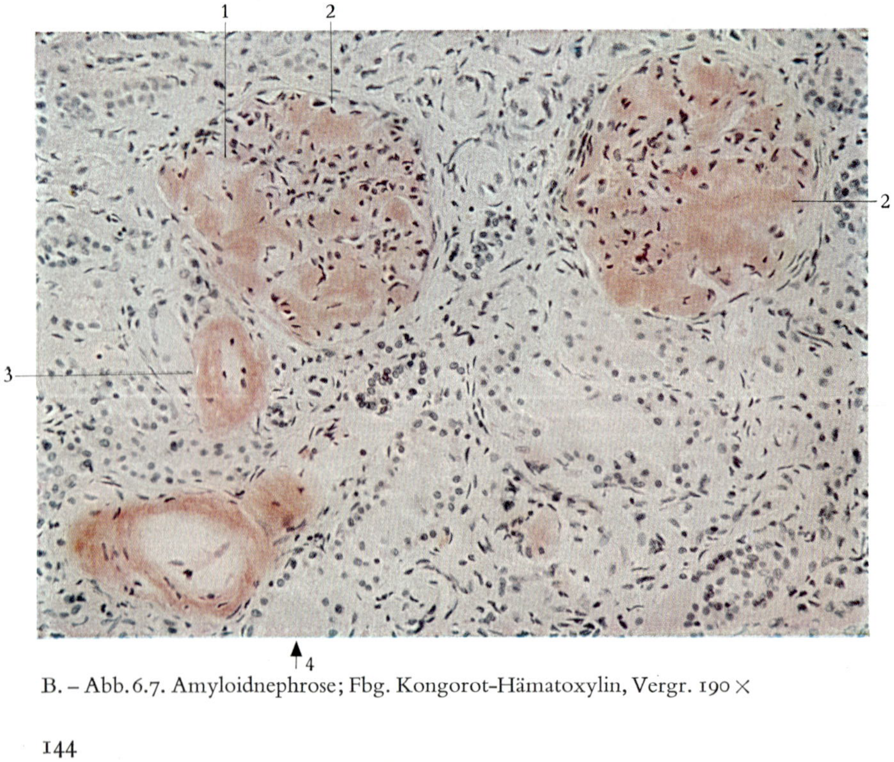

B. – Abb. 6.7. Amyloidnephrose; Fbg. Kongorot-Hämatoxylin, Vergr. 190 ×

unserem Falle zum größten Teil abgeflacht (Zeichen der Insuffizienz). Die Interstitien sind durch Ödem verbreitert (→ 3). Die Glomerula sind hyperämisch, die Basalmembranen verbreitert.

Makroskopisch: Vergrößerung der Nieren, schmutzig graubraune Farbe.

Sublimatnephrose (Abb. 6.6). *Das quecksilberhaltige Sublimat führt zu einer schweren nekrotisierenden Nephrose, insbesondere der Hauptstückepithelien, mit sekundärer Verkalkung der nekrotischen Epithelien.* Über den Wirkungsmechanismus und Angriffspunkt des Quecksilbers sind die Meinungen geteilt. Tritt der Tod im akuten Stadium ein, so findet man Nekrosen der Hauptstückepithelien. Diese Nekrosen können schon nach einigen Tagen sekundär verkalken (vgl. S. 147, Matrixaggregate!). Wird das akute Stadium überwunden, so stehen Tubulusregenerate mit flachen Epithelien im Vordergrund des mikroskopischen Bildes.

Histologisch sieht man im akuten und subakuten Stadium schon in der Übersicht die intensiv blau gefärbten Kalkschollen und roten, nekrotischen Kanälchen in der Rinde. Die mittlere Vergrößerung (Abb. 6.6) zeigt unregelmäßig gestaltete, verschieden große, blaue Kalkschollen und teilweise auch ins Lumen abgestoßene, verkalkte Epithelien (→ 1), so daß der ganze Querschnitt der Hauptstücke davon ausgefüllt ist. An anderen Stellen sind die Tubuli ganz von körnigen, eosinroten Massen ausgefüllt (→ 2). Hier ist das Epithel nekrotisch und bildet zusammen mit abgestoßenen Epithelien (→ 3) sowie Eiweißzylindern eine homogene Masse. Auch in anderen Tubulusabschnitten (Schaltstücke, → 4) finden sich Eiweißzylinder. Die Interstitien sind ödematös verbreitert. Die Glomerula sind anämisch, zeigen eine zarte Basalmembran und regelrechten Zellgehalt (vgl. auch S. 146 u. 147).

Makroskopisch: Vergrößerte, weiche Nieren mit trüber, roter oder grauweißer Oberfläche bzw. Schnittfläche.

Amyloidnephrose (Abb. 6.7). *Es handelt sich um eine Glomerulonephrose, die als Teilerscheinung einer allgemeinen Amyloidose (Milz, Leber, Nebenniere und Darm usw.) auftritt und mit Amyloidablagerung in den Glomerula und Vasa afferentia einhergeht.*

Bei der HE-Färbung fallen schon in der Übersicht die großen, homogenen, eosinroten, »hyalinen« Glomerula der Rinde auf, bei mittlerer Vergrößerung auch die homogene Wand der Arteriolen. Mit der Kongorot- oder Methylviolettfärbung (Amyloid rot, übriges Gewebe blau) läßt sich die Natur des hyalinen Materials eindeutig klären: Die Rotfärbung ist spezifisch für Amyloid. Im gleichen Schnitt sehen wir häufig alle Stadien der Amyloidose der Glomerula. Der pathologische Eiweißkörper erscheint zuerst als feiner, roter Streifen zwischen der Basalmembran und dem Endothel der Glomerula (→ 1, vgl. S. 165). Mit zunehmender Ablagerung wird die Wand der Glomerulumschlingen dicker und das Schlingenlumen eingeengt. Schließlich werden die Schlingen homogen und kernlos, und bei Befall mehrerer Schlingengruppen entsteht ein roter, homogener Bezirk (→ 2). Im Endstadium ist das ganze Glomerulum verödet. An den Aa. radiatae und Vasa afferentia spielen sich in der Media die gleichen Vorgänge ab (→ 3). Die Muskelzellen gehen zugrunde, und die Media erscheint als ein roter, homogener Ring. Sekundär wird Amyloid auch perikapillär im Interstitium und an der Basalmembran der Tubuli abgelagert. Die Hauptstücke sind meist erweitert (sog. Nephrohydrose), und im Lumen findet man kongorotnegative Eiweißzylinder (→ 4). Hyalintropfige Eiweißspeicherung kommt häufig vor (vgl. S. 140). Eine Amyloidschrumpfniere entwickelt sich sekundär durch die Amyloidose der Glomerula mit nachfolgender Atrophie des tubulären Systems und Vermehrung des interstitiellen Bindegewebes.

Makroskopisch: Speck- oder Wachsniere. Große, weiße, feste Niere mit transparenter, trockener Schnittfläche; Mark meist rötlich und deutlich von der verbreiterten, grauweißen Rinde abgesetzt. Bei Amyloidschrumpfniere verkleinerte, grobbuckelige Nieren.

Sauerstoffmangel, z. B. Schock, oder *akute toxische Schädigungen* führen zur Wasseraufnahme in die Zellen (vgl. S. 7), die sich elektronenmikroskopisch in einem Ödem des Grundplasmas (diffus als Aufhellung, herdförmig als Vakuolen), hochgradiger Schwellung der Mitochondrien (trübe Schwellung) und vakuoliger Mitochondrientransformation ausprägt. Schließlich kann es zur Zytolyse kommen (TOTOVIC, 1966).

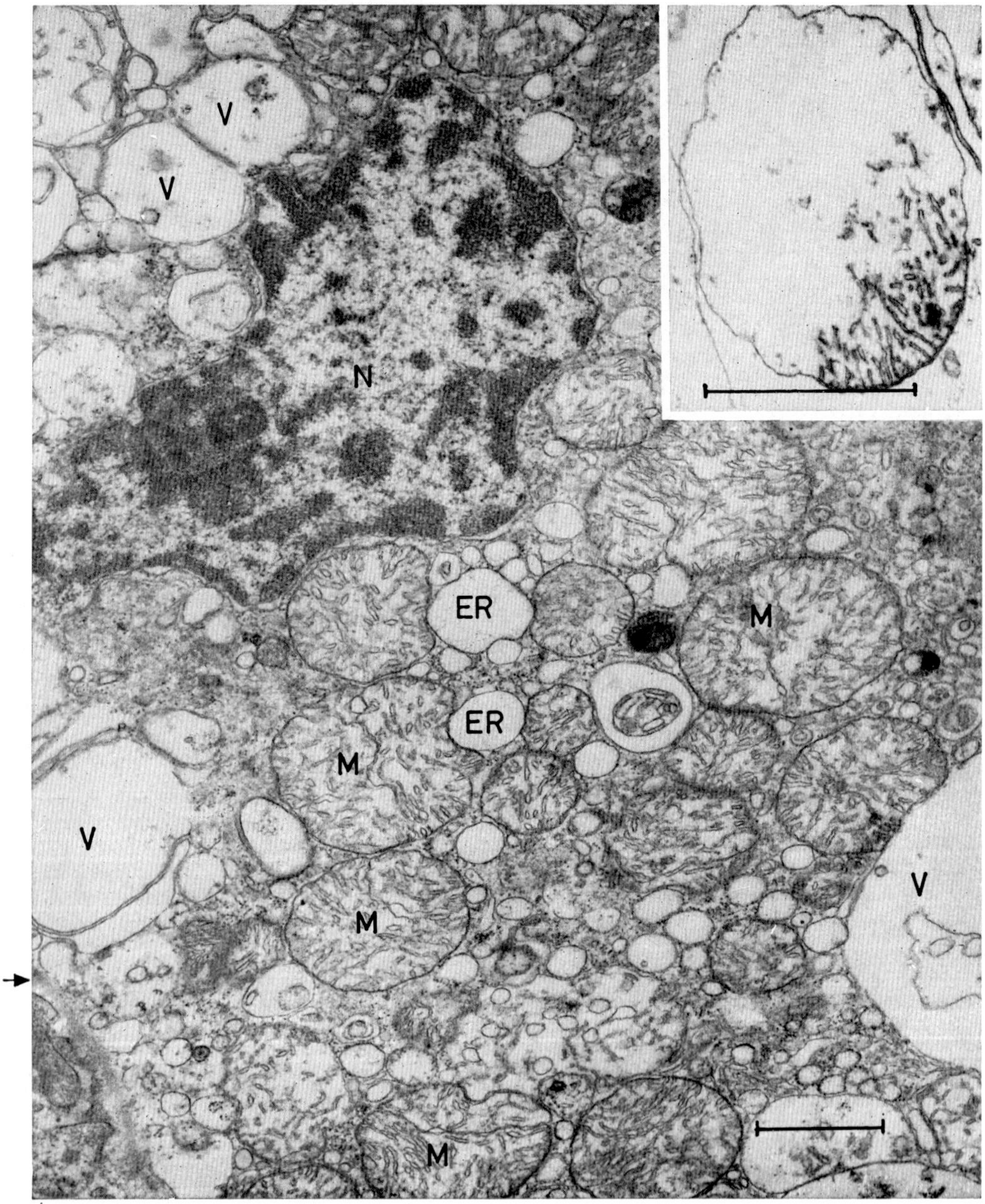

B. – Abb. 6.8. Hauptstückepithelzelle (Ratte, 28 Stunden nach Ligatur der A. renalis). Mitochondrien (M) geschwollen (Matrixtyp), endoplasmatisches Retikulum (ER) vakuolig erweitert (besonders stark bei V = vakuolige Degeneration). → = Basalmembran. N = Zellkern mit Wandhyperchromasie (beginnende Pyknose). Einschub rechts oben: Hochgradige vakuolige Umwandlung eines Mitochondriums (sog. vakuoläre Transformation). Vergr. 17000 ×, Einschub 28000 ×. (Dr. TOTOVIC, 1966)

Feinstruktur der Tubulusdegeneration

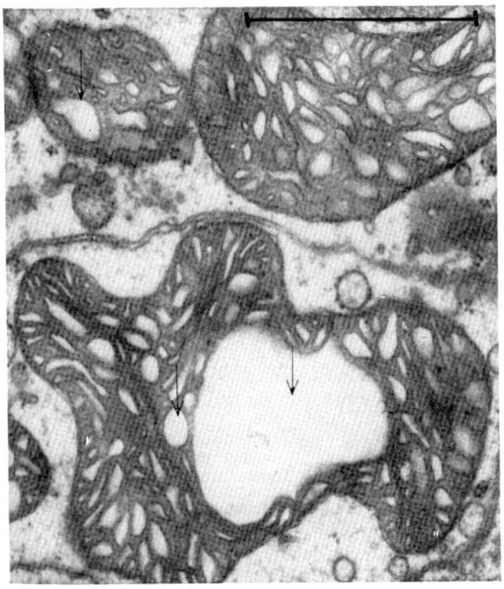

B. – Abb. 6.9. *Mitochondrienschwellung vom Cristatyp* beim experimentellen Niereninfarkt. Cristaspalträume stark erweitert (→), Matrix verdichtet. Grundplasma ödematös aufgelockert
Vergr. 27 500 ×. (Dr. TOTOVIC)

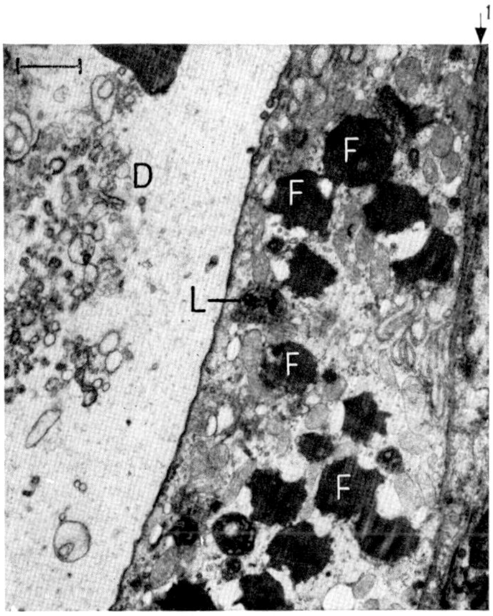

B. – Abb. 6.10. *Fettige Degeneration* eines Sammelrohres. F = osmiophile Fetttropfen. L = Lysosom mit gespeicherten Membranen, → 1 = Basalmembran, D = Zelldetritus im Lumen.
Vergr. 8 500 ×. (Dr. TOTOVIC)

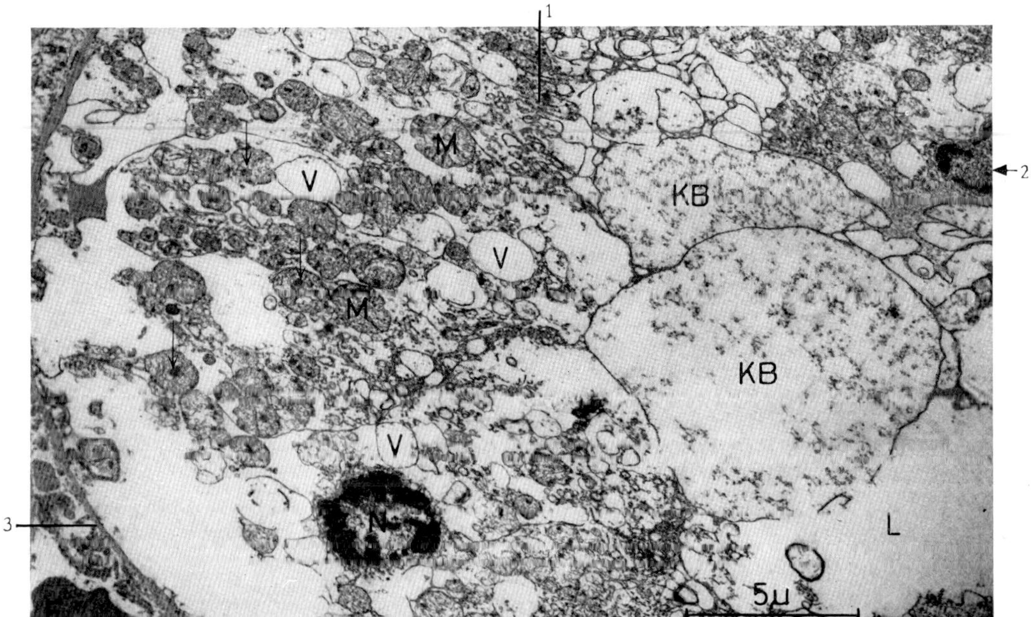

B. – Abb. 6.11. Zerfall *nekrotischer Tubulusepithelien* (Niereninfarkt, 8 Stunden). L = Lumen eines Hauptstückes, KB = sog. Kuppenblase, die durch hochgradige Schwellung des apikalen Zytoplasmas entsteht, → = Reste des Bürstensaumes einer benachbarten Zelle, N und → 2 = pyknotische Zellkerne, V = Vakuolen im Grundplasma, M = Mitochondrien mit Matrixaggregaten (→ im Bild), → 3 = Basalmembran, von der sich die nekrotische Zelle schon abgelöst hat, E = Erythrozyt. Vergr. 45 000 ×. (Dr. TOTOVIC)

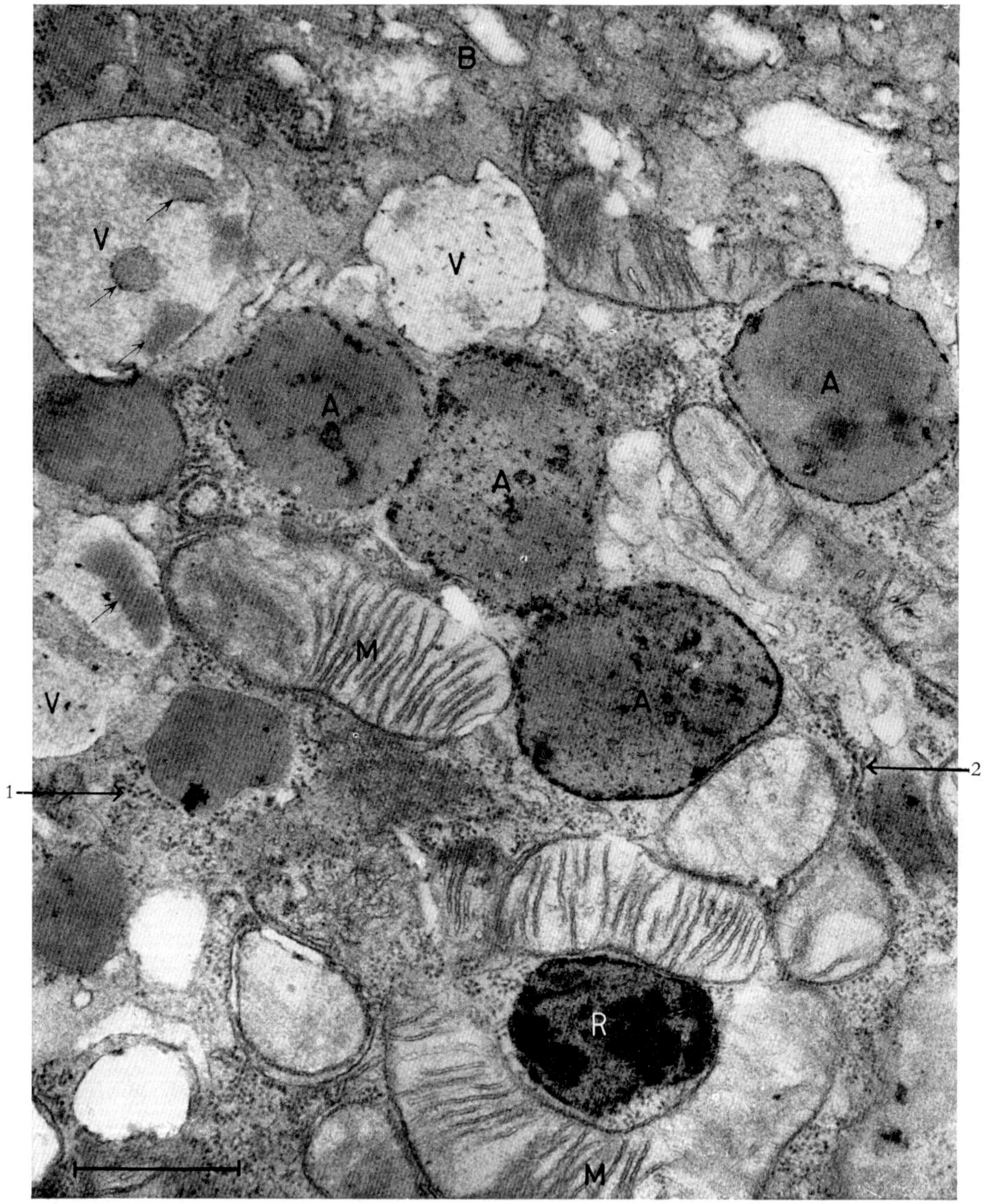

B.–Abb. 6.12. *Hämoglobinrückresorption.* Ausschnitt vom apikalen Zellbereich (B = unterer Anteil des Bürstensaumes) einer proximalen Tubuluszelle der Niere (Maus, 1 Stunde nach i. p. Injektion von Ochsenhämoglobin). Alle Stadien der Aufnahme und Eindickung des Hämoglobins sind von oben nach unten zu verfolgen. Die Vakuolen (V) enthalten neben körnigem Eiweiß Hämoglobintröpfchen (→). In den mit A (= Absorptionstropfen mit einfacher Membran) bezeichneten Körpern ist das Hämoglobin schon stärker konzentriert. Die schwarzen Partikel stellen Niederschläge von Bleiphosphaten dar [= histochemischer Nachweis von saurer Phosphatase (Gomorimethode, vgl. Pearse, 1960)]. Damit sind diese Organellen als Lysosomen gekennzeichnet. R = Restkörper mit starker saurer Phosphataseaktivität und stark konzentriertem Hämoglobin, M = Mitochondrien, → 1 = Ribo- und Polysomen, → 2 = rauhes endoplasmatisches Retikulum. Vergr. 24000 ×. (Dr. Miller; Miller u. Mitarb., 1964)

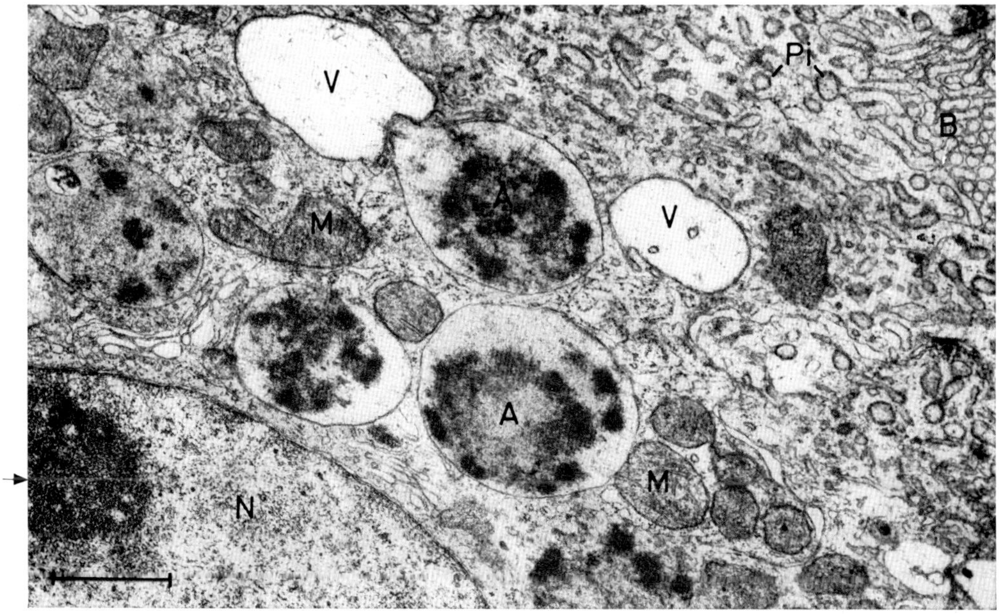

B. – Abb. 6.13. *Eiweißabsorptionstropfen* im proximalen Tubulus bei *Eiweißnephrose* des Menschen. Teil einer Tubulusepithelzelle mit Anschnitt des Bürstensaumes (B), an dessen Grund Pinozytosebläschen (Pi) abgeschnürt werden. Diese geben das aufgenommene Eiweiß an Resorptionsvakuolen (V) ab, aus denen sich die Eiweißresorptionstropfen (A) entwickeln. M = Mitochondrien, N = Zellkern, → Nukleolus. Vergr. 16000 ×. (Dr. THOENES, 1965)

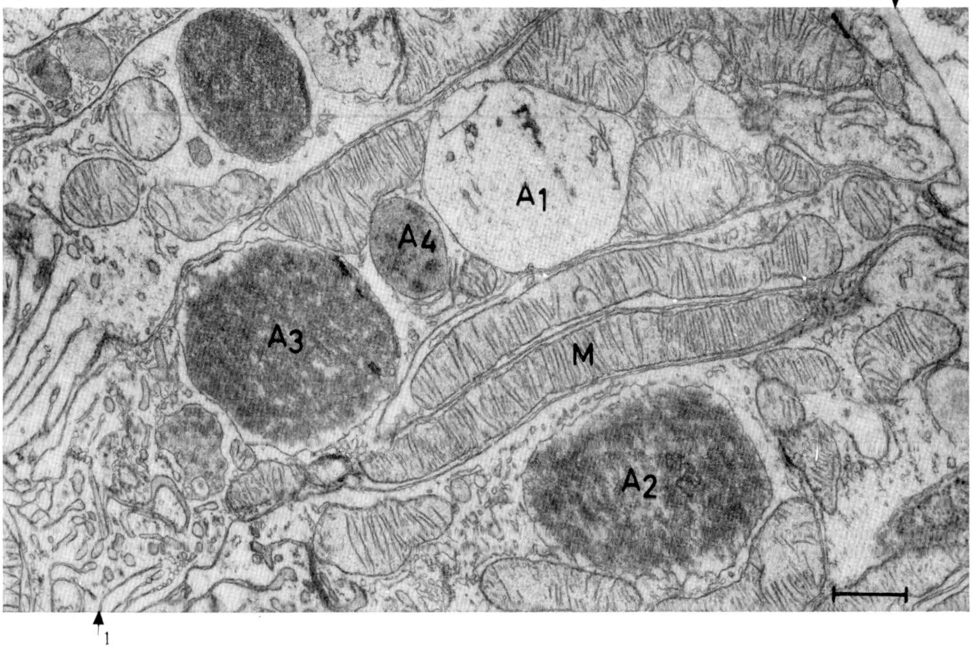

B. – Abb. 6.14. *Eiweißabsorptionstropfen* (eiweißspeichernde Phagosomen) in den Hauptstückepithelien der Niere bei chronischer Bleivergiftung der Ratte (nach 5wöchiger intraperitonealer Gabe von insgesamt 50 mg Bleiazetat). Große, von einer einfachen Membran begrenzte Körper mit einem feinkörnigen elektronendurchlässigen (A 1) sowie mit eingedicktem osmiophilem elektronendichtem (A 2 bis A 4) Inhalt. M = Mitochondrien. Zahlreiche Pinozytosevesikel an der Basis des Bürstensaumes (→ 1), → 2 = peritubuläre Basalmembran. Vergr. 10500 ×. (Dr. TOTOVIC)

Vaskuläre Nierenerkrankungen

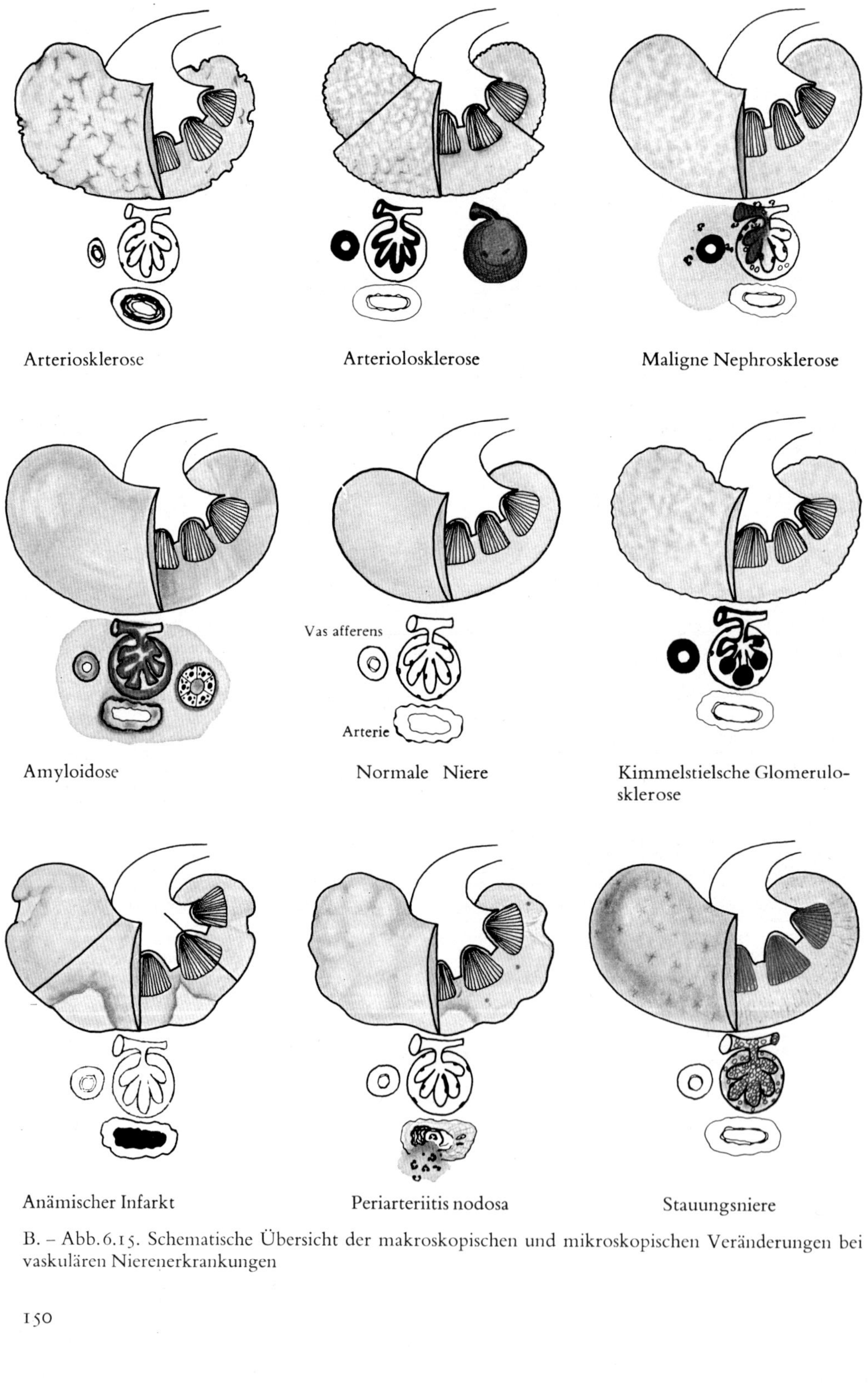

B. – Abb. 6.15. Schematische Übersicht der makroskopischen und mikroskopischen Veränderungen bei vaskulären Nierenerkrankungen

Vaskuläre Nierenerkrankungen

Die Gefäßerkrankungen der Nieren (Abb. 6.15) betreffen entweder die größeren Nierenarterienäste oder die Arteriolen. Sekundär werden fast immer die Glomerula in Mitleidenschaft gezogen, so daß schließlich auch das tubuläre System erkrankt.

Die **Arteriosklerose** (vgl. S. 152) kann sich in seltenen Fällen am Abgang der Nierenarterie aus der Aorta oder an der *A. renalis* selbst abspielen. Die Folgen der Einengung bestehen in einer Atrophie der Niere mit renal bedingtem Hochdruck *(Goldblattmechanismus)*. Die Arterien vom Typ der *Aa. interlobulares, arcuatae* oder *radiatae* werden in Form einer konzentrischen, das Lumen einengenden Sklerose und Elastose befallen. Die Glomerulumveränderungen (hyaline Verödung) sind von der Stärke der Sklerose abhängig.

Makroskopisch: Gering eingezogene Narben mit rotem Grund.

Die **Arteriolosklerose** (vgl. S. 152) stellt eine Hyalinose der *Vasa afferentia* mit Lumeneinengung dar. Die verminderte Durchblutung führt zu einer hyalinen Verdickung der Glomerulumschlingen und schließlich zur vollständigen hyalinen Verödung des Glomerulums. Dieses Hyalin wird wahrscheinlich von den Zellen des Mesangiums gebildet (Mesangiummatrix, siehe Glomerulonephritis). Ist der Prozeß stark ausgeprägt, so kommt es zu einer Nierenschrumpfung: *rote Granularatrophie (primäre Schrumpfniere)*. Arterio- und Arteriolosklerose können häufig kombiniert vorkommen (arterio-arteriolosklerotische Schrumpfniere).

Makroskopisch: Feinhöckerige Nierenoberfläche mit rotem Grund der kleinen Narben, evtl. mit hochgradiger Verkleinerung des Organs und stark verschmälerter Rinde (primäre Schrumpfniere, rote Granularatrophie). Bei Kombination mit Arteriosklerose zudem größere rote Narben.

Die **maligne Nephrosklerose** (vgl. S. 154) wird als »Intensitätsvariante« der Arteriolosklerose aufgefaßt, die sich auch auf eine Arteriolosklerose aufpfropfen oder unveränderte Gefäße befallen kann. Kennzeichnend ist die *fibrinoide Nekrose der Vasa afferentia und Glomerulumschlingen.*

Makroskopisch: Gering vergrößerte Niere mit bunter, fleckiger Oberfläche, in manchen Fällen zusammen mit Arteriolosklerose.

Die **Amyloidose** (vgl. Abb. S. 141, 165) kann man im eigentlichen Sinne nicht zu den vaskulären Nierenerkrankungen rechnen; sie ist hier zum Vergleich mit den anderen makroskopischen und histologischen Bildern aufgeführt.

Die **Kimmelstiel-Wilsonsche Glomerulosklerose** (vgl. S. 154) stellt eine besondere Form der Arteriolosklerose der Nieren dar. Sie geht mit Hyalinose der Vasa afferentia und efferentia sowie diffuser hyaliner Verdickung der Glomerulumschlingen einher, wobei kennzeichnende herdförmige bzw. kugelförmige Hyalinosen der Schlingen beobachtet werden. Das makroskopische Bild entspricht weitgehend dem einer Arteriolosklerose. Oft besteht gleichzeitig eine Verfettung der Tubuli, so daß ein buntes Bild entsteht (rote und gelbe Flecken).

Beim **anämischen Infarkt** (vgl. S. 154) findet man einen embolischen Verschluß einer Nierenarterie mit keilförmiger oder rechteckiger, gelber, trockener Nekrose, die mit zunehmender Vernarbung eingezogen erscheint und einen weißen Grund aufweist.

Die **Periarteriitis nodosa** (vgl. S. 64) der Nieren zeigt im akuten Stadium das Bild einer graugelb gefleckten Niere, evtl. mit feinfleckigen narbigen Einziehungen (ältere Nekroseherde). Die Arterien erkranken in Form einer fibrinoiden Nekrose mit granulomatöser Entzündung und Vernarbung.

Die **Stauungsnieren** erscheinen vergrößert mit Venensternchen an der Oberfläche. Düsterrote Farbe, insbesondere Markkegel. Die Glomerula sind hyperämisch und enthalten Eiweiß im Kapselraum. Außerdem besteht ein interstitielles Ödem.

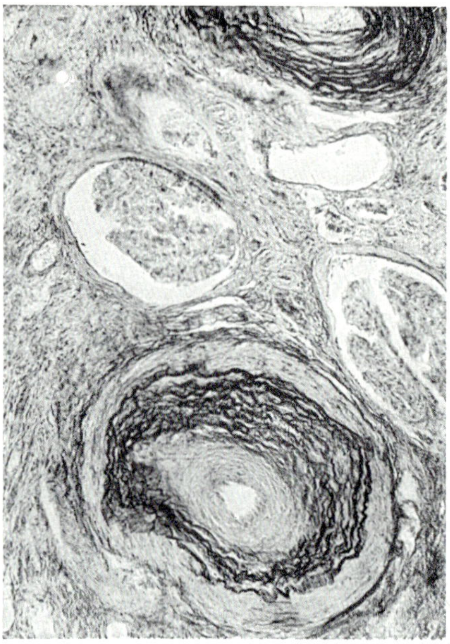

B. – Abb. 6.16. Arteriosklerose der Niere; Fbg. Elastica-v. Gieson, Vergr. 70×

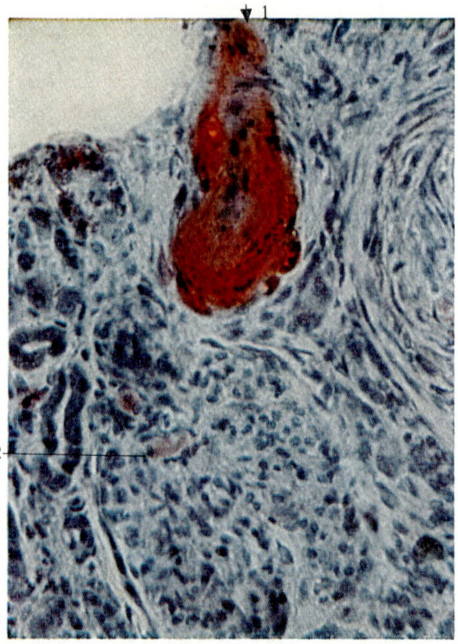

B. – Abb. 6.17. Arteriolosklerose der Niere; Fbg. Sudan-Hämatoxylin, Vergr. 380×

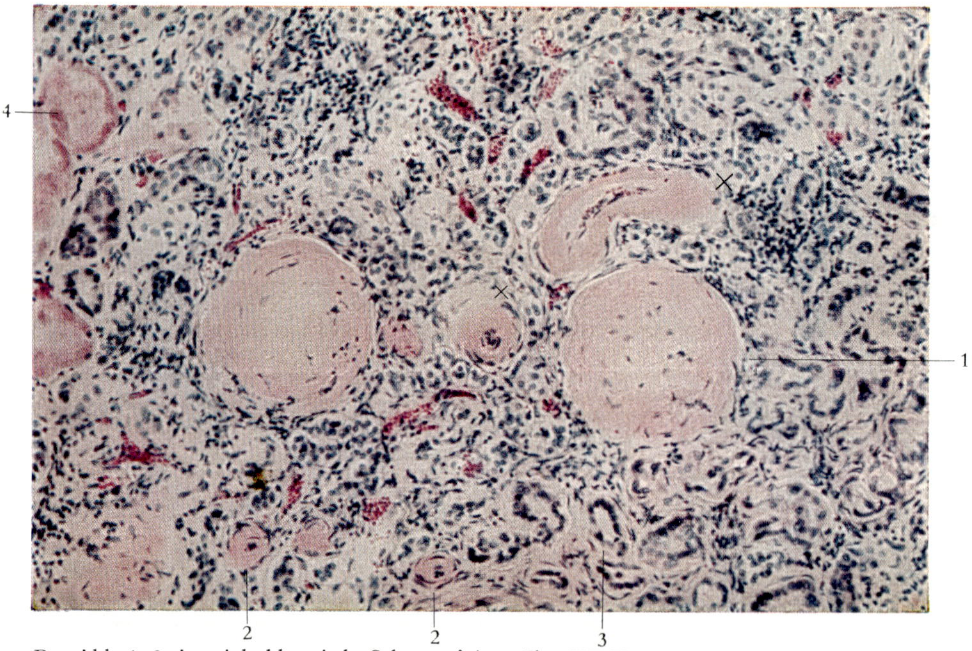

B. – Abb. 6.18. Arteriolosklerotische Schrumpfniere; Fbg. HE, Vergr. 156×

Arteriosklerose der Niere (Abb. 6.16). Histologisch bietet sich im Prinzip das gleiche Bild, wie wir es schon bei der Sklerose der Herzkranzarterien (vgl. S. 60) gesehen haben, allerdings nicht mit einer halbmondförmigen, sondern einer eher konzentrischen Sklerose. In der Übersicht fallen die größeren Arterien besonders im Mark der Niere durch ihre verdickte Wand auf. Die mittlere Vergrößerung zeigt die elastisch-hyperplastische Intimawucherung. Es handelt sich dabei um eine Vermehrung und Aufsplitterung der elastischen Fasern (im Bild schwarz) sowie Wucherung eines zellarmen Fasergewebes (Sklerose), die zu einer hochgradigen Lumeneinengung geführt haben. Die Glomerula sind teilweise hyalinisiert, die zugehörigen Harnkanälchen atrophisch mit interstitieller Bindegewebsvermehrung in diesem Bereich und lockeren lymphozytären Infiltraten. Sind mehrere Glomerula gruppenförmig hyalinisiert, so bedingen die Atrophie des Kanälchensystems und narbige Schrumpfung des Zwischengewebes eine Einsenkung der Nierenoberfläche (arteriosklerotische Narbe). Der Anfänger verwechselt die arteriosklerotischen Narben mit den lymphozytären Infiltraten leicht mit einer chronischen Pyelonephritis – die schweren Arterienveränderungen und die im Vergleich zur Pyelonephritis geringfügigen lymphozytären Infiltrate sollten den richtigen Weg weisen.
Arteriolosklerose (Abb. 6.17, vgl. S. 25 u. S. 56). Bei der Arteriolosklerose tritt Hyalin zwischen Intima und Media auf mit Lumeneinengung und Atrophie der Media. Das Gewebsbild ist überall gleichartig, unabhängig davon, ob es sich um eine Hyalinose der Arteriolen des Gehirns, des Herzmuskels, der Milz oder der Nieren handelt. Bei HE-Färbung ist die Wand der Arteriolen rot, homogen und kernlos (vgl. Abb. 6.18). Am besten stellen sich die hyalinisierten Gefäße bei einer Fettfärbung dar. Schon in der Übersicht sieht man dabei in der Nierenrinde zahlreiche kleine rote Punkte, die sich bei mittlerer und starker Vergrößerung als Vasa afferentia (→ 1) darbieten, deren Wand mit Neutralfetten überschwemmt ist. Die Media ist hochgradig atrophisch – einzelne Zellkerne sind noch in den äußersten Mediaschichten zu erkennen (vgl. auch Abb. 6.18, → 2). Die Gefäßlichtung, kenntlich an einigen noch erhaltenen Endothelzellkernen, ist hochgradig eingeengt. Bemerkenswert ist die Fettablagerung im Zwischengewebe der Glomerula (→ 2: Mesangium). Den Glomerula benachbarte Kanälchen sind atrophisch.
Arteriolosklerotische Schrumpfniere (Abb. 6.18). Schreitet der Prozeß der Hyalinisierung der Vasa afferentia fort, so daß der größte Teil der Gefäße betroffen ist, und gesellt sich noch eine Sklerose mittlerer Gefäße hinzu, so kommt es zur hyalinen Verödung vieler Glomerula und zum Untergang des tubulären Systems. In der Übersichtsvergrößerung fallen die verschmälerte Nierenrinde sowie zahlreiche runde rote Scheibchen auf. Bei stärkerer Vergrößerung stellen sich die Glomerula als eosinrote, runde, evtl. gering konzentrisch geschichtete Gebilde dar mit einzelnen erhaltenen Zellkernen (→ 1). In der Umgebung solcher Glomerula sieht man die Vasa afferentia mit typischen Wandveränderungen (×): Die Intima ist stark verbreitert und das Lumen eingeengt, wobei die Endothelzellen im Lumen gerade noch sichtbar sind. Die Muskelfasern der Media sind hochgradig atrophisch oder ganz verschwunden. Bei HE-Färbung ist das Gewebsbild dem der Amyloidose ähnlich. Die Kongorotfärbung ist aber negativ, und bei der v. Gieson-Färbung stellen sich die hyalinisierten Glomerula und Arteriolen rot dar (frisches Hyalin gelb, vgl. S. 10). In unserer Abbildung sieht man ein längsgetroffenes Vas afferens (× rechts oben), → 2 und × in Bildmitte zeigen auf quergetroffene Arteriolen. Als Folge der Hyalinose der Glomerula findet man eine Atrophie des zugehörigen Kanälchensystems (→ 3) mit verkleinerten Kanälchen, schmalem Lumen und atrophierten Epithelien. Einige Kanälchenabschnitte sind völlig zugrunde gegangen. Das Zwischengewebe ist dementsprechend verbreitert und lymphozytär infiltriert (narbige Einziehung). Andere Rindenabschnitte mit erhaltenen Glomerula sind kompensatorisch hypertrophisch (→ 4) und können makroskopisch als kleine Buckel vorspringen. (Fortsetzung S. 155)

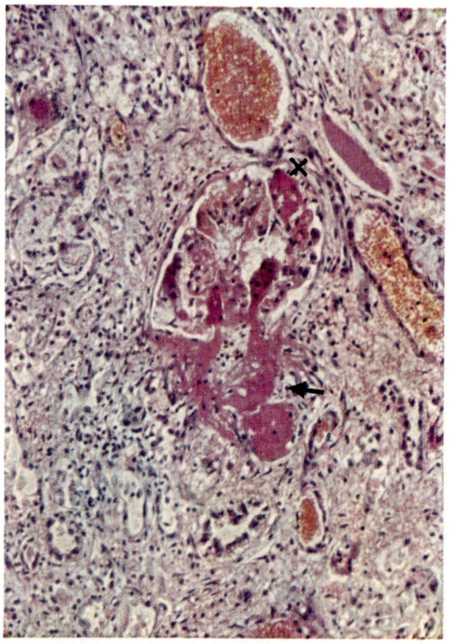

B. – Abb. 6.19. Maligne Nephrosklerose; Fbg. HE, Vergr. 120 ×

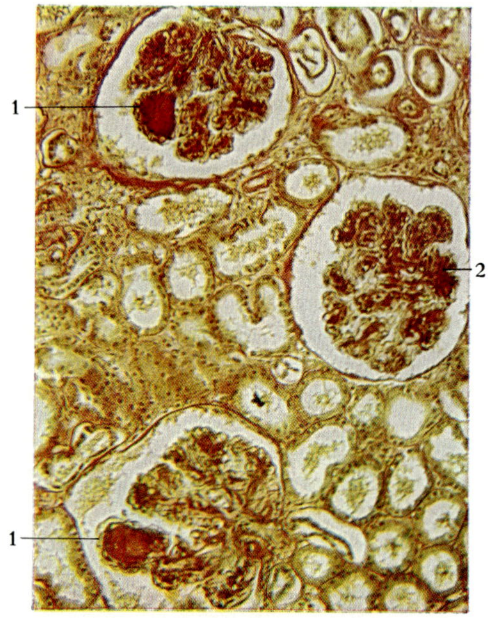

B. – Abb. 6.20. Kimmelstiel-Wilsonsche Glomerulosklerose; Fbg. v. Gieson, Vergr. 125 ×

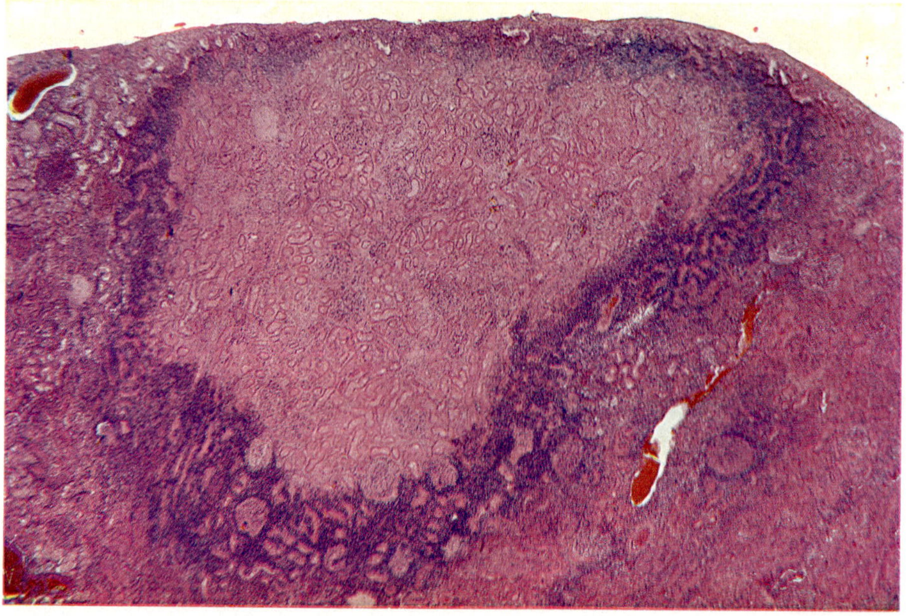

B. – Abb. 6.21. Anämischer Niereninfarkt; Fbg. HE, Vergr. 28 ×

Klinisch: »Benigne« Hypertonie (essentieller Hochdruck), wobei die Arteriolosklerose nicht als Ursache, sondern als Folge der Blutdruckerhöhung angesehen wird.

Maligne Nephrosklerose (Abb. 6.19). *Es handelt sich um eine »stürmisch« verlaufende Arteriolosklerose mit fibrinoider Wandnekrose der Vasa afferentia und der Glomerulumschlingen.*
Histologisch bietet sich ein der Hyalinose zunächst ähnliches Gewebsbild: homogene Wand der Arteriolen mit Lumeneinengung (→ im Bild). Bei der HE-Färbung fällt aber schon ein stärkerer leuchtendroter Farbton dieses »hyalinen« Materials auf, das sich bei v. Gieson-Färbung zudem gelb darstellt (vgl. S. 10, S. 21 u. S. 23). Außerdem fehlt selten eine, wenn auch geringe, zelluläre Reaktion mit einzelnen polymorphkernigen Leukozyten. Häufig findet man auch Erythrozyten im fibrinoiden Material – ein Zeichen für den »stürmischen« Eintritt von Blutplasma in die Gefäßwand. Die fibrinoide Nekrose greift fast immer auf die Glomerulumschlingen über (×), wobei einzelne Schlingen oder Schlingengruppen befallen werden. Pfropft sich die maligne Nephrosklerose auf eine Arterio- bzw. Arteriolosklerose der Niere auf, so findet man neben der Sklerose mittlerer Gefäße und Hyalinose der Arteriolen zudem die fibrinoiden Nekrosen.

Makroskopisch: Bunte, fleckige Niere mit unscharfen grauweißen Herden auf rotem Grund. *Klinisch* entwickelt sich eine »maligne« Hypertonie (hoher Blutdruck, kurzer Verlauf bei jungen Menschen mit Tod in Urämie oder durch Apoplexie). Ein Wechsel der »Gangart« der Hypertonie, zunächst »gutartig«, dann »maligne«, mit dem kombinierten Bild der Arteriolosklerose und malignen Nephrosklerose kommt bei älteren Patienten (50–60 Jahre) vor.

Kimmelstiel-Wilsonsche Glomerulosklerose (Abb. 6.20). *In etwa 20% der Falle von chronischem Diabetes mellitus auftretende Nierenkomplikation (klinisch: Albuminurie, Hypertonie, geringe Niereninsuffizienz) mit typischer Hyalinose der Glomerulumschlingen.* Es handelt sich histologisch um ein sehr charakteristisches Gewebsbild: In zahlreichen Glomerula findet man eine Hyalinisierung einzelner oder mehrerer Schlingen, die zu kugelförmigen Konglomeraten umgewandelt sind (v. Gieson rot, teilweise auch rotgelb, → 1). Die übrigen Schlingen des Glomerulus sind frei von Veränderungen oder zeigen Anfangsstadien der Hyalinose. In manchen Glomerula wird auch eine diffuse hyaline Verdickung (→ 2) der Wand der Glomerulumschlingen beobachtet. Oft sind die Basalmembranen aufgesplittert. Eine Hyalinose der Vasa afferentia *und efferentia* tritt häufig hinzu. Elektronenmikroskopisch handelt es sich um eine Vermehrung von Basalmembraneiweißkörpern, vorwiegend im Mesangium.

Makroskopisch: Feinhöckerige, wenig geschrumpfte Niere.

Anämischer Niereninfarkt (Abb. 6.21). *Embolischer Verschluß eines Nierenarterienastes mit meist keilförmiger Koagulationsnekrose* (vgl. S. 146 u. 147). In der Übersicht sieht man einen hellroten, keilförmigen Herd, der von einer blauen, zellreichen und einer schmalen roten Zone umgeben wird. Betrachtet man das Zentrum des Herdes bei mittlerer und stärkerer Vergrößerung, so findet man die typischen Zeichen der *Nekrose:* die Zellkerne sind ungefärbt, das Zytoplasma der Zellen ist homogen oder feinkörnig. Die Zellkerne der Interstitien oder der Glomerula können noch als Schatten erkennbar sein. Im ganzen sind in einem frühen Stadium noch schattenhaft die Umrisse der Kanälchen und Glomerula zu erkennen. In der *zellreichen Randzone* sind bei stärkerer Vergrößerung *polymorphkernige Leukozyten* zu sehen sowie alle Stadien des Unterganges von Zellkernen mit Pyknose, Rhexis und Lysis. Außerdem finden sich reichlich teilweise staubförmige Kerntrümmer. Darauf folgt nach außen meist eine *hyperämische Randzone*, die in unserem Präparat nicht so deutlich ausgeprägt ist. Beachtenswert ist eine schmale, erhaltene, subkapsuläre Zone. Dieses Gebiet erhält Blut von den Gefäßen der Nierenkapsel.

Makroskopisch: Gelber, trockener, fester Herd. Ältere Herde sind eingezogen (Resorption durch Granulationsgewebe), und schließlich resultiert eine tief eingezogene Narbe mit weißem Grund. Als Quelle der Embolie kommen am häufigsten eine verruköse Endokarditis und parietale Thromben im Herzen (z. B. bei Herzinfarkt) oder in der Aorta in Frage.

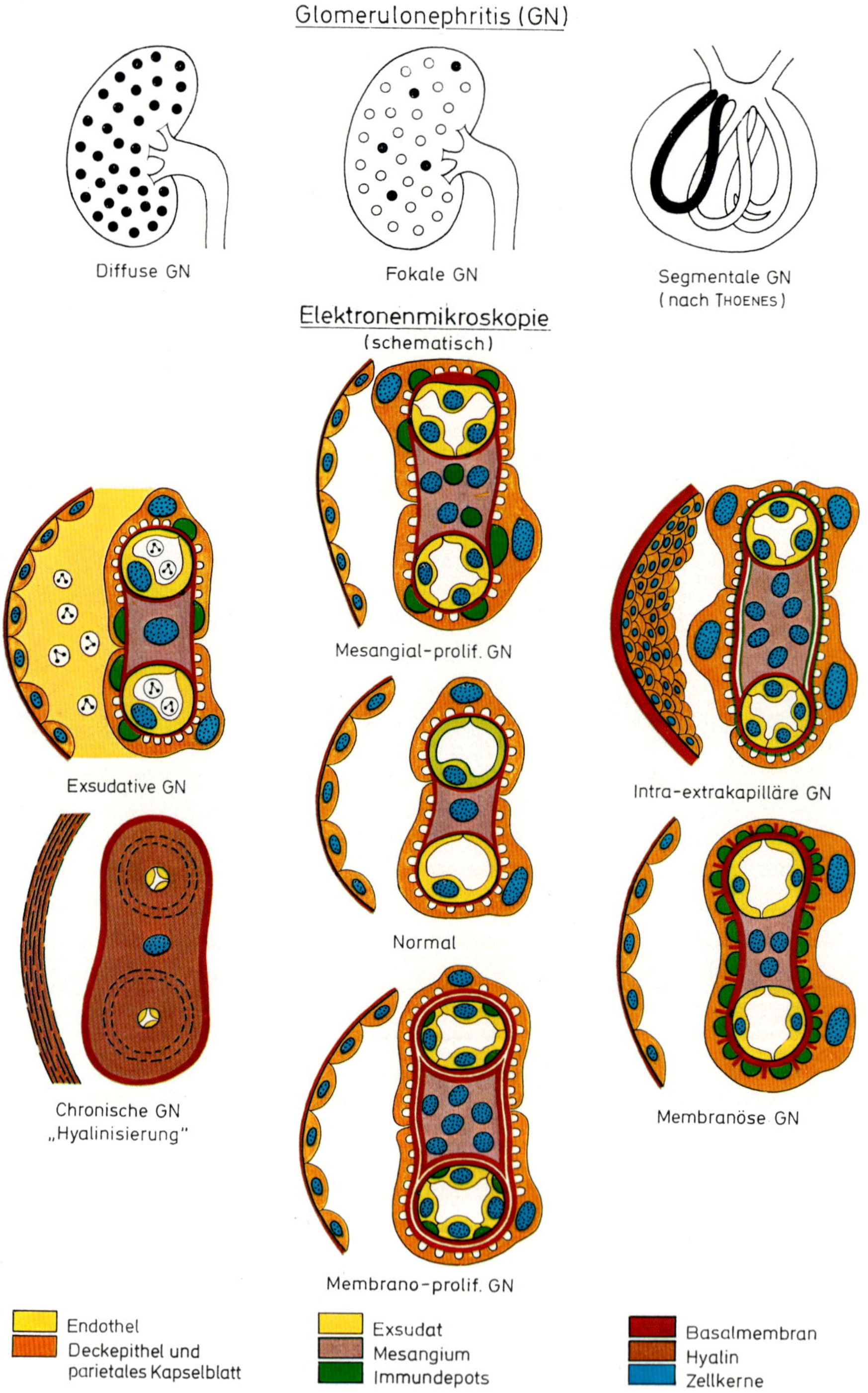

B. – Abb. 6.22. Die verschiedenen Formen der GN. Elektronenmikroskopie in Anlehnung an BOHLE.

B. – Tab. 6.1. Einteilung der Glomerulonephritis (GN)[1])

Bezeichnung	Morphologie »Leitbild«	Pathogenese Immunologie	Klinik
Exsudative GN (akute exsudativ-proliferative GN	Granulozyten, Exsudation und geringe Mesangium- und Endothelproliferation.	**Postinfektiös** (Streptokokkeninfekte, Scharlach, Angina). Auch bei Serumkrankheit. **Immunkomplexnephritis.** Subepitheliale Immundepots.	Hoher Antistreptolysintiter, RR +, Albuminurie, Hämaturie. Häufig gute Prognose, kann jedoch übergehen in mesangial-proliferative GN.
Mesangial-proliferative GN (»intrakapilläre« GN) akute → chronische	Mesangium- und Endothelproliferation.	**Postinfektiös** (Streptokokken) IgA-, IgG-Nephritis. Immunkomplexnephritis. Subepitheliale Immundepots an der Schlinge und/oder im Mesangium.	Hämaturie, Proteinurie. Häufige Form der GN. Steroidtherapie +. Gute Prognose. Manchmal nephrotische Verlaufsform.
Intra-extrakapilläre proliferative GN (»extrakapilläre« GN) rapid, progressiv	Prolif. parietales Kapselblatt »Halbmonde«. Endothel- und Mesangiumproliferation. Variante: nekrotisierend.	**Antibasalmembrannephritis** z. B. bei Goodpasture-Syndrom. Immunglobuline diffus linear in der Basalmembran.	**Schlechte Prognose.** Rapid progressiv, »subakut«, RR ++.
Membranöse GN (perimembranöse GN)	Basalmembran stark verdickt, sog. Spikes. Keine Zellproliferation.	**Immunkomplexnephritis** (evtl. Autoantikörper), subepitheliale Immundepots, Spikes, Virus? (Nerze der Aleuten).	**Nephrotisches Syndrom.** Steroidhterapie (+), 30% Heilung, 50–70% Persistenz.
Membranoproliferative GN	Basalmembran verdickt (doppelkonturiert), Mesangiumproliferation.	**Hypokomplementämie,** vorw. subendotheliale Immundepots.	60% nephrotisches Syndrom, Steroidtherapie +, gute Heilungstendenz.
Minimale GN (»minimal charges«)	Glomeruli lichtmikroskopisch unauffällig oder nur minimale Mesangiumproliferation.		»genuine« Lipoidnephrose, Steroidtherapie +, 60% Heilung.
Fokale und/oder segmentale GN	Einzelne Glomerula betroffen und/oder einzelne Schlingengruppen. Proliferierend oder sklerosierend[2]).	Im Rahmen bestimmter Grundkrankheiten auftretend: Pupura Schönlein-Henoch, Lupus erythematodes, Goodpasture-Syndrom oder idiopathisch.	Proliferierende Form: häufig günstige Prognose. Sklerosierende Form: häufig Lipoidnephrose.

[1]) Nach W. Thoenes: Nieren- und Hochdruckkrankheiten *5:* 199 (1973); H. U. Zollinger: Beitr. Path. *143:* 395 (1971); P. Royer, R. Hahib, H. Mathieu: Nephrologie im Kindesalter. G. Thieme, Stuttgart 1967.

[2]) Sklerosierend = Vermehrung der Matrix des Mesangiums.

Entzündliche Nierenerkrankungen (außer GN)

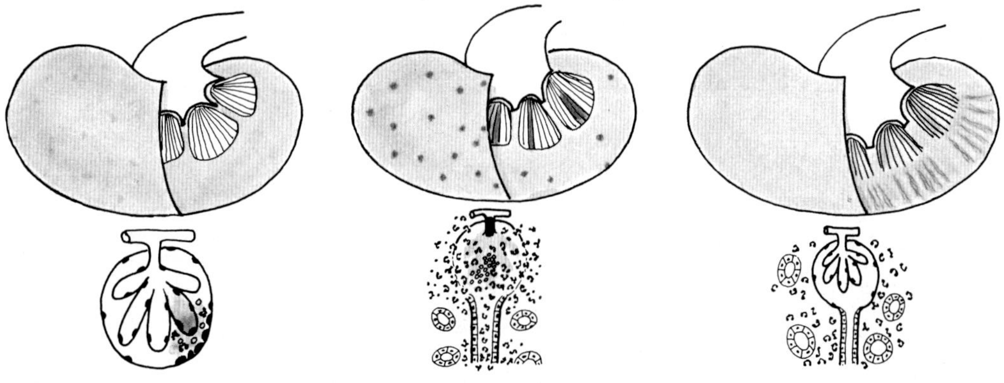

Löhleinsche Herdnephritis

Pyämische Abszesse und Ausscheidungsherde

Akute interstitielle Nephritis

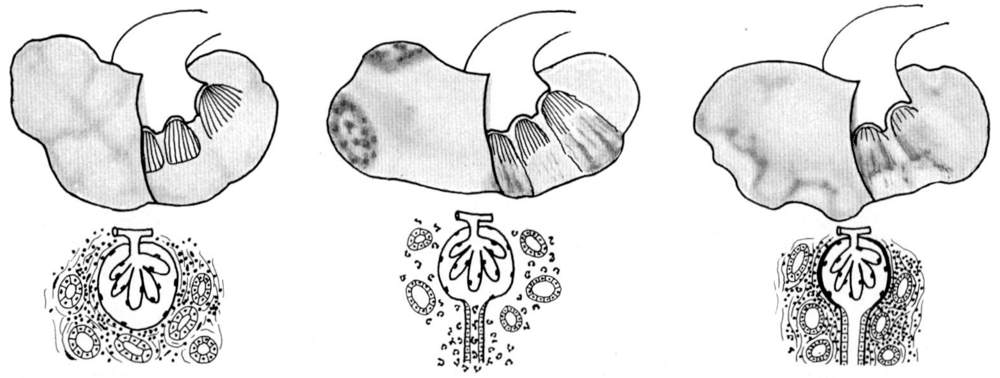

Chronische interstitielle Nephritis

Akute aszendierte Pyelonephritis

Chronische aszendierte Pyelonephritis

B. – Abb. 6.23. Schematische Übersicht des makroskopischen und histologischen Bildes der entzündlichen Nierenerkrankungen (außer Glomerulonephritis)

Die **Löhleinsche Herdnephritis** (s. S. 162) zeigt in einzelnen Glomerula eine fibrinoide Nekrose einzelner Schlingen oder Schlingengruppen. *Makroskopisch:* Gering vergrößerte Nieren mit einzelnen Blutpunkten.

Bei den **embolischen pyämischen Nierenabszessen** (s. S. 162) sieht man kleine Abszesse im Bereich einzelner Glomerula. *Makroskopisch:* Diffus verstreute gelbe Herdchen mit rotem Randsaum.

Werden die Bakterien ausgeschieden und sammeln sich im Mark an, so findet man hier makroskopisch gelbliche, streifige Herde, die mikroskopisch länglichen Abszessen mit Bakterienrasen entsprechen *(Ausscheidungsherde).*

Bei der **akuten interstitiellen serösen, eitrigen oder nichteitrigen Nephritis** (s. S. 166) sind die Interstitien durch ein seröses Exsudat auseinandergedrängt (z. B. bei Verbrennungen), oder es stellen sich streifenförmige leukozytäre bzw. lympho-histiozytäre Infiltrate dar. *Makroskopisch:* Graugelbe, vergrößerte Niere.

Die **chronische interstitielle Nephritis** (s. S. 166) ist durch lympho-histiozytäre Infiltrate mit einer interstitiellen Bindegewebsvermehrung gekennzeichnet. *Makroskopisch:* Grobbucklige, graurote Nieren.

Bei der **akuten bzw. chronischen aszendierten Pyelonephritis** (s. S. 166) werden ein oder mehrere Lobuli der Niere befallen. Die Entzündung breitet sich von den Papillen der Pyramiden aufsteigend aus. Im akuten Stadium stellen sich herdförmig gruppiert stehende Abszesse und streifige Infiltrate, im chronischen Stadium flache, grauweiße, eingezogene Narben dar.

Glomerulonephritis (GN)

Die Glomerulonephritis stellt eine Entzündung der Glomerula dar, wobei entweder alle Glomerula beider Nieren gleichmäßig (diffuse GN) oder einzelne Glomerula bevorzugt (fokale GN) betroffen sind (s. S. 156). Meist sind alle Schlingen eines Glomerulums in den Entzündungsprozeß einbezogen, oder es ist nur ein Teil der Schlingen betroffen (segmental, wie z. B. bei Löhleinscher Herdnephritis).

Die Entzündung am Glomerulum gehorcht prinzipiell den allgemeinen Gesetzmäßigkeiten von Entzündungen: Exsudation bedeutet Durchtritt von Blutplasma und Anschoppung von Granulozyten (exsudative GN). Die Proliferation von Zellen kann das Mesangium und Endothel allein betreffen (Mesangial- bzw. endokapillär-proliferative GN) oder das parietale Kapselblatt mit einbeziehen (intra-extrakapilläre proliferative GN). Vorwiegend die Basalmembran betroffen (verdickt) ist bei der sog. membranösen GN. Eine Zellproliferation fehlt oder ist nur gering ausgeprägt. Die Basalmembran ist abnorm durchlässig. Eine Kombination von Basalmembranverdickung und Proliferation finden wir bei der membrano-proliferativen GN.

Bei fast allen Formen der GN lassen sich Immunkomplexe in oder an der Basalmembran nachweisen, so daß eine Antigen-Antikörper-Reaktion als grundlegender pathogenetischer Mechanismus angenommen werden kann. Bei der Antigen-Antikörper-Reaktion kommt es zur Komplementaktivierung (C_1–C_9). Damit können alle morphologischen Erscheinungsbilder, wie Exsudation, Granulozytenanschoppung bis zur Nekrose, erklärt werden.

Bei der chronischen Glomerulonephritis, gleichgültig aus welchem Typ der GN sie sich entwickelt, kann die Einschränkung der glomulären Filtration durch die Vermehrung der Mesangiummatrix erklärt werden, die sich unter dem Endothel auf der Basalmembran vorschiebt, bis das Schlingenlumen vollständig verlegt ist (verödeter Glomerulus, auch als »hyalinisierter« Glomerulus bezeichnet).

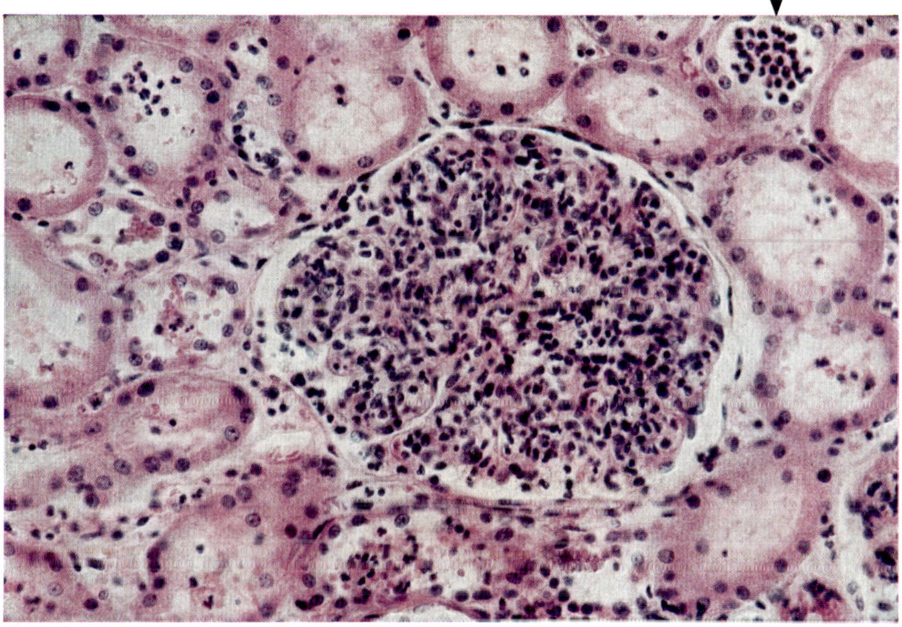

B. Abb. 6.24. Akute exsudative Glomerulonephritit; Fbg. HE, Vergr. 281 ×

Akute exsudative Glomerulonephritis (Abb. 6.24). Es handelt sich um eine akute entzündliche Reaktion der Glomerulumschlingen mit Anschoppung von Granulozyten sowie geringer Endothel- und Deckzellproliferation.

Abb. 6.24 zeigt das **akute Stadium einer exsudativen Glomerulonephritis.** Schon bei Lupenvergrößerung fallen die vergrößerten, zellreichen Glomerula auf. Die Schlingen füllen den Kapselraum prall aus; sie sind erweitert und enthalten zahlreiche Granulozyten. Die Basalmembran der Glomerula ist verbreitert. Im Kapselraum und in den Kanälchen findet man Erythrozyten, Eiweiß und polymorphkernige

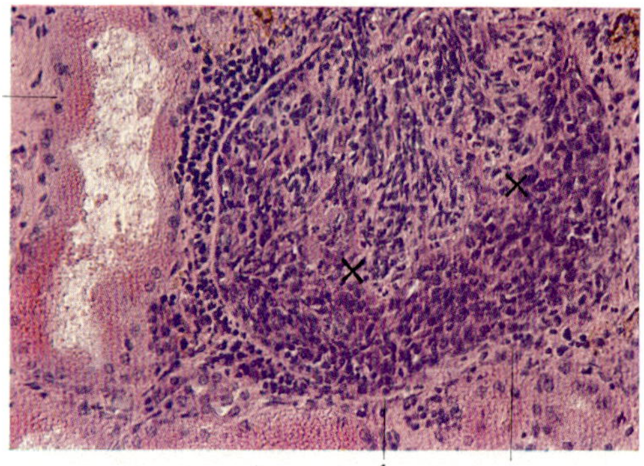

B. – Abb. 6.25. Intra-extrakapilläre-proliferative Glomerulonephritis;
Fbg. HE, Vergr. 160 ×

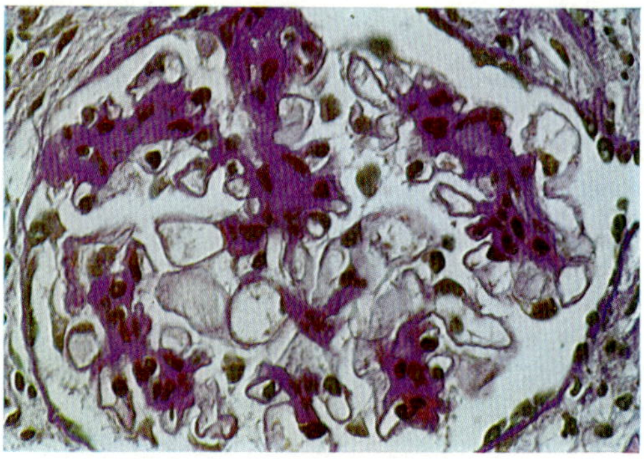

B. – Abb. 6.26. Mesangial-proliferative Glomerulonephritis;
Fbg. PAS Htx., Vergr. 160 × [1])

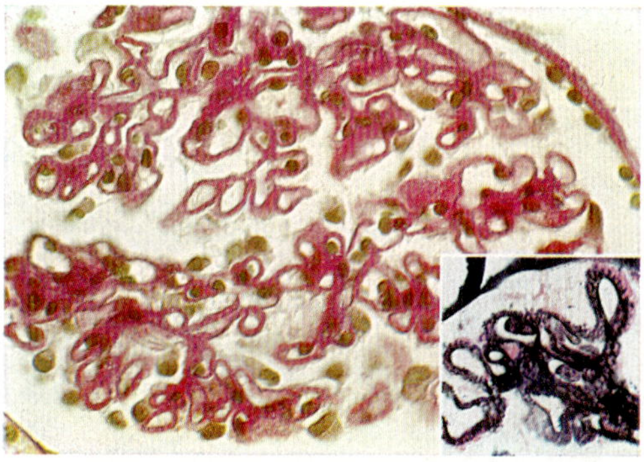

B. – Abb. 6.27. Membranöse Glomerulonephritis;
Fbg. PAS-Htx., Vergr. 160 ×.
Einschnitt: Jones-Chromotrope R Färbung;
Vergr. 400 ×

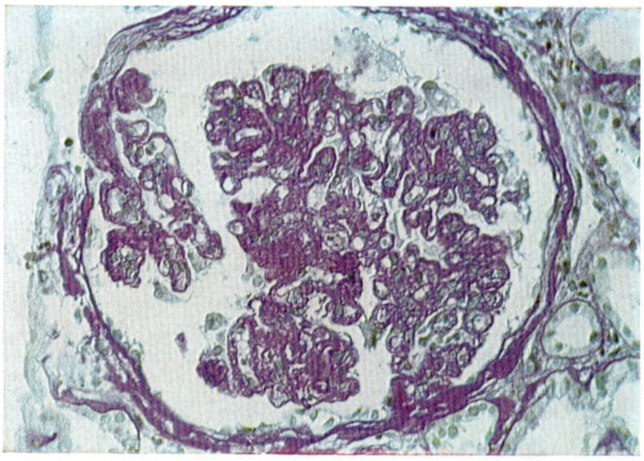

B. – Abb. 6.28. Membrano-proliferative Glomerulonephritis;
Fbg. PAS-Htx., Vergr. 100 ×

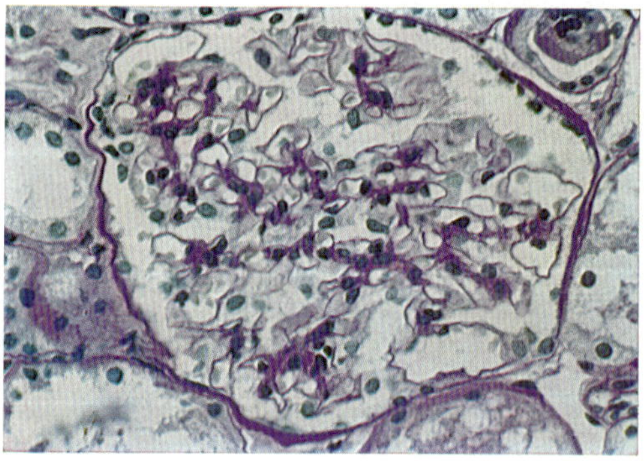

B. – Abb. 6.29. Minimale Glomerulonephritis;
Fbg. PAS-Htx., Vergr. 150 ×

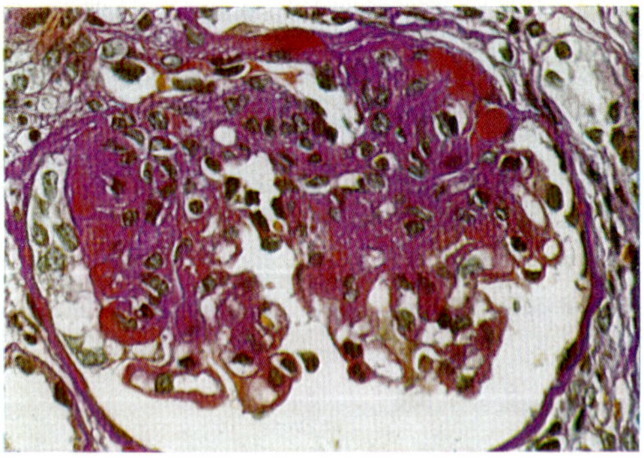

B. – Abb. 6.30. Fokal-segmentale sklerosierende Glomerulonephritis;
Fbg. PAS-Htx., Vergr. 150 ×

[1]) Für die Abb. 6.26 bis 6.30 danke ich Prof. THOENES (Mainz).

Leukozyten (→). Die Interstitien sind ödematös verbreitert mit einzelnen Granulozyten (geringe Periglomerulitis). Die Kanälchenepithelien sind vergrößert, oft mit trüber Schwellung.

Makroskopisch: Große, saftreiche Nieren, die aus der gespannten Kapsel beim Einschneiden hervorquellen. Flohstichartige Blutpunkte auf der Oberfläche.

Intra-extrakapilläre proliferative Glomerulonephritis (nach alter Nomenklatur: extrakapilläre GN) (Abb. 6.25). Man sieht zellreiche Glomerula mit einer hochgradigen Vermehrung und Vergrößerung der Deckzellen des parietalen Kapselblattes mit *halbmondförmiger Proliferation* großer länglicher Zellen mit ovalen Zellkernen (→ 1 und × × zeigen die Grenzen des Halbmondes an). Die Glomerulumschlingen werden durch die Zellwucherung komprimiert. Diese sind ebenfalls zellreich, mit Proliferation der Endothelzellen und des Mesangiums. Auch die Basalmembranen erscheinen schon verdickt. In den Halbmonden kommt es mit zunehmender Krankheitsdauer zur Bildung von Hyalin. Ebenso hyalinisieren die Glomerulumschlingen. Die Interstitien sind verbreitert, mit seröser Exsudation und geringen lymphozytären Infiltraten. Die Hauptstückepithelien zeigen eine hyalintropfige Eiweißspeicherung (→ 2) und oft Verfettung. Diese Form der Glomerulonephritis kann im Tierexperiment beim Kaninchen erzeugt werden (Masuginephritis. Antibasalmembrannephritis).

Makroskopisch: Große, bunte Niere (rötlich und gelb gefleckt).

Mesangial-proliferative Glomerulonephritis (Abb. 6.26) (nach alter Nomenklatur: intrakapilläre GN). Unser Bild zeigt in einer PAS-Färbung (Anfärbung von Mukopolysacchariden) das Wesentliche dieses Prozesses sehr deutlich: Das Mesangium ist stark verbreitert und tritt deutlich hervor, während die Basalmembran der Glomerulumschlingen zart erscheint. Die Zellkerne des Mesangiums sind vermehrt, auch die Endothelzellen erscheinen gering vermehrt und vergrößert. Das parietale Kapselblatt ist unverändert. Wie in Tab. 6.1 angegeben, tritt diese Art der GN auch akut auf mit Hämaturie und Proteinurie und kann einen chronischen Verlauf nehmen (nephrotische Verlaufsform). Die Prognose ist unter Steroidtherapie gut.

Membranöse (perimembranöse) GN (Abb. 6.27) Bei Betrachtung dieses Bildes wird man sich mit Recht fragen, wo man hier Zeichen einer Entzündung sieht (. . . itis), da eine zelluläre Reaktion völlig fehlt. Man sieht vielmehr eine starke Verbreiterung der Basalmembran aller Glomerulumschlingen **ohne** Zellproliferation. Die Basalmembran zeigt zudem stachelartige Ausläufer (sog. »Spikes«), die sich bei Spezialfärbungen darstellen lassen (siehe Einschnitt). Zwischen den Spikes lassen sich Immunkomplexe nachweisen. Im Vordergrund des morphologischen und klinischen Bildes steht die Membranschädigung mit nephrotischem Syndrom.

Membrano-proliferative Glomerulonephritis (Abb. 6.28) Wie der Name sagt, sind bei dieser Glomerulumerkrankung die Basalmembranen betroffen bei gleichzeitiger Proliferation des Mesangiums. Die Basalmembranen zeigen bei Versilberung eine Doppelkonturierung (Aufsplitterung). Häufig besteht ein nephrotisches Syndrom.

Minimale Glomerulonephritis (»minimal changes«) (Abb. 6.29). Die Veränderungen am Glomerulum sind so gering, daß der Ungeübte den Unterschied zu einem normalen Glomerulum kaum sehen wird. Auffällig ist eine Verbreiterung des Mesangiums mit geringer Zellproliferation. Trotz dieser minimalen Veränderungen besteht klinisch eine schwere Proteinurie mit hoher Lipoidausscheidung (sog. genuine Lipoidnephrose).

Fokal-segmentale Glomerulonephritis (Abb. 6.30). Bei dieser Form der GN sind nur einzelne Glomerula betroffen und/oder nur einzelne Schlingengruppen. Unser Bild zeigt eine Verödung (Hyalinisierung) der meisten, aber nicht aller Schlingen eines Glomerulums. Es besteht nur eine geringe Zellvermehrung. Die Hyalinisierung mit Verödung der Glomerulumschlingen wird durch die Vermehrung der Mesangiummatrix bewirkt (sog. sklerosierende Form). Klinisch kann eine Lipoidnephrose bestehen.

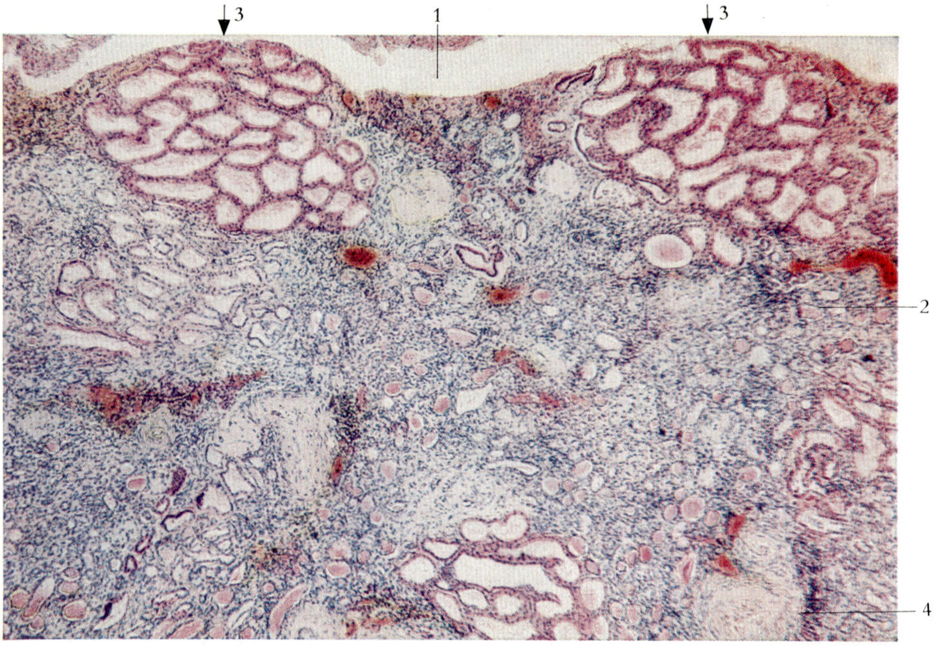

B. – Abb. 6.31. Chronische Glomerulonephritis; Fbg. HE, Vergr. 41 ×

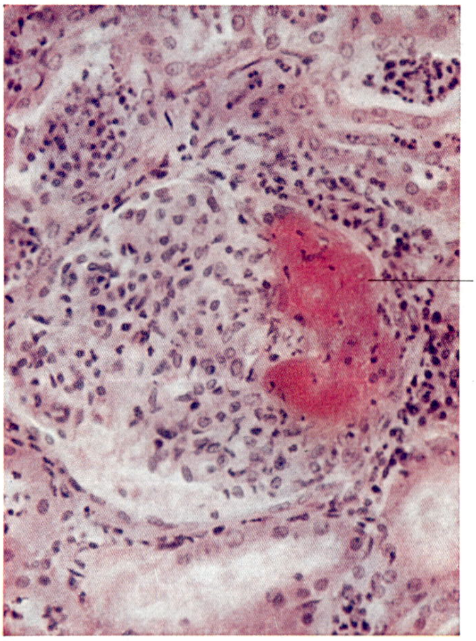

B. – Abb. 6.32. Löhleinsche Herdnephritis; Fbg. HE, Vergr. 280×

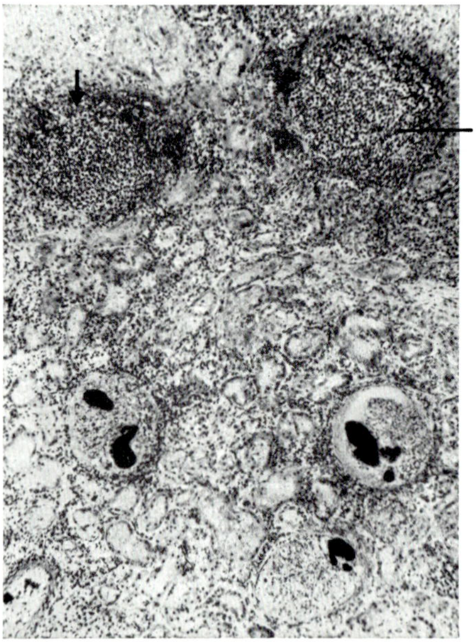

B. – Abb. 6.33. Embolische Nierenabszesse; Fbg. HE, Vergr. 72×

Chronische Glomerulonephritis (Abb. 6.31). In der Übersicht fällt eine deutliche Verschmälerung der Nierenrinde mit teils zellreichen und an der Oberfläche eingesunkenen, teils zellarmen und kleinzystischen Partien auf. Die mittlere Vergrößerung zeigt, daß die meisten Glomerula jetzt vollständig hyalin verödet sind. Manchmal kann man noch die Halbmonde der extrakapillären Glomerulonephritis erkennen. Das zugehörige Kanälchensystem ist hochgradig atrophisch (→ 1), wobei kleine runde oder ovale, von einem flachen Epithel ausgekleidete Lumina von Eiweißzylindern ausgefüllt sind (→ 2). Das interstitielle Bindegewebe ist dementsprechend verbreitert und lymphozytär infiltriert. Neben diesen Narbenbezirken (mit Einziehung der Nierenoberfläche, → 1) sieht man kompensatorisch hypertrophische Bezirke (→ 3) mit erhaltenen Glomerula und stark erweiterten Nierenkanälchen mit kubischen Epithelien. Neben vollständig hyalinisierten Glomerula kann man auch solche mit frischen entzündlichen Veränderungen antreffen. Die Gefäße zeigen häufig eine Arterio- und Arteriolosklerose (→ 4). Im Endstadium sind die verschiedenen Formen der Glomerulonephritis nicht mehr voneinander zu trennen; auch eine Unterscheidung zur arterio- oder arteriolosklerotischen Schrumpfniere kann in manchen Fällen schwierig sein.

Makroskopisch: Kleine, derbe Nieren mit granulierter Oberfläche von graugelber Farbe. Manchmal auch glatte Oberfläche, insbesondere bei chronischer intrakapillärer Glomerulonephritis.

Löhleinsche Herdnephritis (Abb. 6.32). *Entzündung der Schlingen einzelner Glomerula bei Endocarditis lenta.* Im akuten Stadium sieht man eine fibrinoide Verquellung bzw. Nekrose einzelner Glomerulumschlingen oder von Schlingengruppen. Diese sind in eine homogene, kernlose, eosinrote Masse umgewandelt (→). Im Fibrinoid lassen sich häufig Erythrozyten nachweisen. Das fibrinoide Material liegt in den Schlingen (Fibrinthromben) und hat die Wand der Glomerulumschlingen mit einbezogen. Die übrigen Schlingen sind intakt und zeigen höchstens eine geringe Zellvermehrung und Basalmembranverbreiterung. Im Kapselraum und in den Kanälchen liegen körnige Eiweißmassen, evtl. Erythrozyten und polymorphkernige Leukozyten. Nach der Ausheilung sieht man herdförmige Schlingennarben, die mit dem parietalen Kapselblatt verwachsen sind.

Makroskopisch: Gering vergrößerte Niere mit flohstichartigen Blutpunkten an der Oberfläche.

Embolische Nierenabszesse (Abb. 6.33). *Bei Sepsis oder Pyämie auftretende hämatogene Nierenrindenabszesse und eitrige Ausscheidungsherde im Mark.* Das histologische Bild ist in der Übersicht durch verstreut in der Rinde liegende zellreiche Herde gekennzeichnet. Die mittlere Vergrößerung zeigt eine herdförmige Ansammlung von polymorphkernigen Leukozyten mit Gewebseinschmelzung im Bereich einzelner Glomerula (→: Abszesse). An anderen Stellen sieht man Bakterienhaufen in den Glomerulumschlingen oder in Kapillaren, mit leukozytärer Infiltration der Umgebung und beginnender Gewebseinschmelzung. Das interstitielle Bindegewebe enthält ebenfalls Granulozyten. In den Lumina der Hauptstücke finden sich körnige Eiweißmassen.
Die *Ausscheidungsherde im Nierenmark* entstehen durch Bakterien, die durch die Glomerula ausgeschieden werden und sich im Mark ansammeln. Es bilden sich hier *streifenförmige Abszesse* mit zentralen Bakterienrasen (blau) bei einer häufig bestehenden perizentralen Nekrosezone und granulozytärem Randstreifen.

Makroskopisch: Diffus an der Nierenoberfläche bzw. in der Rinde verteilte 1–2 mm große, graugelbe Abszesse bzw. gelbgraue, streifige Herde in den Markstrahlen.

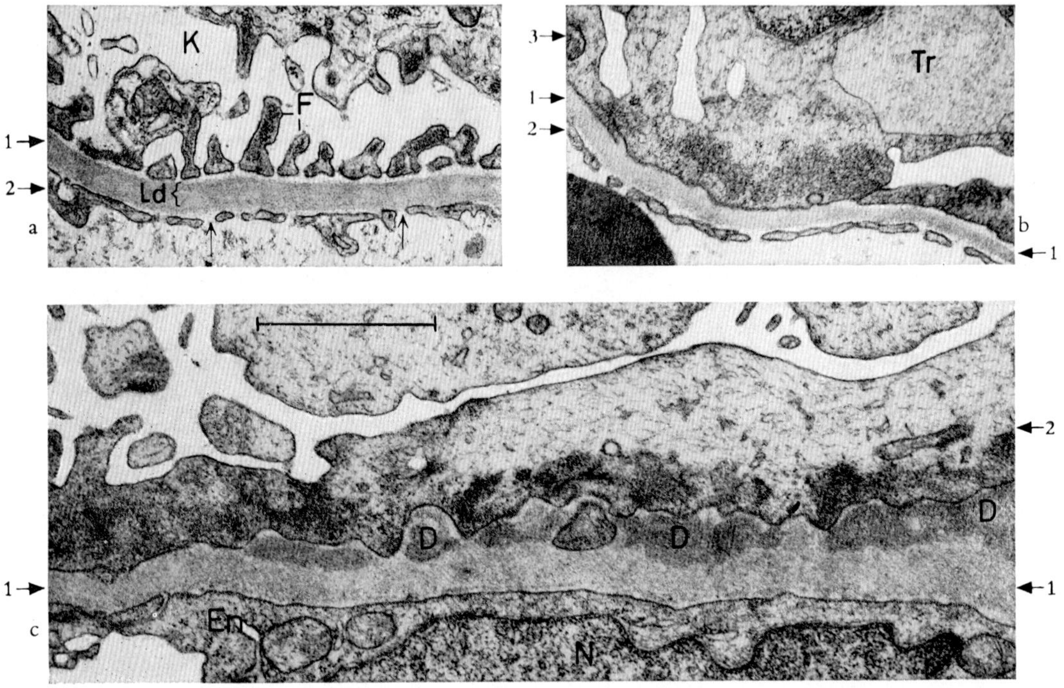

B. – Abb. 6.34. a) *Normales Rattenglomerulum.* → 1 = Basalmembran mit Lamina densa (Ld), Endothel (→ 2) mit Poren (→ im Bild), oben Fußfortsätze (F) der Deckzellen (Podozyten) und Kapselraum (K). Vergr. 22000 ×. b) *Aminonukleosidnephrose* der Ratte als Beispiel glomerulärer Veränderungen bei *Glomerulonephrose.* Basalmembran (→ 1) und Endothelzellausläufer unverändert (→ 2), Deckepithelien (→ 3) geschwollen mit starker Verbreiterung der Fußfortsätze, Tr = tropfenförmige Eiweißspeicherung in der Deckzelle (vgl. Ausschnitt in Abb. 6.2). Vergr. 22000 ×. c) *Membranöse Glomerulonephritis* des Menschen (klinisch reine Nephrose) mit starken Substanzdepots (D) (vgl. Abb. 6.27) auf der epithelialen Seite (→ 2 = Deckepithelzelle) der verbreiterten Basalmembran (→ 1). Unten Anschnitt einer Endothelzelle (En) mit Zellkern (N). Die Endothelzellen bleiben hier lange Zeit unverändert, während die Deckzellen (→ 2) durch Umformung der Fußfortsätze breite geschlossene Platten bilden. Vergr. 22000 ×. (Abb. a–c Dr. THOENES)

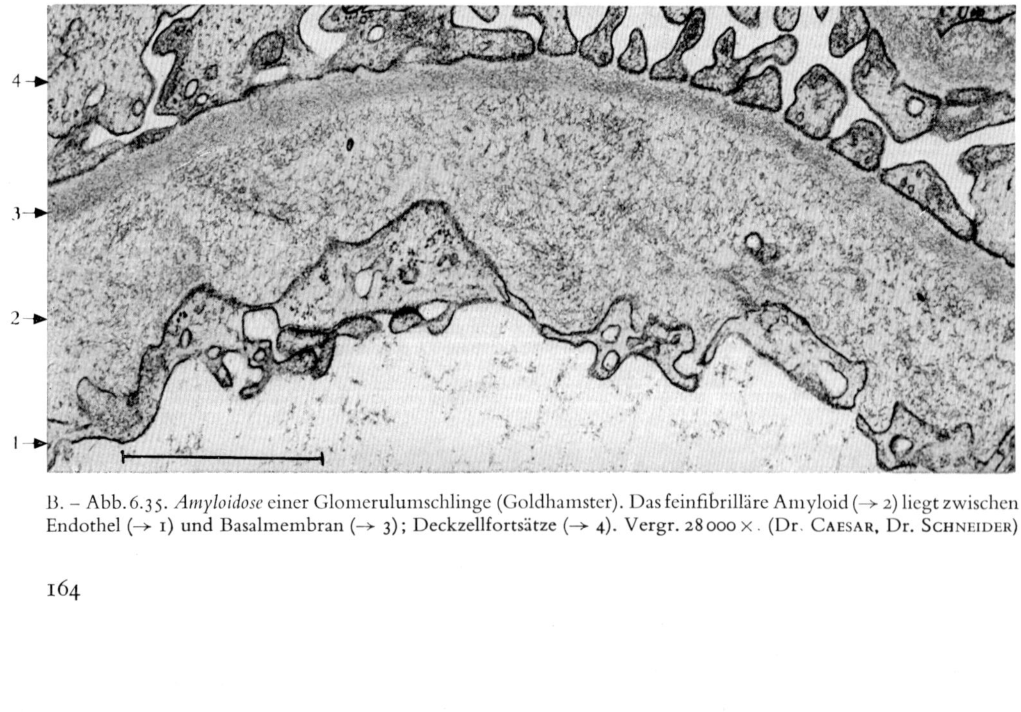

B. – Abb. 6.35. *Amyloidose* einer Glomerulumschlinge (Goldhamster). Das feinfibrilläre Amyloid (→ 2) liegt zwischen Endothel (→ 1) und Basalmembran (→ 3); Deckzellfortsätze (→ 4). Vergr. 28000 ×. (Dr. CAESAR, Dr. SCHNEIDER)

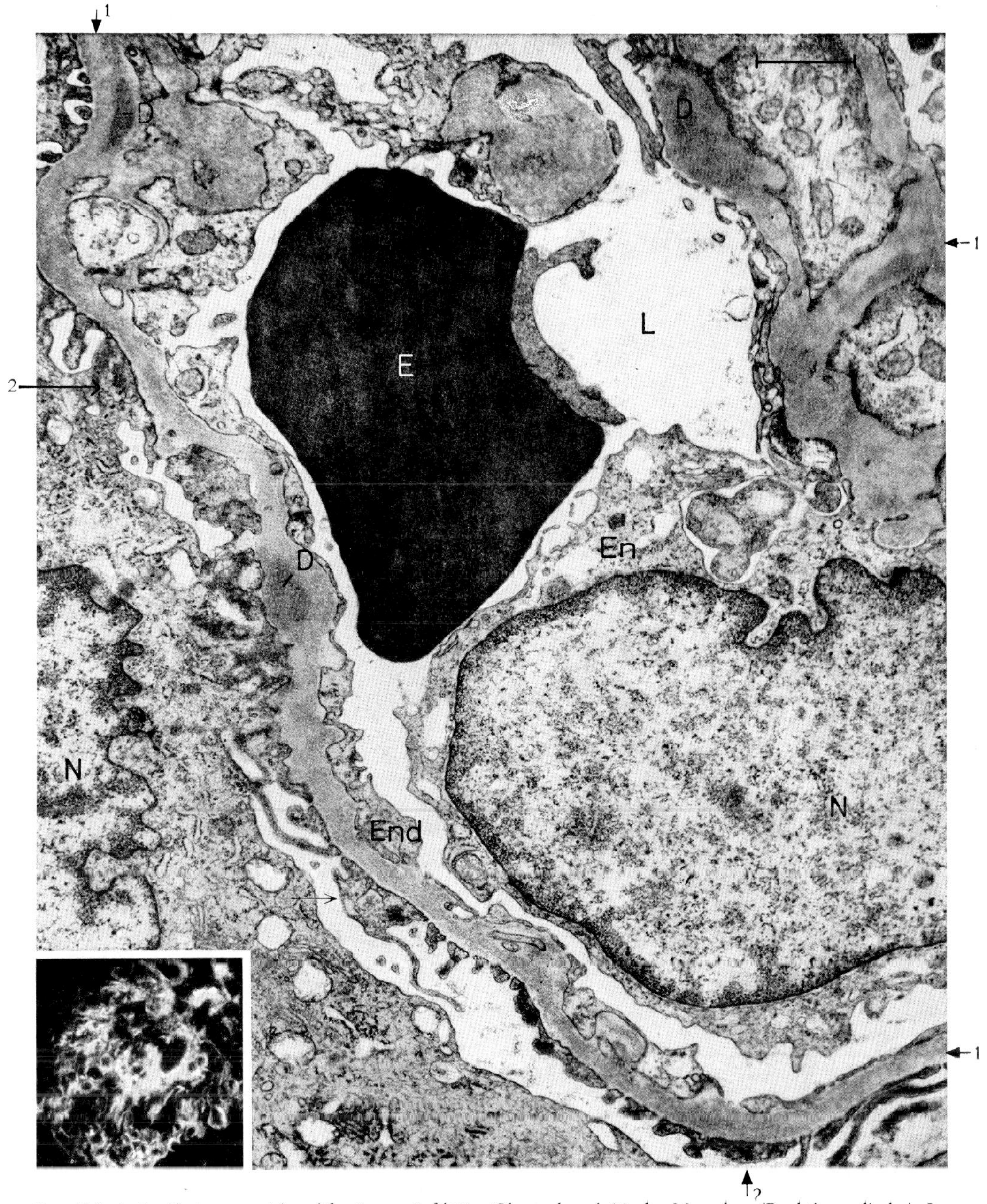

B. – Abb. 6.36. *Akute mesangial-proliferative postinfektiöse Glomerulonephritis* des Menschen (Punktionszylinder). Im Vordergrund des Gewebsbildes stehen eine Verbreiterung der Basalmembran sowie Schwellung und Vermehrung der Endothel- und Mesangiumzellen. Außerdem treten im Bereiche der Basalmembran Depots (D) dichteren Materials auf, die Antigen-Antikörper-Komplexe enthalten. Die Abbildung zeigt eine mäßig verbreiterte Basalmembran (→ 1) mit Depots (D). Eine vergrößerte Endothelzelle (En) mit Zellkern (N) mit lockerem Chromatin ist getroffen. Die Ausläufer der Endothelzelle (End) bedecken fast lückenlos die Innenseite der Basalmembran. Links im Bild eine Deckepithelzelle mit Zellkern (N) und Fußfortsätzen (→ 2), von denen nur einzelne verbreitert sind. Im Lumen (L) der Glomerulumschlinge ein Erythrozyt (E). Vergr. 13 500 ×. *Fluoreszenzmikroskopisch* (eingeschobenes Bild links unten) läßt sich im Bereich der Basalmembran humanes γ-Globulin nachweisen, das bei gleichzeitig fluoreszenzoptisch darstellbarem Komplement als Teil des Immunkomplexes anzusehen ist. (Dr. THOENES u. Dr. SCHÄFER; THOENES, 1965)

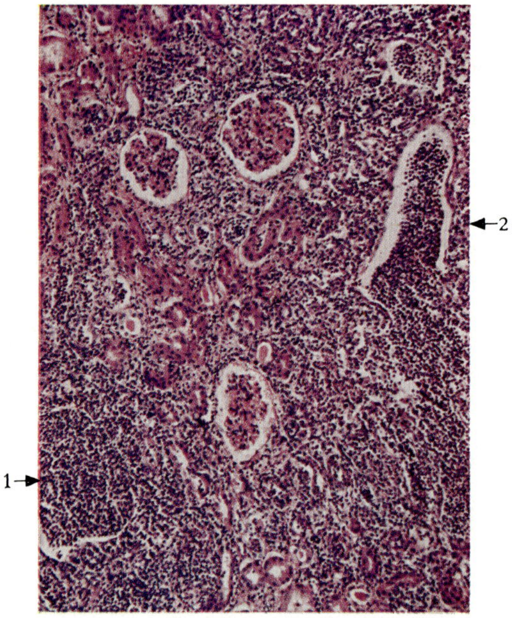

B. – Abb. 6.37. Aszendierte Pyelonephritis;
Fbg. HE, Vergr. 80 ×

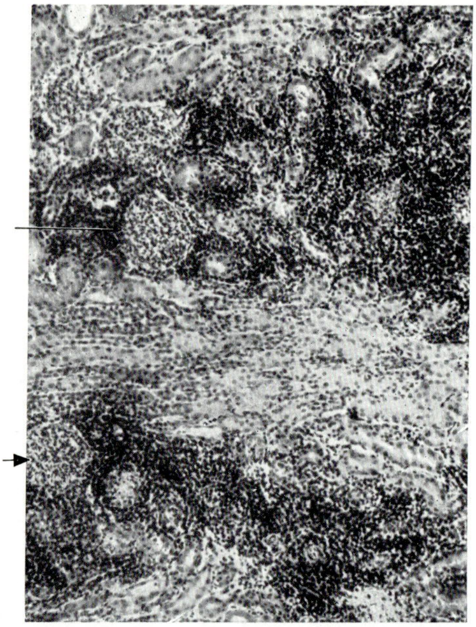

B. – Abb. 6.38. Interstitielle Scharlachnephritis;
Fbg. HE, Vergr. 66 ×

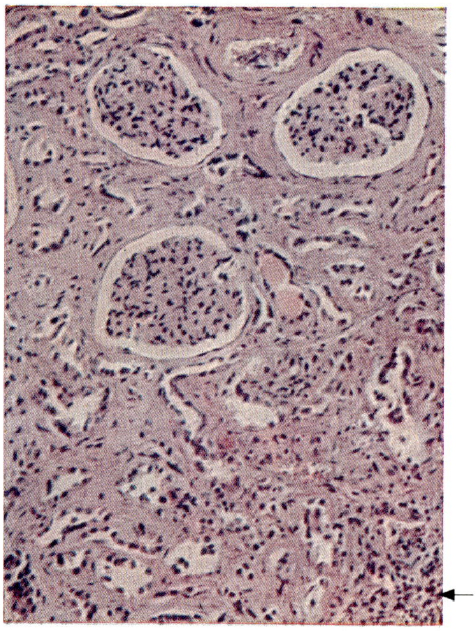

B. – Abb. 6.39. Chronische interstitielle Nephritis;
Fbg. HE, Vergr. 144 ×

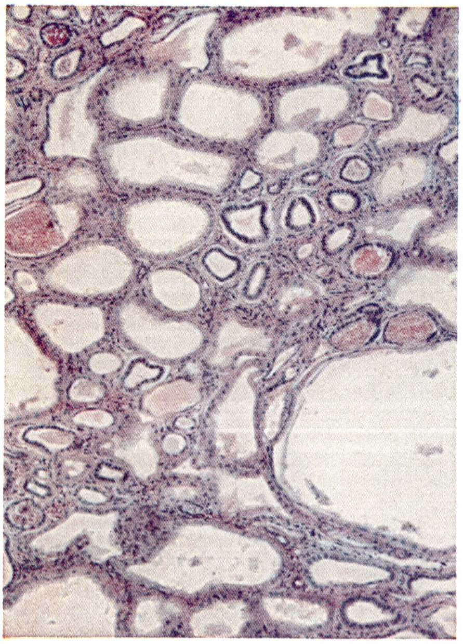

B. – Abb. 6.40. Zystenniere;
Fbg. HE, Vergr. 72 ×

Aszendierte Pyelonephritis (akute interstitielle Nephritis) (Abb. 6.37). *Aufsteigende kanalikuläre oder lymphogene Harnwegsinfektion (E. coli) bei Stauung, z. B. Prostatahypertrophie und Uretereinengung mit eitriger, teilweise abszedierender Entzündung in Mark und Rinde. Die Pyelonephritis kann auch hämatogen entstehen (Nephropyelitis).* Bei schwacher Vergrößerung erkennt man streifenförmig im Bereiche einer oder mehrerer Markpyramiden (Lobus renalis) und des entsprechenden Rindenabschnittes einen vermehrten Zellgehalt. Bei näherer Betrachtung sieht man polymorphkernige Leukozyten im Interstitium und in den Harnkanälchen (→ 2). Die Infiltrate ordnen sich streifenförmig an. Die Kanälchenepithelien sind meist abgeflacht. Im Lumen tritt Eiweiß auf. In der Rinde entwickeln sich bei weiterem Fortschreiten der Erkrankung auch Abszesse (→ 1). Bei Ausheilung der akuten Entzündung kommt es zu einer Verödung der Glomerula und Kanälchen mit interstitieller Bindegewebsvermehrung und lymphozytärer Infiltration. Der Prozeß beschränkt sich fast immer nur auf eine Pyramide und den entsprechenden Rindenabschnitt, so daß im Gegensatz zu hämatogenen Nierenabszessen die Entzündung herdförmig lokalisiert bleibt.

Makroskopisch: Gruppiert stehende Abszesse bzw. flächenförmige, flach eingesunkene Narben mit grauem Grund.

Die Erkrankung verläuft schleichend über Jahre mit sekundärer Niereninsuffizienz und Hypertonie in 40% der Fälle. Urämie tritt in 30% der Fälle auf. Peri- und paranephritische Abszesse können als Komplikationen auftreten.

Interstitielle Scharlachnephritis (akute interstitielle Begleitnephritis) (Abb. 6.38). Die nichteitrigen, serösen oder lymphozytären Entzündungen der Interstitien treten meist *während* einer Infektionskrankheit auf (z. B. Scharlach, 7. Tag der Erkrankung, im Gegensatz zur Glomerulonephritis, 3 Wochen nach Erkrankung). Mikroskopisch sieht man herdförmige oder diffuse lymphozytäre, evtl. histiozytäre und plasmazelluläre Infiltrate in den Interstitien mit Verdrängung der Harnkanälchen. Die Glomerula sind unverändert (→). Es kommen auch vorwiegend seröse interstitielle Entzündungen vor.

Makroskopisch: Vergrößerte, grauweiße, trübe Nieren.

Chronische interstitielle Nephritis (Abb. 6.39). Man sieht hier chronisch-entzündliche Infiltrate und eine interstitielle Faservermehrung, bei der das Zwischengewebe die Kanälchen auseinandergedrängt hat und diese ein schmales Lumen und flache Epithelien aufweisen. Die Basalmembran der Tubuli ist häufig verdickt. Herdförmig findet man lympho-histiozytäre Infiltrate (→), insbesondere auch an der Mark-Rinden-Grenze. Diese Form wird z. B. nach Phenazetinabusus beobachtet. Pathogenetisch ist in diesen Fällen eine deszendierende oder aszendierende Entzündung bei gleichzeitiger toxischer Nierenschädigung anzunehmen. Bei diffus sklerosierenden Formen nimmt man eher eine hämatogene Entstehung an.

Makroskopisch: Buckelige Nierenoberfläche.

Zystenniere (Abb. 6.40). *Meist doppelseitige erbliche Nierenmißbildung mit multiplen Zysten. Kleinzystische Formen werden bei Säuglingen beobachtet.* Mikroskopisch wird das Bild von zahlreichen, meist optisch leeren oder mit eosinroten, homogenen Massen ausgefüllten Zysten in Mark und Rinde beherrscht. Die größeren Zysten haben eine flache, endothelartige Auskleidung. Bei kleineren Zysten ist das Tubulusepithel noch kubisch. In manchen Zysten kann man mehr oder weniger stark druckatrophische Glomerula erkennen. Zwischen den zystischen Bezirken können noch geringe Reste von funktionierendem, häufig aber atrophiertem Parenchym nachgewiesen werden.

Makroskopisch: Bei Jugendlichen und Erwachsenen große, dicht nebeneinanderliegende Zysten mit Atrophie des Nierengewebes. *Formalgenetisch* handelt es sich nach neueren Untersuchungen (Potter u. Mitarb., 1964) um zystische Dilatationen einzelner Tubulusabschnitte (kleinzystische Zystenniere der Säuglinge, Tod in Urämie) oder um Teilungshemmungen der Ureterenknospen in einem frühen Stadium mit Zystenbildung in jedem Teil des Nephrons (Zystenniere der Erwachsenen) (s. auch Makropathologie).

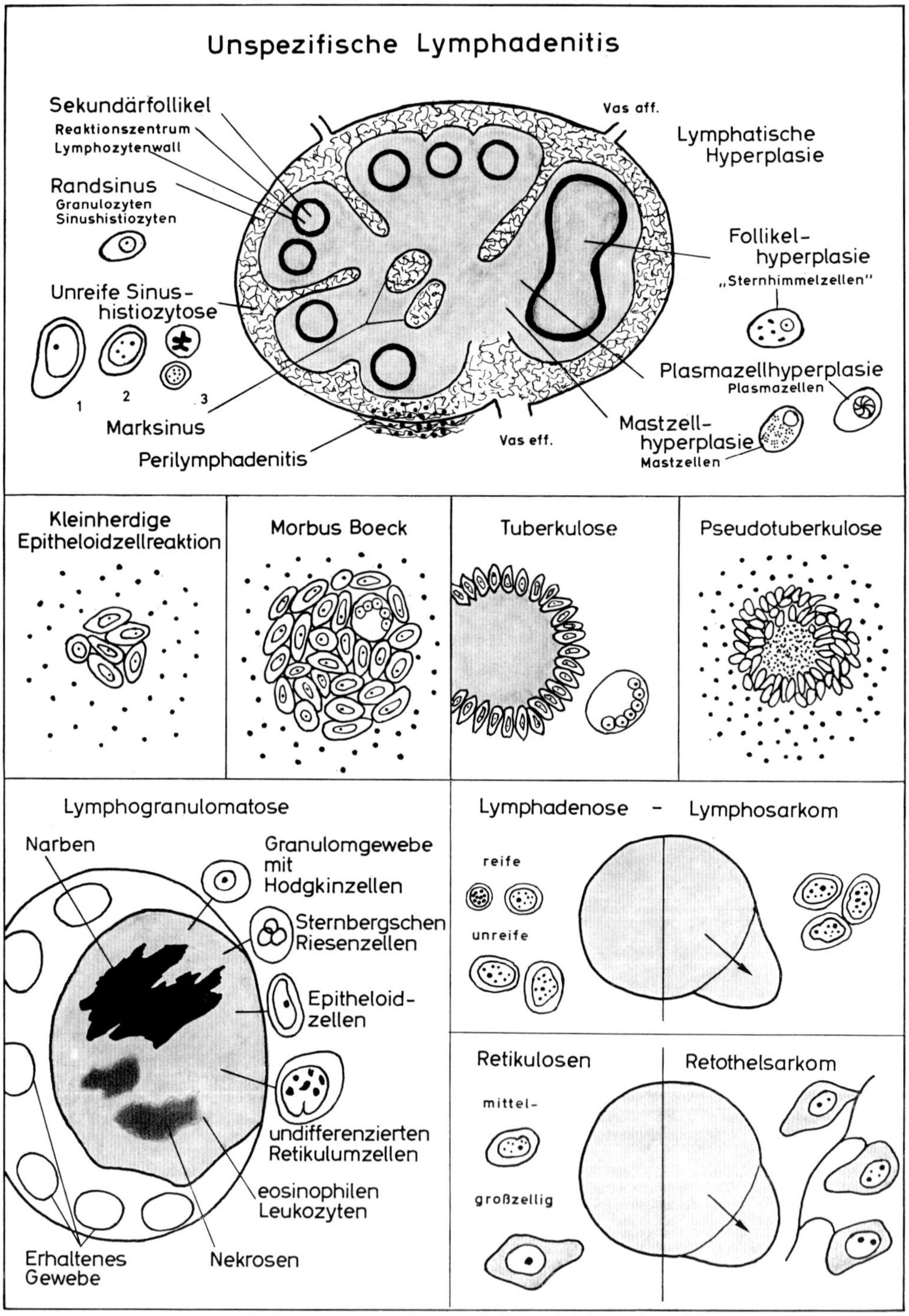

B. – Abb. 7.1. Schema der wichtigsten Erkrankungen der Lymphknoten

7. Milz und Lymphknoten

Bei pathologischen Veränderungen ist in der **Milz** darauf zu achten, inwieweit die Architektonik der Trabekel, der Sinus der roten sowie der weißen Pulpa erhalten ist. Insbesondere sind zu beurteilen: Blutgehalt, Fasergerüst, Art und Zahl der Zellen und fremde Ablagerungen. In den **Lymphknoten** (Abb. 7.1) sind im Detail die Sinus aufzusuchen (Zellgehalt, Art der Zellen) sowie die Follikel (Größe, Zellart) näher zu analysieren. Wichtig: Ist Struktur erhalten oder zerstört?

Die Giemsa-Färbung hat sich für die **Differenzierung der verschiedenen Zellelemente** besonders bewährt (LENNERT, 1961, 1964); **Retikulumzellen** (R.): *Kleine lymphoide R.* (wie Lymphozyt, hat aber Speicherfunktion). *Mittlere R.* (= Histiozyt, lockere runde bis ovale Zellkerne, schwach basophiles Zytoplasma). *Große R.* (feinkörniges Chromatin, ovaler, oft eingekerbter Zellkern, deutliche Nukleolen). *Kerntrümmerphagen (Sternhimmelzellen)* mit Chromatinbröckchen im Zytoplasma (Phagozytose). *Epitheloidzellen* (saftige: ovaler bis runder Kern; dürre: katzenzungenförmig. Eosinophiles Zytoplasma). Funktion: Phagozytose, Bildung argyrophiler Fasern. **Basophile Stammzelle:** (Feines Chromatingerüst, große Nukleolen, basophiles Zytoplasma = Stammzelle der Pulpalymphozyten?, Antikörperbildner?). **Lymphopoese:** *Germinoblasten* (heller, runder Kern, farblose Nukleolen, schmales, basophiles Zytoplasma). *Lymphoblasten:* heller Kern, basophileres Zytoplasma als Lymphozyten (Träger der Gewebsantikörper, Umwandlung in Plasmazellen und Histiozyten?). Histiozyten entstehen aus Blutmonozyten (LEDER, 1967). **Plasmazellen:** Exzentrischer Kern, Radspeichenstruktur, basophiles Zytoplasma. Aus Lymphozyten. Bildung von humoralen Antikörpern. **Mastzellen:** Metachromatische Granula, Heparin, Histamin.

Unspezifische Lymphadenitis (Abb. 7.1): Lymphknotenstruktur erhalten. Polymorphkernige Leukozyten in den Sinus sowie Histiozyten (abgelöste Sinusretothelien, vgl. S. 174). *Unreife Sinushistiozytose:* Reife, große Sinushistiozyten (1 in Abb. 7.1) und unreife (2 in Abb. 7.1) Histiozyten im Sinus, zusammen mit Granulozyten und Lymphozyten (3 in Abb. 7.1). Vorkommen bei Pfeifferschem Drüsenfieber und Piringerscher Lymphadenitis. **Lymphatische Hyperplasie:** Vergrößerung der Sekundärfollikel mit deutlichen Reaktionszentren und sog. Sternhimmelzellen, Germinoblasten und großen Retikulumzellen. Follikel können konfluieren (s. Abb. 7.1). Bei *diffuser lymphatischer Hyperplasie* sind die Lymphozyten der Pulpa[1]) vermehrt, bei *Plasmazellenhyperplasie* die Plasmazellen im Mark, bei *Mastzellenhyperplasie* die Mastzellen im Mark. Die *Tertiärfollikel* sind vergrößert (reich an Retikulumzellen und basophilen Stammzellen). *Perilymphadenitis* (Ödem der Kapsel, leukozytäre Infiltration). **Kleinherdige Epitheloidzellreaktion** (PIRINGER) (s. S. 174): Kleine, aus wenigen, gruppiert stehenden Epitheloidzellen bestehende Herdchen mit unspezifischer Lymphadenitis findet man bei Toxoplasmose (Erwachsene) mit unreifer Sinushistiozytose, auch im Quellgebiet von Karzinomen. Auch in ganz frühen Stadien der Lymphogranulomatose zu sehen. **Morbus Boeck** (s. S. 176): Epitheloidzelliges Granulom (größer als bei Piringer). **Verkäsende Tuberkulose:** Verkäsung (Nekrose) mit epitheloidzelliger Demarkation und Langhansschen Riesenzellen (vgl. S. 98, 176). **Pseudotuberkulose:** 1. *Pseudotuberkulose* (MASSHOFF, Pasteurella pseudotuberculosis) vorwiegend Mesenteriallymphknoten. 2. *Tularämie* (Pasteurella tularensis). Von Wildbret übertragen (Pelzverarbeiter, Wildhändler). 3. *Katzenkratzkrankheit* (Viren der Miyagawanellagruppe). Alle drei Formen haben gleiches Erscheinungsbild. Zunächst herdförmige Retikulumzellwucherung, sekundäre zentrale Einschmelzung, dann Begrenzung durch Epitheloidzellen. **Lymphogranulomatose** (s. S. 178): Leitsymptom ist die Zerstörung der Lymphknotenstruktur durch das spezifische Granulomgewebe. Im Granulomgewebe Nekrosen und Narben. **Lymphadenose-Lymphosarkom** (s. S. 178, 182). **Retikulosen:** Definition: Maligne systematisierte (diffuse) Retikulum zellwucherung (LENNERT 1964) mit oder ohne Ausschwemmung. Betroffen: Milz, Knochenmark, Lymphknoten, Leber. *Kleinzellige lymphoide Retikulose:* Umstritten. *Mittelgroßzellige Retikulose* mit Ausschwemmung: Monozytenleukämie, s. S. 182. Da Monozyten von Promyelozyten abstammen, → Myeloische Leukämie. *Großzellige Retikulose:* Wucherung großer Retikulumzellen. *Akute Säuglingsretikulose* (Letterer-Siwe): Generalisierte Retikulumzellwucherung (alle Organe) mit Riesenzellen vom Osteoklastentyp (Kinder bis 2 Jahre). *Eosinophile Granulomatose* (Retikulumzellwucherung mit Riesenzellen vom Osteoklastentyp, eosinophile Leukozyten). *Hand-Schüller-Christiansche Erkrankung:* Wie vorstehend. Sekundäre Cholesterineinlagerung. **Retothelsarkom:** Knotenförmig infiltrierend wachsender Tumor aus Retikulumzellen mit Kontakt zu Gitterfasern (s. S. 176) (s. Makropathologie).

[1]) Sog. Parakortikalzone.

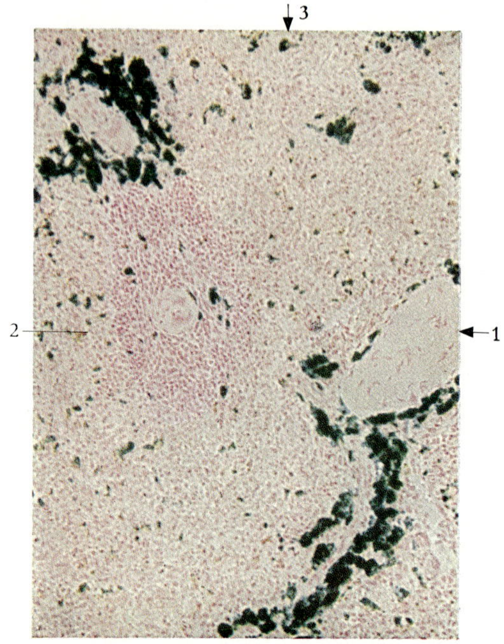

B. –Abb. 7.2. Siderose der Milz;
Fbg. Berliner-Blau-Reaktion, Vergr. 111 ×

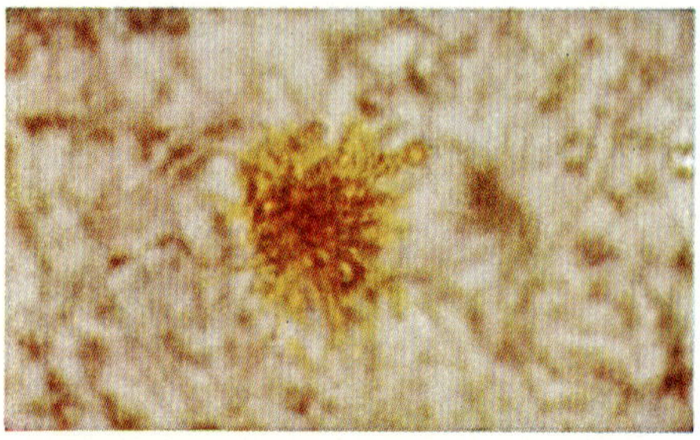

B. – Abb. 7.3. Hämatoidinkristalle in einem Milzinfarkt;
Fbg. HE, Vergr. 380 ×

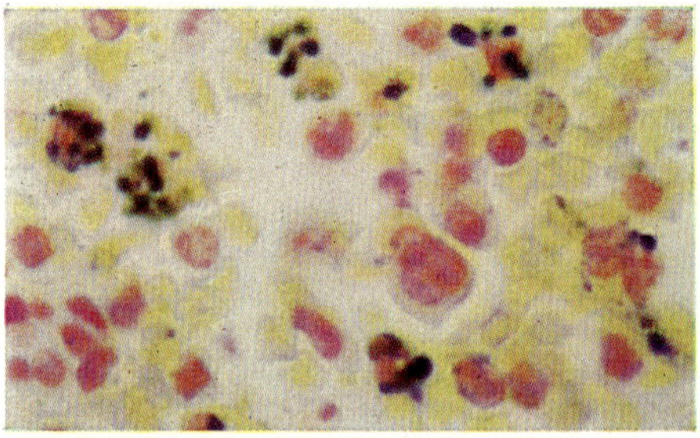

B. – Abb. 7.4. Formalinpigment in der Milz;
Fbg. Kernechtrot, Vergr. 950 ×

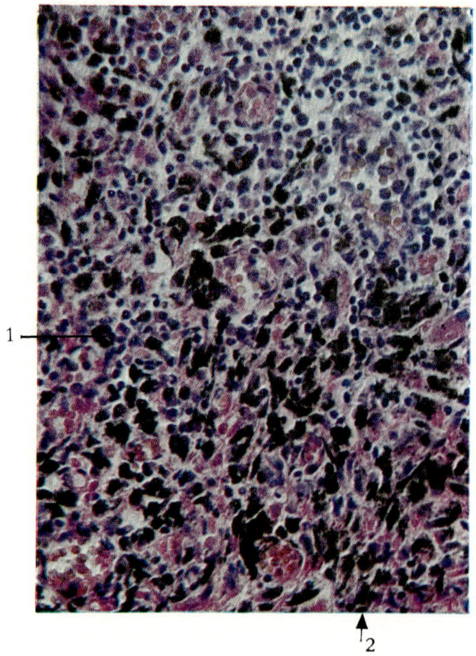

B. – Abb. 7.5. Anthrakose eines Lymphknotens;
Fbg. HE, Vergr. 304 ×

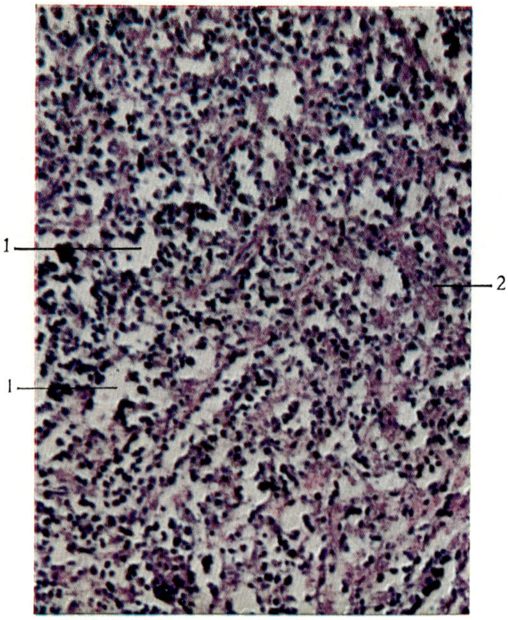

B. – Abb. 7.6. Fibroadenie der Milz;
Fbg. HE, Vergr. 187 ×

Siderose der Milz (Abb. 7.2). *Bei vermehrtem Erythrozytenzerfall (hämolytische Anämien, häufige Bluttransfusionen) und bei parenteraler Eisenzufuhr in größerer Menge wird in den Retikulumzellen der Milz Eisenpigment gespeichert* (vgl. S. 16). Histologisch sieht man bei schwacher Vergrößerung nach Berliner-Blau-Reaktion grünblaue schollige Massen herdförmig in der roten Pulpa und in der Umgebung der Trabekel (→ 1), (→ 2: Follikel). Die starke Vergrößerung zeigt, daß das Siderin in braunen, bei Berliner-Blau-Reaktion in blauen Schollen im Zytoplasma von Retikulumzellen liegt. Man muß dazu allerdings eine Stelle aufsuchen, in der das Pigment nicht so dicht liegt, und eine gut abgrenzbare Einzelzelle einstellen (→ 3).

Makroskopisch: Braun-rote Farbe der Milz. Nach bindegewebiger Organisation von kleinen Blutungs- oder Infarktherden in der Milz findet man in knötchenförmiger Anordnung Eisenablagerungen mit Kalkinkrustationen, sog. Gandy-Gamnasche Knötchen.

Hämatoidinkristalle in einem Milzinfarkt (Abb. 7.3). Hierbei handelt es sich um kristallisiertes Bilirubin, das in Form von roten bis gelbroten Nadeln oder rhombischen Tafeln vorliegt. Bei Blutzerfall ohne zelluläre Resorption, z. B. im Zentrum von Hämatomen oder wie im dargestellten Beispiel im Innern eines Milzinfarktes, bildet sich dieses eisenfreie Pigment aus dem aus Erythrozyten freigewordenen Hämoglobin (vgl. S. 16).

Formalinpigment (Abb. 7.4) ist ein Kunstprodukt. Die dunkelbraunen, körnigen, doppelbrechenden, vielfach in Gruppen angeordneten Ablagerungen entstehen durch Reaktion des Formaldehyds mit freigesetztem Hämoglobin (wahrscheinlich Protoporphyrin). Sie geben eine positive Benzidinprobe und sind in schwachen Säuren löslich.

Makroskopisch: In Formalin fixiertes Blut erscheint braun bis schwarzbraun.

Anthrakose eines Lymphknotens (Abb. 7.5): Von der Lunge aufgenommenes Kohlepigment gelangt über die Lymphbahnen in die regionären Lymphknoten des Lungenhilus, kann aber auch weiter in die paraaortalen Lymphknoten verschleppt werden. Bei Einbruch von stark anthrakotischen Lymphknoten in Blutgefäße des Lungenhilus wird das Kohlepigment auch auf dem Blutweg verbreitet, und es können in verschiedenen Organen sog. Pigmentmetastasen entstehen.
Das den Hiluslymphknoten zugeführte körnige Kohlepigment wird zunächst von den Sinusendothelien phagozytiert. Bei weiterem Pigmentangebot findet man es auch in den Retikulumzellen der Pulpa von Rinde und Mark, bevorzugt perifollikulär. Bei starker Vergrößerung erkennt man die Kohlepigmentkörnchen in den einzelnen Retikulumzellen, wobei der Zellkern eine Aussparung in den Ablagerungen bedingt (→ 1). In fortgeschrittenen Stadien kommt es zu einem Schwund des lymphatischen Gewebes und zu einer Fibrosierung des Lymphknotens. Abb. 7.5 zeigt diese Verarmung an Lymphozyten bei → 2.

Makroskopisch: Anfangs diffuse oder fleckige graue Verfärbung der Lymphknoten, später einheitlich schwarze Farbe (feuchte Schnittfläche im Gegensatz zur Silikose).

Fibroadenie der Milz (Abb. 7.6): *Man versteht darunter die chronische Stauungsinduration der Milz bei portaler Hypertonie, z. B. bei Leberzirrhose.* Nach einer Erweiterung der Sinus bei akuter Stauung entwickelt sich mit zunehmender Dauer zwischen den Sinusoiden eine Retikulumzell- und Retikulumfaservermehrung. Nach Kollagenisierung dieser vermehrten Gitterfasern werden die Sinusoide, die in dieser Abbildung weitgehend frei von Erythrozyten sind (→ 1), von starren verbreiterten Wänden umgeben (→ 2). Gleichzeitig kommt es zur Atrophie der weißen Pulpa.

Makroskopisch: Starke Milzvergrößerung. Milzgewicht häufig über 500 g. Fibröse Verdickung der Milzkapsel oft mit Kapselhyalinose. Ausbildung einer zäh-elastischen Konsistenz. Schnittfläche dunkelrot. Nach Verblutung, z. B. Ösophagusvarizen, hellrot, derb-elastisch.

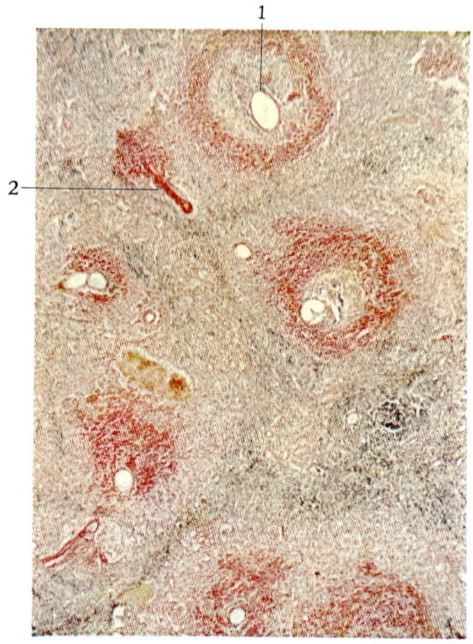

B. – Abb. 7.7. Follikelamyloidose der Milz; Fbg. Kongorot, Vergr. 25 ×

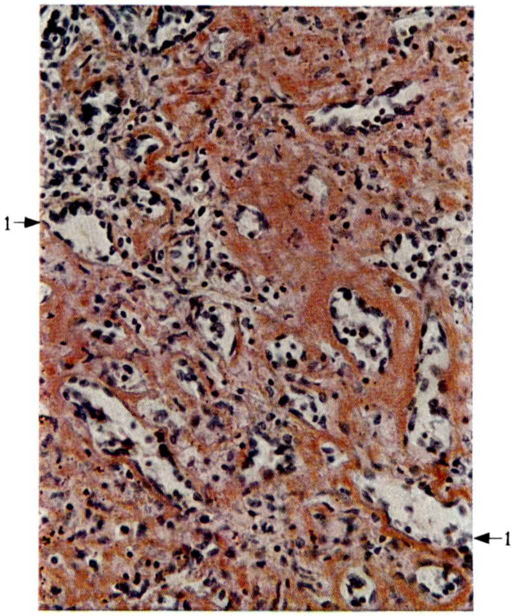

B. – Abb. 7.8. Pulpaamyloidose der Milz; Fbg. Kongorot, Vergr. 263 ×

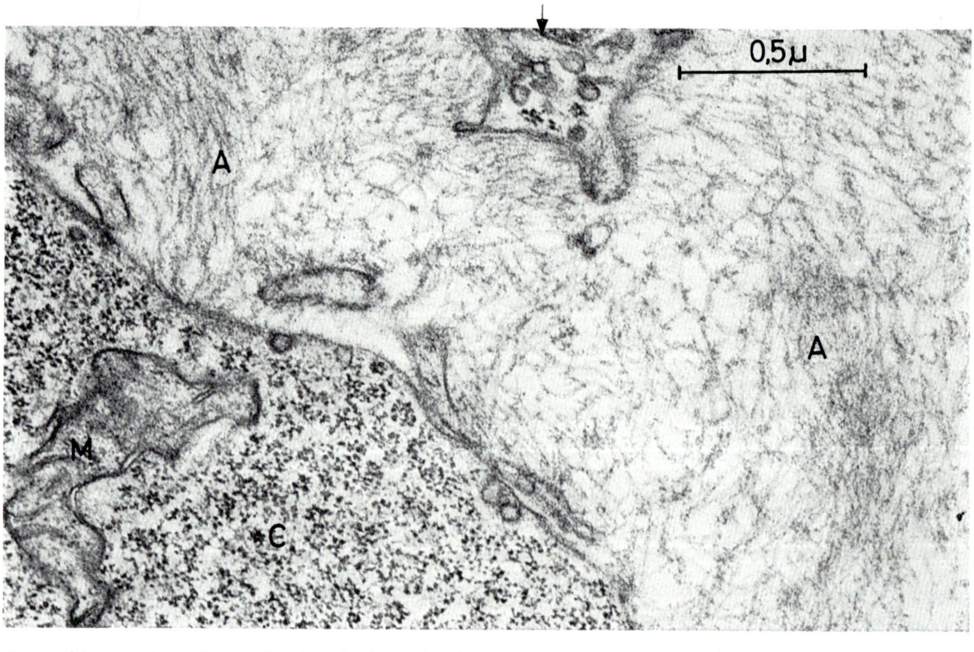

B. – Abb. 7.9. Experimentelle Amyloidose der Maus nach Gabe von Natriumkaseinat. A = faseriges Amyloid außerhalb des Zytoplasmas (C) einer Retikulumzelle der Milz. Im Zytoplasma massenhaft aggregierte Ribosomen (Polysomen) als Zeichen einer hohen Proteinsynthese. M = Verschmelzung von Mitochondrien (Riesenmitochondrien), → = Teile einer Nachbarzelle. Vergr. 49000 ×. (Dr. CAESAR)

Amyloidose

Beim Amyloid handelt es sich um eine glasig-durchscheinende, homogene Substanz von fester Konsistenz, die sich mit Eosin rot anfärbt und eine positive Kongorotprobe gibt (vgl. S. 10). Amyloid besteht zu 90% aus Eiweiß (Aminosäureanalyse wie Immunglobuline) und 1% Kohlenhydraten (Chondroitinsulfat und Neuraminsäure). Die Bindung des Kongorots erfolgt wahrscheinlich an die Kohlenhydratkomponente des Amyloids, wobei ein Abstand von 10 Å der reaktiven Gruppen des Farbstoffs gefordert wird (ähnlich bei Zellulose; PUCHTLER u. Mitarb., 1965). Als Beweis für die gerichtete Einlagerung des Farbstoffs an die Amyloidfasern kann die Tatsache angesehen werden, daß nach Kongorotfärbung das Amyloid doppelbrechend ist. Elektronenmikroskopisch liegt Amyloid in Fasern von etwa 80 Å (50–150 Å) Dicke vor (Abb. 7.9 u. 7.10), die gewöhnlich keine Innenstruktur aufweisen (CAESAR, 1961). Mit besonderen Techniken wurde neuerdings beobachtet, daß diese Fasern aus 2 Fibrillen von je 25 Å Durchmesser bestehen, die eine Doppelhelix bilden mit 25 Å Zwischenraum. Die beiden Fibrillenstränge sind umeinandergewikkelt, so daß eine Querstreifung mit 40 Å Periodik sichtbar wird (BOERÉ u. Mitarb., 1965). Nach BENDITT u. Mitarb., 1966, gibt es zudem globuläre Untereinheiten von 30–37 Å Durchmesser. Amyloid wird von Mesenchymzellen (Retikulumzellen, Endothelzellen; COHEN u. Mitarb., 1965) gebildet, deren hoher Gehalt an Ribosomen für eine starke Proteinsynthese spricht (SCHNEIDER, 1964, vgl. Abb. 7.9). COHEN u. Mitarb. sahen die Amyloidfibrillen auch im Zytoplasma der Zellen, so daß sie annehmen, daß die Fibrillen schon intrazellulär gebildet oder aus zirkulierenden Immunglobulinen phagozytiert werden[1]).

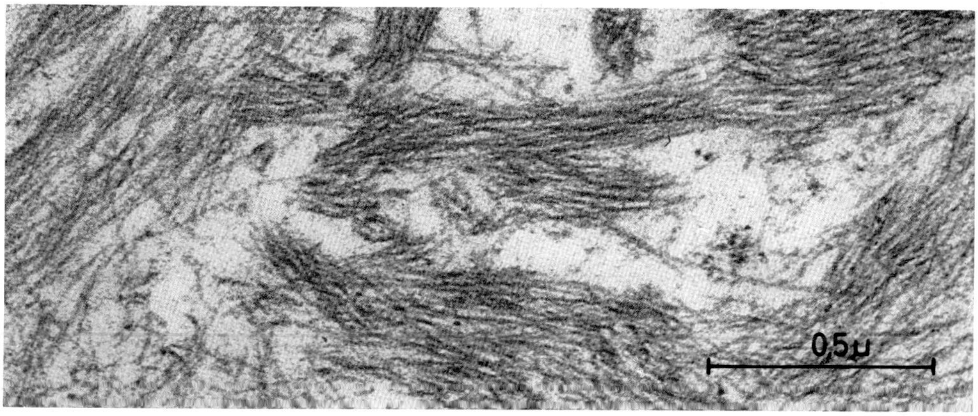

B. – Abb. 7.10. Amyloidfasern ohne deutliche Innenstruktur bei experimenteller Amyloidose der Maus. Vergr. 63 800 ×. (Dr. CAESAR)

Man unterscheidet nach der **Lokalisation** typische und atypische Amyloidosen: **Typische:** a) *Sagomilztyp* (Follikelamyloidose, Abb. 7.7), Leber (perikapillär), Darmschleimhaut, Niere (Vasa aff.), Nebennierenmark. b) *Schinkenmilztyp* (Pulpaamyloidose, Abb. 7.8), Leber (A. hepatica), Dünndarm (submuköse Arterien), Niere (vorwiegend Glomerula), Nebennierenrinde (TERBRÜGGEN, 1948). **Atypische Amyloidosen** (Paramyloidosen): Herz, Zunge, Muskulatur, Haut, Gehirn, Lungen. **Primäre Amyloidosen** sind erblich [z. B. beim familiären Mittelmeerfieber (rezessiv) = typische Amyloidose oder tierexperimentell bei Mäusen]. **Sekundäre, erworbene Amyloidosen** treten bei chronischen Entzündungen auf (Tuberkulose, Osteomyelitis, Bronchiektasen usw.). Es handelt sich dann um typische Amyloidosen. Experimentell kann Amyloid z. B. bei Mäusen mit Kaseinfütterung erzeugt werden (Abb. 7.9). Klinische Diagnose: Probeexzision aus dem Rektum.

Follikelamyloidose (Abb. 7.7): Schon bei schwacher Vergrößerung erkennt man bei Kongorotfärbung die rotgefärbten Follikel als rote Kreise oder Scheibchen, evtl. mit einer Zentralarterie im Zentrum (→ 1). → 2: Amyloidose einer Arterie der Pulpa. Die Follikel sind frei von Lymphozyten, die Pulpa ist zellarm. *Makroskopisch:* Multiple glasige Knötchen = Sagomilz.

Pulpaamyloidose (Abb. 7.8): Hier sieht man bei schwacher Vergrößerung rote, homogene Bezirke mit ausgesparten runden, hellen Kreisen, die den Follikeln entsprechen. Die mittlere und die starke Vergrößerung zeigen, daß das Amyloid zwischen den Sinus liegt, die teilweise erweitert sind und vergrößerte Endothelien aufweisen (→ 1). *Makroskopisch:* Vergrößerte, feste Milz, holzartige Konsistenz, schinkenartige glasige Schnittfläche.

[1]) Amyloidfibrillen bestehen mit großer Wahrscheinlichkeit aus den variablen Fragmenten von »light chains« von Antikörpermolekülen (GLENNER, 1972).

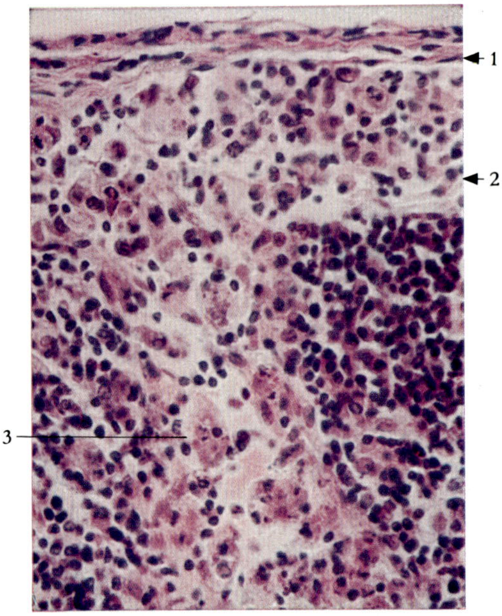

B. – Abb. 7.11. Sinuskatarrh des Lymphknotens; Fbg. HE, Vergr. 360 ×

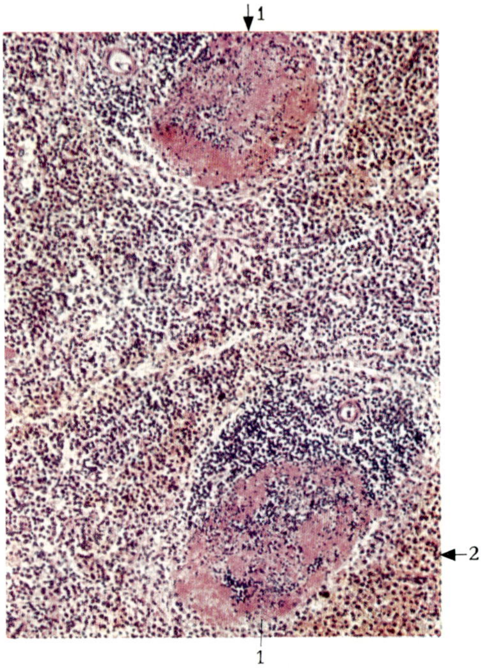

B. – Abb. 7.12. Follikelnekrosen bei Diphtherie; Fbg. HE, Vergr. 108 ×

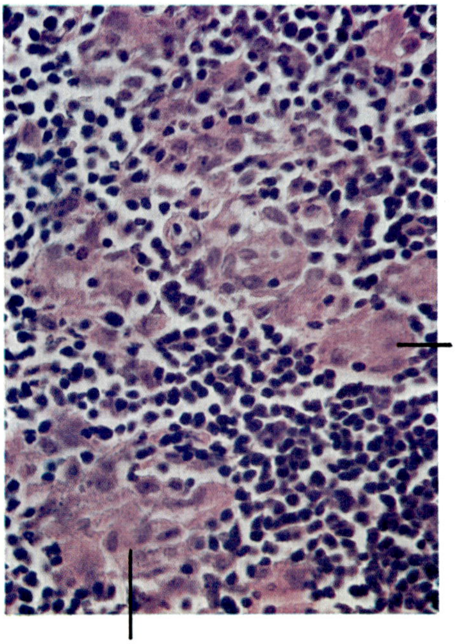

B. – Abb. 7.13. Piringersche Lymphadenitis (kleinherdige Epitheloidzellreaktion); Fbg. HE, Vergr. 420 ×

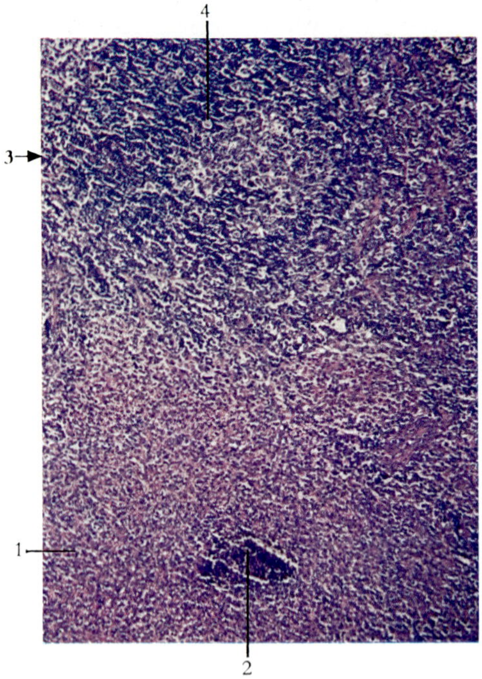

B. – Abb. 7.14. Retikulozytär abszedierte Lymphadenitis (Masshoff); Fbg. HE, Vergr. 80 ×

Der **Sinuskatarrh des Lymphknotens** (Abb. 7.11) ist eine Teilerscheinung der Lymphadenitis (vgl. S. 168). Das histologische Bild entsteht durch eine Proliferation der Retikulumzellen, der Sinus, wenn in erhöhtem Maße zu resorbierende Substanzen [Eiweißabbauprodukte (z. B. bei Karzinomen im Quellgebiet), Bakterien, Toxine usw.] angeschwemmt werden. Diese vermehrten Retikuloendothelien (Retothelien) lösen sich in reichlicher Menge aus dem retikulären Zellverband und liegen dann isoliert als abgerundete, ovale Histiozyten mit leicht exzentrischem Kern in der Sinuslichtung: *Sinushistiozytose.* Unser Bild zeigt den Randsinus eines Lymphknotens bei einer unspezifischen Lymphadenitis mit Erweiterung der Sinus (→ 1 und → 2: Grenze des Sinus), die mit großen zytoplasmareichen Zellen angefüllt sind. Es handelt sich um abgelöste Retikulumzellen, die in ihrem Zytoplasma Kerntrümmer gespeichert haben (→ 3). Außerdem sind einzelne Lymphozyten und Granulozyten nachweisbar.

Follikelnekrosen bei Diphtherie (Abb. 7.12). Eine besonders stark ausgeprägte Lymphadenitis mit Nekrosen in den Reaktionszentren der Sekundärfollikel findet man häufig bei Diphtherie (direkter toxischer Effekt). Auch bei akuter Enteritis bei Kleinkindern in den Mesenteriallymphknoten zu sehen. Histologisch sind die Zentren der Follikel in eine eosinrote Nekrose umgewandelt (→ 1), in der noch Kerntrümmer nachweisbar sind. In den Randpartien der Follikel ist ein schmaler Lymphozytenwall erhalten. Im übrigen Lymphknoten sieht man Zeichen der akuten Exsudation, häufig mit Blutungen (→ 2).

Makroskopisch: Vergrößerte Lymphknoten mit rötlich gefleckter Schnittfläche.

Kleinherdige Epitheloidzellreaktion (Piringer) (Abb. 7.13). *Die Piringersche Lymphadenitis* (Piringer-Kuchinka, 1953) *ist in den meisten Fällen Ausdruck einer Lymphknotentoxoplasmose (vgl. auch S. 228), die bevorzugt (75%) in den Halslymphknoten auftritt.* Die charakteristischen histologischen Veränderungen sind eine kleinherdige Epitheloidzellreaktion, eine unreife Sinushistiozytose, Hyperplasie der Lymphfollikel mit Ausbildung großer Keimzentren und eine Perilymphadenitis. Unsere Abbildung zeigt mehrere Zellgruppen, die aus 4–8 großen, saftreich erscheinenden Epitheloidzellen mit hell eosinrotem Zytoplasma bestehen (→). Die Kerne dieser Zellen sind oval oder katzenzungenförmig und besitzen eine lockere Chromatinstruktur.

Eine ähnliche kleinherdige Epitheloidzellreaktion in Lymphknoten findet man in Frühstadien der Lymphogranulomatose, bei der infektiösen Mononukleose und bei Tumorzerfall im Lymphquellgebiet.

Makroskopisch: Uncharakteristische Lymphknotenschwellung mit flüssigkeitsreicher, leicht vorquellender graurötlicher Schnittfläche.

Retikulozytär abszedierte Lymphadenitis (Masshoff, Abb. 7.14). *Die retikulozytär abszedierte Lymphadenitis wird durch verschiedene Infektionen hervorgerufen: durch Pasteurella pseudotuberculosis mit Befall der mesenterialen und ileozökalen Lymphknoten vorwiegend bei Kindern und Jugendlichen unter dem klinischen Bild einer Appendizitis* (Masshoff, 1953); *durch Pasteurella tularensis und Erreger der Katzenkratzkrankheit (Viren) mit Befall der regionären Lymphknoten der jeweiligen Eintrittspforte (Primärkomplex).*

Diese verschiedenen infektiösen Lymphknotenerkrankungen zeigen ein gleichartiges histologisches Bild. Im vollausgebildeten Stadium findet man inmitten einer ausgedehnten herdförmigen Retikulumzellproliferation (→ 1) zentral eine Ansammlung polymorphkerniger Granulozyten mit Gewebseinschmelzung (Abszeß, → 2). Neben diesem retikulozytär begrenzten Abszeß erkennt man einen Sekundärfollikel mit deutlichem Reaktionszentrum (→ 3) und mehreren sog. Sternhimmelzellen (→ 4). Weitere Veränderungen bei dieser Erkrankung – auf dieser Abbildung nicht dargestellt – sind die meist erhebliche Perilymphadenitis und Endophlebitis sowie Endarteriitis benachbarter Blutgefäße.

Makroskopisch: Vergrößerte Lymphknoten mit grauweißen Herdchen.

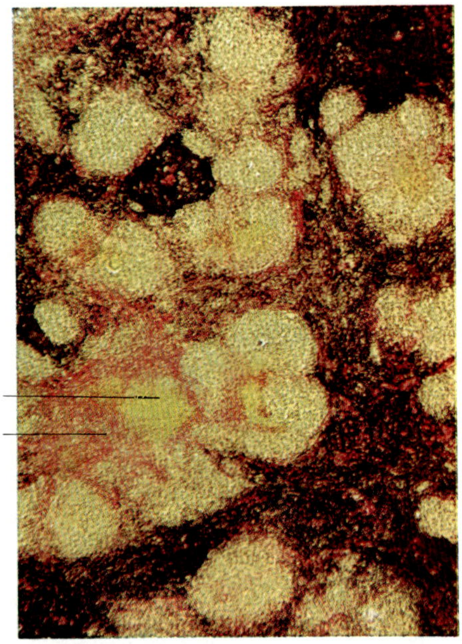

B. – Abb. 7.15. Epitheloidzellige Lymphknotentuberkulose;
Fbg. v. Gieson, Vergr. 44 ×

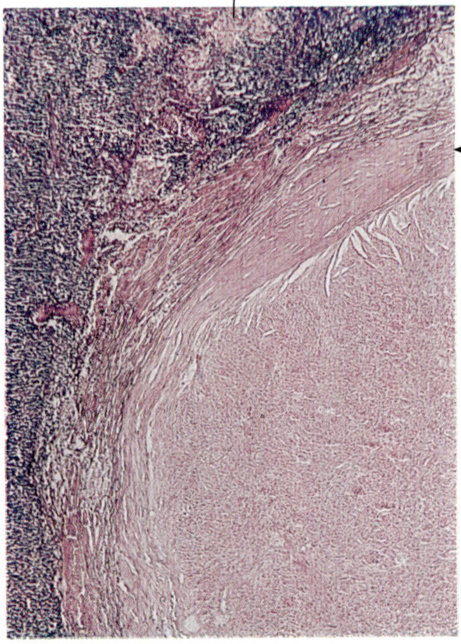

B. – Abb. 7.16. Verkäste Lymphknotentuberkulose;
Fbg. HE, Vergr. 56 ×

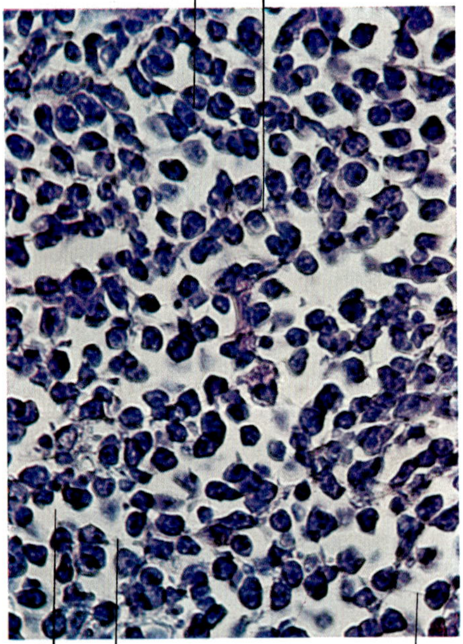

B. – Abb. 7.17. Retikulosarkom;
Fbg. HE, Vergr. 440 ×

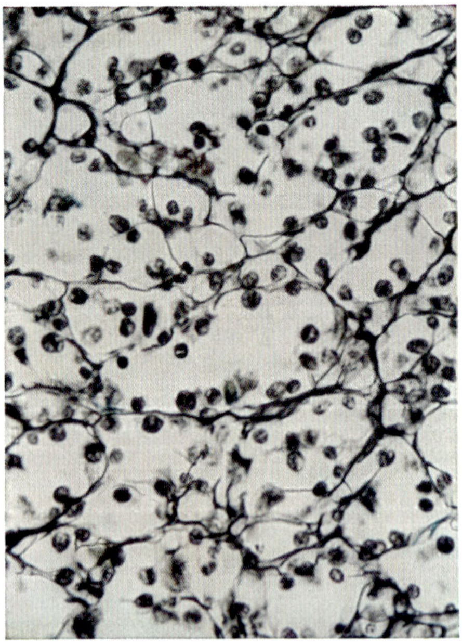

B. – Abb. 7.18. Retikulosarkom;
Versilberung nach Gomori, Vergr. 480 ×

Epitheloidzellige Lymphknotentuberkulose (Abb. 7.15). Man sieht mikroskopisch zahlreiche, dichtstehende Tuberkel, die lediglich aus Epitheloidzellen zusammengesetzt sind. Bei schwacher Vergrößerung treten diese runden, oft konfluierten Herde sehr deutlich hervor. Mit stärkerer Vergrößerung sind die typischen Epitheloidzellen zu sehen (vgl. S. 98). Vereinzelt kommen Langhanssche Riesenzellen vor. Im Zentrum der Epitheloidzelltuberkel können sich sekundär Nekrosen entwickeln (→ 1). In älteren Herden tritt zunehmend mehr hyalines Bindegewebe auf (→ 2), so daß schließlich eine Narbe resultiert.

Makroskopisch: Gering vergrößerter Lymphknoten. Graue, transparente Knötchen auf der Schnittfläche. Epitheloidzellige Granulome ohne Verkäsung werden beim *Morbus Boeck* beobachtet. (Besondere Verlaufsform oder Tuberkulose?) Siehe Makropathologie.

Bei der **verkästen Lymphknotentuberkulose** (Abb. 7.16) beherrschen die Nekrosen ganz das histologische Bild, während das spezifische Granulationsgewebe nur als schmaler Saum sichtbar wird oder wie in dieser Abbildung zum größten Teil schon durch eine fibröse Kapsel (→ 1) ersetzt ist. Mit unbewaffnetem Auge sieht man anstelle des lymphatischen Gewebes große, homogene, eosinrote Massen (Verkäsung). Die mittlere und die stärkere Vergrößerung zeigen den ausgedehnten feinscholligen Nekrosebezirk ohne Reste der ursprünglichen Gewebsstruktur. Außerhalb des Käseherdes finden sich einige epitheloidzellige Granulome ohne Verkäsung (→ 2).

Makroskopisch: Gefelderte Schnittfläche mit herd- oder landkartenförmigen gelben, trockenen Bezirken.

Retikulosarkom (Abb. 7.17 u. 7.18) *(Synonyma: Retothelsarkom, immunoblastisches Sarkom). Das Retikulosarkom ist eine bösartige Geschwulst, die durch eine Wucherung von Retikulumzellen des Lymphknotens gekennzeichnet ist. 60–70% beginnen in Halslymphknoten oder Tonsillen.* Histologisch sieht man bei der Übersichtsvergrößerung eine mittelgroß- oder großzellige Wucherung, ohne Ausbildung charakteristischer Strukturen. Die Geschwulstzellen sind unterschiedlich gestaltet: teils abgerundet, teils vielzipflig sternförmig. Für die Unterscheidung vom Lymphosarkom gilt die Regel, daß bei Giemsafärbung die Zellen des Retikulosarkoms hellere Kerne und dunkleres, stark basophiles Zytoplasma, die des Lymphosarkoms dunklere Kerne und helleres Zytoplasma besitzen (Lennert, 1963). Mitosen sind meist zahlreich. Die nicht in Teilung befindlichen Kerne des Retikulosarkoms sind oval oder rund, blasig wegen eines reichlichen hellen »Kernsaftes«, und sie enthalten meist einen deutlichen Nukleolus, gelegentlich auch zwei oder drei. Abb. 7.17 zeigt einen Ausschnitt aus einem Retikulosarkom, bei dem die Tumorzellen an zarten Fibrillen aufgereiht sind. Die dadurch entstehenden Spalträume werden von den zipfligen Zytoplasmaausläufern überbrückt (→ 1). Die blasige Beschaffenheit der Kerne und die Kernkörperchen werden an vielen Stellen auch in der kräftigen HE-Färbung deutlich (→ 2). Die Eigenart der Retikulumzelle, Gitterfasern zu bilden, findet sich bei den höher differenzierten Retikulosarkomen. In Abb. 7.18 ist eine Versilberung der Gitterfasern nach der Methode von Bielschowsky wiedergegeben. Die Gitterfasern verlaufen meist tangential an einer Reihe ebenfalls versilberter Retikulumzellkerne vorbei, wobei das Bild der an einem Ast aufgereihten Weidenkätzchen imitiert wird. Neuere Untersuchungen lassen Zweifel daran aufkommen, daß es sich um eine einheitliche Gruppe von Tumoren handelt, da Immunglobuline in einigen Tumoren nachgewiesen wurden (Bildung, Speicherung?) Nach neuer Nomenklatur wird das Retikulosarkom als immunoblastisches Sarkom bezeichnet (Lennert).

Makroskopisch: Starke Vergrößerung der befallenen Lymphknoten mit weißer oder grauweißer, vorquellender, vielfach fischfleischähnlicher Schnittfläche. Wegen des infiltrierenden Wachstums sind solche Lymphknoten mit der Umgebung verbacken. Auch in anderen Organen Ausbildung von Tumorknoten.

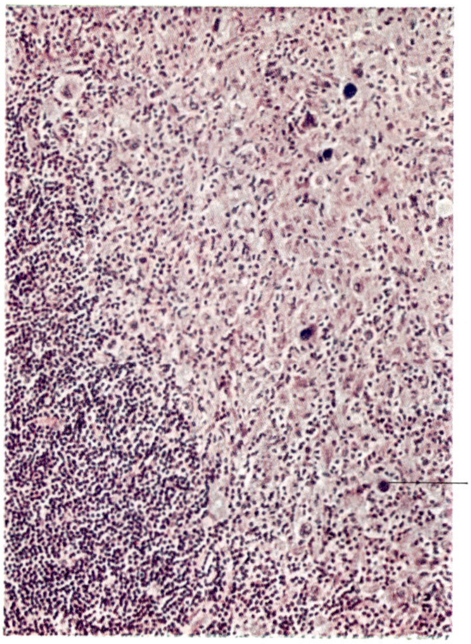

B. – Abb. 7.19. Lymphogranulomatose; Fbg. HE, Vergr. 160×

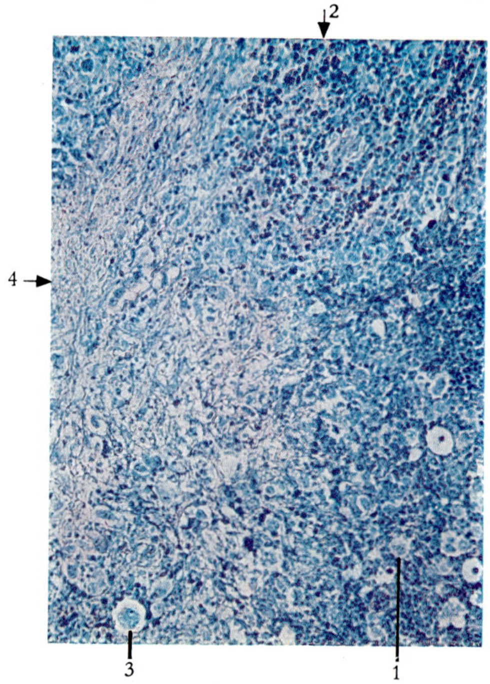

B. – Abb. 7.20. Lymphogranulomatose; Fbg. Giemsa, Vergr. 64×

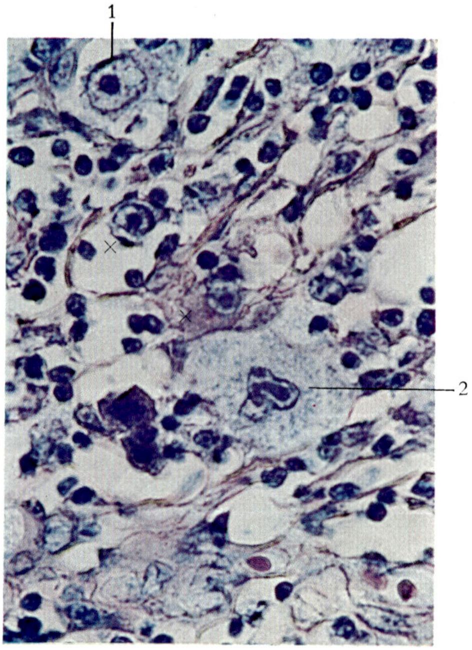

B. – Abb. 7.21. Lymphogranulomatose; Fbg. Giemsa, Vergr. 400×

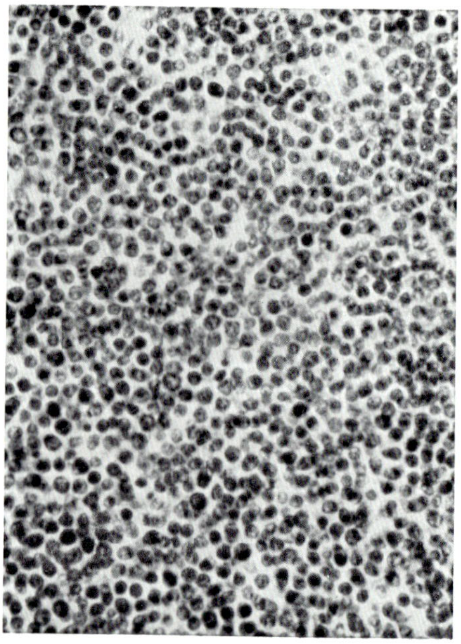

B. – Abb. 7.22. Reife Lymphadenose; Fbg. HE, Vergr. 438×

Lymphogranulomatose (Abb. 7.19, 7.20 u. 7.21). *Die Lymphogranulomatose (Morbus Hodgkin, Morbus Paltauf-Sternberg) ist eine sehr häufige tumorförmige Erkrankung des Lymphknotens. Es handelt sich dabei um ein destruierend wachsendes Granulationsgewebe* (Abb. 7.19) *von spezifischem Gewebscharakter.* Das typische histologische Gewebsbild wird von folgenden Kriterien bestimmt: *Zerstörung* der normalen Struktur des Lymphknotens durch ein Granulomgewebe, bestehend aus atypischen Retikulumzellen (evtl. Epitheloidzellen), Lymphozyten, eosinophilen Leukozyten, Hodgkinzellen und Sternbergschen Riesenzellen. Der für dieses Krankheitsbild charakteristische Zelltyp, die *Hodgkinzelle*, entsteht aus Retikulumzellen (× u. → 1 in Abb. 7.21, vgl. S. 235). Die Hodgkinzellen haben einen auffallend hellen, blasigen Kern mit deutlicher Kernmembran inmitten eines schmalen, bei Giemsafärbung blaßbasophilen, unscharf begrenzten Zytoplasmas. Im Kern findet sich ein erheblich vergrößerter Nukleolus (Abb. 7.20 → 1 u. 7.21 → 1 u. ×). Von solchen Hodgkinzellen leiten sich die mehrkernigen *Sternbergschen Riesenzellen* ab. Ihre ebenfalls blasig beschaffenen Kerne überlappen sich teilweise, das Zytoplasma ist meist reichlich vorhanden (Abb. 7.19 →, Abb. 7.20 → 3, Abb. 7.21 → 2). Man unterscheidet heute nach den Untersuchungen von LUKES *verschiedene Formen* der Lymphogranulomatose mit *unterschiedlicher Prognose:*

1. **Diffuse oder noduläre lymphozytenreiche Form** (früher Paragranulomatose): Vorwiegend Lymphozyten und Histiozyten, evtl. Epitheloidzellen. Etwa wie Abb. 7.19 linke untere Seite. Hodgkin- oder Sternbergzellen müssen vorhanden sein. Überlebenszeit: 80% länger als 5 Jahre.

2. **Nodulär-sklerosierende Form**; ringförmig angeordnete kollagene Fasern. Gute Prognose.

3. **Gemischte Form**; typisches Bild wie etwa Abb. 7.19. Verlauf 2–5 Jahre.

4. **Diffuse Fibrose**; Fibrosierung mit wenig Lymphozyten und reichlich Retikulumzellen (etwa wie Abb. 7.20 links). Überlebenszeit 2 Jahre.

5. **Retikuläre Form** (Hodgkinsarkom); vorwiegend atypische Retikulumzellen und Hodgkin- bzw. Sternbergzellen. Verlauf: 1 Jahr.

Die Formen 1, 3, 4, 5 mit Untergruppen können ineinander übergehen. Nur 2 scheint eine selbständige Form darzustellen (gutartig).

Makroskopisch: Bevorzugtes Auftreten in Lymphknoten, Milz (Porphyrmilz), Leber, Knochenmark; weiterhin in Lunge, Niere, Herz, Magendarmtrakt, Haut, Meningen usw. Die befallenen Lymphknoten sind vergrößert, mit der Umgebung verbacken. *Schnittfläche:* neben grauweißem markigem Gewebe, das dem gewucherten Granulomgewebe entspricht, findet man landkartenförmige gelbe Nekrosefelder.

Lymphadenose: Mit aleukämischem, subleukämischem oder leukämischem Blutbild (*chronische lymphatische Leukämie*, vgl. S. 182). Verlauf: Monate bis Jahre. *Histologisch:* Lymphozyten und einige Lymphoblasten (Ausreifung! Verschiedene Reifestufen nebeneinander (Abb. 7.22).

Lymphosarkom (vgl. auch S. 234): Meist keine Leukämie. *Histologisch:* Man unterscheidet 2 Formen: a) Unreife Zellwucherung von Lymphoblasten ohne Ausreifung, tumorförmig destruierend in die Umgebung der Lymphknoten wachsend. Prototyp ist das Burkittlymphom. b) Wucherung kleiner lymphoider Zellelemente (früher als Lymphosarkomatose bezeichnet).

Makroskopisch: Knotenförmig wachsend. Lymphknoten miteinander verbacken. Sarkomknoten in Leber, Milz, Knochenmark. Kombinationsformen von a und b mit Lymphosarkom kommen vor (tumorbildende Lymphadenose).

Abb. 7.22 zeigt eine **Lymphadenose** (lymphatische Leukämie) mit diffuser Infiltration der Lymphknoten. Man sieht größere Zellkerne mit lockerer Kernstruktur (Lymphoblasten) und kleine Zellkerne mit dichtem Chromatin (Lymphozyten). Die Lymphknotenkapsel kann infiltriert sein – aber kein destruierendes Wachstum.

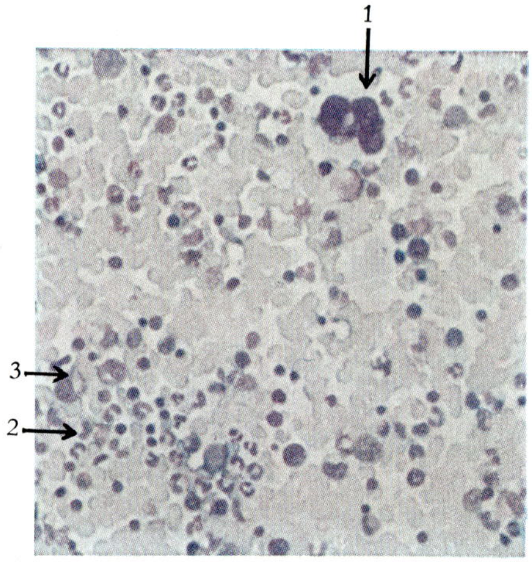

B. – Abb. 8.1. Knochenmarkausstriche (normal); Vergr. 480 ×

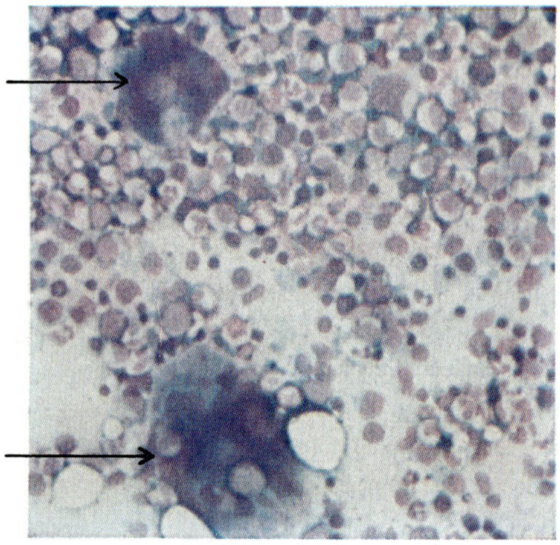

B. – Abb. 8.2. Polycythaemia vera; Vergr. 480 ×

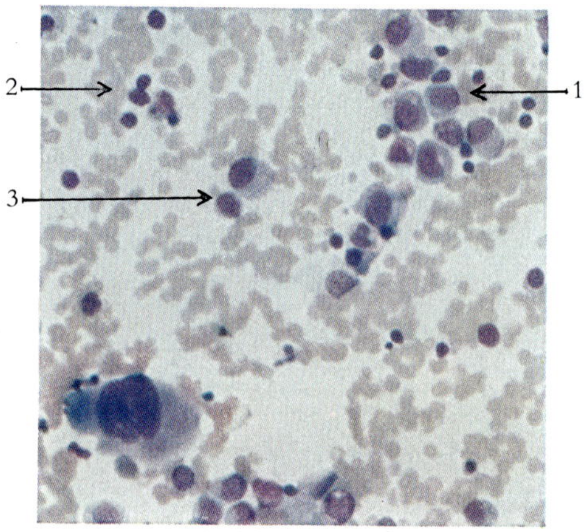

B. – Abb. 8.3. Agranulozytose; Vergr. 480×

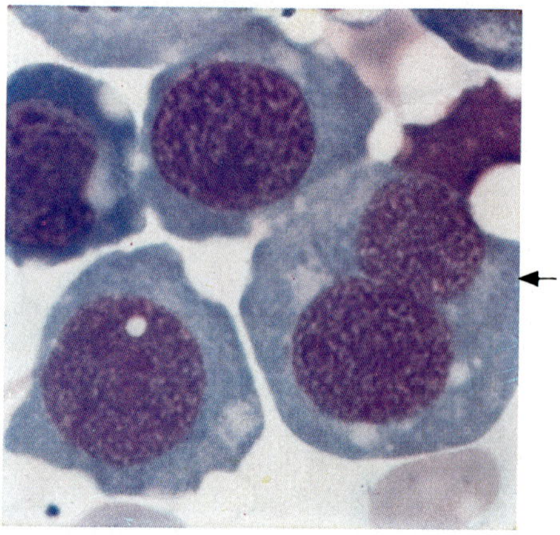

B. – Abb. 8.4. Perniziöse Anämie; Vergr. 1200×

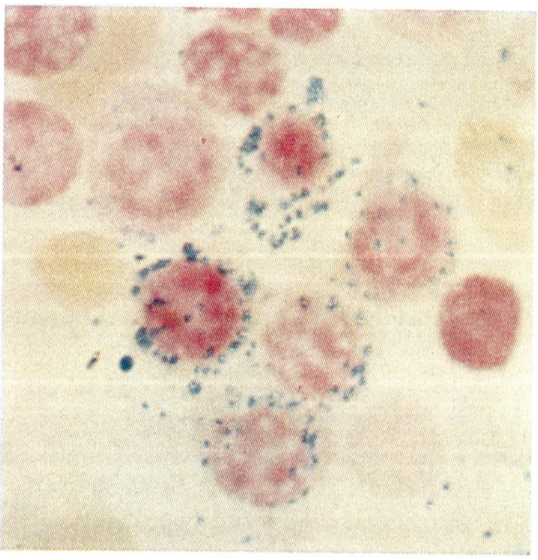

B. – Abb. 8.5. Sideroachrestische Anämie; Berliner-Blau-Reaktion, Vergr. 1200×

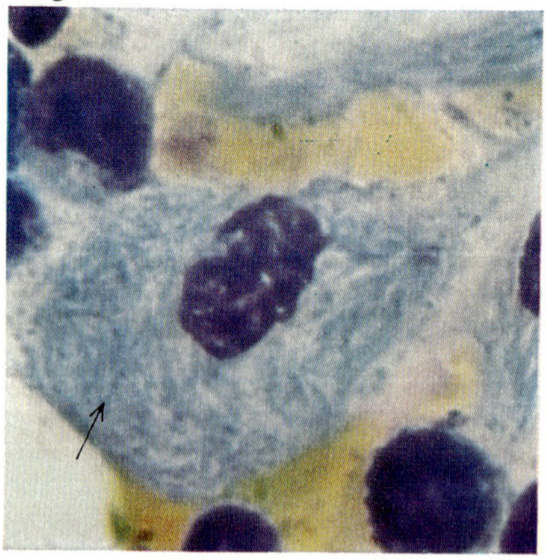

B. – Abb. 8.6. Morbus Gaucher; Vergr. 1200×

8. Knochenmark und Blut

Das Knochenmark reagiert als Organ sowohl unter physiologischen wie den meisten pathologischen Bedingungen in der Regel als einheitliches System. Auf dieser Erkenntnis beruht die diagnostische Bedeutung der Knochenmarkpunktion. Bei der Auswertung eines Knochenmarkpunktates geht man wie bei der Beurteilung eines histologischen Schnittes vor: Mit kleiner Vergrößerung orientiert man sich über Zellgehalt und Verteilung. Mit der mittleren Vergrößerung verschafft man sich einen groben Überblick über die Relation der einzelnen Reifungsreihen zueinander und kann auffällige Zellen oder Zellgruppen markieren. Die Auszählung und Registrierung zytologischer Details wird mit der starken Vergrößerung (Ölimmersion) durchgeführt. Dabei ist zu beachten, daß quantitative Aussagen nur beschränkt möglich sind, da die Menge der Zellen des Ausstriches unter anderem von der Punktions- und Ausstrichtechnik abhängt. Die qualitativen Befunde sind wesentlicher. Aus Raumgründen konnten nur solche Krankheitsbilder ausgewählt werden, bei denen dem rein morphologischen Befund diagnostische oder zumindest richtungweisende Bedeutung zukommt. Die May-Grünwald-Giemsa-Färbung gibt eine optimale Darstellung aller Zellstrukturen. Siehe Makropathologie.

Normaler Knochenmarkausstrich (Abb. 8.1). Die Megakaryozyten sind die größten Zellen des Knochenmarkausstriches und bereits mit schwacher Vergrößerung zu erkennen (→ 1). Die Zellen der Erythrozytopoese besitzen runde, kräftig gefärbte Kerne, die Granulozytopoese ist mit allen Reifungsstufen vertreten (→ 2: segmentkernige Leukozyten, → 3: Myelozyt). Dieses Bild ist als Übersicht zur Abschätzung des Zellgehaltes gedacht.

Polycythaemia vera (Abb. 8.2). *Es besteht eine Vermehrung aller 3 blutbildenden Systeme: der Erythrozytopoese, der Granulozytopoese und der Megakaryozyten.* Die Megakaryozyten sind in der Regel deutlich größer als im normalen Markausstrich (→). Beachte im Vergleich zu Abb. 8.1 die dichte Lagerung der Zellen. Myelozytopoese = helle, große Zellkerne, Erythrozytopoese = runde, dunkle Zellkerne.

Agranulozytose (Abb. 8.4). *Die Agranulozytose ist eine isolierte Insuffizienz der Granulozytopoese, häufig hervorgerufen durch Medikamente (Pyramidon, Medikamentenallergie).* **Panmyelophthise:** *»Leeres« Mark mit Schwund aller blutbildenden Zellen.* In Abb. 8.3 sieht man nur Vorstufen der Granulozytopoese (Promyelozyten und Myelozyten, → 1), die reifen Formen fehlen. Daneben eingestreut sieht man rundkernige Elemente, die z. T. Lymphozyten (→ 2), z. T. undifferenzierten Blasten entsprechen (→ 3: lockerer Kern, schmales Zytoplasma). Infolge der verminderten Abwehrkraft des Organismus durch das Fehlen der reifen Granulozyten kommt es an den Schleimhäuten (Mund- und Dickdarmschleimhaut) zu nekrotisierenden Entzündungen.

Perniziöse Anämie (Abb. 8.4). *Es handelt sich um eine Vitamin-B_{12}-Resorptionsstörung infolge Fehlens von Intrinsic factor (atrophische Gastritis, Autoantikörper).* Die typischen Megaloblasten (pathologische Erythroblasten, →: zweikernige Form) zeigen einen großen, runden Kern mit aufgelockertem Chromatin, der im Reifegrad etwa den normalen Proerythroblasten entspricht, während das Zytoplasma schon ausgereifter erscheint (Hämoglobineinlagerung). Die Granulozytopoese zeigt analoge Kernveränderungen (Riesenmetamyelozyten und Stabkernige), die Megakaryozyten sind durch Übersegmentierung der Kerne gekennzeichnet. Ähnliche Veränderungen findet man bei Folsäuremangel, bei bestimmten Formen der Erythrämie und Erythroleukämie.

Sideroachrestrische Anämie (Abb. 8.5). *Es handelt sich um eine Störung der Porphyrinsynthese mit mangelhaftem Eiseneinbau. Symptomatisch u. a. bei Bleivergiftung.* Mit der Berliner-Blau-Reaktion läßt sich im Zytoplasma der Erythroblasten Eisen (Siderin, vgl. auch Abb. 13) in Form grober Granula nachweisen (Sideroblasten).

Morbus Gaucher (Abb. 8.6). Genetisch bedingte Lipidspeicherkrankheit (Enzymdefekt). Alle Zellen des RES (vorwiegend Milz und Knochenmark) speichern Kerasin. Im Zytoplasma findet man mikroskopisch als Ausdruck der Lipidspeicherung in den Membranen des endoplasmatischen Retikulums streifig fibrilläre Formationen (→) (vgl. auch S. 14).

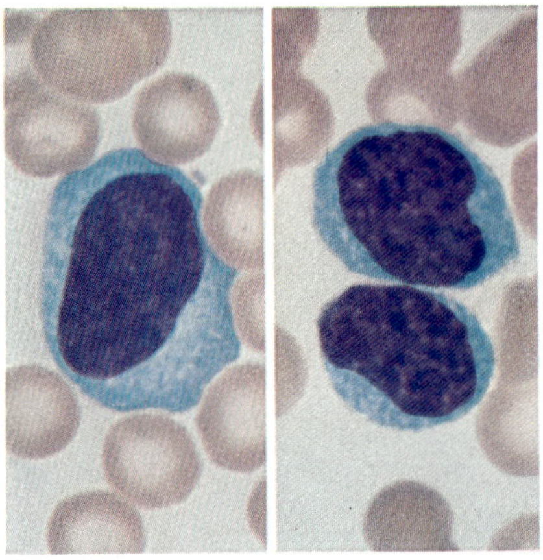

B. – Abb. 8.7. Pfeiffersches Drüsenfieber; Vergr. 1200×

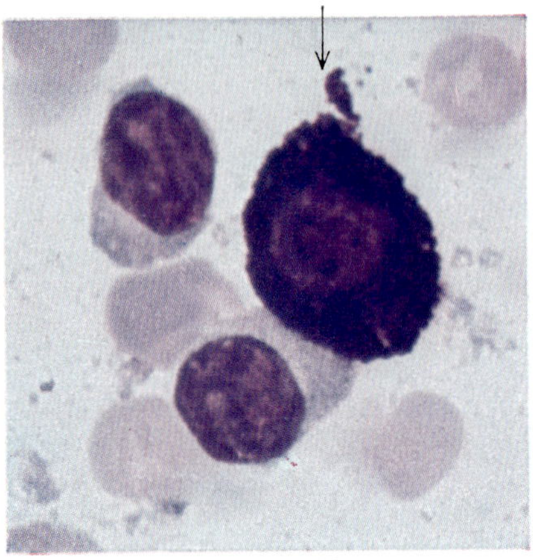

B. – Abb. 8.8. Morbus Waldenström; Vergr. 1200×

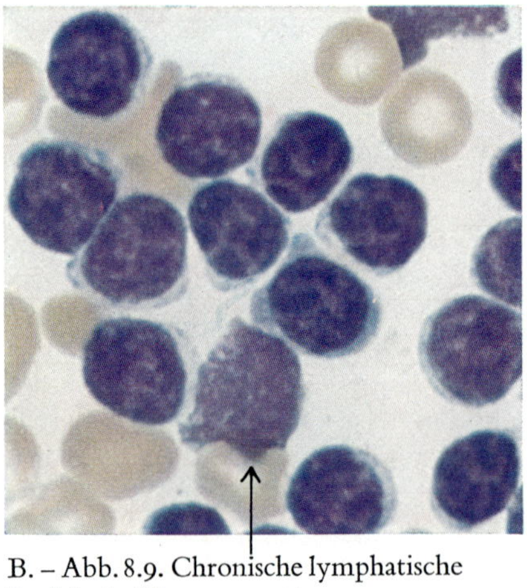

B. – Abb. 8.9. Chronische lymphatische Leukämie; Vergr. 1200×

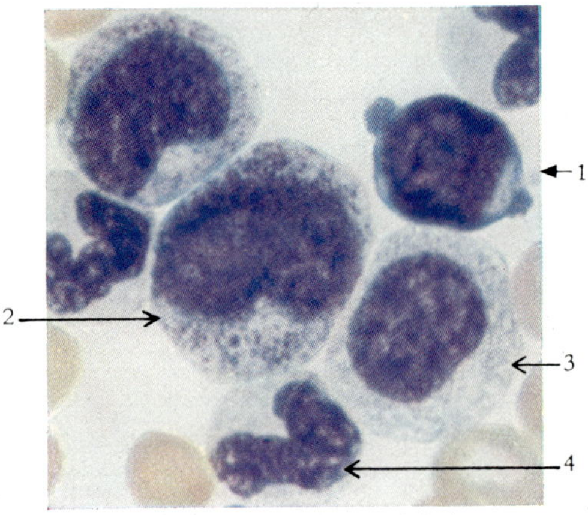

B. – Abb. 8.10. Chronische myeloische Leukämie; Vergr. 1200×

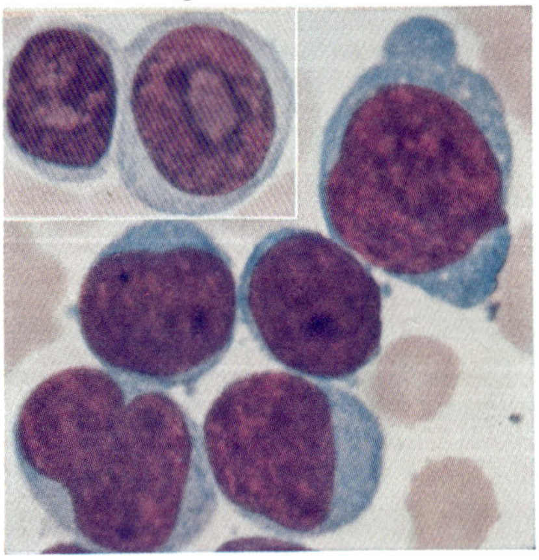

B. – Abb. 8.11. Blastenleukose; Vergr. 1200×

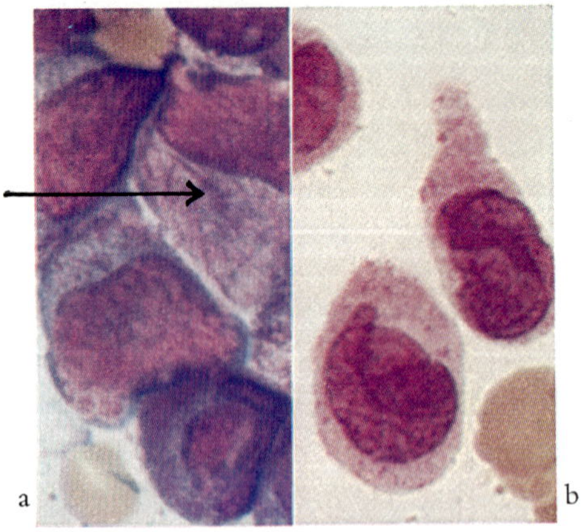

B. – Abb. 8.12. a) Promyelozytenleukose, b) Monozytenleukose; Vergr. 1200×

Morbus Pfeiffer (Abb. 8.7) *(sog. infektiöse Mononukleose). Virusbedingte Infektionskrankheit mit Angina* (Ebstein-Barr-Virus [DNS-Virus] aus der Herpesgruppe. Auch beim Burkittlymphom nachgewiesen). Im peripheren Blut treten bis zu 90% lymphoide Zellen auf, die aus dem lymphatischen Gewebe stammen. Sie unterscheiden sich von den normalen Lymphozyten durch stärkere Zytoplasmabasophilie, größere und z. T. gebuchtete Kerne. Alle Formvarianten, von normalen Lymphozyten bis zu monozytoiden Zellen, treten auf (typisch!).

Morbus Waldenström (Abb. 8.8). *Diese Krankheit gehört in die Gruppe der Immunerkrankungen (s. auch Plasmozytom). Bei der eiweißchemischen Analyse des Blutserums findet man Immunglobuline (Ig M).* Im Knochenmark (auch Lymphknoten, Milz, Leber) findet man Zellen, die morphologisch zwischen Lymphozyten und Plasmazellen stehen. Der Kern ist lymphozytenähnlich mit deutlichem Nukleolus, das Zytoplasma wie bei Plasmazellen sehr stark basophil. Häufig findet man eine Vermehrung von Gewebsmastzellen (→).

Chronische lymphatische Leukämie (Abb. 8.9, vgl. auch S. 178). *Die chronischen reifzelligen lymphatischen Leukämien haben eine relativ gute Prognose. Am häufigsten erkranken ältere Menschen (um das 60. Lebensjahr).* Im peripheren Blut sieht man kleine Lymphozyten mit schmalem Zytoplasma, daneben häufig Gumprechtsche Kernschatten (→: zerquetschte Zellen). Das Knochenmark ist häufig infiltriert.

Klinisch: Lymphknoten und Milzvergrößerung (diffuse Infiltration). Leber periportal.

Chronische myeloische Leukämie (Abb. 8.10).

Klinisch ist vorwiegend das mittlere Lebensalter betroffen. Man findet einen großen Milztumor, Lymphknotenschwellungen fehlen. Das periphere Blutbild ist durch eine Ausschwemmung aller Reifungsstufen der Granulozytopoese und eine Vermehrung der basophilen und eosinophilen Granulozyten charakterisiert (→ 1: Myeloblast, → 2: Promyelozyt, → 3: Myelozyt, → 4: Stabkerniger). Differentialdiagnostisch muß man eine Osteomyelosklerose sowie leukämoide Reaktionen aus anderer Ursache abgrenzen. Die alkalische Phosphatase im Zytoplasma der neutrophilen Granulozyten ist bei unbehandelter chronischer myeloischer Leukämie vermindert oder fehlt, bei leukämoider Reaktion meist erhöht. Im Beckenkammtrepanat findet man bei Osteomyelosklerose eine Faservermehrung und eine Verdichtung der Spongiosa (Faservermehrung allein = Myelofibrose).

Blastenleukose (Abb. 8.11). *Unreifzellige Leukosen (sog. Paramyeloblastenleukämien) kommen in allen Lebensaltern vor, im Kindesalter machen sie mehr als 90% aller Leukosen aus.* Die zytologische Unterscheidung verschiedener Typen ist schwierig. Am häufigsten findet man polymorphe, undifferenzierte Blasten (sog. Paramyeloblasten, Abb. 8.11). Im Kindesalter überwiegen die Lymphoblastenleukosen. Sie sprechen am besten auf die Therapie an. Das oben eingeschobene kleine Bild in Abb. 8.11 zeigt 2 Lymphoblasten bei unreifzelliger Leukose (Lymphoblastenleukämie. Im Zytoplasma sind PAS-positive Granula nachweisbar).

Promyelozytenleukose (Abb. 8.12a). Klinisch steht hierbei die hämorrhagische Diathese (Thrombozytopenie und Gerinnungsstörung) im Vordergrund des Bildes. Im Knochenmarkausstrich sieht man eine deutliche azurophile (rötliche) Granulierung des Zytoplasmas und gelegentlich als pathologisches Äquivalent dieser Granula kristallähnliche Auerstäbchen (→ in Abb. 8.12a). Diese Form der unreifzelligen Leukose verläuft häufig aleukämisch. Im Zytoplasma ist Peroxydase nachweisbar.

Monozytenleukosen sind mit üblichen Farbungen von anderen Formen schwer abzugrenzen. Abb. 8.12b zeigt typische Monozyten mit gebuchteten Kernen, fein granulärem Chromatin, graublauem Zytoplasma, unregelmäßig geformt. Klinisch häufig Mundschleimhautinfiltrate. Die Monozytenleukosen lassen sich histochemisch von anderen Leukosen abgrenzen. Die unspezifische Esterase im Zytoplasma ist hier typisch (Löffler, 1963).

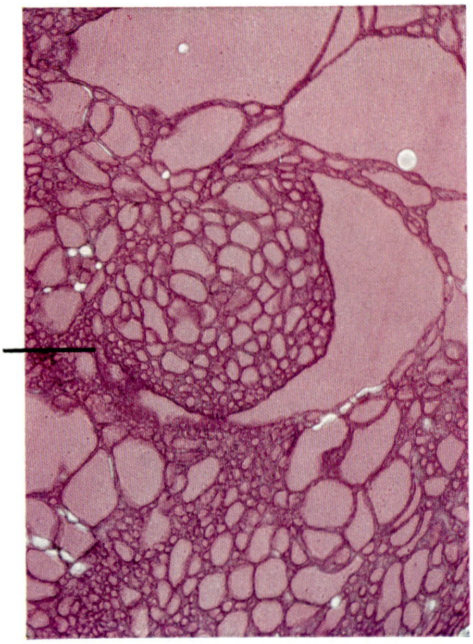

B. – Abb. 9.1. Struma colloides nodosa;
Fbg. HE, Vergr. 38 ×

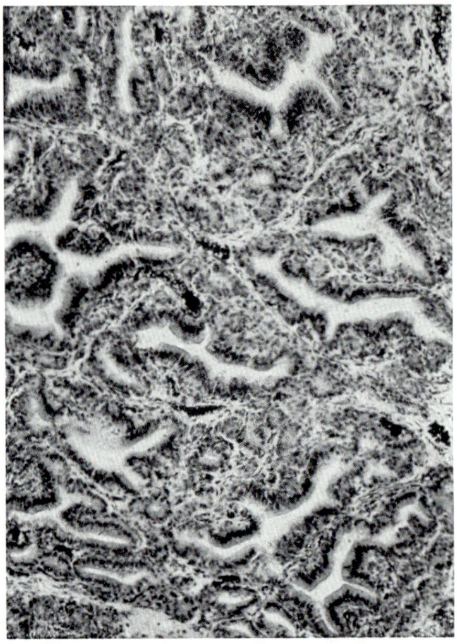

B. – Abb. 9.2. Struma parenchymatosa;
Fbg. HE, Vergr. 99 ×

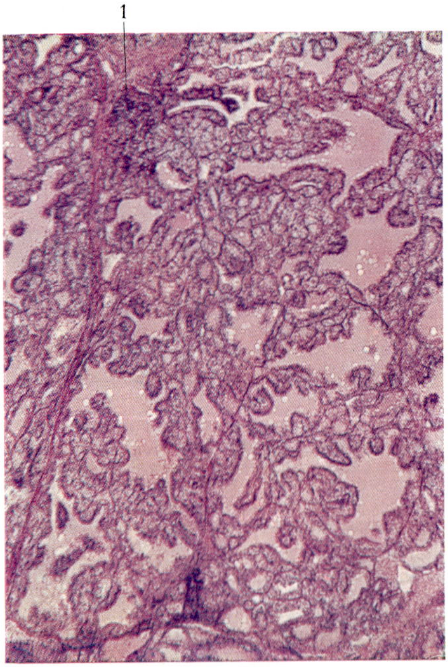

B. – Abb. 9.3. Basedowstruma;
Fbg. HE, Vergr. 38 ×

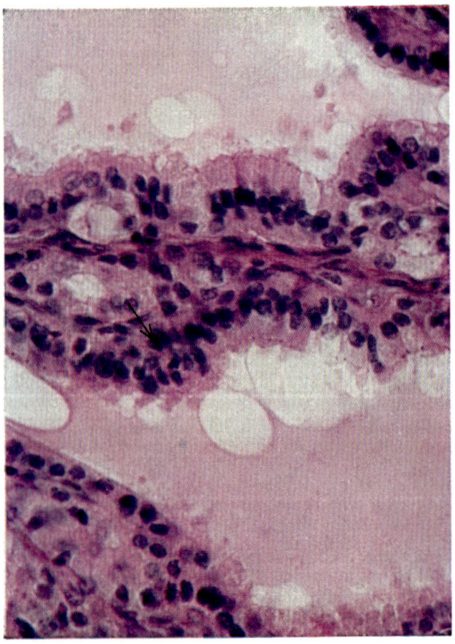

B. – Abb. 9.4. Basedowstruma;
Fbg. HE, Vergr. 396 ×

9. Innersekretorische Drüsen – Geschlechtsorgane

Für die Drüsen der inneren Sekretion und die Geschlechtsorgane müssen wir uns auf einige typische Beispiele beschränken – eine ausführliche Darstellung würde den Rahmen dieses Lehrbuches überschreiten. Viele pathologische Erscheinungsformen der Erkrankungen der inkretorischen Drüsen sind zudem ziemlich einförmig. Die Überfunktion geht gewöhnlich mit einer Organvergrößerung, Zell- und Kerngrößenzunahme und Zellvermehrung, evtl. mit Adenombildung einher. Bei Unterfunktion findet man dagegen Atrophie des Organs und Verkleinerung der Zellen mit Vermehrung des interstitiellen Bindegewebes. Davon abgesehen kommen natürlich alle Formen der unspezifischen und spezifischen Entzündung sowie Kreislaufstörungen vor (s. a. Makropathologie).

Struma colloides nodosa (Abb. 9.1). *Die knotige Hyperplasie der Schilddrüse und die Schilddrüsenadenome kommen endemisch in bestimmten Gegenden (z. B. Schweiz) vor und können als Anpassungshyperplasien* (Büngeler) *bei Jodmangel* (Aminosäuremangel?, Hemmungen der Thyroxinsynthese?) *aufgefaßt werden (kompensatorische Hyperplasien).* Die Kolloidstruma bietet ein vielfältiges morphologisches Erscheinungsbild (vgl. Wegelin, 1926). Unser Bild (Abb. 9.1) zeigt einen Ausschnitt von einer Struma colloides nodosa macrofollicularis. Mikroskopisch stellen sich in der Übersicht Kolloidknoten dar, die von einer Bindegewebskapsel umgeben sind und aus verschieden großen Follikeln bestehen. Das Lumen der Follikel ist von Kolloid ausgefüllt. Das Epithel ist flach kubisch. Bei stärkerer Vergrößerung sieht man polsterförmige Wucherungen des Epithels *(Sandersonsche Polster)*, die sich so stark ausprägen können, daß in diesen Polstern neue Follikel entstehen (→). Regressive Veränderungen (zentrale Nekrosen, Zysten, Blutungen, Narben, Verkalkungen) entstehen durch Kreislaufstörungen. Die Gefäße der Bindegewebskapsel werden durch den Wachstumsdruck der Kolloidknoten eingeengt (Sauerstoffmangel!).

Makroskopisch: Vergrößerte, knotige Schilddrüse mit glasigen Knoten und gelben Herden (regressive Veränderungen) auf der Schnittfläche.

Die **Struma parenchymatosa** (Abb. 9.2) *kommt nur bei Jugendlichen bis zur Pubertät in Kropfgegenden vor.* Aus ihr entwickeln sich meist die Kolloidstrumen. Wie der Name schon besagt, handelt es sich um eine Vermehrung des Drüsenparenchyms ohne Kolloidspeicherung. Mikroskopisch sind die Schilddrüsenläppchen vergrößert und bestehen aus verzweigten Drüsen mit hochzylindrischem Epithel oder soliden Zellhaufen, die durch Bindegewebssepten abgegrenzt werden. Kolloid fehlt.

Basedowstruma (Abb. 9.3 u. 9.4). *Es handelt sich um eine Überfunktion der Schilddrüse mit vermehrter Sekretion von Schilddrüsenhormonen (Thyreotoxikose), deren Ursache in einer erhöhten Ausschüttung von TRF (»thyrotropin releasing factor«, Zwischenhirn) und TSHC (»Thyreoidea-stimulierendes Hormon«, Hypophyse) gesehen wird.* Histologisch zeigt die Übersicht (Abb. 9.3) vielgestaltige größere und kleinere, teilweise weitverzweigte Follikel mit eiweißarmem oder fehlendem Kolloid. Die unregelmäßige Lichtung der Follikel kommt dadurch zustande, daß das Epithel polsterförmig wächst (pseudopapilläre Wucherungen), teilweise mit einem bindegewebigen Grundstock (papilläre Wucherungen). Im Kolloid findet man besonders an der Oberfläche der Epithelien zahlreiche Vakuolen. Recht charakteristisch sind einzelne Lymphozytenhaufen (→ 1 in Abb. 9.3).

Bei **stärkerer Vergrößerung** (Abb. 9.4) sieht man ein hochzylindrisches Follikelepithel mit hellem Zytoplasma und basal stehenden Zellkernen. Stellenweise ist das Epithel mehrschichtig (→ im Bild). Die sog. Resorptionsvakuolen stellen sich hier gut dar. Es handelt sich um einen Fixationsartefakt, der anzeigt, daß ein dünnflüssiges Kolloid vorliegt.

Makroskopisch: Vergrößerte Schilddrüse, gelbgraue, leberähnliche Schnittfläche ohne Kolloid.

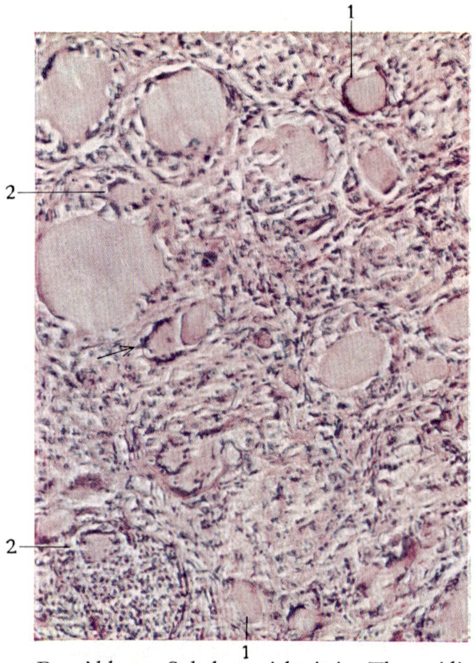

B. – Abb. 9.5. Subakute nichteitrige Thyreoiditis (de Quervain); Fbg. HE, Vergr. 160×

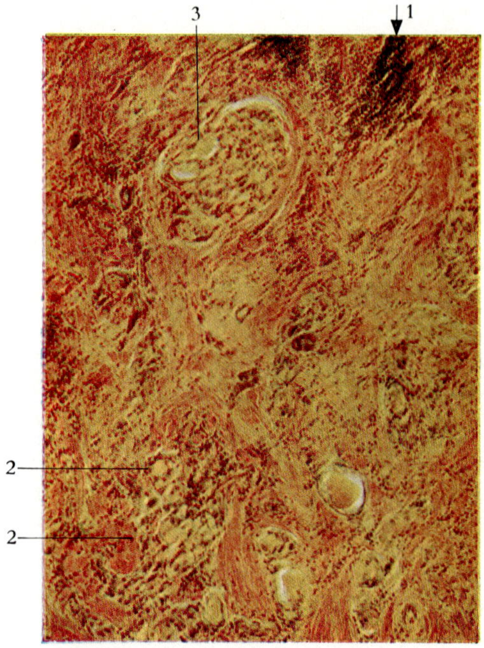

B. – Abb. 9.6. Chronische hypertrophische Thyreoiditis (eisenharte Struma; Riedel); Fbg. v. Gieson, Vergr. 102×

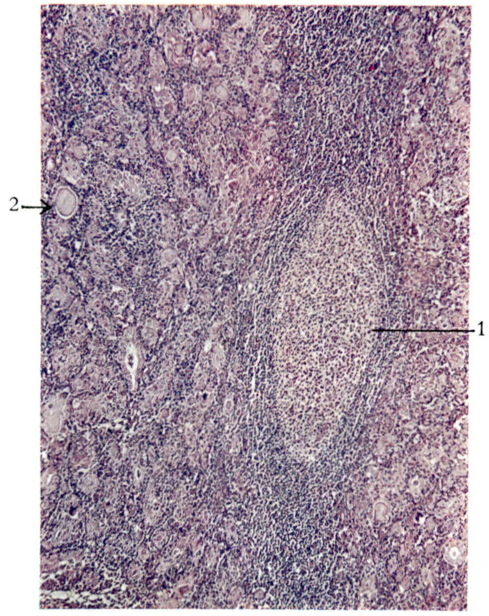

B. – Abb. 9.7. Struma lymphomatosa (Hashimoto); Fbg. HE, Vergr. 60×

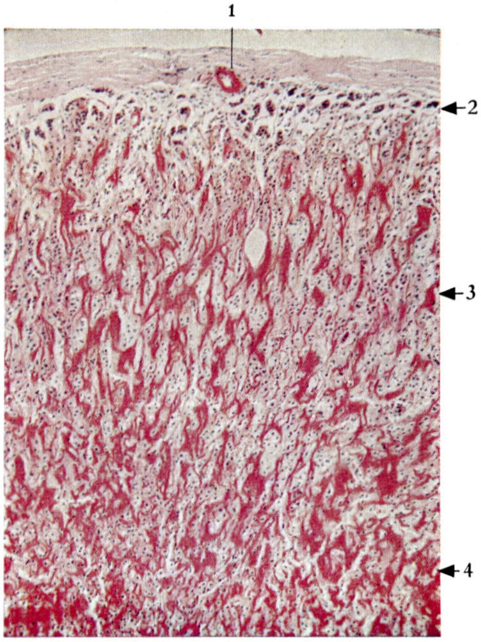

B. – Abb. 9.8. Amyloidose der Nebenniere; Fbg. Kongorot, Vergr. 120×

Thyreoiditis

Die unspezifischen Entzündungen der Schilddrüse sind zwar selten, bieten aber histologisch recht einprägsame und charakteristische Bilder. Neben den *akuten* und *subakuten eitrigen bzw. nichteitrigen Entzündungen* [*Thyreoiditis* (DE QUERVAIN, 1936)] gibt es zwei Formen der *chronischen Thyreoiditis – die chronische hypertrophische Thyreoiditis* [*sog. eisenharte Struma* (RIEDEL, 1896)] und die *Struma lymphomatosa* (HASHIMOTO, 1912).

Subakute nichteitrige Thyreoiditis (de Quervain) (Abb. 9.5). Das histologische Bild zeigt Follikel verschiedener Größe mit kubischen bis zylindrischen Epithelien, die teilweise Epithelpolster bilden. Daneben sieht man kleinere Follikel ohne Kolloid. Das relativ dickflüssige Kolloid und eingedickte Kolloidschollen (→ 1) werden von epithelialen (teilweise auch mesenchymalen) Riesenzellen resorbiert (→ 2). Zwischen den Follikeln findet man lockere Infiltrate von Lymphozyten, Plasmazellen und einzelnen Leukozyten.

Chronische hypertrophische Thyreoiditis (Abb. 9.6). Die eisenharte Struma (Riedel) geht mit einer Schilddrüsenvergrößerung einher. Das Organ ist derb, und auf der Schnittfläche sieht man weißliches Schwielengewebe. Mikroskopisch wird das Bild von Zügen hyalinisierten Narbengewebes beherrscht mit eingestreuten lymphozytären Infiltraten (→ 1). Die Follikel sind bis auf wenige Reste zugrunde gegangen. Vereinzelt findet man Gruppen stehengebliebener Follikel (→ 2), die auch regeneratorisch wuchern können, so daß kleine Adenome entstehen (→ 3). Entscheidend für die Diagnose ist die Beteiligung (Übergreifen?) der chronisch sklerosierenden Entzündung auf die Halsweichteile, insbesondere die Muskulatur.

Struma lymphomatosa (Hashimoto) (Abb. 9.7). Es handelt sich um eine chronische, mit lymphozytären Infiltraten einhergehende Entzündung mit Atrophie der Schilddrüsenfollikel. Unser Bild zeigt diffuse lymphozytäre interstitielle Infiltrate (manchmal Plasmazellen) mit Ausbildung eines regelrechten Lymphfollikels und einem Reaktionszentrum (→ 1). Die Schilddrüsenfollikel sind klein, die meisten ohne Kolloid, andere mit eingedicktem Kolloid (→ 2).

Klinisch: Hypothyreose, oft Myxödem. *Makroskopisch:* Geringe Schwellung, derb, bräunliche Schnittfläche mit weißen Fleckchen.

Pathogenese: In 65% der Fälle von chronischer Thyreoiditis lassen sich mit serologischen Methoden Autoantikörper gegen Schilddrüsengewebe nachweisen (Autoimmunkrankheit). Im Tierversuch kann man mit Injektion von Schilddrüsenextrakt eine Thyreoiditis erzeugen, die histologisch der Struma lymphomatosa sehr ähnlich ist (WITEBSKY, 1962). Bei vielen anderen Erkrankungen ist ein solcher Mechanismus (Autoaggression) wahrscheinlich oder sicher: allergische Enzephalitis, Lupus erythematodes, immunhämolytische Anämie, Agranulozytose, Thrombopenie, chronische Glomerulonephritis, Leberzirrhose?, Myasthenia gravis, ulzeröse Kolitis.

Amyloidose der Nebenniere (Abb. 9.8). *Eine Amyloidablagerung in der Nebennierenrinde kommt bei allgemeiner Amyloidose (Niere, Milz, Leber) regelmäßig vor. Bei höheren Graden kann eine primäre Nebennierenrindeninsuffizienz klinisch in Erscheinung treten.* In unserem Bild sieht man in der Wand einer kleinen Arterie (→ 1) der Bindegewebskapsel der Nebennierenrinde die Ablagerung der homogenen, rotgefärbten Substanz. In der Rinde selbst liegt das Amyloid perikapillär. Die Zona glomerulosa ist frei von Ablagerungen (→ 2). In der Zona fasciculata (→ 3) und reticularis (→ 4) haben breite Bänder von Amyloid zu einer Druckatrophie der Nebennierenrindenzellen geführt.

Makroskopisch: Vergrößertes, glasiges Organ.

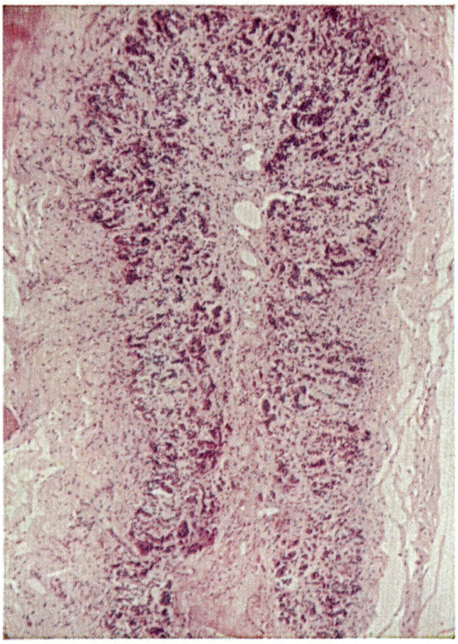

B. – Abb. 9.9. Nebennierenrindenatrophie; Fbg. HE, Vergr. 66×

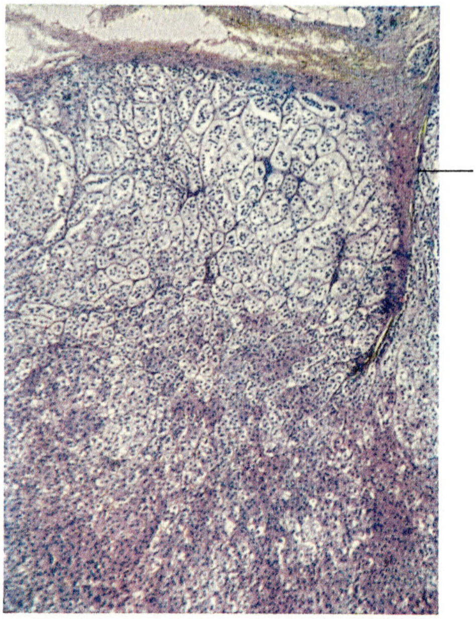

B. – Abb. 9.10. Nebennierenrindenhyperplasie bei Morbus Cushing; Fbg. HE, Vergr. 64×

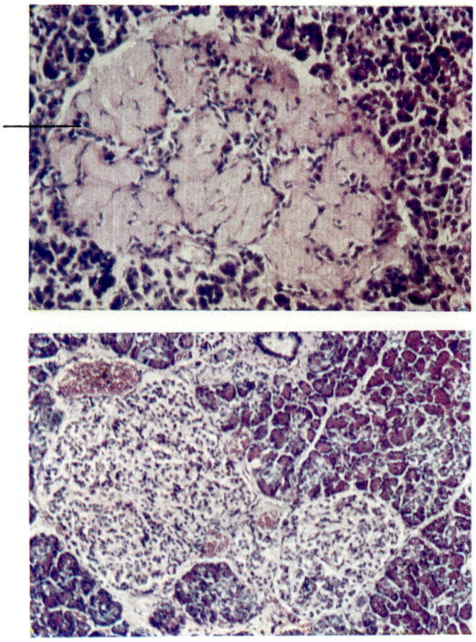

a

b

B. – Abb. 9.11. a) Inselhyalinose (Diabetes); Fbg. HE, Vergr. 170×. b) Inselhyperplasie (Neugeborenes bei Diabetes der Mutter); Fbg. HE, Vergr. 127×

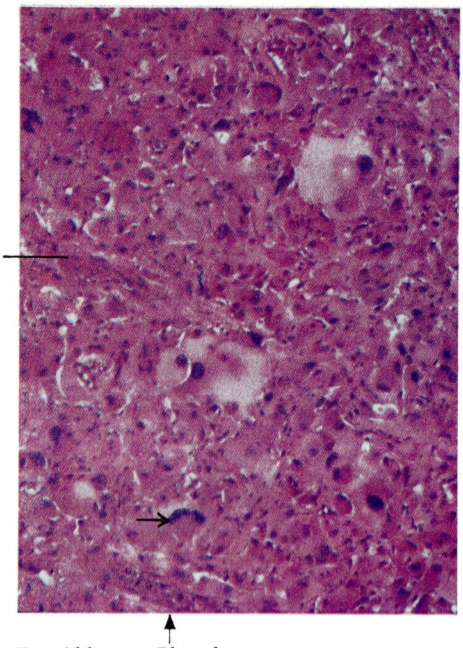

B. – Abb. 9.12. Phäochromozytom; Fbg. HE, Vergr. 130×

Nebennierenrindenatrophie (Abb. 9.9). Die *Nebennierenrindeninsuffizienz* mit verminderter Hormonproduktion kann durch eine *Schädigung der Nebennierenrinde selbst* bedingt sein (Nebennierentuberkulose, zytotoxische Schrumpfnebenniere, Blutungen usw. = sog. *primäre Nebenniereninsuffizienz.* Klinisch: *Morbus Addison*) oder *sekundär* durch *ungenügende hypophysäre Stimulation* (ACTH-Mangel) ausgelöst werden [z. B. postpartale Hypophysenvorderlappennekrosen bzw. -narben (Sheehan, 1955), Entzündungen, Traumen]. Unser Bild zeigt eine *sekundäre Nebennierenrindenatrophie bei Sheehansyndrom.* Man sieht, daß die Nebennierenrinde hochgradig verschmälert und die normale zonale Gliederung völlig aufgehoben ist. Die Rinde besteht nur noch aus Zellballen oder Gruppen von Zellen, die in ihrer Anordnung etwa an die Zona glomerulosa erinnern. Das interstitielle Bindegewebe ist vermehrt.
Makroskopisch ist die Nebenniere papierdünn. *Klinisch* besteht das Bild des Panhypopituitarismus, sog. Simmondssche Krankheit.
Nebennierenrindenhyperplasie bei Morbus Cushing (Abb. 9.10): *Beim Cushingsyndrom besteht eine Überproduktion von Nebennierenrindenhormonen (Glukokortikoide) mit Stoffwechselumstellung vom Eiweißaufbau zur Glukose- und Fettproduktion. In 60% der Fälle findet man eine Nebennierenrindenhyperplasie, die durch vermehrte ACTH-Produktion bei basophilem oder chromophobem Hypophysenadenom bedingt ist. Häufig kann kein Hypophysentumor nachgewiesen werden (primäre Hyperplasie; Ursache?). Auch echte Nebennierenrindenadenome (oder Karzinome, Kinder!) kommen als Ursache in Betracht.* Unser Bild zeigt einen Ausschnitt der stark verbreiterten Nebennierenrinde (vgl. mit Abb. 9.9 – gleiche Vergrößerung!), wobei hier nur ein Teil der Rinde gezeigt werden kann. Die Zona fasciculata reicht bis zur Bindegewebskapsel – im oberen Teil lipoidreiche Zellen (Fett herausgelöst), die sich in Zellballen anordnen, →: einstrahlendes Bindegewebsseptum (beginnende Adenombildung, knotige Hyperplasie).
Makroskopisch: Große Nebennieren mit breiter, gelber Rinde und knötchenförmigen Wucherungen bis zu Adenomen. *Klinisch:* Stammfettsucht, Vollmondgesicht, dicker Hals, Striae, Hypertonie, Osteoporose, Diabetes.
Inselhyalinose bei Diabetes (Abb. 9.11a). Eine Hyalinose (Amyloid?) der Kapillaren der Langerhansschen Inseln wird oft beim Altersdiabetes (nicht bei Jugendlichen!) gefunden. Ob Ursache oder Folge des Diabetes, ist umstritten. Das hyaline Material lagert sich in der Kapillarwand ab, führt zur Lumeneinengung und sekundär zur Atrophie der Inselzellen (→). **Inselhyperplasie (Neugeborenes bei Diabetes der Mutter)** (Abb. 9.11b). Aufgefaßt als »Anpassungshyperplasie« der Langerhansschen Inseln des Fetus bei Hyperglykämie (Diabetes der Mutter). Man sieht zahlreiche Rieseninseln schon bei schwacher Vergrößerung. Mit stärkerer Vergrößerung sieht man die stark vergrößerten Zellkerne, oft auch mehrkernige Riesenzellen (B-Zellenhyperplasie).
Phäochromozytom (Abb. 9.12, 9.13). *Es handelt sich um einen gutartigen (maligne Fälle sind sehr selten) Tumor des Nebennierenmarks (meist einseitig, 40–50jährige), der meistens inkretorisch aktiv ist (anfallsweise Ausschüttung von Adrenalin und Noradrenalin. Klinisch: Blutdruckkrisen, Hyperglykämie).* Histologisch findet man ein epitheliales Tumorgewebe in Strängen oder Zellballen angeordnet, oft in perivaskulärer Lagerung (→: Gefäße) mit unterschiedlich großen, runden oder polygonal begrenzten Zellen und polymorphen, häufig exzentrisch gelegenen Zellkernen. Oft sind auch Riesenzellen zu sehen (→ im Bild). Häufig ausgedehnte Blutungen. Die Chromreaktion (Dichromsalze) stellt Adrenalin (feine Granula) und Noradrenalin bildende Zellen (grobe Granula) in brauner Farbe dar (Abb. 9.13). Mit Kaliumjodat ist Noradrenalin nachzuweisen (Kracht u. Mitarb., 1958, Weber, 1949, Sherwin u. Mitarb., 1965). Häufig findet man Blutungen und als Reste davon Hämosiderin (Abb. 9.13).

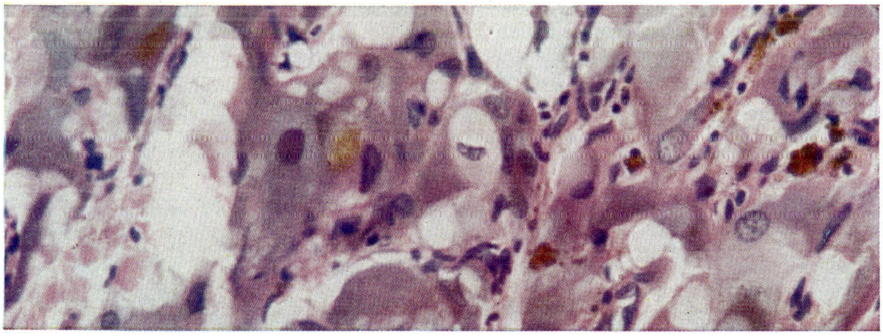

B. – Abb. 9.13. Phäochromozytom nach Chromierung; Fbg. HE, Vergr. 375 ×

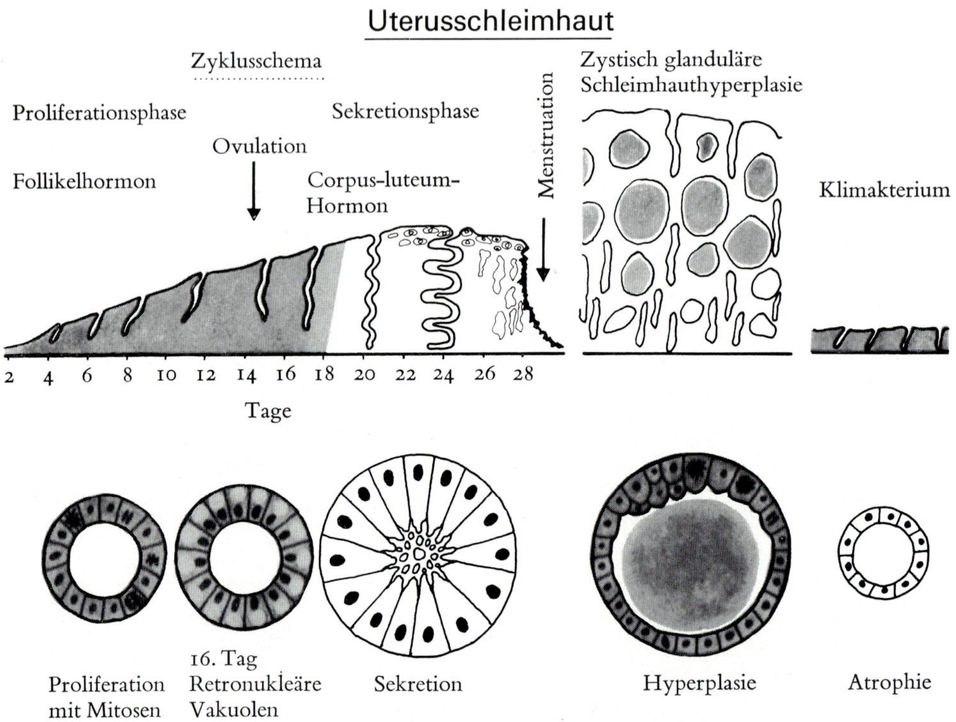

B. – Abb. 9.14. Schema der histologischen Veränderungen des Korpusendometriums im Verlauf des Zyklus und bei endokrinen Störungen

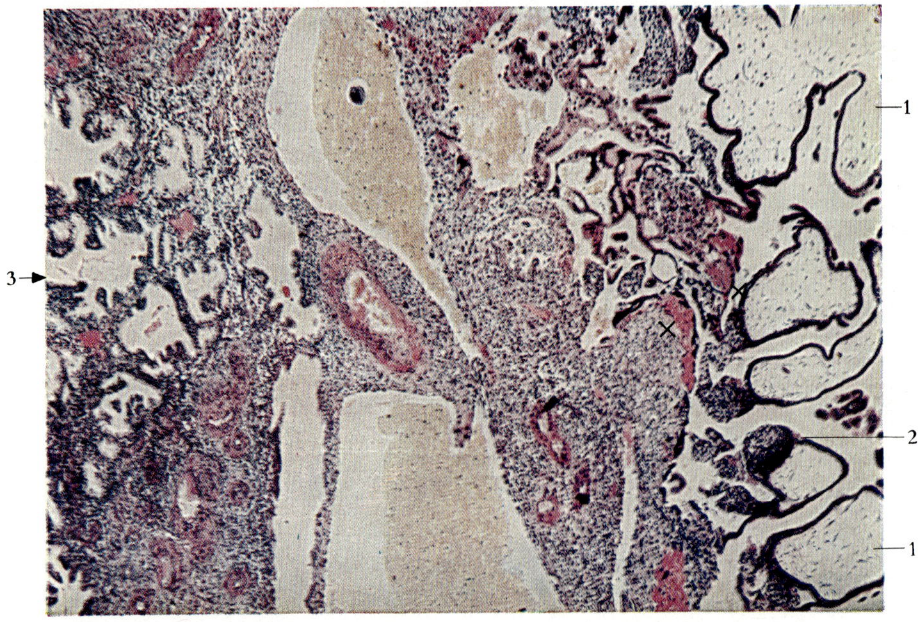

B. – Abb. 9.15. Abort; Fbg. HE, Vergr. 50 ×

Uterusschleimhaut

Abb. 9.14 zeigt schematisch die Entwicklung des Korpusendometriums während des normalen Zyklus und seine Veränderungen bei endokrinen Störungen.

Im normalen Zyklus bewirkt das *Follikelhormon* (Östradiol) einen Aufbau der Uterusschleimhaut (Funktionalis) mit *Drüsenproliferation* (4.–14. Tag). Die Drüsen sind langgestreckt und gegen Ende der Proliferationsphase leicht geschlängelt. Nach der Ovulation (14. Tag) setzt mit der Bildung des Corpus-luteum-Hormons die *Sekretionsphase* ein, wobei sich *retronukleäre Vakuolen* (Glykogen) als erstes Zeichen der Progesteronwirkung entwickeln. Mit zunehmender Sekretion wandern die Zellkerne basalwärts, und in den apikalen Zellteilen bilden sich *Sekrettropfen* mit knospenförmigen Zytoplasmaausstülpungen. Im Lumen der Drüsen sind Sekrettropfen nachweisbar. Das Zytoplasma ist im ganzen hell (vgl. die dunklen Epithelien der Proliferationsphase). Die Drüsen sind jetzt korkenzieherartig geschlängelt, und die Stromazellen werden größer. In den obersten Schichten der Schleimhaut (Kompakta) erscheinen große Stromazellen, die den Deziduazellen bei Schwangerschaft ähnlich sind *(pseudodeziduale Umwandlung)*. Am 24.–26. Zyklustag setzen *regressive Veränderungen* ein. Die Zellkerne der Drüsen werden pyknotisch. Das Stroma lockert sich auf, bis dann in der *Menstruation* durch Blutungen die Funktionalis abgestoßen wird. Die Regeneration geht von den Drüsenresten der Basalis aus.

Als Folge einer endokrinen Störung, wie bei *Überproduktion von Follikelhormon* (Follikelpersistenz, Granulosazelltumor oder Thekazelltumor des Ovars), kommt es zu einer *Schleimhauthyperplasie* mit sehr typischen, zystisch erweiterten Drüsen mit mehrreihigen Epithelien *(zystisch-glanduläre Schleimhauthyperplasie)*. Die *Unterfunktion* der Ovarien hat eine *Schleimhautatrophie* zur Folge, wie sie z.B. physiologisch im *Klimakterium* eintritt.

Abort (Abb. 9.15 u. 9.16). Die histologische Untersuchung von Abrasionsmaterial bei Abort (Fehlgeburt innerhalb der ersten 28 Wochen der Schwangerschaft) gibt Gelegenheit, das Plazentargewebe und die Uterusschleimhaut bei Schwangerschaft zu studieren. Als Reste der Plazenta findet man Chorionzotten (→ 1 in Abb. 9.15) mit einem lockeren Gallertgewebe mit Bindegewebsfasern, die von der Langhansschen Zellschicht und der synzytialen Zellschicht (ohne deutliche Zellgrenzen) mit riesenzellhaltigen Proliferationsinseln (→ 2) bedeckt sind. Die synzytiale Zellschicht wird später in Fibrinoid (×) umgewandelt (homogenes, eosinrotes Material), das auch in der Dezidua auftritt (sekundär sog. weiße Infarkte der Plazenta).

Die **deziduale Umwandlung der Schleimhaut** (Abb. 9.16) besteht in einer starken Vergrößerung der Stromazellen mit großen, runden Zellkernen und breitem Plasmaleib. Die Drüsen der Uterusschleimhaut (→ 3 in Abb. 9.15) sind stark geschlängelt. Sie weisen hohe, helle und nicht sezernierende Epithelien auf. Bei fehlenden Chorionzotten wird man immer an eine Extrauteringravidität denken müssen.

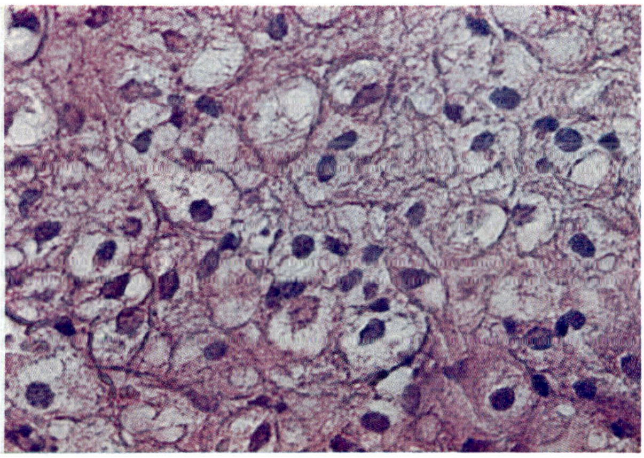

B. – Abb. 9.16. Dezidua; Fbg. HE, Vergr. 512 ×

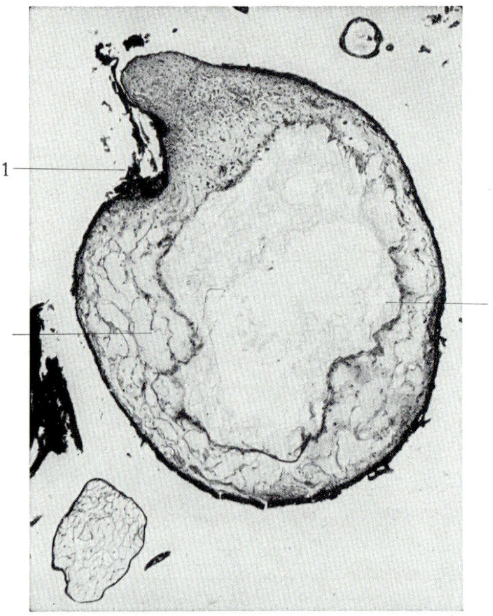

B. – Abb. 9.17. Blasenmole;
Fbg. HE, Vergr. 31 ×

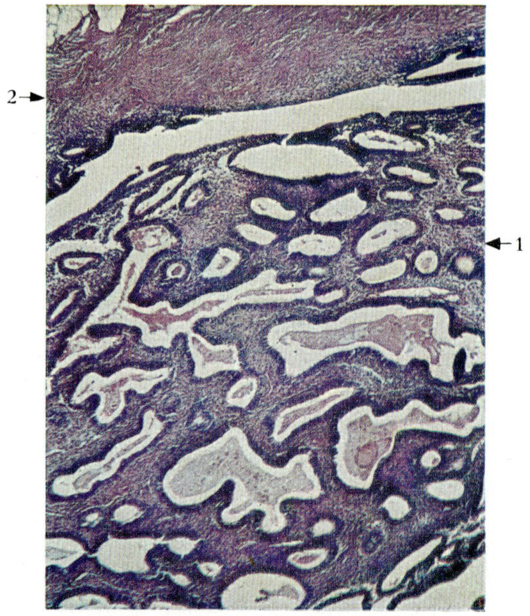

B. – Abb. 9.18. Endometriose der Bauchwand;
Fbg. HE. Vergr. 48 ×

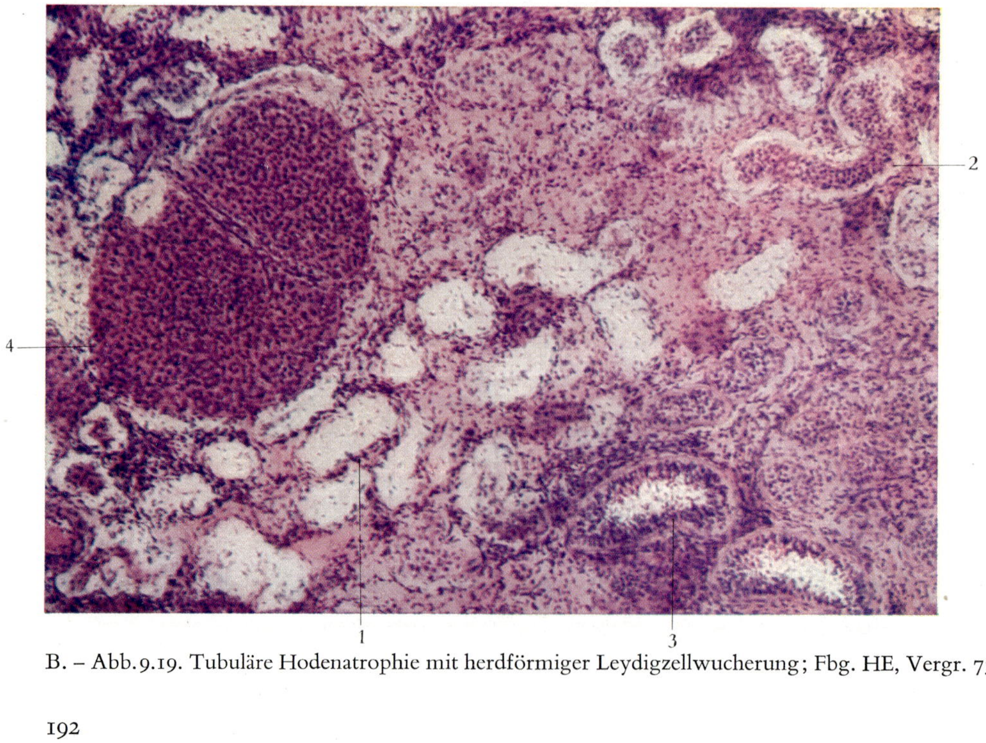

B. – Abb. 9.19. Tubuläre Hodenatrophie mit herdförmiger Leydigzellwucherung; Fbg. HE, Vergr. 73 ×

Blasenmole (Abb. 9.17). *Bei der Blasenmole handelt es sich um glasige, schleimige Auftreibungen der Chorionzotten unbekannter Ursache. Man nimmt an, daß es sich um eine »missed abortion« eines lebensschwachen Eies handelt. Infolge mangelhafter bzw. fehlender Ausbildung fetaler Blutgefäße und uneingeschränkter Aktivität des Trophoblasten kommt es nach etwa 8 Wochen zur Auftreibung der Zotten und Veränderungen am Chorionepithel. Der Blaseninhalt entspricht normaler Chorionflüssigkeit. (Für diese Annahme sprechen Befunde, die an Frühaborten und Plazenten mit regionalen Kreislaufstörungen erhoben wurden.)* Mikroskopisch sieht man eine starke Auftreibung der Chorionzotten, wobei das Zottenstroma auseinandergedrängt ist (→). Gleichzeitig wuchert das Chorionepithel (→ 1: Langhanssche und synzytiale Zellschicht). Abhängig vom Ausmaß der Proliferation und der Entdifferenzierung des Chorionepithels kann Invasion der Uteruswand *(destruierende Blasenmole)* oder eine maligne Entartung (*Chorionepitheliom*, S. 256) erfolgen. Seltener sind Absiedlungen von blasig aufgetriebenen Zotten in die Parametrien, Lungen und in andere Organe *(Chorionepitheliose)*.

Makroskopisch: Große, blasige, gestielte, traubenförmige Formationen. Nach Abrasionen ist in diesen Fällen klinisch die Ausscheidung von Choriongonadotropin im Urin zu kontrollieren, um eine weitere Wucherung oder maligne Entartung frühzeitig zu erfassen.

Endometriose der Bauchwand (Abb. 9.18). *Die Endometriose stellt eine Wucherung des Endometriumgewebes außerhalb des Cavum uteri dar.* Histologisch findet man typische Drüsen der Uterusschleimhaut mit einem kleinzelligen Stroma (→ 1). Beachte den Unterschied zum Adenokarzinom (Drüsenwucherung ohne typische Stromazellen, S. 251). Die Drüsen sind hier teilweise zystisch erweitert mit geronnenem Eiweiß als Inhalt. Die Schleimhaut nimmt am Zyklus teil *(klinisch: vierwöchentlich wiederkehrende Schmerzen)*. Oft Hämosiderin im Stroma als Zeichen stattgehabter Blutungen. Der hier gezeigte Herd lag in der vorderen Bauchwand. Man sieht eine bindegewebige Kapsel und Fettgewebe (→ 2).

Vorkommen: Als Adenomyosis uteri interna in der Wand des Uterus. Außerdem in der Tubenwand, im äußeren Genitale, in Laparotomienarben, im Nabel, in der Inguinalregion, auch im Thorax beobachtet. Pathogenese: »Metastatisch« über die Tuben verschleppte Teile der Uterusschleimhaut (?) oder Metaplasie (?).

Makroskopisch: Braune bis blau-schwarze Knoten.

Tubuläre Hodenatrophie mit herdförmiger Leydigzellwucherung (Abb. 9.19). *Bei den verschiedensten Schädigungen (Entzündungen: z. B. Mumps, Wärmeschädigung, Einwirkung von Röntgenstrahlen, Druckeinwirkungen, Sauerstoffmangel usw.) kann es zu Narben im Hodengewebe oder vollständiger Atrophie des Hodens kommen.*

Das Samenepithel ist am empfindlichsten und geht zuerst zugrunde. In unserem Präparat sieht man völlig sklerosierte und obliterierte Tubuli contorti (→ 1) mit hochgradig fibrös verdickter Tunica propria und nur noch einigen Zellkernen im fast völlig verödeten Lumen. An anderen Stellen ist der Prozeß noch nicht so weit fortgeschritten. Hier sind die Sertolizellen noch erhalten (→ 2). In anderen Kanälchen ist die Spermiogenese noch fast intakt (→ 3). Auffällig ist die oft herdförmige (fast adenomatöse) *Wucherung der Leydigschen Zwischenzellen* (→ 4). Die Ursache der Hodenatrophie ist im vorliegenden Falle, wie häufig, nicht bekannt.

Die Hodenatrophie kann auch *innersekretorisch* oder wie die sklerosierende Tubulusdegeneration (Klinefeltersyndrom: Männer mit eunuchoidem Hochwuchs, Gynäkomastie, Sterilität. Meist 3 Geschlechtschromosomen XXY) *genetisch* bedingt sein. Auch im Rahmen der Störungen des Hormonhaushaltes bei Leberzirrhose oder nach Hormontherapie beim Prostatakarzinom tritt Hodenatrophie auf.

Makroskopisch: Verkleinerte Hoden, fest, mit brauner Schnittfläche. Hodenkanälchen nicht auszupfbar.

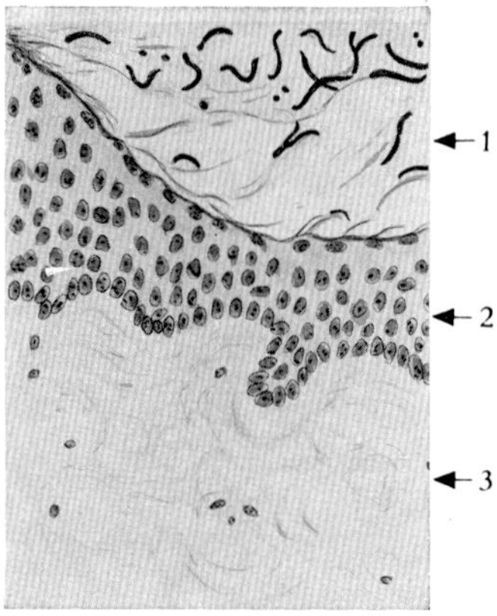

1. Pityriasis versicolor

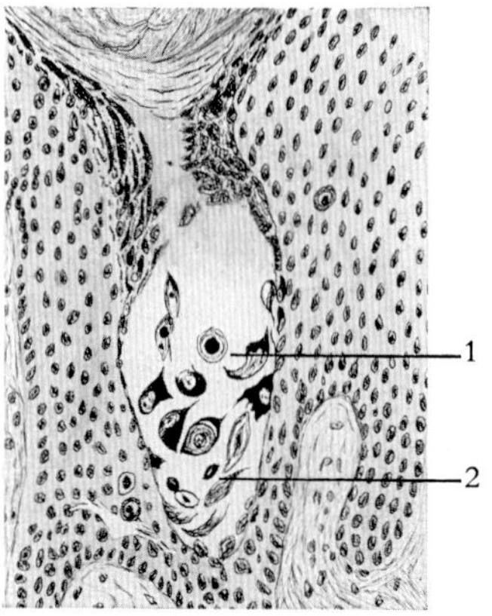

2. Morbus Darier

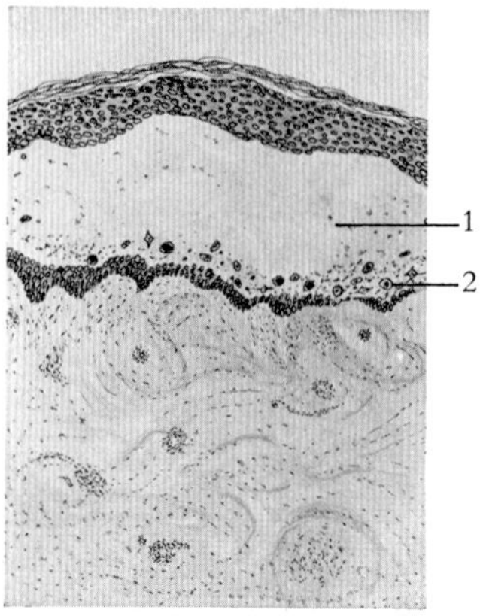

3. Pemphigus vulgaris

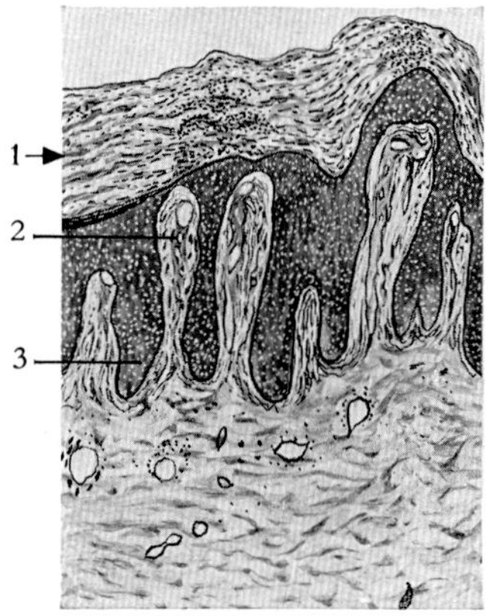

4. Psoriasis vulgaris

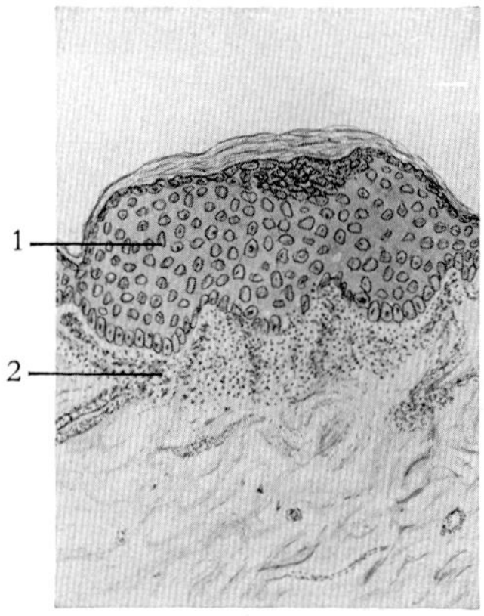

5. Lichen ruber planus

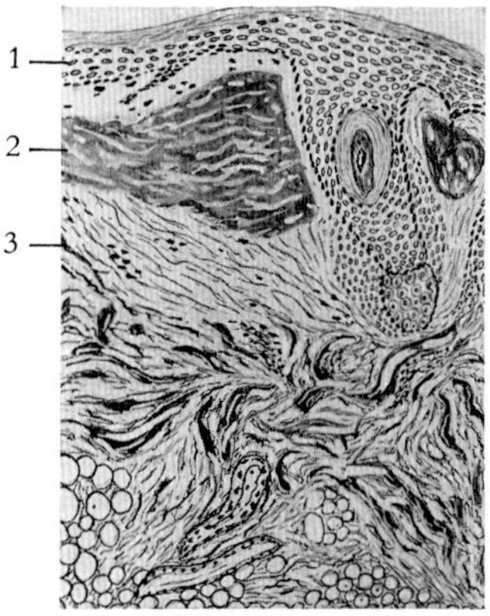

6. Senile Keratose

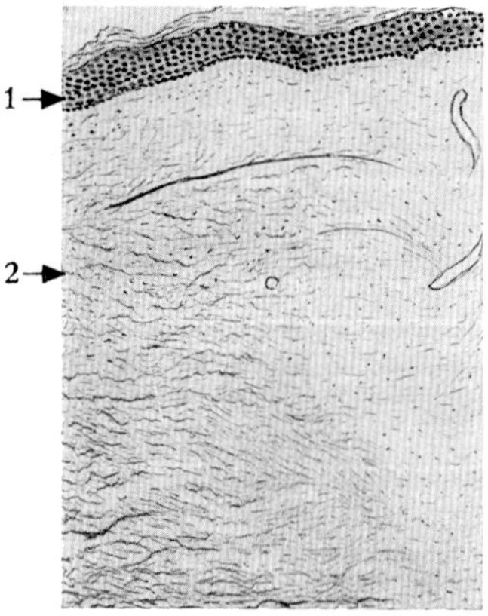

7. Sklerodermie

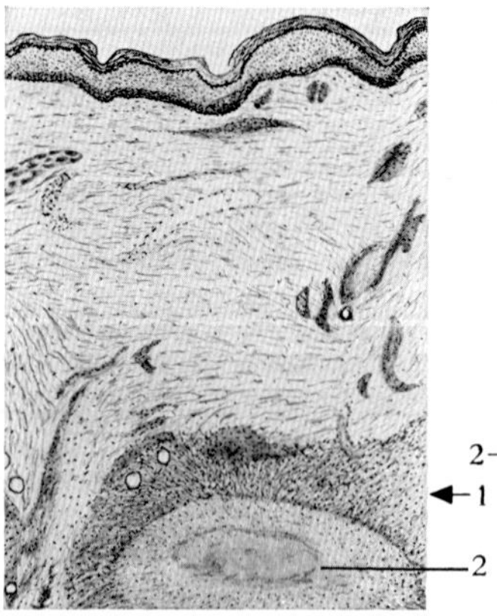

8. Granuloma anulare

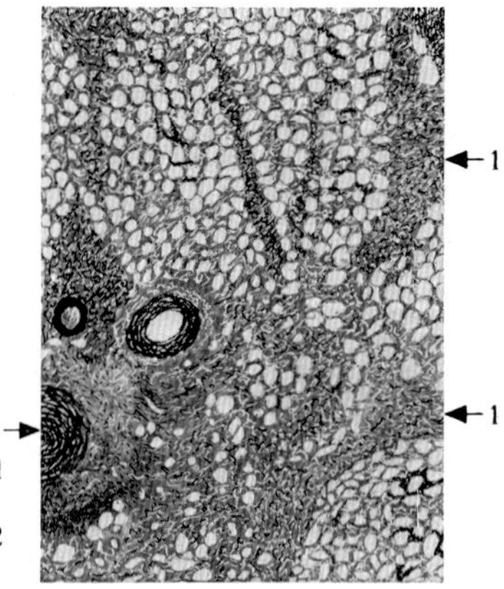

9. Erythema nodosum

B. – Abb. 10.1. Übersicht der verschiedenen Formen von Hautveränderungen

10. Haut

Die Histopathologie der Haut stellt ein schwieriges und umfangreiches Kapitel dar – der speziell Interessierte sei auf die einschlägigen Bücher von GANS und STEIGLEDER sowie LEVER und auf das Handbuch von GOTTRON und SCHÖNFELD verwiesen. In Abb. 10.1 (1–9) wurde eine Übersicht verschiedener Hauterkrankungen zu geben versucht, die hier nach dem Schwerpunkt der Lokalisation der Erkrankung in den einzelnen »Etagen« der Haut gegliedert sind: a) *Verhornungsstörungen*, b) *Erkrankungen der Epidermis*, c) *der Epidermis und des Koriums*, d) *des Koriums* und e) *der Subkutis*. Für Makroskopie siehe Makropathologie.

a) Verhornung : Pityriasis versicolor (Abb. 10.1/1). Mit rötlich-bräunlichen Flecken einhergehende, gering schuppende Pilzerkrankung. Die Erreger (Microsporum furfur) sind im Stratum corneum (→ 1) in Form von Hyphen und Sporen zu finden. Die Epidermis (→ 2) und das Korium (→ 3) sind nicht betroffen. **Morbus Darier** (Abb. 10.1/2). Erbliche, durch bräunlich-rötliche, meist gruppiert stehende, keratotische follikuläre Papeln gekennzeichnete Hauterkrankung. Histologisch sieht man follikulär und parafollikulär Hyper- und Dyskeratose mit »corps ronds« (→ 1) und »grains« (Korngebilde, → 2) sowie lakunäre, meist suprabasale Spalten bis zur Blasenbildung. **b) Epidermis : Pemphigus vulgaris** (Abb. 10.1/3). Blasen auf unveränderter, selten leicht geröteter Haut (auch Schleimhäute). Mikroskopisch findet man eine intraepidermale (→ 1), suprabasale Akantholyseblase (= Verlust des Epidermiszellzusammenhanges), die degenerierte Epithelien (Tzanckzellen, → 2) enthält. **c) Epidermis und Korium : Psoriasis vulgaris** (Abb. 10.1/4). Familiär gehäuft auftretende Erkrankung, die sich in scharfbegrenzten erythematös makulopapulösen Effloreszenzen mit Auflagerung silberheller Schuppen präsentiert. Das feingewebliche Bild zeigt Parakeratose (= kernhaltige Schuppen, → 1), Akanthose (Verlängerung der Epidermissäulen, → 3) und Papillomatose (= Ausdehnung der Papillarkörper bis fast zur Hornschicht, → 2). Im Stratum papillare und reticulare kommen erweiterte Gefäße, ein perivasales Ödem und Infiltrate aus Lymphozyten, Histiozyten und Granulozyten vor. Die nicht immer nachweisbaren Munroeschen Mikroabszesse, intra- oder subkorneal gelagert, bestehen aus in die Epidermis vorgedrungenen neutrophilen Granulozyten. **Lichen ruber planus** (Abb. 10.1./5). Stark juckende Dermatose, die polygonal begrenzte Papeln von rötlich-lividem Farbton mit wachsartigem Glanz aufweist (Varianten: Lichen ruber verrucosus, follicularis, pemphigoides). Die sog. gemischte Papel, aus Epidermisverdickung (→ 1) mit Hyperkeratose und bandförmigem Infiltrat (→ 2) bestehend, kennzeichnen den histologischen Befund. Eindringen der vorwiegend lymphozytären Infiltrate in die Basalzellschicht mit vakuolärer Degeneration und mottenfraßartigen Defekten können beobachtet werden. **d) Korium : Senile Keratose** (Abb. 10.1/6). Die Landmanns- bzw. Seemannshaut tritt an belichteten Hautstellen (starke Sonnenbestrahlung) bei älteren Menschen auf. Es handelt sich um eine Dermatose mit Atrophie besonders im Bereich von Stirnhöcker, Jochbogen, Nasenrücken und Nacken. Histologisch bietet sie das Bild der senilen Elastose mit abgeflachter Epidermis (→ 1), gleichzeitig Hyperkeratose, Papillomatose und Akanthose mit atypischen Zellen sowie Degeneration der elastischen Fasern (Verbreiterung, Verklumpung), die sich ebenso wie die kollagenen Fasern in diesem Bereich stark mit Elasticafarbstoffen darstellen lassen (→ 2). → 3: Atrophie des kollagenfaserigen Bindegewebes. **Sklerodermie** (Abb. 10.1/7). Die klinisch in umschriebener und diffuser Form auftretende Erkrankung geht mit Abnahme der Hautelastizität und mit Verhärtung einher. Die diffuse progressive Form schreitet unter Einbeziehung der inneren Organe (z. B. Lunge, Ösophagus, Magendarmtrakt) fort. Histologisch zeigen die beiden Krankheitstypen prinzipiell gleichartige Veränderungen. Abgesehen von dem erythematös-ödematösen Anfangsstadium ist das Vollbild durch eine verschmälerte Epidermis (→ 1) und durch ein verbreitertes Korium (→ 2) gekennzeichnet. Breite, untereinander verbackene Kollagenfibrillen, Zerfall präexistenter elastischer Fasern und Neubildung feiner kollagener und elastischer Fibrillen können nachgewiesen werden. **Granuloma anulare** (Abb. 10.1/8). Hautfarbene bis kleinerbsgroße, im Zentrum gering eingesunkene Papeln setzen sich in vollständiger oder unvollständiger Ringform zum Granuloma anulare zusammen. Mikroskopisch sieht man im Korium runde oder ovale Herde mit zentraler Nekrose (→ 2) und einem Granulationsgewebe (→ 1) aus Lymphozyten, Histiozyten, Fibroblasten, selten Riesenzellen. **e) Subkutis : Erythema nodosum** (Abb. 10.1/9). An den Streckseiten der Unterschenkel mit scheibenförmig erhabenen, rotgefärbten, glatt überhäuteten, druckschmerzhaften Infiltraten auftretendes Krankheitsbild. Im subkutanen Fettgewebe und angrenzenden Korium findet man herd- und streifenförmige Infiltrate (→ 1) aus Lymphozyten, Histiozyten und Leukozyten. Radiär um eine kleine Lichtung aufgereihte Histiozyten und Fibroblasten (Miescherche Radiärknötchen) können aufzufinden sein. Endophlebitische Veränderungen (→ 2) kommen vor.

B. – Abb. 10.2. Vesikula bei Varizellen; Fbg. HE, Vergr. 60×

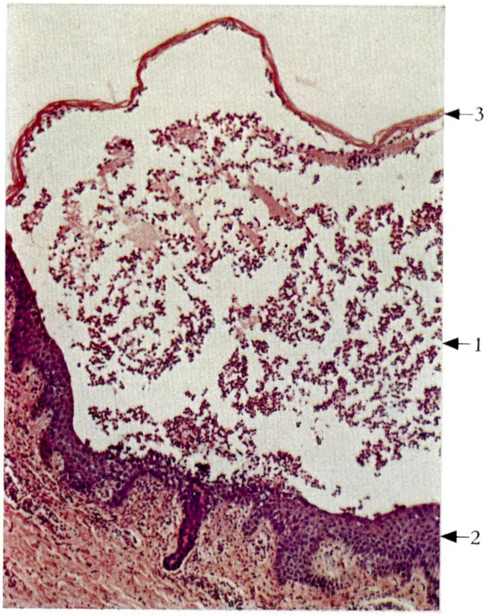

B. – Abb. 10.3. Pustulosis subcornealis; Fbg. HE, Vergr. 80×

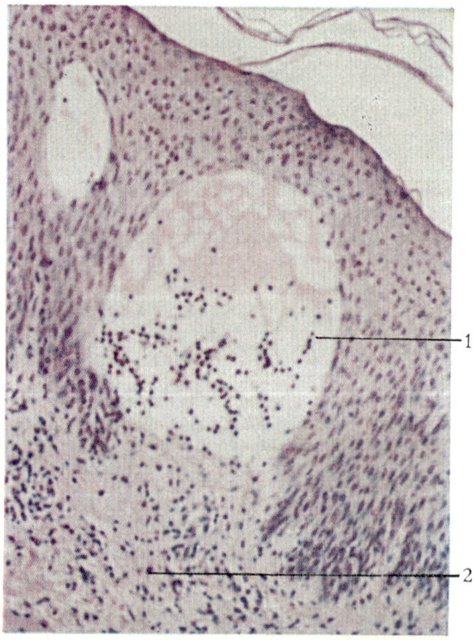

B. – Abb. 10.4. Dermatitis herpetiformis; Fbg. HE, Vergr. 125×

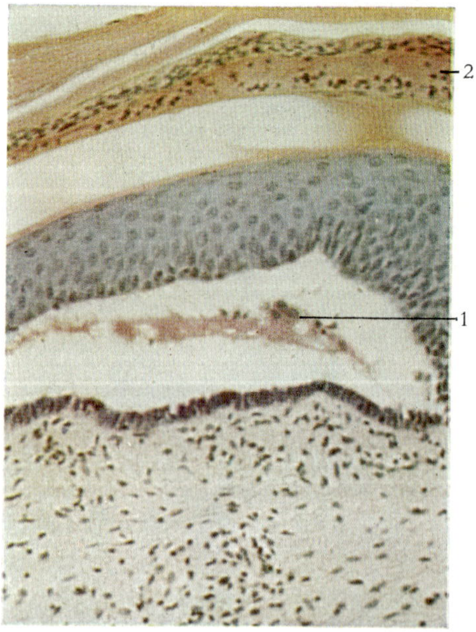

B. – Abb. 10.5. Pemphigus seborrhoicus; Fbg. HE, Vergr. 125×

Vesikula bei Varizellen (Abb. 10.2). *Es handelt sich um eine Viruserkrankung, die mit einem generalisierten, vesikulösen und pustulösen Exanthem einhergeht.* Histologisch sieht man wie bei Variola, Zoster und Herpes simplex ein intraepidermal gelegenes Bläschen. Abb 10.2 zeigt eine solche mit homogenen Eiweißmassen gefüllte Blase, bei der die obersten Epidermisschichten die äußere Begrenzung bilden und eine schmale Basalzellschicht (→) die Grenze zum Korium darstellt. Im Korium findet sich eine lockere lymphozytäre Infiltration. Die intraepidermale Blase entsteht durch einen Untergang von Epidermiszellen (ballonierende Degeneration), wobei intranukleäre Einschlüsse (Lipschützsche Körperchen, Viruseinschlüsse?) auftreten. Ähnliche Bläschen ohne Einschlußkörper in den Epithelien werden bei Verbrennungen und Erfrierungen beobachtet. Häufig schließt sich an die vesikulöse Entzündung eine eitrige Entzündung an, so daß man dann von einer Pustula spricht.

Makroskopisch: Bläschen mit hellem, serösem Inhalt oder Pusteln (gelb) und hämorrhagische Effloreszenzen.

Pustulosis subcornealis (Abb. 10.3). *Die bei Frauen häufiger als bei Männern vorkommende, rezidivierend verlaufende Dermatose (Morbus Sneddon-Wilkinson) befällt bevorzugt die Stammhaut, die Achseln, die Leisten und die proximalen Extremitätenabschnitte.* Histologisch sieht man mit neutrophilen und eosinophilen Leukozyten angefüllte vesikulo-bullöse Hohlräume (→ 1). Die Epidermis (→ 2), z. T. etwas aufgelockert, bildet den Boden und die Hornschicht (→ 3) das Dach der Pusteln. Das obere Korium, welches dem Pustelboden anliegt, zeigt eine perivaskuläre chronisch entzündliche Infiltration.

Makroskopisch: Gruppiert stehende, pfefferkorn- bis erbsgroße Pusteln von weißlich-gelblicher Farbe.

Dermatitis herpetiformis (Abb. 10.4). *Die zum allergischen Formenkreis gehörende Dermatose (Morbus Duhring-Brocq) verursacht heftigen Juckreiz. Die Krankheit befällt bevorzugt den Stamm, die Nates und den behaarten Kopf.* Das feingewebliche Bild ist im Gegensatz zum Pemphigus vulgaris und Pemphigus seborrhoicus (intraepidermale Blasen, s. S. 194) durch eine subepidermale Bläschen- und/oder Blasenbildung (→ 1) gekennzeichnet. In den vesikulo-bullösen Effloreszenzen findet man zahlreiche eosinophile Leukozyten. Der dem Hautbindegewebe angehörende Blasenboden zeigt stärkere Entzündungserscheinungen (→ 2). Neben einem Ödem sind erweiterte Gefäße sowie eosinophile Leukozyten und Lymphozyten zu sehen.

Makroskopisch: Das klinische Bild ist polymorph. Erytheme, Urticae, Vesiculae und Bullae können zusammen vorkommen. Oft sind die Effloreszenzen herpetiform angeordnet. Eine symmetrische Verteilung ist oft gewahrt.

Pemphigus seborrhoicus (Abb. 10.5). *Die von* Senear und Usher *beschriebene klinisch wichtige Variante des Pemphigus vulgaris* (vgl. Abb. 10.1/3) *ist bevorzugt am behaarten Kopf, im Gesicht sowie im Bereich der vorderen und hinteren Schweißfurche des Stammes lokalisiert.* Es handelt sich histologisch, wie auch beim Pemphigus vulgaris, um eine intraepidermale, durch Akantholyse entstehende Blasenbildung mit sog. Tzanckzellen (→ 1) in der Blasenlichtung. Gegenüber dem feingeweblichen Bild des Pemphigus vulgaris sind die intraepidermalen Veränderungen oft diskreter, die Blasen flacher, oft nur als Spaltbildungen angedeutet. Auch das Follikel- (Follikelostien oft erweitert) und das Talgdrüsenepithel werden befallen. Ein parakeratotisch verändertes Stratum corneum kann der Effloreszenz aufliegen (→ 2). Das Korium ist in der Frühphase kaum, in älteren Herden gering bis mäßig stark lymphozytär und histiozytär infiltriert.

Makroskopisch: Das oft als sekundär impetiginisiertes, seborrhoisches Ekzem oder bei Lokalisation im Gesicht als Erythematodes (daher auch die Bezeichnung Pemphigus erythematosus sive erythematodes) imponierende Krankheitsbild weist schlaffe Blasen, Schuppen, Krusten und Erytheme auf.

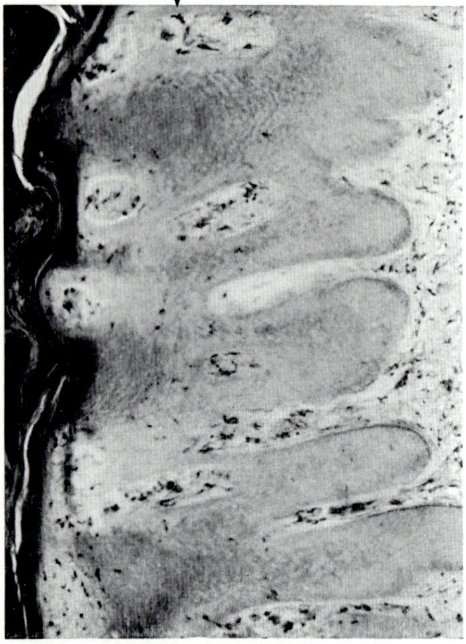

B. – Abb. 10.6. Psoriasis vulgaris, histochemische Reaktion für unspezifische Esterase; Vergr. 75 ×

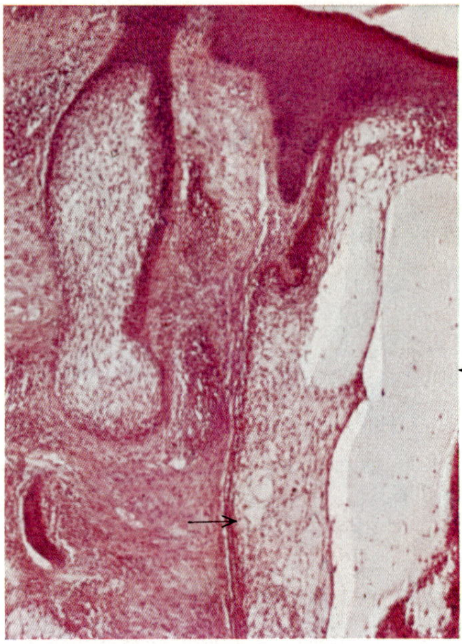

B. – Abb. 10.7. Mucinosis follicularis; Fbg. HE, Vergr. 50 ×

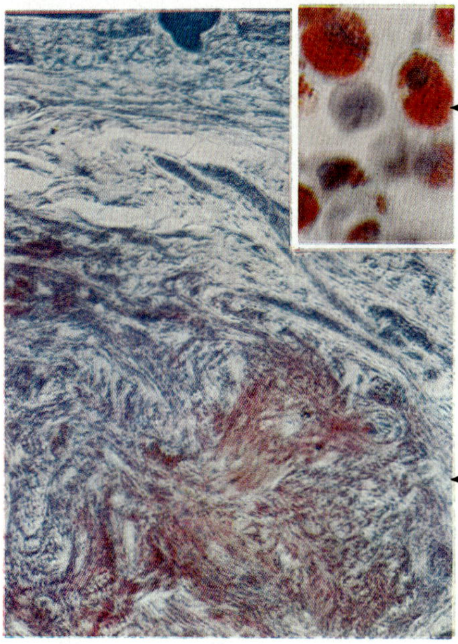

B. – Abb. 10.8a. Xanthoma tuberosum (Xanthofibrom); Vergr. 50 ×
Ausschnitt: Fbg. Sudan-Hämatoxylin, Vergr. 480 ×

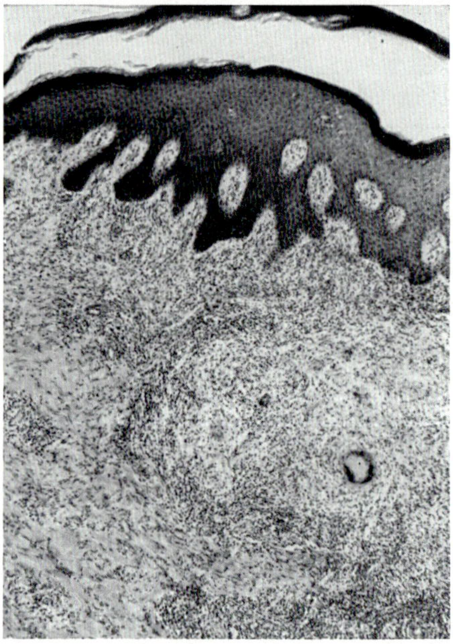

B. – Abb. 10.9. Lupus vulgaris; Fbg. HE, Vergr. 60 ×

Psoriasis vulgaris (Abb. 10.6, vgl. S. 194). Für das histologische Bild der Psoriasis ist der Ausfall der unspezifischen Esterasereaktion relativ charakteristisch. Neben einer stark positiven Anfärbung der parakeratotischen Hornschicht (normalerweise ist nur die sog. Intermediärzone positiv) fallen zahlreiche esterasepositive Zellen im Stratum papillare und subpapillare auf. Es handelt sich um histiozytäre Elemente, sog. Lipophagen (→1), die auch bereits vor der »Ausreifung« der psoriatischen Papel angetroffen werden können.

Mucinosis follicularis (Abb. 10.7). *Es handelt sich um eine Erkrankung der Haarfollikel und Talgdrüsen, die idiopathisch in Form flacher oder erhabener, bräunlich-rötlicher Rundherde (an behaarten Hautregionen: Alopecia mucinosa Pinkus) und in symptomatischer Form bei Mycosis fungoides und Retikulose der Haut vorkommt.* Abb. 10.7 zeigt die hydropisch-vakuoläre Degeneration der Follikelepithelien und Talgdrüsenzellen, die über eine Desintegration der Zellverbände (→ im Bild) bis zur Zystenbildung fortschreitet (→1: mit Schleim gefüllter, zystisch aufgetriebener Haarfollikel). In den veränderten Zellen und in den Hohlräumen sind mit Muzikarmin rot färbbare, alcianblaupositive (saure Mukopolysaccharide) Substanzen nachzuweisen (Mucophanerosis intrafollicularis et seboglandularis Braun-Falco).

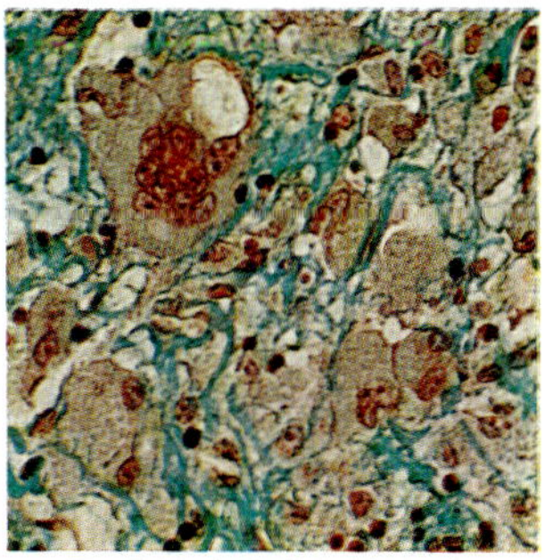

B. – Abb. 10.8 b Toutonsche Riesenzelle mit Schaumzellen; Fbg. Azan, Vergr. 500×

Xanthoma tuberosum (Xanthofibrom) (Abb. 10.8 a). *Die knotigen, rötlich-gelblichen Effloreszenzen (Prädilektionsstellen: Ellenbogen, Kniescheiben, Hände, Achillessehnen, Nates) kommen isoliert und sowohl bei der Hypercholesterinämie (klares Blutserum) als auch bei der Hyperlipämie (milchfarbenes Serum) vor.* In frischen Herden überwiegen Histiozyten mit wechselnd starker schaumiger Protoplasmaumwandlung (Schaum- oder Xanthomzellen, →1 im Ausschnitt). Manchmal finden sich auch **Toutonsche Riesenzellen** (vgl. Abb. 10.8 b). Die Riesenzellen zeigen zentral gelegene Zellkerne und häufig Vakuolen im Zytoplasma. In der Umgebung findet man die typischen Zellen mit dem schaumigen Zytoplasma. In älteren Bezirken der Xanthome sind zusätzlich Fibroblasten sowie Fibrozyten mit Faserneubildung zu finden. Bei der Sudanfärbung sind rötliche, orangefarbene Fettablagerungen intra- und extrazellulär nachzuweisen (→). Die histochemische Fettstoffanalyse und die polarisationsmikroskopische Untersuchung lassen oft ohne Kenntnis der blutchemischen Befunde eine vorläufige Zuordnung der Xanthome (bei Xanthomatose) zum hypercholesterinamischen (viel Cholesterin im Gewebe nachweisbar) oder hyperlipämischen Typ (viel Neutralfette) zu.

Lupus vulgaris (Abb. 10.9). Von den verschiedenen Formen der Tuberkulose und Tuberkulide der Haut sei hier nur die meist im oberen Korium lokalisierte *Tuberculosis luposa* dargestellt. Histologisch bietet das Gewebsbild keine Besonderheiten – es entspricht einem epitheloidzelligen Granulom (vgl. z. B. granulierende Lymphknotentuberkulose, S. 176). In unserem Bild sieht man ein kleines epitheloidzelliges Knötchen mit einer Langhansschen Riesenzelle mit fast kreisförmig angeordneten Zellkernen. In der äußeren Schicht findet man eine lockere lymphozytäre Infiltration, die sich bis weit in die Umgebung erstreckt, sowie eine Vermehrung der kollagenen Fasern. Die Epidermis zeigt eine Hyperkeratose und Akanthose (Verlängerung der Reteleisten). Insbesondere nach therapeutischer Röntgenbestrahlung können sich Präkanzerosen und schließlich Plattenepithelkarzinome entwickeln *(Lupuskarzinom)*.

Makroskopisch: Meist im Gesicht auftretende rote bis bräunliche Knötchen – diaskopisch gelblich-bräunliche, apfelgeleefarbene Knötchen. Sekundär kann es zur Ulzeration der Epidermis und Superinfektion kommen.

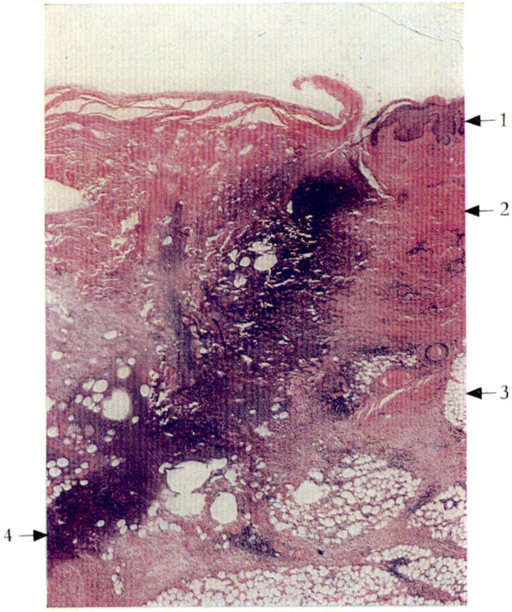

B. – Abb. 10.10. Dekubitus;
Fbg. HE, Vergr. 15×

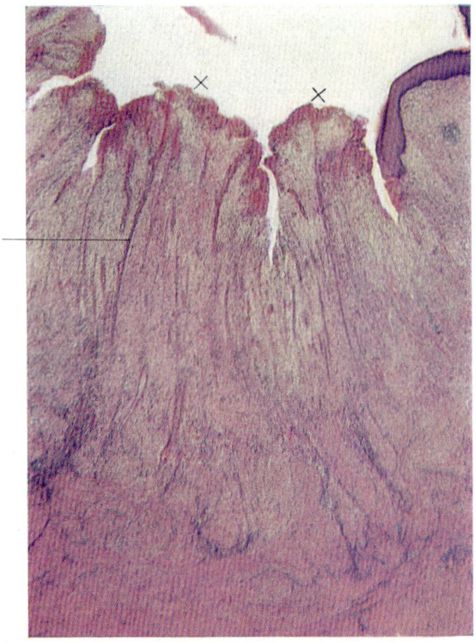

B. – Abb. 10.11. Granulationsgewebe (Hautwunde); Fbg. HE, Vergr. 15×

B. – Abb. 10.12. Phlegmone des subkutanen Fettgewebes;
Fbg. HE, Vergr. 42×

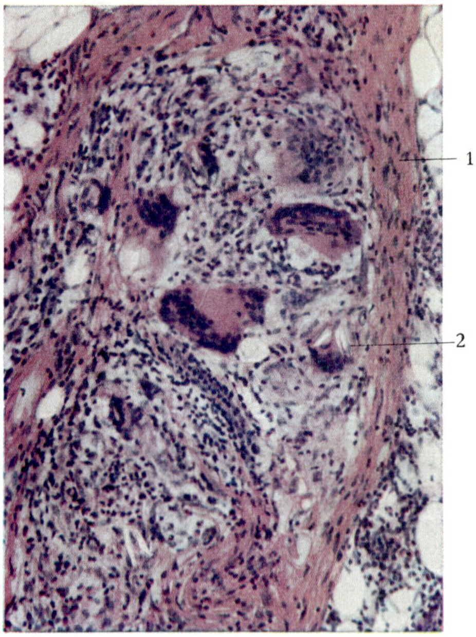

B. – Abb. 10.13. Fremdkörpergranulom;
Fbg. HE, Vergr. 150×

Dekubitus (Abb. 10.10). *Als Beispiel für eine Nekrose der Haut wird hier der örtliche Gewebstod durch lang dauernde Druckeinwirkung gezeigt. Bei bettlägerigen Kranken tritt diese Nekrose durch mechanische Kompression der Gefäße mit sekundärer Ulzeration leicht über dem Kreuzbein auf.* Histologisch sieht man in unserem Bilde rechts die noch erhaltene Epidermis (→ 1) mit dem Korium (→ 2) und der Subkutis (→ 3). Quer durch das Bild zieht eine blaugefärbte Zone mit Granulozyten und Kerntrümmern (→ 4). Daran schließt sich nach links im Bild die kernlose Nekrosezone an, in der das Fettgewebe noch schattenhaft erkennbar ist und herdförmig Blutungen aufgetreten sind. Sekundär kann die Nekrose durch Granulationsgewebe demarkiert und abgestoßen werden, so daß ein Ulkus entsteht.

Granulationsgewebe (Hautwunde) (Abb. 10.11). Das jugendliche, neugebildete Bindegewebe erfüllt im Organismus die Funktion eines *Resorptions- und Ersatzgewebes.* Bei der *chronischen Entzündung* steht meist die *Resorptionsfunktion* im Vordergrund und das Granulationsgewebe enthält reichlich Entzündungszellen während bei vorwiegender *Ersatzfunktion* (z. B. Hautdefekt, Magenulkus) die Kapillarsprossung und Fibroblastenwucherung überwiegen. Unser Bild zeigt die Heilung eines Hautdefektes, wobei das Granulationsgewebe schon bis in das Niveau der Epidermis vorgewuchert ist. Man sieht die einzelnen »Granula« (×) des gesproßten Granulationsgewebes, die mehrere parallel verlaufende und senkrecht zur Oberfläche stehende Gefäßstämme (→) aufweisen. An der Oberfläche der Granula findet man flache Fibrinauflagerungen

Makroskopisch: Himbeerartige Granula an der Oberfläche.

Phlegmone des subkutanen Fettgewebes (Abb. 10.12). Die diffuse granulozytäre Entzündung der Haut spielt sich vorwiegend im lockeren subkutanen Fettgewebe ab, wo sie sich in den Gewebsspalten sehr leicht ausbreiten kann. Histologisch sieht man eine streifenförmige, dichte, diffuse Infiltration mit polymorphkernigen Leukozyten (vgl. S. 112). Die Phlegmone wird durch Streptokokken hervorgerufen.

Makroskopisch: Sulziges, grauweißes Gewebe. Besonders als Mundbodenphlegmone auftretend mit der Gefahr des Übergreifens auf das Mediastinum. Beim Erysipel findet man als Erreger β-hämolysierende Streptokokken.

Fremdkörpergranulom (Abb. 10.13 u. 10.14). *Gelangen schwer resorbierbare Fremdkörper in das Gewebe, so entwickelt sich ein Granulationsgewebe, dessen verstärkte Resorptionsfunktion ihren Ausdruck im Auftreten von Riesenzellen findet. Solche Fremdkörper sind häufig Nahtmaterial, Handschuhpuder oder kristallinische Körper, injizierte ölige Flüssigkeiten, aber auch körpereigenes Material, wie z.B. Hornlamellen von geplatzten Dermoidzysten oder Cholesterinkristalle. Die Riesenzellen umschließen die Fremdkörper, nehmen sie in das Zytoplasma auf und versuchen sie zu verdauen* (vgl. S. 16). Histologisch sieht man in unserem Beispiel ein in den äußeren Partien vernarbtes Granulationsgewebe (→ 1 in Abb. 10.13) aus gewucherten Kapillaren, Fibroblasten und Lymphozyten, in dessen Zentrum die Riesenzellen eingelagert sind. Diese enthalten spießförmige Kristalle im Zytoplasma (→ 2), die sich besonders deutlich im Polarisationsmikroskop (Abb. 10.14) darstellen lassen, da sie hier hell aufleuchten. Die Kerne der Riesenzellen liegen dicht beieinander, meistens an der vom Fremdkörper abgewendeten Seite im Zytoplasma.

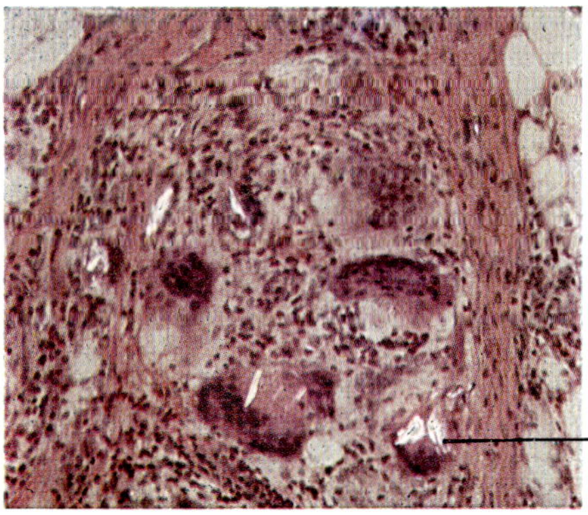

B. – Abb. 10.14. Fremdkörpergranulom im polarisierten Licht; Fbg. HE, Vergr. 150 ×

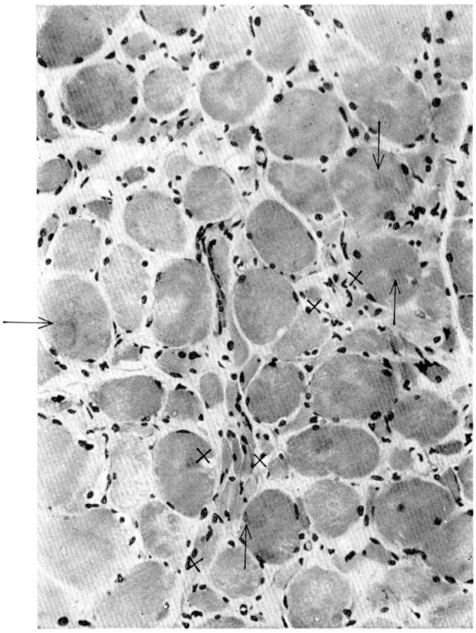

B. – Abb. 11.1. Frische Muskelatrophie mit Faserdegeneration bei akuter Polyneuritis; Fbg. HE, Vergr. 170 ×

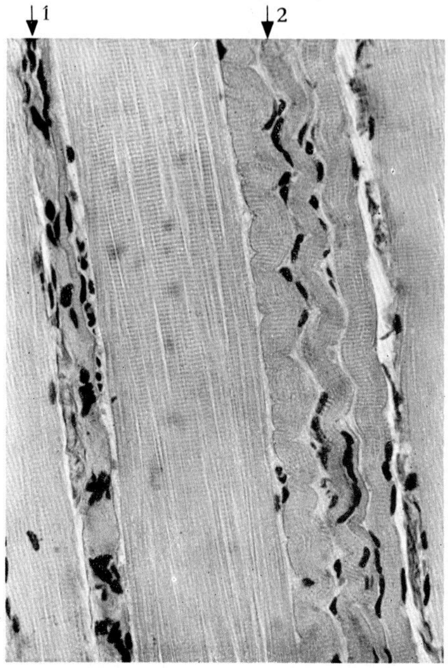

B. – Abb. 11.2. Chronische neurogene Muskelatrophie bei Polyneuritis; Fbg. HE, Vergr. 320 ×

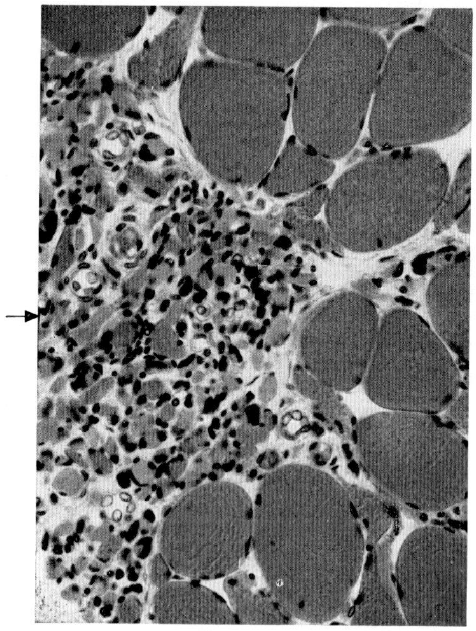

B. – Abb. 11.3. Spinale progressive Muskelatrophie (frühinfantile Form, Werdnig-Hoffmann); Fbg. HE, Vergr. 233 ×

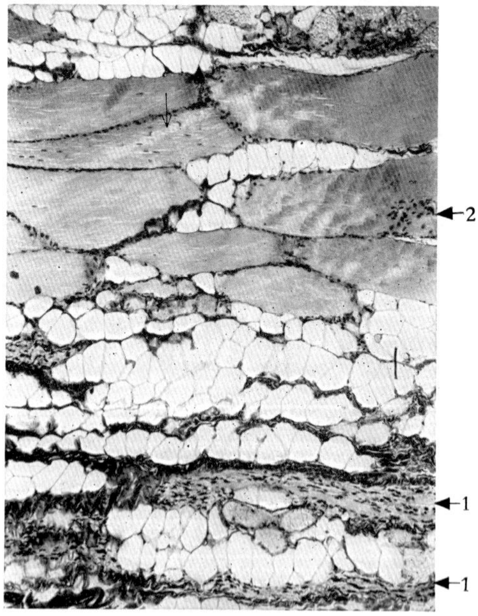

B. – Abb. 11.4. Spinale progressive Muskelatrophie (pseudomyopathische Form); Fbg. v. Gieson, Vergr. 60 ×

11. Muskulatur

Die Skelettmuskulatur kann in Form *eigenständiger Prozesse* erkranken und bei *Allgemeinerkrankungen* mit betroffen sein. In beiden Fällen kommt es entweder zu *degenerativen Veränderungen an den Muskelfasern* selbst, oder aber die Erkrankung geht von den *Interstitien* aus und zieht das Parenchym erst sekundär in Mitleidenschaft. Bei den degenerativen Veränderungen müssen die akuten Zerfallsprozesse bis zur Nekrose von den sich chronisch entwickelnden Atrophien der Muskelfasern unterschieden werden.
Die Muskelatrophien sind Folge von neurogenen oder myogenen Erkrankungen. Den *neurogenen Atrophien* liegt eine periphere Denervierung zugrunde, deren Ursache primär im Vorderhorn des Rückenmarkes *(spinale Muskelatrophien)* oder im Verlaufe des *peripheren motorischen Nerven* gelegen sein kann.

Die Anfangsstadien der **neurogenen Muskelatrophie** trifft man am häufigsten bei der Polyneuritis an. Abb. 11.1 **(frische Muskelatrophie bei akuter Polyneuritis)** zeigt im Querschnitt eine Atrophie einzelner Muskelfasergruppen (zwischen den Kreuzen). Man sieht, daß die Fasern schmäler sind und die Zellkerne dichter beieinanderliegen. Die übrigen Muskelfasern sind in ihrem Volumen noch erhalten, zeigen aber bereits eine frische Degeneration in Form eines Verlustes der regelmäßigen fibrillären Feinstruktur (vgl. dazu z. B. Abb. 11.3) mit sehr charakteristischer herdförmiger Verklumpung der kontraktilen Substanz [schießscheibenähnliche Faserveränderungen = »target fibers« (→)].
Entwickelt sich die neurogene Atrophie langsam, so begegnen uns im histologischen Bild neben vollständig intakten Muskelfasern hochgradig atrophische Muskelfasergruppen, die jeweils einem ausgefallenen motorischen Axon bzw. einer Axonkollaterale zugeordnet sind **(chronische neurogene Muskelatrophie bei Polyneuritis)**. Abb. 11.2 zeigt einen Längsschnitt durch die Muskelfasern mit typischer neurogener Gruppenatrophie, wobei die Fasergruppe bei → 1 stärker atrophisch ist als die bei → 2. Die Atrophie umfaßt hier nur kleinere Muskelgruppen, die jeweils einer sog. Untereinheit der motorischen Einheit entsprechen.
Motorische Einheit = Vorderhornzelle mit zugehörigem peripherem motorischem Axon, dessen Axonkollateralen, motorischen Endplatten und Muskelfasern. Auf eine motorische Einheit kommen je nach Art des Muskels 800–1700 und mehr Muskelfasern.
Bei **spinalen Muskelatrophien** infolge Untergangs der motorischen Vorderhornzellen im Rückenmark betrifft die Atrophie immer ganze motorische Einheiten und nicht nur Untereinheiten, wobei alle Muskelfasern der motorischen Einheit von der Atrophie betroffen sind. Abb. 11.3 **(spinale progressive Muskelatrophie, frühinfantile Form,** Werdnig-Hoffmann) zeigt, daß dementsprechend größere Gruppen von Muskelfasern atrophisch werden (→). Man sieht hier die stark verschmälerten Fasern im Querschnitt, wobei die Zellkerne näher aneinanderrücken und eine Zellkernvermehrung stattgefunden hat (frustrane Regenerate). Die übrigen Muskelfasern sind mit ihrer fibrillären Feinstruktur voll erhalten.
Die spinale progressive Muskelatrophie des Erwachsenen (Abb. 11.4, **spinale progressive Muskelatrophie, pseudomyopathische Form**) schreitet nur sehr langsam fort, so daß Umbau und Anpassungsvorgänge besonders deutlich hervortreten. Unsere Abbildung zeigt atrophische Muskelfaserbündel im Längsschnitt (→ 1), umgeben von Bindegewebszügen und einer lipomatösen Ersatzwucherung (Vakatwucherung). Die erhaltenen Muskelfasergruppen werden infolge Mehrbelastung kompensatorisch hypertrophisch, wobei es zur Zellkernvermehrung im Zentrum von Muskelzellen kommt (→ und → 2). Der lipomatös-sklerotische Umbau der Muskulatur mit mehr oder weniger starker Vakatwucherung des Fettgewebes ist ein unspezifisches Symptom des chronisch fortschreitenden Muskelschwundes. Er begegnet uns dementsprechend sowohl bei den spinalen progressiven Muskelatrophien als auch bei chronischen myogenen Atrophien auf degenerativer (vgl. Abb. 11.5) oder entzündlicher Basis.

Die Abb. 11.1–11.7 verdanke ich Herrn Prof. ERBSLÖH (ehem. Direktor der Neurologischen Universitätsklinik Gießen, † 21. 10. 1974), dem ich auch für die myologische Beratung zu danken habe.

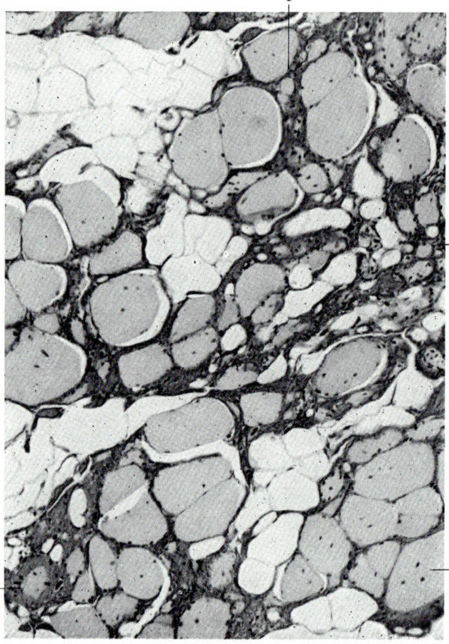

B. – Abb. 11.5. Progressive Muskeldystrophie (Erb); Fbg. v. Gieson, Vergr. 80×

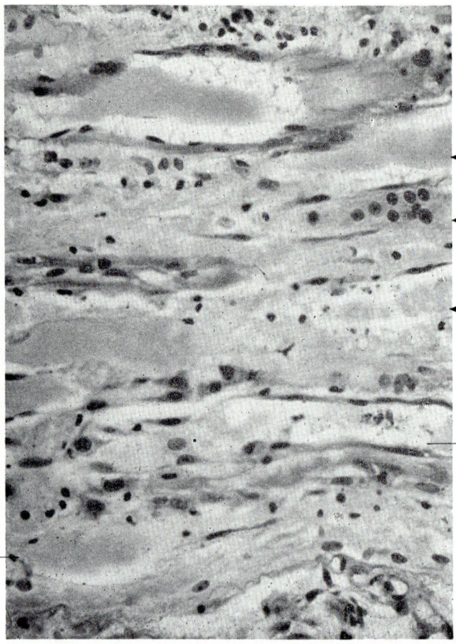

B. – Abb. 11.6. Frische Muskelnekrose bei akuter Polymyositis; Fbg. HE, Vergr. 200×

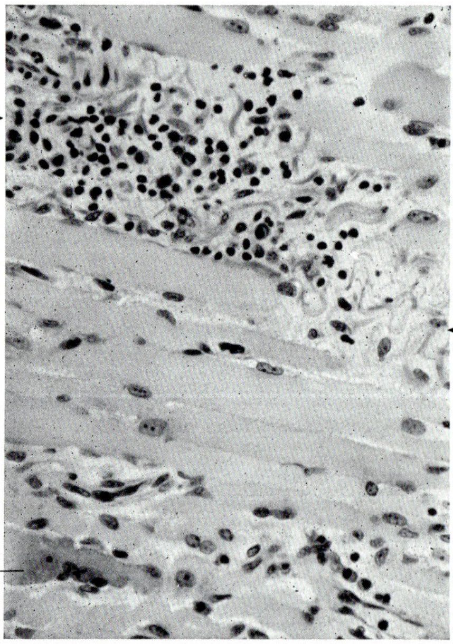

B. – Abb. 11.7. Dermatomyositis; Fbg. HE, Vergr. 250×

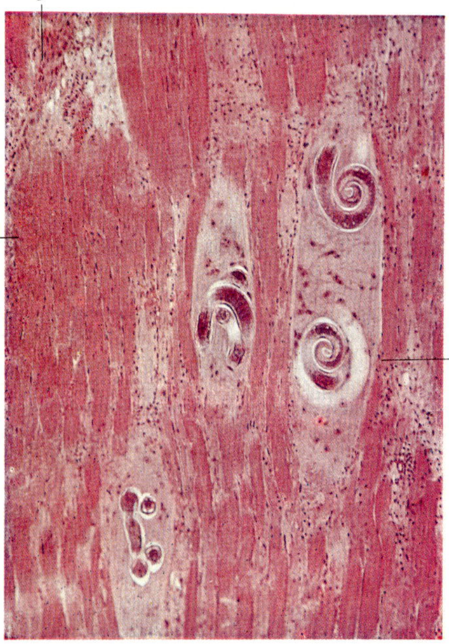

B. – Abb. 11.8. Trichinose; Fbg. HE, Vergr. 78×

Progressive Muskeldystrophie (Erb) (Abb. 11.5). Im Gegensatz zur spinalen progressiven Muskelatrophie liegt bei den Muskeldystrophien *(myogene Atrophie)* die *primäre Störung in den Muskelzellen selbst* (hereditäre Stoffwechselstörung unbekannter Art). Dementsprechend liegt keine den motorischen Einheiten entsprechende Gruppenatrophie vor, sondern eine disseminierte Atrophie einzelner Fasern ohne ein bestimmtes Verteilungsmuster.
Unser Bild zeigt neben den atrophischen Fasern (→ 1) zahlreiche normale sowie hypertrophische Fasern mit zentralen Zellkernen (→ 2). Außerdem sind die Muskelfasern von Bindegewebe eingeschlossen, und anstelle der atrophischen untergegangenen Fasern hat sich Fettgewebe entwickelt *(lipomatös-sklerotischer Umbau)*. Die Narbenzüge können zu einer sekundären läppchenähnlichen Gruppierung von Muskelfasern führen, so daß ein zirrhoseähnliches Bild entsteht.

Im dystrophischen Muskel finden sich häufig frische Stadien des Muskelfaserunterganges, wie sie bei *Allgemeinerkrankungen*, z. B. wachsartiger Degeneration der Bauchmuskulatur bei Typhus, auftreten. Abb. 11.6 **(frische Muskelnekrose bei akuter Polymyositis)** zeigt verschiedene Formen der Muskelfaserdegeneration bis zur Nekrose. Am Anfang des degenerativen Prozesses steht häufig die wachsartige Degeneration (→ 1), wobei es zu einer Homogenisierung der Faserproteine und Auslöschung der Querstreifung kommt. Dann entwickelt sich ein scholliger Zerfall (→ 2) mit Untergang der Zellkerne, vollständiger Auflösung und Herauslösung des Sarkoplasmas, so daß nur noch leere Sarkolemmschläuche (→ 3) vorhanden sind (vgl. S. 38). Herdförmig können Gruppen von Muskelzellkernen als Zeichen regeneratorischer Tendenzen auftreten (→ 4). Ein derartig akuter starker Muskelzerfall führt zum sog. *Crush-Syndrom* (vgl. S. 142) und tritt nicht nur bei nekrotisierter Myositis, sondern auch nach *Intoxikationen* (z. B. CO-Vergiftung) oder in der Umgebung schwerer Muskeltraumen auf.

Bei der **Dermatomyositis** (Abb. 11.7) handelt es sich um eine *nekrotisierende Panmyositis* mit *Dermatitis*, bei der im akuten Stadium die oben beschriebenen degenerativen und nekrotisierenden Vorgänge im Vordergrund stehen, aber gleichzeitig eine starke lymphozytäre und plasmazelluläre Entzündung auftritt. Im subakuten und chronischen Stadium der schubweise verlaufenden Erkrankung beobachtet man vorwiegend interstitielle Zellinfiltrate (→ 1) und einen narbigen Ersatz (→ 2) mit Gewebsumbau. Außerdem kommt es zu ausgeprägten regenerativen Vorgängen an den Muskelfasern selbst (→ 3).
Die *nekrotisierende Polymyositis* verläuft klinisch unter dem Bild ausgedehnter proximaler Muskellähmungen, die wegen ihrer Ähnlichkeit mit den Muskellähmungen bei Trichinose auch als Pseudotrichinose bezeichnet werden.

Trichinose der Skelettmuskulatur (Abb. 11.8). *Die Embryonen von Trichinella spiralis gelangen von den Chylusgefäßen des Darmes mit dem Blutstrom in die quergestreifte Muskulatur und entwickeln sich hier zu spiralig aufgerollten Larven.*
Histologisch sieht man schon bei schwacher Vergrößerung die spiraligen, quer oder teilweise tangential angeschnittenen Trichinellen, die von einer hylinen Kapsel (→ 1) umgeben sind. In der Umgebung erkennt man degenerative Muskelfaserveränderungen, z. B. in Form von scholligem Zerfall und wachsartiger Degeneration (→ 2). In den Interstitien kommt es zur Ansammlung von eosinophilen Leukozyten und chronisch-entzündlichen Infiltraten (→ 3).

Makroskopisch: Kleine, weiße Herdchen.

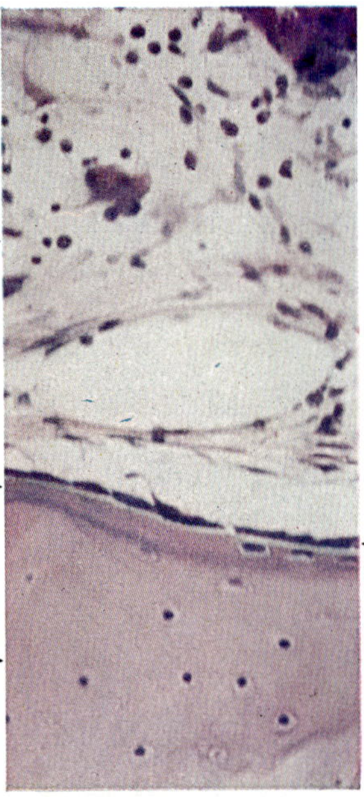

B. – Abb. 12.1. Endostale Knochenneubildung; Fbg. HE, Vergr. 350 ×

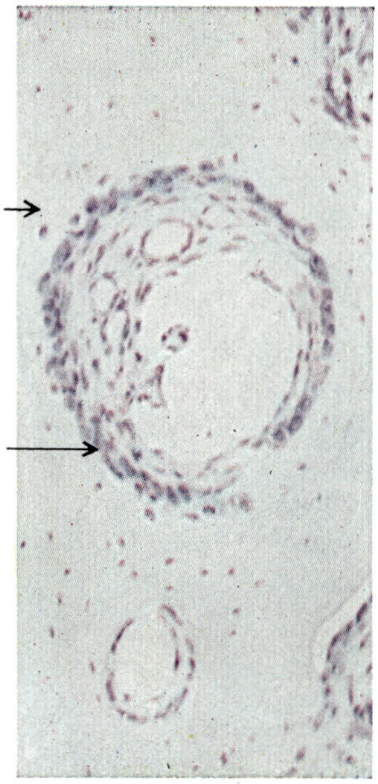

B. – Abb. 12.2. Knochenneubildung durch Haverssches System; Fbg. HE, Vergr. 140 ×

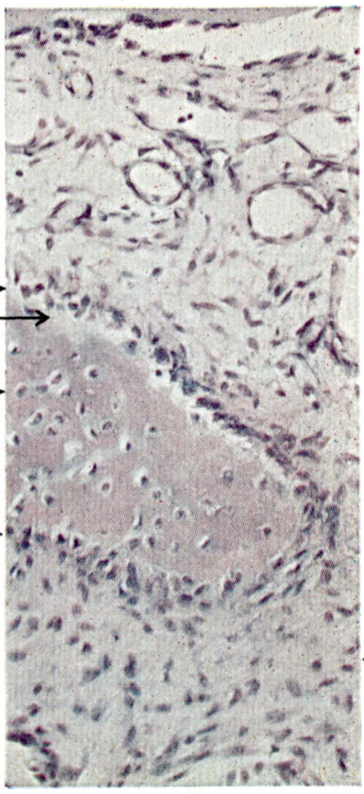

B. – Abb. 12.3. Faserknochenneubildung; Fbg. HE, Vergr. 280 ×

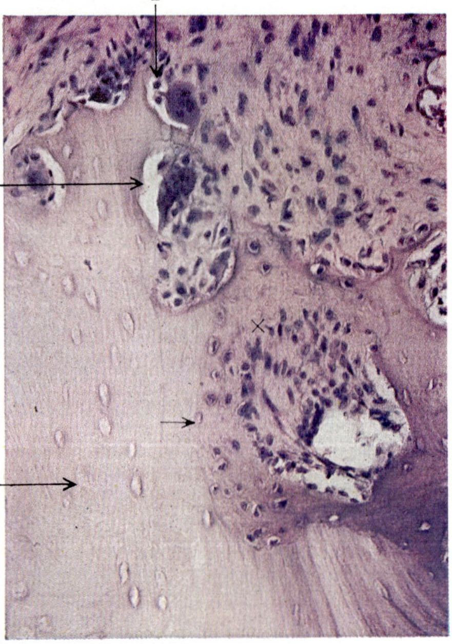

B. – Abb. 12.4. Schleichende Substitution und lakunärer Abbau des Knochens; Fbg. HE, Vergr. 280 ×

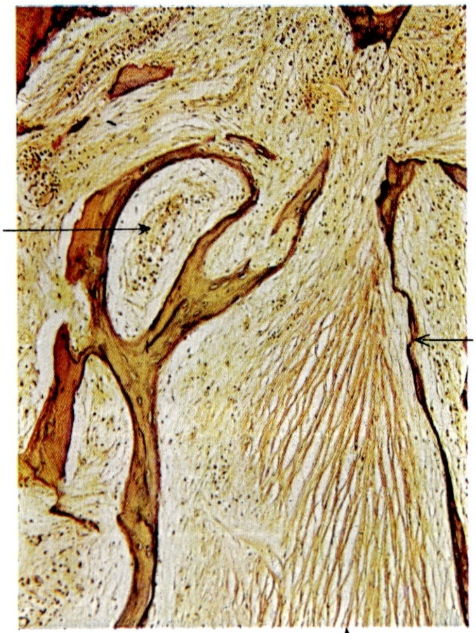

B. – Abb. 12.5. Perforierender Knochenabbau; Fbg. v. Gieson, Vergr. 80 ×

12. Knochen und Gelenke

Bei der mikroskopischen Beurteilung von Knochenpräparaten muß man sich über die *Art des Knochengewebes* (lamellärer Knochen mit Haversschen Systemen, Faserknochen ohne Haverssche Systeme) klarwerden. Weiterhin ist das *quantitative Verhältnis von Spongiosa zu Markraum* zu berücksichtigen (z. B. Rarefizierung bei Osteoporose), und die im *Markraum vorkommenden Zellen* sind zu beurteilen (blutbildendes Mark, Fettmark, fibrosiertes Mark, entzündliche Infiltrate usw.). An den *Knochenbälkchen* selbst ist darauf zu achten, ob die Osteozyten angefärbt sind (Knochennekrose ohne Kernfärbung! Cave: Starke Entkalkung mit Säuren bewirkt ebenfalls negative Kernfärbung). Die Zahl der Osteoblasten, die Breite der osteoiden Säume bzw. die Verkalkung des neugebildeten Knochens und die Zahl der Osteoklasten geben *Anhaltspunkte* über den *Knochenaufbau bzw. -abbau.* Makroskopie siehe Makropathologie.

Zum besseren Verständnis der verschiedenen Knochenerkrankungen sollen hier einige Gesichtspunkte zur **allgemeinen Pathologie des Knochengewebes** vorangestellt werden. Die Reaktion des Knochengewebes unter krankhaften Reizen besteht in einer *Knochenneubildung* oder einem *Knochenabbau.*

Die **Knochenneubildung** erfolgt durch Zellen des Bindegewebes, die sich unter chemischen oder physikalischen Einflüsen zu Osteoblasten differenzieren. Während der Differenzierung: Vergrößerung der Zellkerne und Nukleolen, Vermehrung des rauhen endoplasmatischen Retikulums und damit der RNS = Zunahme der Basophilie. Die *Osteoblasten* haben drei Grundfunktionen zu erfüllen: 1. Bildung eines Mukopolysaccharid-(MPS-)Protein-Komplexes, 2. Kollagenfasersynthese, 3. Beteiligung an der Mineralisation. Die sauren und neutralen Mukopolysaccharide wirken als Ionenaustauscher. Sie reichern dadurch Kalzium und Phosphat an und werden bei der nachfolgenden Mineralisation fermentativ abgebaut. Lichtmikroskopisch kann man folgende Formen der *Knochenneubildung* unterscheiden: 1. *Periostale Knochenneubildung* (von Osteoblasten des Periosts ausgehend). Vorkommen unter pathologischen Bedingungen, z. B. Periostitis ossificans, chronische Osteomyelitis, Frakturkallusbildung. 2. *Endostale Knochenneubildung* (von Osteoblasten des Endosts ausgehend). Vorkommen unter pathologischen Bedingungen, z. B. Frakturkallusbildung, chronische Osteomyelitis (vgl. Abb. 12.1). Diese Form der Knochenneubildung führt oft zu einer schleichenden Substitution des Knochens (vgl. Abb. 12.4). Ihr liegt ein Knochenabbau durch einkernige Zellen bei gleichzeitiger Knochenneubildung zugrunde. Vorkommen z. B. bei Ostitis deformans Paget. 3. Knochenneubildung durch *Haverssche Systeme* (vgl. Abb. 12.2). Hier erfolgt die Knochenneubildung durch Zellen, die sich aus perivaskulären Bindegewebszellen differenzieren. 4. Schließlich können *Osteozyten in den Zwischenlamellen* des Knochens eine Knochenbildung bewirken (meist in der Form der schleichenden Substitution, also unter gleichzeitigem Knochenabbau). Bei diesen Formen erfolgt eine Knochenneubildung schalenförmig an noch vorhandenem lamellärem Knochen. Daneben kann sich aber auch Knochen ohne Kontakt mit bereits vorhandenen Knochenbälkchen im Bindegewebe (meist des Markraumes) neu bilden (Faserknochen: keine Haversschen Systeme). Dieser Faserknochen kann später zu lamellärem Knochen mit Haversschen Systemen umgebaut werden.

Abb. 12.1 zeigt eine **endostale Knochenneubildung.** Im Bild sieht man unten (→ 1) mineralisierten Knochen. Diesem liegt eine schmale Zone neugebildeten Osteoids auf (→ 2). Osteoid enthält kollagene Fasern, MPS-Protein-Komplexe, kein Hydroxylapatit, aber große Mengen Kalzium. Osteoid wird von Osteoblasten gebildet, die als einreihige Zellage (→ 3) einkerniger Zellen zu sehen sind. Darüber findet man das lockere Bindegewebe des Markraumes (→ 4). In Abb. 12.2 ist **Knochenneubildung im Bereich eines Haversschen Kanals** dargestellt. In der Peripherie des perivaskulären Bindegewebes wird wiederum durch einen Saum von Osteoblasten Knochen gebildet (→ 1). Die Grenze zwischen neugebildetem und älterem Knochen ist noch durch eine angedeutete Kittlinie zu erkennen (→ 2). **Faserknochenneubildung** (Abb. 12.3). Inmitten zellreichen kollagenen Bindegewebes (→ 1) können sich Fibroblasten zu Osteoblasten differenzieren. Sie bilden eine Interzellularsubstanz, die nachfolgend mineralisiert wird (nicht mineralisierte Interzellularsubstanz: → 2; mineralisierte Interzellularsubstanz: → 3). Die entstandenen Knochenbälkchen werden wiederum von Osteoblasten umgeben (→ 4). Bei selektiver Darstellung kollagener Fasern würde man feststellen, daß die kollagenen Fasern des umgebenden Bindegewebes sich kontinuierlich in die Knochenbälkchen fortsetzen (Kriterium des Faserknochens)

Knochenabbau wird von einkernigen oder mehrkernigen Bindegewebszellen (Osteoklasten) vorgenommen. Diese Zellen sind an der Entmineralisierung beteiligt, bauen fermentativ das Kollagen ab (Kollagenase) und spalten den MPS-Protein-Komplex (lysosomale Fermente). Die wichtigsten morphologischen Formen sind: 1. Die *glatte Resorption* (oft verbunden mit einer schleichenden Substitution); häufigste Form des Knochenabbaues durch einkernige Zellen. 2. Die *lakunäre Resorption* durch mehrkernige Osteoklasten. Sie entstehen durch Verschmelzung einkerniger Zellen (Synplasmen) und können sich auch wieder zu einkernigen Zellen rückbilden. Während der Knochenresorption entwickeln sich an der äußeren

---

Fortsetzung Seite 209 oben.

Frakturheilung

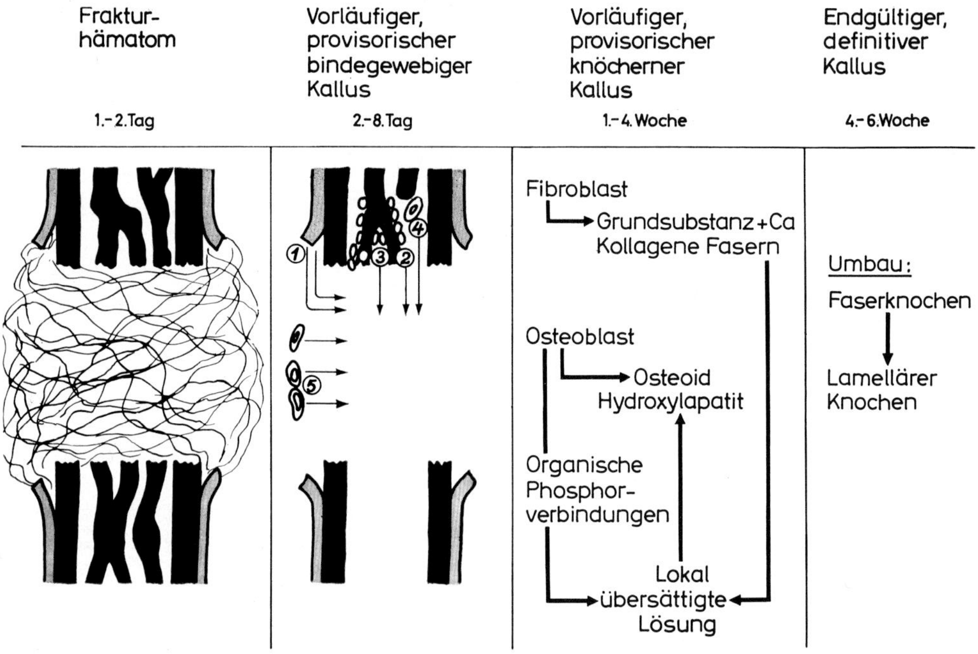

B. – Abb. 12.6. Schema der Frakturheilung

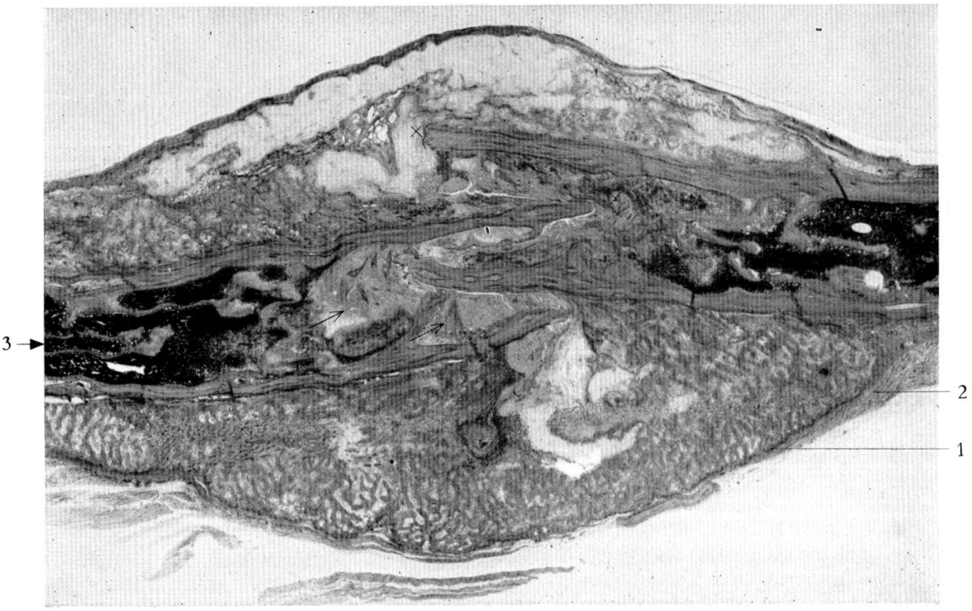

B. – Abb. 12.7. Rippenfraktur mit deutlicher Kallusbildung; Fbg. HE, Vergr. 7×

Zellmembran der Osteoklasten (elektronenmikroskopisch) zahlreiche Mikrovilli (morphologisch Zeichen erhöhter resorptiver Leistung). 3. Die *perforierende Resorption* (»Tunnelierung«), die durch einkernige Zellen der Haversschen Systeme erfolgt. Sie führt zur Aushöhlung der Knochenbälkchen. Vorkommen: z. B. Osteomyelitis, braune Tumoren. In Abb. 12.4 sind eine **schleichende Substitution** mit glatter Resorption und ein lakunärer Abbau dargestellt. Im linken unteren Bildteil sieht man nekrotischen Knochen (→ 1: leere Knochenzellhöhlen). Bei → im Bild wird der alte Knochen schichtweise abgebaut. Der Abbau erfolgt mit großer Wahrscheinlichkeit durch die gleichen einkernigen Zellen, die bei X im Bild neuen Knochen bereits wieder bilden. Der Knochenabbau durch mehrkernige Osteoklasten (→ 2) führt zur Bildung von Lakunen (Howshipsche Lakunen). Die **perforierende Resorption** (Abb. 12.5) »tunneliert« die Knochenbälkchen. Einkernige Zellen des Bindegewebes bauen den Knochen von den Haversschen Kanälen her ab (→ 1). Dieser Abbauprozeß läßt nur noch schmale Streifen von Spongiosabälkchen erkennen (→ 2), bis schließlich auch diese verschwinden und ein zellarmes kollagenes Bindegewebe zurückbleibt (→ 3).
Die *Steuerung von Knochenneubildung und -abbau* erfolgt unter normalen und pathologischen Bedingungen durch mechanische Kräfte (vorwiegend lokal wirksam) und chemische Wirkstoffe (allgemein wirksam). Druck löst z. B. piezoelektrische Effekte aus, wodurch elektrische Ströme entstehen, die offensichtlich die Zelleistung verändern (Mechanismus der Übersetzung des elektrischen Stromes in die chemische »Sprache« der Zelle noch unbekannt). Von den chemischen Wirkstoffen sei hier das Parathormon als Beispiel erwähnt, das neben anderen Wirkungen (Niere) *direkt* die Zellen des Skelettsystems beeinflußt (nachgewiesen in Organkulturen) und im wesentlichen den Knochenabbau stimuliert.

Knochenfraktur

Die Fraktur ist eine vollständige oder unvollständige Kontinuitätstrennung von Knochengewebe. Sie löst eine gesetzmäßige Reaktion des Gewebes aus, die zu einer Wiederherstellung der Knochenkontinuität führt. Diese Reaktionsfolge des Gewebes wird in Abb. 12.6 schematisch dargestellt. Zunächst bildet sich zwischen den beiden Frakturenden ein **Frakturhämatom** aus. Am 2. Tag bereits wachsen Blutgefäße und Fibroblasten (Granulationsgewebe) in das Hämatom ein. *Ausgangspunkte der Gewebsneubildung* sind (vgl. Abb. 12.6, die Nummern in der zweiten Teildarstellung): 1. das Periost, 2. das Endost, d. h. Osteoblasten, 3. die Haversschen Kanäle, 4. die Blutgefäße des Markraums, 5. die Blutgefäße des Unterhautbindegewebes und der Muskulatur. Es bildet sich somit ein **provisorischer bindegewebiger Kallus**. Am Ende der 1. Woche beginnt bereits die Umbildung des bindegewebigen in den **provisorischen knöchernen Kallus**. Die jungen Bindegewebszellen bilden zunächst Grundsubstanz und kollagene Fasern. Die Fibroblasten wandeln sich zu Osteoblasten um und produzieren jetzt das Osteoid, die organische Matrix des Knochens. Aufgrund bestimmter chemischer Reaktionen entsteht eine lokal übersättigte Lösung von Kalzium- und Phosphationen, aus der das Mineralisierungsprodukt (sekundäres Kalziumphosphat Hydroxylapatit) ausfällt. Jetzt ist ein sog. *Faserknochen* entstanden, der durch erneuten Umbau (durch Osteoklasten und Osteoblasten) in *lamellären Knochen* umgestaltet wird. Erst dieser bildet den **endgültigen Kallus**. Die Frakturheilung kann stellvertretend für alle Heilungsprozesse im Knochengewebe angesehen werden.
Abb. 12.7 zeigt in der Übersicht eine **Rippenfraktur** mit deutlicher Kallusbildung. Die Frakturenden (×) sind nicht ideal gegeneinandergestellt. Dadurch ist die Möglichkeit gegeben, daß bei Bewegungen (Atembewegungen) Scherkräfte auftreten. Diese Scherkräfte bewirken die Entstehung von Knorpel (→) im provisorischen Kallus. Die Rippen (und das Jochbein) nehmen mit der Ausbildung des knorpeligen Kallus eine Sonderstellung ein. In der Umgebung der Frakturenden finden sich neben Knorpelgewebe ein jugendliches Bindegewebe und neugebildeter Knochen (→ 1), der von Periost überzogen wird (→ 2). In einiger Entfernung von der Fraktur findet sich typisches blutbildendes Mark (→ 3).
Folgende *Komplikationen* können durch die Fraktur und die gestörte Frakturheilung auftreten: 1. *Fettembolie* (besonders bei Frakturen der langen Röhrenknochen). 2. *Infektion* des Frakturhämatoms (Osteomyelitis; besonders bei offenen Frakturen). 3. *Ungenügende Kallusbildung;* Interposition von Weichteilgewebe *(Pseudarthrose)*. 4. *Überschießende Kallusbildung* (Callus luxurians; Druck auf Weichteile, Nerven usw.). 5. Bildung eines *knorpeligen Kallus* (bei Auftreten von Scherkräften; verzögerte Frakturheilung).

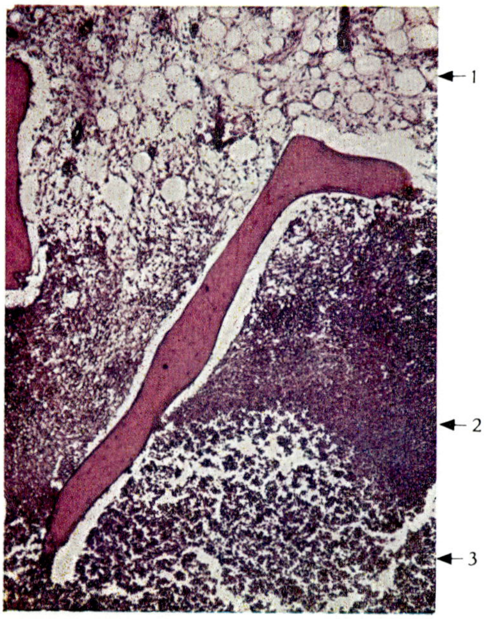

B. – Abb. 12.8. Knochenmarkabszeß bei akuter Osteomyelitis;
Fbg. HE, Vergr. 60×

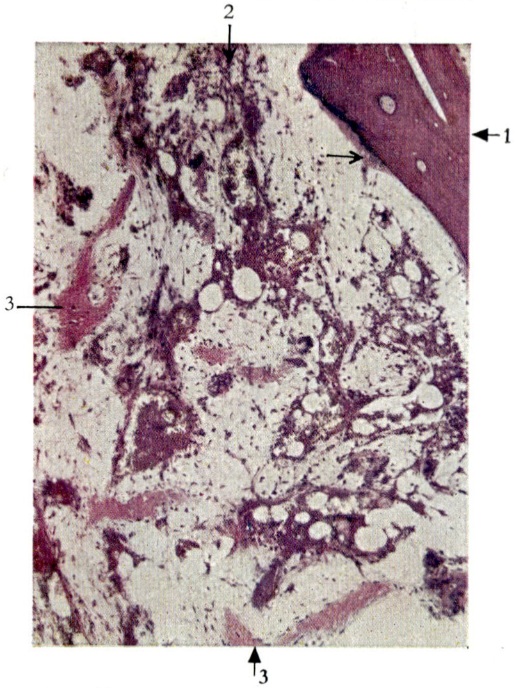

B. – Abb. 12.9. Faserknochenneubildung bei chronischer Osteomyelitis;
Fbg. HE, Vergr. 95×

Entwicklungsstörungen des Knochens

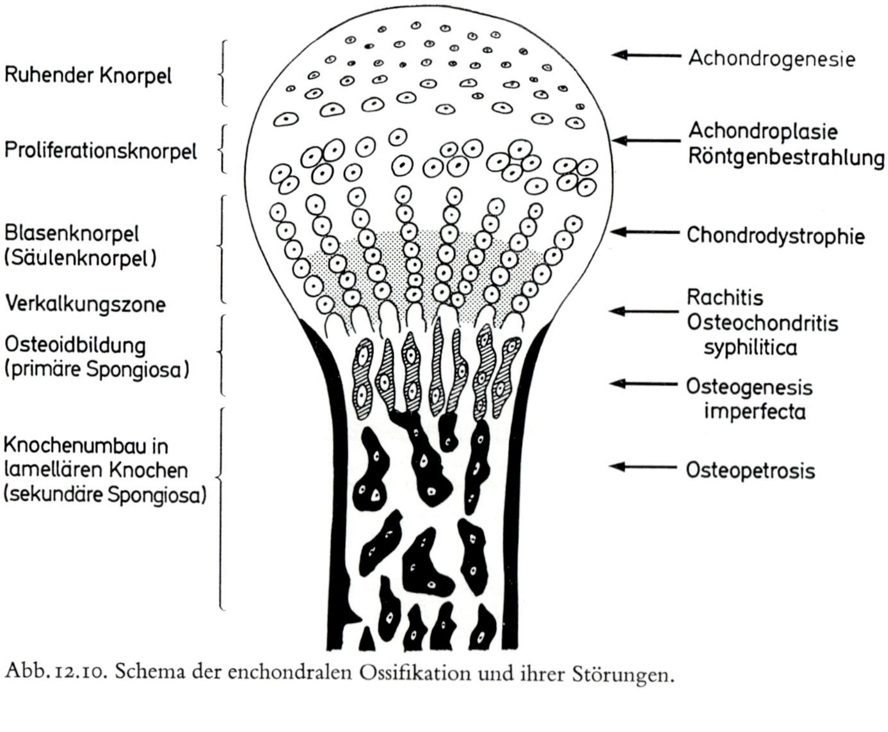

B. – Abb. 12.10. Schema der enchondralen Ossifikation und ihrer Störungen.

Entzündungen des Knochens

Die Entzündungen des Knochens können ebenso wie in anderen Organen *unspezifische* (akute Osteomyelitis, chronische Osteomyelitis) oder *spezifische Entzündungen* (Tuberkulose, Aktinomykose, Syphilis) sein. Während die unspezifischen Entzündungen bevorzugt die *Meta- bzw. Diaphysen* des Knochens befallen, treten die *spezifischen Entzündungen* (besonders *Tuberkulose*) mit Vorliebe in den *Epiphysen* auf. Im Ablauf der Entzündung werden die ortsständigen Knochenstrukturen zerstört (Verlust der Osteozyten, Abbau durch Osteoklasten und Blutgefäße). Die abgestorbenen Knochenstückchen werden teilweise sequestriert. Daneben können Knochenneubildungen (vom Periost ausgehend) den zerstörten, toten Knochen ummauern (*Totenladenbildung* bei der Osteomyelitis). Natürlich finden sich auch im Knochen selbst alle Zellen des Entzündungsfeldes.

Als Beispiel für eine Knochenentzündung wurde hier eine *unspezifische Osteomyelitis* gewählt. Sie kann fortgeleitet (z. B. bei Frakturen, Otitis media) oder hämatogen (z. B. Septikopyämie) entstehen. In Abb. 12.8 ist ein **Markabszeß** bei hämatogen entstandener akuter Osteomyelitis dargestellt. Im oberen Teil des Bildes (→ 1) findet man das Fettmark von Granulozyten durchsetzt. Bei → 2 sieht man einen Wall von nekrotischem Gewebe mit Granulozyten und Fibrin. Im unteren Teil des Bildes (→ 3) erkennt man eine Ansammlung von polymorphkernigen Leukozyten mit Gewebseinschmelzung (Abszeß). Durch die Nekrose werden die Knochenbälkchen ihrer Ernährungsgrundlage beraubt und nekrotisch. So bildet sich ein Knochensequester aus (abgestorbenes Knochenstück). Im weiteren Verlauf der Osteomyelitis (**chronische Osteomyelitis,** Abb. 12.9) findet man abgestorbene Knochenbälkchen (→ 1), die vom neugebildeten Knochen eingemauert werden können (→ im Bild; führt zur Totenladenbildung). Der Markraum zeigt eine Fibrose (lockeres kollagenes Bindegewebe) sowie perivaskulär gelagerte, chronisch-entzündliche Infiltrate aus Lymphozyten und Plasmazellen (→ 2). Daneben setzt auch hier eine Faserknochenneubildung ein (→ 3).

Entwicklungsstörungen des Knochens

Die Osteodystrophien sind mit den Stoffwechselstörungen anderer Organe vergleichbar. Es erscheint zweckmäßig, sie in solche am *wachsenden* und am *erwachsenen Skelett* zu unterteilen. In Abb. 12.10 ist ein **Schema der enchondralen Ossifikation und ihrer Störungen** wiedergegeben. Links sind die einzelnen Zonen dargestellt, die normalerweise die Verknöcherungszone aufbauen: ruhender Knorpel, Säulenknorpel mit primärer Verkalkungszone, Osteoidbildung, Knochenumbau in lamellären Knochen. In jeder Stufe dieses komplizierten Prozesses kann eine Störung auftreten. Ist die Bildung des *Säulenknorpels mangelhaft oder fehlt sie vollständig*, so entwickelt sich das Krankheitsbild der *Chondrodystrophie* (vgl. S. 212). Ferner kann die *Verkalkung der primären Verkalkungszone ausbleiben* (*Rachitis*, vgl. S. 212). Setzt *keine Osteoidbildung* ein, so resultiert daraus die *Osteogenesis imperfecta* (vgl. S. 212). Schließlich kann auch eine *Störung des Knochenumbaues im lamellären* Knochen vorliegen *(Osteopetrosis)*. Meist ist aber nicht nur die enchondrale Ossifikation, sondern sind auch die anderen Formen der Knochenbildung gestört (schraffierte Felder in Tab. 12.1).

B. – Tab. 12.1. Schema der verschiedenen Ossifikationsstörungen

I. *Ersatzknochenbildung*	Chondrodystrophie	Rachitis	Osteochondritis syphilitica	Osteogenesis imperfecta	Osteopetrosis
1. Enchondrale O.					
a) Epiphysäre O.	▥▥▥	▥▥▥	▥▥▥	▥▥▥	▥▥▥
b) Metaphysäre O.	▥▥▥	▥▥▥	▥▥▥	▥▥▥	▥▥▥
2. Perichondrale O.		▥▥▥		▥▥▥	▥▥▥
II. *Belegknochenbildung*		▥▥▥		▥▥▥	▥▥▥

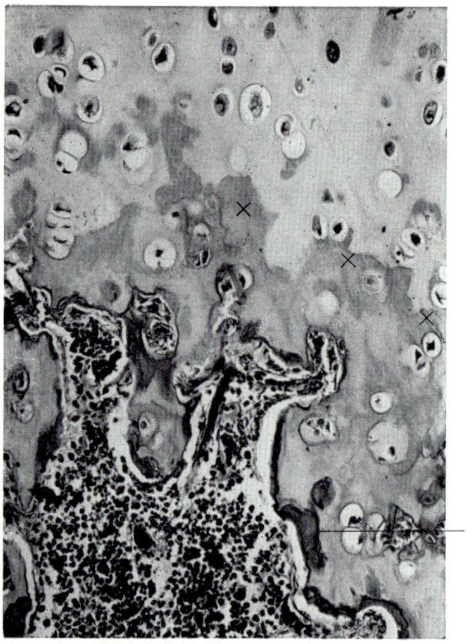

B. – Abb. 12.11. Chondrodystrophie;
Fbg. HE, Vergr. 110×

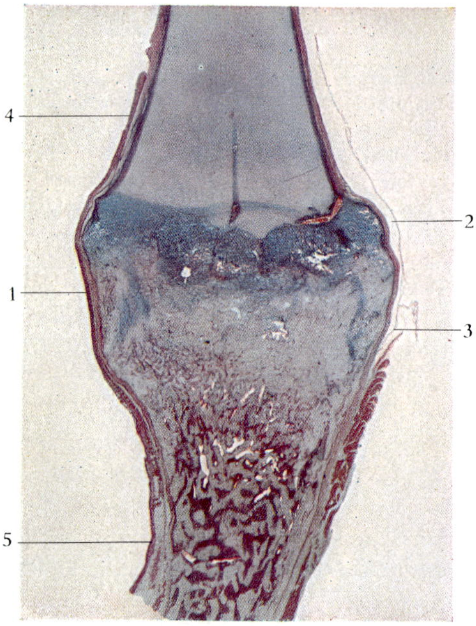

B. – Abb. 12.12. Rachitis;
Fbg. HE, Vergr. 5×

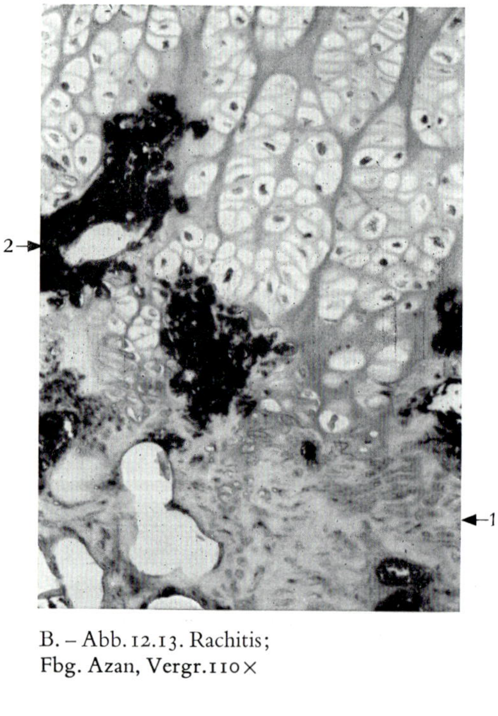

B. – Abb. 12.13. Rachitis;
Fbg. Azan, Vergr. 110×

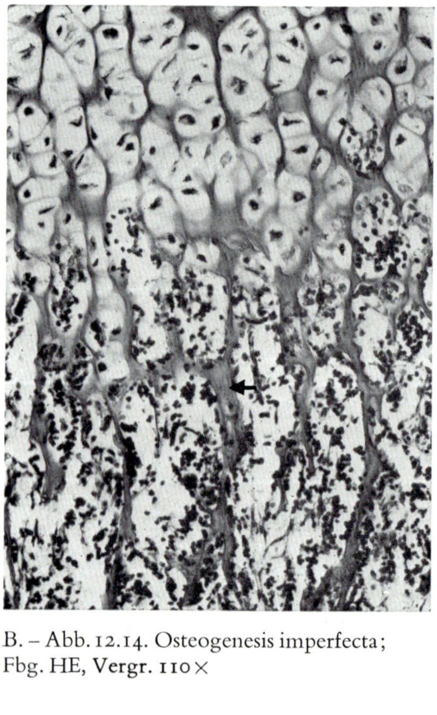

B. – Abb. 12.14. Osteogenesis imperfecta;
Fbg. HE, Vergr. 110×

Chondrodystrophie (Abb. 12.11). *Die Chondrodystrophie (auch Achondroplasie genannt) besteht in einer Störung der enchondralen Ossifikation bei meist gut entwickelter perichondraler und periostaler Ossifikation* (s. Abb. 12.10 u. Tab. 12.1). *Dadurch entstehen kurze, dicke Knochen (chondrodystrophische Zwerge – Zirkusclown – Dackelhunde).* Die morphologisch nachweisbare Störung liegt, wie Abb. 12.11 zeigt, in der ungenügenden oder sogar fehlenden Säulenknorpelbildung. Statt charakteristischer Säulenknorpelformation findet man nur einzelne, etwas blasige Knorpelzellen. Die Verkalkung der Knorpelgrundsubstanz (landkartenähnliche, dunkelgraue Partien, ×) ist unregelmäßig. An die plumpen Zapfen der primären Verkalkungszone werden schmale Leisten von Osteoid angelagert (→). Im unteren Bildteil finden sich Strukturen des Markes. Da die Störung im Bereich der Blasen- und Säulenknorpelbildung liegt, ist meist die Belegknochenbildung nicht gestört. Es resultiert daraus zum Beispiel die Dysproportion zwischen der Schädelkapselentwicklung (Belegknochenbildung) und dem zurückbleibenden Wachstum von Teilen der Schädelbasis (Ersatzknochenbildung).

Rachitis (Abb. 12.12 u. 12.13). *Die Rachitis ist eine Hypovitaminose (Vitamin-D-Mangel), die zu einer Mineralisationsstörung des neugebildeten Knochens führt. Deshalb müssen die Veränderungen in der primären Verkalkungszone und in dem Gebiet gesucht werden, wo normalerweise das neugebildete Osteoid mineralisiert wird.* Abb. 12.12 zeigt eine rachitisch veränderte Knorpel-Knochen-Grenze der Rippe. Die Knorpel-Knochen-Grenze ist verbreitert, unscharf und aufgetrieben (*rachitischer Rosenkranz*, → 1). Während der obere Anteil der verbreiterten Knorpel-Knochen-Grenze aus verlängerten Säulenknorpelschichten (→ 2) besteht, stellt der untere Anteil eine Art Chondroosteoid (→ 3) dar. Hier sind Reste der Knorpelgrundsubstanz mit nichtmineralisiertem neugebildetem Knochen (Osteoid) unregelmäßig angeordnet (normaler Knorpel → 4, normaler spongiöser Knochen → 5). Mit der **stärkeren Vergrößerung** (Abb. 12.13) stellt sich in der unteren Bildhälfte das Chondroosteoid dar (→ 1). Dieses neugebildete Osteoid wird nicht mineralisiert. Ferner erkennt man die für die Rachitis charakteristische Form der Eröffnung der primären Markräume durch glomerulumähnliche Blutgefäßwucherungen (→ 2). Darüber findet sich die Zone des Säulenknorpels, dessen Knorpelgrundsubstanz (auch primäre Verkalkungszone genannt) ebenfalls nicht mineralisiert wird. Außer der enchondralen Ossifikation ist auch die perichondrale Ossifikation und Bindegewebsknochenbildung gestört (s. Tab. 12.1). Am Schädel wirkt sich dies durch eine mangelhafte Knochenbildung und ungenügende Mineralisierung des neugebildeten Knochens aus. Dadurch sind besonders an der Hinterhauptsschuppe und an den Scheitelbeinen weiche Schädelareale tastbar, die zu der Bezeichnung *Kraniotabes* geführt haben. Die Kraniotabes ist ein wichtiges, leicht feststellbares diagnostisches Kriterium für die Rachitis.

Osteogenesis imperfecta (Abb. 12.14). *Liegt die Störung der Ossifikation wiederum eine »Etage« tiefer (vgl. Abb. 12.10), so entwickelt sich das Bild der Osteogenesis imperfecta. Es handelt sich dabei um eine Knochenbildungsstörung mit mangelhafter Osteoidbildung und abnormer Knochenbrüchigkeit.* Abb. 12.14 läßt diese Verhältnisse sehr schön erkennen. In der oberen Bildhälfte sieht man eine regelrecht ausgebildete Säulenknorpelformation. Die untere Bildhälfte dagegen zeigt spanförmig erhalten die Reste der Knorpelgrundsubstanz (→). Eine Osteoidbildung ist nicht zu beobachten. Zwischen den Knorpelgrundsubstanzspangen findet man die primären Markräume. Gestört sind alle Formen der Knochenbildung.

Kinder mit Osteogenesis imperfecta werden oft tot geboren, ein Teil stirbt bald nach der Geburt. Nur in wenigen Fällen, wenn die Störung nicht so ausgeprägt ist, können diese Kinder längere Zeit leben. Klinisch steht dann die abnorme Knochenbrüchigkeit im Vordergrund. In manchen Fällen wurden über 100 Frakturen beobachtet.

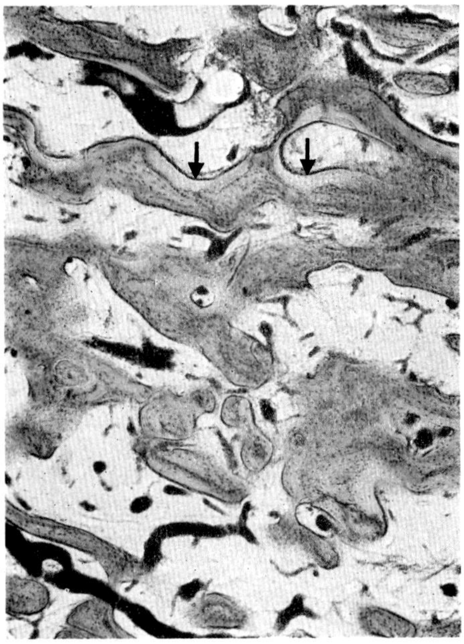

B. – Abb. 12.15. Osteomalazie;
Fbg. HE, Vergr. 28 ×

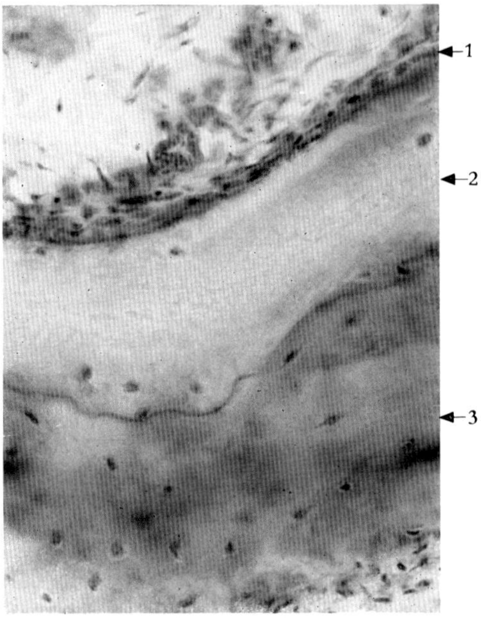

B. – Abb. 12.16. Osteomalazie;
Fbg. HE, Vergr. 280 ×

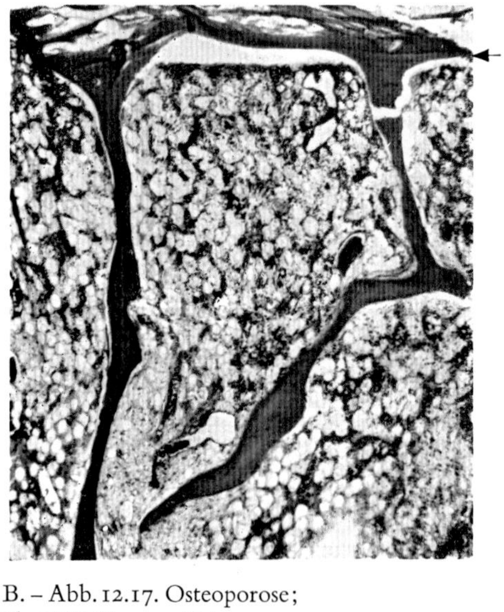

B. – Abb. 12.17. Osteoporose;
Fbg. HE, Vergr. 28 ×

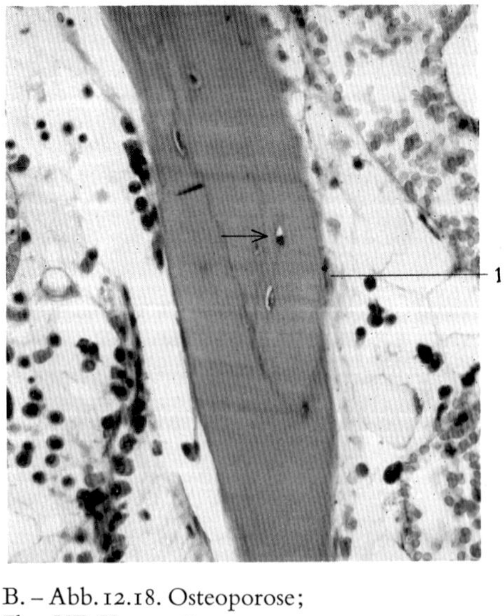

B. – Abb. 12.18. Osteoporose;
Fbg. HE, Vergr. 280 ×

Osteodystrophien am Skelett des Erwachsenen

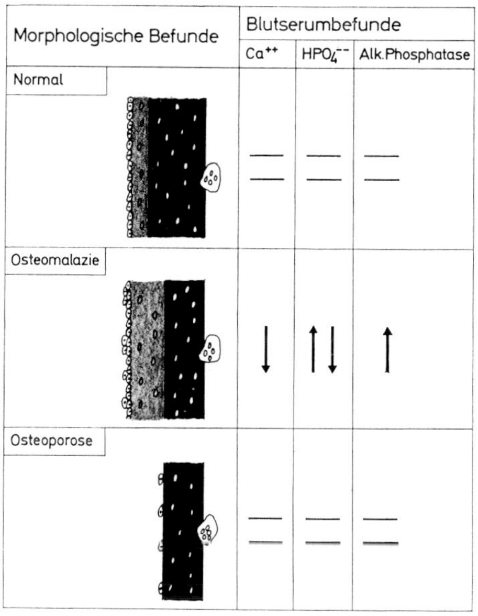

B. – Abb. 12.19. Siehe Text

Die häufigste Knochenveränderung am ausgebildeten Skelett ist die *Osteoporose*, seltener die *Osteomalazie*. Abb. 12.19 soll schematisch die Verhältnisse bei Osteoporose und Osteomalazie verdeutlichen.

Bei der **Osteomalazie** (Abb. 12.15 u. 12.16) *sind an den Knochenbälkchen reichlich Osteoblasten nachweisbar. Es wird auch genügend Knochensubstanz gebildet, die jedoch nicht mineralisiert wird* (in Abb. 12.15 u. 12.16 als helle, graue Zone gekennzeichnet). Es finden sich also breite Osteoidsäume. Damit handelt es sich um eine ähnliche Störung, wie sie die Rachitis am wachsenden Skelett darstellt. Im Serum ist das Kalzium erniedrigt. Der Phosphatspiegel kann je nach Nierenfunktion unterschiedlich sein (Erhöhung bei Nierenschädigung). In charakteristischer Weise ist die alkalische Phosphatase im Blutserum erhöht.

Mikroskopisch (Abb. 12.15 u. 12.16) findet man bei einer Übersichtsvergrößerung (Abb. 12.15) verbreiterte Spongiosabälkchen. Auffallend sind die hellgrauen Säume am Außenrand der Spongiosabälkchen (→). Dabei handelt es sich um nichtmineralisiertes Osteoid. Dies stellt sich deutlicher in einer **stärkeren Vergrößerung** (Abb. 12.16) dar. Am Rande der Spongiosabalken sieht man eine breite Lage von Osteoblasten (→ 1). Darauf folgt ein breiter Saum nichtmineralisierter osteoider Substanz (→ 2) und dann erst, durch eine Linie abgegrenzt, der mineralisierte Knochen (→ 3). *Die Osteomalazie ist also eine Mineralisierungsstörung bei erhaltener oder sogar meist gesteigerter Osteoblastenfunktion.* Eine Herauslösung von Kalksalzen aus mineralisiertem Knochen (Halisterese) spielt bei der Osteomalazie sehr wahrscheinlich keine Rolle.

Das Gegenstück zur Osteomalazie ist die **Osteoporose** (Abb. 12.17 u. 12.18). Bei dieser Erkrankung ist die *Mineralisierung meist intakt, die Osteoblastenfunktion jedoch herabgesetzt* (vgl. Abb. 12.19). Bei normalem Knochenabbau wird nur ungenügend neue Knochensubstanz gebildet. Die Serumwerte, die in erster Linie Auskunft über die Mineralisierungsvorgänge geben, sind normal. *Mikroskopisch* erkennt man bereits bei schwacher Vergrößerung (Abb. 12.17) eine rarefizierte Spongiosa mit weiten Markräumen (→: verschmälerte Kortikalis). Die Markräume können von Fettmark oder von blutbildendem Mark ausgefüllt sein. Bei **starker Vergrößerung** (Abb. 12.18) findet man gut mineralisierte Knochenbälkchen mit erhaltenen Osteozyten (→), aber ohne Osteoidsäume, und nur spärlichen Osteoblasten (→ 1) am Rande der Knochenbälkchen. Aus diesem morphologischen Verhalten geht hervor, daß der Knochen bei der *Osteomalazie weich und biegsam*, bei der *Osteoporose sprode und bruchig sein muß*.

Osteomalazie und Osteoporose sind Knochenbildungsstörungen. Bei den Osteodystrophien kann auch ein erhöhter Knochenabbau auftreten (s. S. 207). Die häufigsten Formen des *Knochenabbaues* sind:

a) lakunäre Resorption (durch mehrkernige Osteoklasten),
b) glatte Resorption (durch einen Saum einkerniger Zellen),
c) perforierende Resorption (durch Kapillarsprossen).

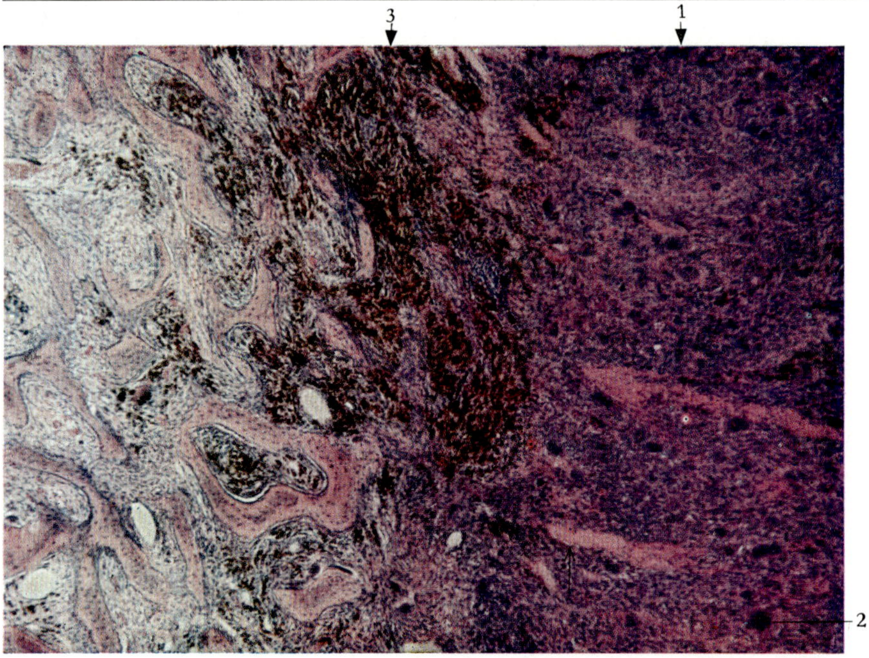

B. – Abb. 12.20. Ostitis fibrosa cystica (sog. brauner Tumor); Fbg. HE, Vergr. 40 ×

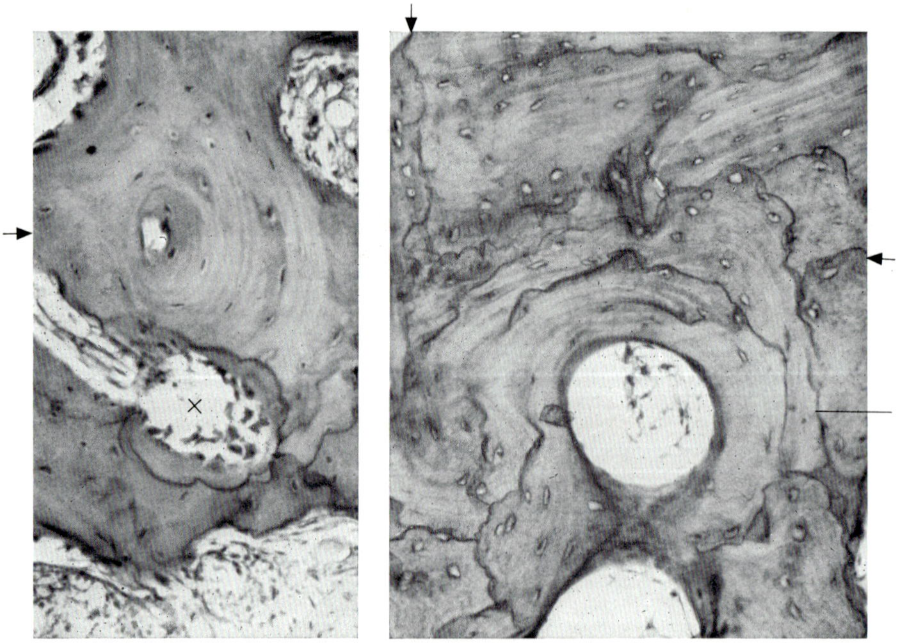

B. – Abb. 12.21. Ostitis derformans (Morbus Paget); Fbg. HE, Vergr. 152 ×

Ostitis fibrosa cystica (sog. brauner Tumor, Osteoklastom) (Abb. 12.20). *Die Ostitis fibrosa cystica (besser Osteodystrophia fibrosa) ist eine herdförmige, lokalisiert oder generalisiert auftretende Knochenerkrankung, die zur Destruktion des ortsständigen Knochens führt. Die generalisierte Form tritt bei Hyperparathyreoidismus auf (Epithelkörperchenadenome – v. Recklinghausensche Krankheit)*[1]). Histologisch wird eine Proliferation jugendlicher Bindegewebszellen, ausgehend vom Endost, von der Adventitia der Markblutgefäße und von den Haversschen Kanälchen beobachtet. Wie Abb. 12.20 zeigt, findet man ein zellreiches Granulationsgewebe (→ 1). Es besteht, wie in der rechten Bildhälfte dargestellt, aus retikulären Zellen, Histiozyten und Fibroblasten. Zwischen den Zellen findet man zarte, retikuläre Fasern. Recht charakteristisch sind zahlreiche, bizarr gestaltete, mehrkernige Riesenzellen (→ 2). Die Riesenzellen hält man für frustrane Kapillarsprossungen (angioblastische Riesenzellen). Durch das Granulationsgewebe wird der ortsständige Knochen zerstört und abgebaut. Röntgenologisch stellen sich daher Zysten im Knochen dar. Häufig erfolgen Blutungen in dieses jugendliche Bindegewebe. Als Folge der Blutungen findet man reichlich Histiozyten, deren Zytoplasma große Mengen Hämosiderin enthält (→ 3). In der linken Bildhälfte sieht man normale Knochenspongiosa mit Markfibrose.

Makroskopisch: Braune Herde oder Zysten. Bevorzugt betroffen sind distaler Femur und proximale Tibia. Gelegentlich kann aus einer Ostitis fibrosa ein echtes Sarkom hervorgehen. *Lokalisierte »braune Tumoren«* werden nach *Traumen* beobachtet. Das gleiche histologische Erscheinungsbild findet man bei der Epulis.

Ostitis deformans (Morbus Paget) (Abb. 12.21). Eine weitere zur Gruppe der Osteodystrophien gehörende Erkrankung ist die *Ostitis*, besser *Osteodystrophia deformans* (Paget). Die Ostitis deformans *beginnt* mit einer *serösen Entzündung* im Markraum des Knochens. In einer *zweiten Phase* folgt eine *Osteomalazie*, d.h. die Verkalkung des neugebildeten Knochens bleibt aus, und der bereits mineralisierte Knochen wird wieder entmineralisiert *(Halisterese)*. Diese »Knochenerweichung« ist die Ursache für Knochendeformierungen, die zum Bild der Ostitis deformans gehören. Als *dritte Phase erfolgt ein Umbau des Knochens.* Ortsständige Knochenstrukturen werden partiell oder vollkommen abgebaut. Der meist überschießend neugebildete Knochen legt sich schalenförmig und unter Durchbrechung der typischen Haversschen Systeme an erhaltene Lamellen an. Dieser Umbau ist dem Organumbau bei einer Leberzirrhose vergleichbar.

In Abb. 12.21 erkennt man in der *linken Bildhälfte* ein Haverssches System (→), dessen untere Region bereits Knochenabbau (Osteoklasten) und Neubildungsvorgänge (Osteoblasten) erkennen läßt (×). Durch einen ständigen Knochenabbau, der mit einem ungeordneten Knochenanbau einhergeht, entsteht die *charakteristische Mosaikstruktur* des Pagetknochens *(rechte Bildhälfte)*. Die zeitlich unterschiedlichen Umbildungsphasen sind durch die stark betonten *Kittlinien* (→) scharf voneinander abgehoben. Die normale lamelläre Knochenstruktur wird durch den Umbauvorgang zerstört. In solchen Knochen finden sich reichlich arteriovenöse Anastomosen. Dadurch ist das Herzfördervolumen dieser Patienten meist vergrößert.

Makroskopisch findet man bei generalisierter Form verdickte und deformierte Knochen (Säbelbeine). In etwa 8% der Fälle entsteht aus einer Ostitis deformans ein Sarkom. Lokalisierte Formen treten besonders am Schädel auf (Leontiasis ossea).

Zur Gruppe der Osteodystrophien gehört weiterhin die bei jüngeren Menschen auftretende *fibröse Dysplasie*. Die Knochen sind makroskopisch aufgetrieben und verunstaltet. Ebenso wie bei der Ostitis deformans können die Schädelknochen beteiligt sein. Die Markräume des Knochens werden statt von Fettmark oder blutbildendem Mark von einem fibrösen Gewebe ausgefüllt. In diesem fibrösen Gewebe kommt es zur Faserknochenbildung. Das Röntgenbild zeigt dadurch eine milchglasartige Beschaffenheit der Knochen.

---

[1]) Erstbeschreibung durch ENGEL (1864), Doktorand am Pathologischen Institut Gießen.

Primär-chronische Polyarthritis

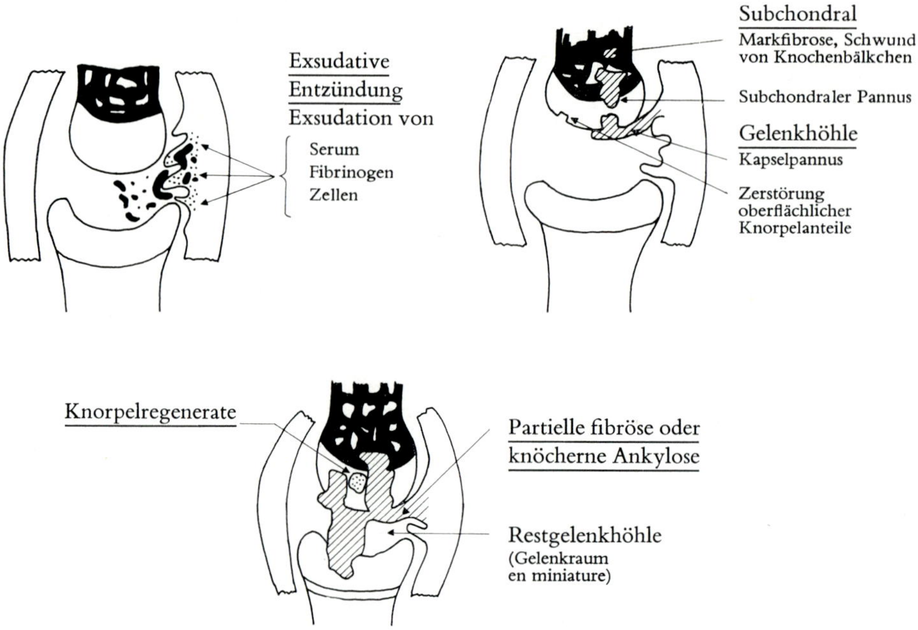

B. – Abb. 12.22. Schematische Übersicht des Ablaufes der Gelenkveränderungen bei primär-chronischer Polyarthritis

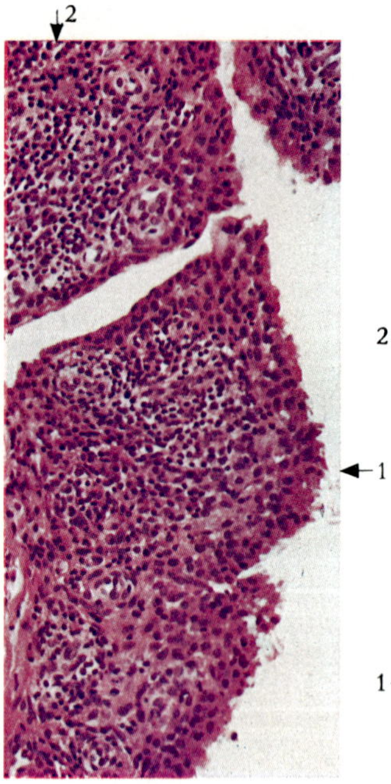

B. – Abb. 12.23 a. Primär-chronische Polyarthritis (Entzündung der Gelenkkapsel); Fbg. HE, Vergr. 200 ×

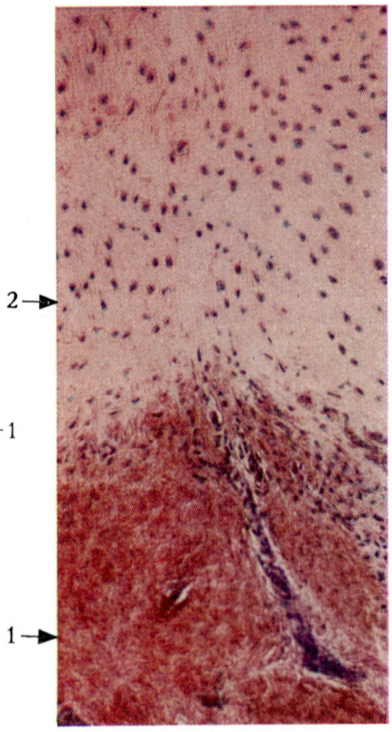

B. – Abb. 12.23 b. Primär-chronische Polyarthritis (Knorpelabbau durch Granulationsgewebe); Fbg. HE, Vergr. 300 ×

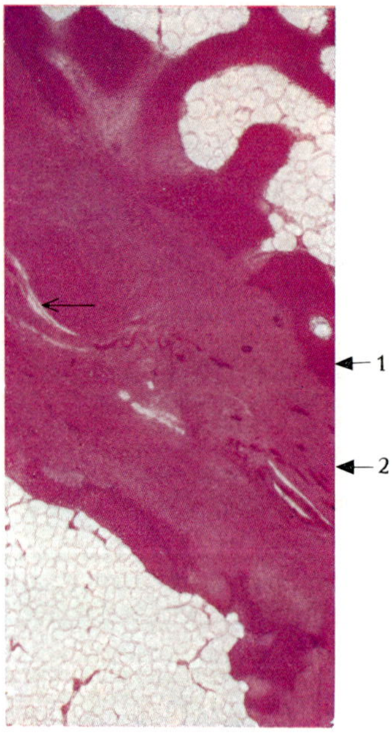

B. – Abb. 12.24. Primär-chronische Polyarthritis (fibröse Ankylose eines Fingergelenkes); Fbg. HE, Vergr. 100 ×

Entzündliche Gelenkerkrankungen

Die unspezifischen entzündlichen Gelenkerkrankungen sind einzuteilen in:
1. *Eitrige Gelenkentzündungen;*
2. *rheumatische Gelenkentzündungen*
   a) Gelenkentzündungen beim rheumatischen Fieber,
   b) primär-chronische Polyarthritis (PCP),
   c) Spondylitis ankylopoetica;
3. *Rheumatoide.* (Das klinische Bild ähnelt dem der Gelenkbeteiligung beim fieberhaften Rheumatismus. Ursache sind jedoch z. B. Ruhr, Tuberkulose, Colitis ulcerosa u. a.)

Beim *fieberhaften Rheumatismus* findet man echte Aschoffsche Knötchen in dem lockeren Bindegewebe der Gelenkkapsel, besonders der großen Gelenke (vgl. Herz, S. 46 u. 47). *Jugendliche* erkranken bevorzugt. Der Antistreptolysin- und Antistaphylolysintiter sind meist deutlich erhöht. Die Gelenkveränderungen bilden sich vollkommen zurück.
Die *primär-chronische Polyarthritis* (vgl. Abb. 12.22–12.24) zeigt morphologisch das Bild einer unspezifischen chronischen Entzündung. Bevorzugt befallen werden die *kleinen Gelenke* (Finger, Zehen). Frauen in *höherem Lebensalter* erkranken häufiger als jüngere. Meistens sind der Latexbindungstest und der Waaler-Rose-Test positiv. Durch die schweren destruktiven Veränderungen kommt es an den Gelenken zu Ankylosen.
Die *Spondylitis ankylopoetica (Morbus Bechterew)* beginnt mit nur spärlichen, entzündlichen Lymphozyteninfiltraten in der Kapsel und den Bändern der *kleinen Wirbelgelenke.* Im Vordergrund steht bei dieser Erkrankung eine Knochenneubildung, die zur knöchernen Ankylose der Wirbelsäule führt.

Als Beispiel einer entzündlichen Gelenkerkrankung soll hier die **primär-chronische Polyarthritis** (rheumatische Arthritis) behandelt werden. Vergleiche die schematischen Zeichnungen Abb. 12.22 mit den entsprechenden Abb. 12.23 a u. b, Abb. 12.24.

Primär-chronische Polyarthritis (Entzündung der Gelenkkapsel) (Abb. 12.23 a). Die Erkrankung beginnt mit einer Entzündung in der Gelenkkapsel. Diese frühen Stadien sind heute durch Gelenkkapselbiopsie morphologisch zu erfassen. Es kommt zu einer Exsudation von Blutplasma und Emigration von Zellen (Granulozyten mit zytoplasmatischen Einschlußkörpern, die den Rheumafaktor enthalten, Synovialzellen, Lymphozyten, Plasmazellen) in die Gelenkhöhle. Die Synovialzellen, die die Gelenkkapsel begrenzen, werden herdförmig zerstört. An diesen Stellen finden sich homogene Fibrinauflagerungen. An anderen Stellen proliferieren die Synovialzellen (→ 1). Im Bindegewebe des Stratum synoviale finden sich starke Infiltrate von Plasmazellen und Lymphozyten (→ 2), die oft kleine Lymphfollikel bilden. Gelegentlich können Fibrinoidherde gefunden werden.

Primär-chronische Polyarthritis (Knorpelabbau durch Granulationsgewebe) (Abb. 12.23 b). Das exsudative Stadium kann in einen proliferativen Entzündungsprozeß übergehen. Vom Stratum synoviale oder vom subkartilaginären Markraum des Knochens wächst ein gefäßreiches Bindegewebe (Pannus) (→ 1) in den Gelenkknorpel (→ 2) (ulzerös-pannöse Entzündung) ein und zerstört den Gelenkknorpel von der Oberfläche und vom Knochen her.

Primär-chronische Polyarthritis (fibröse Ankylose) (Abb. 12.24). Bekommt das proliferierende Granulationsgewebe schließlich von beiden Seiten der artikulierenden Gelenkflachen her Kontakt miteinander, dann bildet sich im Endstadium eine fibröse Ankylose aus. Die subkartilaginären Knochenanteile sind noch erhalten (→ 1). Vom Gelenkknorpel sind meist nur noch kleine Herde nachweisbar, die sekundär degenerativ verändert werden können. Einzelne spaltförmige Lücken deuten den ehemaligen Gelenkspalt an (→ im Bild). Die beiden artikulierenden Knochen sind durch faserreiches Bindegewebe miteinander verbunden (→ 2).

Makroskopisch. Weiße, fibröse Knorpelauflagerungen (Pannus) und Knorpelusuren. Ankylosen.
Merke: 1. Subkutane periartikuläre Rheumaknoten haben Bedeutung für die PCP-Diagnose (Exzision, histologische Untersuchung). 2. Bei PCP können als Komplikation auftreten: a) Amyloidose (in etwa 20%), b) Panarteriitis nodosa (in etwa 25%). (Diagnostische Möglichkeiten: Leber-, Muskelbiopsie.)

B. – Abb. 12.25. Albuminoidkörnige Degeneration von Gelenkknorpel; Fbg. Eosin, aufgenommen im Fluoreszenzlicht, Vergr. 625 ×

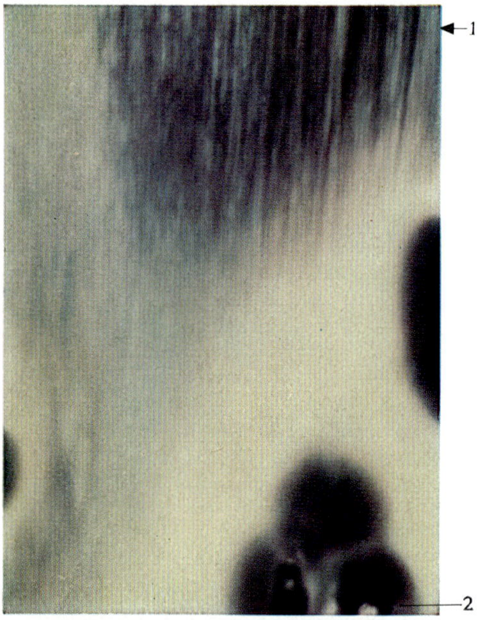

B. – Abb. 12.26. Demaskierung von kollagenen Fasern im Gelenkknorpel; Fbg. Toluidinblau, Vergr. 625 ×

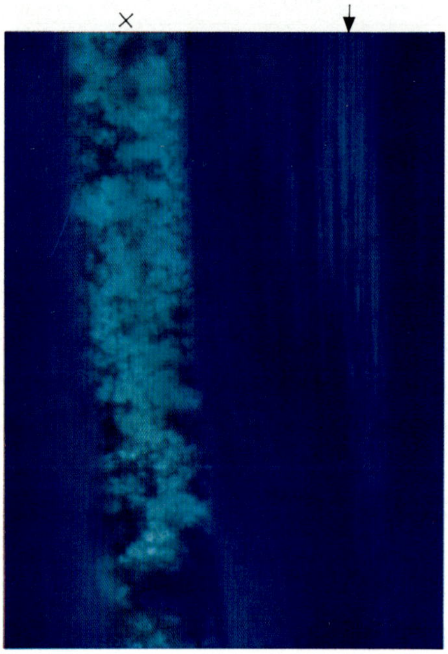

B. – Abb. 12.27. Zystenbildung und Asbestfaserung des Gelenkknorpels; Fbg. Toluidinblau, Vergr. 625 ×

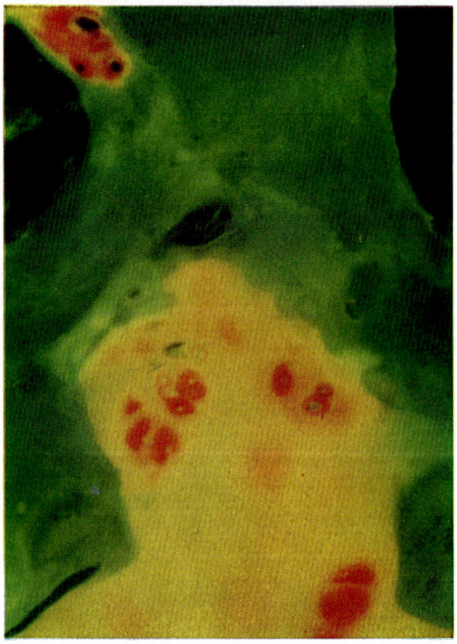

B. – Abb. 12.28. Knochenbildung im Gelenkknorpel bei Arthrosis deformans; Fbg. Akridinorange, aufgenommen im Fluoreszenzlicht, Vergr. 400 ×

Degenerative Gelenkerkrankungen[1])

Im Gegensatz zu den entzündlichen Gelenkerkrankungen beginnen die degenerativen Gelenkschäden *(z. B. Arthrosis deformans, Spondylosis deformans)* immer im Gelenkknorpel selbst. Die erste nachweisbare Veränderung ist eine mukoide oder **albuminoidkörnige Degeneration des Gelenkknorpels.** Abb. 12.25 zeigt einen Schnitt vom Gelenkknorpel. Unten im Bild erkennt man eine erhaltene Knorpelzelle (→). Im Interterritorium findet man besenreiserartig angeordnet zahlreiche gelbe Granula. Wie histochemisch nachweisbar, können diese aus Proteinen oder aus Mukopolysacchariden bestehen. Man faßt diese Veränderungen als einen »Entmischungsvorgang« auf, bei dem sich der Brechungsindex der Grundsubstanz ändert und die im hyalinen Gelenkknorpel normalerweise nicht darstellbaren kollagenen Fasern sichtbar werden (→ 1 in Abb. 12.26). **Demaskierung von kollagenen Fasern im Gelenkknorpel** (Abb. 12.26). Diese Abbildung zeigt, daß die Knorpelzellen (→ 2) in der Umgebung der demaskierten Fasern (→ 1) noch intakt sind. Gehen auch noch die Knorpelzellen zugrunde, so spricht man von einer **Asbestfaserung** des Knorpels (Abb. 12.27), wie sie besonders am Rippenknorpel vorkommt. In diesen so veränderten Knorpelpartien entstehen meist **Zysten.** Es sind in diesem Bezirk jetzt keine Zellen mehr nachweisbar. Man findet lediglich demaskierte Fasern (→) und langgestellte, zystische Hohlräume (×). In diesen Zysten kann nach Einsprossen von Granulationsgewebe Knochen entstehen. Abb. 12.28 zeigt im Fluoreszenzlicht nach Akridinorangefärbung spongiösen Knochen (grün) in der leuchtendgelb erscheinenden Knorpelgrundsubstanz (rot = Knorpelzellen).
Diese Destruktion des Knorpelgewebes ist letztlich die Ursache für die Abnahme der Scherfestigkeit des hyalinen Gelenkknorpels. Dadurch wird vermehrt Druck, der nicht mehr voll in Schub transformiert werden kann, auf den Knochen übertragen (Abb. 12.29). Diese Druckeinwirkung stellt den Reiz für eine **Knochenneubildung** dar (Abb. 12.28). Auf diesem Wege entstehen die Hypertrophie der subchondralen Knochenspongiose (vgl. Abb. 12.29), die Ossifikationsvorgänge im Gelenkknorpel selbst und die Randexostosen, die den erkrankten Gelenken schließlich ihre charakteristische Struktur verleihen.

Makroskopisch: Usuren des Knorpels. Randwulstbildungen des Knochens (z. B. Spondylosis deformans).

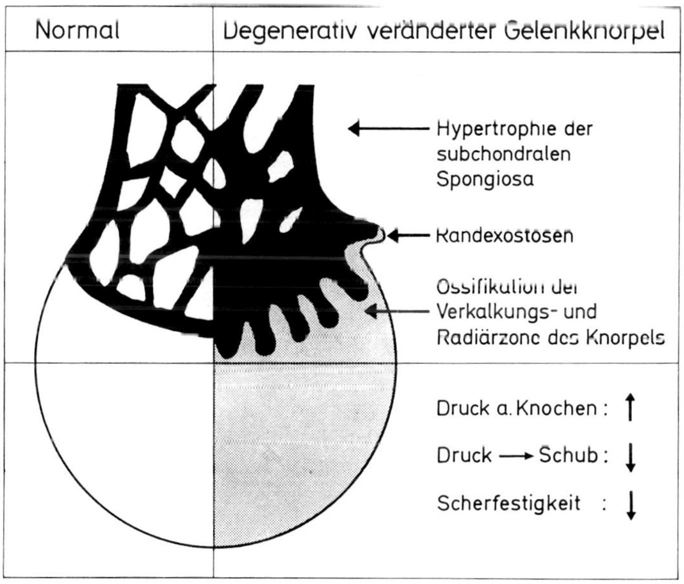

B. – Abb. 12.29. Schema der Entstehung von Knochenveränderungen als Folge degenerativer Gelenkknorpelschädigungen

[1]) Sog. »degenerativer Rheumatismus«.

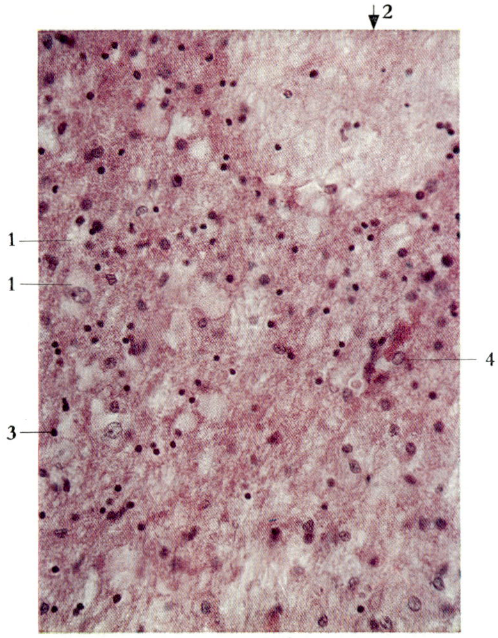

B. – Abb. 13.1. Frischer Hirnerweichungsherd; Erbleichung (Lückenfeld); Fbg. HE, Vergr. 248×

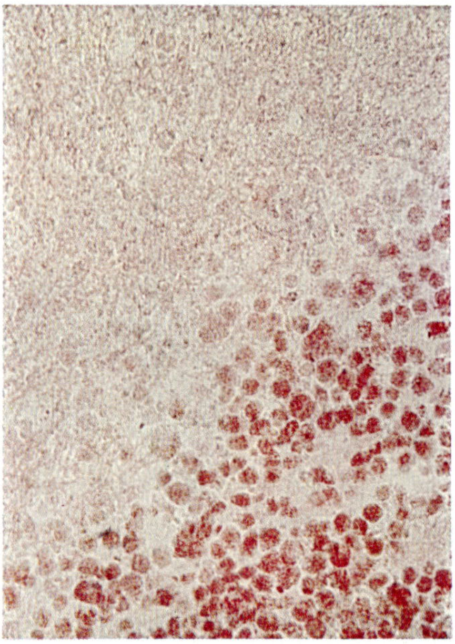

B. – Abb. 13.2. Hirnerweichungsherd mit Fettkörnchenzellen; Fbg. Sudan, Vergr. 250×

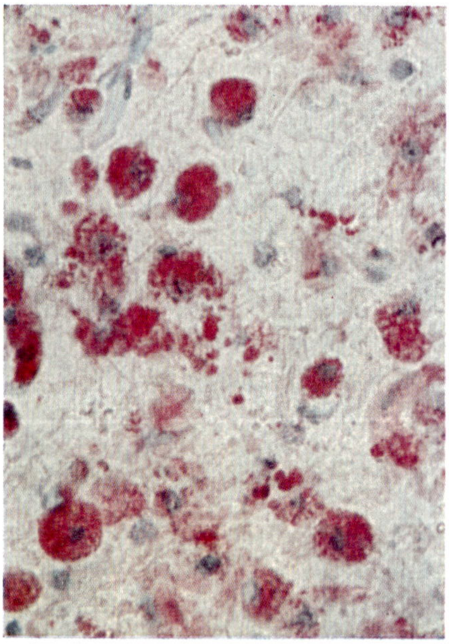

B. – Abb. 13.3. Fettkörnchenzellen; Fbg. Scharlachrot – Hämatoxylin, Vergr. 512×

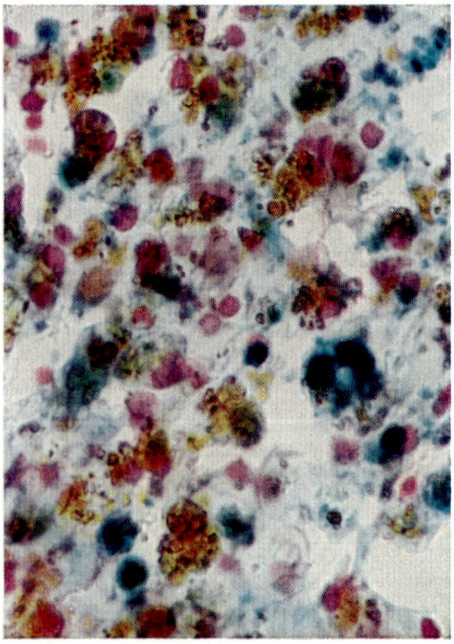

B. – Abb. 13.4. Pigmentkörnchenzellen bei Hirnerweichung; Fbg. Berliner-Blau-Reaktion, Vergr. 800×

13. Gehirn und Rückenmark

Bei der histologischen Untersuchung von Gehirn und Rückenmark hat man sich zunächst über den Zustand der weichen Hirnhäute Klarheit zu verschaffen (Zellgehalt, Gefäßveränderungen, fremde Ablagerungen). Die Nervensubstanz gliedert sich in *Ganglienzellen mit ihren Fortsätzen* (Dendriten und Achsenzylinder mit der Markscheide – Spezialfärbungen!) sowie die *Gliazellen* (*Astrozyten* mit relativ großen runden Zellkernen und einem Zytoplasma, das sich nur mit Spezialfärbungen darstellen läßt, *Oligodendrogliazellen* mit kleinen runden Kernen und *Mikrogliazellen* mit kleinen spindeligen Zellkernen) und die *Gefäße*. Im wesentlichen hat man auf die erhaltene bzw. gestörte Struktur des gesamten Gewebes zu achten (z. B. Erweichungsherde, Entmarkungsherde). Infiltrate im Gewebe oder perivaskulär sind aufzusuchen und die Art der Zellen zu bestimmen. Für Makroskopie siehe Makropathologie.

Gehirnerweichung

Es handelt sich um eine *Nekrose* des Hirngewebes mit *Verflüssigung* und *sekundärer Höhlenbildung (Erweichungszyste)* nach Verschluß von Arterienästen (Arteriosklerose, Thrombose, Embolie) oder bei allgemeinem Sauerstoffmangel. Der Prozeß durchläuft verschiedene Stadien: 1. *Erbleichung* der Rinde mit ischämischen Ganglienzellveränderungen (Schrumpfung des Zelleibs und des Kernes der Ganglienzellen mit Verlust der Nissl-Schollen). Über ein interstitielles Ödem mit Faser- und Zellkerndegeneration (sog. *Lückenfeld*) kommt es schließlich zur vollständigen *Nekrose* (vgl. S. 224) mit Verlust der Zellkerne. 2. *Erweichung mit Fettkörnchenzellen* (Resorptionsstadium). 3. *Zyste oder Glianarbe* (Endstadium).

Als Beispiele für das *erste Stadium* **(frischer Hirnerweichungsherd; Erbleichung)** ist hier ein **Lückenfeld** gezeigt (Abb. 13.1) mit Ödem, das sich zwischen den Fasern und perizellulär herdförmig ausprägt (→ 1), mit Zerfall der Markscheiden bis zur vollständigen Auflösung (→ 2). Die Oligodendrogliazellen sind geschrumpft (→ 3), die Kerne der Makroglia schwach gefärbt (Beginn der Karyolysis, → 4). Im oberen Bildrand (→ 2) ist ein hellroter Herd zu sehen, in dem der Prozeß schon weiter fortgeschritten ist. Die Zellkerne fehlen fast vollständig, die Markscheiden sind aufgelöst.

Makroskopisch: Gering weichere Beschaffenheit des Hirngewebes. Abblassung der grauen Substanz.

Das *zweite Stadium* ist durch die Resorption des zerfallenen Markscheidenmaterials (Lipide) gekennzeichnet (**Erweichungsherd,** Abb. 13.2). Schon mit unbewaffnetem Auge erkennt man bei Sudanfärbung einen roten Herd mit Auflockerung des Gewebes in dem blaurotgefärbten Hirngewebe. Die mittlere Vergrößerung läßt in diesem Bereich zahlreiche runde Zellen erkennen, deren Zytoplasmaleib mit roten, sudanophilen Granula vollgestopft ist. Bei starker Vergrößerung (Abb. 13.3, vgl. S. 224) stellen sich **Fettkörnchenzellen** (= speichernde Mikrogliazellen bzw. Histiozyten von der Gefäßscheide) mit exzentrisch liegenden Zellkernen deutlich dar. Im Paraffinschnitt sind die Fetttröpfchen herausgelöst, so daß das Zytoplasma wabig erscheint. In vielen Fällen kommt es bei der Erweichung auch zu einer Blutung ins Gewebe (*hämorrhagische Erweichung*, häufig bei Embolien). Die ausgetretenen Erythrozyten und das Hämoglobin werden dann ebenfalls von Phagozyten aufgenommen und zu Hämosiderin verarbeitet. Diese Speicherzellen werden als **Pigmentkörnchenzellen** (Abb. 13.4, vgl. S. 225) bezeichnet, da sie in ihrem Zytoplasma braune Hämosideringranula aufweisen (Eisenreaktion positiv). Daneben sind auch Fettkörnchenzellen sowie braune extrazelluläre Pigmentschollen zu erkennen [*Hämatoidin* = eisenfreies Hämoglobin (vgl. S. 16 u. S. 172)].

Makroskopisch: Erweichung des Hirngewebes mit Verflüssigung. Bei hämorrhagischer Erweichung punktförmige Blutungen oder braune Verfärbung bei älteren hämorrhagischen Erweichungen. Im ungefärbten Frischpräparat sind Fettkörnchenzellen reichlich nachweisbar (granuliertes Zytoplasma mit glänzenden Körnchen).

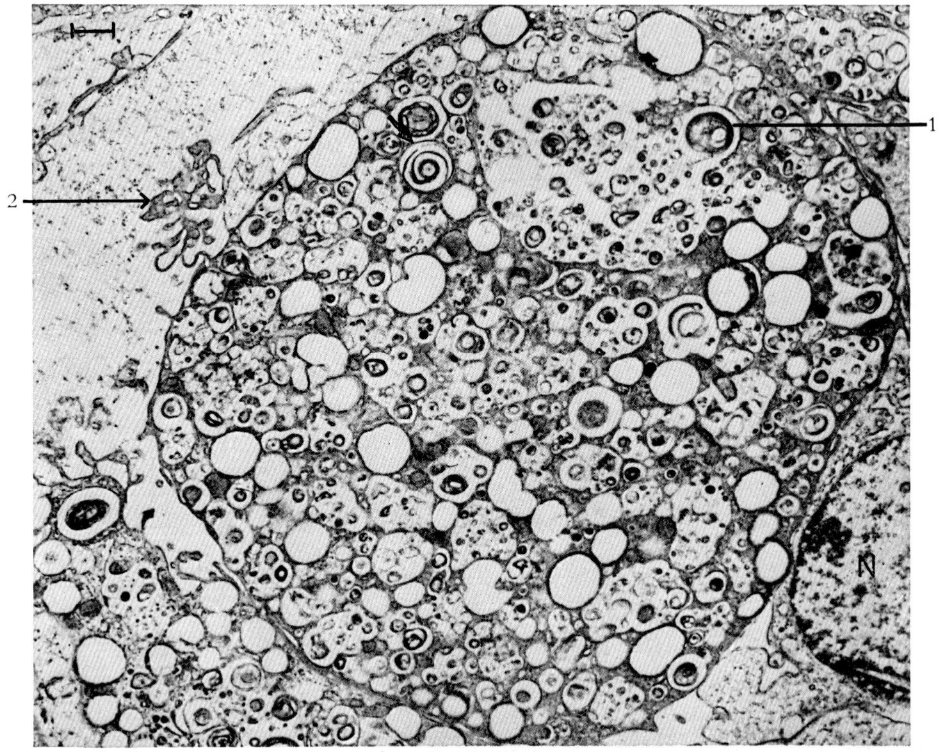

B. – Abb. 13.5. Fettkörnchenzelle aus der Randzone einer experimentellen Koagulationsnekrose (Hirnerweichung, 5–10 Tage alt). Zellkern nicht getroffen. Zytoplasma von Phagolysosomen angefüllt, die konzentrisch geschichtete Lipoproteide enthalten (Myelinfiguren: → 1 und Pfeil im Bild). Außerdem Vakuolen mit homogenen osmiophilen Substanzen (Fett). An der Zelloberfläche bizarre Zellfortsätze (→ 2). N = Zellkern einer Nachbarzelle. Vergr. 5000 ×. (Dr. HAGER; ESCOLA u. HAGER, 1964)

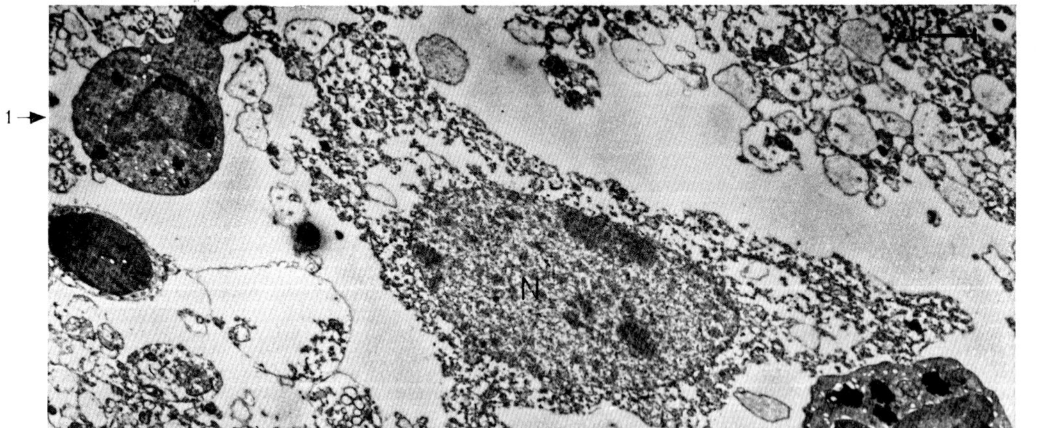

B. – Abb. 13.6. Nekrotische Nervenzelle aus der Großhirnrinde. Kontur des Zellkörpers noch erkennbar. Der Zellkern (N) zeigt Zeichen der Pyknose. Die Organellen im Zytoplasma sind größtenteils nicht mehr erkennbar. An deren Stelle findet sich klumpiges, unregelmäßig verteiltes Material. Zwei Granulozyten (→ 1, → 2) haben sich der nekrotischen Zelle genähert (Neuronophagie; vgl. S. 229). Vergr. 6000 ×. (Dr. HAGER)

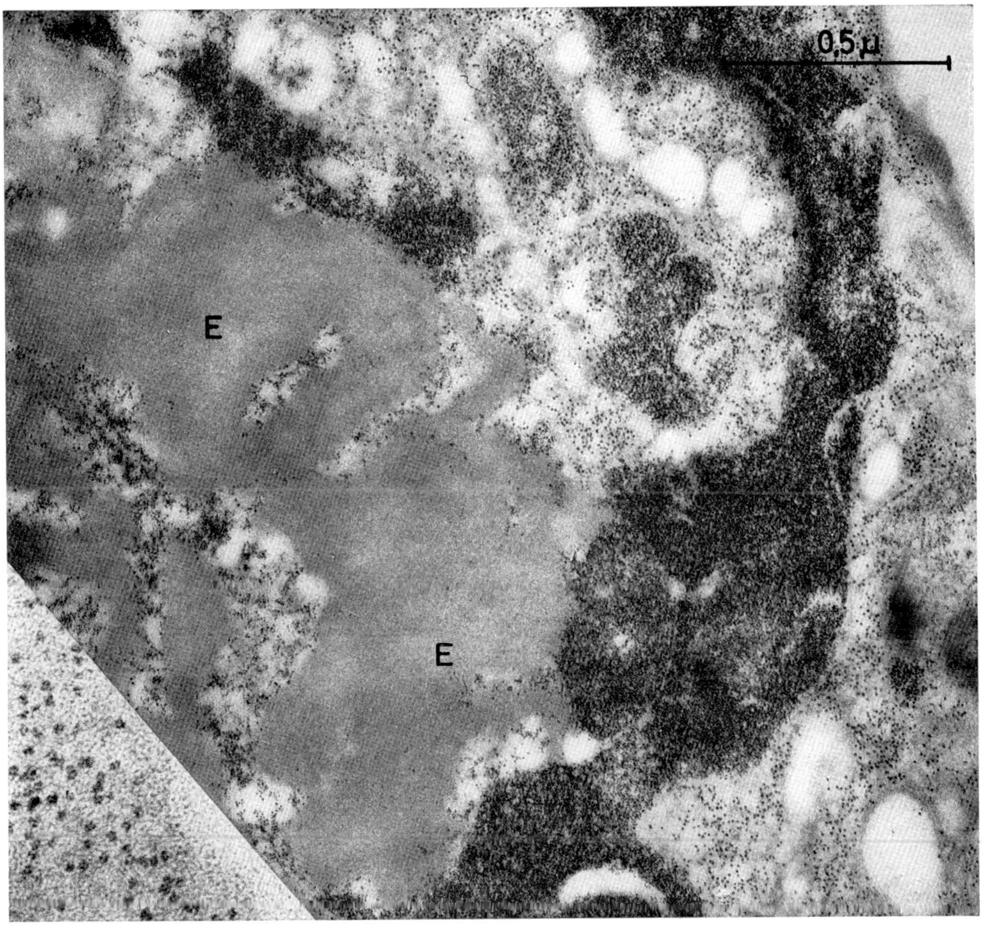

B. – Abb. 13.7. Erythrozytenabbau in einem Makrophagen aus einem traumatischen Nekrosebereich der Großhirnrinde. Um das in Abbau befindliche Erythrozytenstroma (E) finden sich Massen dicht gepackter Ferritingranula, die bei hoher Auflösung (links unten) die für Ferritin typische Zusammensetzung erkennen lassen (vgl. S. 16). Vergr. 60000×. Ausschnitt: Vergr. 80000×. (Dr. HAGER)

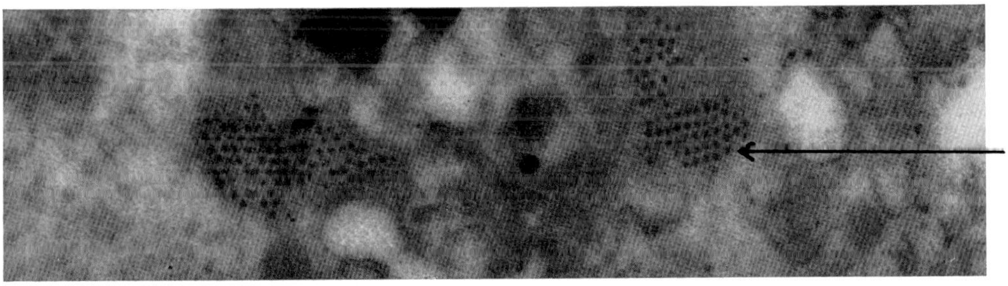

B. – Abb. 13.8. Zytoplasmaabschnitt eines polymorphkernigen Leukozyten aus der Großhirnrinde einer mit Polioenzephalitis-Virus (Parapoliomyelitis-Virus, Columbia-SK-Gruppe) infizierten Maus. Im Zytoplasma finden sich Anhäufungen von Viruspartikeln (→) einheitlicher Größe, die nach Art eines Kristallgitters angeordnet und in eine feinkörnige Matrix eingebettet sind. Vergr. 70000×. (Dr. HAGER)

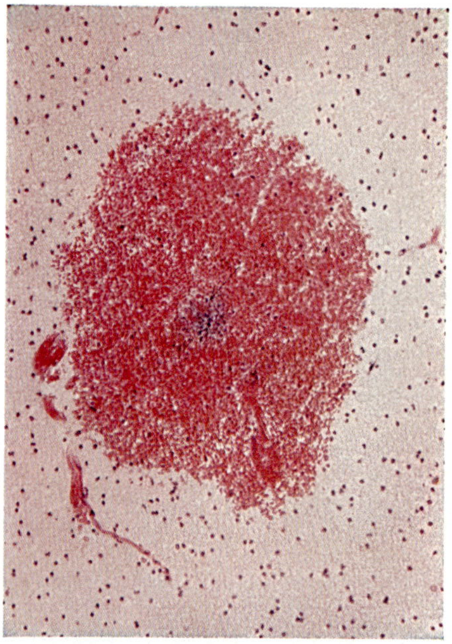

B. – Abb. 13.9. Kugelblutung des Gehirns; Fbg. HE, Vergr. 120 ×

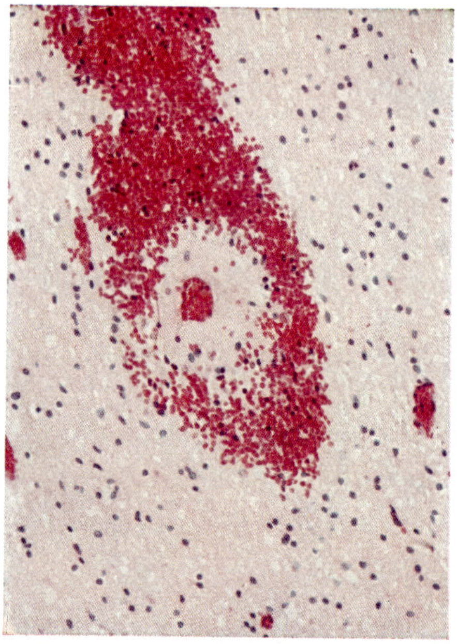

B. – Abb. 13.10. Ringblutung des Gehirns; Fbg. HE, Vergr. 175 ×

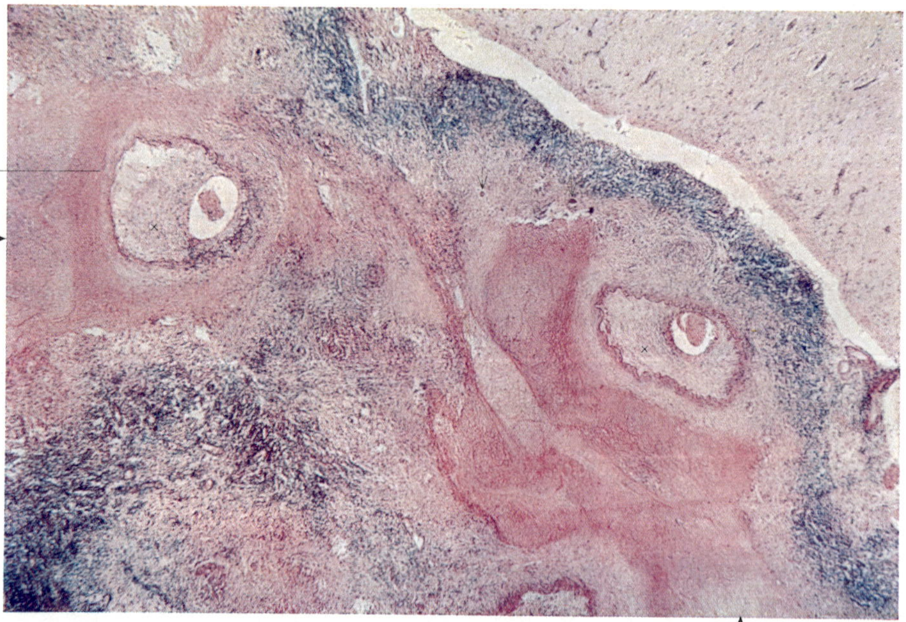

B. – Abb. 13.11. Tuberkulöse Meningitis; Fbg. HE, Vergr. 33 ×

Kugel- und Ringblutungen des Gehirns (Abb. 13.9 u. 13.10). *Die Blutungen sind Folge von Kreislaufstörungen mit Gefäßwandnekrose.* Die *Kugelblutung* stellt sich als ein runder Herd mit dichtliegenden Erythrozyten dar, in dessen Zentrum angedeutet die nekrotische Wand einer Venole zu sehen ist (→ in Abb. 13.9). Bei der *Ringblutung* erkennt man im Zentrum das mit Erythrozyten vollgestopfte Gefäß. Dann folgt ein Ring nekrotischen Hirngewebes (in unserem Falle homogenisierte Markscheiden mit noch einzelnen erhaltenen Zellkernen). Die Außenzone wird von einem Kranz von Erythrozyten gebildet.

Makroskopisch: Blutpunkte auf der Schnittfläche des Gehirns, die sich nicht abwischen lassen, z. B. bei Hypertonie, Luftembolien, Sonnenstich und hämorrhagischer Enzephalitis.

Tuberkulöse Meningitis (Abb. 13.11). *Hämatogen entstehende tuberkulöse Entzündung der weichen Häute an der Hirnbasis, meist bei Kindern.* Im akuten exsudativen Stadium findet man ein fibrin- und eiweißreiches Exsudat mit polymorphkernigen Leukozyten, besonders perivaskulär. Die Verkäsung setzt in der Umgebung der Gefäße sehr rasch ein. Unser Bild zeigt die perivaskulären Nekrosen mit reichlich fädigem Fibrin (→ 1) und die dichte zellige Infiltration (vorwiegend Lymphozyten) in der Umgebung. An einzelnen Stellen wird die Nekrose schon von Epitheloidzellen demarkiert. Vereinzelt sieht man Langhanssche Riesenzellen (→ im Bild) *(subakutes proliferatives Stadium)*. Von großer Bedeutung ist die Tatsache, daß die Verkäsung auch auf die Gefäße übergreift und die Arterienwände teilweise oder ganz nekrotisch werden (→ 2). Auch wenn die Verkäsung nur die Adventitia erreicht, entwickelt sich eine Arteriitis, die von außen nach innen fortschreitend eine ausgeprägte Endarteriitis (×) mit Intimaproliferation und hochgradiger Lumeneinengung zur Folge hat. Dadurch kommt es sekundär auch bei Ausheilung der tuberkulösen Meningitis zu Hirnerweichungsherden. Deshalb ist es besonders wichtig, die tuberkulöse Meningitis frühzeitig zu diagnostizieren. Cave: Da heute selten, werden auch typische Fälle nicht diagnostiziert.

Makroskopisch: Akut: basales, graues, sulziges Exsudat. *Subakut-subchronisch:* gelbliche, grauweiße, glasige Knötchen. Im *Endstadium* bindegewebige Verödung mit grauweißer Verdickung der Hirnhäute.

Eitrige Meningitis (Abb. 13.12). *Hämatogen oder aus der Nachbarschaft fortgeleitete phlegmonöse Entzündung des Cavum leptomeningicum.* Mikroskopisch sieht man bei schwacher Vergrößerung die Leptomeninx dicht zellig infiltriert. Die mittlere und die starke Vergrößerung zeigen, daß es sich um dichtliegende polymorphkernige Leukozyten handelt. Dazwischen liegen Fibrinfäden. Häufig greift die Entzündung mit perivaskulären Infiltraten auf die Hirnrinde über (→) (Meningoenzephalitis).

Makroskopisch: Flächenhafter, gelblicher oder grünlicher Belag (meist über der Konvexität).

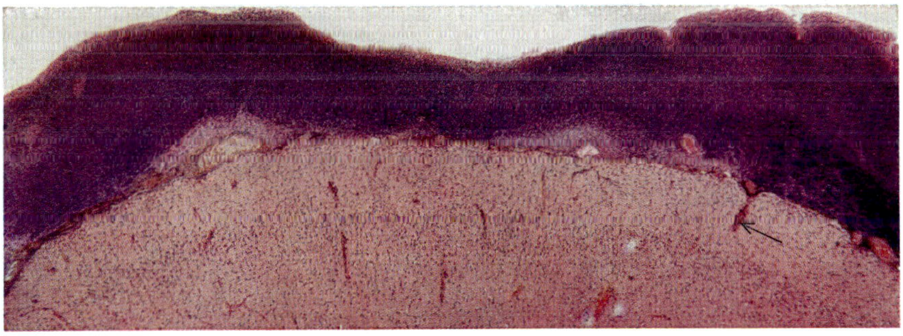

B. – Abb. 13.12. Eitrige Meningitis; Fbg. HE, Vergr. 24 ×

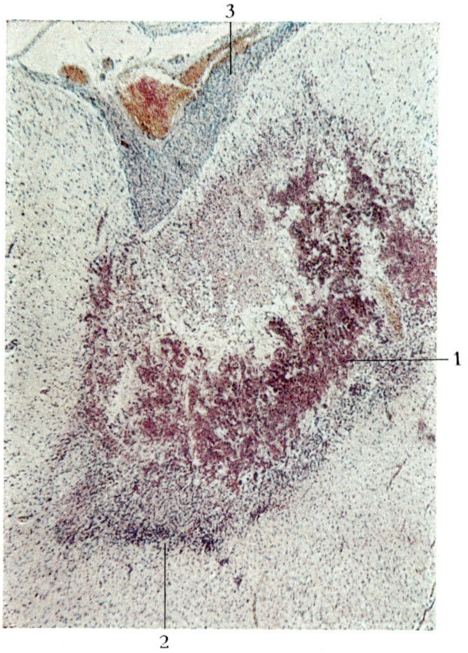

B. – Abb. 13.13. Enzephalitis bei Toxoplasmose; Fbg. HE, Vergr. 10 ×

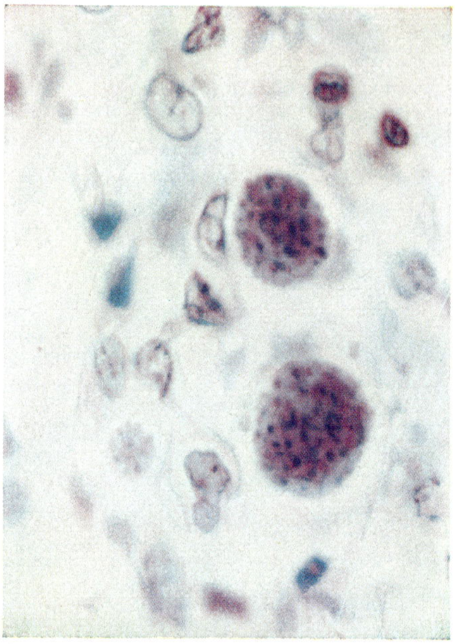

B. – Abb. 13.14. Pseudozysten bei Toxoplasmose des Gehirns; Fbg. Thionin, Vergr. 1400 ×

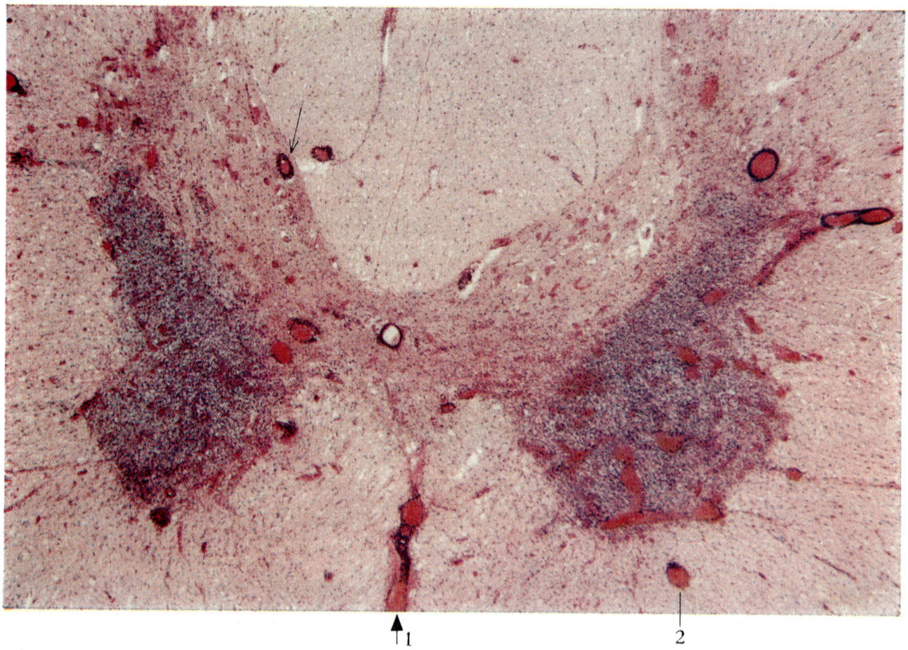

B. – Abb. 13.15. Poliomyelitis; Fbg. HE, Vergr. 51 ×

Enzephalitis bei Toxoplasmose (Abb. 13.13). *Durch Toxoplasma Gondii (Protozoon) hervorgerufene granulomatös-nekrotisierende und verkalkende Enzephalitis, bei Infektion des Feten nach dem 3. Schwangerschaftsmonat (Fetopathie).* In der Übersicht fallen im Mark und in der Rinde Zellknötchen und blaugefärbte Kalkherdchen auf, teilweise auch größere Nekrosen. Die Zellknötchen erweisen sich bei näherer Betrachtung als Granulome aus Lymphozyten, Plasmazellen und Histiozyten sowie Gliazellen. Unser Bild zeigt einen solchen Rindenherd mit zentral verkalkter Nekrose (blauviolett gefärbt, → 1) und dem umgebenden zelligen Infiltrat (→ 2), mit vorwiegend Lymphozyten und Histiozyten. Auch die Leptomeninx (→3) ist lymphozytär infiltriert.

In den Granulomen lassen sich bei stärkster Vergrößerung oft **Pseudozysten** (Abb. 13.14) nachweisen, bei denen es sich um intrazelluläre Erregerkolonien handelt. Man sieht runde, aufgetriebene Zellen, deren Plasmaleib mit den angedeutet bogenförmig gestalteten Toxoplasmen mit ovalen Innenkörperchen ausgefüllt ist. In der Umgebung stellen sich histiozytäre Zellelemente dar.

Makroskopisch: Braungelbe Herdchen auf der Schnittfläche des Gehirns.

Poliomyelitis (Abb. 13.15 u. 13.16, vgl. S. 225). *Virusinfektion mit bevorzugtem Befall der motorischen Ganglienzellen der Vorderhörner des Rückenmarkes mit Zelluntergang und Resorption.* In der Übersicht sieht man eine starke zellige Infiltration der Vorderhörner. Unten im Bild (Abb. 13.15) erkennt man die Fissura longitudinalis anterior mit der lymphozytär infiltrierten Leptomeninx (→ 1). Der Zentralkanal stellt sich deutlich dar. Die erweiterten Gefäße (→) zeigen auch in der weißen Substanz rundzellige perivaskuläre, mantelförmige Infiltrate (→ 2). Die lang ausgezogenen Hinterhörner sind frei von Veränderungen.

Bei **stärkerer Vergrößerung** (Abb. 13.16) sieht man eine herdförmige Infiltration von Granulozyten und gewucherten Gliazellen anstelle der zugrunde gegangenen Zellen (*Neuronophagie*, vgl. S. 224). Zuweilen kann man noch schattenhaft den Zelleib von Ganglienzellen im Zentrum der Infiltrate erkennen (→ 1 : erhaltene Ganglienzelle, → 2 : geschrumpfte Ganglienzellen).

Makroskopisch: Verwaschene Struktur der Vorderhörner.

Fleckfieberenzephalitis (Abb. 13.17). *Allgemeininfektion mit Rickettsia Prowazeki mit knötchenförmiger Panenzephalitis.* Unser Bild zeigt die Olive der Medulla oblongata mit zwei Zellknötchen, die aus gewucherter Mikroglia bestehen. Die Gliaknötchen liegen perikapillär (als Reaktion auf die Rickettsientoxine?). Die Ganglienzellen sind unverändert. Die Knötchen sind nicht spezifisch für Fleckfieber, sondern kommen auch bei anderen Enzephalitiden vor.

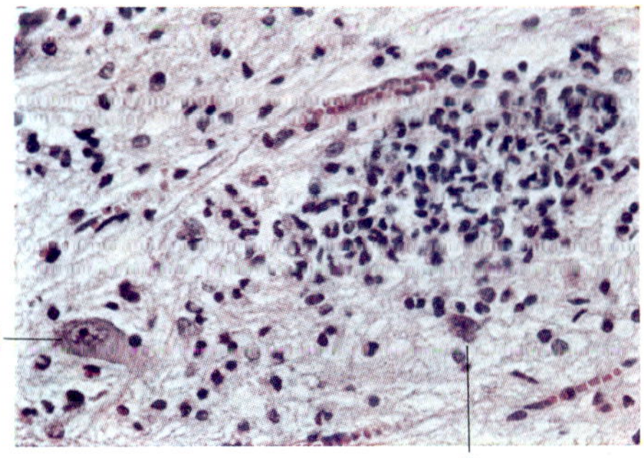

B. – Abb. 13.16. Poliomyelitis; Fbg. HE, Vergr. 227×

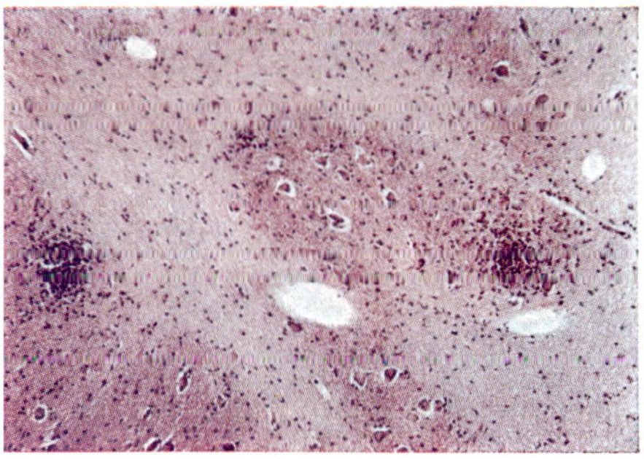

B. – Abb. 13.17. Fleckfieberenzephalitis; Fbg. HE, Vergr. 60×

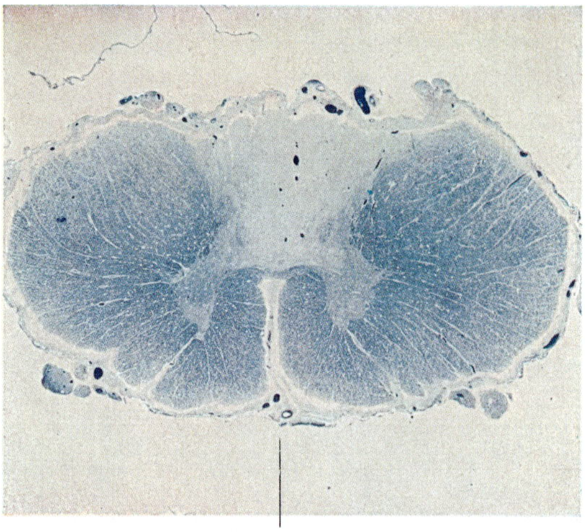

B. – Abb. 13.18. Tabes dorsalis; Markscheidenfärbung nach HEIDENHAIN, Vergr. 10×

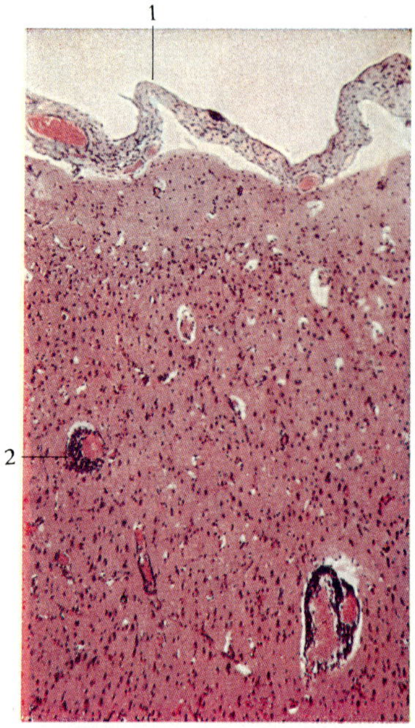

B. – Abb. 13.19. Progressive Paralyse; Fbg. HE, Vergr. 60×

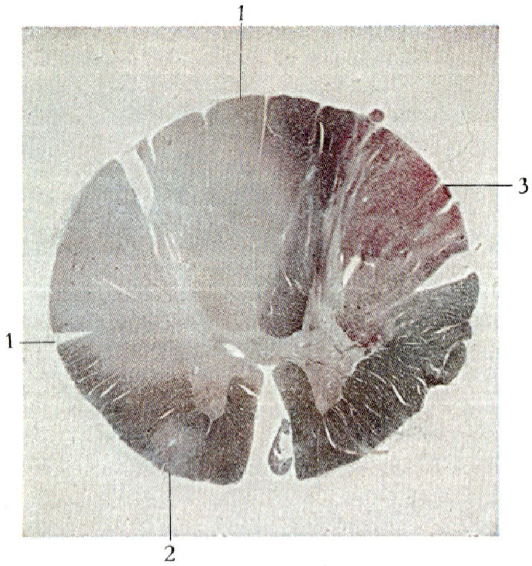

B. – Abb. 13.20. Multiple Sklerose; Fbg. Sudan, Vergr. 5×

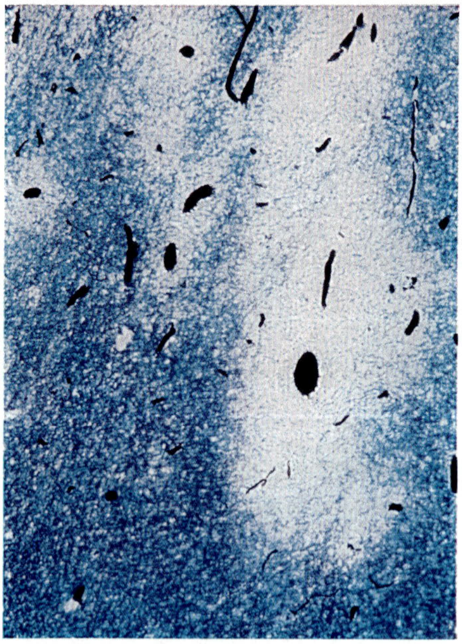

B. – Abb. 13.21. Multiple Sklerose; Markscheidenfärbung, Vergr. 60×

Tabes dorsalis (Abb. 13.18). *Im dritten Stadium der Lues auftretende chronische, verschwielende Meningitis spinalis mit Schädigung der hinteren Wurzel des Rückenmarkes und sekundärer Degeneration der Hinterstränge.* Das mikroskopische Bild ist nach Markscheidenfärbung sehr typisch: Orientiert man das histologische Präparat nach der tiefeinschneidenden Fissura longitudinalis anterior (→), so fällt sofort die fehlende Markscheidenfärbung im Bereiche der Hinterstränge und hinteren Wurzeln auf. Die graue Substanz (Ganglienzellen und marklose Fasern der Vorderhörner) erscheint in fast gleichem Farbton. Mit stärkerer Vergrößerung kann man evtl. noch einzelne erhaltene oder schollig zerfallene Markscheiden erkennen. Bei Fettfärbung ist der Gewebsabbau mit Fettkörnchenzellen im floriden Stadium noch zu sehen. Die weichen Häute sind bindegewebig verdickt und lymphozytär infiltriert.

Makroskopisch: Trübung der weichen Hirnhäute, besonders im Brustmarkbereich mit Verschmälerung des Rückenmarks und grauer Verfärbung der Hinterstränge.

Progressive Paralyse (Abb. 13.19). *Chronische Encephalitis syphilitica mit Stirnhirnatrophie und Eisenablagerungen im Gewebe.* Im Gegensatz zur *Meningoencephalitis syphilitica* mit bevorzugtem Befall der Hirnbasis und sekundärem Übergreifen der Entzündung auf die Hirnrinde entlang der Gefäße, ist bei der *progressiven Paralyse* vorwiegend das *Stirnhirn* (Inselrinde und Schläfenlappen) betroffen und die Enzephalitis stärker ausgeprägt als die chronische Meningitis. Die Leptomeninx (→ 1) ist bindegewebig verdickt und gering von Lymphozyten und Plasmazellen infiltriert. Am auffälligsten sind die dichten lymphozytären und plasmazellulären Infiltrate der Adventitia der kleinen Gefäße (→ 2) in der Hirnrinde, die schon bei schwacher Vergrößerung als blaue Mäntel zu sehen sind. Außerdem sind Mikrogliazellen diffus vermehrt. Die Mikrogliazellen und die perivaskulär auftretenden Makrophagen enthalten Hämosiderin im Zytoplasma (sog. *Paralyseeisen*, aufzufassen als Infektsiderose des Gewebes mit Hyposiderinämie).

Makroskopisch: Atrophie der Stirnhirnwindungen mit Trübung und Verdickung der weichen Hirnhäute.

Multiple Sklerose (Abb. 13.20 u. 13.21). *Chronisch verlaufende herdförmig disseminierte Entmarkungskrankheit von Gehirn und Rückenmark unbekannter Ätiologie.* Im Markscheidenpräparat oder bei der Sudanfärbung (Abb. 13.21) erkennt man sehr deutlich die Entmarkungsherde. Der Rückenmarksquerschnitt zeigt einen scharfbegrenzten, rundlichen, aufgehellten Herd vorwiegend im Bereiche der hinteren Wurzel (zwischen → 1 in Abb. 13.20) und noch einzelne kleinere Herde (→ 2), die sich nicht an anatomisch vorgebildete Fasersysteme halten (vgl. dazu das Bild von der Tabes dorsalis, Abb. 13.18). Die Ausbreitung des Entmarkungsprozesses hat man mit einem Tintenklecks auf Löschpapier verglichen. In Abb. 13.20 ist zudem noch ein frischeres Stadium zu sehen mit Resorption des Markscheidenmaterials durch Fettkörnchenzellen (→ 3). Hier fällt schon bei schwacher Vergrößerung die hellrote Farbe der in Makrophagen gespeicherten Neutralfette auf, die sich bei stärkerer Vergrößerung als typische Fettkörnchenzellen erwiesen (vgl. S. 222).
Die **Markscheidenfärbung** (Abb. 13.21) zeigt, daß dieser Entmarkungsprozeß von den Gefäßen aus fortschreitet, aber nicht dem Ausbreitungsgebiet der Gefäße entspricht. Die Achsenzylinder sind erhalten. Sekundär bildet sich eine Glianarbe, bestehend aus einem Gliafaserfilz und gering vermehrten Gliazellen (Sklerose). Bei der Markscheidenfärbung sind die Erythrozyten in den Gefäßen tiefdunkelblau gefärbt.

Makroskopisch: Alte Herde erscheinen grau, frischere lachsfarben. *Zur Pathogenese:* Man nimmt heute an, daß es sich um eine Virusinfektion (»slow virus«) oder Autoaggressionskrankheit handelt.

14. Tumoren

Die Tumoren (besser Geschwülste, Blastome, Gewächse) werden als örtliche Wachstumsexzesse autonomen Charakters definiert. Das eigengesetzliche, nicht in den Bauplan des Organismus sich einfügende Wachstum unterscheidet die Tumoren von regulierten Wachstumsprozessen, wie der Regeneration und Hyperplasie.
Für die *Diagnose* der Geschwülste hat man eine *zweckdienliche Einteilung im Hinblick auf das Schicksal des Organismus* entworfen, das im wesentlichen das *biologische Verhalten* der Tumoren berücksichtigt *(gutartig – bösartig)* [1]). Mit den Methoden der Morphologie allein kann man diesen biologischen Ablauf aber nicht vollständig erfassen. Wir brauchen dazu die *Erfahrung*, die uns *a posteriori* lehrt, ob eine Geschwulst gut- oder bösartig ist. Deshalb ist die Kenntnis der Lokalisation von Tumoren, des Lebensalters und des Geschlechtes für die Tumordiagnostik häufig von entscheidender Bedeutung. Genauso wichtig ist die Lagebeziehung zum normalen Gewebe. Als oberster Grundsatz einer Probeexzision muß deshalb gelten, daß benachbartes normales Gewebe mit herausgenommen wird.
Diese Situation der *Inkongruenz zwischen morphologischer Struktur und biologischem Verhalten* wird uns deutlich vor Augen geführt, wenn wir die strukturellen Kriterien gut- und bösartiger Tumoren betrachten und insbesondere die Abweichungen von diesem Schema berücksichtigen.

B. – Tab. 14.1. Unterschiede zwischen gut- und bösartigen Tumoren

	Gutartige Tumoren	**Bösartige Tumoren**
Wachstum	Expansiv, verdrängend, langsam	Infiltrierend, schnell
Gestalt	homolog, typisch, ausgereift	heterolog, atypisch, unausgereift
Metastasen	–	+
Rezidive	+	+

Abweichungen von dieser Regel kommen bei einigen Tumoren vor. So gibt es infiltrierend wachsende Tumoren, wie z. B. das *Karzinoid* und das *Basaliom*, die aber praktisch nie Metastasen setzen. Ein Umschlag in Malignität mit Metastasen wird beim Karzinoid manchmal beobachtet *(malignes Karzinoid)*. Andererseits kommen gut ausgereifte homologe Tumoren vor, die morphologisch gutartig sind, wie z. B. Schilddrüsenadenome, aber in Venen einbrechen können und auf diese Weise metastasieren *(metastasierendes Schilddrüsenadenom)*. (Lit.-Übersicht: DENOIX, 1967.)
Für die *Diagnose der Tumoren*, d. h. die Einordnung in das gegebene Einteilungsschema – *gut- oder bösartig* – sowie die nähere Klassifizierung – *epithelial oder mesenchymal* –, muß man für einen *ersten diagnostischen Schritt* zunächst die *Gewebstextur* berücksichtigen. Dazu dient *immer* die *schwache Vergrößerung* des Mikroskopes. *Besonders wichtig:* Die *epithelialen Tumoren* zeigen einen *organoiden Aufbau – Parenchym und Stroma* sind deutlich voneinander zu unterscheiden. Demgegenüber bestehen die *Tumoren des Binde- und Stützgewebes* nur aus einer Gewebsart (Differenzierungsformen des Mesenchyms, so daß man von einem *histioiden Bau* spricht). Der *zweite diagnostische Schritt* sollte die *Beziehungen zum Nachbargewebe* erfassen [scharf begrenzt (Kapsel) oder infiltrierend]. Erst jetzt geht man zur nächsten, der mittleren Vergrößerung über. *Im dritten diagnostischen Schritt* sollte man sich darüber klar werden, um welches epitheliale oder mesenchymale Gewebe es sich handelt. Als Beurteilungsgrundlage gilt die Tatsache, daß die Tumoren »*Karikaturen*« des normalen Gewebes sind, d. h. bei einem verhornten Plattenepithelkarzinom muß man die Schichten der Epidermis in angedeuteter, verzerrter Form wiederfinden. Der letzte und *vierte diagnostische Schritt* wird mit der starken Vergrößerung ausgeführt. Man beurteilt jetzt die zelluläre Organisation. Folgende Kriterien sollte man berücksichtigen (Tab. 14.2).

[1]) Gut- oder bösartig sind keine naturwissenschaftlichen Kriterien. Sie sind anthropomorph, d. h. auf den Menschen bezogen. Für eine systematische Gliederung der Tumoren siehe Allgemeine Pathologie von SANDRITTER, BENEKE u. Mitarb., Schattauer, Stuttgart 1974.

B. – Tab. 14.2. Übersicht der Zytologie von Tumorzellen

	Gutartige Tumoren[1]	Bösartige Tumoren	
Zellkern			
Größe	Regelrecht	Unterschiedlich; große und kleine Kerne	Polymorphie
Form	rund, oval, spindelig	unregelmäßig	Polymorphie
Chromatin	feingranulär, regelmäßig verteilt	grobschollig, unregelmäßig verteilt, vermehrt	Hyperchromasie
Chromosomenzahl Chromosomenform	euploid regelrecht	abweichend von der Regel (aneuploid); vergrößert, verkürzt, z. B. V-förmige Chromosomen	
DNS-Gehalt	regelrecht-euploid	abweichend, aneuploid, größere Streuung	
Zahl der Mitosen	wenig	vermehrt, atypische Mitosen	
Nukleolus	regelrecht, klein	vergrößert, stärker gefärbt	
Kern-Plasma-Relation	regelrecht	verschoben (Kern relativ größer)	
Zytoplasma			
RNS	regelrecht	vermehrt, stärker basophil	
Mitochondrien	regelrecht	Zahl vermindert, Größenunterschiede	
Ergastoplasma	geordnet	ungeordnet	
Spezifische Leistung	meist vorhanden	häufig fehlend	

Bekanntlich ist es bisher weder mit morphologischen noch biochemischen oder histochemischen Methoden gelungen, **spezifische**, allen Tumoren gemeinsame Eigenschaften zu entdecken. **Kennzeichnend** sind meist hohe Wachstumsrate mit RNS-Vermehrung, DNS- und Chromosomenabweichungen, Störungen im Enzymmuster, Glykolyse, Störungen in der Organisation des Zytoplasmas (vgl. S. 234), immunologische Defekte (Verlust gewebsspezifischen Antigens usw.). **Kausalpathogenetisch** sind folgende Stoffe karzinogen wirksam: aromatische Kohlenwasserstoffe, Azofarbstoffe und andere chemische Agenzien sowie Strahlen und Viren (vgl. Allgemeine Pathologie).

Für die **Wirkung eines Karzinogens** bestehen mehrere Möglichkeiten: a) Transformation von normalen Zellen in Krebszellen, b) Selektion präexistenter Populationen von Krebszellen. In diesem Falle wirkt das Karzinogen toxisch für normale Zellen, nicht aber für Krebszellen (Selektionstheorie). c) Aktivierung eines latenten Virus, d) Verlust der immunologischen Abwehr des Organismus (Funktion von »Killer«-Lymphozyten, die »abartige« Zellen zerstören).

Neuere Arbeitsrichtungen befassen sich mit der Frage, ob das Karzinogen seine primäre Wirkung auf das Zytoplasma ausübt **(Proteindeletionstheorie)** oder auf den Zellkern **(Mutationstheorie)** – Übersicht bei V. R. POTTER, 1964, BERNHARD u. Mitarb., 1963. – Wahrscheinlich ist ein Angriffspunkt auf Zellkern und Zytoplasma gleichzeitig notwendig: Im Zellkern findet eine Veränderung der genetischen Substanz durch das Karzinogen statt. Dies führt zu einer Fehlsynthese von Proteinen (AMBROSE u. ROE, 1966). Im Zytoplasma werden durch Bindung des Karzinogens an Eiweißkörper Kontrollmechanismen gestört, die normalerweise die DNS-, RNS- und Proteinsynthese und die Mitoserate regulieren. Beispiele solcher Fehlregulationen im frühesten Stadium der Krebsentwicklung sind (z. B. »minimal deviation hepatoma«): 1. Auf dem **Enzymniveau:** Fehlende Feedback-Hemmung der Thymidinkinase im DNS-Syntheseweg, 2. auf dem **Transkriptionsniveau** (DNS → Messenger-RNS): Veränderung der Transkription durch Übermethylierung von DNS und Transfer-RNS, 3. auf dem **Translationsniveau** (Polysomen-Messenger-RNS → Protein): Veränderung der Lebensdauer von Messenger-RNS für bestimmte Enzyme.

[1]) Praktisch die gleichen zytologischen Kriterien gelten für Normalgewebe.

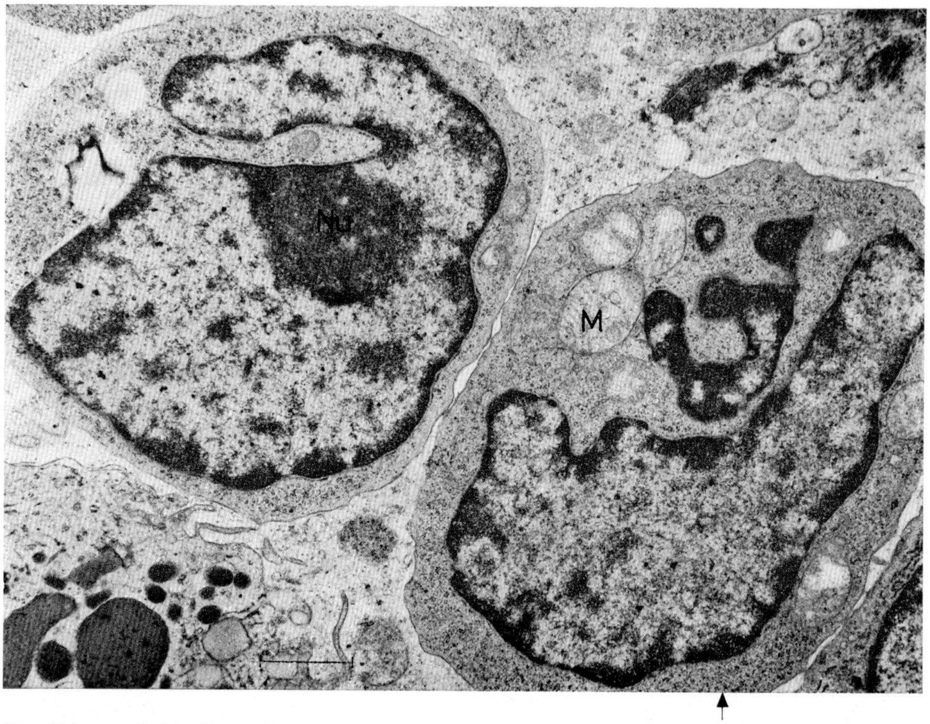

B. – Abb. 14.1. *Burkitt-Tumor* (BURKITT, 1958). *Malignes Lymphom (ähnlich Lymphosarkom).* Ausgeprägte Polymorphie der Tumorzellen mit unregelmäßig schollig verteiltem Heterochromatin und großem Nukleolus (Nu). Im Zytoplasma reichlich freie Ribosomen und Polysomen (z. B. →) und nur spärlich Mitochondrien (M). (STEWART, 1966; SOUSTEK, 1965). Vergr. 10000 ×. (Dr. BERNHARD)

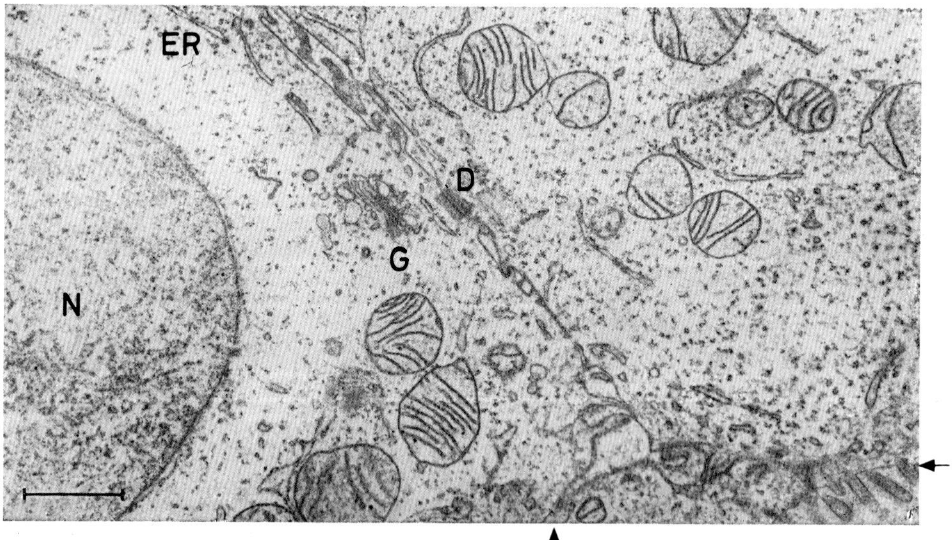

B. – Abb. 14.2. Ausschnitt von 2 Zellen eines *Magenkarzinoms* (Mensch). Zellkern locker strukturiert. Zytoplasma ist »entdifferenziert« mit nur einzelnen Profilen des rauhen ER. Diffus verteilt freiliegende Ribosomen und Polysomen. Die Mitochondrien sind unterschiedlich groß mit Anomalien der Cristae. G = Golgikomplex, → = Grenze zur Nachbarzelle mit Mikrovilli, D = Desmosom = Haftleiste zwischen den Zellen (normal). Vergr. 13000 ×. (Dr. GUSEK)

[1]) Übersicht der Elektronenmikroskopie von Tumoren: BERNHARD, 1960, 1961; PARRY u. Mitarb., 1965.

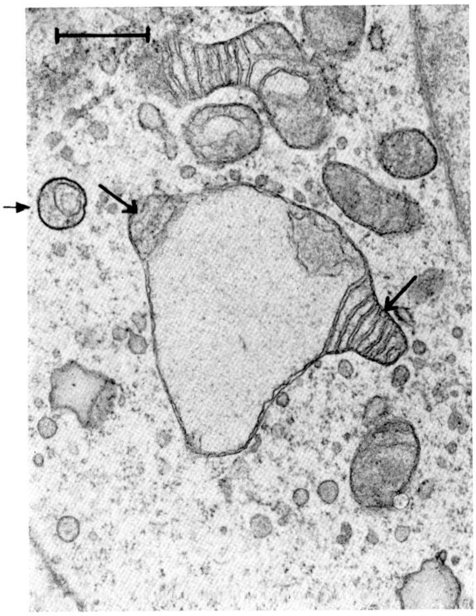

B. – Abb. 14.3. *Mitochondrienanomalie* in einer Tumorzelle des Hamsters. Großes, deformiertes Mitochondrium mit zystischer Auftreibung in der mittleren Partie des Mitochondrienkörpers. Rechts und links davon noch regelrechte Cristae (→ im Bild). → = Autolysosom. Vergr. 20000 ×. (Dr. BERNHARD)

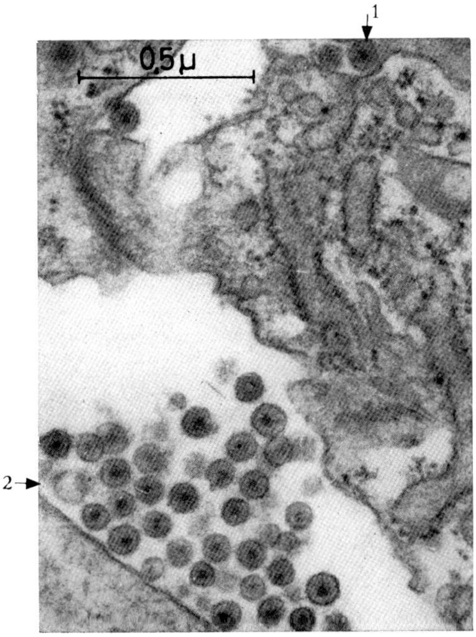

B. – Abb. 14.4. *Viren beim Roussarkom* (HUHN). Intra- (→ 1) und extrazellulär gelegene (→ 2) Viruspartikel mit dichterem Innenkörper. Vergr. 60000 ×. (Dr. BERNHARD, 1960)

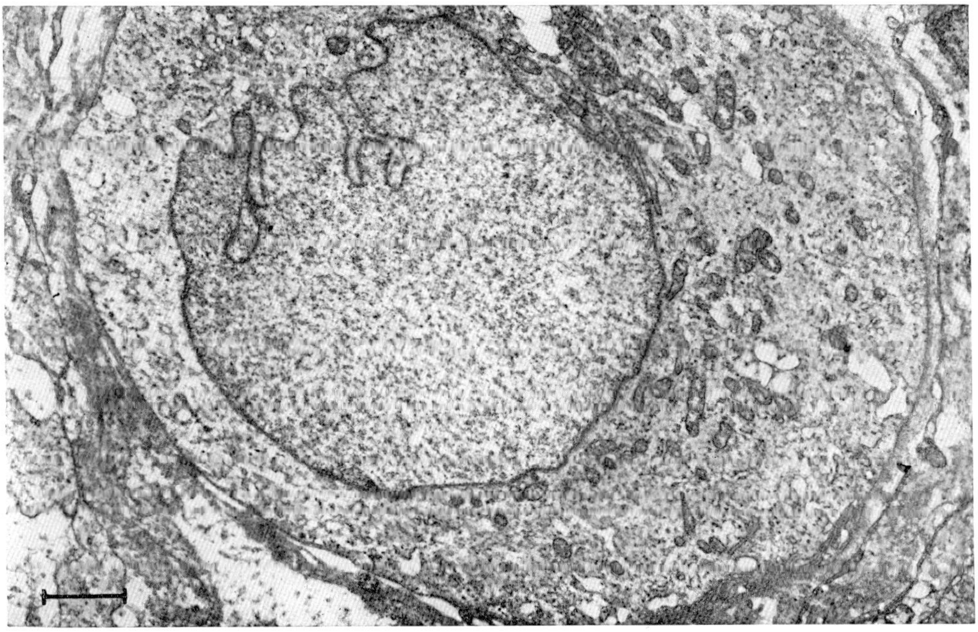

B. – Abb. 14.5. *Hodgkinzelle* (vgl. S. 178). Locker strukturierter Zellkern mit Einfaltungen der Kernmembran. Im Zytoplasma wenige, verschieden große, herdförmig liegende Mitochondrien. Rauhes ER vermehrt. Viele freie Ribosomen. Vergr. 9000 ×. (Dr. GUSEK)

Fibroepitheliome

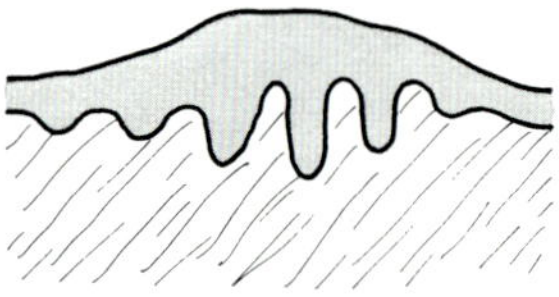

Verruca plana (Leukoplakie)

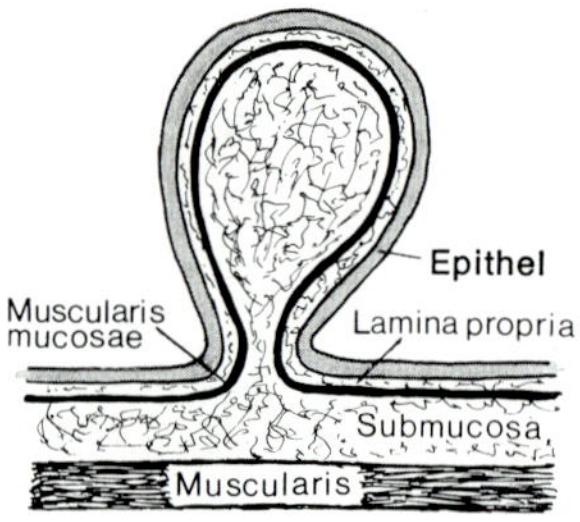

Einfacher Polyp

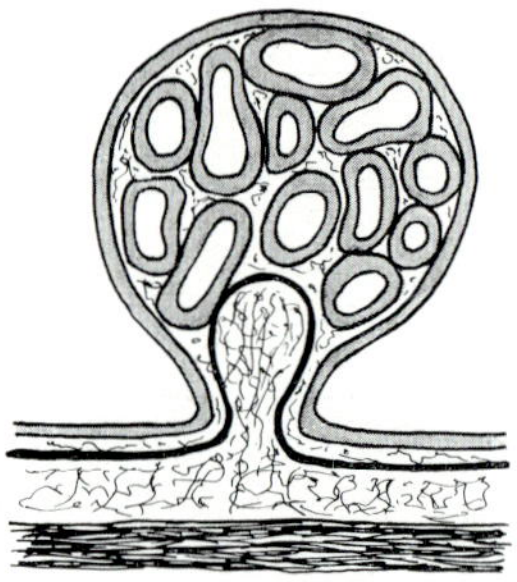

Adenomatöser Polyp

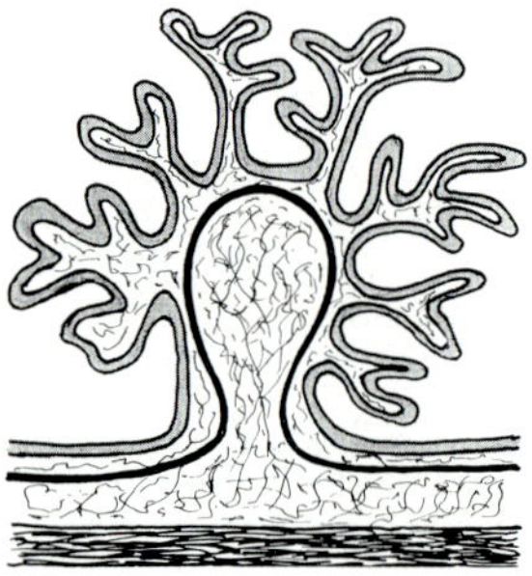

Papillärer Polyp

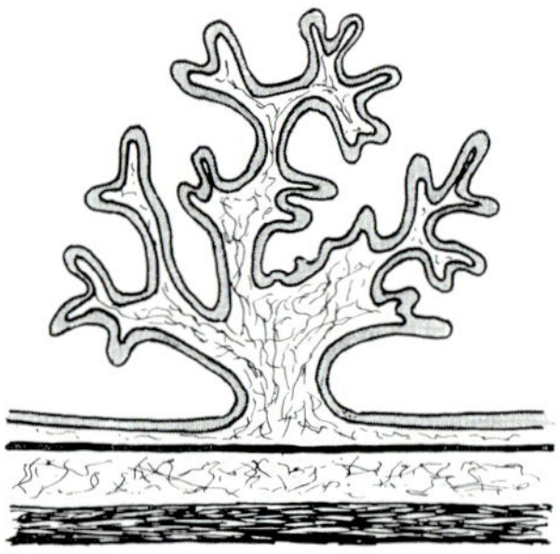

Papillom

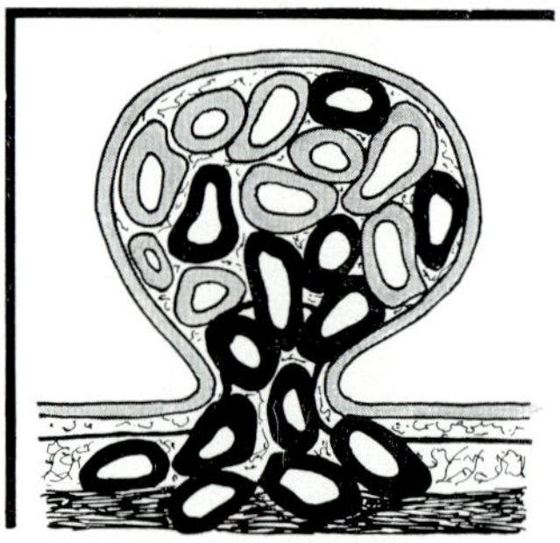

Polyp mit maligner Entartung

B. – Abb. 14.6. Mikroskopische Erscheinungsbilder von Fibroepitheliomen

2→
1→

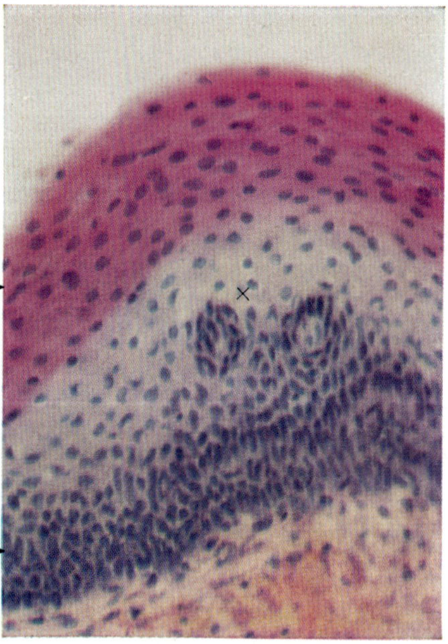

B. – Abb. 14.7. Leukoplakie der Portioschleimhaut; Fbg. HE, Vergr. 320 ×

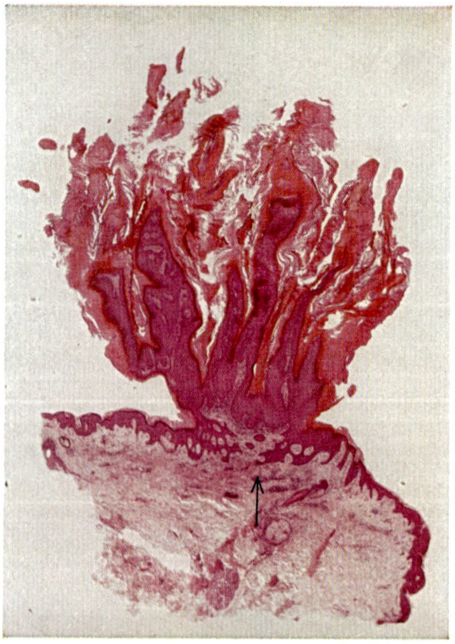

B. – Abb. 14.8. Papilläre Warze; Fbg. HE, Vergr. 10 ×

Gutartige epitheliale Tumoren

Man unterscheidet zwei Wachstumsformen: 1. *Fibroepitheliale, von der Epidermis oder den Schleimhäuten ausgehende, exophytische Tumoren* **(Polypen, Papillome).** 2. **Adenome,** *d. h. endophytische, in parenchymatösen Organen sich entwickelnde Tumoren von organoidem Aufbau, die verdrängend wachsen.* Beiden Geschwulstformen gemeinsam ist die primäre Epithelwucherung, das gefäßführende Bindegewebe wird als Ernährungsgrundlage nachgezogen.

Die verschiedenen Formen der exophytischen, fibroepithelialen Geschwülste zeigt Abb. 14.6. Die **Leukoplakie** bzw. **Verruca plana** besteht in einer einfachen *Epithelverdickung.* **Polypen:** Knotenförmige Gebilde mit bindegewebigem Stiel. Nach anderer Definition (Art des Epithels): Vom Zylinderepithel ausgehend, wobei bindegewebiger Stiel immer von Submukosa gebildet wird (Variationen: einfacher Polyp, adenomatöser Polyp, papillärer Polyp (vgl. S. 239). **Papillome:** Baumartig verzweigte Epithelwucherungen, die vom Plattenepithel oder Übergangsepithel ausgehen. Das Bindegewebe entstammt der Lamina propria.

Die **Leukoplakie der Portioschleimhaut** (Abb. 14.7) läßt in unserem Bild eine Verbreiterung der Basalzellschicht (→ 1) sowie eine breite Lage verhornter Epithelien mit phyknotischen Zellkernen erkennen (Parakeratose: → 2). Die beiden runden Herde im Epithel (×) stellen angeschnittene Bindegewebszapfen dar.

Papilläre Warze (Abb. 14.8). Man sieht eine papilläre Wucherung der Epidermis mit einem feinen, gefäßführenden, bindegewebigen Grundstock. Die Reteleisten sind verlängert und am Rande der Warze nach innen zur Achse der Verruka hin gebogen (→). Dem gewucherten Epithel liegen breite Hornschichten auf (Hyperkeratose mit geringer Parakeratose).

Bei den **Papillomen** der Schleimhäute **(Harnblasenpapillom)** (Abb. 14.9 u. 14.10) findet man baumartige Verzweigungen des bindegewebigen Grundstockes. Bei der Betrachtung des histologischen Schnittes eines solchen Gebildes muß man bedenken, daß nur eine Ebene sichtbar wird, die Äste und Zweige also in vielen verschiedenen Abschnitten getroffen werden. In unserer Abbildung ist ein Teil eines Harnblasenpapilloms mit dem stark verzweigten bindegewebigen Grundstock getroffen. Der oberste Teil hat keine Verbindung mit den basalen Anteilen, hier ist ein Ast getroffen, dessen Basis nicht in der Schnittebene liegt. Bei stärkerer Vergrößerung (Abb. 14.10) sieht man, daß es sich um ein mehrreihiges Übergangsepithel mit einer oberflächlichen Deckepithelschicht handelt. Die Zellkerne sind uniform; treten Zell- und Kernatypien auf, so ist dies ein Hinweis für eine mögliche maligne Umwandlung.

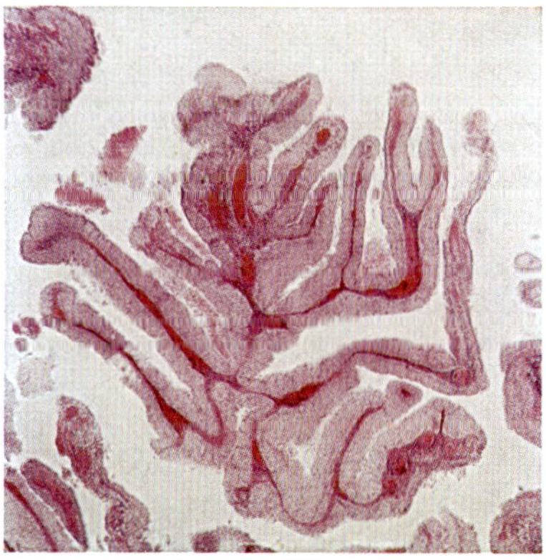

B. – Abb. 14.9. Harnblasenpapillom; Fbg. HE, Vergr. 27×

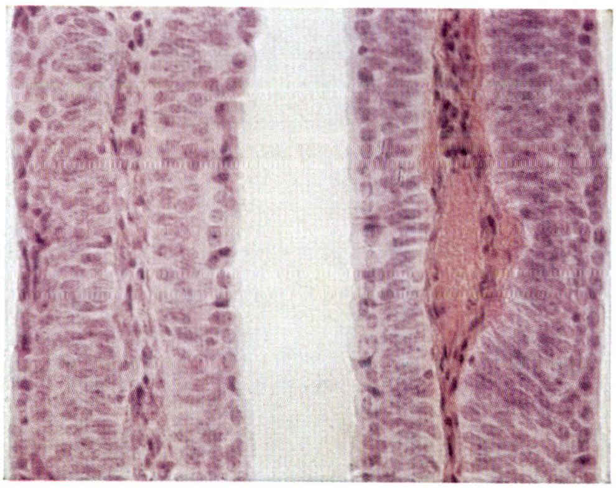

B. – Abb. 14.10. Harnblasenpapillom; Fbg. HE, Vergr. 155×

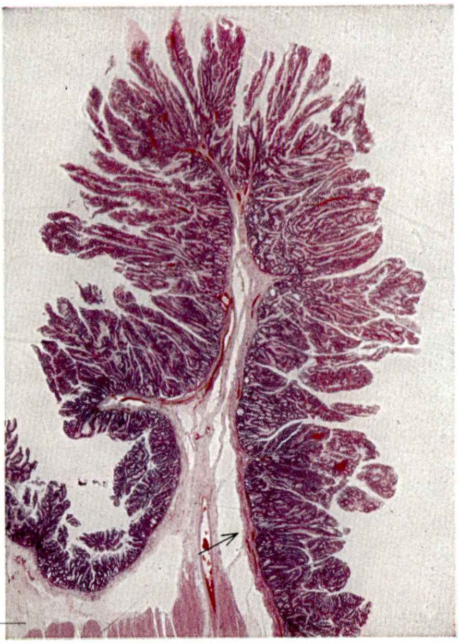

B. – Abb. 14.11. Papillärer Dickdarmschleimhautpolyp;
Fbg. HE, Vergr. 3×

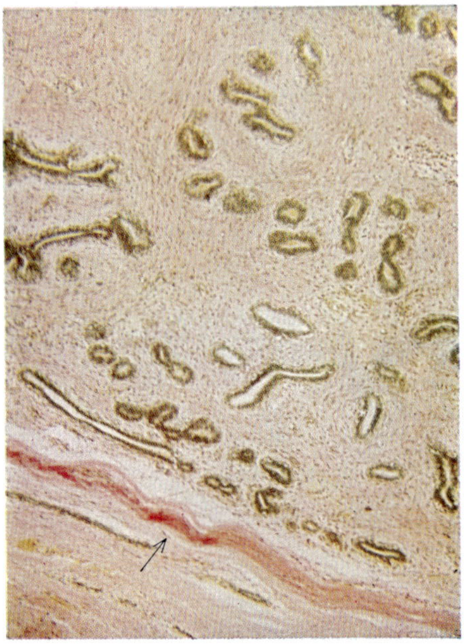

B. – Abb. 14.12. Extrakanalikuläres Fibroadenom der Mamma;
Fbg. v. Gieson, Vergr. 70×

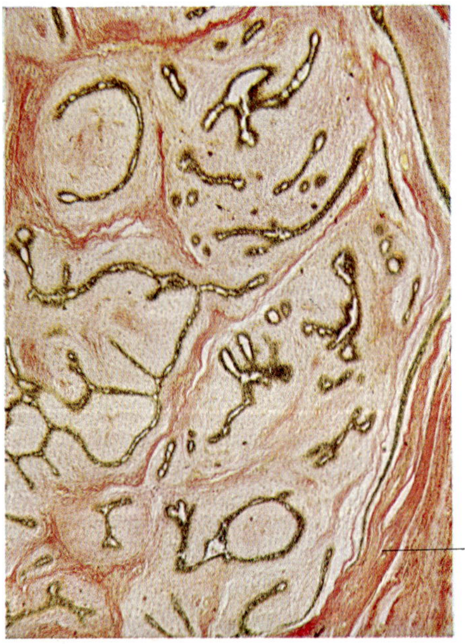

B. – Abb. 14.13. Intrakanalikuläres Fibroadenom der Mamma;
Fbg. v. Gieson, Vergr. 33×

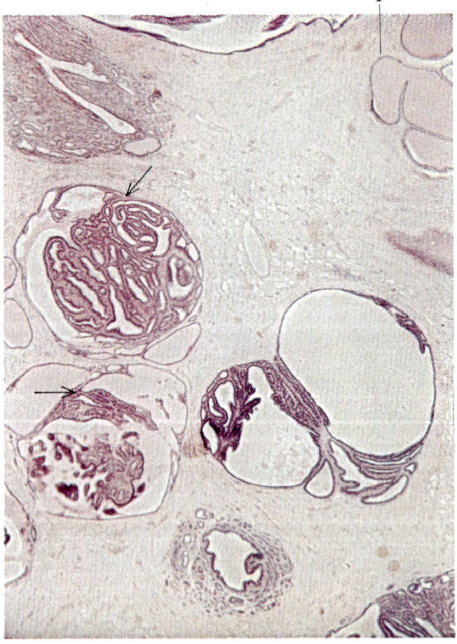

B. – Abb. 14.14. Mastopathia chronica cystica;
Fbg. HE, Vergr. 23×

Polypen

Die papillären oder adenomatösen Wucherungen der zylinderepitheltragenden Schleimhäute werden als *Polypen* bezeichnet (vgl. S.236 u. Abb.14.11). Es handelt sich um *einfache Schleimhautausstülpungen*, evtl. *mit begleitenden drüsigen Wucherungen* (adenomatöser Polyp). Bei Darmpolypen bilden die Submukosa und Muscularis mucosae den Stiel des Gewächses. Im histologischen Präparat kann man demnach von der gesunden Schleimhaut aus die Muscularis mucosae bis in den bindegewebigen Stiel des Polypen hinein verfolgen. Die Drüsen können sich auch in papillären Formationen anordnen (papillärer Polyp). Diese breitbasig aufsitzenden *papillären (villösen) Polypen* zeigen in 50% der Fälle eine maligne Umwandlung. *Adenomatöse Polypen* – mit oder ohne bindegewebigen Stiel – können einzeln auftreten (keine maligne Entartung) oder kommen multipel vor. Bei *maligner Entartung* wird zuerst der Stiel, dann die Darmwand infiltriert (vgl. S. 236 u. S. 250).

Abb. 394 zeigt einen **papillären Dickdarmschleimhautpolypen** mit der Muscularis propria des Dickdarmes (→ 1) und der Submukosa mit Muscularis mucosae (→), die deutlich in den Stiel des Polypen hinein zu verfolgen ist. Wie vom Stamm eines Baumes entspringen feine Äste und Zweige, denen das Zylinderepithel aufsitzt.

Makroskopisch: Gestielte runde oder breitbasig der Schleimhaut aufsitzende Tumoren.

Adenome

Den *»exophytisch«* wachsenden *Fibroepitheliomen* können die *»endophytisch«* sich entwickelnden **Adenome** bzw. **Fibroadenome** zur Seite gestellt werden, da auch hier die drüsige Wucherung von einer Bindegewebsneubildung begleitet ist.

Fibroadenome der Mamma (Abb. 14.12 u. 14.13). Histologisch sieht man gut abgegrenzte Gewebsknoten mit einer Kapsel aus verdrängtem umgebendem Bindegewebe (v. Gieson rot, → in Abb. 14.12 u. 14.13). Es handelt sich um eine primäre Wucherung des Milchgangsepithels (zweischichtiges kubisches Epithel), wobei sich das gewucherte Bindegewebe entweder mantelförmig um die tubulären Drüsenwucherungen entwickelt (**extrakanalikuläres Fibroadenom**, Abb. 14.12) oder das Bindegewebe sich herdförmig gegen die Drüsenlichtungen hin vorschiebt, so daß die Milchgänge vielfach verzweigt erscheinen [*intrakanalikuläres Fibroadenom* (Abb. 14.13)]. Im ersten Falle sehen wir Milchgänge mit einem zweischichtigen Epithel und einem umgebenden lockeren, mäßig zell- und faserreichen Bindegewebe.

Beim **intrakanalikulären Fibroadenom** (Abb. 14.13) findet man ebenfalls wieder die bindegewebige Kapsel und lang ausgezogene Milchgänge, die baumartig verzweigte Formationen bilden. Das jugendliche, gegen die Drüsenschläuche vorwachsende Bindegewebe ist deutlich faserärmer (v. Gieson heller rot) als die dazwischenliegenden bindegewebigen Septen.

Makroskopisch: Scharfbegrenzte grauweiße, derbe Knoten.

Mastopathia chronica cystica (Abb. 14.14). *Endokrin bedingte herdförmige Wucherung des Milchgangsepithels mit Zystenbildung und Bindegewebsvermehrung.* Im Gegensatz zum Fibroadenom liegt hier kein knotenförmig scharf begrenztes Adenom vor, sondern eine diffuse, schlecht abgrenzbare Bindegewebsvermehrung mit Neubildung von Ausführungsgangen, die großteils hochgradig zystisch erweitert sind. Schon bei schwacher Vergrößerung erkennt man die zahlreichen Zysten. Die Epithelauskleidung ist flach atrophisch (→ 1). Teilweise treten aber auch pseudopapilläre (ohne bindegewebigen Grundstock) oder papilläre Wucherungen mit einem mehrschichtigen Epithel auf (→). Dieser proliferative Typus der Mastopathia chronica cystica wird von manchen Autoren als Präkanzerose angesehen.

Makroskopisch: Derbes, grauweißes Mammagewebe mit zahlreichen Zysten.

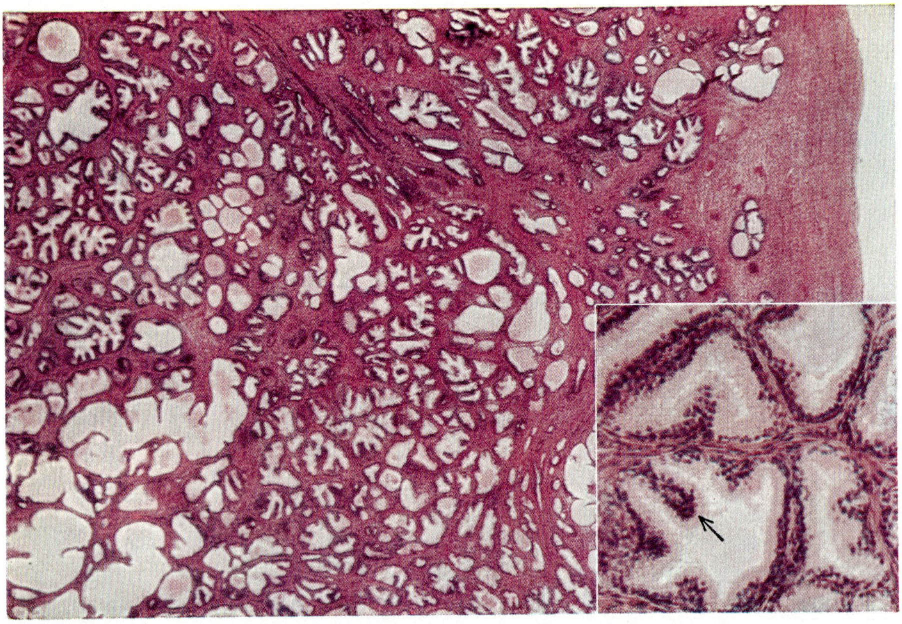

B. – Abb. 14.15. Sog. Prostatahypertrophie (Adenomyomatose der Prostata); Fbg. HE, Vergr. 17× (Ausschnittvergrößerung 120×)

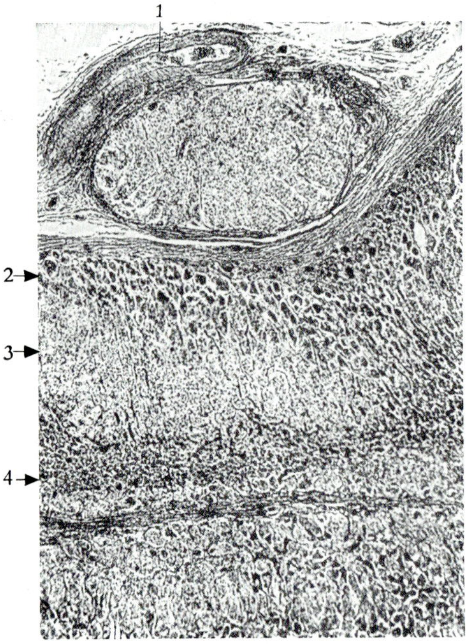

B. – Abb. 14.16. Nebennierenrindenadenom; Fbg. HE, Vergr. 35×

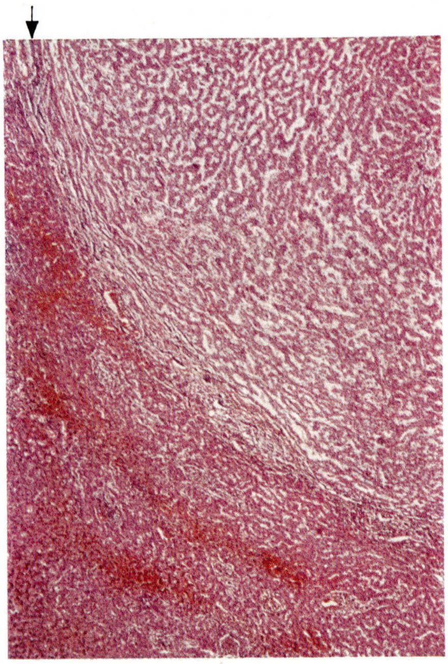

B. – Abb. 14.17. Leberzelladenom; Fbg. HE, Vergr. 36×

Sog. **Prostatahypertrophie (Adenomyomatose der Prostata)** (Abb. 14.15). *Es handelt sich um hormonell bedingte »Tumoren« mit knotenförmiger Wucherung der harnröhrennahen Teile der Prostata (sog. »Innendrüse«) von vorwiegend adenomatösem oder adenomyomatösem, evtl. auch rein myomatösem Charakter. Die Prostata in engerem Sinne (Außendrüse) wird dabei verdrängt (sog. chirurgische Kapsel).* Histologisch sieht man in der Übersicht mehrere herdförmige Drüsenwucherungen mit eng beieinanderliegenden Drüsen mit flachem Epithel, die teilweise zystisch erweitert sind; stellenweise kommen pseudopapilläre Wucherungen vor (→ im Ausschnitt von Abb. 14.15), so daß dadurch die Drüsenquerschnitte vielgestaltig erscheinen. In anderen Partien liegt zwischen den Drüsen mehr Zwischengewebe, das sich nach v. Gieson-Färbung als glatte Muskulatur erweist. Die starke Vergrößerung (Ausschnitt in Abb. 14.15) läßt erkennen, daß es sich um zylindrische Zellen mit einem hellen Zytoplasma und basalstehenden Zellkernen handelt. Im Lumen der zystisch erweiterten Drüsen findet man homogene Eiweißmassen, teilweise auch Konkremente mit Schichtung.

Makroskopisch: Knotig vergrößerte Prostata, wobei sich die Knoten intravesikal entwickeln können oder subvesikal (»Seitenlappenhypertrophie«). Auf der Schnittfläche erscheinen die Konkremente als schwarze Stippchen (sog. »Schnupftabaksprostata«).

Musterbeispiele **gutartiger drüsiger Neubildungen** mit Überwiegen der parenchymatösen Komponente kommen in den innersekretorischen Organen und in Leber und Niere vor. Allerdings ist die *Stellung der Adenome der inkretorischen Drüsen als echte Geschwülste nicht unbestritten;* manche Autoren betrachten sie als *Anpassungshyperplasien* (BÜNGELER, 1951). So lassen sich häufig die knotenförmigen Hyperplasien der Nebennierenrinde (vgl. S. 188) nur schwer von Rindenadenomen abgrenzen. Unser Bild (**Nebennierenrindenadenom,** Abb. 14.16) zeigt ein in der Kapsel gelegenes Adenom, welches von versprengtem Nebennierenrindengewebe ausgegangen ist. Man erkennt die Bindegewebskapsel (über die eine Arterie zieht, → 1) und die als Stränge angelegten Rindenzellen, die in ihrem Aufbau der Zona fasciculata gleichen (Zellsäulen mit Kapillaren dazwischen) (→ 2: Zona glomerulosa der Nebennierenrinde, → 3: Zona fasciculata, → 4: Zona reticularis).

Makroskopisch: Gelbe, scharfbegrenzte Knoten. Die Adenome können innersekretorisch aktiv sein, so daß sich ein *Morbus Cushing* entwickelt (vgl. S. 188).

Als Beispiel für ein Adenom der großen parenchymatösen Organe ist hier ein **Leberzelladenom** (Abb. 14.17) gewählt, dessen Wachstum an der Verdrängung des normalen Parenchyms in Form einer schmalen Kapsel atrophierter Leberzellbalken deutlich wird (→). Die Zellen des Adenoms liegen in der typischen Balkenform der Leber vor, allerdings nicht so geordnet wie im Leberläppchen und nicht auf eine Zentralvene hin ausgerichtet. Bei starker Vergrößerung gleichen die Adenomzellen völlig denen der normalen Leber. Im umgebenden normalen Lebergewebe findet sich eine Blutstauung, an der das Adenom nicht teilnimmt.

Makroskopisch: Grauroter, runder Herd, meist nur von 2–3 cm Durchmesser.

Diese dysontogenetisch entstandenen Adenome (Hamartom) bilden *nicht* den Ausgangspunkt von Leberzellkarzinomen. Die primären Karzinome der Leber entstehen vielmehr auf dem Boden von Leberzirrhosen (hepatozelluläre Karzinome, cholangiozelluläre Karzinome).

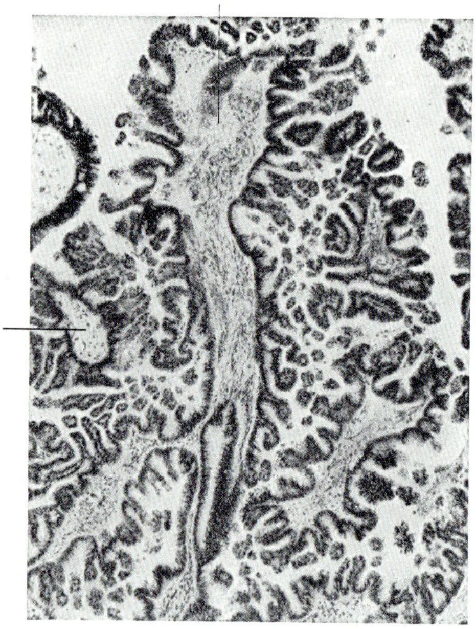

B. – Abb. 14.18. Seröses Kystom; Fbg. HE, Vergr. 58 ×

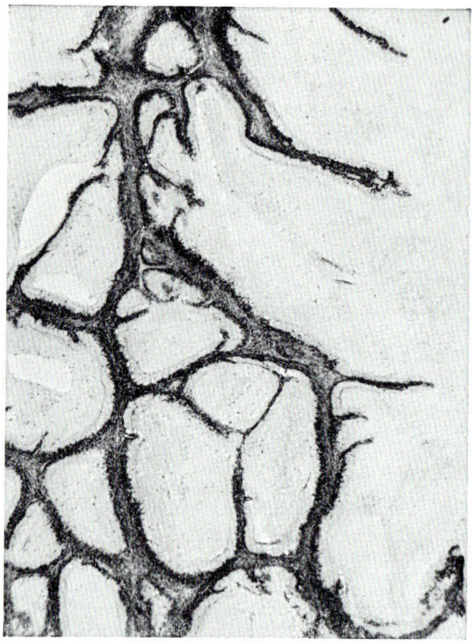

B. – Abb. 14.19. Pseudomuzinkystom des Ovars; Fbg. HE, Vergr. 50 ×

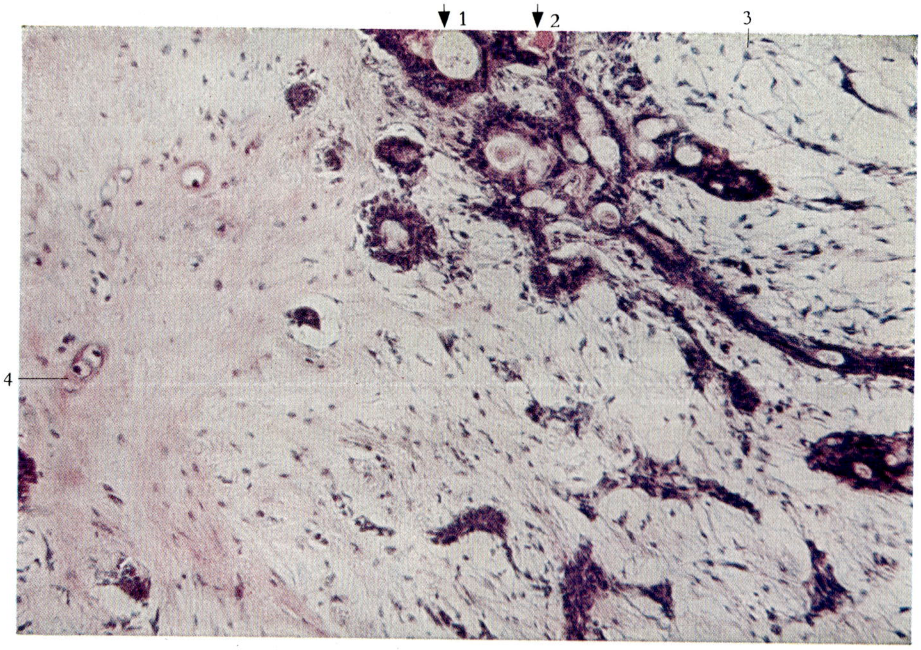

B. – Abb. 14.20. Parotismischtumor; Fbg. HE, Vergr. 130 ×

Zystadenome des Ovars

Es handelt sich um zystische Adenome der Ovarien, die teils vom Peritonealepithel (Mesothel) oder den Marksträngen (Rete ovarii) abgeleitet werden (seröse Kystome), teils von Epithelien des Müllerschen Ganges (Pseudomuzinkystome).

Das **seröse Kystom (Cystoma papilliferum serosum)** (Abb. 14.18) ist eine meist doppelseitig vorkommende mehrkammrige Geschwulst mit einer Bindegewebskapsel und Hohlräumen, die von Bindegewebssepten abgegrenzt werden. An der Innenfläche der Zysten sieht man entweder ein einschichtiges Epithel oder papilläre Wucherungen mit einem weitverzweigten, gefäßführenden, bindegewebigen Grundstock (→) und einem einschichtigen zylindrischen Epithel mit in der Mitte des Zytoplasmas gelegenen Zellkernen. Als Zysteninhalt findet man seröse Flüssigkeit. Relativ häufig kommt es zur malignen Entartung (25%): Mehrschichtigkeit des Epithels, Polymorphie der Zellen, Einwuchern in die Bindegewebssepten und Durchbrechen der Kapsel sind morphologische Kennzeichen der malignen Umwandlung.

Das **Pseudomuzinkystom** (Abb. 14.19) **(Cystoma glandulare sive pseudomucinosum)** ist eine meist einseitig vorkommende Geschwulst mit glatter Kapsel und verschieden großen schleimhaltigen Zysten. Histologisch erkennt man Hohlräume, die von einem schleimbildenden Epithel ausgekleidet werden. Bei **starker Vergrößerung** (Abb. 14.21) sieht man den becherzellartigen Charakter der Zellen mit den basalen Zellkernen. Eine maligne Umwandlung ist sehr viel seltener (5%) als beim serösen Kystom.

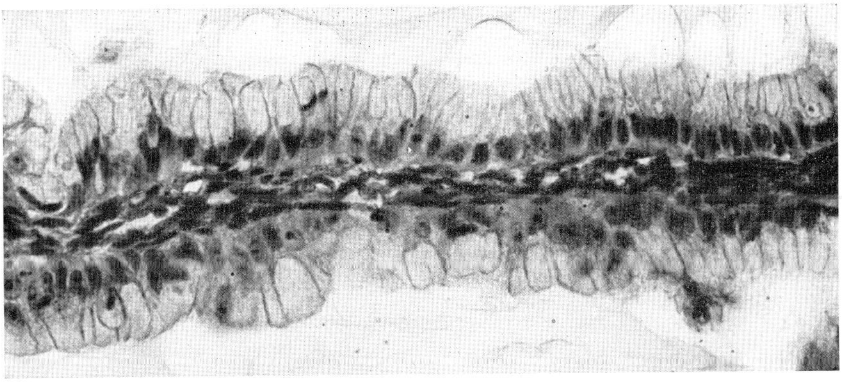

B. – Abb. 14.21. Pseudomuzinkystom; Fbg. HE, Vergr. 260 ×

Parotismischtumor (Abb. 14.20).

Mischtumoren können in allen Speicheldrüsen im Mundhöhlenbereich vorkommen. Man ist heute der Ansicht, daß es sich um *echte Adenome* mit pseudomesenchymalen Differenzierungen handelt (pleomorphes Adenom). Die auftretende Grundsubstanz, wie Schleim, Hyalin und Knorpelgrundsubstanz, wird als Abscheidungsprodukt der Drüsenzellen aufgefaßt.

In der Übersichtsvergrößerung sieht man sehr unterschiedlich strukturierte Gewebsbezirke: Epitheliale solide Zellstränge aus kubischen bis zylindrischen Zellen, die auch drüsige Strukturen bilden (→ 1). In den Drüsenlumina liegen homogene, hyaline Massen (→ 2). Die soliden Zellstränge grenzen an homogenes Gewebe, das reichlich blaugefärbte Grundsubstanz enthält. Hier liegen verzweigte Zellen mit sternförmigen Fortsätzen (schleimähnliche Partien, → 3) oder wie Knorpelzellen in die Grundsubstanz eingeschlossene Zellen mit Höfen (→ 4).

Makroskopisch: Gut abgegrenzte, grauweiße Tumoren mit oft gallertiger Schnittfläche.

Maligne epitheliale Tumoren

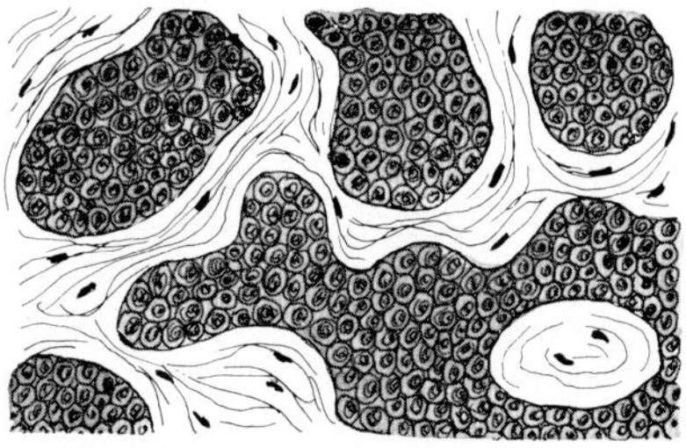

Carcinoma simplex

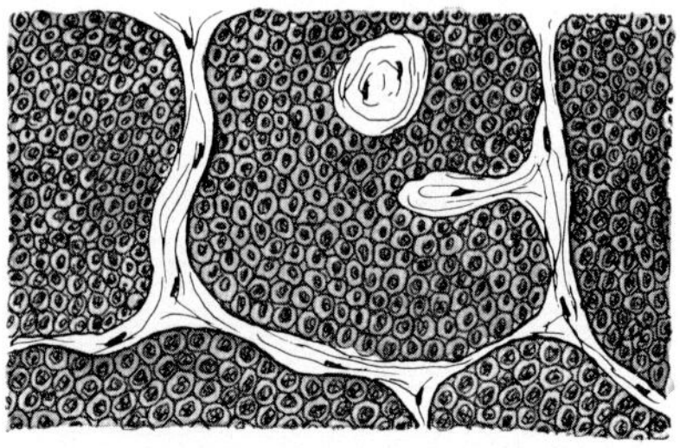

Carcinoma medullare

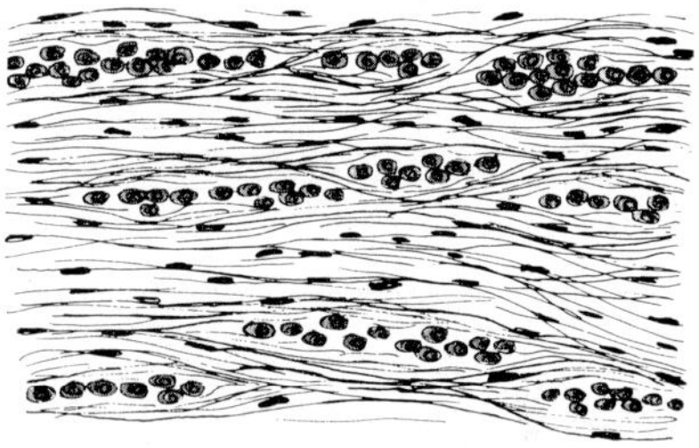

Carcinoma scirrhosum

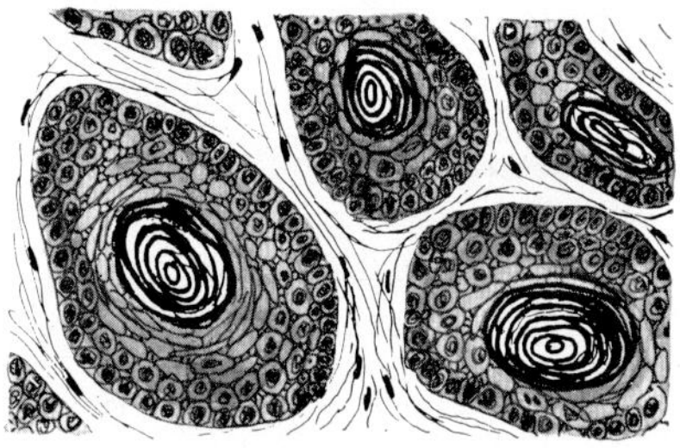

Plattenepithelkarzinom

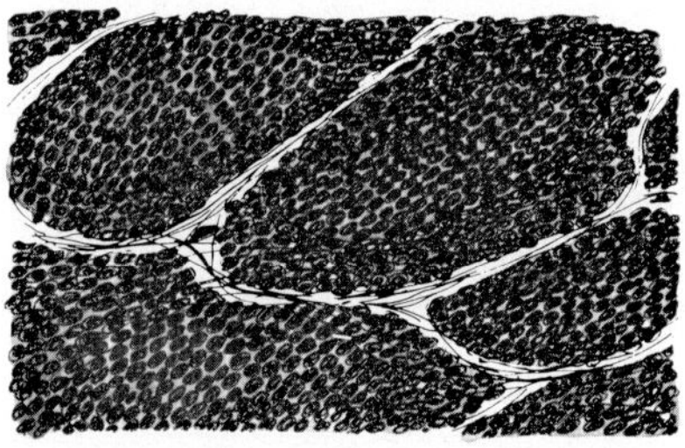

Kleinzelliges Bronchialkarzinom

Adenokarzinom

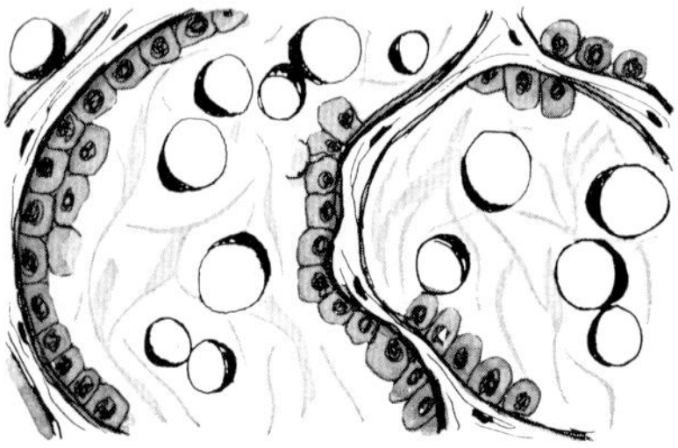

Gallertkarzinom

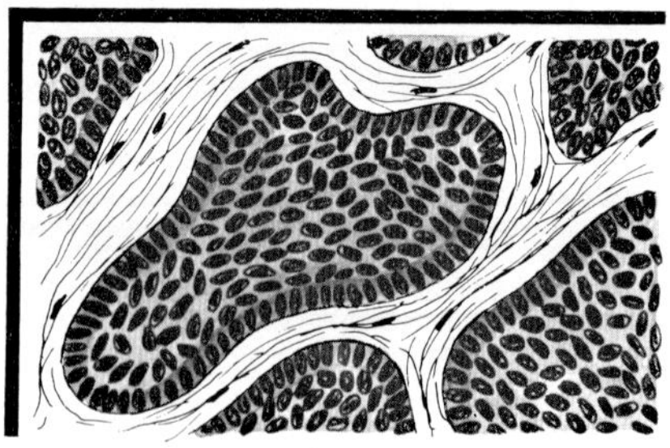

Basaliom

B. – Abb. 14.22. Schematische Übersicht des histologischen Erscheinungsbildes maligner epithelialer Tumoren einschließlich des Basalioms

Bösartige epitheliale Tumoren

Die verschiedenen histologischen Erscheinungsformen der bösartigen epithelialen Tumoren kann man je nach ihrem *Gehalt an bindegewebigem Stroma* in folgende Gruppen einteilen (Abb. 14.22):

1. **Carcinoma simplex** (vgl. a. Abb. 14.23). Epithel und Bindegewebe liegen etwa in gleicher Menge vor (Verhältnis 1:1).
2. **Carcinoma medullare** (vgl. a. Abb. 14.24). Hier überwiegt das epitheliale Gewebe, während das Stroma zurücktritt (Verhältnis 9:1).
3. **Carcinoma scirrhosum (Szirrhus)** (vgl. a. S. 246). Das Bindegewebe steht hier ganz im Vordergrund, während die Krebszellen nur in kleinen Nestern oder Haufen vorliegen.

Die Bezeichnungen beziehen sich also nur auf das quantitative Verhältnis zwischen Stroma und Parenchym und nicht auf die Art der Differenzierung der Epithelzellen.

Betrachtet man die Tumoren unter dem Gesichtspunkt der *Ausdifferenzierung*, so kann man unterscheiden: **verhornte** und **nichtverhornte Plattenepithelkarzinome** (S. 246 u. 247), **Übergangsepithelkarzinome** und **Zylinderepithelkarzinome.** Letztere kann man je nach Differenzierungsgrad als **solide Karzinome** (undifferenziert) (Abb. 14.23 u. 14.24), **Adenokarzinome** (S. 250), **Gallertkarzinome** (S. 250) oder **papilläre Karzinome** (S. 257) bezeichnen. Das **kleinzellige Bronchialkarzinom** stellt ein undifferenziertes medulläres Karzinom dar (Abb. 14.29 u. 14.33). Für **Basaliome** vgl. S. 248.

Das **Carcinoma simplex solidum** (Abb. 14.23) besteht aus großen Epithelkomplexen ohne Differenzierung. Es geht meist von Drüsen aus (Mamma), und man kann es als solide Epithelsprossungen auffassen, deren weitere Differenzierung in drüsige Strukturen nicht erfolgt ist. In unserem Bild (Abb. 14.23) sieht man die dichtgelagerten, meist runden Zellen mit schwach gefärbtem Zytoplasma und mäßig polymorphen Zellkernen, die sich zu großen Epithelkomplexen zusammengelagert haben. Das Fettgewebe der Mamma wird infiltriert.

Beim **Carcinoma medullare** (Abb. 14.24) oder Markschwamm (wegen der makroskopisch weichen Beschaffenheit) findet man histologisch ausgedehnte epitheliale, undifferenzierte Zellverbände mit feinen Bindegewebssepten, die Gefäße enthalten (→ 1). Abb. 14.24 zeigt den polymorphen Charakter der Geschwulst mit großen Nukleolen der Zellkerne und zahlreichen atypischen Mitosen (→ 2: Metaphase mit Chromosomenabsprengungen, ×: Anaphase, → 3: Prophase).

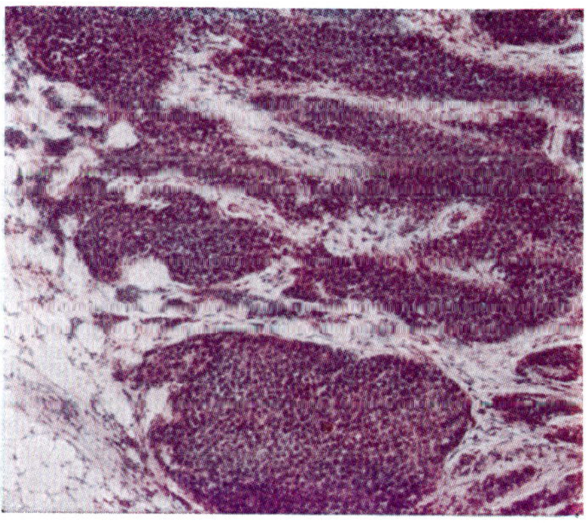

B. – Abb. 14.23. Carcinoma simplex solidum; Fbg. HE, Vergr. 76×

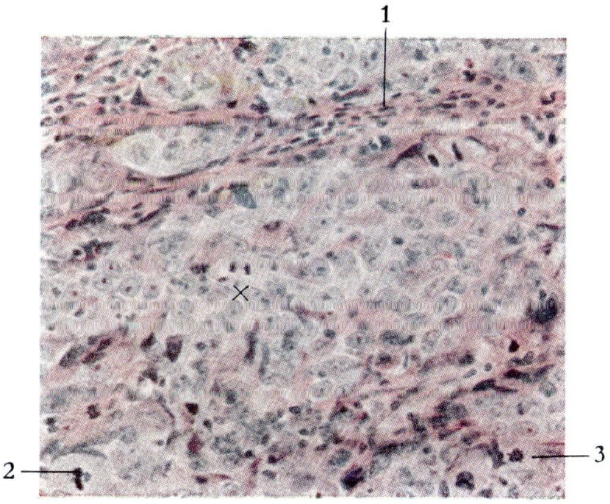

B. – Abb. 14.24. Carcinoma medullare; Fbg. HE, Vergr. 215×

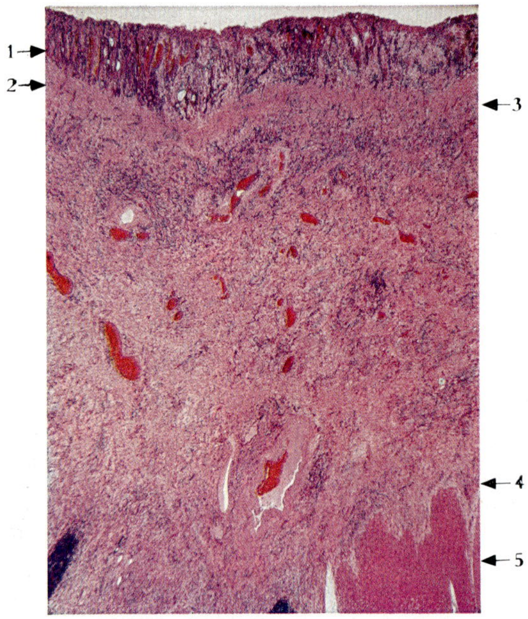

B. – Abb. 14.25. Szirrhöses Magenkarzinom; Fbg. HE, Vergr. 24×

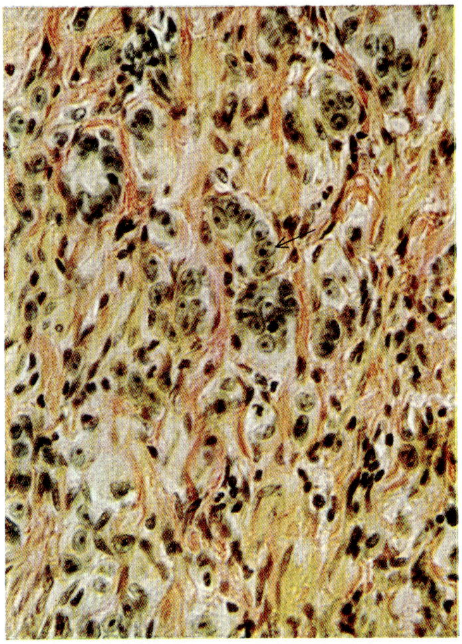

B. – Abb. 14.26. Szirrhöses Magenkarzinom; Fbg. v. Gieson, Vergr. 320×

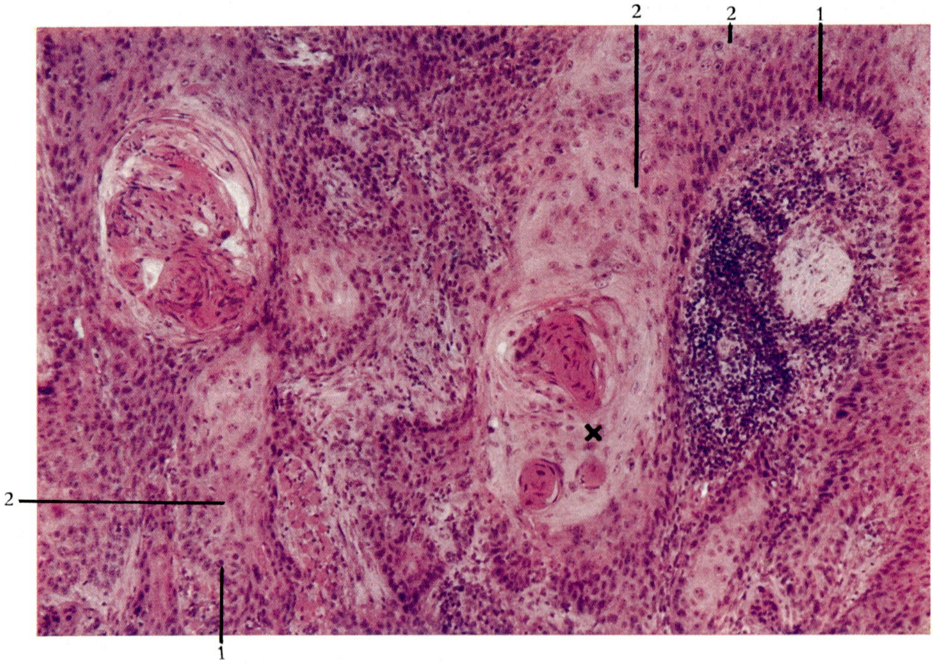

B. – Abb. 14.27. Verhorntes Plattenepithelkarzinom; Fbg. HE, Vergr. 116×

Das **szirrhöse Karzinom** (Abb. 14.25 u. 14.26) infiltriert im Magen vorwiegend die Submukosa. In der Übersicht (Abb. 14.25) erkennt man eine hochgradige Bindegewebsvermehrung und diffuse zellige Infiltration der Submukosa (zwischen → 3 und → 4; → 1: Schleimhaut, → 2: Muscularis mucosae, → 5: Muskularis). Erst die **starke Vergrößerung** (Abb. 14.26) zeigt, daß zwischen kollagenen Fasern und Fibroblastengruppen Nester von meist kubischen oder runden Tumorzellen liegen, die gering vergrößerte Zellkerne und deutliche Nukleolen haben. Häufig liegen die Tumorzellen in Gänsemarschformationen (→ in Abb. 14.26). Bei den einzeln liegenden Zellen ist oft nicht zu unterscheiden, ob es sich um Tumorzellen oder größere Fibroblasten handelt.

Makroskopisch: Diffuse, derbe, grauweiße Infiltration der Magenwand. In den Metastasen (z.B. paragastrische Lymphknoten) können die szirrhösen Karzinome als Adenokarzinome mit gut ausdifferenzierten Drüsen und nur geringem Gehalt an Bindegewebe wachsen.

Das **Plattenepithelkarzinom** (Abb. 14.27 u. 14.28) wächst vom Oberflächenepithel mit unregelmäßig gestalteten Epithelzapfen in das darunterliegende Bindegewebe ein. Abb. 14.28 zeigt ein **gering verhorntes Plattenepithelkarzinom** der Haut. Im Vergleich zur Akanthose der Epidermis (→ 1) wachsen die Karzinomzellstränge in plumpen Zapfen weit in die Tiefe des Koriums. Oberflächlich ist das Karzinom ulzeriert. Im Zentrum der Karzinomzellstränge sieht man häufig Hornperlen (→ 2) und in der Umgebung der Zellzapfen chronisch-entzündliche Infiltrate (→ 3). (Abwehrreaktion des Organismus?)

Bei **stärkerer Vergrößerung** (Abb. 14.27) wird die Imitation des histologischen Aufbaues der Epidermis mit ihren drei Schichten (Basalzellschicht, Stachelzellschicht, Hornschicht) in den Karzinomzellsträngen deutlich. Die äußeren Zellagen der Krebszellstränge bestehen aus relativ kleinen Zellen (→ 1) mit runden bis ovalen oder mäßig polymorphen Zellkernen mit wechselndem Chromatingehalt (entspricht der Basalzellschicht der Epidermis). Dann folgen nach innen größer werdende Zellen mit ausgedehntem eosinophilem Zytoplasma und großen, runden, mäßig polymorphen Zellkernen mit deutlichen Nukleolen (→ 2) (entspricht der Stachelzellschicht). Im Zentrum findet man die stark rot gefärbten Hornmassen in Form von Hornperlen (×). Die Zellen der Stachelzellschicht zeigen bei starker Vergrößerung Interzellularbrücken (Carcinoma spinocellulare, Stachelzellkarzinom; den Ausdruck Spinaliom sollte man vermeiden). Für die *Karzinomdiagnose* ist allein der *infiltrierend* wachsende *epitheliale Zellverband* von Bedeutung. Die Charakterisierung der Art des Epithels ist z.B. anhand der Interzellularbrücken möglich (Plattenepithel).

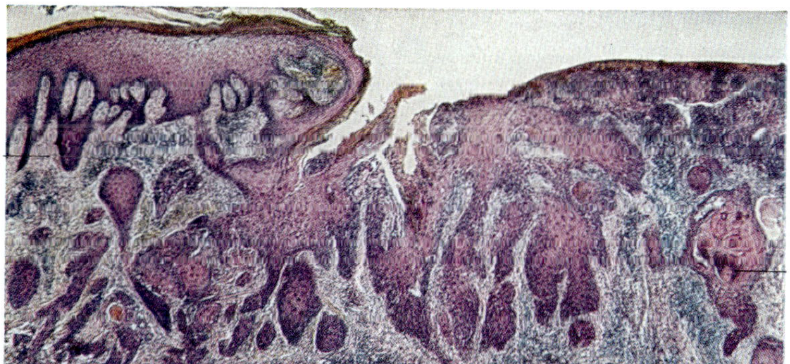

B. – Abb. 14.28. Gering verhorntes Plattenepithelkarzinom der Haut; Fbg. HE, Vergr. 31×

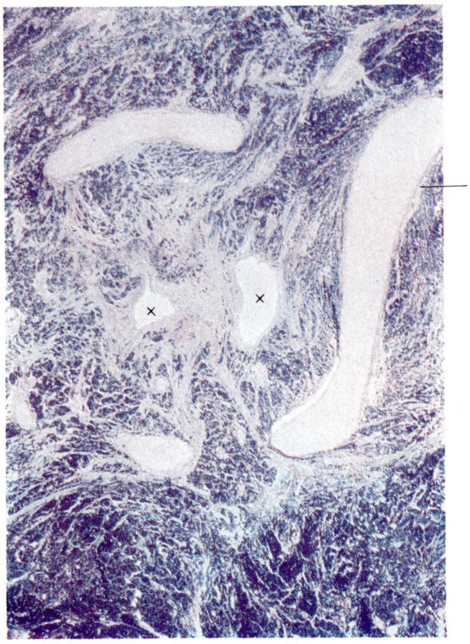

B. – Abb. 14.29. Kleinzelliges Bronchialkarzinom; Fbg. HE, Vergr. 13 ×

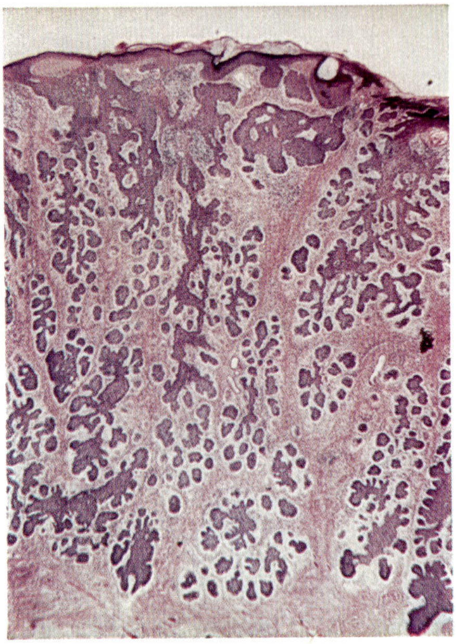

B. – Abb. 14.30. Basaliom; Fbg. HE, Vergr. 23 ×

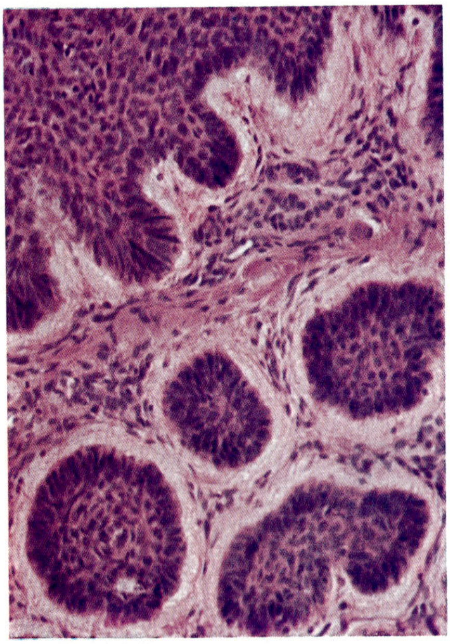

B. – Abb. 14.31. Basaliom; Fbg. HE, Vergr. 295×

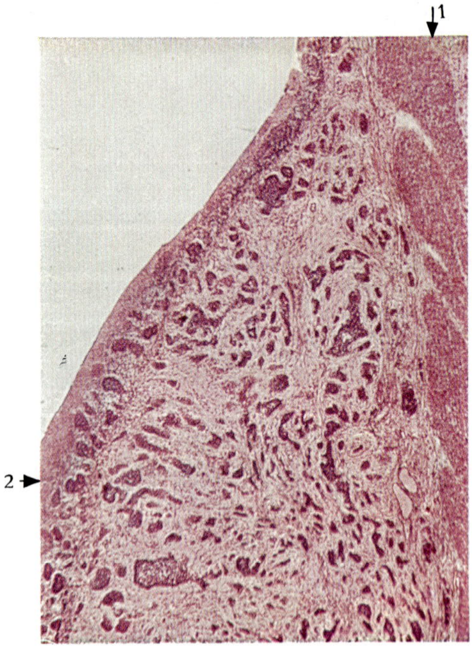

B. – Abb. 14.32. Karzinoid des Dünndarms; Fbg. HE, Vergr. 48×

Das **kleinzellige Bronchialkarzinom** (Abb. 14.29 u. 14.33) stellt ein undifferenziertes medulläres Karzinom dar (Parenchym überwiegt), das von größeren oder kleineren Bronchien ausgeht und aus großen Verbänden kleiner runder oder ovaler Zellen besteht (→: Bronchialknorpel, ×: Reste der Bronchiallichtung in Abb. 14.29). Der epitheliale Charakter ist oft so wenig ausgeprägt, daß der Ungeübte diesen Tumor mit einem Sarkom verwechseln kann. Die Zellen sind bei stärkerer Vergrößerung (Abb. 14.33) etwas größer als Lymphozyten, mit schmalem, oft kaum sichtbarem Zytoplasma und hyperchromatischen runden oder spindeligen (haferkornähnlichen) Zellkernen (»oat cell«-Karzinom).

Diese Tumoren haben einen besonders hohen Malignitätsgrad (Zeitraum zwischen klinischer Diagnose und Tod oft nur $^1/_2$ Jahr, während bei Plattenepithelkarzinomen der Lungen der klinische Verlauf 1–2 Jahre beträgt).

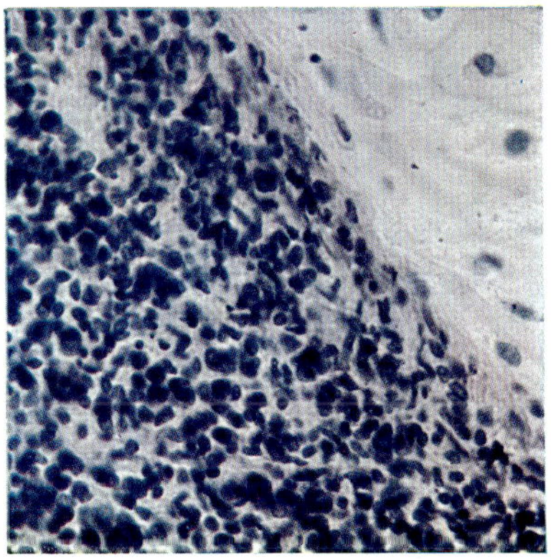

B. – Abb. 14.33. Kleinzelliges Bronchialkarzinom;
Fbg. HE, Vergr. 290×

Basaliom (Abb. 14.30 u. 14.31). *Es handelt sich um vorwiegend in der Gesichtshaut bei älteren Menschen vorkommende, infiltrierend wachsende, auch ulzerierende (Ulcus rodens), aber praktisch nie metastasierende epitheliale Geschwülste im Korium, die sowohl morphologisch wie biologisch ganz scharf vom Plattenepithelkarzinom zu trennen sind, da dieses Metastasen setzt. Die Bezeichnung »Basalzellenkrebs«* (Krompecher, 1900) *ist nicht ganz korrekt, da es sich um semimaligne Geschwülste handelt. Es sind allerdings »maligne« Basaliome mit Metastasen beobachtet worden* (Dr. ten Seldam, Universität Perth, Australien, persönliche Mitteilung. Assor, 1967). Histologisch (Abb. 14.30) bestehen die Basaliome aus soliden, hirschgeweihartig verzweigten, epithelialen Zellsträngen, die sich im Korium entwickeln und häufig direkt mit der Epidermis oder Hautanhangsgebilden in Zusammenhang stehen. Es liegt demnach wie beim Plattenepithelkarzinom eindeutig infiltrierendes Wachstum vor, es treten aber keine oder nur extrem selten Metastasen auf. Betrachtet man die Zellstränge bei **stärkerer Vergrößerung** (Abb. 14.31), so wird der Unterschied zum Plattenepithelkarzinom deutlich: Der Zellverband besteht in der Außenzone aus prismatischen Zellen mit spindelförmigen Zellkernen, die palisadenförmig nebeneinanderstehen. Im Innern der Zellstränge liegen die Zellen unregelmäßig – *es handelt sich aber immer um den gleichen Zelltyp*, d. h. eine wenig differenzierte Basalzelle der Epidermis bzw. der Hautanhangsgebilde (Albertini, 1955). Es gibt bestimmte Formen des Basalioms, die auch Ausreifungserscheinungen aufweisen können (Verhornung usw.); im Vergleich zum Plattenepithelkarzinom fehlt aber die Anaplasie der Krebszellen.

Eine ähnliche *Zwischenstellung* zwischen gut- und bösartigen Tumoren wie die Basaliome nehmen die **Karzinoide** (Abb. 14.32) des Dünndarms (auch Appendix oder Bronchus) ein, die von den enterochromaffinen (serotoninproduzierenden) Zellen ausgehen. Abb. 14.32 zeigt das infiltrierende Wachstum dieser soliden, teilweise alveolär gebauten epithelialen Zellstränge bis zur Muscularis propria hin (→ 1) (→ 2: Schleimhaut). Es handelt sich um kleine, polygonale, isomorphe Zellen mit schwach eosinrotem oder hellem (argentaffinem) Zytoplasma und runden bis ovalen Zellkernen. Das Stroma ist faserreich.

Diese Tumoren produzieren Serotonin und Kallikrein *(klinische Symptomatologie: Karzinoidsyndrom)*. Maligne Entartung mit Metastasierung kommt vor.

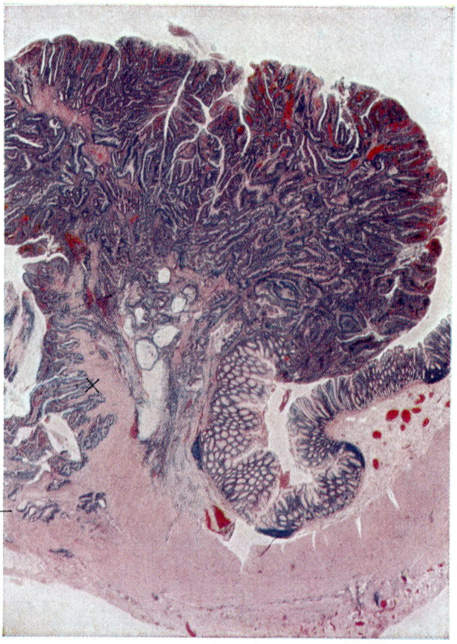

B. – Abb. 14.34. Rektumschleimhautpolyp mit maligner Entartung (Adenokarzinom); Fbg. HE, Vergr. 6,5×

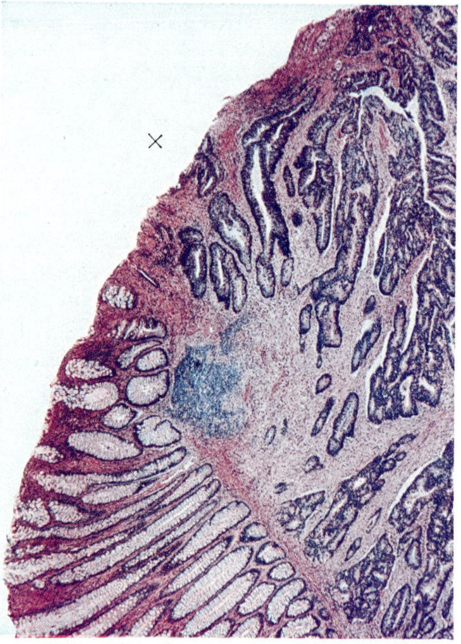

B. – Abb. 14.35. Ulzeriertes Adenokarzinom des Rektums; Fbg. HE, Vergr. 26×

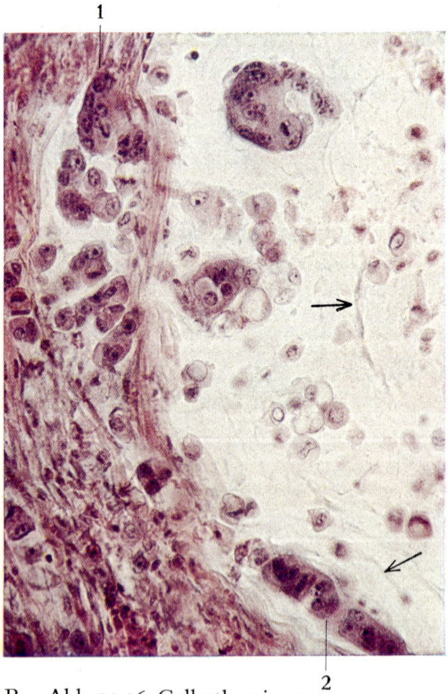

B. – Abb. 14.36. Gallertkarzinom; Fbg. HE, Vergr. 216×

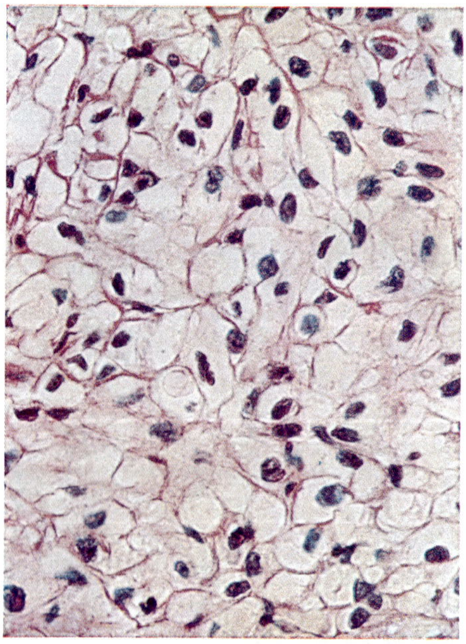

B. – Abb. 14.37. Hypernephroides Nierenkarzinom; Fbg. HE, Vergr. 312×

Papillärer Rektumschleimhautpolyp mit maligner Entartung (Abb. 14.34). *Papilläre Polypen (auch villöse Polypen genannt) des Dickdarms* (vgl. S. 238) *neigen im Gegensatz zu solitären oder adenomatösen Polypen zu maligner Entartung.* Im Anfangsstadium wird zunächst das bindegewebige Stroma des Polypen infiltrierend durchwachsen, wobei das helle, mukoide Zylinderepithel durch Zellen mit basophilem Zytoplasma ersetzt wird. Die Drüsenschläuche sind zudem unregelmäßig gestaltet, das Epithel ist mehrreihig. Unser Bild zeigt einen Polypen, der schon fast vollständig von atypisch gestalteten, verzweigten Drüsen durchsetzt ist. Der bindegewebige Stiel ist an mehreren Stellen infiltriert (×). Das Karzinom ist auch schon in die Muskularis eingewachsen (→). *Weitere Formen von Polypen:* Multiple Polypen bei Polyposis coli (maligne Entartung). Polyposis intestinalis (Peutz-Jeghers, keine maligne Entartung). Juveniler Polyp (Retentionspolyp mit Zysten. Gutartig).

Ulzeriertes Adenokarzinom des Rektums (Abb. 14.35). Unser Bild zeigt ein oberflächlich ulzeriertes (×) Karzinom mit normaler Schleimhaut in den Randpartien (→). Die adenoiden, d.h. normale Drüsen nachahmenden Drüsenformationen des Karzinoms stellen verzweigte Wucherungen mit einem spaltförmigen Hohlraum dar. Mit starker Vergrößerung sieht man zylindrische Zellen mit ovalem, oft nur wenig atypischem Zellkern. Das Epithel ist mehrreihig, Mitosen sind häufig zu sehen. In unserem Bild ist das Karzinom auch unter die normale Schleimhaut gewachsen.

Makroskopisch: Markige Tumoren, die das Darmlumen stenosieren; evtl. ringförmig wachsend mit sekundärer Ulzeration. *Klinisch:* Stuhl mit hellrotem Blut. Tastbefund!

Gallertkarzinom (Abb. 14.36). Die Gallertkarzinome (Carcinoma gelatinosum) bieten ein sehr typisches Gewebsbild. In der Übersicht sieht man das Gewebe von großen, schwach gefärbten, hellen Bezirken durchsetzt. Die mittlere Vergrößerung zeigt schwach blau gefärbte, feinfädige, schleimige Massen (→), in denen noch einzelne Zellen oder Zellgruppen zu erkennen sind. In den Randpartien des Tumors sind auch solide Partien zu sehen (→ 1, → 2), die das Bindegewebe infiltrieren, mit dichtgelagerten, großen, runden Zellen, einem ausgedehnten Zytoplasma und polymorphen Zellkernen. Die **starke Vergrößerung** (Abb. 14.38) zeigt, daß im Zytoplasma der Zellen eine Schleimvakuole auftritt, so daß der Zellkern an den Rand gedrängt wird [*Siegelringzellen.* Ring = Zytoplasmasaum (→ 1), der die Schleimvakuole einrahmt; Siegel = Zellkern (→)].

Makroskopisch: Tumoren mit gallertiger, grauer, transparenter Schnittfläche.

Die **Hypernephrome** (Abb. 14.37) stellen Nierengeschwülste von unterschiedlicher Gewebsreife und maligner Potenz dar. Die typischen Formen besitzen eine bindegewebige Kapsel und bestehen aus Strängen von Zellen mit pflanzenzellartigem Charakter. Der optisch leere Plasmaleib enthält Glykogen. Die Zellgrenzen (schmaler Saum des Zytoplasmas) treten deutlich hervor. Die Zellkerne sind rund oder oval. Obwohl diese Tumoren histologisch oft Kriterien eines gutartigen Tumors aufweisen, können metastatische Absiedlungen erfolgen (vgl. metastasierendes Schilddrüsenadenom). *Als Faustregel kann gelten, daß Hypernephrome unter 3 cm Durchmesser gewöhnlich nicht metastasieren.* Als **hypernephroide Karzinome** werden eindeutig infiltrierend wachsende Tumoren bezeichnet, die histologisch dem Hypernephrom weitgehend gleichen. Sie wachsen in das Nierenbecken und in die Nierenvenen ein (Lungenmetastasen). Die Tumoren entstehen sehr wahrscheinlich aus Nierenrindenadenomen und haben nichts mit versprengten Nebennierenkeimen zu tun.

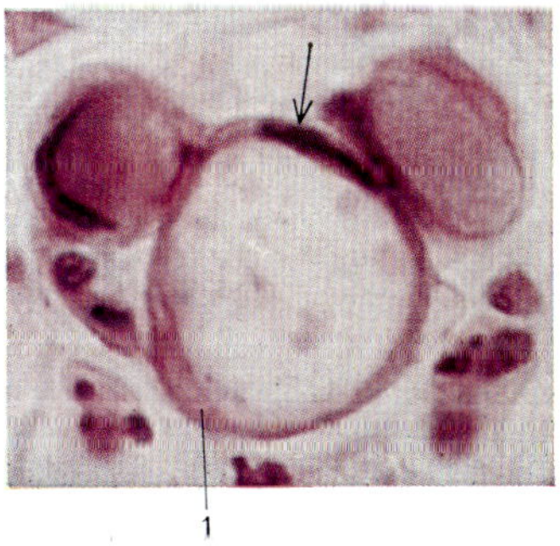

B. – Abb. 14.38. Siegelringzelle bei Gallertkarzinom; Fbg. HE, Vergr. 900×

Makroskopisch: Meist runde, scharfbegrenzte Tumoren mit gelber oder rot-gelb gefleckter Schnittfläche.

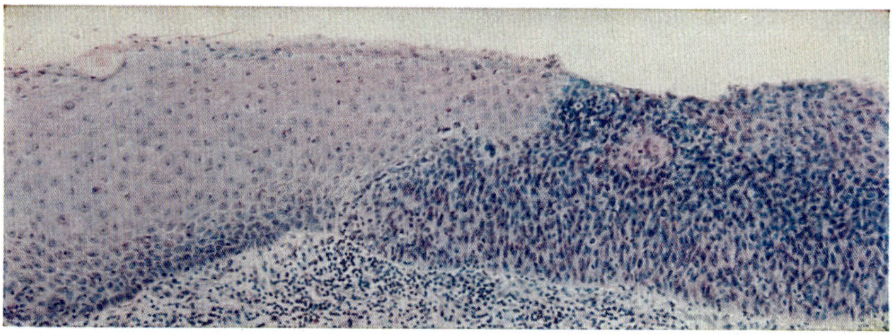

B. – Abb. 14.39. Carcinoma in situ der Portio (einfacher Ersatz); Fbg. HE, Vergr. 111 ×

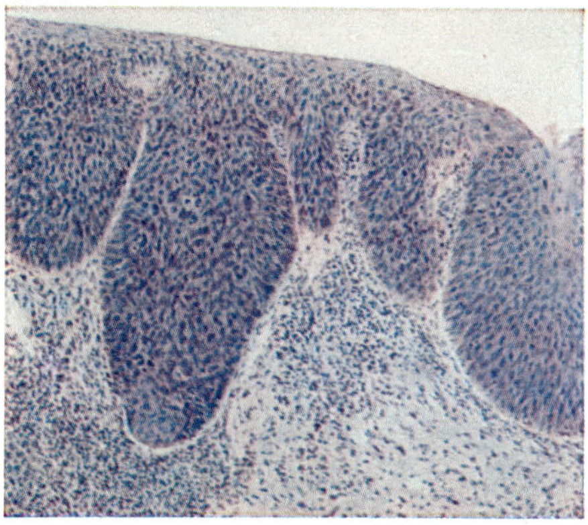

B. – Abb. 14.40. Carcinoma in situ der Portio (plumpes Vorwuchern); Fbg. HE, Vergr. 78 ×

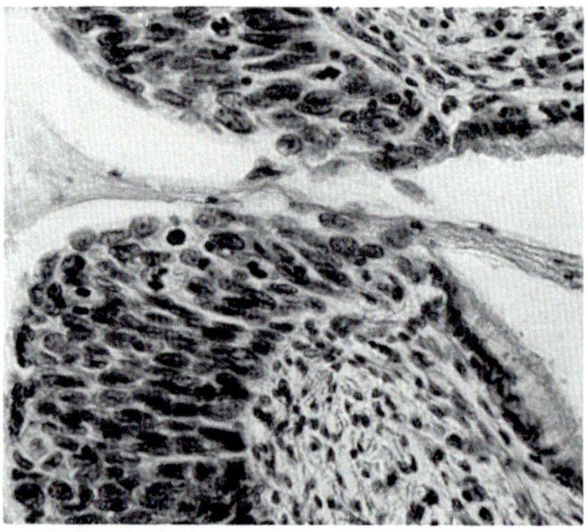

B. – Abb. 14.41. Carcinoma in situ der Portio (Einwachsen in Zervixdrüsen); Fbg. HE, Vergr. 255 ×

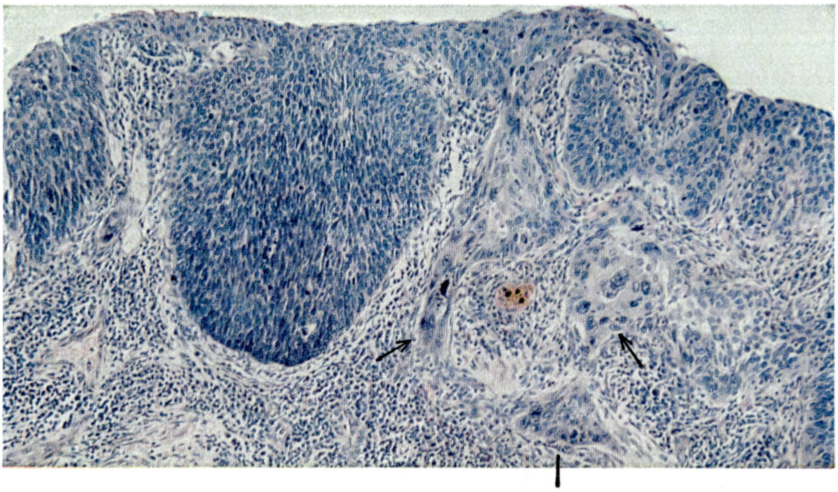

B. – Abb. 14.42. Carcinoma in situ der Portio mit Mikrokarzinom; Fbg. HE, Vergr. 120 ×

Präkanzerosen der Portio

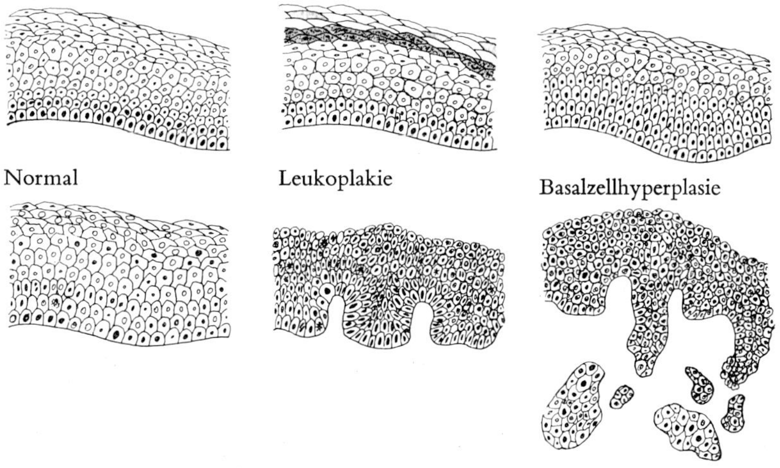

B. – Abb. 14.43. Präkanzerosen der Portio

Die **Präkanzerosen** sollen wegen der grundsätzlichen Bedeutung dieses Problems hier kurz erwähnt und mit einzelnen kennzeichnenden Bildern dargestellt werden. *Als Präkanzerosen im engeren Sinne faßt man Gewebsveränderungen auf, die in einem bestimmten Prozentsatz der Fälle (mehr als 20–30%) als Vorläufer einer malignen Entartung aufgefaßt werden können.* Am **Plattenepithel der Portio** (Abb. 14.43) bzw. der Haut sind die Präkanzerosen besonders gut untersucht. Als harmlose Epithelveränderungen werden die **Leukoplakien** (vgl. S. 236), die Verbreiterung der Basalzellschicht und das gering dysplastische Epithel der Portio aufgefaßt. Die Leukoplakie zeigt eine breite Lage von Hornlamellen mit erhaltenen pyknotischen Zellkernen (Parakeratose, vgl. Abb. 14.7). Auch bei Verbreiterung der Basalzellschicht treten noch keine atypischen Zellen auf. Bei der Dysplasie ist die normale Gliederung des Epithels zwar noch angedeutet erhalten, es treten aber einzelne atypische Zellen mit Hyperchromasie und geringer Polymorphie der Zellkerne hervor. Die Ausreifung ist noch vorhanden. Beim Carcinoma in situ geht diese Zelldifferenzierung verloren.

Abb. 14.39 **(Carcinoma in situ der Portio)** zeigt links ein normales Epithel, das an ein dysplastisches Epithel angrenzt. Hier sieht man dichtgedrängte längliche Zellen in fischzugartiger Formation mit schmalem Zytoplasma und länglichen, gering polymorphen und hyperchromatischen Zellkernen. Mitosen sind in allen Schichten des Epithels reichlich vorhanden. Im Bindegewebe sieht man chronisch-entzündliche Infiltrate. Man bezeichnet diese Veränderung als *Carcinoma in situ*, da manche klinischen, histochemischen und biochemischen Befunde dafür sprechen, daß es sich um ein intraepithelial gewachsenes Karzinom handelt, dessen stufenförmige Progression bis zum infiltrierend wachsenden Karzinom in manchen Fällen direkt verfolgt werden kann. Abb. 14.40 zeigt als eine der Stufen der malignen Umwandlung das **Vorwuchern in plumpen Zapfen.** Dieses atypische Epithel dringt auch in **Zervixdrüsen** vor und verdrängt hier das Zylinderepithel (Abb. 14.41). Später kann das Carcinoma in situ in feinen Zapfen in das Bindegewebe einwachsen, so daß sich ein **echtes invasives Karzinom (Mikrokarzinom)** entwickelt. Abb. 14.42 zeigt die gedrängten Zellformationen des Carcinoma in situ, daneben sieht man die Zellstränge des polymorphzelligen infiltrierend wachsenden Plattenepithelkarzinoms (→). Die Karzinomzellen sind größer als die des Carcinoma in situ, das Zytoplasma ist eosinophil und die Zellkerne groß, polymorph und hyperchromatisch. Die Rückbildung eines Carcinoma in situ wurde in 30% der Fälle beobachtet.

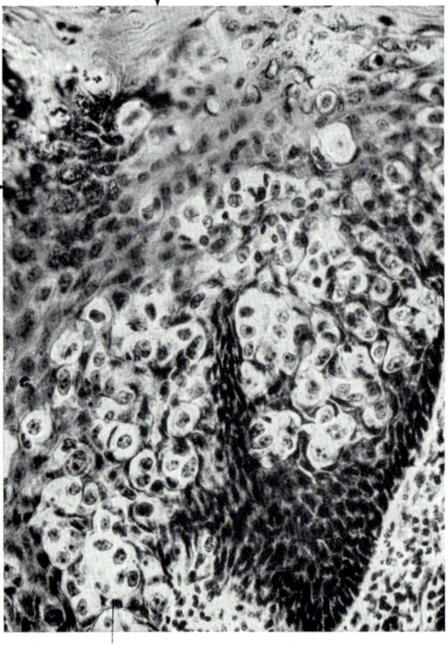

B. – Abb. 14.44. Morbus Paget;
Fbg. HE, Vergr. 395 ×

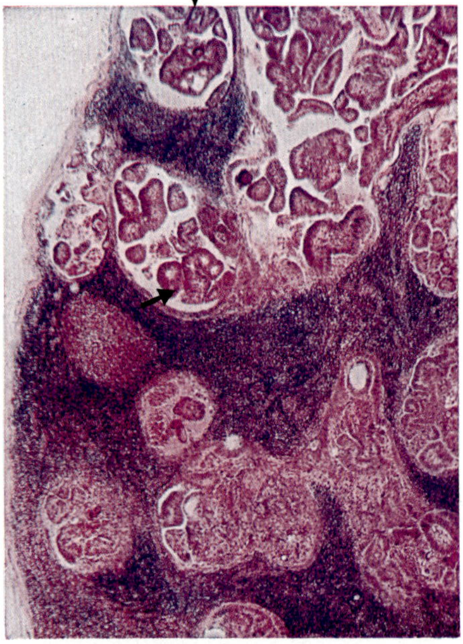

B. – Abb. 14.45. Lymphknotenmetastase eines Ovarialkarzinoms;
Fbg. HE, Vergr. 48 ×

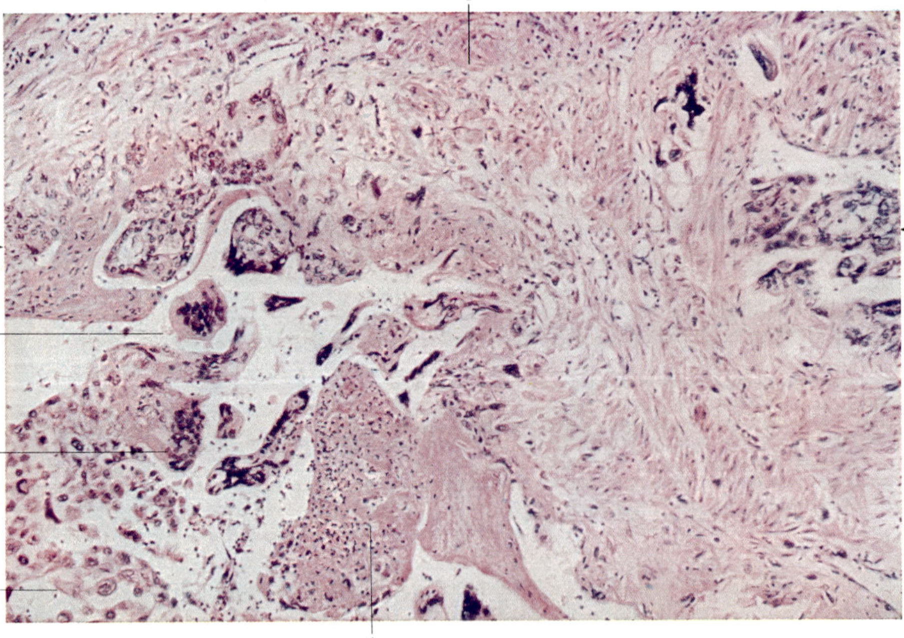

B. – Abb. 14.46. Chorionepitheliom; Fbg. HE, Vergr. 109 ×

Morbus Paget (Abb. 14.44). Dieses atypische Epithel tritt einseitig hauptsächlich an der Mamille von Frauen auf und wird fälschlicherweise als *Carcinoma in situ der Epidermis* angesprochen. In den meisten Fällen liegt gleichzeitig ein Milchgangskarzinom der Mamma vor, so daß es sich um eine ungewöhnliche intraepitheliale Metastasierung, ausgehend vom Milchgangskarzinom, handelt. Histologisch (Abb. 14.44) ist die Epidermis von großen, blasigen Zellen, »Pagetzellen«, durchsetzt, deren helles, optisch leeres Zytoplasma (→ 1) Glykogen enthält. Die Zellkerne sind polymorph und hyperchromatisch, oft enthalten sie vergrößerte Nukleolen. Die Epidermis ist meist verdickt mit ausgeprägter Akanthose (rechts unten in unserem Bild.) Das Stratum granulosum (→ 2) ist häufig verbreitert, ebenso das Stratum corneum (→ 3). Die atypischen »Pagetzellen« bleiben auf die Epidermis beschränkt und dringen nicht in das Korium ein.

Makroskopisch: Scharfbegrenzter, dunkelroter Herd mit oberflächlicher Krustenbildung im Bereiche der Brustwarze oder Areola, der auf die Umgebung übergreift.
Der *»extramamilläre Paget«* tritt gewöhnlich in der Nähe der Genitalien und in den Achselhöhlen auf. Auch hierbei treten die charakteristischen blasigen Zellen auf, häufig aber auch verklumpte Zellen. Die Veränderungen können einer *Bowenschen Dermatose* (Präkanzerose bzw. Carcinoma in situ der Haut) sehr ähnlich sehen.

Lymphknotenmetastase eines Ovarialkarzinoms (Abb. 14.45). Die Ausbreitung der malignen epithelialen Tumoren erfolgt gewöhnlich auf dem Lymphwege (Lymphangiosis carcinomatosa; nicht Lymphangiitis, da keine Entzündung) mit Befall der regionären Lymphknoten. Hier finden wir die Karzinomzellverbände zunächst in den Sinus der Rinde und des Markes. Später kann das gesamte lymphatische Gewebe infiltriert werden. Abb. 14.45 zeigt die Metastase eines *papillären Ovarialkarzinoms*. Die papillär gebauten Krebszellnester zeigen einen bindegewebigen Grundstock mit aufgelagerten atypischen zylindrischen Zellen. Sie liegen in den stark erweiterten Sinus des Lymphknotens (→ 1 und → im Bild).

Makroskopisch sind die Lymphknoten vergrößert mit grauweißer, markiger Schnittfläche.

Chorionepitheliom (Abb. 14.46). *Das Chorionepitheliom stellt eine maligne Geschwulst des Epithels der Chorionzotten der Plazenta ohne begleitendes Stroma dar. Es handelt sich demnach um eine maligne Umwandlung der (basalen) Langhansschen und der (oberflächlichen) synzytialen Zellschicht der Chorionzotten* (vgl. S. 190, 191). In der Übersichtsvergrößerung findet man meist ausgedehnte nekrotische und von Blutungen durchsetzte Gewebsmassen, an deren Randpartien das Geschwulstgewebe noch erhalten ist. Die mittlere Vergrößerung zeigt große synzytiale Zellkomplexe (→ 1) ohne erkennbare Zellgrenzen mit polymorphen Zellkernen. Außerdem kommen synzytiale Riesenzellen (→ 2) vor. Die Langhanssche Zellschicht wird durch regelmäßig gebaute kubische Zellen mit hellem Zytoplasma und runden bis ovalen Zellkernen repräsentiert (→ 3). An einer Stelle sieht man mit Fibrin untermischte Nekrosen (→ 4). Die polymorphen Geschwulstzellkomplexe wachsen in Venen ein (→ 5) und führen dementsprechend zu hämatogenen Absiedelungen in die Lunge (→ 6: Muskulatur des Uterus).

Makroskopisch: Hämorrhagische (dunkel-schwarzrot) und nekrotische Tumoren, die auf dem Blutweg (Lunge) metastasieren.
Klinisch: Reichliche Choriongonadotropinausscheidung. Die Chorionepitheliome entstehen häufig auf dem Boden einer Blasenmole (30–60%). Die Häufigkeit wird mit 0,0025% bezogen auf die Geburtenzahl angegeben.

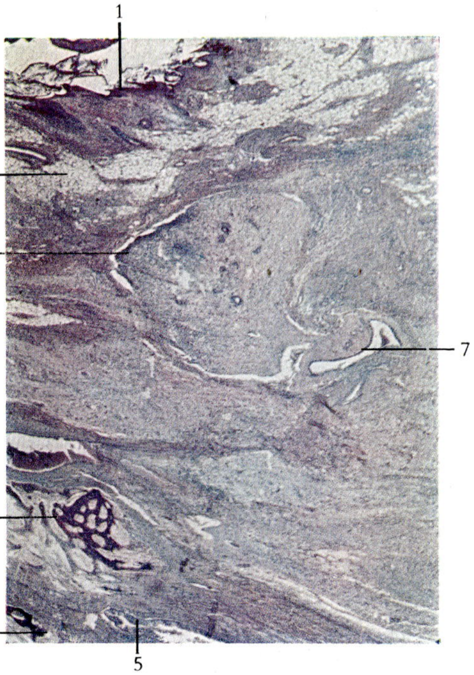

B. – Abb. 14.47. Teratom des Ovars; Fbg. HE, Vergr. 16 ×

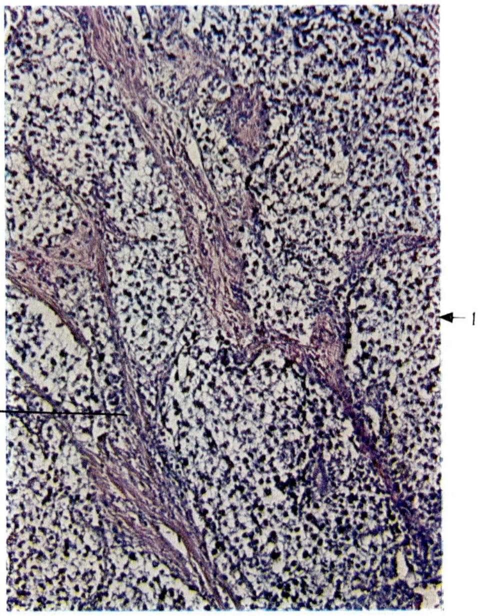

B. – Abb. 14.48. Seminom; Fbg. HE, Vergr. 80 ×

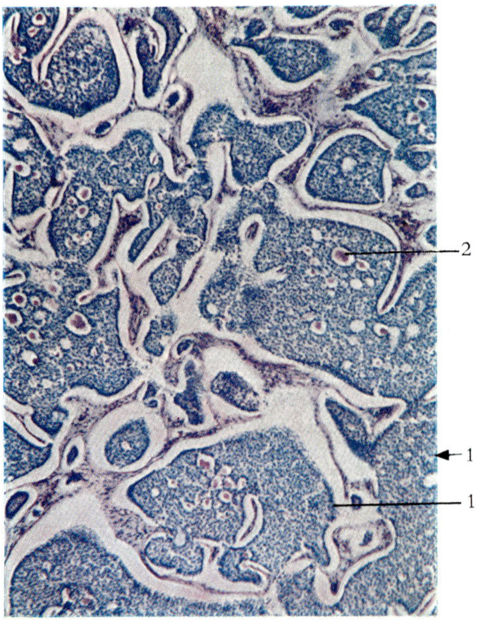

B. – Abb. 14.49. Granulosazelltumor des Ovars; Fbg. HE, Vergr. 70 ×

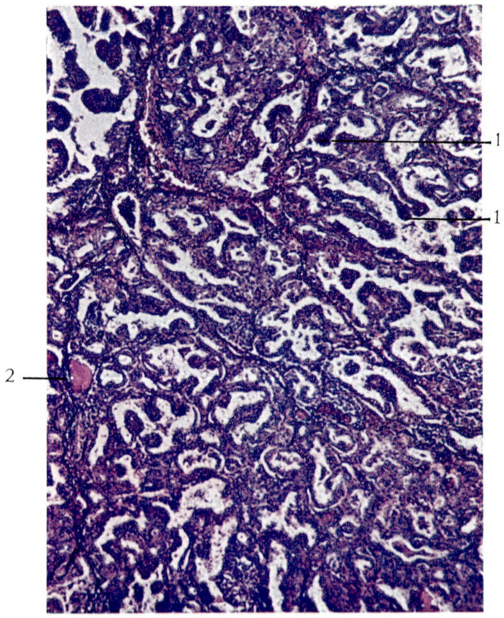

B. – Abb. 14.50. Papilläres Schilddrüsenkarzinom; Fbg. HE, Vergr. 70 ×

Teratom des Ovars (Abb. 14.47). *Teratome sind Mischgeschwülste (»Wundergeschwülste«), die sich aus verschiedenen Gewebskomponenten zusammensetzen. Sie stellen Mißbildungen dar, die an verschiedenen Stellen des Körpers entstehen, bevorzugt aber bilden sie sich im Bereich der Keimdrüsen. Sie machen 35–50% der Hodentumoren und 15% der Ovarialtumoren aus. Die Hodenteratome sind meistens bösartig, die Ovarialteratome überwiegend gutartig. Die einfachsten Ovarialteratome sind Dermoidzysten, von verhorntem Plattenepithel ausgekleidete Zysten, in deren Wand Talg- und Schweißdrüsen und zahlreiche Haarbälge vorkommen. Im Bereich eines sog. Kopfhöckers findet man Knochengewebe oder Zahnanlagen.*
Abb. 14.47 zeigt eine Übersichtsvergrößerung aus einem Ovarialteratom mit einer Vielzahl von Gewebselementen, die man im mikroskopischen Präparat mit stärkerer Vergrößerung einzeln aufsuchen muß. Man erkennt verhorntes Plattenepithel mit zahlreichen Haarbälgen (→ 1) und anhängendem Fettgewebe (→ 2), Knorpel- (→ 3) und Knochengewebe (→ 4), in der Nachbarschaft ein schmallumiger Schlauch, der von mehrreihigem Flimmerepithel nach Art eines Bronchus ausgekleidet wird (→ 5). Weiterhin findet sich reichlich Nervengewebe mit vielen Ganglienzellen (→ 6) und Ausbildung eines von Ependym ausgekleideten Neuralkanals (→ 7). Häufig ist auch Schilddrüsengewebe (Struma ovarii) oder Speicheldrüsengewebe, Lungen- und Lebergewebe nachweisbar. Die vorwiegend malignen Hodenteratome entbehren einer solch reichen Formenfülle. Sie werden von einem teils karzinomatös, teils sarkomatös erscheinenden, erheblich polymorphen und stark wachstumaktiven Tumorgewebe gebildet (Teratokarzinom).
Makroskopisch: Die einfacher gebauten Dermoidzysten sind gekennzeichnet durch den aus Talg und abgeschilfertem Hornmaterial bestehenden, reichlich von Haaren durchzogenen Inhalt. Die komplizierter zusammengesetzten Teratome sind zu einem großen Teil solide, wechselnd oft von Spalten oder Zysten durchsetzt und in Abhängigkeit von der sehr vielfältigen Gewebsmischung unregelmäßig strukturiert und bunt. Die malignen Teratome haben teils markige, teils fischfleischartige Beschaffenheit.

Seminom (Abb. 14.48). *Maligner, vom Hodengewebe ausgehender Tumor, der aus undifferenzierten Keimdrüsenzellen hervorgeht.* Das histologische Bild ist gekennzeichnet durch eine in große Areale gegliederte organoide Wucherung großer, heller, polygonaler Zellen mit einem zentralen, runden Zellkern. Außerdem sind Gruppen kleiner, runder, lymphozytenähnlicher Zellen zu beobachten. Abb. 14.48 zeigt die in wechselnd große Felder gegliederte Wucherung der hellen Tumorzellen (→ 1). Zwischen den Geschwulstarealen verlaufen wechselnd breite Bänder eosinroten, kollagenfaserigen, gefäßführenden Bindegewebes (→ 2). An mehreren Stellen erkennt man Nester der kleinen Rundzellen.

Granulosazelltumor des Ovars (Abb. 14.49). *Dieser Ovarialtumor ist vielfach hormonell aktiv. Er kann Östrogene produzieren und eine zystisch-glanduläre Schleimhauthyperplasie bewirken. Meist gutartig, hat jedoch eine starke Rezidivneigung und metastasiert in 10–20% aller Fälle (semimaligne).* Die histologischen Strukturen können sehr vielgestaltig sein: solide, follikuläre, tubulär-adenoide, zylindromatöse und sarkomatöse Formen sind in verschiedenen Tumoren, aber auch innerhalb einer Geschwulst zu beobachten. Auch die einzelnen Zellen dieses Tumors können entsprechend vielgestaltig sein, in seltenen Fällen wie Granulosaluteinzellen Lipoide speichern. Abb. 14.49 zeigt die solide (→ 1) und die follikuläre (→ 2) Form dieser Geschwulst. Die einheitlichen, mittelgroßen, polygonalen Zellen mit stark färbbaren ovalen Kernen entsprechen morphologisch den Granulosazellen der Graafschen Follikel.

Papilläres Schilddrüsenkarzinom (Abb. 14.50). *Das papilläre Schilddrüsenkarzinom stellt nur einen Vertreter der malignen epithelialen Schilddrüsentumoren dar.* (*Organoide Karzinome:* papilläres Karzinom, trabekuläres Karzinom, follikuläres Karzinom = hohe Gewebsreife. *Anorganoide Karzinome:* anaplastisches bis sarkomartiges Karzinom. Medulläres Karzinom mit Amyloid = Calcitoninzellen-Karzinom). Beim papillären Schilddrüsenkarzinom ist der histologische Aufbau durch papilläre oder unregelmäßig adenoide Gewebsformationen charakterisiert. Der Grundstock stellt ein gefäßführendes, fiederförmiges Bindegewebsgerüst dar, um das polymorphe und stark basophile, zylindrische oder kubische Epithelien angeordnet sind. Mehrfach sieht man an den Spitzen der papillären Formationen aus kleinen, stark basophilen Epithelzellen bestehende Proliferationsknospen (→ 1). An einzelnen Stellen ist es zur Bildung von Kolloid gekommen (→ 2).

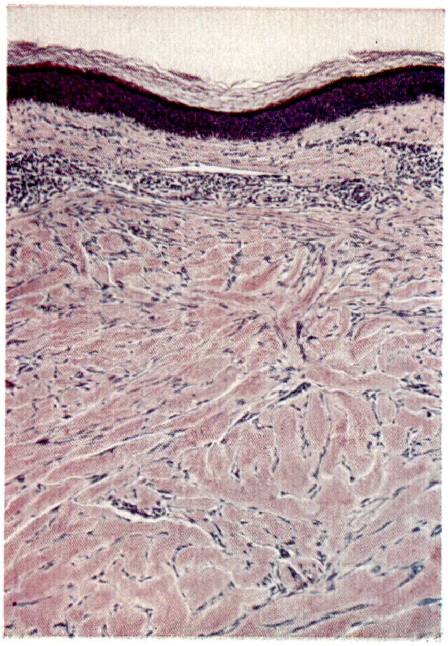

B. – Abb. 14.51. Keloid;
Fbg. HE, Vergr. 62 ×

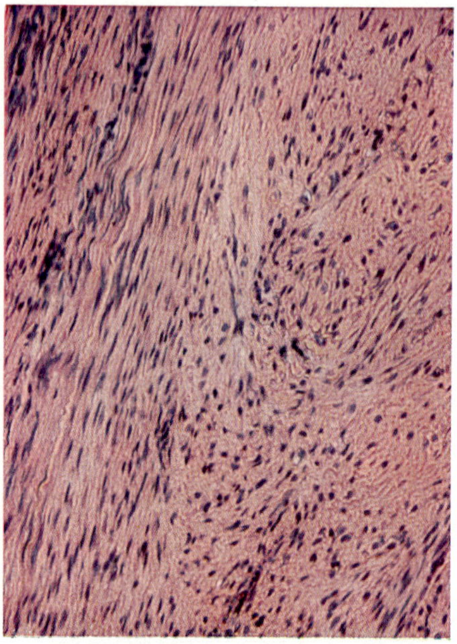

B. – Abb. 14.52. Hartes Fibrom;
Fbg. HE, Vergr. 103 ×

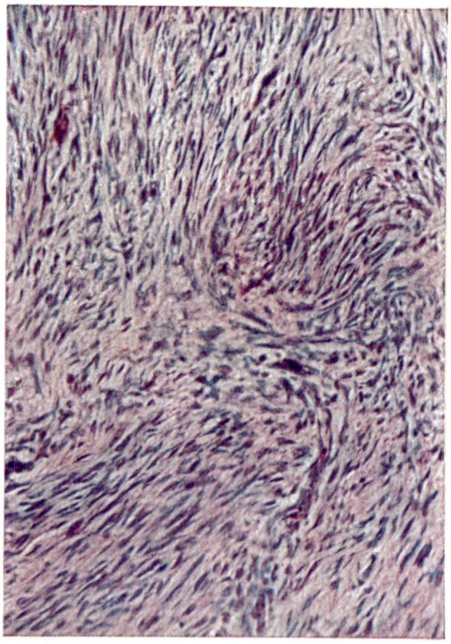

B. – Abb. 14.53. Zellreiches Fibrom;
Fbg. HE, Vergr. 165 ×

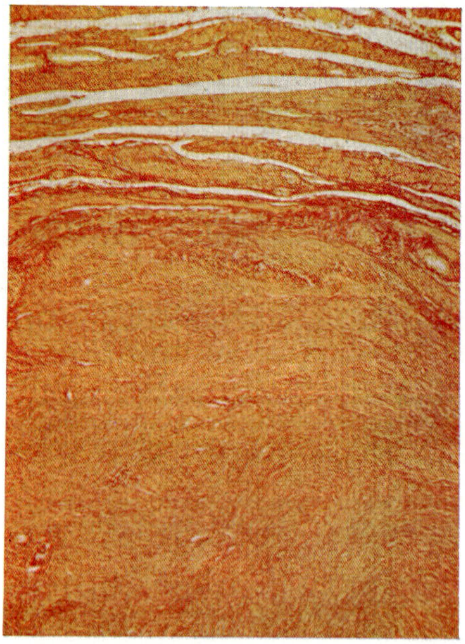

B. – Abb. 14.54. Leiomyom;
Fbg. v. Gieson, Vergr. 90 ×

Mesenchymale Tumoren

Es können gutartige und bösartige Tumoren unterschieden werden:
1. Gutartige mesenchymale Tumoren. Sie haben eine hohe Gewebsreife und sind damit dem Ausgangsgewebe sehr ähnlich (homolog). Sie wachsen verdrängend. Zu dieser Gruppe gehören: Fibrome (weiche/harte Fibrome, Keloide) Myxome, Lipome, Chondrome, Osteome, Myome (Leiomyome, Rhabdomyome), Hämangiome.
2. Bösartige mesenchymale Tumoren. Diese Tumoren sind ihrem Ausgangsgewebe weniger ähnlich (heterolog). Sie wachsen infiltrierend und metastasieren auf dem Blutwege. Teilweise zeigen sie keine Differenzierungsprodukte der Interzellularsubstanz (unreife Formen), teilweise kann man in ihnen solche nachweisen (reifere Formen). *a) Unreife Formen:* Rundzellsarkome, Spindelzellsarkome, polymorphzellige Sarkome. *b) Reife Formen:* Die Tumoren dieser Gruppe produzieren bestimmte Elemente der Interzellularsubstanz: Fibrosarkome (kollagene Fasern), Myxosarkome (mukopolysaccharidreiche Grundsubstanz), Chondrosarkome (Knorpel), Osteosarkome (Knochen), Myosarkome (Muskelfasern) usw.

Merke: *Karzinome:* Immer Gliederung in Form von Epithelsträngen und Bindegewebe. *Sarkome:* Es liegt nur *ein* Gewebstyp vor.

Keloid (Abb. 14.51). Das Keloid stellt oft keine spontan entstehende Geschwulst *(Keloidfibrom)*, sondern eine überschüssige Bindegewebswucherung mit Hyalinisierung dar *(Narbenkeloid der Haut)*. Histologisch sieht man im Korium breite Bündel hyalinen, homogenen, eosinroten Bindegewebes mit nur spärlich spindeligen Fibroblasten. In unserem Bild erkennt man unter der atrophierten Epidermis außerdem eine geringe Infiltration von Lymphozyten.

Makroskopisch: Es handelt sich um derbe Knoten oder streifenförmige Erhabenheiten (Narbenkeloid).

Fibrome (Abb. 14.52 u. 14.53). Die echten Fibrome unterscheiden sich vom Keloid durch den Zellreichtum und das Fehlen von hyalinisiertem Bindegewebe. **Harte Fibrome** (Abb. 14.52) bestehen aus Bündeln kollagener Fasern, die sich miteinander verflechten und im Schnitt teils quer, teils längs oder schräg getroffen sind. Die Fibroblastenzellkerne haben eine spindelige Form. Von diesem faserreichen und zellarmen Typ gibt es alle Übergänge zu zellreicheren und faserärmeren Fibromen (Abb. 14.53, **zellreiches Fibrom**), die infolge des geringen Fasergehaltes makroskopisch weich erscheinen. Die länglich ausgezogenen Zellkerne (spindelige Form der Fibroblasten) sind völlig regelrecht (keine Größenunterschiede, keine Hyperchromasie) (vgl. Spindelzellsarkom, s. S. 264).

Makroskopisch sind die Fibrome meist nicht von einer Kapsel abgegrenzt, sondern gehen unscharf in das normale Gewebe über. Trotzdem ist ihr gutartiger Charakter an der hohen Gewebsreife meist zu erkennen. Bei zellreichen Fibromen kann die Differentialdiagnose zu Spindelzellsarkomen allerdings manchmal schwierig sein.

Leiomyom (Abb. 14.54). Leiomyome sind gutartige Tumoren der glatten Muskulatur und kommen besonders in der Uterusmuskulatur vor. Auch hier findet man einen geflechtartigen Aufbau von Bündeln glatter Muskelfasern. Das Zytoplasma der Muskelfasern stellt sich bei v. Gieson-Färbung gelb dar, während die zwischen den Muskelbündeln auftretenden Bindegewebsfasern rot gefärbt sind. Die Zellkerne sind im Vergleich zu den Fibromen zwar auch länglich, aber mit abgestumpften Enden (walzenformig). Das verdrangende Wachstum ist in unserer Abbildung deutlich zu sehen. Die umgebende Uterusmuskulatur ist atrophisch und zu einer Art Kapsel zusammengeschoben (im Bild oben).

Makroskopisch erscheinen die Myome scharf begrenzt und sind meist derb. Im Zentrum häufig Hyalinisierungen mit Untergang der Muskulatur durch Ernährungsstörungen.

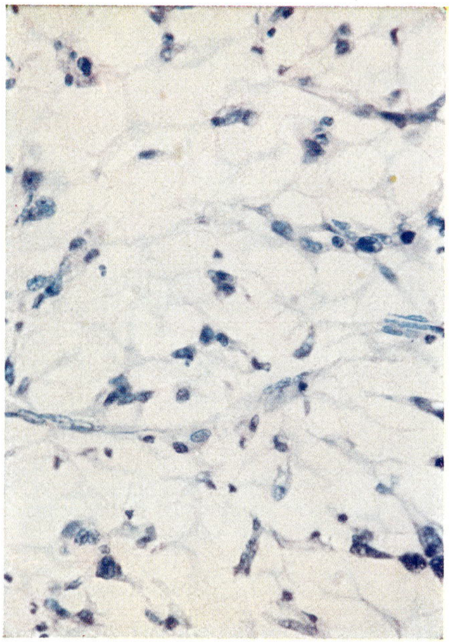

B. – Abb. 14.55. Myxom;
Fbg. HE, Vergr. 296×

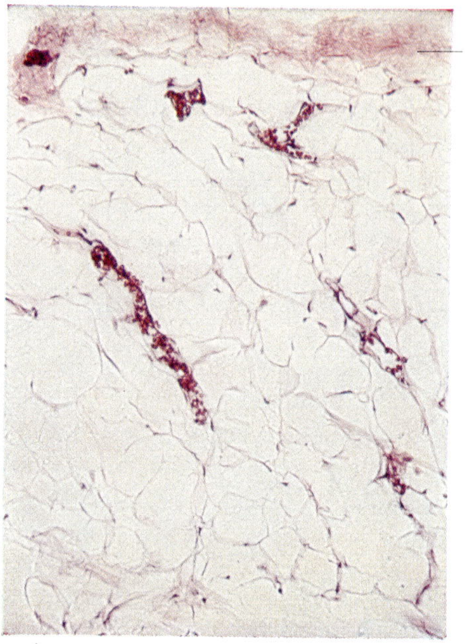

B. – Abb. 14.56. Lipom;
Fbg. HE, Vergr. 105×

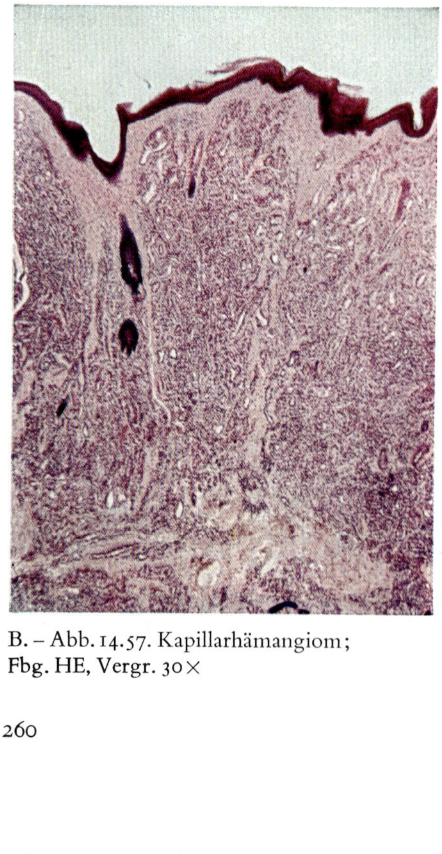

B. – Abb. 14.57. Kapillarhämangiom;
Fbg. HE, Vergr. 30×

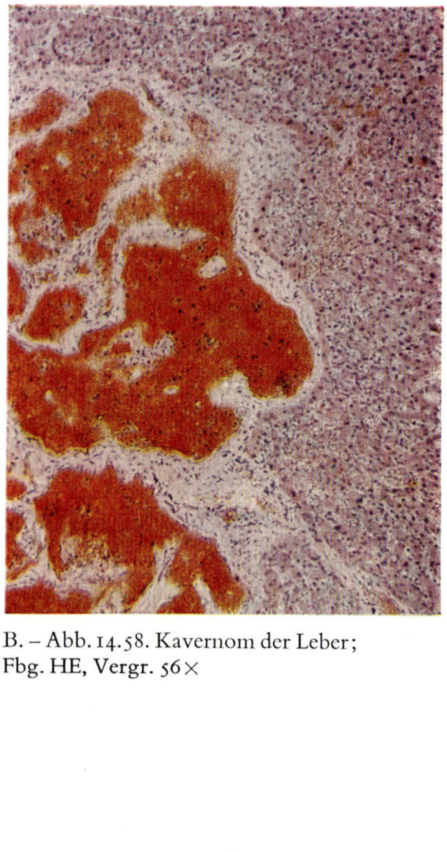

B. – Abb. 14.58. Kavernom der Leber;
Fbg. HE, Vergr. 56×

Myxom (Abb. 14.55). Myxome sind seltene Geschwülste, die zum Typus des gallertigen Bindegewebes gehören. Sie bestehen aus sternförmigen Zellen, deren Zytoplasmaausläufer netzartig miteinander in Verbindung stehen. Dazwischen findet man eine schwach blau gefärbte Grundsubstanz, die eine positive Schleimreaktion gibt. Kollagene Fasern können zudem auftreten (Myxofibrom). Unser Bild zeigt die sternförmigen Zellen, die den Zellen im embryonalen Schleimgewebe (z. B. Nabelschnur) gleichen. Am häufigsten trifft man myxomatöse Gewebsbezirke in anderen Tumoren der Bindegewebsreihe (Chondromyxome, Myxofibrome, Neurinome usw.), wobei die myxomatösen Partien entweder unreife Tumorabschnitte darstellen (Matrixgewebe der Geschwulst) oder auch sekundär durch interstitielles Ödem entstehen können.

Makroskopisch: Weiche Tumoren mit glasig schleimiger Schnittfläche, die leicht rezidivieren.

Lipom (Abb. 14.56). Lipome stellen lappig gebaute Geschwülste des Fettgewebes dar, die von einer zarten Bindegewebskapsel (→) umgeben sind. Histologisch bestehen sie aus typischen Fettzellen, die allerdings etwas stärkere Größenunterschiede aufweisen als im normalen Fettgewebe.

Hämangiome *sind gutartige Neubildungen der Blutgefäße, die meist aufgrund von Fehlbildungen (Hamartome) entstehen (dysontogenetische Geschwülste).* Sie können einen *kapillären, kavernösen* (sinusähnlichen) oder seltener *arteriellen* Aufbau haben. Spezielle Formen stellen die *Glomustumoren*, eine neuromyoepitheliale Geschwulst, dar.

Die häufigste Geschwulstform ist das **Kapillarhämangiom** (Abb. 14.57). *Insbesondere bei Kindern vorkommend, liegt es entweder im Niveau der Haut (Feuermal) oder stellt sich als ein kleines, rundes, leicht erhabenes Knötchen dar.* Histologisch sieht man bei schwacher Vergrößerung ein unscharf begrenztes, zellreiches, in Läppchen unterteiltes Geschwulstgewebe. Es liegt im Korium und reicht häufig bis zum subkutanen Fettgewebe mit unscharfer Grenze.

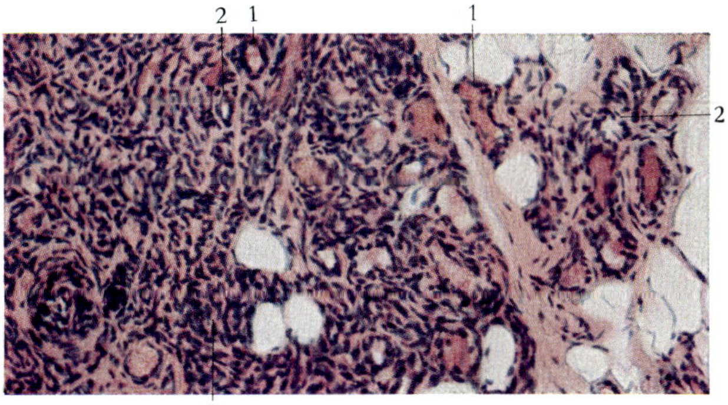

B. – Abb. 14.59. Kapillarhämangiom, Fbg. HE, Vergr. 150×

Die **mittlere Vergrößerung** (Abb. 14.59) zeigt neben spaltförmigen auch ovale Hohlräume, die von länglichen Endothelzellen begrenzt werden und entweder mit Erythrozyten gefüllt sind (typische Kapillaren, → 1) oder leer erscheinen (→ 2). Ferner sieht man solide Sproßbildungen aus endothelartigen Zellen ohne Kanalisation. Dazwischen liegt ein retikulares Bindegewebe (→ 3). Bemerkenswert ist die unscharfe Begrenzung, in unserem Bild als »infiltratives Wachstum« im subkutanen Fettgewebe zu beobachten. Trotzdem ist die Geschwulst gutartig und darf nicht mit einem Sarkom verwechselt werden.

Wesentlich einfacher aufgebaut sind die **kavernösen Hämangiome** (Abb. 14.58). Sie kommen meist in der Leber subkapsulär vor (Hamartome) und sind makroskopisch scharf begrenzt mit dunkelroter Schnittfläche. Bei schwacher und mittlerer Vergrößerung sieht man große, mit Blut gefüllte Hohlräume, die von dünnen bindegewebigen Septen mit einem Endothelbelag voneinander abgegrenzt werden. Am Rande sind druckatrophische Leberzellen zu erkennen.

Die bösartigen Geschwülste werden als *maligne Hämangioendotheliome* (vgl. S. 264) bezeichnet, die besonders von der Schilddrüse ausgehen können.

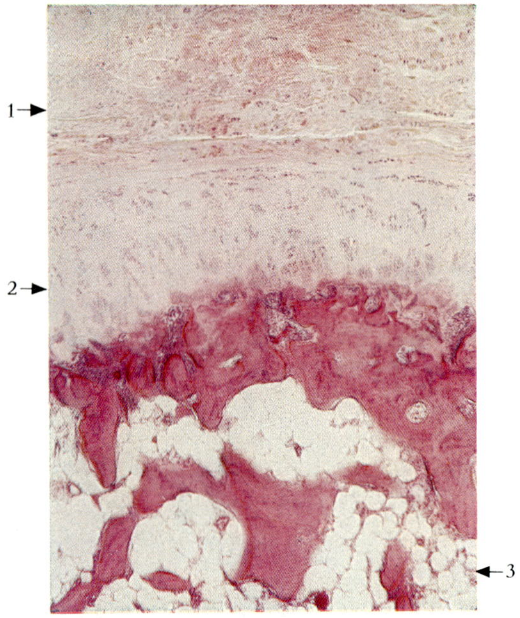

B. – Abb. 14.60. Osteokartilaginäre Exostose; Fbg. HE, Vergr. 36×

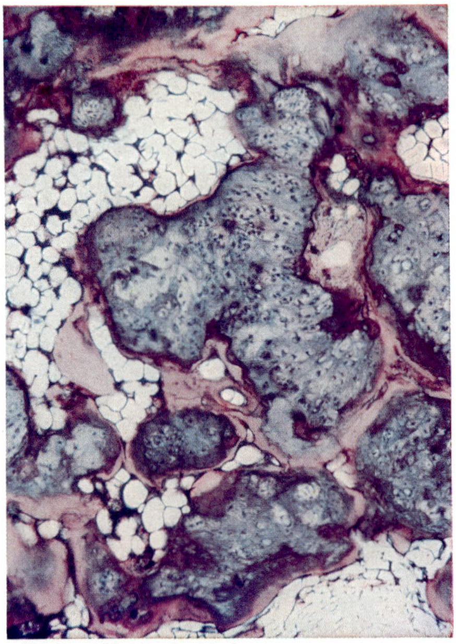

B. – Abb. 14.61. Enchondrom; Fbg. HE, Vergr. 41×

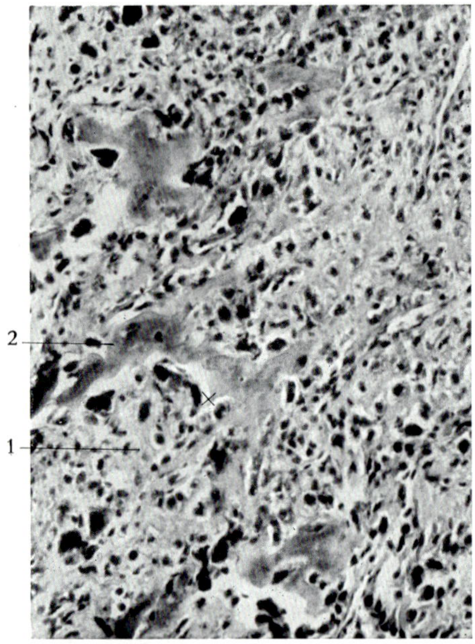

B. – Abb. 14.62. Osteosarkom; Fbg. HE, Vergr. 102×

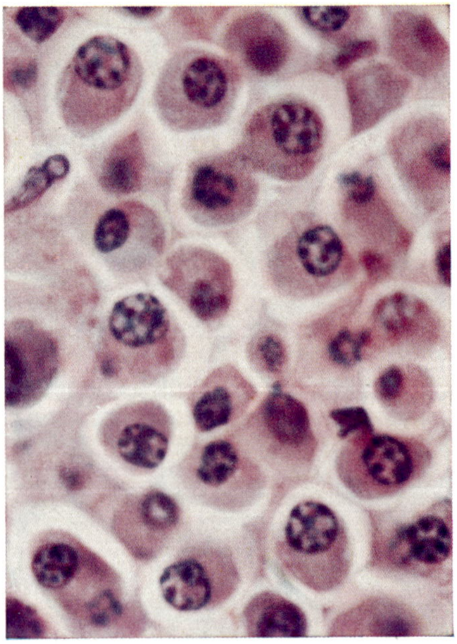

B. – Abb. 14.63. Plasmozytom; Fbg. HE, Vergr. 1200×

Osteokartilaginäre Exostose (Osteochondrom, s. Makropathologie) (Abb. 14.60): Kartilaginäre Exostosen werden als Fehlbildungen aufgefaßt, die auch hereditär und multipel vorkommen, oder als Osteochondrome den gutartigen Knochentumoren zugerechnet. Sie zeigen einen Aufbau, der an das normale Knochenwachstum durch enchondrale Ossifikation (Ersatzknochenbildung) erinnert, wobei eine zellarme Knorpelkappe einen hyperplastischen Kortikalisknochen überzieht. In unserem Bild sieht man oben periostales Bindegewebe (→ 1). Darauf folgt die Knorpelschicht mit Gruppen von kleinen einkernigen Chondrozyten (→ 2, angedeuteter Säulenknorpel), die in das grobe neugebildete Knochengewebe von Kortikalis und Spongiosa übergeht. Zwischen den plumpen Spongiosabälkchen sieht man Fettgewebe und einzelne Blutbildungsherde (→ 3).

Enchondrom (Abb. 14.61): Chondrome, meist an den Händen und Füßen lokalisiert, kommen als Ekchondrome (periostale Chondrome) in der Epiphysengegend oder als solitäre Enchondrome in der Knochenmarkshöhle vor. Histologisch sieht man in unserem Bild läppchenförmige Komplexe hyalinen Knorpels, die sich hier im Fettmark des Knochens entwickelt haben (Enchondrom). Das Knorpelgewebe ist reich an gleichförmigen einkernigen Knorpelzellen, die in den hellen Knorpelhöhlen liegen. Die Knorpelzellen liegen dichter und unregelmäßiger verteilt als im normalen Knorpelgewebe. Mitosen fehlen. Am Rande der blauen Knorpelgrundsubstanz (saure Mukopolysaccharide) ist neugebildetes rot gefärbtes Knochengewebe zu erkennen (enchondrale Ossifikation).
Die Enchondrome der Finger und Zehen sind gutartig. Treten sie in den langen Röhrenknochen auf, ist die Prognose schlechter (häufig maligne Entartung). Chondrome des Beckens sind immer maligne.

Osteosarkom (Abb. 14.62): Die osteogenen Sarkome zeigen morphologisch eine große Vielfalt ihres Erscheinungsbildes. Sie zerstören das normale Knochengewebe und bauen gleichzeitig selbst pathologische Knochensubstanz auf bindegewebiger und knorpeliger Grundlage auf (v. ALBERTINI, 1955). Charakteristisch für den histologischen Aufbau ist das schachbrettartige ineinandergefügte Auftreten von sarkomatösem Stroma, Herden von hyalinem Knorpel (Tumorknorpel), Verkalkungen, Schleim, Faserknochen (Tumorknochen), Inseln von Riesenzellen und Tumorosteoid. Die Bildung des Tumorosteoids und Tumorknochens erfolgt direkt aus dem sarkomatösen Bindegewebe. Die Osteoidbildung unterscheidet histologisch das Osteosarkom vom Chondrosarkom. Bei der osteoplastischen Form stehen die polymorphen Spindelzellen, bei der osteolytischen Form die Riesenzellen im Vordergrund, wobei große Ähnlichkeit mit den Riesenzelltumoren des Knochens (vgl. S. 216) bestehen kann (HERZOG, 1944).
In unserem Bild sieht man ein polymorphzelliges Geschwulstgewebe mit Formationen eines atypischen hyalinen Knorpelgewebes (Tumorknorpel). Die dunkelkernigen Knorpelzellen (→ 1) liegen in einer homogenen Grundsubstanz. An einzelnen Stellen des sarkomatösen Stromas haben sich Strukturen gebildet, die an Knochenbälkchen erinnern (→ 2, Tumorknochen). Daneben erkennt man Ablagerungen von unverkalktem Osteoid (x). In ganz undifferenzierten Partien hat der Tumor das Aussehen eines polymorphzelligen Sarkoms.

Klinik: Die Osteosarkome treten bevorzugt bei Jugendlichen auf. Sie kommen jedoch auch im höheren Lebensalter vor (Altersgipfel 10–20 Jahre). Ausgesprochene Prädilektionsstellen sind die Metaphysen von Femur (distal) und Tibia (proximal). Röntgenologisch sind die osteoblastischen Osteosarkome durch Spiculae gekennzeichnet; bei der osteolytischen Form tritt ein »Mäusefraßbild« auf. Für die histologische Diagnose von Knochentumoren ist das klinische Erscheinungsbild, insbesondere die Kenntnis der Röntgenaufnahmen, unerläßlich.

Plasmozytome (Multiples Myelom, Abb. 14.63) *stellen umschriebene oder diffus wachsende Tumoren des Knochenmarks dar, die den Knochen zerstören und mit einer Vermehrung der Immunglobuline im Blutplasma einhergehen* (meist IgG, IgA, seltener IgE oder IgD, sog. monoklonale Immunglobuline; teils Heavy (H) oder Light (L) chain, oder L und H von Antikörpern). In der Niere wird häufig ein pathologischer Eiweißkörper ausgeschieden (Bence-Jones-Eiweißkörper, »Light chain«-Protein) mit Resorption und hyalintropfiger Eiweißspeicherung in den Tubulusepithelien (vgl. S. 140). Häufig ist die Erkrankung auch mit einer Paramyloidose vergesellschaftet. Im Ausstrich oder Schnitt des Knochenmarks finden sich charakteristische, atypische Plasmazellen mit exzentrisch gelegenen Zellkernen, die angedeutet die Radspeichenstruktur des Chromatins der Plasmazellen erkennen lassen. Das Zytoplasma ist eosinophil.

Makroskopisch: Herdförmige Zerstörung des Schädeldaches (Röntgenbild!). Herdförmig oder diffus in Wirbelsäule, Sternum, Becken usw. wachsend, mit Osteolyse. Rote oder graurote, himbeergeleeartige Herde (s. Makropathologie).

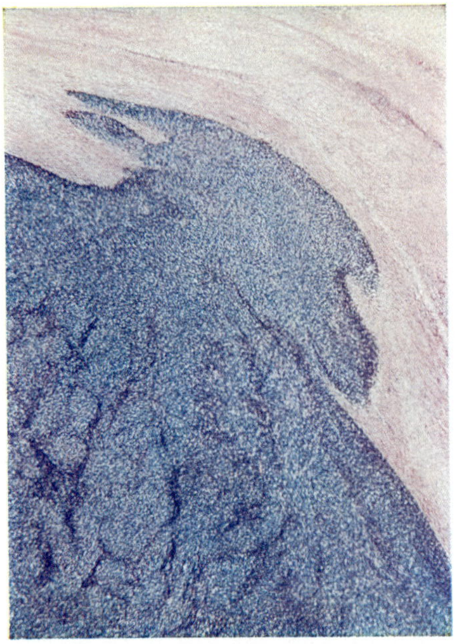

B. – Abb. 14.64. Spindelzellsarkom; Fbg. HE, Vergr. 30 ×

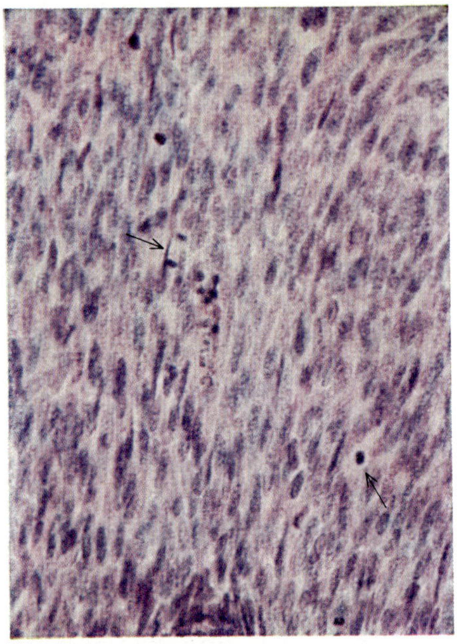

B. – Abb. 14.65. Spindelzellsarkom; Fbg. HE, Vergr. 320 ×

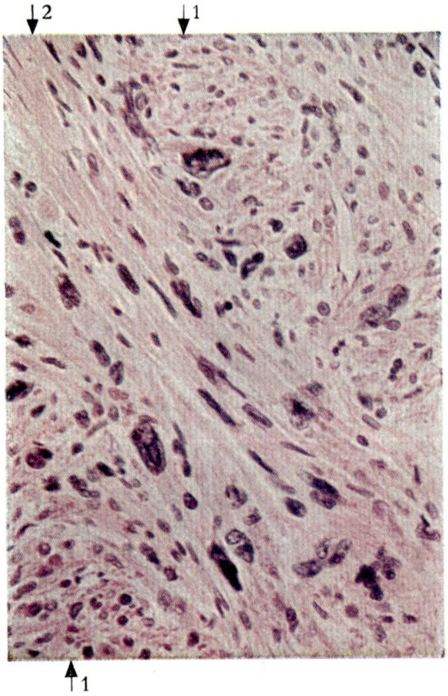

B. – Abb. 14.66. Leiomyosarkom; Fbg. HE, Vergr. 190×

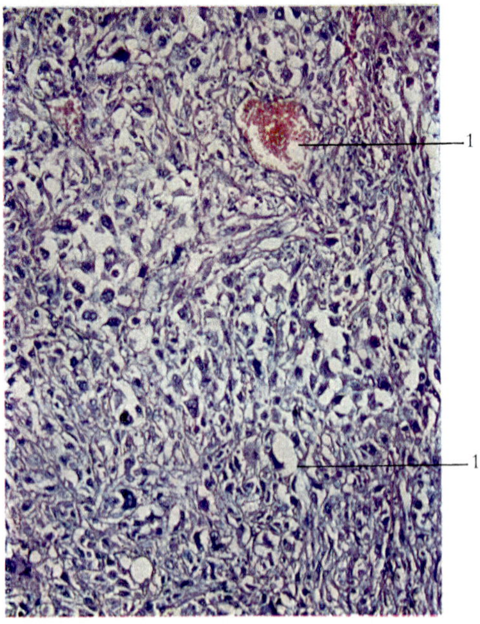

B. – Abb. 14.67. Malignes Hämangioendotheliom; Fbg. HE, Vergr. 120 ×

Sarkome

Die malignen Tumoren der Binde- und Stützgewebe können nach *morphologischen* (Spindelzellsarkome, Rundzellsarkome bzw. Lymphosarkome, polymorphzellige Sarkome) oder *histogenetischen* Gesichtspunkten eingeteilt werden (*Spindelzellsarkome:* Fibrosarkome, Neurosarkome, Leiomyosarkome. *Rundzellsarkome:* Retikulosarkome, Lymphosarkome. *Polymorphzellige Sarkome:* »verwilderte« Formen der obigen Tumoren. Rhabdomyosarkome, Liposarkome). Die *histogenetische Einteilung* leitet sich aus dem Nachweis von Zell- oder Gewebsdifferenzierungen ab (z. B. Querstreifung im Zytoplasma = Rhabdomyosarkom; kollagene Fasern = Fibrosarkom; Knorpel und Knochen = Chondrosarkom; Knorpel, Knochen, Osteoid = Osteosarkom.

Spindelzellsarkom (Abb. 14.64 u. 14.65). Histologisch findet man ein zellreiches, uniform gebautes Geschwulstgewebe, das teils verdrängend, teils infiltrierend in das umgebende Bindegewebe einwächst (Abb. 14.64). Schon bei mittlerer Vergrößerung kann man eine grobe Gliederung in einzelne breite, teils quer-, teils längsgetroffene Zell- und Faserbündel erkennen. Bei starker Vergrößerung (Abb. 14.65) sieht man dichtliegende längsovale bis spindelige Zellkerne, die zu breiten Bändern zusammengelagert sind und so eine gewisse Ordnung erkennen lassen. Das Zytoplasma ist länglich ausgezogen. Mitosen sind reichlich zu sehen (→). Die Zellkerne zeigen eine geringe Polymorphie und Hyperchromasie.
Diese wenig ausdifferenzierten *Spindelzellsarkome*, bei denen nur spärlich oder keine kollagenen Fasern zwischen den Zellen auftreten, *rezidivieren* (75%) und *metastasieren häufiger* (24%) als die als *semimaligne* angesehenen *Fibrosarkome*. Diese metastasieren nicht, wachsen aber *lokal destruierend* und *rezidivieren in 40% der Fälle* (vgl. STOUT, 1953).

Leiomyosarkom (Abb. 14.66). Diese Tumoren gehen von der glatten Muskulatur aus (Uterus, Magendarmkanal, Retroperitoneum, Gefäße) und metastasieren fast immer ziemlich frühzeitig auf dem Blutweg (Lungenmetastasen). Mikroskopisch sieht man lang ausgezogene spindelige Zellen mit eosinrotem Plasma, die sich häufig in Bündeln anordnen [in unserem Bild teils quer (→ 1), teils längs getroffen (→ 2)]. Die Zellkerne haben abgestumpfte Enden; bizarre Riesenzellkerne kommen vor. An manchen Stellen können die Kerne auch palisadenförmig stehen. Im Zytoplasma der Zellen lassen sich manchmal Myofibrillen (Elektronenmikroskopie!) nachweisen. Das Zytoplasma färbt sich bei v. Gieson gelb an.

Malignes Hämangioendotheliom (Abb. 14.67). *Diese relativ seltene Geschwulst wird von Gefäßendothelien abgeleitet.* Histologisch findet man ein sarkomatöses Bild mit Vermehrung atypischer Zellen, die teilweise unregelmäßige Spalträume auskleiden, teilweise sich aber auch als solide Zapfen in Begleitung von manchmal reichlich kollagenfasrigem Bindegewebe ausbreiten. Die gewucherten Zellen sind äußerst vielgestaltig. Spindlige, polygonale und riesenzellige Formen ergeben ein buntes Bild. Auch die Zellkerne sind sehr polymorph. Im Zytoplasma der Zellen kann man öfters phagozytierte Erythrozyten oder Leukozyten nachweisen. Öfters sind die Zellen mit Zytoplasmaausläufern mit anderen in Verbindung, so daß der Eindruck eines retikulären Gewebes entsteht (ALBERTINI, 1955, faßt daher die Geschwülste als ein »Reticulosarcoma angioblasticum« auf). Abb. 14.67 zeigt einen Ausschnitt aus einem malignen Hämangioendotheliom der Schilddrüse mit starker Zell- und Kernpolymorphie. Bei → 1 deuten sich teils mit Blut gefüllte Lumina an.

Makroskopisch: Meist von der Schilddrüse (Kolloidstrumen) oder der Leber ausgehende Geschwülste Dunkelrote Schnittfläche, brüchige Konsistenz. Hohe Metastasierungsneigung.

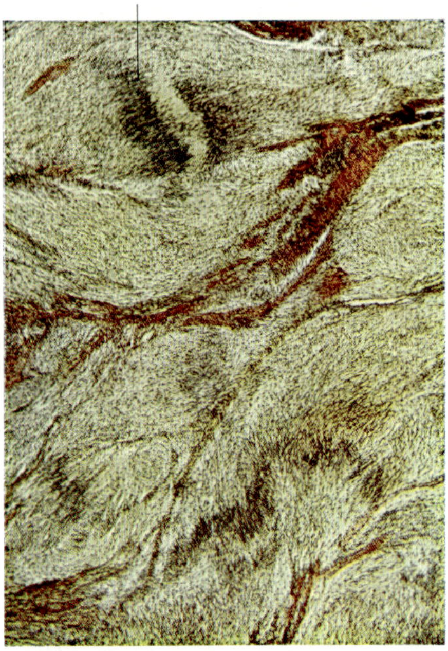

B. – Abb. 14.68. Neurinom;
Fbg. v. Gieson, Vergr. 47 ×

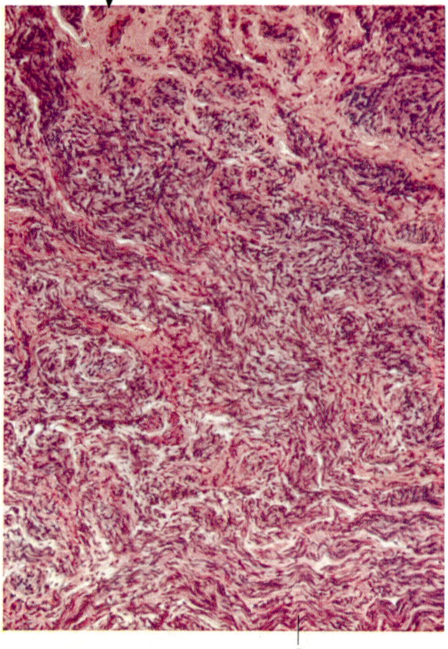

B. – Abb. 14.69. Neurofibrom (Amputationsneurom);
Fbg. HE, Vergr. 90 ×

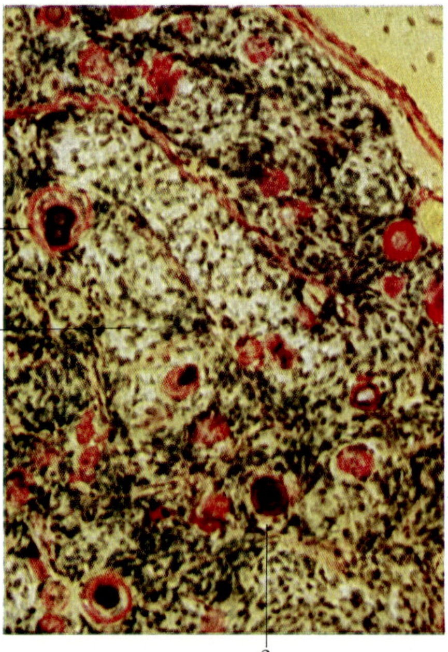

B. – Abb. 14.70. Meningeom;
Fbg. v. Gieson, Vergr. 180 ×

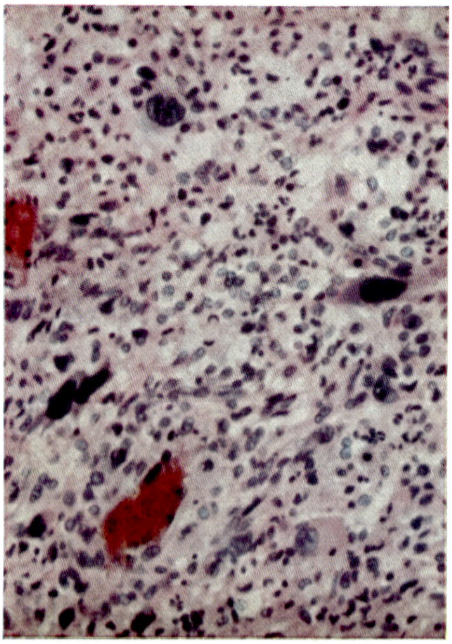

B. – Abb. 14.71. Glioblastoma multiforme;
Fbg. HE, Vergr. 190 ×

Tumoren des Nervengewebes

Neurome stellen Geschwülste der Nerven dar, die man in echte (z.B. Ganglioneurom aus Ganglienzellen und Nerven) und falsche (Neurinom, Neurofibrom) einteilt. Letztere bestehen aus gewucherten Schwannschen Zellen und Bindegewebe.

Die **Neurinome** (Abb. 14.68) bieten histologisch schon in der Übersicht ein typisches Bild: Es handelt sich um dichtgedrängte spindelige Zellen und Fasern, die in breiten Bündeln liegen. Die Zellkerne sind stiftförmig und ordnen sich rhythmisch an (sog. *Palisadenstellung der Zellkerne:* →). Die mittlere Vergrößerung zeigt bei v. Gieson-Färbung das gelbgefärbte, länglich ausgezogene Zytoplasma der Zellen, die ein Synzytium bilden. Die Zellen werden von den Schwannschen Zellen der Nervenscheide abgeleitet (»Schwannome«).

Makroskopisch: Runde, gut begrenzte Tumoren, z B. im Kleinhirnbrückenwinkel. (s. Makropathologie)

Die **Neurofibrome** (Abb. 14.69) treten solitär oder multipel, manchmal systematisiert auf *(von Recklinghausensche Neurofibromatose).* Sie unterscheiden sich nur durch die Menge des kollagenen Fasergewebes vom Neurinom. Es handelt sich um eine Wucherung von Schwannschen Zellen, die von Bündeln kollagener Fasern durchzogen sind. Die Nervenfaserbündel (v. Gieson gelb) werden durch die Wucherung des Bindegewebes (v. Gieson rot) aufgesplittert und auseinandergedrängt (→ 1). Unser Bild zeigt ein sog. *Amputationsneurom,* d. h. eine kolbenförmige Wucherung von Nervenfasern (→ 2) und Bindegewebe nach Verletzung oder Durchtrennung von Nerven. Meist besteht kein eigenständiges Wachstum, es handelt sich vielmehr um eine überschießende Regeneration.

Meningeom (Abb. 14.70). *Meningeome stellen makroskopisch meist kugelige, der Dura aufsitzende und das Hirngewebe verdrängende Tumoren dar. Sie werden von den Deckzellen der Arachnoidea abgeleitet (orthologisches Vorbild: Pacchionische Granulationen).* Bei schwacher Vergrößerung sucht man am besten zunächst die typischen Strukturen auf: Man sieht hier spindelige Zellen, die sich zwiebelschalenförmig anordnen (→ 1). Im Zentrum findet man hyaline oder verkalkte Kugeln (nekrotische Zellen), die wiederum konzentrisch geschichtet erscheinen (→ 2) (sog. *Durapsammome*). In unserem Bild sind auch schon die zelligen äußeren Anteile der zwiebelschalenartigen Bildungen hyalinisiert (v. Gieson rot). Dazwischen findet man solide Partien der gleichen länglich-ovalen Zellen (→ 3), die von einem kollagenen Fasergewebe umgeben sind. Überwiegen diese bindegewebigen Anteile, so kann daraus ein fibromartiges Gewebsbild resultieren. Die Verdrängung des Gehirngewebes ist in unserem Bilde am oberen rechten Rande deutlich zu sehen.

Glioblastoma multiforme (Abb. 14.71). Das Glioglastoma multiforme ist der häufigste maligne Tumor des Gehirngewebes beim Erwachsenen. Histologisch sieht man ein von Nekrosen und Blutungen durchsetztes zellreiches Geschwulstgewebe, das infiltrierend in das normale Hirngewebe eingewachsen ist. Vorherrschend sind hochgradig polymorphe Zellen mit vielgestaltigem Plasmaleib und bizarren hyperchromatischen und polymorphen Zellkernen, die sich besonders perivaskulär anordnen. Dazwischen liegen kleinere runde Zellen sowie mittelgroße ovale oder polymorphe Zellelemente. Eine Identifizierung als Gliazellen oder Astrozyten ist nicht möglich.

Makroskopisch: Bunte Schnittfläche mit roten Partien (Blutungen), gelben Herden (Nekrosen) und grauen Teilen (Geschwulstgewebe). Häufig besteht ein Ödem des umgebenden Hirngewebes (gelbgrau, sulzig).

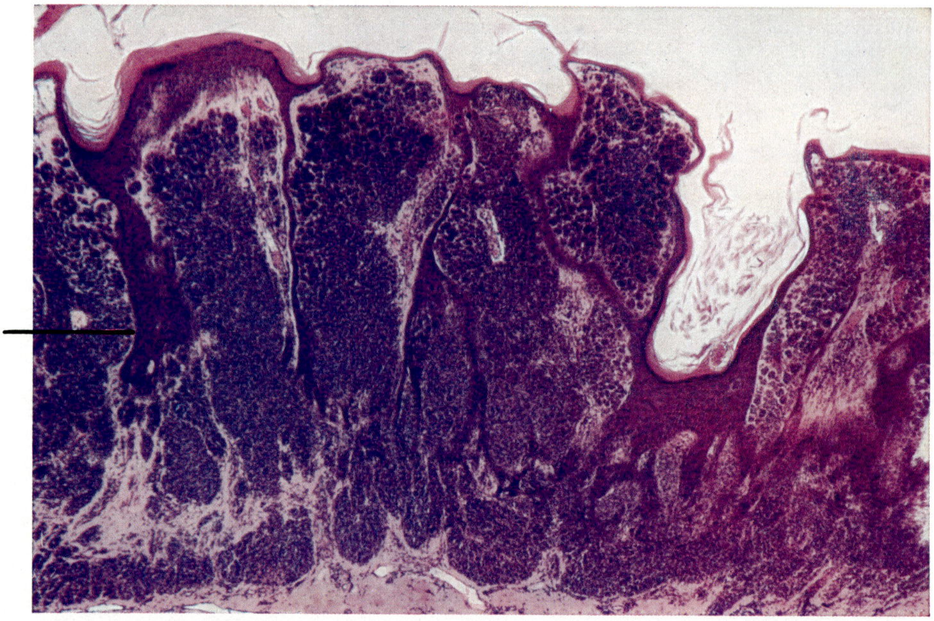

B. – Abb. 14.72. Naevus pigmentosus; Fbg. HE, Vergr. 58 ×

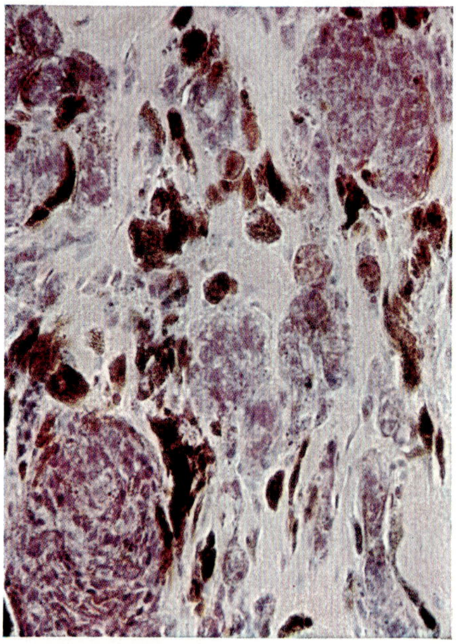

B. – Abb. 14.73. Naevus pigmentosus (Detail); Fbg. HE, Vergr. 270 ×

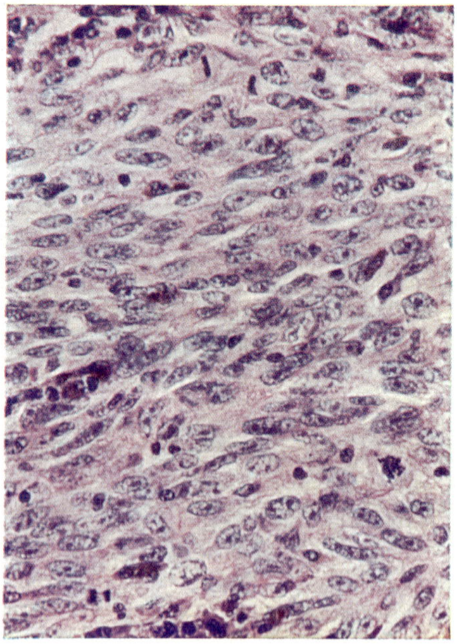

B. – Abb. 14.74. Malignes Melanom; Fbg. HE, Vergr. 350 ×

Melanome

Die Melanome sind Tumoren der Haut, seltener der Schleimhäute, die von den pigmentbildenden Zellen ihren Ausgang nehmen. Man unterscheidet gutartige Melanome, die histogenetisch von den *Pigmentzellen der Epidermis (epidermogener Nävus)* oder von denjenigen des *Koriums (korialer Nävus)*, auch kutaner Nävus genannt, abgeleitet werden. Als *maligne Melanome* werden die bösartigen Tumoren bezeichnet. Der Ausdruck *Nävus* besagt nur ganz allgemein, daß es sich um eine angeborene Fehlbildung der Haut handelt (Mal, Muttermal), unter der sich ganz verschiedene dysontogenetische Tumoren (Hamartome) verbergen können (Naevus vasculosus = Hämangiom, Naevus sebaceus = Talgdrüsenhyperplasie usw.). Die korrekte Bezeichnung muß demnach immer das *Attribut* einschließen. Als Naevi im eigentlichen Sinne werden die Nävuszellnaevi bezeichnet. Es gibt pigmentierte und unpigmentierte Formen. Auch hier handelt es sich um Hamartome, aus denen die Geschwülste hervorgehen.

Der *koriale Nävus* (blauer Nävus, Mongolenfleck) stellt eine Ansammlung von Zellen des Pigmentbildungsgewebes in der *Kutis* ohne Beteiligung der Epidermis dar. Es handelt sich um spindelige Zellen, die reichlich Pigment enthalten (vgl. die länglichen Zellelemente in Abb. 14.73). Die maligne Umwandlung ist relativ selten.

Der **epidermogene Nävuszellnävus (Naevus pigmentosus,** Abb. 14.72 u. 14.73) entwickelt sich im *Papillarkörper* der Haut. Die Nävuszellen werden von den Melanoblasten der Epidermis abgeleitet [neuroektodermaler Ursprung (MASSON, 1932)]. Diese Tumoren können *im Niveau der Haut* gelegen sein oder mit *papillären Ausziehungen* der Epidermis (*Naevus papillomatosus* oder *verrucosus*) einhergehen. Histologisch sieht man (Abb. 14.72) ein zellreiches Geschwulstgewebe, hier im gesamten Korium. Der Papillarkörper der Epidermis ist stark ausgezogen (→: Reteleisten verlängert. Akanthose). Die Nävuszellen gruppieren sich im oberen Bereich des Koriums in Zellballen. Anschließend sieht man längliche solide Zellstränge, die sich wie Epithelgewebe anordnen. Ganz in der Tiefe sind die Stränge wieder in kleine Zellgruppen aufgesplittert, zwischen die sich kollagenes Fasergewebe eingelagert hat. Bemerkenswert ist die unscharfe Grenze zum normalen Gewebe, aus der man aber nicht den Schluß auf Malignität ziehen kann. Bei **stärkerer Vergrößerung** (Abb. 14.73) sieht man die nesterförmig zusammengelagerten Zellen. Sie haben meist runde Kerne und ein helles, nicht scharf abgrenzbares Zytoplasma. Häufig findet man Pigment im Plasmaleib oder im Zellkern. Einzelne Zellen sind nur feinstaubig mit Pigment beladen, bei anderen sind der Kern und das Zytoplasma dicht mit Pigment besetzt.

Von diesen »ruhenden« Naevi ohne Zellatypien gibt es alle Übergänge zu »aktiven« Naevi mit beginnenden *Zellatypien* und *Mitosen*, wobei vor allem die Epidermis infiltriert wird. Besonders häufig wird bei sog. *Junktionsnaevi* eine maligne Umwandlung beobachtet. Hierbei ist insbesondere das obere Korium bis dicht zur Epidermis hin von Nävuszellnestern durchsetzt.

Als *Präkanzerose* wird eine intraepidermale Ausbreitung von Nävuszellen aufgefaßt *(Melanosis praeblastomatosa circumscripta Dubreuilh)*, die makroskopisch als eine fleckige, braunschwarze Verfärbung der Haut imponiert. Diese Veränderung führt nach verschieden langer Latenzzeit immer zum malignen Melanom.

Malignes Melanom (Abb. 14.74). Beim malignen Melanom findet man eine größere Polymorphie und Hyperchromasie der Zellkerne als beim ruhenden Nävus. Die Zellen formieren sich teils in epithelähnlichen, teils in sarkomartigen Strukturen. Die Metastasen können pigmentfrei sein oder Pigment enthalten.

Von dem malignen Melanom der Erwachsenen muß das sog. juvenile Melanom bei Kindern und Jugendlichen scharf abgegrenzt werden. Es handelt sich hierbei um einen »aktiven« Nävuszellnävus mit geringer Zellpolymorphie, vereinzelten Mitosen und Riesenzellen, der aber niemals metastasiert.

Makroskopisch finden sich beim malignen Melanom teils »weiße«, teils schwarze Metastasen in fast allen Organen.

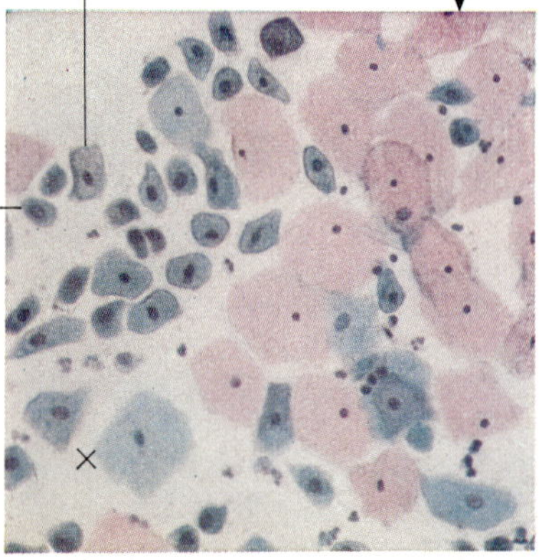

B. – Abb. 14.75. Vaginalsmear, normal; Fbg. Papanicolaou, Vergr. 350×

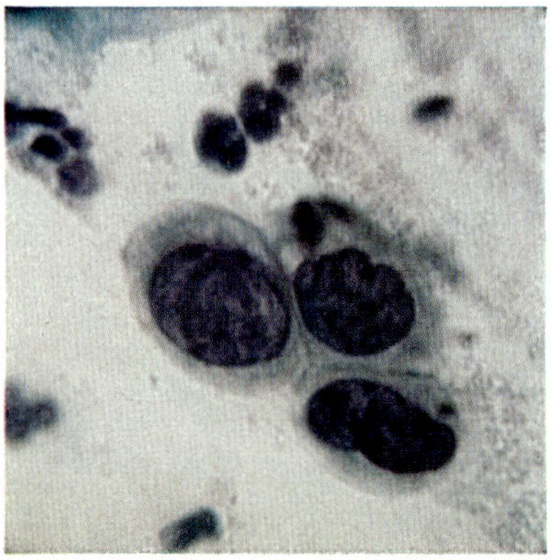

B. – Abb. 14.76. Plattenepithelkarzinom im Vaginalausstrich; Fbg. HE, Vergr. 800×

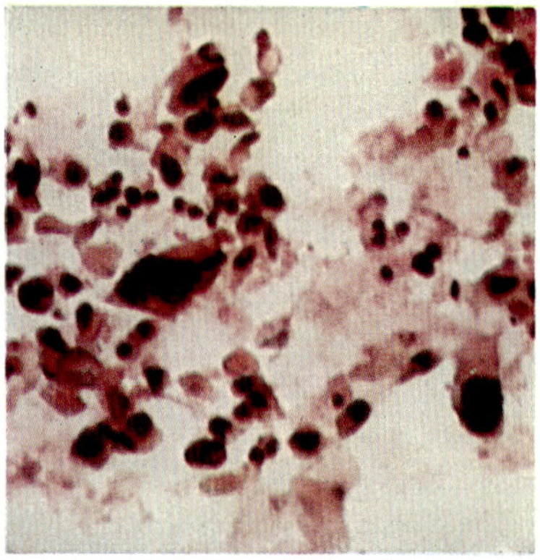

B. – Abb. 14.77. Zellen eines Plattenepithelkarzinoms im Sputum; Fbg. HE, Vergr. 350×

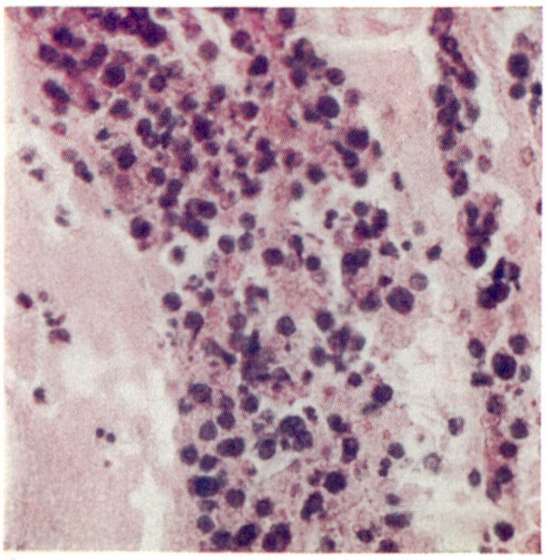

B. – Abb. 14.78. Kleinzelliges Bronchialkarzinom im Sputum; Fbg. HE, Vergr. 350×

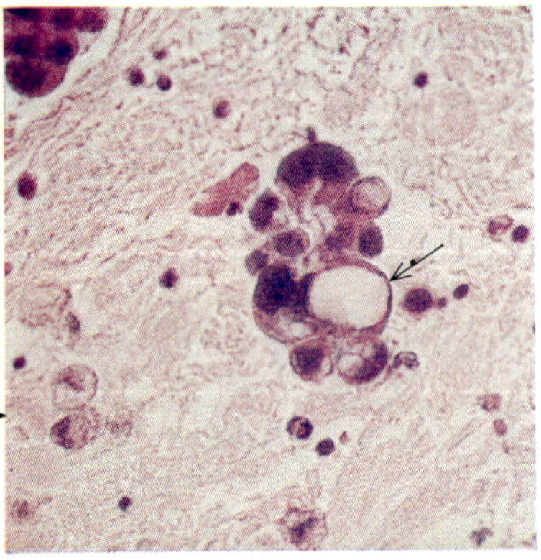

B. – Abb. 14.79. Zellverband eines Adenokarzinoms im Sputum; Fbg. HE, Vergr. 350×

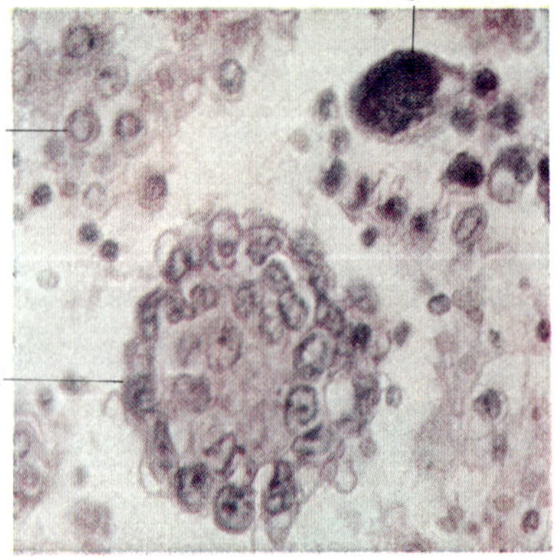

B. – Abb. 14.80. Zellen eines malignen Tumors im Pleuraexsudat; Fbg. HE, Vergr. 350×

Zytodiagnostik

Die von G. Papanicolaou begründete Zytodiagnostik soll hier Erwähnung finden, da diese Methode als *Krebsfährtensuche* heute eine zunehmend breitere Anwendung findet. Für die Frühentdeckung des Portiokarzinoms und seine Vorstufen hat sie sich hervorragend bewährt; für die Diagnose des Bronchialkarzinoms hat die Zytodiagnostik eine Treffsicherheit von 70% (Kahlau, 1959), d.h. in 70% der Bronchialkarzinome kann die Diagnose zytologisch gestellt werden. Die Fehlerquote beträgt insbesondere bei chronischer Bronchitis und Tuberkulose 20%. Nach neueren Statistiken 85–90% Treffsicherheit, Fehlerquote 5%. Auch Magen-Darm-Abstriche, Pleura- und Gelenkpunktate werden heute schon fast routinemäßig auf Krebszellen untersucht. Die *zytologische Diagnose kann nur eine Wahrscheinlichkeitsdiagnose liefern*, da zum Wesen des malignen Tumors das infiltrierende Wachstum und die Metastase gehören und die zelluläre Anaplasie, wie sie auf S.233 beschrieben wurde, nur als *Indizienbeweis* (Albertini, 1951) für das Vorliegen maligner Zellen angesehen werden kann.

Die Abbildungen auf S.270 zeigen die wesentlichsten Merkmale, auf denen die zytologische Diagnose beruht: die *Hyperchromasie* und *Polymorphie* der Zellkerne, die verschobene *Kern-Plasma-Relation*, die *vergrößerten Nukleolen* und die *verstärkte Basophilie des Zytoplasmas.* Die Schwierigkeiten der zytologischen Diagnostik beruhen darauf, daß auch normale Zellen, z.B. bei chronischen Entzündungen der Zervix oder des Bronchus mit Plattenepithelmetaplasien, solche atypischen Erscheinungsformen aufweisen können und damit falsch positive Diagnosen gestellt werden. *Die Sicherung der Diagnose eines malignen Tumors kann immer nur mit Hilfe der Probeexzision vorgenommen werden.*

Daraus geht hervor, daß sehr viel Erfahrung dazu gehört, zytologische Präparate zu beurteilen. Es sei also dringend davor gewarnt, diese Seite als Vorlage für eine zytologische Diagnostik zu benutzen. Sie soll nur dazu dienen, auf die Bedeutung dieser Methode aufmerksam zu machen, um sie entsprechend in der Klinik einsetzen zu können. Die Zytodiagnostik gehört allein in die Hand des Fachmannes.

Abb. 14.75 zeigt **normale Zellen im Vaginalausstrich** nach Papanicolaoufärbung, wobei sich neben azidophilen (roten, → 1) und basophilen Superfizialzellen (blau, ×) mit pyknotischen Zellkernen (Östrogeneffekt), basophile Parabasal- (→ 2) und Intermediärzellen darstellen (→ 3).

Abb. 14.76 zeigt bei stärkerer Vergrößerung **atypische Epithelien eines Plattenepithelkarzinoms** im Vaginalausstrich mit stark hyperchromatischen Zellkernen und verschobener Kern-Plasma-Relation sowie deutlicher Polymorphie.

Im **Sputum** können verschiedene Typen von Zellen maligner Geschwülste auftreten. Abb. 14.77 zeigt die Zellgruppe eines **Plattenepithelkarzinoms** mit hochgradiger Zell- und Kernpolymorphie und dem recht charakteristischen eosinroten Zytoplasma. Bei **kleinzelligen Bronchialkarzinomen** (Abb. 14.78) findet man oft Gruppen der nur mäßig polymorphen Zellen mit schmalem Zytoplasma und stark hyperchromatischen Zellkernen. Die Zellkerne sind größer als die von Lymphozyten und reicher an Chromatin.

Selten kann man auch im Sputum Zellverbände von Tumormetastasen in der Lunge antreffen. Hier ist der Verband eines **Adenokarzinoms** (Abb. 14.79) mit einer Siegelringzelle gezeigt (→). Am Rande normale Alveolarepithelien (→ 1). Treten atypische Zylinderepithelien im Sputum (insbesondere bei Frauen) auf, so ist auch an das Vorliegen einer *Lungenadenomatose* zu denken.

In **Pleuraergüssen** (Abb. 14.80) können neben normalen Deckepithelien (→ 1) **Verbände von Tumorzellen** gefunden werden (→ 2). In unserem Bild sieht man außerdem eine stark polymorphe Zelle mit hyperchromatischem Zellkern (→ 3).

15. Pilze - Parasiten

Dieses Kapitel wurde angefügt, um vor allem den Studenten außereuropäischer Länder die Grundkenntnisse dieser wichtigen und häufigen Erkrankungen zu vermitteln. Professor SALFELDER[1]) hatte sich freundlicherweise bereit erklärt, die nachfolgenden Seiten aus der Sicht eines Pathologen in einer subtropischen bis tropischen Region zu verfassen. Aber auch für Mediziner der gemäßigten Zonen sind diese Ausführungen in zweierlei Hinsicht nicht ohne Belang. Einmal konfrontiert uns der heute zunehmende Interkontinentalverkehr (für Deutschland speziell auch die sog. Gastarbeiter) in zunehmendem Maße mit Pilz- und Parasitenkrankheiten. Zum anderen treten nach Anwendung moderner Drogen (Steroide, Antibiotika, Zytostatika) gehäuft generalisierte Pilzkrankheiten auf.
Die folgenden Ausführungen geben einige Hinweise für den Nachweis von Pilzen und Parasiten (Tab. 15.1): Für Amöben, die leicht mit großen Gewebszellen verwechselt werden, wird die PAS-Reaktion empfohlen. Wird in Routinefärbungen bei kleinen Partikeln etwa an Chagas, Kala-Azar oder Leishmaniose gedacht, sei daran erinnert, daß diese Erreger bei der Gram- bzw. Fibrinfärbung negativ sind. Für den Nach-

B. – Tab. 15.1. Darstellungsmethoden für Pilze

Methode	Ergebnis	Bemerkung
Hämatoxylin-Eosin (HE)	Blau	Nicht alle Pilzelemente gefärbt.
Fibrin (Weigert)-Gram	Blau	Nur teilweise Anfärbung.
PAS[2])	Rot	Kleine Pilzzellen können übersehen werden.
Gridley[2])	Rötlich-blau	Färbung fast aller Pilzelemente.
Grocott[2])	Schwarz	Ideale Färbung; gute Abhebung vom hellen Untergrund; auch für Ausstriche. *Cave:* Auch Kohlepigment schwarz. Erythrozyten und elastische Fasern ebenfalls schwarz gefärbt.
Muzikarmin[2])	Rot	Kryptokokkus positiv. Schließt andere Pilze aus.
Polarisiertes Licht	Leuchten gelblich-blau auf	Doppelbrechung und Malteserkreuze bei hefeähnlichen Pilzzellen im Gewebe.
Antikörperfluoreszenz	Variabel	Pilzelemente vieler Arten positiv. Spezifität durch Kreuzreaktion gestört.
Ungefärbter Ausstrich	—	Runde Gebilde mit doppelt konturierter Kapsel verdächtig auf Pilze.
Ausstrich 10 min mit KOH 10%	—	Pilzstrukturen treten durch Zerstörung anderer Zell- und Gewebsbestandteile besser hervor.
Ausstrich chinesische Tusche (»Indian ink«)	Schwarz	Breiter Wall von Kryptokokkus tritt leuchtend vor dunklem Hintergrund hervor.
Giemsa, Wright, May-Grünwald-Giemsa (Ausstrich)	Blau	Färbung von hefeähnlichen Zellen und Zysten von Pneumocystis carinii.

1) Director del Instituto de Anatomia Patológica, Universidad de Los Andes, Mérida, Venezuela.
2) Färbung von Testpräparaten empfohlen.

weis von Pilzen im Gewebe zeigte sich die Grocottfärbung allen anderen Methoden überlegen. Auch tote Pilzelemente behalten im Gewebe oft noch lange Zeit ihre Form und Färbbarkeit bei. Für die Anfärbung der Kapsel des Kryptokokkus im Schnitt ist die Muzikarminfärbung zu empfehlen. Chinesische Tusche (»Indian ink«) bringt die dicke Kapsel von Kryptokokkus im Ausstrich gut zur Darstellung. Diese bleibt ungefärbt und leuchtet hell auf. In ungefärbten Ausstrichen kann man mit 10%igem Kaliumhydroxyd (10 min) unerwünschte Zell- und Gewebsbestandteile, vor allem Keratin, auflösen und damit die Suche nach Erregern erleichtern. Mit der Antikörperfluoreszentzechnik (COONS und KAPLAN) lassen sich einige Spezies leicht nachweisen.

B. – Abb. 15.1. Übersicht verschiedener Mykosen

Morphologie	Mykose	Pilz	Gewebsreaktion	Pilz im Gewebe	Größe
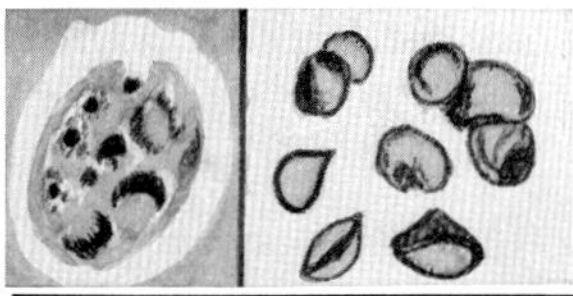	Pneumozystose[1]) S. 274	Pneumocystis carinii (Pn. car.)	Interstitielle plasmazelluläre Infiltrate; Lunge	Grocott: Rund, klein Giemsa: Zyste (Z) mit Innenkörpern (I)	3–4 μ (Z) 5–12 μ (I) 0,1–2 μ
	Candidosis S. 274	Candida albicans, tropic. u. a. m. (Cand. albic.)	Unspezifisches Granulationsgewebe	Hyphen und kleine Hefen	2 – 4 μ
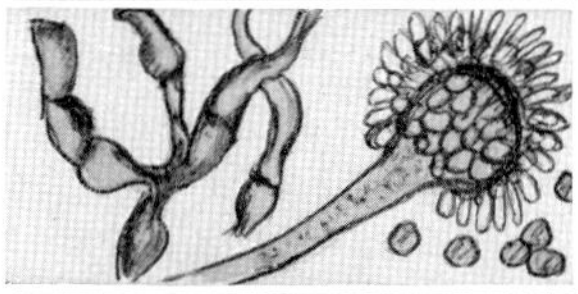	Aspergillose S. 276	Aspergillus fumigatus	Unspezifisch; gelegentlich granulomatös mit Eosinophilie und Riesenzellen	Septierte Hyphen. Konidien. »Fruchtköpfe«	variabel
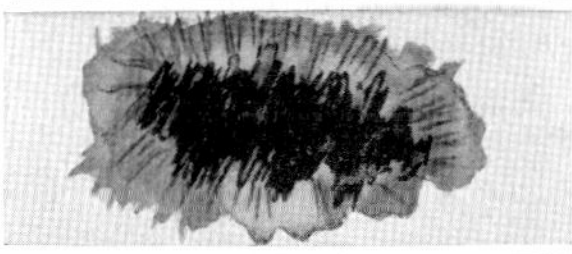	Aktinomykose S. 276	Mycobacterium actinomyces, kein Pilz	Abszeß mit Schaumzellen. Gelbe Farbe. Fisteln	Dichte Bakterienmassen; peripher radiäre Ausläufer	variabel
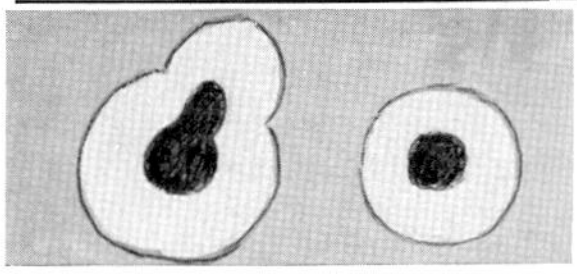	Kryptokokkose S. 278	Cryptococcus neoformans (Cr. neof.)	Histiozytenvermehrung, Granulome	Breiter Wall; Knospung	4 – 20 μ
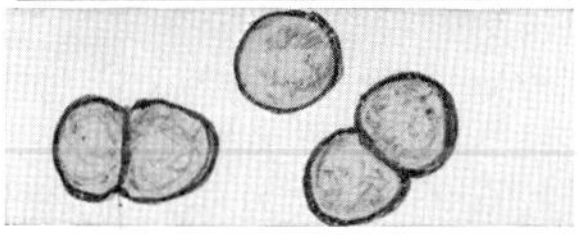	Chromomykose S. 279	Hormodendrum u. Phialophora	Mikroabszesse u. Granulome der Haut	Braune, runde, septierte Pilzzellen	5 – 12 μ
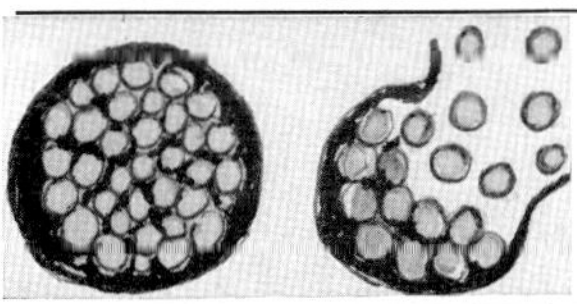	Kokzidioidomykose S. 278	Coccidioides immitis (Cocc. imm.)	Abszesse, Granulome	Große Zysten, Endosporulation	30 – 60 μ
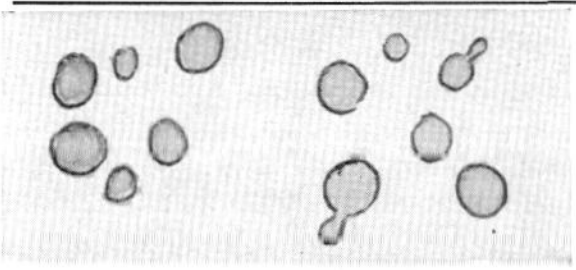	Histoplasmose S. 280	Histoplasma capsulatum (H. caps.)	Proliferation von Histiozyten, tuberkuloide Granulome, Verkalkungen	Kleine runde hefeähnliche Pilzzellen; intrazellulär	2 – 5 μ
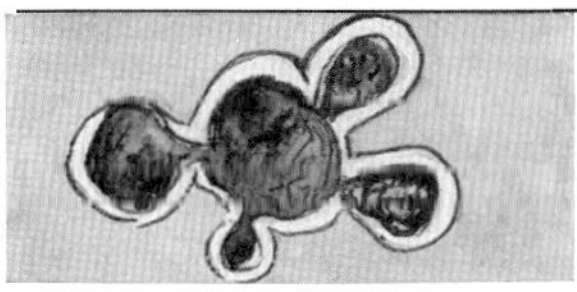	Parakokzidioidomykose S. 280	Paracoccidioides brasiliensis (Parac. bras.)	Abszesse, Granulome	Hefeähnlich; multiple Knospung (Steuerradform)	5 – 30 μ
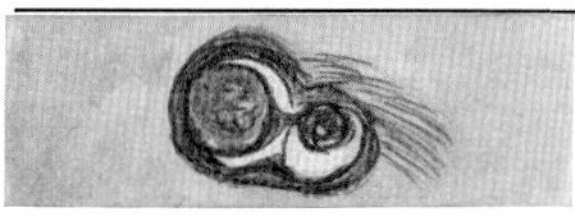	Blastomykose S. 280	Blastomyces dermatitidis (Blast. derm.)	Abszesse, Granulome	Hefeähnliche große Zellen; solitäre Knospung; Form »8«	8 – 15 μ

[1]) Pilznatur nicht nachgewiesen.

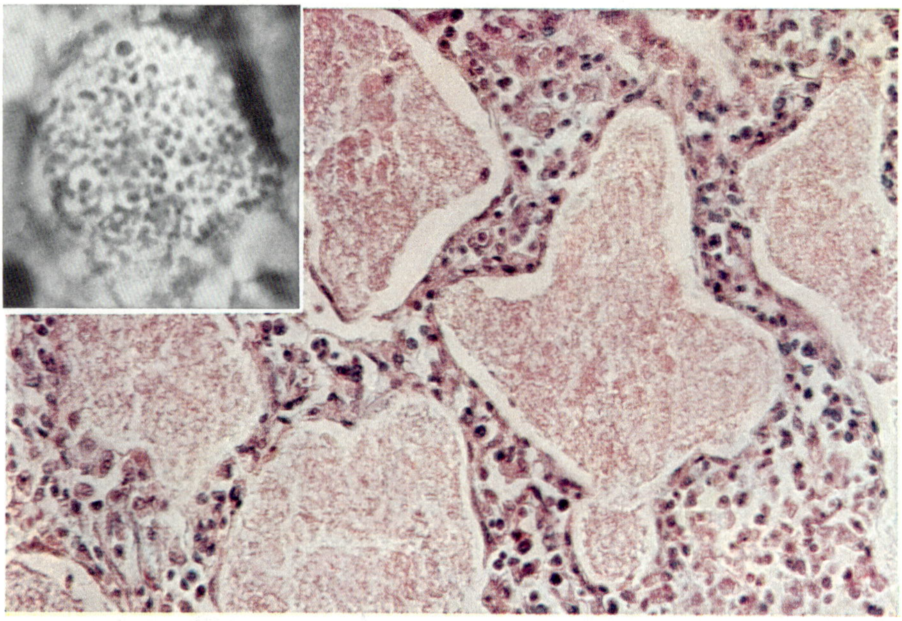

B. – Abb. 15.2. Pneumozystose mit interstitieller Pneumonie; Fbg. HE, Vergr. 396 ×
Ausschnitt: Pneumocystis carinii im Ausstrich; Fbg. Giemsa, Vergr. 1500 ×

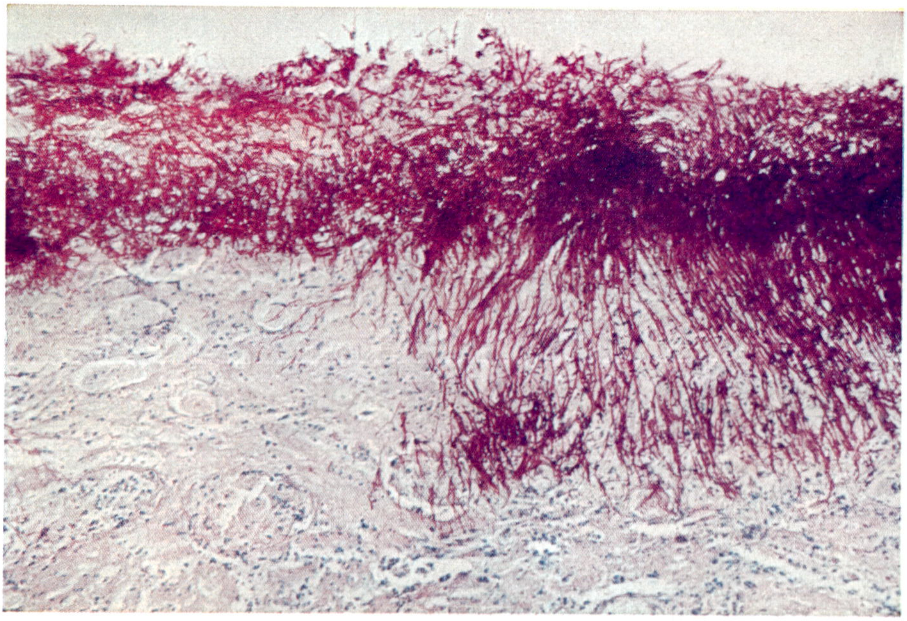

B. – Abb. 15.3. Soor des Ösophagus (Candidiasis, Moniliasis); Fbg. PAS-Hämatoxylin, Vergr. 77 ×

Pneumozystose mit interstitieller Pneumonie (Abb. 15.2 u. 15.4). *Die Pneumozystose mit interstitieller Pneumonie kommt häufig bei frühgeborenen Säuglingen im 3.–6. Lebensmonat, aber auch bei älteren Kindern vor. Bei Erwachsenen vor allen Dingen im Endstadium von bösartigen Erkrankungen (Leukämien, Sarkome, Karzinome) und nach Behandlung mit Zytostatika.* Als Erreger wird **Pneumocystis carinii** angesehen, über dessen Protozoen- oder Pilznatur noch diskutiert wird. Pneumocystis carinii wurde zuerst in Brasilien in Tierlungen gesehen (CARINI, 1910). VANEK und JIROVEC (1952) und GIESE (1952) wiesen den Erreger erst vor 20 Jahren beim Menschen nach. Im HE-Schnitt findet man ein wabig und körnig-schaumiges Material in den Alveolen (Abb. 15.2). Die Alveolarlumina sind durch dichte Infiltrate der Alveolarsepten mit Lymphozyten, Histiozyten und Plasmazellen eingeengt. Der Anfänger verwechselt die interstitielle Pneumonie leicht mit einer Atelektase. Der vermehrte Zellgehalt und die Art der Zellinfiltration müssen aber zur richtigen Diagnose führen. Die Erreger sind im Ausstrichpräparat mit der Giemsafärbung als zystische Gebilde mit Innenkörpern zu sehen, die aus dem wabigen Alveolarinhalt stammen (vgl. Abb. 15.2, Ausschnitt). Bei Grocottfärbung stellen sich im Schnitt und Ausstrich zahlreiche hefeähnliche, oft eingedellte und mit Falten versehene Erreger dar, die 3–4 μ im Durchmesser betragen (Abb. 15.4).

Makroskopisch: Leberähnliche Schnittfläche, graurot, homogen, fest.

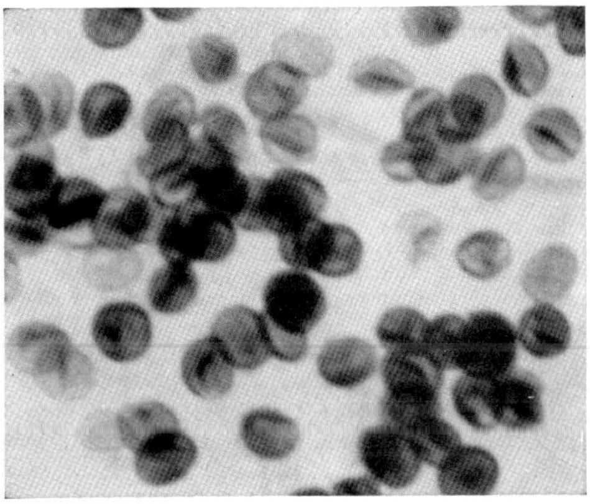

B. – Abb. 15.4. Pneumozysten im Ausstrich; Fbg. Grocott, Vergr. 1140×

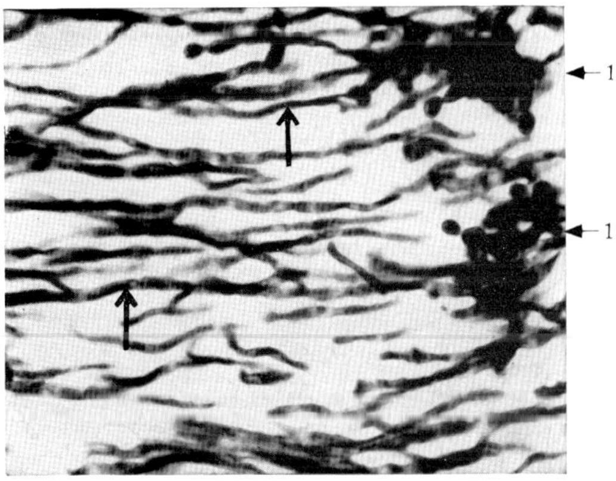

B. – Abb. 15.5. Hyphen und Hefen von Candida albicans; Fbg. Grocott, Vergr. 800×

Soor des Ösophagus (Candidiasis, Moniliasis) (Abb. 15.3 u. 15.5). *Verschiedene Spezies von Candida, hauptsächlich aber Candida albicans, rufen eine vorwiegend an den Schleimhäuten lokalisierte Mykose hervor. Seltener kommt es zu einer Streuung in innere Organe (Sepsis), vor allem bei resistenzgeschwächten Patienten.* Makroskopisch sieht man weißliche Plaques oder Membranen auf der Mukosa vor allem der oberen Verdauungs- und Atemwege. Mikroskopisch sind schon bei HE-Färbung, besser bei PAS-Färbung (Abb. 15.3), zahlreiche Pilzfäden zu sehen, die ein Myzelium bilden. Die Myzelfäden dringen zwischen und in die Epithelzellen der Schleimhaut ein, lokalisieren sich – wie in unserer Abbildung zu sehen – besonders an der Grenze von Epithel und Tunica propria und dringen – wie die Wurzeln einer Pflanze – in die obersten Schichten des Bindegewebes ein. Die Tunica propria ist von Lymphozyten infiltriert. Abb. 15.5 zeigt eine stärkere Vergrößerung der Pilzfäden (Hyphen, → im Bild). Außerdem sind 2–4 μ im Durchmesser betragende Hefen (Blastosporen, → 1) vorhanden, die Knospungen aufweisen und Pseudohyphen bilden. Liegen nur diese Hefeformen von Candida vor, so ist eine Verwechslung mit ähnlichen Formen von Histoplasma capsulatum oder Blastomyzeten leicht möglich.

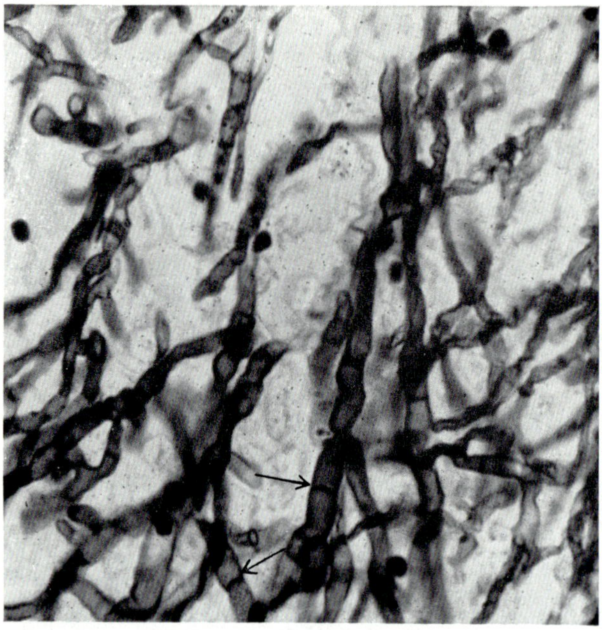

B. – Abb. 15.6. Aspergillusmyzelium mit Hyphen; Fbg. Grocott, Vergr. 800 ×

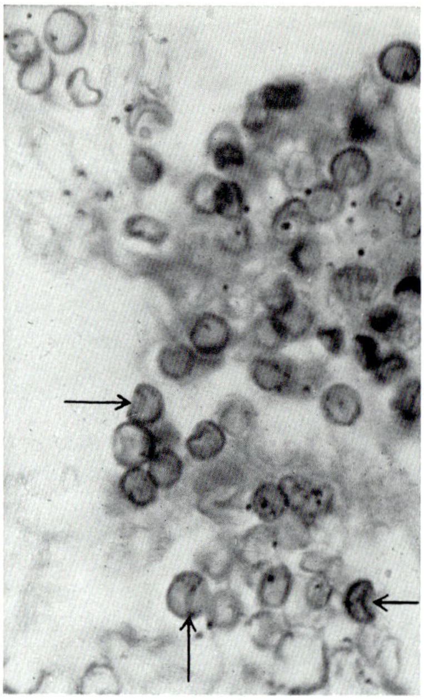

B. – Abb. 15.7. Konidien von Aspergillus; Fbg. Grocott, Vergr. 800 ×

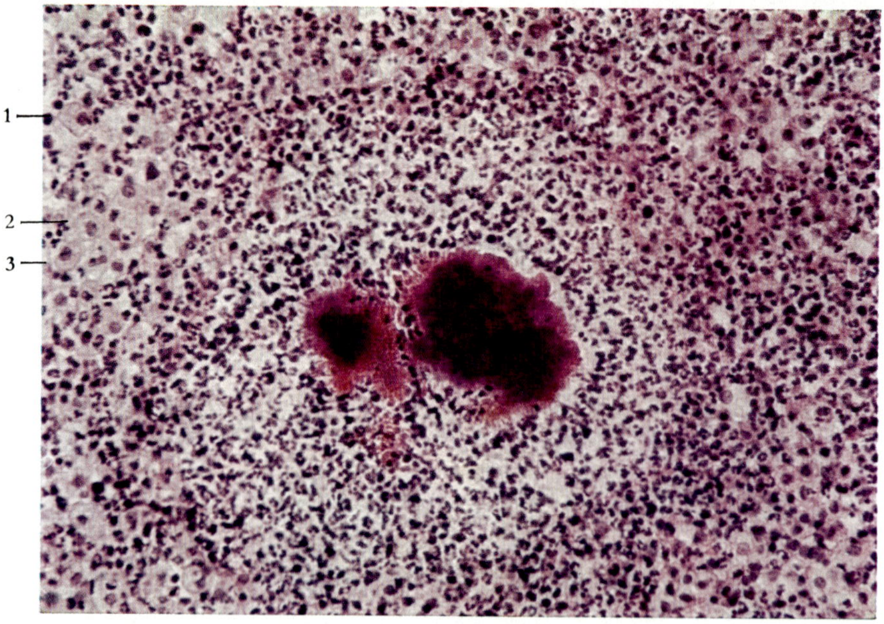

B. – Abb. 15.8. Aktinomykose; Fbg. HE, Vergr. 300 ×

Aspergillose (Abb. 15.6, 15.7 u. 15.9). *Aspergillus ist ein weltweit verbreiteter Pilz, dessen verschiedene Spezies Lungen- und Schleimhautveränderungen hervorrufen können. Seltener kommt es zu hämatogener Streuung in andere Organe. Der Pilz ist ähnlich wie Candida und die Phykomyzeten ein Saprophyt. Aspergillose kommt häufig bei Tieren, insbesondere Vögeln, vor. Die Infektion erfolgt meist durch Inhalation der Sporen. Die Mykose tritt oft sekundär bei Patienten auf, deren Abwehrkraft stark herabgesetzt ist (maligne Tumoren, Steroid-Antibiotika-Zytostatikabehandlung oder Röntgenbestrahlung).*

Die Diagnose basiert auf dem Nachweis von septierten (→ in Abb. 15.6) und sich dichotom verzweigenden Hyphen (Abb. 15.6), die ein Netzwerk (Myzelium) bilden und Gefäßwände und andere Hindernisse durchwuchern können. Außerdem sind Konidien zu finden (Abb. 15.7). Werden nur Konidien im Gewebe beobachtet, so können sie in der Grocottfärbung mit Hefen von Candida oder Pneumozysten verwechselt werden. Die Konidien zeigen Eindellungen und Falten (→ im Bild) ähnlich wie Pneumocystis carinii (vgl. S. 274). Sog. Fruchtköpfe (Abb. 15.9) kommen bei Infektion mit Aspergillus fumigatus vor, insbesondere an Körperstellen mit Sauerstoffzutritt (Lungen, Schleimhäute). Die Fruchtköpfe entwickeln sich am Ende einer Hyphe, tragen Ausläufer (Esterigmen) und werden auch Konidiophoren genannt. Von den Esterigmen werden Konidien gebildet, die von ihnen abfallen und dann frei im Gewebe liegen.

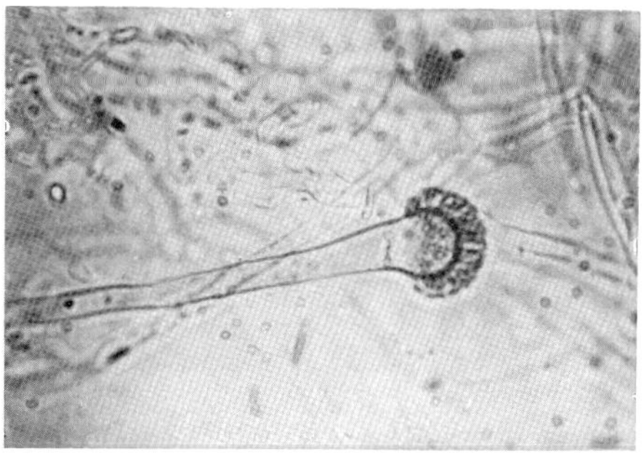

B. – Abb. 15.9. »Fruchtkopf« von Aspergillus fumigatus;
Fbg. HE, Vergr. 320×

Die Gewebsreaktion ist vorwiegend unspezifisch; es kann aber auch zur Bildung von Granulomen mit eosinophilen Leukozyten und Riesenzellen kommen. Häufig sind tuberkulöse Kavernen oder Bronchiektasen sekundär infiziert und mit einem sog. »fungus ball« gefüllt. Die zuletzt erwähnte Veränderung wird auch wegen des tumorförmigen Aussehens »Aspergillom« genannt. Bei hämatogener Ausbreitung können praktisch alle Organe (Gehirn, Meningen, Nieren, Milz, Herz usw.) befallen sein.

Aktinomykose (Mycobacterium actinomyces) (Abb. 15.8). *Bei Erkrankung des Menschen wird vorwiegend Actinomyces israeli* (Wolff-Israel), *beim Rind Actinomyces bovis gefunden (Anaerobier). Die Infektion erfolgt meist über Schleimhautdefekte (z. B. Mundhöhle, Zahnextraktion!), die Lunge oder den Darm (Appendix). Die weitere Ausbreitung kann dann hämatogen (z. B. Leber, Knochenmark) oder lymphogen erfolgen.*

Die Bakterien lagern sich zu Konglomeraten zusammen und bilden strahlenförmige Ausläufer. Unser Bild zeigt Bakterienhaufen im Zentrum eines Abszesses (polymorphkernige Leukozyten mit Gewebseinschmelzung). Als Abszeßmembran hat sich ein Granulationsgewebe ausgebildet, das zahlreiche Schaumzellen (→ 1, 2, 3) mit Fetttröpfchen im Zytoplasma enthält (wabiges Zytoplasma). Die Abszesse können zusammenfließen und auf diese Weise Fistelgänge bilden (besonders deutlich z. B. bei Infektionen am Unterkiefer). Im Fistelsekret lassen sich gelbe Körnchen nachweisen, die die Bakterien enthalten.

Makroskopisch: Brettharte Infiltration der Haut mit zahlreichen Fisteln. Schwefelgelbe Abszeßmembran (Granulationsgewebe mit Schaumzellen).

In den Tropen sind **Myzetome** (Madurafuß) an den Extremitäten häufiger als Aktinomykose. Die Drusen und die Gewebsreaktion beim Myzetom haben Ähnlichkeit mit Aktinomykose.

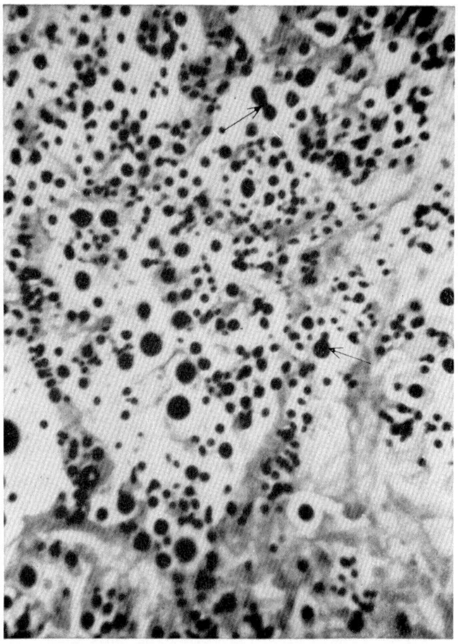

B. – Abb. 15.10. Kryptokokkose der Lunge;
Fbg. Grocott, Vergr. 185×

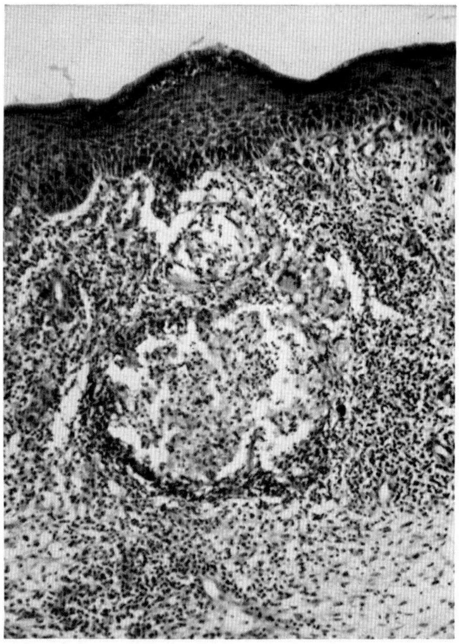

B. – Abb. 15.11. Chromomykose der Haut;
Fbg. HE, Vergr. 95×

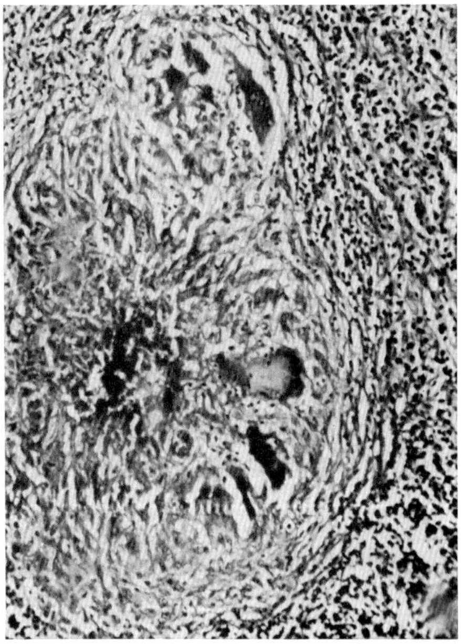

B. – Abb. 15.12. Kokzidioidomykosegranulom der Lunge;
Fbg. HE, Vergr. 54×

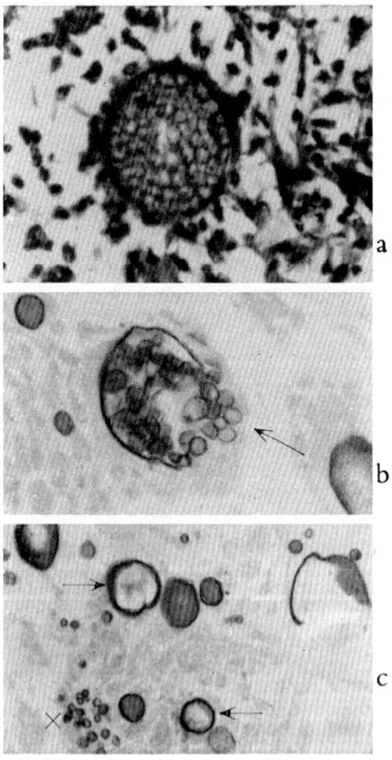

B. – Abb. 15.13. a) Intakte Coccidioides-immitis-Zelle im Gewebe; Fbg. HE, Vergr. 138×
b) Endosporen, die aus der Zelle austreten; Fbg. Grocott, Vergr. 92×
c) Leere Pilzzellen und kleine Endosporen; Fbg. Grocott, Vergr. 102×

Kryptokokkose der Lunge *(Torulose, europäische Blastomykose)* (Abb. 15.10) *Cryptococcus neoformans* (SANFELICE, BUSSE, BUSCHKE) *hat eine weltweite Verbreitung. Als Infektionsquelle werden vor allem die Exkremente in Taubenniststätten angesehen. Das ZNS und vor allem die weichen Hirnhäute sind eine Lieblingslokalisation. Läsionen kommen aber in allen Organen vor. Eintrittspforte ist wahrscheinlich die Lunge, wo auch in Heilung begriffene Herde vorkommen.* Abb. 15.10 zeigt zahlreiche Pilzzellen frei in Lungenalveolen liegend. Die Erreger stellen sich als runde Gebilde von 4–20 µ Durchmesser dar, die Knospungen (→ im Bild) aufweisen. Bei massiver Infektion rufen die Pilze nur eine starke Histiozytenproliferation im Gewebe hervor, während in granulomatösen Herden nur wenige Erreger zu finden sind. Hierbei sind sie im Granulationsgewebe oft schwer zu entdecken und leicht mit Fremdkörpern zu verwechseln.

Makroskopisch: Gelatinöse Herde, die einem myxomatösen Tumor ähnlich sind. Oft auch makroskopisch ähnlich wie verkäsende Tuberkulose.

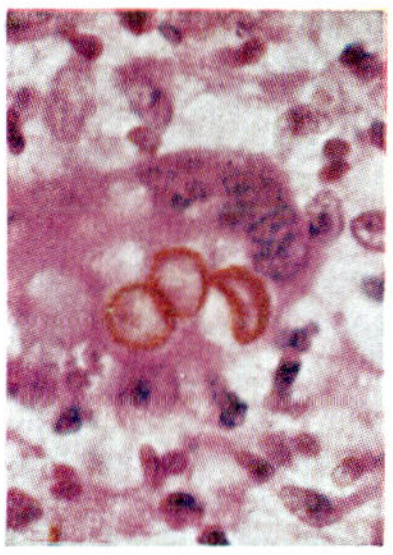

B. – Abb. 15.14. Chromomykose mit drei Pilzzellen in einer Riesenzelle; Fbg. HE, Vergr. 480×

Chromomykose (Abb. 15.11 u. 15.14). *Der Pilz hat eine dunkelbraune Eigenfarbe, daher die Bezeichnung. Hauptsächlich sind es 5 Spezies der Hormodendrum- und Phialophoraarten, die diese Mykose hervorrufen. Lokalisation der Veränderungen: in der Haut und vornehmlich an den unteren Extremitäten. Selten kommt lymphogene Verbreitung und nur ausnahmsweise hämatogene Verschleppung in das Gehirn und die Hirnhäute vor. Chronische verruköse und ulzerierte Läsionen der Haut mit Krusten können zu erheblicher Deformation der Extremitäten und Invalidität führen. Die Mykose findet sich in vielen tropischen und subtropischen Ländern, vor allen Dingen bei Landarbeitern.* Histologisch sieht man im Korium Mikroabszesse mit zahlreichen Granulozyten und einem umgebenden Granulationsgewebe, das Riesenzellen enthält (Abb. 15.11). Auch tuberkuloide Granulome kommen vor. Daneben besteht oft, wie bei den amerikanischen Blastomykosen, eine Hyperplasie der Epidermis. Die braunen, runden Pilzzellen (Abb. 15.14) sind oft septiert, haben einen Durchmesser von 5–12 µ und liegen oft in Riesenzellen.

Die *makroskopische Diagnose* ist nicht leicht, oft wird an Hautkrebs gedacht.

Kokzidioidomykose *(San-Joaquin-Fieber)* (Abb. 15.12 u. 15.13 a, b, c). *Die Erkrankung ist auf Kalifornien und bestimmte Teile Mittel- und Südamerikas beschränkt, in denen es Sandwüsten gibt. Ein großer Teil der Bevölkerung in diesen Gebieten ist durchseucht. Coccidioides immitis kommt in staubigen Böden vor, befällt die Lunge und ruft meist eine gutartige Erkrankung hervor. Viel weniger häufig kommt es zu einer Aussaat in innere Organe, die oft tödlich ist.* Histologisch findet man Abszesse mit einem breiten Wall von tuberkuloidem Granulationsgewebe mit Riesenzellen vom Langhanstyp und Epitheloidzellen (Abb. 15.12). Es werden auch sog. *Kokzidioidome* beschrieben, d. h. tumorförmige Granulome mit Nekrosen beobachtet, die im Gegensatz zu Histoplasmomen nur eine geringe Tendenz zu Verkalkungen zeigen. Makroskopisch sind die Veränderungen der Tuberkulose ähnlich, was für viele »tiefen« Mykosen gilt. Der Pilz zeigt einen sog. *Dimorphismus* (wie auch Histoplasma capsulatum, Blastomyces dermatitidis u. a.), d. h. er wächst in seiner saprophytären Form in der Natur und in Kultur bei Raumtemperatur anders (als Schimmelpilz mit Hyphen und Arthrosporen) als in seiner parasitären Form im tierischen und menschlichen Körper (große Sporozysten mit sehr zahlreichen Endosporen, die aus der Mutterzelle ausgestoßen werden). Die Sporozysten (Abb. 15.13 a) sind 30–60 µ groß und rund. Die Endosporen treten aus der Pilzzelle aus (→ in Abb. 15.13 b) und können die Größe einer weißen Blutzelle erreichen. Leere Sporenzysten (Abb. 15.13 c →, × Endosporen) können mit Blastomyces dermatitidis, Endosporen (Abb. 15.13 b u. c) mit Histoplasma capsulatum und Cryptococcus neoformans verwechselt werden.

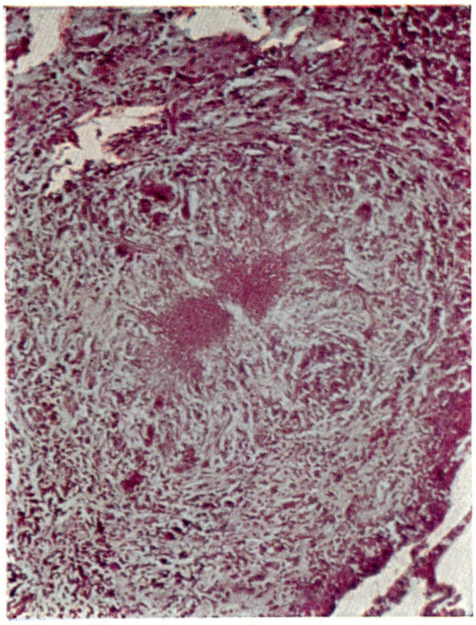

B. – Abb. 15.15. Frisches Histoplasmosegranulom in der Lunge;
Fbg. HE, Vergr. 105 ×

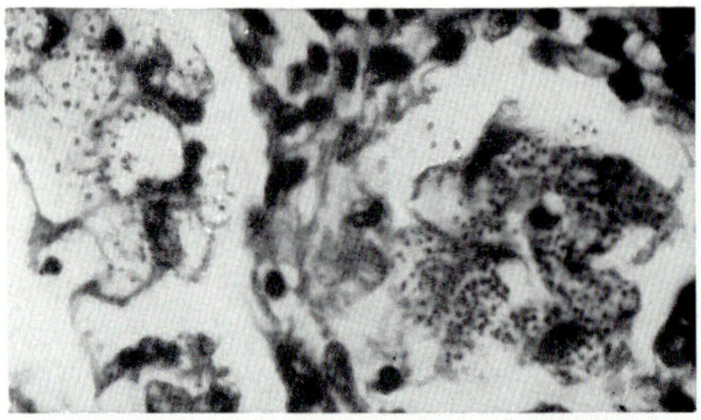

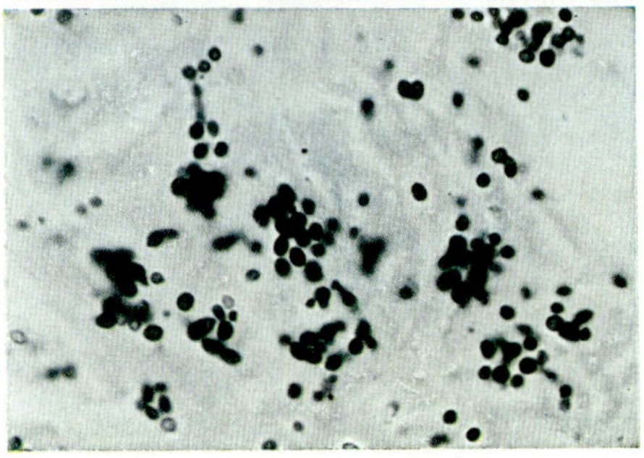

B. – Abb. 15.16 (oben). Alveolarepithelien mit Histoplasmen; Fbg. HE, Vergr. 160 ×
B. – Abb. 15.17 (unten). Hefen von Histoplasma capsulatum; Fbg. Grocott, Vergr. 320 ×

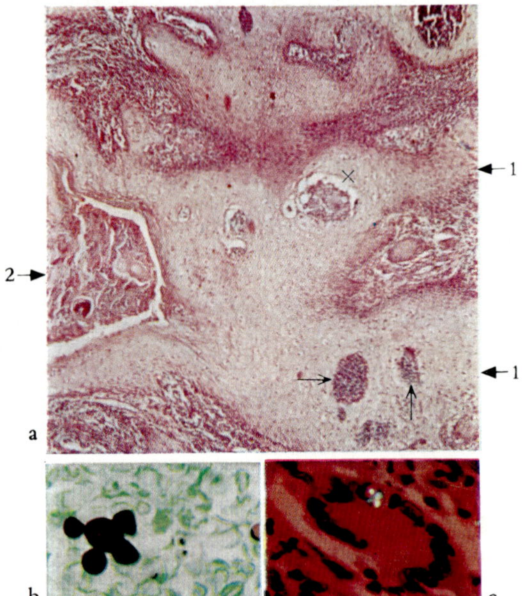

B.– Abb. 15.18. a) Südamerikanische Blastomykose der Haut; Fbg. HE, Vergr. 55 ×. b) Multiple Knospung von Paracoccidioides brasiliensis im Gewebe; Fbg. Grocott, Vergr. 500 ×. c) Pilzzelle (Parac. bras.) in einer Riesenzelle im polarisierten Licht (sog. Malteserkreuz); Fbg. HE, Vergr. 550 ×

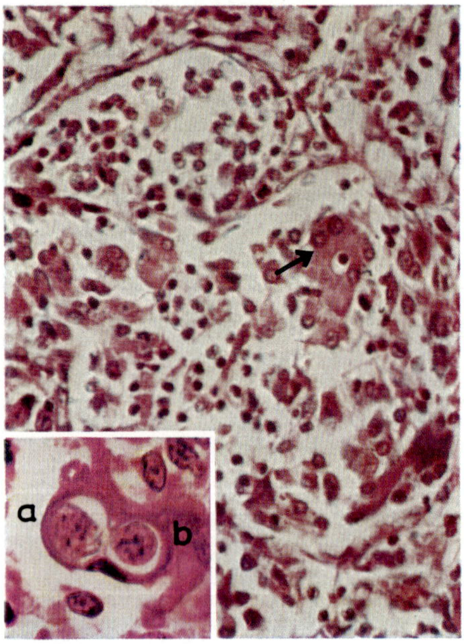

B. – Abb. 15.19. Blastomykose der Lunge; Fbg. HE, Vergr. 525 ×. Ausschnitt: Solitäre Knospung von Blastom. derm.; a) Mutterzelle; b) Tochterzelle; Fbg. HE, Vergr. 1050 ×

Histoplasmose (Abb. 15.15, 15.16 u. 15.17). *Die Histoplasmose stellt eine der am weitesten verbreiteten Mykosen dar. In den Vereinigten Staaten wird geschätzt, daß mehr als 30 Millionen Menschen eine Infektion durchgemacht haben. Die klinische und pathologisch-anatomische Ähnlichkeit mit der Tuberkulose und der in den meisten Fällen gutartige Verlauf führten dazu, daß die wichtigsten Einzelheiten über diese Mykose erst in den letzten 20 Jahren erkannt wurden. Autochthone Fälle sind in Europa nur vereinzelt bekannt geworden. Sie kommt auch spontan bei Tieren vor. Histoplasma capsulatum* (DARLING) *wächst mit Vorliebe im Boden von Hühnerniststätten, wird anscheinend aerogen verbreitet und führt zu einer primären Lungenerkrankung. Diese heilt in fast allen Fällen unter Zurücklassung verkalkender Herde in Lunge und Lymphknoten aus. Pilze sind hier noch lange nachweisbar. Selten und nur unter besonderen Umständen tritt eine Progredienz der Lungenveränderungen mit tödlicher Generalisation auf. Unter den Lungenformen sind außer den verkalkten Residualherden multiple Streuherde, Histoplasmome und kavernöse Formen bekannt. Extrapulmonal können alle Organe betroffen werden; oft finden sich auch Veränderungen in den Nebennieren.*
Histologisch findet man in der Lunge Granulome mit zentralen Nekrosen und einem epitheloidzelligen Granulationsgewebe mit Riesenzellen (Abb. 15.15). Das Gewebsbild kann einem tuberkulösen Granulom sehr ähnlich sein. Bei frischer Infektion findet man die Pilze fast ausschließlich im Zytoplasma von Histiozyten bzw. Alveolarepithelien (Abb. 15.16, kleine schwarze Körnchen). Bei HE-Färbung werden die Pilze oft nicht erkannt, mit Grocottfärbung (Abb. 15.17) können die Erreger jedoch sehr deutlich dargestellt werden. Man findet hefeähnliche Formen von 2–5 μ Durchmesser.
Ein größerer Pilz *(Histoplasma duboisii)* ruft die afrikanische Histoplasmose hervor.

Parakokzidioidomykose (südamerikanische Blastomykose, Abb 15,18a, b, c). *Wie der Name sagt, kommt sie im südlichen Teil Amerikas mit Ausnahme von Chile vor und ist vor allem in Brasilien ein sanitäres Problem. Die Parakokzidioidomykose tritt nicht spontan bei Tieren auf. Durch den Pilz bedingte Veränderungen sind beim Menschen in fast allen Organen festgestellt worden. Hauptsächlich befallen sind die Lungen, Haut und Schleimhäute sowie die Nebennieren.*
Histologisch findet man eine Kombination von abszedierenden und granulomatösen Prozessen; Verkalkungen sind selten. Abb. 15.18 zeigt eine pseudoepitheliomatöse Hyperplasie der Epidermis mit breiten, in die Tiefe reichenden Epidermiszapfen (→ 1, → 2: Oberfläche der Epidermis mit Hornschuppen). Innerhalb der Epidermis finden sich zahlreiche Mikroabszesse (→ im Bild) sowie ein Granulom (×). Die Diagnose stützt sich auf den Nachweis multipel knospender großer, hefeähnlicher Pilzzellen (Abb. 15.18b). Häufig sieht man in den Granulomen Riesenzellen mit eingeschlossenen Pilzen, die im polarisierten Licht als Malteserkreuze aufleuchten (Abb. 15.18c).

Die nordamerikanische Blastomykose (Abb. 15.19) *kommt praktisch nur im Norden Amerikas vor. Häufig treten Hautläsionen auf, die als sekundär aufzufassen sind. Die Lunge ist wohl die Eintrittspforte des Pilzes. Von hier aus kommt es zur hämatogenen Verschleppung. Spontane Tiererkrankungen (Hunde) sind bekannt.*
Mikroskopisch sieht man ähnliche Veränderungen wie bei der südamerikanischen Blastomykose. Abb. 15.19 zeigt Granulozyten in einer Lungenalveole sowie eine Riesenzelle, die eine Pilzzelle phagozytiert hat (→). Die runden, hefeähnlichen Pilzzellen produzieren im Gewebe ausschließlich einzelne Tochterzellen (solitäre Knospung). In Abb. 15.19 sind im Ausschnitt eine Mutterzelle (a) und eine Tochterzelle (b) zu sehen.

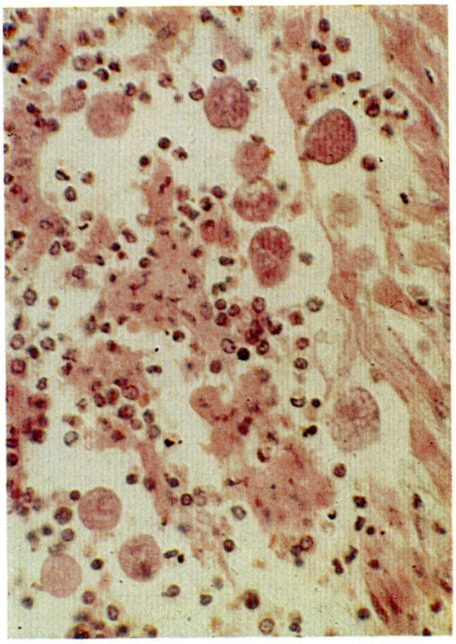

B. – Abb. 15.20. Amöben in der Submukosa des Dickdarms (Amöbenruhr); Fbg. PAS-Hämatoxylin, Vergr. 700 ×

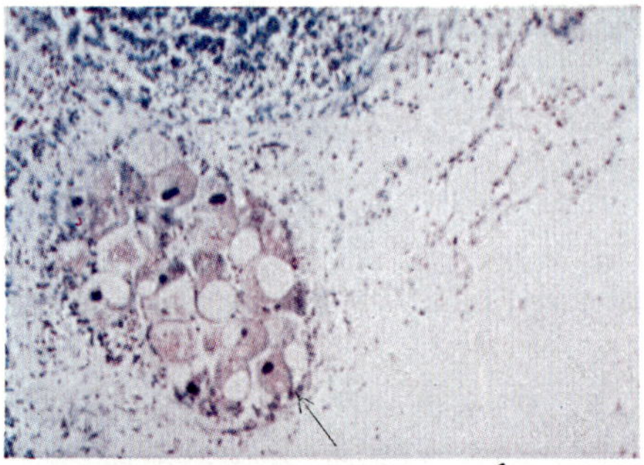

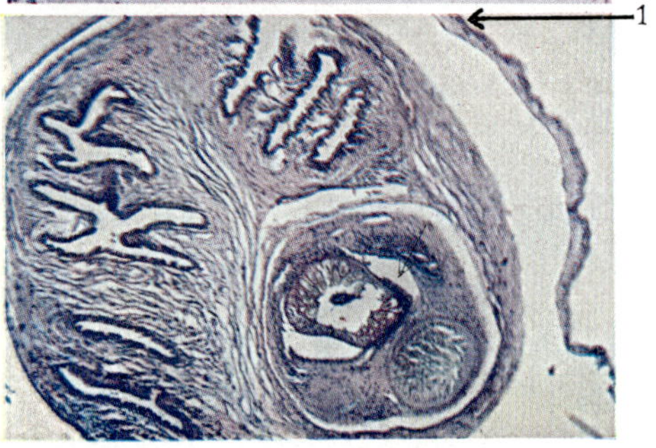

B. – Abb. 15.21 (oben). Balantidienruhr. Fbg. HE, Vergr. 168 ×
B. – Abb. 15.22 (unten). Zystizerkus; Fbg. HE, Vergr. 105 ×

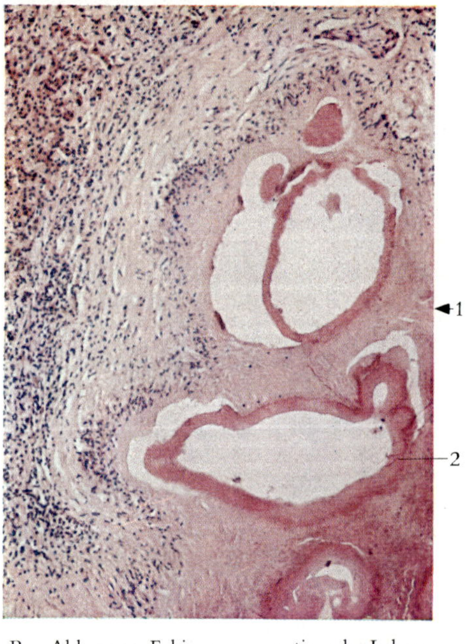

B. – Abb. 15.23. Echinococcus cysticus der Leber; Fbg. HE, Vergr. 80 ×

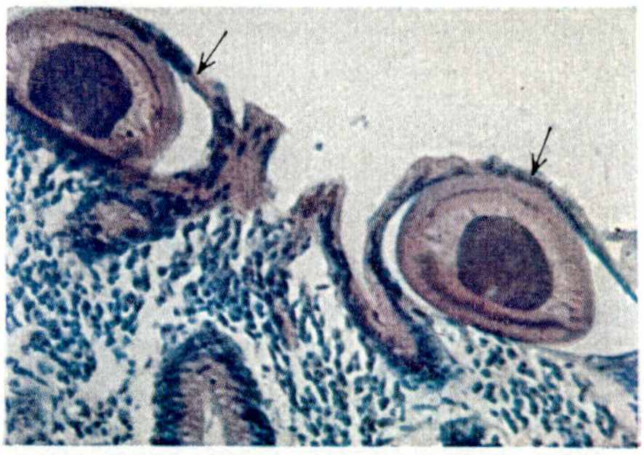

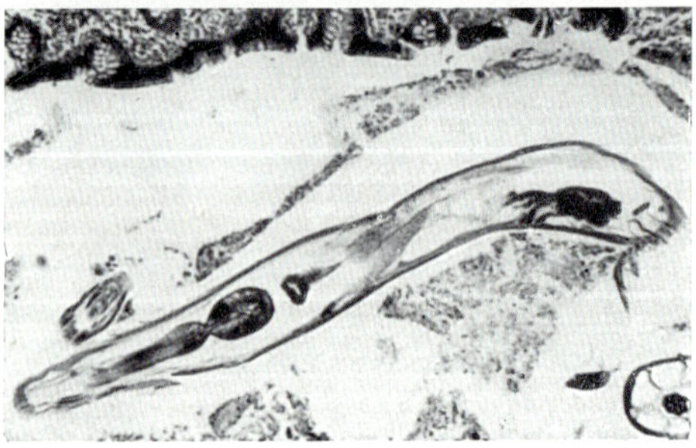

B. – Abb. 15.24 (oben). Trichiuralarven in der Appendixmukosa; Fbg. HE. Vergr. 310 ×
B. – Abb. 15.25 (unten). Oxyuren in der Appendix; Fbg. HE, Vergr. 53 ×

Amöbenruhr (Abb. 15.20). *Die Amöbenruhr kommt hauptsächlich in warmen Zonen vor. Von den verschiedenen beim Menschen vorkommenden Arten wird nur die vegetative Form der Entamoeba histolytica im Gewebe angetroffen. Es ist noch offen, ob es eine apathogene Minutaart der Entamoeba histolytica gibt, die sich in die pathogene Magnaform beim Eindringen in die Darmwand umwandelt, oder ob Entamoeba histolytica immer pathogen ist.* Intestinale Läsionen werden nur im *Dickdarm* angetroffen. Die Amöben dringen aktiv in die Darmwand ein und haben einen zyto- und histolytischen Effekt. Man findet im Beginn ausgedehnte Gewebsnekrosen, aus denen sich kraterförmige Geschwüre mit unterminierten Rändern entwickeln (ähnlich wie auf S. 108). Histologisch findet man im Geschwürsgrund Fibrin und nekrotischen Gewebsdetritus und häufig Granulozyten. Die Amöben sieht man bei sorgfältiger Durchmusterung in der Submukosa des Dickdarms als runde Gebilde mit einem exzentrisch gelegenen Kern (Abb 15.20). Das Plasma stellt sich bei der PAS-Färbung deutlich rot dar, bei HE-Färbung können die Protozoen leicht übersehen werden. Abb. 15.20 zeigt außerdem eine rundzellige Infiltration des Gewebes und Granulozyten. Als Komplikationen kommt es relativ häufig zu einer Perforationsperitonitis und Verschleppung der Amöben auf dem Pfortaderweg in die Leber und andere Organe mit Abszessen.

Balantidienruhr (Abb. 15.21). *Balantidium coli kommt unabhängig von klimatischen Einflüssen bei Mensch und Tier vor.* Pathologisch-anatomisch sind die Gewebsveränderungen der Amöbenruhr sehr ähnlich. Die lebenden Erreger üben keinen histolytischen Effekt aus; die Entzündung wird vor allem durch eine große Zahl abgestorbener Balantidien hervorgerufen und ist, vielleicht wie bei der Amöbenruhr, vornehmlich durch eine begleitende bakterielle Infektion bedingt. Abb. 484 zeigt Balantidien (→) in einem Lymphgefäß am Rande eines Lymphknotens.

Zystizerkose (Abb. 15.22). *Es handelt sich um die Ansiedlung von Larven (Cysticercus cellulosae) des Schweinebandwurms (Taenia solium) in verschiedenen Organen beim Menschen und Schwein. Die Zystizerkose findet man in Osteuropa, Asien, Süd- und Mittelamerika. Die Larven werden vorwiegend im Zentralnervensystem, Auge und in der Skelettmuskulatur angetroffen.* Histologisch sieht man die Larven in eine Blase eingeschlossen (→ 1: Blasenwand), die durch Einstülpung entsteht. Oft ist das Kopfende (→) zu sehen. Im Zentrum quergetroffener Hakenkranz. Der Durchmesser eines Zystizerkus überschreitet selten 1,5 cm. Die Form ist variabel. Nach dem Absterben tritt eine Fremdkörperreaktion auf. Anhaltspunkte für die klinische Diagnose geben die sekundären Verkalkungen (Röntgenbild) und beim Befall des ZNS Symptome einer Epilepsie.

Echinokokkose (Abb. 15.23). *Die Larven von Taenia echinococcus (Hundebandwurm) gelangen über die Pfortader in die Leber und bilden Blasen (Echinococcus cysticus).* Abb. 15.23 zeigt kleine Blasen, deren Wand aus einem Ring kollagenen Fasergewebes (→ 1), besteht, darauf folgt die Chitinschicht (Kutikula, → 2), die sich als ein homogener, oft leicht lamellär geschichteter roter Streifen darstellt. In der Nähe der Kutikula sind öfters Skolizes zu sehen. Im angrenzenden Lebergewebe finden sich lymphozytäre Infiltrate und eine Atrophie der Leberzellen.

Makroskopisch: Echinococcus cysticus (98% beim Menschen): Große, einkammrige oder mit Tochterblasen gefüllte Zyste, besonders im rechten Leberlappen. Echinococcus alveolaris (2% beim Menschen): Multiple kleine von Bindegewebskapsel abgegrenzte Bläschen.

Darmwürmer (Abb. 15.24 u. 15.25). In tropischen Ländern werden vornehmlich *Ascaris, Necator americanus* und *Trichuris trichiura* im Darmlumen gefunden. Der Hakenwurm *(Ankylostoma duodenale)* verursacht schwere Anämien und Dystrophie, die bei Kindern oft die alleinige Todesursache darstellt. Larven von **Trichuris trichiura** (Abb. 15.24) dringen gelegentlich in die Darmschleimhaut ein. In Abb. 15.24 sind zwei Larven zu sehen, die von der Epithelschicht der Mukosa überzogen sind (→). Auch **Oxyuren** (Abb. 15.25) werden manchmal im Lumen der Appendix oder seltener in der Schleimhaut angetroffen. Als Reaktion auf die Würmer oder Wurmeier können Granulome mit eosinophilen Leukozyten auftreten (eosinophile Appendizitis).

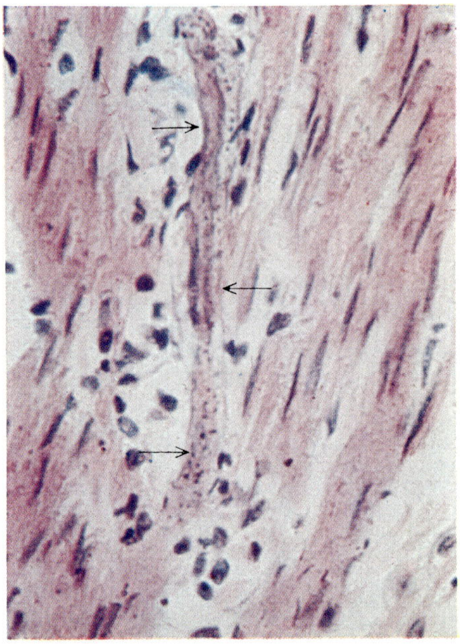

B. – Abb. 15.26. Larva migrans in der Darmmuskulatur;
Fbg. HE, Vergr. 630 ×

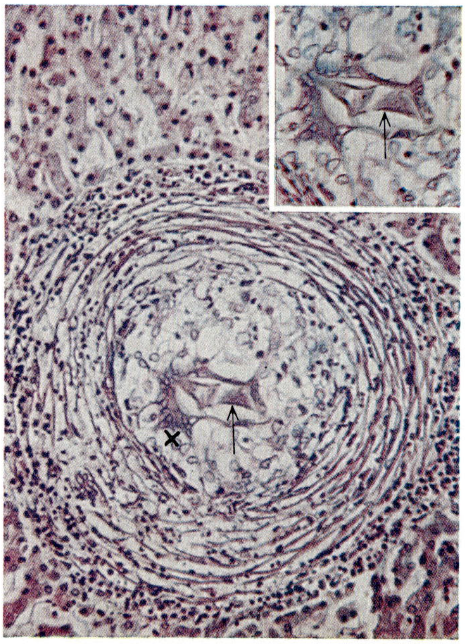

B. – Abb. 15.27. Bilharziagranulom in der Leber; Fbg. HE, Vergr. 300 ×
Ausschnitt oben rechts: Ei aus Granulomzentrum;
Fbg. HE, Vergr. 490 ×

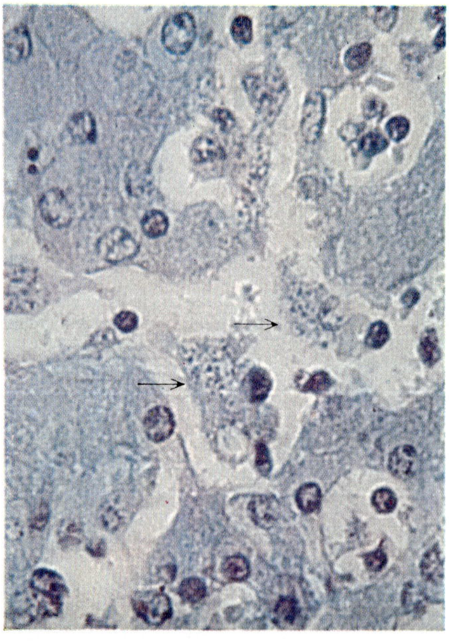

B. – Abb. 15.28. Kala-Azar (Leber),
Fbg. HE, Vergr. 1550 ×

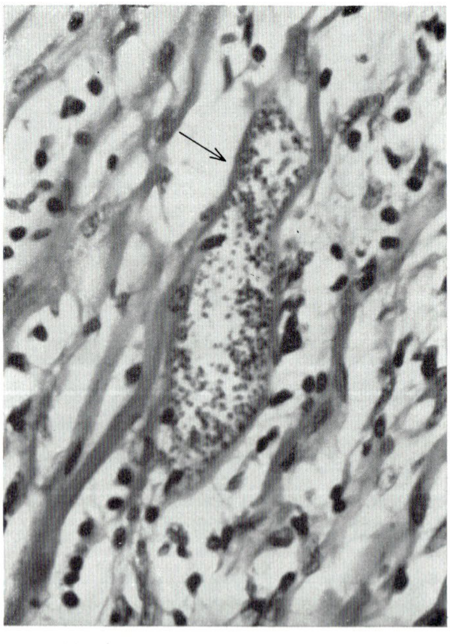

B. – Abb. 15.29. Chagasmyokarditis (Maus);
Fbg. HE, Vergr. 840 ×

Larva migrans (Abb. 15.26). *Das Krankheitsbild umfaßt alle Zustände, in denen Larven und Mikrofilarien vornehmlich von Nematoden im Gewebe verschiedener Organe vorhanden sind. Es treten, vor allem bei Kindern, Symptome einer Allgemeininfektion mit Fieber und Bluteosinophilie auf. Die Larven finden sich bei Infektion mit Strongyloides, Ankylostoma, Ascaris lumbricoides suum sowie Toxocara canis et cati.* Häufig kann es zu einer eosinophilen Gewebsreaktion und Bildung von Granulomen kommen. Die Parasiten (→) werden im Gewebe oft nicht erkannt; ihre genaue Klassifizierung ist in den meisten Fällen schwierig.

Bilharziose (*Schistosomiasis*, Abb. 15.27). *Schistosoma gehört zu den Trematoden (Egeln). Drei Arten werden beim Menschen angetroffen (Schistosoma haematobium, mansoni und japonicum). Schistosoma haematobium kommt in Afrika und Randländern vor, Schistosoma mansoni in Afrika und in Südamerika und Schistosoma japonicum in Asien. Der Wurm verbringt seine Jugendzeit in der Außenwelt. Schnecken sind Zwischenwirte. Die Infektion findet durch Kontakt mit Wasser statt. Erwachsene Schistosomen werden in paravesikalen (Schistosoma haematobium) und in den Mesenterialvenen angetroffen (Schistosoma haematobium und japonicum). Die Gewebsveränderungen und Krankheitssymptome werden durch die Eier von Schistosoma verursacht, deren Form die Diagnose der Art erlaubt. Sie finden sich bei Schistosoma haematobium in Harnblase, Ureter und Genitalorganen (seltener Rektum und Lunge), bei Schistosoma mansoni und japonicum vorwiegend in der Darmwand und in der Leber.* Die Eier der Trematoden rufen im Anfangsstadium eine granulozytäre oder eosinophile Reaktion hervor. Später kommt es zu typischen Granulombildungen, die unter Verkalkung und bindegewebiger Vernarbung abheilen. Komplikationen sind Harnblasenkrebs, Leberzirrhose, Cor pulmonale und Herdsymptome von seiten des ZNS. Abb. 15.27 zeigt ein Bilharziagranulom in der Leber. Im Zentrum ist ein Trematodenei zu sehen, das im Ausschnitt rechts oben vergrößert dargestellt ist. Das Ei (→) zeigt spitz zulaufende Ausläufer (Schistosoma mansoni). Als Reaktion hat sich ein riesenzelliges Granulom gebildet (Riesenzelle: ×) mit Histiozyten im Innern und einer umgebenden lockeren kollagenfaserigen Kapsel, die lymphozytär infiltriert ist.

Kala-Azar (viszerale Leishmaniose, Abb. 15.28). *Der Name kommt aus Indien und bedeutet »schwarze Krankheit«. Sie kommt außer in Asien in Afrika, im Süden Europas und in Südamerika vor. Das Protozoon Leishmania donovani erzeugt viszerale Veränderungen, dagegen die Leishmania tropica und brasiliensis nur Haut- und Schleimhautläsionen (mukokutane Leishmaniosis). Eine natürliche Infektion kommt bei Hund, Fuchs und Schakal vor, und die Erreger werden von ihnen durch Phlebotomen (Sandfliegen) übertragen.* Klinisch tritt eine Hepatosplenomegalie mit Fieber, Panzytopenie und Vermehrung der Globuline im Blutplasma auf. Nach einem subakuten bis chronischen Verlauf kommt es meist zum Tode. Der 2–5 μ große Erreger, der sich durch einen Kinetoblast auszeichnet, wird im Zytoplasma der Zellen des RES gefunden. In unserer Abbildung finden sich kleine korpuskuläre Elemente in den Kupfferschen Sternzellen der Leber (→).

Chagaskrankheit (*amerikanische Trypanosomiasis*, Abb. 15.29). *Trypanosoma cruzi tritt nur im Blut auf. Überträger sind Raubwanzen (Triatomiae). Die Krankheit, nach* Carlos Chagas *benannt, tritt nur in Mittel- und Südamerika auf. Da Millionen von Personen infiziert sind und eine spezifische Behandlung nicht bekannt ist, stellt sie ein ernstes Problem für viele Länder dar.* Die Trypanosomen führen zu einer chronischen Myokarditis, die meist erst Jahrzehnte nach der Infektion Symptome hervorruft und zum Tode führt. Die Erreger, die im Gewebe sich von der Trypanosoma- zur Leishmaniaform umwandeln, sind nur im Anfangsstadium nachzuweisen. Abb. 15.29 zeigt zystische Nester von *Leishmanien* (→) im Herzmuskel. In späteren Stadien ist die Diagnose einer Chagasmyokarditis schwierig. Man findet dann lediglich eine Herzhypertrophie mit parietalen Thromben sowie eine lymphohistiozytäre interstitielle Myokarditis, gelegentlich mit eosinophilen Leukozyten und Riesenzellen. Morphologisch ist die Chagasmyokarditis nicht von der idiopathischen Myokarditis Fiedler (vgl. S. 45) zu trennen.

C. Literatur

Die angeführten Publikationen sind entweder Übersichtsartikel (mit ⋆ versehen), in denen man weitere Literaturstellen finden kann, oder Originalarbeiten (z. T. Erstbeschreibungen) von besonderer Bedeutung für die entsprechenden Probleme.

Einführung

Mikroskop

EHRINGHAUS-TRAPP: Das Mikroskop. B. G. Teubner, Stuttgart 1958.⋆

Färbungen

BURCK, H. C.: Histologische Technik. G. Thieme, Stuttgart 1966.⋆
PEARSE, A. G. E.: Histochemistry. I. & A. Churchill, London 1960.⋆
ROMEIS, B.: Mikroskopische Technik. R. Oldenbourg, München 1948.⋆

Allgemeine Pathologie

ANDERSON, W. A. D.: Pathology. 5. Aufl. C. V. Mosby, St. Louis 1966.⋆
BENEKE, G.: Habilitationsschrift: Untersuchungen zur interstitiellen fibrinösen Entzündung, Gießen 1963.
BOYD, W.: Textbook of pathology. Lea & Febiger, Philadelphia 1961.⋆
BÜCHNER, F.: Allgemeine Pathologie. Urban & Schwarzenberg, München 1966.⋆
HAMPERL, H.: Lehrbuch der allgemeinen Pathologie und der pathologischen Anatomie. Springer, Heidelberg 1960.⋆
HOLLE, G.: Allgemeine Pathologie. G. Fischer, Jena 1967.
LEDER, L. D.: Vgl. unter Lymphknoten.
LETTERER, E.: Allgemeine Pathologie. G. Thieme, Stuttgart 1959.⋆
PEREZ-TAMAYO, R.: Mechanisms of disease. W. B. Saunders, Philadelphia 1961.⋆
ROBBINS, S. L.: Textbook of pathology. W. B. Saunders, Philadelphia 1962.⋆
WALTER, I. B., M. S. IRAEL: General Pathology. Churchill, London 1970.

Allgemeine Pathologie: Elektronenmikroskopie

DAVID, H.: Elektronenmikroskopische Organpathologie. Volk u. Gesundheit, Berlin 1967.
DUMONT, A.: Lab. Invest. *14:* 2034 (1965).
DE DUVE, C.: Lysosomes. S. 128. Ronald Press, New York 1959.⋆
GIESEKING, R.: Mesenchymale Gewebe und ihre Reaktionsformen im elektronenoptischen Bild. G. Fischer, Stuttgart 1966.
GUSEK, W.: Submikroskopische Untersuchungen zur Feinstruktur aktiver Bindegewebszellen. Veröffentl. aus der morphologischen Pathologie, H. 64, 1962. G. Fischer, Stuttgart.⋆
JÉZÉQUEL, A. M.: Path. Biol. *10:* 501 (1962).
LEYBOLD, K., HJ. STAUDINGER: Dtsch. med. Wschr. *1962:* 1989.
MAJNO, G., G. E. PALADE: J. biophys. biochem. Cytol. *11:* 571 (1961).
MILLER, F.: Verh. dtsch. Ges. Path. 1958, S. 261. G. Fischer, Stuttgart.
MOVAT, H. Z., N. V. P. FERNANDO: Lab. Invest. *12:* 895 (1963).
NELSON, E., K. BLINZINGER, H. HAGER: J. Neuropath. exp. Neurol. *21:* 155 (1962).
PORTER, K. R., M. A. BONNEVILLE: Einführung in die Feinstruktur von Zellen und Geweben. Springer, Heidelberg 1965.⋆
PROSE, P. H., L. LEE, S. D. BALK: Amer. J. Path. *47:* 403 (1965).
SAMORAJSKY, T., J. M. ORDY, J. R. KEEFE: J. Cell. Biol. *26:* 779 (1965).
SANDRITTER, W., G. BENEKE: Allgemeine Pathologie. Schattauer, Stuttgart 1974.
SCHÄFER, A., R. BÄSSLER: Frankf. Z. Path. *75:* 37 (1966).
STEINER, J. W., A. JÉZÉQUEL, M. J. PHILLIPS, K. MIYAI, K. ARAKAWA: In: Progress in liver diseases. *2:* 303 (1965). Grune & Stratton, New York 1965.
THOENES, W.: Zwanglose Abhandlungen aus dem Gebiet der normalen und pathologischen Anatomie. H. 15. G. Thieme, Stuttgart 1964.
TOTOVIĆ, V.: Virchows Arch. path. Anat. *340:* 251 (1966).
TRUMP, B. F., J. L. ERICSSON: In B. W. ZWEIFACH, L. GRANT, R. T. MC CLUSKEY: The inflammatory process. S. 35. Acad. Press, N. Y. 1965.
WEISSMANN, G.: New Engl. J. Med. *273:* 1084 (1965).
WESSEL, W., P. GEDIGK: Virchows Arch. path. Anat. *332:* 508 (1959).
WIENER, J., D. SPIRO, R. G. LATTES: Amer. J. Path. *47:* 457 (1965).

Spezielle Pathologie

HENKE, F., O. LUBARSCH: Handbuch der speziellen pathologischen Anatomie und Histologie. Springer, Berlin 1931.*

KAUFMANN, E., M. STAEMMLER: Lehrbuch der speziellen pathologischen Anatomie. W. de Gruyter, Berlin 1960.*

SANDRITTER, W., C. THOMAS: Makropathologie. F. K. Schattauer, Stuttgart 1970.

Histologie

BARGMANN, W.: Histologie und mikroskopische Anatomie des Menschen. G. Thieme, Stuttgart 1964.*

BUCHER, O.: Cytologie, Histologie und mikroskopische Anatomie des Menschen. 5. Aufl. Huber, Stuttgart 1967.

WATZKA, M.: Kurzlehrbuch der Histologie und mikroskopischen Anatomie. F. K. Schattauer, Stuttgart 1957.*

Herz

Allgemein

BARGMANN, W., W. DOERR: Das Herz des Menschen. G. Thieme, Stuttgart 1963.*

MEESSEN, H.: Struktur und Stoffwechsel des Herzens. G. Thieme, Stuttgart 1959.*

Hypertrophie

LINZBACH, A. J.: Z. Kreisl.-Forsch. *41:* 641 (1952).

SANDRITTER, W., G. SCOMMAZONI: Nature *202:* 100 (1964).

SANDRITTER, W., C. P. ADLER: Experientia *27:* 1435 (1971).

Atrophie

HELLERSTEIN, H. K., D. SANTIAGO-STEVENSON: Circulation *1:* 93 (1950).

Lipofuszin

GEDIGK, P., R. FISCHER: Virchows Arch. path. Anat. *332:* 431 (1959).

Fettige Herzmuskeldegeneration

POCHE, R.: Virchows Arch. path. Anat. *331:* 165 (1958).

Fettherz

SCHOENMACKERS, J., H. R. WILLMEN: Arch. Kreisl.-Forsch. *40:* 251 (1963).

Herzinfarkt – Koronarinsuffizienz

BÜCHNER, F.: Die Coronarinsuffizienz. Steinkopff, Dresden, Leipzig 1939.*

HAUSS, W. H.: Angina pectoris. G. Thieme, Stuttgart 1959.*

HORT, W.: Med. Welt (Stuttg.) *1961:* 1641.

KORB, G.: Virchows Arch. path. Anat. *339:* 136 (1965).

MEESSEN, H., R. POCHE: In W. BARGMANN u. W. DOERR: Das Herz des Menschen. Bd. II, S. 644. G. Thieme, Stuttgart 1963.

MALLORY, G. K., P. D. WHITE, J. SALCEDO SALGAR: Amer. Heart J. *18:* 647 (1939).

Myokarditis

BLANKENHORN, M. A., E. A. GALL: Circulation *13:* 217 (1956).*

FIEDLER, A.: Zbl. inn. Med. *21:* 212 (1900).

KIRCH, E.: Pathologie des Herzens. Ergebn. allg. Path. *22:* 1 (1927).*

SALFELDER, K. H., W. SANDRITTER: Frankfurt. Z. Path. *62:* 88 (1951).

SAPHIR, O.: Arch. Path. *32:* 1000 (1941).

SAPHIR, O.: Bull. Soc. int. Chir. *19:* 463 (1960).

Rheumatismus

ASCHOFF, L.: Verh. dtsch. Ges. Path. *8:* 46 (1904).

GEIPEL, P.: Dtsch. Arch. klin. Med. *85:* 74 (1906).

KLINGE, F.: Ergebn. allg. Path. *27:* 1 (1933).*

Endokarditis

BÖHMIG, R., P. KLEIN: Pathologie und Bakteriologie der Endocarditis. Springer, Heidelberg 1953.*

LIBMAN, E., P. SACKS.: Arch. intern. Med. *33:* 701 (1924).

MITTERMAYER, C., A. WALDTHALER, W. VOGEL, W. SANDRITTER: Beitr. Path. *143:* 29 (1971).

Perikarditis

SCHORN, J.: In: Das Herz des Menschen. G. Thieme, Stuttgart 1956.*

Gefäße

Allgemein

RATSCHOW, M.: Angiologie, Pathologie, Klinik und Therapie der peripheren Durchblutungsstörungen. G. Thieme, Stuttgart 1959.*

Arteriosklerose

BREDT, H.: Verh. dtsch. Ges. Path. *41:* 11 (1958).*
BRUCKEL, K. W., D. BERG, H. D. BERGER, H. JOBST, B. KOMMERELL, M. KREBS, G. SCHETTLER: Z. Kreisl.-Forsch. *47:* 923 (1958).*
DOERR, W.: Perfusionstheorie der Arteriosklerose. G. Thieme, Stuttgart 1963.*
LANGHANS, TH.: Virchows Arch. path. Anat. *36:* 187 (1866).
ROKITANSKY, C.: Über einige der wichtigsten Krankheiten der Arterien. Hof- u. Staatsdruckerei, Wien 1852.
WISSLER, R. W., J. C. GEER: The pathogenesis of atherosklerosis. William & Wilkins, Baltimore 1972.

Koronarsklerose

ENOS, F., R. H. HOLMES, J. BEYER: J. Amer. med. Ass. *152:* 1090 (1953).
KLEMPERER, P.: Amer. J. Cardiol. *5:* 94 (1960).
MEESSEN, H.: Z. Kreisl.-Forsch. *36:* 185 (1944).
SCHIMKAT, E., N. KATHKE: Beitr. path. Anat. *120:* 26 (1959).
SCHOENMACKERS, J.: Bad Oeynhausener Gespräche. Bd. II, S. 133. Springer, Heidelberg 1958.

Entzündungen

BUERGER, L.: Amer. J. med. Sci. *136:* 567 (1908).
GÜTHERT, H.: Virchows Arch. path. Anat. *315:* 375 (1948).
HUTCHINSON (1890): Zit. n. FRANGENHEIM: Zbl. allg. Path. *88:* 84 (1951).
JÄGER, E.: Virchows Arch. path. Anat. *284:* 526 (1932).
KUSSMAUL, A., R. MAIER: Dtsch. Arch. klin. Med. *1:* 484 (1866).
LEWIS, T.: Clin. Sci. *3:* 287 (1938). (M. Raynaud.)
LINDBERG, R., H. SPATZ: Virchows Arch. path. Anat. *305:* 531 (1940).
RANDERATH, E.: Verh. dtsch. Ges. inn. Med. *1954:* 359.
VALLINA, E.: Med. Welt (Stuttgart), *1966:* 1030.
WINIWARTER, A. VON: Arch. klin. Chir. *23:* 202 (1879).

Mesaortitis luica

DOEHLE, P.: Ein Fall von eigentümlicher Aortenerkrankung bei einem Syphilitischen. Inaug.-Diss., Kiel 1885.
HEUBNER, O.: Die luetischen Erkrankungen der Hirnarterien. Leipzig 1874.

Thrombose

ASCHOFF, L.: Beitr. path. Anat. *52:* 205 (1912).
KÖPPEL, G.: Die Umwandlung des Fibrinogens in Fibrin. F. K. Schattauer, Stuttgart 1962. Thrombos. Diathes. haemorrh. (Stuttg.) Suppl. *2* ad Vol. 7.
NIKULIN, A., H. LAPP: Frankf. Z. Path. *74:* 381 (1965).
RODMAN, N. F. Jr., R. G. PAINTER, K. M. BRINKHOUS: Fed. Proc. *22:* 1356–1365 (1963).
RODMAN, N. F. Jr., J. C. PAINTER, N. B. MCDEVITT: J. Cell Biol. *16:* 225–241 (1963).
SANDRITTER, W.: Behringwerk-Mitteilungen *41:* 37–67 (1962).
SANDRITTER, W., G. BENEKE: In E. KAUFMANN, M. STAEMMLER: Lehrbuch der speziellen pathologischen Anatomie. W. de Gruyter, Berlin 1968.*
SCHULZ, H.: Thrombozyten und Thrombose im elektronenmikroskopischen Bild. Springer, Heidelberg 1968.
ZAHN, W.: Int. Beitr. wissensch. Med. *2:* 199 (1891).

Lunge

Emphysem

GIESE, W.: Verh. dtsch. Ges. Path. *44:* 35 (1960).*
HARTUNG, W.: Verh. dtsch. Ges. Path. *44:* 46 (1960).*
HARTUNG, W.: Lungenemphysem. Springer, Heidelberg 1964.*
LAURELL, C. B., S. ERIKSSON: Scand. J. clin. Lab. Invest. *15:* 132 (1963).

Lungenödem
Spencer, H.: Pathology of the lung. Pergamon Press, Oxford 1962.*

Stauungslunge
Meessen, H.: Dtsch. med. Wschr. *81:* 1445 (1956).
Bowden, D. H.: Current Topics in Pathology. *55:* 1 (1971).

Infarkt
Ceelen, W.: In Henke-Lubarsch: Handbuch der speziellen pathologischen Anatomie und Histologie. Bd. III/3. Springer, Berlin 1931.*

Fettembolie
Sevitt, S.: Fat embolism. Butterworth, London 1962.*

Fruchtwasseraspiration
Bierring, F., H. Anderson, J. Egeberg, F. Bro-Rasmussen, M. Matthiesen: Acta path. microbiol. scand. *61:* 365 (1964).
Schmidt, J. E.: Arch. mikr. Anat. *66:* 12 (1905).
Staemmler, M.: Frankf. Z. Path. *62:* 262 (1951).

Bronchitis
Uehlinger, E.: Hippokrates *34:* 92 (1963).

Bronchiolitis obliterans
Hübschmann, P.: Beitr. path. Anat. *63:* 202 (1917).
Lange, W.: Dtsch. Arch. klin. Med. *70:* 342 (1901).

Grippebronchitis
Bieling, R., H. Heinlein: Die Grippe. J. A. Barth, Leipzig 1949.*

Asthmabronchitis
Curshmann, H.: Dtsch. Arch. klin. Med. *32:* 1 (1883).
Dunnil, M. S.: J. clin. Path. *13:* 27 (1960).

Bronchiektasen
Ceelen, W.: Frankfurt. Z. Path. *49:* 197 (1936).
Kartagener, M., M. Gruber: Schweiz. Z. Path. *10:* 36 (1947).

Lungenentzündung
Giese, W.: In E. Kaufmann, M. Staemmler: Lehrbuch der speziellen pathologischen Anatomie. Bd. II/3, S. 1619. W. de Gruyter, Berlin 1960.*
Kohn, W.: Münchn. med. Wschr. 3 (1893).
Lauche, A.: In Henke-Lubarsch: Handbuch der speziellen pathologischen Anatomie und Histologie. Bd. III/1. Springer, Berlin 1928.*

Interstitielle Pneumonie
Hamman, L., A. R. Rich: Bull. Johns Hopkins Hosp. *74:* 177 (1944).

Anthrakose
Anderson, R. B., F. D. Gunn: Amer. J. Path. *26:* 735 (1950).
Aschoff, L.: Über die Selbstreinigung der Lunge vom Steinstaub. Verh. dtsch. Ges. inn. Med. *48:* 100 (1936).
Hanser, R.: Zur Frage der Kohlenstaublunge. Verh. dtsch. Ges. Path. *30:* 403 (1937).

Asbestose
Bohlig, H., G. Jakob, H. Müller: Die Asbestose der Lungen. G. Thieme, Stuttgart 1960.*

Silikose
Otto, H.: Morphologie und pathologisch-anatomische Begutachtung der Silikose. G. Graßer, Würzburg 1963.*

Tuberkulose
Alexander, H.: Die tuberkulöse Kaverne. A. Barth, Leipzig 1954.*
Deist, H., H. Krauss: Die Tuberkulose. F. Enke, Stuttgart 1951.*
Giese, W.: In E. Kaufmann, M. Staemmler: Lehrbuch der speziellen pathologischen Anatomie. Bd. II/3. W. de Gruyter, Berlin 1960.*
Giese, W.: Tuberkulosearzt *17:* 680 (1963).

Hübschmann, P.: Die pathologische Anatomie der Tuberkulose. Springer, Berlin 1928.
Hübschmann, P.: Die pathogenetischen und pathologisch-anatomischen Grundlagen der menschlichen Tuberkulose. Hippokrates, Stuttgart 1956.*
Koch, R.: Berl. klin. Wschr. *1882:* 221.
Landouzy, L.: Presse méd. *1908:* 681.
Langhans, Th.: Virchows Arch. path. Anat. *42:* 382 (1868).
Wurm, H.: In: Die Tuberkulose. Bd. 1, S. 135 (1943).

Morbus Boeck : Literatur siehe unter Lymphknoten

Elektronenmikroskopie

Gieseking, R.: Verh. dtsch. Ges. Path. *42:* 344 (1959).
Gieseking, R.: Ergebn. allg. Path. *38:* 92 (1958).
Gieseking, R.: Beitr. path. Anat. *123:* 333 (1960).
Meesen, H.: Verh. dtsch. Ges. Path. *44:* 98 (1960).*
Schulz, H.: Die submikroskopische Anatomie und Pathologie der Lunge. Springer, Heidelberg 1959.*

Magendarmkanal

Allgemein

Henning, N.: Lehrbuch der Verdauungskrankheiten. Thieme, Stuttgart 1956.*
Sheehy, T. W., M. H. Floch: The small intestine. Harper & Row Publ., New York 1964.*

Gastritis

Beck, K., W. Dischler, M. Helms, W. Oehlert: Farbatlas der Endoskopie und Biopsie des Darmes. Schattauer, Stuttgart 1973.
Palmer, E. D.: Medicine (Baltimore) *33:* 199 (1954).

Magenulkus

Büchner, F.: Schweiz. Z. Path. *21:* 388 (1958).*
Demling, L.: Dtsch. med. Wschr. *86:* 1337 (1961).*

Typhus

Huckstep, R. L.: Typhoid fever and other salmonella infections. E. & S. Livingstone, Edinburgh and London 1962.*
Rindfleisch, E.: Lehrbuch der pathologischen Gewebelehre. 2. Aufl. W. Engelmann, Leipzig 1871.

Darmtuberkulose

Rodewohl, H.: Z. Tuberk. *108:* 268 (1956).

Appendix

Aschoff, L.: Die Wurmfortsatzentzündung. G. Fischer, Jena 1908.
Tesseraux, H., H. Viehmann: Zbl. Path. *89:* 25 (1952).

Enterokolitis

Broberger, O., P. Perlmann: J. exp. Med. *110:* 657 (1959).
Kroneberg, G., W. Sandritter: Z. ges. exp. Med. *120:* 329 (1953).
Lasch, H. G.: Med. et Hyg. (Genève) *21:* 1097 (1963).*
Lasch, H. G.: Verh. dtsch. Arbeitsgem. Blutgerinnungsforsch. S. 63. F. K. Schattauer, Stuttgart 1964.
Mohr, H. J.: Chemotherapia *6:* 1 (1963).
Sandritter, W., H. G. Lasch: Pathologic aspects of shock. In: Methods and achievements in exp. pathology. S. Karger, Basel 1966.*
Takeuchi, A., H. Sprinz, E. H. La Brec, S. B. Formal: Am. J. Path. *47:* 1011 (1965).

Ileitis terminalis

Crohn, B. B., L. Ginzburg, G. D. Oppenheimer: J. Amer. med. Ass. *99:* 1923 (1932).

Morbus Whipple

Chears, W. C., C. T. Ashworth: Gastroenterology. *41:* 129 (1961).
Kjaerheim, A., T. Midtvedt, S. Skrede, E. Gjone: Acta path. microbiol. scand. *66:* 135 (1966).
Whipple, G. H.: Bull. Johns Hopkins Hosp. *18:* 382 (1907).

Speicheldrüsen

Küttner, H.: Beitr. klin. Chir. *15:* 416 (1896).
Rauch, S.: Die Speicheldrüsen des Menschen. G. Thieme, Stuttgart 1959.*
G. Seifert: Mundhöhle. In Doerr-Uehlinger, Spezielle pathologische Anatomie. Springer 1966.

Pankreasnekrose

DOERR, W.: Langenbecks Arch. *292:* 552 (1959).*

Mukoviszidose

ANDERSON, D. H.: Ann. N. Y. Acad. Sci. *93:* 500 (1962).

Leber

Allgemein

KETTLER, L. H.: Ergebn. allg. Path. *37:* 1 (1954).*

MARTINI, G. A.: Aktuelle Probleme der Hepatologie. II. Symp. International Association for the Study of the Liver. G. Thieme, Stuttgart 1962.*

POPPER, H., F. SCHAFFNER: Die Leber. Struktur und Funktion. G. Thieme, Stuttgart 1961.*

RAPPAPORT, A. M., Z. J. BOROWY, W. M. LOUGHEED, W. N. LOTTO: Anat. Rec. *119:* 11 (1954).

Hämosiderose und Hämochromatose

GEDIGK, P.: Ergebn. allg. Path. *38:* 1 (1956).*

LANGE, J.: Eisen, Kupfer und Eiweiß am Beispiel der Leberkrankheiten. G. Thieme, Stuttgart 1958.*

Malariamelanin

BÜNGELER, W.: Patologia morfologica de las enfermedades tropicales. In HUECK-BÜNGELER: Patologia morfologica. Ed. Labor, Barcelona 1944.

SCHAUDINN, F.: Arbeiten aus dem kaiserlich-königlichen Gesundheitsamte Berlin *19:* 547 (1902).

Ikterus

VAN DEN BERGH, A. A. H.: Der Gallenfarbstoff im Blute. J. A. Barth, Leipzig 1918.*

Verfettung

KIEF, H.: Morphologische Studien des Neutralfettstoffwechsels. G. Thieme, Stuttgart 1964.*

Amyloidose

MISSMAHL, H. D.: Dtsch. med. Wschr. *90:* 394 (1965); J. Path. Bact. *94:* 89 (1967).

Eklampsie

BLACK-SCHAFFER, B., D. S. JOHNSON, W. G. GOBBEL: Amer. J. Path. *26:* 397 (1950).

DEXTER, L., S. WEISS, F. W. HAYNES, H. S. SISE: J. Amer. med. Ass. *122:* 145 (1943).

Cholangiitis

BAHRMANN, E.: Virchows Arch. path. Anat. *308:* 808 (1942).

LAUDA, E.: Verh. dtsch. Ges. Verdau.- u. Stoffwechselkr. *17:* 269 (1953).

Lues

FLEGEL, H.: Zbl. allg. Path. *87:* 302 (1951).

Dystrophie

HANSER, R.: Verh. dtsch. Ges. Path. *18:* 263 (1921)*.

Hepatitis

AXENFELD, H., K. BRASS: Frankfurt. Z. Path. *59:* 281 (1947).

BIANCHI, L.: Punktat-Morphologie und Differentialdiagnose der Hepatitis. H. Huber, Stuttgart 1967.

WEPLER, W.: Die pathologische Anatomie der chronischen Hepatitis. In: Fortschritte der Gastroenterologie. Hsgb. E. WILDHIRT. Urban & Schwarzenberg, München, Berlin 1960.*

Zirrhose

BÖRNER, P.: Virchows Arch. path. Anat. *333:* 269 (1960).

KALK, H.: Cirrhose und Narbenleber. F. Enke, Stuttgart 1954.*

STEINER, P. E., J. HIGGISON: Acta Un. int. Cancr. *17:* 581 (1961).

THALER, H.: Beitr. allg. Path. *112:* 173 (1952).

Erythroblastose

ALLEN, F. H., L. K. DIAMOND: Erythroblastosis fetalis. Little, Brown & Comp., Boston 1957.*

POTTER, E. L.: Arch. Path. *41:* 223 (1946).

Elektronenmikroskopie

ALTMANN, H. W., P. BANNASCH: Z. Zellforsch. *71:* 53 (1966).

ASHWORTH, C. T., D. J. WERNER, M. D. GLASS, N. J. ARNOLD: Amer. J. Path. *47:* 917 (1965).

BIAVA, C.: Lab. Invest. *13:* 1099 (1964).
BIAVA, C.: Lab. Invest. *13:* 301 (1964).
BIAVA, C., M. MUKLOVA-MONTIEL: Amer. J. Path. *46:* 775 (1965).
JONES, A. L., D. W. FAWCETT: J. Histochem. Cytochem. *14:* 215 (1966).
MALLORY, K. G.: Lab. Invest. *9:* 132 (1960).
POPPER, H.: In: Das Medizinische Prisma. 1, 1966. Boehringer, Ingelheim.
THOENES, W., P. BANNASCH: Virchows Arch. path. Anat. *335:* 556 (1962).
REYNOLDS, E. S.: J. Cell Biol. *19:* 139 (1963).

Niere

Allgemein

ALLEN, A. C.: The kidney. Grune & Stratton, New York 1962.*
BELL, E. T.: Renal diseases. Lea & Febiger, Philadelphia 1950.*
SARRE, H.: Nierenkrankheiten. Thieme, Stuttgart 1967.
VOLHARD, F., TH. FAHR: Die Brightsche Nierenkrankheit. Springer, Berlin 1914.*
ZOLLINGER, H.: Niere und ableitende Harnwege. In DOERR-UEHLINGER: Spezielle pathologische Anatomie, Bd. 3. Springer 1966*.

Hyalintropfige Eiweißspeicherung

ZOLLINGER, H. U.: Schweiz. Z. Path. *13:* 146 (1950).

Nephrose

RANDERATH, E.: Beitr. path. Anat. *95:* 403 (1935).
ZOLLINGER, H. U.: Schweiz. med. Wschr. *1962:* 735.

Cholämische Nephrose

FAYERS, C. M.: Lund Universitets Arsskrift. N. F. Ard. Z. Bd. *52,* 11.

Chromoproteinurische Nephrose

BRASS, K.: Frankfurt. Z. Path. *58:* 388 (1944).
STAEMMLER, M.: Virchows Arch. path. Anat. *329:* 245 (1956).
ZOLLINGER, H. U.: Anurie bei Chromoproteinurie. G. Thieme, Stuttgart 1952.*

Sublimatnephrose

STAEMMLER, M.: Virchows Arch. path. Anat. *328:* 1 (1956).

Amyloidnephrose

RANDERATH, E.: Virchows Arch. path. Anat. *314:* 388 (1947).

Arterio-Arteriolosklerose

SMITH, J. P.: J. Path. Bact. *69:* 147 (1955).
STAEMMLER, M.: Beitr. path. Anat. *85:* 241 (1930).

Maligne Nephrosklerose

SCHÜRMANN, P., H. E. MACMAHON: Virchows Arch. path. Anat. *291:* 47 (1933).

Kimmelstiel-Wilsonsche Glomerulosklerose

KIMMELSTIEL, P., C. WILSON: Amer. J. Path. *12:* 83 (1936).
KIMMELSTIEL, P., K. F. WELLMANN: Med. Welt (Stuttg.) *1960:* 1.

Glomerulonephritis

ALLEN, A. C.: The kidney. Grune & Stratton, New York 1962.*
ELLIS, A.: Lancet *1942,* 1: 1.*
MASUGI, M., Y. SATO: Virchows Arch. path. Anat. *293:* 615 (1934).
PFEIFFER, E. F., W. SANDRITTER, K. SCHÖFFLING, G. TRESER, E. KRAUS, W. MENK, M. HERRMANN: Z. ges. exp. Med. *132:* 436 (1960).
ROTTER, W.: Verh. dtsch. Ges. Path. *49:* 67 (1965).
SANDRITTER, W., E. F. PFEIFFER: Verh. dtsch. Ges. Path. *43:* 213 (1959).
ZINGG, E.: Virchows Arch. path. Anat. *333:* 294 (1960).*

Löhleinsche Herdnephritis

BRASS, K.: Frankfurt. Z. Path. *61:* 42 (1949).
LÖHLEIN, M.: Ergebn. inn. Med. Kinderheilk. *5:* 411 (1910).

Pyelonephritis

THELEN, A., K. ROTHER, H. SARRE: Urol. int. (Basel) *3:* 6 (1956).
ZOLLINGER, H. U.: Pathologische Anatomie und Pathogenese der Pyelonephritis. In: Handbuch der Urologie. Bd. IX / 1, S. 22. Springer, Berlin, Göttingen, Heidelberg 1964.

Interstitielle Nephritis

GLOOR, F.: Ergebn. allg. Path. *41:* 63 (1961).
SPÜHLER, O., H. U. ZOLLINGER: Z. klin. Med. *151:* 1 (1953).

Zystenniere

OSATHANONDH, V., E. L. POTTER: Arch. Path. *77:* 459 (1964).

Elektronenmikroskopie

MILLER, F., G. E. PALADE: J. Cell Biol. *23:* 519 (1964).
THOENES, W.: Zwanglose Abhandlung aus dem Gebiet der normalen und pathologischen Anatomie. H. 15. G. Thieme, Stuttgart 1964.*
THOENES, W.: Verh. dtsch. Ges. Path. *49:* 14 (1965).
TOTOVIĆ, V.: Virchows Arch. path. Anat. *340:* 251 (1966).
WACHSTEIN, M., M. BESEN: Amer. J. Path. *44:* 383 (1964).

Milz und Lymphknoten

Milz

GRUNDMANN, E.: Die normale und die pathologische Histologie der Milz unter Bezug auf die Milzfunktion. Verh. dtsch. Ges. inn. Med. *1963:* 779.*

Amyloid

BENDITT, E. P., N. ERIKSEN: Proc. Nat. Acad. Sci. (Wash.) *55:* 308 (1966).
BOERÉ, H., L. RUINEN, J. H. SCHOLTEN: J. Lab. clin. Med. *66:* 943 (1965).
CAESAR, R.: Path. et Microbiol. (Basel) *24:* 387 (1961).
COHEN, A. S., E. GROSS, T. SHIRAHAMA: Amer. J. Path. *47:* 1079 (1965).
GLENNER, G. G.: Acta path. microbiol. scand. Section A. *80* Suppl. *233:* 144 (1972).
LETTERER, E.: Dtsch. med. Wschr. *75:* 13 (1950)*
PUCHTLER, H., F. SWEAT, M. LEVINE: J. Histochem. Cytochem. *10:* 355 (1962).
PUCHTLER, H., F. SWEAT: J. Histochem. Cytochem. *13:* 693 (1965).
SCHNEIDER, G.: Ergebn. allg. Path. path. Anat. *46:* 1 (1964).*
TEILUM, G.: Amer. J. Path. *32:* 945 (1956); Acta path. scand. *61:* 21 (1964).
TERBRÜGGEN, A.: Virchows Arch. path. Anat. *315:* 250 (1948).

Lymphknoten

KNAPP, W., W. MASSHOFF: Dtsch. med. Wschr. *1954:* 1266.
LEDER, L. D.: Der Blutmonocyt. Exp. Med., Path. u. Klinik. Bd. 23. Springer 1967.
LENNERT, K.: In HENKE-LUBARSCH: Handbuch der pathologischen Anatomie und Histologie. Bd. I/3. Springer, Berlin, Göttingen, Heidelberg 1961.*
LENNERT, K.: Pathologie der Halslymphknoten. Springer, Berlin, Göttingen, Heidelberg 1964.*
LUKES, R. J., J. J. BUTLER: Cancer Res. *26:* 1063 (1966).
MASSHOFF, W.: Dtsch. med. Wschr. *1962:* 915
MASSHOFF, W.: Dtsch. med. Wschr. *1953:* 532.
PIRINGER-KUCHINKA, A.: Verh. dtsch. Ges. Path. *36:* 352 (1953).
PIRINGER-KUCHINKA, A., I. MARTIN, O. THALHAMMER: Virchows Arch. path. Anat. *331:* 522 (1958).
SIWE, S. A.: Z. Kinderheilk. *55:* 212 (1933).

Morbus Boeck

FREIMAN, D. G.: New. Engl. J. Med. *239:* 664, 709, 742 (1948).
FRESEN, O.: Ergebn. ges. Tuberk.- u. Lung.-Forsch. *14:* 605 (1958).*
LEITNER, S. J.: Der Morbus Besnier-Boeck-Schaumann. B. Schwabe, Basel 1949.*

Morbus Hodgkin

Fresen, O.: Ergebn. inn. Med. Kinderheilk. *9:* 38 (1958).
Fresen, O.: Ann. N. Y. Acad. Sci. *73* (1958).
Hoster, H. A., M. B. Dratman, L. F. Craver, H. A. Rolnick: Cancer Res. *8:* 17 (1948).*
Sternberg, C.: Ergebn. allg. Path. path. Anat. *30:* 1 (1936).
Lukes, R. J., J. J. Butler: Cancer Res. *26:* 1063 (1966).

Blut und Knochenmark

Begemann, H., H.-G. Harwerth: Praktische Hämatologie. G. Thieme, Stuttgart 1961.*
Löffler, H.: In H. Maerker: Zyto- und Histochemie in der Hämatologie. S. 275. Springer, Berlin, Göttingen, Heidelberg 1963.
Rohr, K.: Das menschliche Knochenmark. 3. Aufl. G. Thieme, Stuttgart 1960.*

Innersekretorische Drüsen

Allgemein

Labhart, A.: Klinik der inneren Sekretion. Springer, Berlin, Göttingen, Heidelberg 1957.*

Struma

Wegelin, C.: In Henke-Lubarsch: Handbuch der pathologischen Anatomie und Histologie. Bd. VIII Springer, Berlin 1926.*

Anpassungshyperplasie

Büngeler, W.: Z. Krebsforsch. *58:* 72 (1951).

Thyreoiditis

Quervain, F. de: Schweiz. med. Wschr. *1936:* 1174.*
Hashimoto, H.: Arch. klin. Chir. *97:* 219 (1912).
Riedel: Verh. dtsch. Ges. Chir. *25:* 101 (1896).
Witebsky, E.: Verh. dtsch. Ges. inn. Med. *1962:* 349.

Nebenniere

Kracht, J., U. Klein: Verh. dtsch. Ges. Path. *42:* 171 (1958).
Sheehan, H. L.: Helv. med. Acta *22:* 324 (1955).
Sherwin, R. P., V. J. Rosen: Amer. J. clin. Path. *43:* 200 (1965).
Weber, H. W.: Frankf. Z. Path. *60:* 228 (1949).*

Inselzellen

Gepts, W.: Diabetes *14:* 619 (1965).
Seifert, G.: Dtsch. med. Wschr. *91:* 778 (1966).

Uterusschleimhaut

Deelmann, H. T.: Die Histopathologie der Uterusmucosa. G. Thieme, Leipzig 1933.*
Haines, M., C. W. Taylor: Gynecological pathology. J. & A. Churchill, London 1962.*
Novak, E.: Gynecologic and obstetric pathology. W. B. Saunders, Philadelphia 1953.*

Hoden

Klinefelter, A. F., E. C. Reifenstein, F. Albright: J. clin. Endocr. *2:* 615 (1942).

Haut und Muskulatur

Haut

Gans, O., G. K. Steigleder: Histologie der Hautkrankheiten. 2. Aufl., Bd. I u. II. Springer, Berlin, Göttingen, Heidelberg 1955 u. 1957.*
Gottron, H. A., W. Schönfeld: Dermatologie und Venerologie. In 5 Bänden unter Mitarbeit von zahlreichen Fachgelehrten. G. Thieme, Stuttgart 1958–1964.*
Lever, W. F.: Histopathologie der Haut. G. Fischer, Stuttgart 1958.* 4. Edition, Lippincott 1967.

Muskulatur

Adams, R. D., D. Benny-Brown, C. M. Pearson: Disease of muscle. 2. ed. P. B. Hoeber; Harper & Row, New York 1962.*

Erbslöh, F.: Muskelkrankheiten. In G. Bodechtel: Differentialdiagnose neurologischer Krankheitsbilder. G. Thieme, Stuttgart 1963.*

Greenfield, J. G., G. M. Shy, E. C. Alvord, L. Berg: An atlas of muscle pathology in neuromuscular diseases. Livingstone, London 1957.*

Trichinose

Cohnheim, J.: Virchows Arch. path. Anat. *36:* 161 (1866).

Wehrmann, O.: Virchows Arch. path. Anat. *263:* 584 (1926).

Knochen und Gelenke

Übersichten

Eger, W.: Verh. dtsch. Ges. Path. *47:* 54 (1963).

Putsmar, W. G. J.: Verh. dtsch. Ges. Path. *47:* 113 (1963).

Rutishauser, F.: Verh. dtsch. Ges. Path. *47:* 91 (1963).

Uehlinger, E.: Verh. dtsch. Ges. Path. *47:* 69 (1963).

Frakturen

Lauche, A.: In Henke-Lubarsch: Handbuch der speziellen pathologischen Anatomie und Histologie. Bd. IX/3. Springer, Berlin 1937.*

Osteomyelitis

Lauche, A.: In Henke-Lubarsch: Handbuch der speziellen pathologischen Anatomie und Histologie. Bd. IX/4. Springer, Berlin 1939.*

Lennert, K.: Verh. dtsch. Ges. Orthop. 1964, S. 27. Enke, Stuttgart.

Rachitis und Osteomalazie

Balogh, K.: Verh. dtsch. Ges. Path. *47:* 146 (1963) (Rachitis).

Schmidt, M. B.: In Henke-Lubarsch: Handbuch der speziellen pathologischen Anatomie und Histologie. Bd. IX/1. Springer, Berlin 1929.*

Chondrodystrophie und Osteogenesis imperfecta

Dietrich, A.: In Henke-Lubarsch: Handbuch der speziellen pathologischen Anatomie und Histologie. Bd. IX/1. Springer, Berlin 1929.*

Stangl, J., E. Tarsaly: Zbl. Gynäk. *86:* 308 (1964).

Winkelmann, K. L.: Z. Kinderheilk. *58:* 1 (1936).

Osteoporose

Schmidt, M. B.: In Henke-Lubarsch: Handbuch der speziellen pathologischen Anatomie und Histologie. Bd. IX/3. Springer, Berlin 1937.*

Ostitis fibrosa cystica

Engel, G.: Ein Fall von cystischer Entartung des gesamten Skeletts. Inaug.-Diss., Gießen 1864.

Recklinghausen, F. v.: Tagebl. Naturforscherversammlung *1899.* 321.

Ostitis deformans (Morbus Paget)

Paget, J.: Med. Chir. Trans., London *60:* 37 (1877).

Primär-chronische Polyarthritis und degenerative Gelenkerkrankungen

Lang, F. J., J. Thurner: In E. Kaufmann, M. Staemmler: Lehrbuch der speziellen pathologischen Anatomie. W. de Gruyter, Berlin 1962.

Knochentumoren

Herzog, G.: In Henke-Lubarsch: Handbuch der speziellen pathologischen Anatomie und Histologie. Bd. IX/5. Springer, Berlin 1944.*

Jaffe, H. L.: Tumours and tumorous conditions of the bones and joints. Kimpton, London 1958.*

Lichtenstein, L.: Bone tumors. C. V. Mosby, St. Louis 1959.*

Gehirn und Rückenmark

Allgemein

BLACKWOOD, W., W. H. MCMENEMEY, A. EYER, R. M. NORMAN, D. S. RUSSEL: In GREENFIELD: Neuropathology. E. Arnold, London 1963.*

ESCOLA, J., H. HAGER: Beitr. Path. *130:* 422 (1964).

KAUFMANN, E., M. STAEMMLER: Lehrbuch der speziellen pathologischen Anatomie. Bd. III/1. Mit Beiträgen von WEPLER, PETERS, VOLLAND, STAEMMLER, ZÜLCH u. LUND.*

Toxoplasmose

PAUL, J.: Frühgeburt und Toxoplasmose. Urban & Schwarzenberg, München 1962.

Tumoren

Übersicht

AMBROSE, E. J., F. J. ROE: The biology of cancer. D. van Nostrand, London 1966.

ALBERTINI, A.: Histologische Geschwulstdiagnostik. G. Thieme, Stuttgart 1955.*

Atlas of tumor pathology. Armed Forces Institute, Washington, D. C., 1953.*

BAUER, K. H.: Das Krebsproblem. Springer, Heidelberg 1963.*

BERNHARD, W., N. GRANBOULAN: In: The nucleus of the cancer cell. Exp. Cell Res., Suppl. *9:* 19 (1963).

BORST, M.: Die Lehre von den Geschwülsten. I. F. Bergmann, Wiesbaden 1907.*

BUTENANDT, A., H. DANNENBERG: In: Handbuch der allgemeinen Pathologie. Bd. VI/3, S. 107. Springer, Heidelberg 1956.*

BUSCH, H.: Biochemistry of the cancer cell. Academic Press 1962.*

DENOIX, P.: Mechanism of invasion in cancer. UICC Monograph. Vol. 6. Springer, Heidelberg 1967.

HAMPERL, H.: In: Handbuch der allgemeinen Pathologie. Bd. VI/3, S. 18. Springer, Heidelberg 1956.*

HAMPERL, H.: Atlas der Tumornomenklatur. Springer, Heidelberg 1965.*

HANSEMANN, D. v.: Die mikroskopische Diagnose der bösartigen Geschwülste. Hirschwald, Berlin 1902.

HOMBURGER, F.: The physiopathology of cancer. P. B. Hoeber; Harper & Row, New York 1953.*

LINKE, A.: Früherkennung des Krebses. F. K. Schattauer, Stuttgart 1962.*

POTTER, V. R.: Biochemical perspectives in cancer research. Cancer Res. *24:* 1085 (1964).*

WILLIS, R. A.: Pathology of tumours. Butterworth, London 1960.*

Karzinogenese

Ciba Foundation Symposium on Carcinogenesis. J. & A. Churchill, London 1959.*

Experimentelle Tumoren

SCHMÄHL, D.: Entstehung, Wachstum und Chemotherapie maligner Tumoren. Editio Cantor, Aulendorf 1963.*

Elektronenmikroskopie

BERNHARD, W.: Cancer Res. *20:* 712 (1960).*

BERNHARD, W.: Verh. dtsch. Ges. Path. *45:* 8 (1961).

BURKITT, D.: Brit. J. Surg. *46:* 218 (1958).

PARRY, E. W., F. N. GHADIALLY: Cancer *18:* 1026 (1965).

SOUSTEK, Z.: Münch. med. Wschr. *1965:* 1474.

STEWART, S. E.: Trans. N. Y. Acad. Sci. *28:* 290 (1966).

Tumoren der Haut und Schleimhäute

BÖHMIG, R.: Form und Wachstum drüsenbildender Karzinome. G. Thieme, Stuttgart 1950.

DUKES, C., E.: J. Path. Bact. *50:* 527 (1940).

KONJETZNY, G. E.: Der Magenkrebs. Stuttgart 1938.*

MACKEE, G. M., A. C. CIPOLLARO: Cutaneous cancer and precancer. A practical monograph. Amer. J. Cancer 1937.*

MELCZER, N.: Praecancerosen und primäre Krebse der Haut. Verlag der ungarischen Akademie der Wissenschaften, Budapest 1961.*

STOUT, A. P.: Tumors of the stomach. Atlas of tumor pathology. Bd. VI/21. Armed Forces Inst. of Path., Washington, D. C., 1953.*

Adenome
BÜNGELER, W.: Z. Krebsforsch. *58:* 72 (1951).

Mammatumoren
MUIR, R.: J. Path. Bact. *42:* 155 (1941).
SCHULTZ-BRAUNS, O.: In HENKE-LUBARSCH: Handbuch der speziellen pathologischen Anatomie und Histologie. Bd. VII/2. Springer, Berlin 1935.*
BONSER, G. M., I. A. DOSSE, I. W. JULL: Human and experimental breast cancer. Pitman, London 1961.*

Prostata
SIMMONDS, M.: Über Prostatahypertrophie. Frankfurt. Z. Path. *21:* 178 (1918).

Ovarialtumoren
ARNOLD, W., J. KOERNER, E. MATHIAS: Virchows Arch. path. Anat. *277:* 48 (1930).
BARZILAI, G.: Atlas of ovarian tumors. Grune & Stratton, New York, 1949.*
ENGE, L. A.: Amer. J. Obstet. Gynec. *68:* 348 (1954).

Mundhöhlen- und Speicheldrüsentumoren
GLASER, A.: Die Geschwülste der Kopf- und Speicheldrüsen. VEB Volk und Gesundheit, Berlin 1962.*
LANGER, E.: Histopathologie der Tumoren, der Kiefer und der Mundhöhle. G. Thieme, Stuttgart 1958.*

Bronchialkarzinome
KAHLAU, G.: Ergebn. allg. Path. *37:* 258 (1954).

Basaliom
ALBERTINI, A.: Schweiz. med. Wschr. *1941:* 992.
ASSOR, D.: Cancer *20:* 2125 (1967).
KROMPECHER, E.: Beitr. path. Anat. *28:* 1 (1900).

Karzinoid
FEYRTER, F.: Ergebn. allg. Path. *29:* 305 (1934).
RATZENHOFER, M.: Krebsarzt *11:* 256 (1956).*

Hypernephrom
BALOGH, F., Z. SZENDRÖI: Pathologie und Klinik der Nierengeschwülste. Verlag der ungarischen Akademie der Wissenschaften, Budapest 1960.*
GRAWITZ, P.: Virchows Arch. path. Anat. *93:* 39 (1883).
STANTON KING, J.: Renal neoplasia. Little, Brown & Comp., Boston 1967.
WEPLER, W.: Z. urol. Chir. *45:* 305 (1940).

Carcinoma in situ
HAMPERL, H.: In: Cancer of the cervix. Ciba Foundation Study Group, No. 3. I. & A. Churchill, London 1959.
LANGE, P.: Acta path. scand. Suppl. 143, Vol. 50 (1960).
SANDRITTER, W.: In A. LINKE: Früherkennung des Krebses. S. 43. F. K. Schattauer, Stuttgart 1962.
SANDRITTER, W.: Verh. dtsch. Ges. Path. *48:* 34 (1964).

Paget-Karzinom
PAGET, J.: St. Bart. Hosp. Rep. X (1874).

Metastasierung
WALTHER, H. E.: Krebsmetastasen. B. Schwabe, Basel 1948.*

Chorionepitheliom
AHLSTRÖM, C. G.: Acta path. scand. *8:* 213 (1931).
SCHOPPER, W., G. PLIESS: Virchows Arch. path. Anat. *317:* 347 (1949).

Fibrom
CAPELL, D. F., G. L. MONTGOMERY: J. Path. Bact. *44:* 517 (1937).
CASTREN, H.: Arbeiten des path. Inst. Helsingfors. N. F. *4* (1926).
KLINGE, F.: Verh. dtsch. Ges. Path. *23:* 376 (1928).
STOUT, A. P.: Bull. Hosp. Jt. Dis. (N. Y.) *12:* 126 (1951).
STOUT, A. P.: Cancer *7:* 953 (1954).

Keloid
GARB, J., M. J. STONE: Amer. J. Surg. *58:* 315 (1942).

Myxom

STOUT, A. P.: Ann. Surg. *127:* 706 (1948).

Lipom

GLOGGENGIESSER, W.: Virchows Arch. path. Anat. *307:* 663 (1941).

Hämangiom

BREDT, H.: Strahlentherapie, Sdbd. *56:* 111 (1964).
McCARTHY, W. D., G. T. PACK: J. Surg. Gynec. Obstet. *91:* 465 (1950).
STOUT, A. P.: Cancer *2:* 1027 (1949).

Sarkom

STOUT, A. P.: Cancer *1:* 30 (1948).

Fibrosarkom

STOUT, A. P.: Tumors of the soft tissues, Atlas of tumor pathology. II/5. Armed Forces Inst. of Pathology, Washington, D. C., 1953.

Retikulosarkom

LENNERT, K.: Arch. Ohr.-Nas.-Kehlk.-Heilk. *182:* 1 (1963).
ROULET, F.: Virchows Arch. path. Anat. *286:* 702 (1932).

Neurinom, Neurofibrom

FEYRTER, F.: Über Neurome und Neurofibromatose. W. Maudrich, Wien 1948.
RECKLINGHAUSEN, F. D. v.: Festschrift für Rudolf Virchow. S. 138. Hirschwald, Berlin 1882

Hirntumoren

ZÜLCH, K. J.: Die Hirngeschwülste. J. A. Barth, Leipzig 1958.

Pigmentnävus, Melanom

AFFLECK, D. H.: Amer. J. Cancer *27:* 120 (1936).
KLAUDER, J. V., H. BEERMANN: Arch. Dermat. *71:* 2 (1955).
MASSON, P.: Amer. J. Path. *8:* 367 (1932).
MIESCHER, G.: Virchows Arch. path. Anat. *264:* 86 (1927).

Zytodiagnostik

ALBERTINI, A. v.: Verh. dtsch. Ges. Path. *35:* 54 (1951).
GRAHAM, R. M.: The cytologic diagnosis of cancer. 2. ed. W. B. Saunders, Philadelphia, London 1963.*
KAHLAU, G.: Strahlentherapie *41:* 76 (1959).
KOSS, L. G., G. R. DURFEE: Diagnostic cytology and its histopathologic bases. Pitman Med. Publ. Co., London 1961.*
PAPANICOLAOU, G. N.: Atlas of exfoliative cytology. Harvard University Press, Cambridge, Mass., 1954.*

Pilze-Parasiten

Allgemein

ASH, J. E., S. SPITZ: Pathology of tropical diseases. W. B. Saunders Comp., Philadelphia and London 1947.*
EMMONS, C. W., C. H. BINFORD, J. P. UTZ: Medical mycology. Lea & Febiger, Philadelphia 1963.*
FAUST, E. C., P. F. RUSSEL: Craig and Faust's clinical parasitology. 6th ed. Lea & Febiger, Philadelphia 1957.*
Handbuch der Haut- und Geschlechtskrankheiten. Bd. IV/4. Die Pilzkrankheiten der Haut durch Hefen, Schimmel, Aktinomyceten und verwandte Erreger. Springer 1963.*
Handbuch Exp. Pharmakol. Bd. XVI/9. Erzeugung von Krankheitszuständen durch das Experiment. Springer 1964.*
Handbuch Allgemeine Pathologie. Bd. XI/2. Belebte Umweltfaktoren. Springer 1965.*
NAUCK, E. G.: Lehrbuch der Tropenkrankheiten. G. Thieme, Stuttgart 1962.*
PIEKARSKI, G.: Lehrbuch der Parasitologie. Springer 1954.*
SMITH, D. T., N. F. CONANT: Zinsser microbiology. 12th ed. Appleton-Century-Crofts Inc., New York 1960.*

Technik

Goons, A. H., M. H. Kaplan: J. exp. Med. *91:* 1 (1950).
Gridley, M. F.: Amer. J. clin. Path. *23:* 303 (1953).
Grocott, R. G.: Amer. J. clin. Path. *25:* 975 (1955).
Salfelder, K.: Z. Tropenmed. Parasit. *12:* 273 (1961).

Pneumozystose

Bommer, W.: Ergebn. Mikrobiol. *38:* 115 (1964).*
Carini, A.: Com. Soc. Med. Sao Paulo, pag. 204, agosto 16 (1910).
Giese, W.: Mschr. Kinderheilk. *101:* 147 (1952).
Hamperl, H.: Mschr. Kinderheilk. *108:* 132 (1960).
Salfelder, K., J. Schwarz, K. K. Sethi, R. Gonzalez, T. R. de Liscano, J. Carlesso: Neumocistosis. Univ. de Los Andes, Mérida, Venezuela, 1965.*
Schmid, K. O.: Frankf. Zschr. Path. *74:* 121 (1964).*
Vanek, J., O. Jirovec: Zbl. Bakt. I. Abt. Orig. *158:* 120 (1952).

Candidiasis

Fischer, G. W.: Ann. Univ. Saraviensis *III/2:* 3 (1955).*
Lodder, J., N. J. W. Kreger-Van Rij: The yeasts. North Holland Publ. Co., Amsterdam 1952.*
Robinson, H. M.: Arch. Dermat. *70:* 640 (1954).
Winner, H. I., R. Hurley: Candida albicans. J. A. Churchill, London 1964.

Aspergillose

Renon, L.: Etude sur l'aspergillose chez les animaux et chez l'homme. Masson et Cie., Paris 1897.
Salfelder, K.: Arch. Gewerbepath. Gewerbehyg. *18:* 233 (1960).
Salfelder, K., C. Capretti, F. Moncada: Mycopath. Mycol. Applic. *14:* 78 (1961).
Virchow, R.: Arch. path. Anat. *9:* 557 (1885).

Aktinomykose

Bollinger, O.: Zbl. med. Wiss. *15:* 481 (1877).
Jarmer, K.: Dtsch. Zahn-, Mund- u. Kieferheilk. *16:* 289 (1952).
Weed, L. A., A. H. Baggenstoss: Amer. J. clin. Path. *19:* 201 (1949).

Kryptokokkose

Buschke, A. L.: Dtsch. med. Wschr. *21:* 145 (1895).
Busse, O.: Zbl. Bact. O. *16:* 175 (1894).
Littman, M. L., L. E. Zimmermann: Cryptococcosis. Grune & Stratton, New York 1956.*
Mathieu, H.: Dtsch. Z. Nervenheilk. *180:* 595 (1960)

Chromoblastomykose

Carrion, A. L., M. Silva: Ann. Cryptogamici et Phytopath. *6:* 20 (1947).*
Homez, J., F. Wenger, G. Casas: Univers. del Zulia, *I/3:* 121 (1963).

Kokzidioidomykose

Ajello, L.: Coccidioidomycosis. Univ. Arizona Press, Tuscon, Ariz., 1967.
Fiese, M. J.: Coccidioidomycosis. Charles C. Thomas, Springfield, Ill., 1958.*
Posada, A.: An. Circ. med. Argent. *15:* 481 (1892).
Smith, L. E.: Coccidioidomycosis. H. A. Christian, Oxford medicine, Vol. V/XIV-B. 1943.*
Wernicke, R.: Zbl. Bact. *12:* 859 (1892)

Histoplasmose

Ajello, L.: Mykosen *1:* 147 (1958).
Binford, C. H.: Amer. J. clin. Path. *25:* 25 (1955).
Darling, S. T.: J. Amer. med. Ass. *46:* 1283 (1906).
Emmons, C. W.: Publ. Hlth. Rep. Wash. *64:* 892 (1949).
Hartung, M., K. Salfelder: Handbuch Innere Medizin Bd. III, Infektionskrankheiten. Springer. Im Druck.*
Salfelder, K., T. Reyes de Liscano: Mycopath. Mycol. Applic. *26:* 19 (1955).
Straub, M., J. Schwarz: Amer. J. clin. Path. *25:* 727 (1955).
Straub, M., J. Schwarz: Path. et Microbiol. (Basel) *25:* 421 (1962).
Sweany, H. C.: Histoplasmosis. Charles C. Thomas, Springfield, Ill., 1960.*

Parakokzidioidomykose
FIALHO, A.: Ergebn. allg. Path. Anat. *40:* 101 (1960).*
LACAZ, C. S.: An. Fac. Med. Univ. Sao Paulo *29:* 1 (1955–1956).*
LUTZ, A.: Braz. Med. *22:* 121 (1908).
SALFELDER, K., M. HARTUNG: Sourcebook of skin disease. Harper & Row, New York. Im Druck.*

Blastomykose
CHICK, E. W., H. J. PETERS, J. F. DENTON, W. D. BORING: Ergebn. allg. Path. path. Anat. *40:* 34 (1960).*
GILCHRIST, T. C.: Rep. Johns Hopkins Hosp. *1:* 269 (1896).
SCHWARZ, J., G. L. BAUM: Amer. J. clin. Path. *21:* 999 (1951).

Amöbenruhr
CANDREVIOTIS, N.: Zbl. allg. Path. path. Anat. *104:* 267 (1963).
FAUST, E. C.: Amebiasis. Charles C. Thomas, Springfield, Ill., 1954.*
REICHENOW, E.: Zbl. Bakt. I. O. *122:* 195 (1931).

Balantidienruhr
WESTPHAL, A.: Z. Tropenmed. parasit. *8:* 288 (1957).

Zystizerkose
DIXON, H. B. F., F. M. Lipscomb: Med. Res. Conc. Ser. No. 292, London 1961.*
TRELLES, J. O.: Rev. Neur. Psiqu. Lima *16/17* (1952).

Larva migrans
BEAVER, P. C.: Exp. Parasit. *5:* 587 (1956).*

Bilharziosis
VOGEL, A.: Dtsch. tropenmed. Z. *46:*57 (1942).
VOGEL, A.: Z. Tropenmed. Parasit. *4:* 418 (1953).
HASHEM, M., S. A. Zaki, M. Hussein: Egypt. med. Ass. *44*: 579 (1961).

Kala-Azar
DOMINGOS DE PAOLA, J. RODRIGUEZ DA SILVA: Ergebn. allg. Path. path. Anat. *39:* 1 (1960).
DONOVAN, C.: Brit. med. J. *1903:* 79.
LEISHMAN, W. B.: Brit. med. J. *1903:* 1252.

Chagaskrankheit
BRASS, K.: Frankf. Z. Path. *66:* 77 (1955).
BRASS, K.: I. Congr. Soc. Venez. Cardiol. (Caracas) 1957.
CHAGAS, C.: Mem. Inst. Oswaldo Cruz I, *2:* 159 (1909).
FIEDLER, F.: Festschrift 4. Stadtkrankenhaus Dresden-Friedrichstadt 1899.
GOULD, S. E.: Amer. J. Path. *36:* 533 (1960).
KOEBERLE, F.: Münch. med. Wschr. *101:* 1308 (1959).

D. Sachregister

Funktionelle Anatomie des Nervensystems

Von PROF. DR. J. W. ROHEN, Anatomisches Institut der Universität Erlangen/Nürnberg

2. erweiterte und überarbeitete Auflage 1975. XII, 396 Seiten, 186 Abbildungen davon 47 mehrfarbig, 38 Tabellen, kart. DM 76,–

ISBN 3 7945 0443 7

Atlas der Histologie und mikroskopischen Anatomie

Von PROF. DR. E. J. REITH, New York, und PROF. DR. M. M. ROSS, Gainesville
Übersetzt und herausgegeben von PROF. DR. J. W. ROHEN und DR. E. LÜTJEN-DRECOLL, Marburg/L.

1974. XI, 330 Abbildungen auf 98 Tafeln sowie 24 Skizzen, kart. DM 58,–

ISBN 3 7945 0356 2

Funktionelle Anatomie des Menschen

Ein kurzgefaßtes Lehrbuch der makroskopischen Anatomie nach funktionellen Gesichtspunkten

Von PROF. DR. J. W. ROHEN, Anatomisches Institut der Universität Erlangen/Nürnberg

1975. 2. durchgesehene Auflage, XIX, 518 Seiten, 396 Abbildungen in 452 Einzeldarstellungen, davon 58 mehrfarbig und 49 Tabellen, kart. DM 88,–

ISBN 3 7945 0465 8

F. K. SCHATTAUER VERLAG · STUTTGART–NEW YORK